唐代の文学理論

「復古」と「創新」

永田知之 著

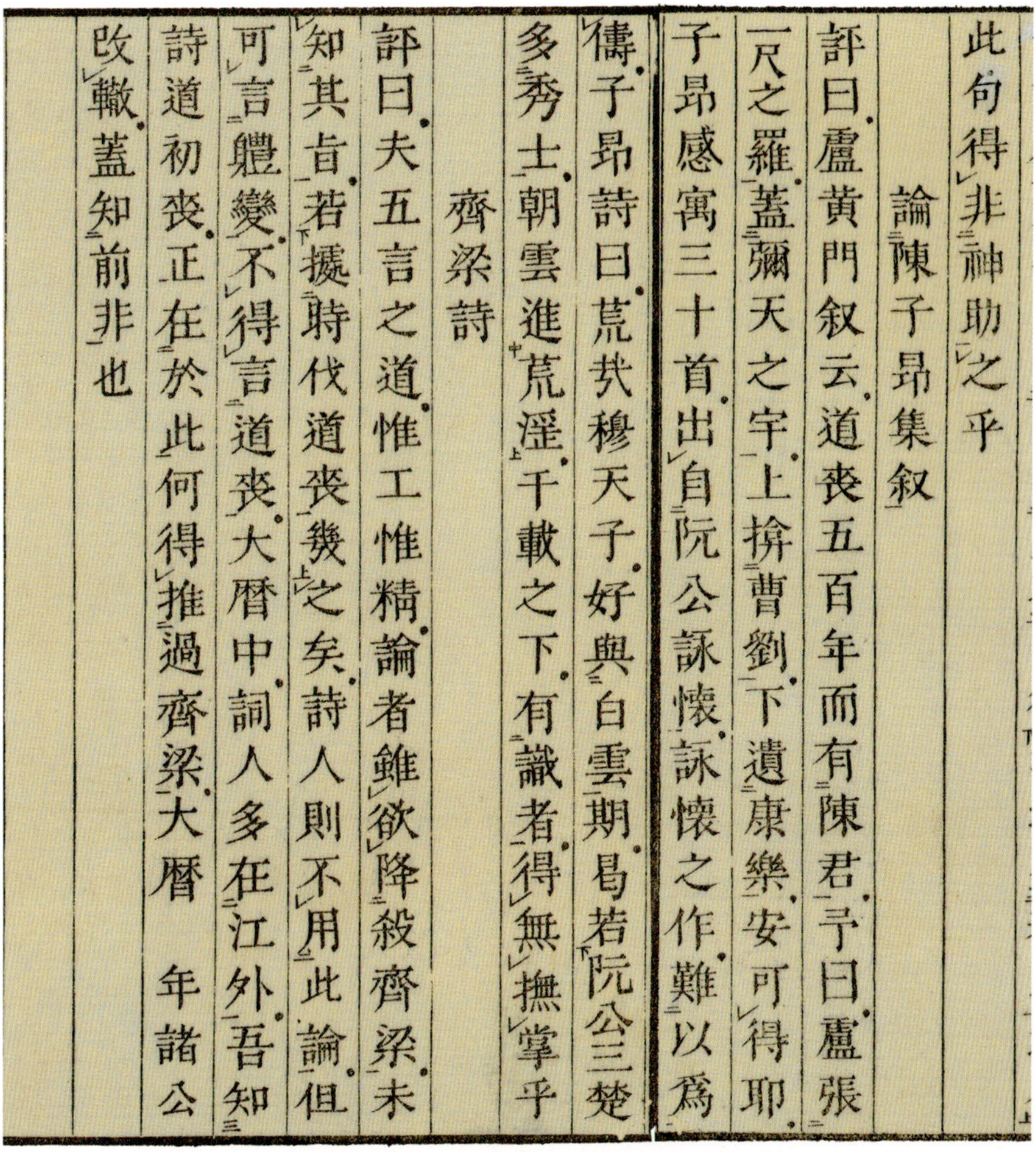
此句得非神助之乎

論陳子昂集叙

評曰盧黄門叙云道喪五百年而有陳君予曰盧張一尺之羅蓋彌天之宇上揜曹劉下遺康樂安可得耶子昂感寓三十首出自阮公詠懷詠懷之作難以爲儔子昂詩曰荒哉穆天子好與白雲期曷若阮公三楚多秀士朝雲進荒淫千載之下有識者得無撫掌乎

齊梁詩

評曰夫五言之道惟工惟精論者雖欲降殺齊梁未知其旨若攄時代道喪幾之矣詩人則不用此論但可言體變不得言道喪大暦中詞人多在江外吾知詩道初喪正在於此何得推過齊梁大暦　年諸公改轍蓋知前非也

『吟窓雑録』（京都大学附属図書館所蔵和刻本）

『吟窓雑録』巻七には『詩式』の「論盧蔵用陳子昂集序」と「斉梁詩」などの条が摘録される。皎然は前者で陳子昂をめぐる復古的な文学論を批判しつつ、後者で唐詩が過去の詩歌に匹敵する可能性を示唆する（本文第七章参照）。

若い知性が拓く未来

今西錦司が『生物の世界』を著して、すべての生物に社会があると宣言したのは、三九歳のことでした。以来、ヒト以外の生物に社会などあるはずがないという欧米の古い世界観に見られた批判を乗り越えて、今西の生物観は、動物の行動や生態、特に霊長類の研究において、日本が世界をリードする礎になりました。

若手研究者のポスト問題等、様々な課題を抱えつつも、大学院重点化によって多くの優秀な人材を学界に迎えたことで、学術研究は新しい活況を呈しています。これまで資料として注目されなかった非言語の事柄を扱うことで斬新な歴史的視点を拓く研究、あるいは語学的才能を駆使し多言語の資料を比較することで既存の社会観を覆そうとするものなど、これまでの研究には見られなかった溌剌とした視点や方法が、若い人々によってもたらされています。

京都大学では、常にフロンティアに挑戦してきた百有余年の歴史の上に立ち、こうした若手研究者の優れた業績を世に出すための支援制度を設けています。プリミエ・コレクションの各巻は、いずれもこの制度のもとに刊行されるモノグラフです。「プリミエ」とは、初演を意味するフランス語「première」に由来した「初めて主役を演じる」を意味する英語ですが、本コレクションのタイトルには、初々しい若い知性のデビュー作という意味が込められています。

地球規模の大きさ、あるいは生命史・人類史の長さを考慮して解決すべき問題に私たちが直面する今日、若き日の今西錦司が、それまでの自然科学と人文科学の強固な垣根を越えたように、本コレクションでデビューした研究が、我が国のみならず、国際的な学界において新しい学問の形を拓くことを願ってやみません。

第26代　京都大学総長　山極壽一

目次

凡例

一、注における引用では旧字体を用いるが、原則として本文や資料の表題などの表記には新字体を使用する。ただし、例えば新字体では同じ「弁」でも「辨」との区別が必要と考えて、「辯」を使うなどした箇所もある。

一、訳文・引用などにおける（　）は筆者による補足・説明を、［　］は原注・小字を示す。

一、引用における……は筆者による省略箇所を、□は元来の欠字を表す。

一、注において近現代の研究者による論著などを示す場合は、巻末の参考文献一覧に挙げる略号を用いる。

一、注に見える〔　〕はその前に挙げた論考が〔　〕内の文献に再録されることを意味する。

一、前近代人の生没年・在位年で＊を附した数字は、陰暦の年末に起こった事柄で、太陽暦では翌年に入っていることを示す。例えば、永貞元年は概ね西暦八〇五年に当たるが、旧暦の十二月（新暦では八〇六年一月）に没した恵果の生没は「（七四六～八〇五＊）」と記す。

序章　唐代文学理論研究の新たな視座と材料を求めて

はじめに

古都長安。中国を統治した幾つかの王朝が政治の中心を置いたこの都市が、今日よく知られるのは、やはり約三百年続いた唐王朝（六一八〜九〇七）の都だったことによるのだろう。現在の行政区分でいえば、中華人民共和国陝西省西安市に当たる長安旧跡の発掘事業は、今もなお続いている。一連の調査によって、およそ東西九七〇〇、南北八六〇〇メートルの、周りを城壁に囲まれた中に皇帝の居城や官庁群、市場などを除いて、東西各五四の坊（里とも呼ぶ）と称する街区を擁した、人口百万ともいう当時の世界で最大の都市の様子は、次第に明らかにされてきた。このうち、何度かの学術調査における対象の一つに行楽地が集まる城内東端にあった新昌《しんしょう》坊の跡地が挙げられる。

日本の常盤大定《だいじょう》（一八七〇〜一九四五）、桑原隲藏《じつぞう》（一八七一〜一九三一）といった仏教史・東洋史の碩学が、一九二〇年代に早くもこの地に言及する論考を著した理由は、そこに密教の道場として名高い青龍寺《せいりゅうじ》があったことによる。その後の研究や戦後の新中国による発掘調査を通じて同寺の遺址が確定されたのは、一九七三年のことだった。一九八二年には紀念（記念）碑が、一九八四年には紀念（記念）堂が旧跡に建てられている。これらの建立に日本の四国四県が深く関与したことは、やや興味深い。如何に青龍寺が唐代長安の名刹だったとはいえ、外国の自治体が一連の記念事業に資金まで供与した理由はどこに在ったのか。[1]それは当該の寺院こそ讃岐国（現香川県）の出身で四国八十八箇所遍路における信仰の対象、即ち空海（七七四～八三五）が真言密教を研鑽した場所だったからに他ならない。

第一節　空海と中国の文学理論・批評の吸収

弘法大師の謚で知られる空海が、青龍寺で密教の高僧である恵果《けいか》（七四六～八〇五）*に師事し始めたのは、永貞元年（八〇五）五月のことだった。前年の八月に唐へたどり着いてから、十二月に長安へ入ってより、五箇月が経過している。何度かの改名を経て、青龍寺と称することになった同寺は、五代（九〇七～九六〇）以降に姿を消すまで、長期間を通じて隆盛を誇ることになる。日本僧の円仁（七九四～八六四）、また空海の親族でもある円珍（八一四～八九一）らが後にやはりこの寺を訪れたのは、空海の跡を慕ってのことだろう。

仏僧として熱心に密教を学んだ空海であるが、本業とは別に諸方面に渉る中国文化をも幅広く吸収したものと思われる。唐の元和《げんな》元年、日本の延暦元年（八〇六）に帰国して後、各分野で第一級の文化人として活躍した事実が、その証拠となる。「弘法にも筆の誤り」という言葉が今でも通じることが象徴する書法史上の高い地位は、殊に有名な一例であろう。それと並んで、漢詩・漢文の執筆は特に知られている。詩文集『性霊集《しょうりょうしゅう》』（遍照発揮性霊集）に収める本人の実作の他、ここで取り上げる文学理論・批評における働きには、誠に見逃せないものがある。

即ち、『文鏡秘府論』六巻の編纂がそれである。空海自身の執筆に係る箇所はごくわずかに止まる同書の貴重さは、今日では散逸した唐代以前の文学、殊に詩歌・韻文における理論・批評に関わる論著の引用から成る点に在る。それらの著作が概ね唐に留学した折に収集し、日本に持ち帰ったものであることは、まず間違い無い。本書でも用いる唐代詩歌史の伝統的な四区分——初唐（六一八～七〇九）、盛唐（七一〇～七六五）、中唐（七六六～八三五）、晩唐（八三六～九〇七）——でいえば、空海が集めた詩学文献は遅くとも中唐の前半までのものということになる。これは彼の留学期間（八〇四～八〇六）に照らして当然といえる。次に、九世紀初頭に当たるその時期、後に中唐文壇の重鎮となる人々が示した動静を見ておこう。

第二節　中唐文学の指導者にとっての八〇五年

後に「安史の乱」と呼ばれる北中国の広範囲を巻き込んだ大戦乱（七五五～七六三）を経て、盛唐が終わりを迎えてから暫くして、中唐の文学を領導する人物は揃って生を受けた。政治・軍事の上で唐王朝の最盛期だった皇帝・玄宗（在位七一二～七五六）の時代を、彼らは見ることができなかった。空海が長安に入った年（八〇五）、彼らはどこで何をしていたのだろうか。

「白楽天」の呼称で名高い白居易（七七二～八四六）は空海より二歳年長で当時三四歳（数え年、以下同じ）、五年前に科挙の進士科、前々年に吏部試《りぶし》と栄達への足掛かりとなる難関の試験を既に突破していた。同じ年に吏部試に及第し、生涯の親友となる七歳年少の元稹《げんじん》（七七九～八三一）と共に、彼は長安で研修を積みながら、新進官僚の道を歩みつつあった。

それぞれ三四歳、三三歳の劉禹錫《りゅううしゃく》（七七二～八四二）と柳宗元《りゅうそうげん》（七七三～八一九）は、彼らより一足早く試験に合格し、権力の中枢に近い地位を得ていた。この貞元二十一年正月、皇帝・徳宗（在位七七九～八〇五）が世を去り、太子（順宗）が即位して永貞と改元する。太子だった順宗の側近たちは、新帝を擁して政治改革を進めようとした。劉禹錫と柳宗元も、改革派の重要な成員だった。だが、彼らの政権掌握は長続きしない。即位後すぐに順宗が病を発したことを機に、反改革派の巻き返しが始まったのだ。同年八月、順宗は退位に追い込まれる（翌八〇六年、元和元年に病没）。順宗の長男で新たに擁立された憲宗（在位八〇五～八二〇）の治世下で改革派は一掃された。九月には劉禹錫と柳宗元も辺境の地へと流謫される。劉は短期間の復帰と左遷を繰り返したが、柳は中央官界に戻れないまま辺地で没した。

この四人より年長で三八歳だった韓愈（七六八～八二四）は、前々年（八〇三）に高官の暴政を弾劾したことが原因で、中央を逐われていた。その後、劉禹錫と柳宗元らが失脚した政変で朝廷内の勢力に変化が生じたため、彼は長安の官界に復帰する（八〇六）。これ以降、彼と白居易・元稹はそれぞれ紆余曲折を経ながら、高官への階段を上って行くことになる(2)。

要するに空海は、韓愈を除く中唐文学の大立者と同じ年に同じ長安の空気を吸っていた。これより後、五十歳の折（八二一）に白居易が入手した邸宅は、同じ新昌坊にある青龍寺の真北に位置した（それ以前に新昌坊で家を借りていた時期もある）。このことも考え合わせれば、空海を通じて、日本人にも唐詩の世界が身近に感じられるのではないか。続いて、その『文鏡秘府論』に話題を戻すとしよう。

第三節　李杜の現れない唐詩批評

『文鏡秘府論』の全体を通覧すると、同書に空海と同時代人である白居易らの名前や作品が全く登場しないことに気付く。彼が唐に留学して文献を収集した当時、後に中唐の文壇を率いた人々が四十歳にも達せず、その名声もまだ高くなかったことを思えば、これは当然といえるかもしれない。それでは、一時代前の度も現れない。

詩人はどうか。李白（七〇一～七六二）と杜甫（七一二～七七〇）といえば、盛唐のみならず中国古典詩歌史の最高峰を占める二人である。実は、同時期の詩人に度々触れる『文鏡秘府論』の中に、彼らの名や詩句は一度も現れない。

翻って『文鏡秘府論』に最も多く現れる人物はといえば、李杜と同時代の王昌齢《おうしょうれい》（六九八頃～七五六？）ということになる。青龍寺に遊んだ詩を伝える点で空海とも無縁でない彼は、今日でも盛唐の著名な詩人と認められる。特に彼が生きた唐代のある詩人番付では、王昌齢が「詩天（夫）子」、李白が「詩宰相」、杜甫が「詩大夫」に列せられる。「詩の天子」とまでいわれるほどだから、一面で李白・杜甫をも圧倒するほどの声価を持っていたようだ。『文鏡秘府論』での重視は、必ずしも外国人である空海の偏った知識によるものではない。

もっとも、同書に王昌齢の名が頻繁に見えるのは、第一に実作者というより詩論家として彼を高く買うからである。彼は『詩格』という詩論書を著したとされており、その説は多く『文鏡秘府論』に収められている。確かに、『詩格』が彼の著作か否かには議論はあるが（第八章第五節、注83を見られたい）、実作が名高いからこそ詩論が取り上げられるという面があることは否定できない。そして『文鏡秘府論』が引く典籍の過半は、この『詩格』（書名）と同じく「詩格」（こちらはジャンル名）と呼ばれる文献だった。空海は、こう述べる。

僧俗の（文学を愛する）同好の士、山野で詩文の集いを持つ人が、千里（の遠き）を求めずとも、（『文鏡秘府論』によって）珠玉の作品を著せて、あれこれ苦労して探さずとも、見事な創作を望めるように願うものだ。[5]

『文鏡秘府論』の冒頭で、同書を撰述した理由を述べる一節を引いた。大量の「詩格」を空海が自らの編著に収めた理由が、作詩・作文の参考に供する点に在ったことは明白である。古典詩文の作成、とりわけ外国語によるそれに相当な困難が伴うことは、想像に難くない。語学や文化の側面での有利さはさておき、本国の人間にとっても、その作成には相応の訓練が必要であった。中国・日本の別を問わず、「詩格」が作詩法の手引きとして機能したと考えられる所以である。本書の後編で示すとおり、これらの手引書には、模範例を初めとした大量の詩句が見られる。特異な才能が生み出す作品は、個性ゆえ模範となるまで一般に時間を費やしやすい。現に、『文鏡秘府論』より後の「詩格」にも李杜の名は概ね見られない。(6)

極論すると、「詩格」だけに材料を仰げば、李白・杜甫の姿がほぼ皆無な唐代詩歌批評史を著せよう。韓愈が「李杜の文学はしかとあって、光り輝く炎は万丈もの長さに及ぶ(7)」と述べたのとは大いに異なる批評の世界が、そこにあった。節を改めて、言及を試みたい。

第四節　「古文」と相対するもの

今日の日本で小型の辞書でも「唐詩」という言葉を収めることが象徴するとおり、唐代は中国古典詩が頂点の一つを極めた時代と見做される。今に伝わる唐詩は、長短とり混ぜて約五万首に及ぶ。韓愈・柳宗元らの大家を擁し、唐人は文章でもこれに見合う成就を示す。その一方で、文学理論・批評に関わる専門の著作に見るべきものは乏しいとされる。六世紀初め頃に編まれた、各々体系的な文学理論書、現存最古の詩歌批評書である劉勰《りゅうきょう》『文心雕龍』と鍾嶸《しょうこう》『詩品』に比するほどの論著は、確かに現存しない。勢い唐人の文学観を知る材料は、次のような著名人が書簡・序跋・詩歌で漏らす議論、史書や逸話集などが中心となる。

しかしながら、（私、韓）愈が古文を作るのは、その句読点の位置が今（の文章）と異なるからというだけではない。古人について考えても（彼らを）見ることができないので、古《いにし》えの道を学ぶのに併せてその言葉を理解しようということになる。その言葉を理解するのはそもそも古えの道に志すからだ。[8]

文章は「古えの道」（原文「古道」）、つまり古代の精神を備えるべきで、それを会得するために古代の言語を学ぶという韓愈の主張が見て取れる。古代の言葉でそのような精神性を表現し得た文章が、彼のいう「古文」であった。唐代から北宋（九六〇～一一二七）に懸けて「古文」の「復興」を唱え、また執筆した人物を「古文家」、盛・中唐において表れたその再興を目指す動きを文学史上で「古文復興運動」と呼ぶ。それでは逆に、古文家の代表格である韓愈のいう「古えの道」に基づかない文章とはどのようなものだったのか。

『尚書』の二典三謨《にてんさんぼ》・『詩』の雅《が》・頌《しょう》（のような立派な言葉）が欠け廃れてから、世の道義が荒れ果てると、文もやはり衰えて行った。従って書き手は常々言葉を優先して精神を後回しにし、（古人の）遺風は駄目になって元には戻らなかった。かくて修辞は飾るが思いを打ち遣ることにもなり、文飾が巧みになるほど内実は失われた。（文章が）大いに乱れることになると、段落や句を対偶の形で、枝や葉が対称に並ぶようにするし、四声八病《しせいはっぺい》を手枷としつつ、努めて（その規則を）守る様は法律を遵守するかのようだ。[9]

韓愈の先輩古文家である独孤及《どくこきゅう》（七二五～七七七）の説を引いた。『尚書』（『書経』）、『詩』（『詩経』）の精神を失った詩文の弊害として、彼は対偶（対句）の多用、四声（当時の中国語に存在した平《ひょう》・上・去・入という四つの声調）と韻律に基づく八病（音声に依拠した文字の配置における八種の禁忌）への拘泥を批判する。実は、逆にそれらの例示と勧奨こそが、『文鏡秘府論』の主題の一つなのであった。

鶴膝《かくしつ》とは、第一句の末字、第三句の末字が同じ声調であってはならないことだ。詩で（これに）適うものは、
朝関苦辛地、雪落遠漫漫。含氷陥馬足、雑雨練旗竿（朝の関所は通るには辛く苦しい場、雪は降るし道は遠く遥かだから。氷った土に馬の足を取られ、雨に濡れて旗竿はしなる）。……文章で適うものは、
定州跨躡夷阻、領袖蕃維。時神岳以鎮地、疎名川以連海（定州は平地と険阻な地を踏まえて諸侯の国を統率する。霊峰を聳えさせて地を鎮め、名川を通して海へと続く）。
原隰龍鱗、班頌何其陋。桑麻條暢、潘賦不足言（広く潤った土地が龍の鱗のようとは、班固の賦は何と視野の狭いことか。桑や麻が伸びやかなど、潘岳の賦は論じるまでもない）。……(10)

『文鏡秘府論』はここでは隋代（五八一～六一八）の文献に拠って、詩文における音声の配置法を説いている。例に挙がる詩では、第一句、第三句の末字が各々「地」（去声）、「足」（入声）で声調が異なるため、独孤及のいう四声八病の一つ「鶴膝」の禁忌を犯すことは無い。同様に、後に引く文章でも「阻」（上声）と「地」（去声）、「鱗」（平声）と「暢」（去声）が当該の箇所に見えるので、この点で音声上の理想に合致した模範例とされるわけである。

直接に指摘される音声面以外にも、これらの詩文は定式に適う形を取る。まず詩の方の第三句「含＋氷／陥＋［馬＋足］」と第四句「雑＋雨／練＋［旗＋竿］」が、「動詞（述語）＋名詞（目的語）／動詞（述語）＋［名詞（連体修飾語）＋名詞（被修飾語）］（目的語）」と品詞、文の構成素を同じくする構造を持つ。かく対句（対偶）の形を取る点は、後の文章も等しい。まず前者が主語の「定州」を除いて「跨躡＋夷阻」と「領袖＋蕃維」、「時＋［神＋岳］／以＋鎮＋地」、「疎＋［名＋川］／以＋連＋海」と分解できる。後者は少し異なり、第一句「［原＋隰］＋［龍＋鱗］」と第三句「［桑＋麻］＋［条＋暢］」、第二句「班＋頌＋何＋其＋陋」と第四句「潘＋賦＋不＋足＋言」で句の構造が一致する。他に「班」（後漢の班固）と「潘」（西晋の潘岳）

が共に著名な文学者を指すなど、意味の点でも対偶を形作る[11]。

対句を使用する以上は当然のことだが、各句の字数も揃えられる。例えば、「定州」云々とある文章は「跨躡夷阻」以下、各句は四字・四字・六字・六字から成る。「原隰龍鱗」で始まる方も、四・五・四・五と同じ字数を繰り返す。このような音声の配置、対句の多用と字数の統一（多く四字・六字の句が基調）に加えて修辞の華麗さを特徴とする文章を四六駢儷文《しろくべんれいぶん》（駢文）と呼ぶ。

駢文はかかる外的な特徴に加えて、「原隰龍鱗」と「班頌何其陋」、「桑麻条暢」と「潘賦不足言」が共に先行する賦（韻文の一種）を踏まえるなど[12]、典故を用いて文章の含意を広げる傾向を持つ。換言すれば、それが分からないと、このわずか四句も十全に理解できない。初唐に確立する律詩を初めとした今体詩と同じく、駢文は魏晋南北朝時代（二二〇～五八九）に発展を遂げ、音声・句法上の規則を整え、唐代に至っても文章の主な形式であり続けた[13]。

古文家のいう「古文」とは、その正反対、つまり声調（中国人がこれを自覚したのは魏晋南北朝以降）・対偶、各句の字数に拘泥せず、また典故を頻用しない駢文興起以前のより古い文章乃至それを模した作品を指す。現に、韓愈や独孤及の文章はそうなっている（注8・9）。駢文は文字だけの状態（白文）で示され、意味を解せなくても、規則性に従って（概ね四字・六字ごとに）句読点が施せる。韓愈が自作の古文は「句読点の位置が今（の文章）と異なる」と述べるのは、このためである。もちろん、古文家の書いたものが対偶や典故を全く排し、音声への配慮を欠くわけではない。あくまでも駢文に比べれば、それらが少ないとはいえる。

形式の煩雑化は、時に内容の希薄化を伴う。「鶴膝」を含む数多い複雑な禁忌を避けて、詩文の一部ならぬ全篇を著せば、中身がなおざりになってしまう。古文家にそういった危機感を抱かせたであろう作詩法や関連の議論が、その一方で『文鏡秘府論』等に記録される。本書の問題意識は、ここにこそ由来する。

第五節　本書の問題意識

古文を唱導する動きは、何度かの盛衰を経て、様々な要因が絡んだ結果、北宋中頃（十一世紀中盤）には最終的な成果を得る。これ以降、前近代中国の知識人が自己表現のために用いる文章は、古文を主たる形式とした。ただし、最後の勝者となった事実が、古文の勝利を自明視させる見方を生じさせた点に留意すべきだろう。これには、資料的な問題が関わる。

前節で述べたとおり、唐人は総合的な文学理論書を残さなかった。先に見た韓愈と独孤及の文章（前節、注8・9）は、それぞれ自作の追悼文に加えた後書きと友人の文集に附した序文である。専門の詩論・文論ではない媒体で漏らされた見解を捉えて、唐代の文学理論は研究されてきた。資料上の制約があるのだから、これ自体はやむを得ないことであろう。また、新時代を切り開いた大家の見解を知るためには、今後とも文学理論研究の主流に位置すべき手法と思われる。現に本書でも、特に前編では、この種の文章などに多く材料を求める。

ただ、古文家のスローガンめいた言葉だけに頼って分析を進め、彼らが攻撃した対象を単にやがて倒された存在と軽視する研究に、筆者は違和感を覚える。「古文復興運動」は簡単に勝利を収めたわけではないし、その発生状況を知るには、彼らの想定した（仮想）敵に関しても考える必要がある。そうしてこそ、当時の文学をめぐる言説の実相が見えてこよう。

前節で見た事柄を考え合わせれば、「詩格」（「鶴膝」の適用が詩歌に止まらないように、それは駢文の手引きともなる）はその有力な手掛かりとなるだろう。それらは古文家の主張と相容れない議論を含み、かつ韓愈たちの文章と同じ断片ながら、理論を専ら扱う形を取る。資料の乏しい当該分野の研究において、多面的な分析を可能にする貴重な材料といえよう。

もとより、「詩格」がこれまで研究されてこなかったわけではない。それらに対する注目の度合いは、以前より相当に増してきている。しかし、ここには古文家を中心とした文学理論の研究と同じ傾向が見られる。即ち分析の過程で、やはり「詩格」自体しか見ようとせず、同時代の系統を異にする諸言説との関係に思いが及ばない点がそれである。唐代を通じて「詩格」は少なからず著されたのだが、後になるほど音声や修辞への拘泥は少なくなる。

沈休文《しんきゅうぶん》が八病などと（音声上の禁忌を）厳しく形作り、（声調を）四声に細かく分けたから、従って（『詩』の）風《ふう》・雅（のような詩歌の理想の姿）は皆無に近くなった。(14)

ここに引いた『詩式』は僧・皎然《こうねん》（七二〇頃～七九三以降）が晩年に完成させた文献で、一般には「詩格」に分類される。しかし、南朝（四二〇～五八九）後期の沈約《しんやく》（四四一～五一三）、字は休文、が創始に関わったという作詩における音声上の細則に、皎然は批判的である。確かに、彼が認めないのは煩瑣に過ぎる規則であり、音声の配置に関する顧慮に反対したわけではない。ただ、それにしても初・盛唐の「詩格」が肯定した「八病四声」を批判する点は、同時期の独孤及の説（第四節、注9）に通じるものがある。あるいは、「詩格」の説も他の文学論と無縁ではなかった証左となり得ようか。ひとまず仮説を提起しつつ、「詩格」の含む議論と同時に古文家の主張を見ながら、本書では唐代の文学理論を分析したいと思う。

第六節　本書の構成

そうはいっても、古文家の主張と「詩格」の内容を全て把握するなど、筆者には不可能である。そこで主な対象を二つに絞って、その上で本書を前・後編二部で構成することにしたい。前編では初唐の陳子昂《ちんすごう》（六五九～七〇〇）を取り上げる。陳子昂にまつわる近代以前、また以後の議論・研究は、相当な分量に上る。唐代はさておき、北宋後期以降では大雑把にまとめれば復古的な文学論を主張し、詩文共に一定の成果を上げた、一流から二流の間程度の作家というのが、ほぼ定着した彼に対する評価である。二十世紀に至って、ここに一石を投じたのが、岑仲勉《しんちゅうべん》氏であった。岑氏は唐代の著名な文学者がこぞって陳子昂を賞揚した点に注目し、彼が文学史に占める地位は従来いわれる程度には止まらないと主張された(15)。

岑氏の主張は、所謂「古文復興運動」を開始して、駢文より散文への変革を唱えた功績を中唐の韓愈に帰せしめる定説に疑義を呈することを直接の契機とした。彼の問題提起は後の研究者に受け継がれる。陳子昂に対する評価を収集・分類して、さらにそこから検討を進める論考は、続けて著されてきた(16)。本書の前編でそれらに多くを負いながら、敢えて最初の三章を費やし、既に論じ尽くされたかに見える唐宋期の陳子昂観を述べようとするのは、これら先行の研究に飽き足りないものを感じることによる。それは、次の二点に集約される。

第一に、唐人による陳子昂への高い評価は何に由来するかという点である。既存の研究は、分析の深浅に差はあっても、文学観・実作への共感がその理由と主張するが、納得するに足る論証は示されない。現に残る作品の質量と唐人による高評価の乖離を早く指摘されたのが、劉石氏である。評価に見合う詩文が無いとの指摘は批判を招いたらしく、劉氏はそれへの反論を公にされた(17)。この事実は、唐人による陳子昂賞揚の背景には彼の理論・作品双方への共感が存在するという固定観念が、近年の学界においてもなお根強いことを物語る。

先行研究に筆者が不満を覚える次の理由は、陳子昂への評価を並べて論じるだけで、議論がそこ以外にあまり広がらない点に在る。陳子昂は初唐の後期に生きたため、それ以降の唐代全期間を通じて知識人から論議される対象となった。当時の著名な文学者で、類似の例は他に見られない。彼に対する評価の変遷は、個人、また各時期の文学観を比べる上で、格好な分析材料ともなる。広く文学思潮の中で、唐宋期の陳子昂観は捉えられなければなるまい。

これに対して後編では、主に唐代の「詩格」を扱う。唐から北宋に至る「詩格」は『文鏡秘府論』等に概ね断片の形でしか見えず、その研究はなお未開拓の感が強い。例外的に多くの論考を蓄積してきたのが、皎然と彼の『詩式』をめぐる分野であった[18]。これは『詩式』が一応独自の刊本を伝え、かつ「詩格」類の中で、圧倒的な質量を誇るためである。同時代の詩歌に対する肯定的な眼差しでも、同書は「詩格」というより唐代の詩論全体を見渡しても突出した存在といえる。本書の後編が皎然の詩論を中心に置くのも、それらを理由とする。

二つのテーマを柱に、この序章と末尾の終章を除けば、本書は前編四章と後編五章から成る。以下、これら本編九章と終章の内容を、章ごとにあらかじめ簡単に提示しておく。

第一章では、親友の盧蔵用によって、陳子昂の人物像が形成される過程を追う。陳子昂を賞揚しながら、唐人は彼の個別の作品・理論に触れるところが無い。それとは対照的に、盧が陳の文集に附した序、その伝記は唐代の文章数篇で利用される。これらと他の資料を用いて、陳子昂が文学史上に高い地位を占めるに際して盧蔵用が果たした役割を明らかにする。

この結果を承けて、第二章では盧蔵用から後、中唐までの陳子昂評価を分析する。陳子昂を高く評価し、自らの先駆と位置付けたのは盛・中唐の交代期に生きた古文家たちだった。さらに彼らの考え方は、韓愈たちにも受け継がれることになる。その背景には、イメージとして陳子昂に「復古」の気味を看取したこと、他に相応しい人物がいなかったことがある。

晩唐以降も、陳子昂は文学者に論議される対象であり続けた。第三章では、まずその様子を概観する。前代以来の評価に変化が生じたのは、北宋中頃のことだった。これより後、嘗てのような彼を激賞する言説は、ほぼ見られなくなる。古文家初め唐人には必要な唐代文学における最初の革新者として陳子昂の持つ存在意義が、宋人には不要だったことによろう。

前章までとは方向を変えて、第四章は通史著述の側面より唐代の文学史観を考える。王勃・陳子昂・蕭穎士が揃って通史の著述や祖先による著作の宣揚に関わったことは、偶然ではない。王朝の枠組みに囚われぬ通史の視座は、彼らの文学論の根幹たる南朝への一括した否定と大きく関係する。このことは、先行する統一安定期である漢代（前二〇六〜後二二〇）の尊重と表裏を成す。即ち唐を政治・文学的に漢の後継者と認める思想が、そこに見られる。

第五章は、後編の総説という意味も持つ。ここでは「詩格」及び同類の書が持つ作詩・作文の教則本という性格に注目する。詩を作ることは唐代、どのような意味を帯びたのか、それは果して単に文学的な意義のみから考えてよいのか。このような疑問を出発点として、当時の社会背景、例えば科挙をめぐる諸事象から作詩の教養・学問化について分析を試みる。

続く三章は、『詩式』等に見える皎然の詩論を主題とする。先行研究は、彼が用いる詩学上の観念を考察することに多く力を注いできた。筆者はこれに対して、より具体的な側面を考えたい。まず、第六章では

『詩式』の構造を考察する。同書は古今の詩句を五つの格に分けて置く挙例と詩論から成る。評価の基準は、情趣の表現、典故使用の巧拙、風格の高下に在る。文学批評史においてそれが持つ意味と併せて、これらの構成要素を分析の対象とする。

第七章では、前章の分析を承けて皎然の文学史観を論じる。詩人・詩篇ではなく詩句を格付けの対象とした『詩式』の手法が、どの時代にも好ましい詩歌が現れるという彼の主張とどう関わるか、それがこの章における議論の中心となる。結果として、無原則な復古主義と流行する詩風への追随を止揚する詩歌の在り方が、彼の理想だったことが明らかになろう。

第八章では、皎然がしばしば他者の詩論を否定した点に着目して、皎然と唐代の他の文学論を比較する。現存の資料より、『詩式』の選詩・選句と品第（格付け）は、詩壇での批評から影響を受けていたと確認される。だが、その反面で皎然の批評が流布していた当時の文学論と一線を画す例も見落とせない。それらとの対照を通して、彼の詩歌観はより明確に理解されよう。

これらと別に、第九章では『文鏡秘府論』と共に多くの「詩格」を収める十二世紀の文献『吟窓雑録《ぎんそうざつろく》』の編纂・刊行に関わる事情を考える。その目的は同書の資料性を探る点に在る。

終章では、序章での問題提起に立ち戻る。各章で明らかになった事柄を通じて、古文家と「詩格」、その周囲の文学論とが唐代、特に盛・中唐期に示した関係の様相を素描したい。

おわりに

本書で用いる視座と材料については、既に説明し終えた。なお断っておくことがあるとすれば、文学における「古」と「今」の関係を唐人がどう認識したか、多くの章でそれに紙幅を割く点であろう。過去の文学に向けた態度はどうあるべきかという問題を中国中世の人々がどう考えたかには、既に先行の研究がある。(19)次に、最も極端な言説を挙げよう。

初め、(私は夏《か》・殷・周の)三代・(続く)両漢の書物でなければ読もうとはしませんでしたし、聖人の志(に適う事柄)でなければ(心に)留めようとはしませんでした。(20)

韓愈の書簡に見える言葉である。両漢(前漢・後漢)より後、彼が生きた中唐まで五百年以上に渉る間の書物は見ないと記すのは、仏教が中国に入る、また道教が教団を確立する前の文献しか信じないということでもある。従って、「聖人」とは儒教におけるそれを指すことになる。もとより、韓愈の読書は、そのような狭い範囲に止まるものではない。だが、彼ら古文家が「古」自体とそれへの回帰に高い価値を見出す思想を持ったことは疑い得まい。

いったい、「そもそも古えを尊んで今を卑しむのは、学問する輩である」とか「世間はみな古えを尊んで今を卑しみ、耳にした(昔の)ことは有難がり、目にした(今の)ことは軽んじる」(21)といった言葉が、中国では古代より伝わる。「古」であることが、一般に高い権威を認められていたことが窺われる。韓愈らの文学観もこの流れに連なるものといえよう。

しかし、ここに引いた言葉に「古」の過度な尊重への批判を込められる点は見逃せまい。時代の推移に従って、何事も変わりゆくことは、古代人といえども認識するところだった。文学もまた然り、漢代から後に駢文や今体詩が形成されていったのは、その顕著な例である。

空海の言葉(第三節、注5)を信じるならば、「詩格」は作詩の指南書としての機能を持っていた。そのため、流行に乗り遅れない、今様振りを重んじる詩論を含むのは当然の成り行きだった。もちろん、実作に密着するだけに、そこにはごく表層的な記述も多く見られる。それらを夙に令名の高い文学論と併せ見ようという本書の企図が持つ有効性を疑われる向きもあろう。

だが、特別な選良が場合によっては無意識に書き残した片言隻句を材料とした文学論の研究は、やはり偏頗さを免れないと思う。教則本という性質上、多数の人々の目に触れていた「詩格」について考えることは、従前の研究法に比べて、より広い範囲で共有された文学に関わる観念を理解する手助けとなるだろう。「古」と「今」という一見相反した概念に唐人はどう向き合おうとしたか。それをも念頭に置きながら、本編での考察を進めていきたい。

注

(1) 青龍寺やその唐詩との関係、また現代の記念事業については植木久行一九八七、鄧友民一九九二参照。

(2) 「元白」・「劉白」・「劉柳」・「韓柳」と併称される中唐の代表的な文学者の事跡を見渡すには、蕭偉韜二〇一一が役に立つ。

(3) 「青龍寺曇壁上人兄院集」と題する五言十句の詩が、『王右丞文集』巻四に王維・王縉兄弟、裴迪(王維の親友)による同題の作品と共に収められる。

(4) 唐人による王昌齢への高い評価については、永田知之二〇一三で論じたことがある。

(5) 『文鏡秘府論』天巻「序」

庶緇素好事之人、山野文會之士、不尋千里、蛇珠自得、不煩旁捜、雕龍可期。

(6) 唐・王叡『炙轂子詩格』「論章句所起」(『吟窓雑録』巻十五)

九言起於韋孟詩、又始於李白云、古來唯見白骨黄沙田。

同「三五七言体」(同前)

李白詩秋風清、秋月明。落葉聚還散、寒烏棲復驚。相思相見知何日、此時此夜難爲情。

後の例の「李白」を『吟窓雑録』の諸本は「高邁」に作るが、張伯偉二〇〇二a、三八八頁の校勘記に拠って改めた。なお引用される李白の詩は各々「戦城南」と「三五七言」(『李太白文集』巻三、巻二十三)と題する。唐代に著されたことが確実な「詩格」に李白の詩句が見える例は、これらと第八章第三節、注41に挙げる『詩式』での引用以外に伝わらない。しかもここに引いた二つは、共に珍しい詩形の例として挙げられたに過ぎない。また杜甫の方は、第八章第三節、注28で引用する言及が唯一の例である。現存する逸文に限りがあって、他に引用が無かったと断定できないとはいえ(第五章注73)、「詩格」で彼らが重視されていなかったことが想像される。

(7)韓愈「調張籍」(『新刊五百家註音辯昌黎先生文集』巻五)

李杜文章在、光艷万丈長。

「艶」は「焰」の誤りと見て、本文ではそのように訳出した。

(8)韓愈「題哀辞後」(同前注巻二十二)

雖然、愈之爲古文、豈獨取其句讀不類於今者邪。思古人而不得見、學古道則欲兼通其辭。通其辭者、本志乎古道者也。

「雖然」と「愈之爲古文」の間の文字は、底本の注に従い衍字と見做して削除した。

(9)独孤及「検校尚書吏部員外郎趙郡李公中集序」(『毘陵集』巻十三)

自典謨缺、雅頌寢、世道陵夷、文亦下衰。故作者往往先文字後比興、其風流蕩而不返。乃至有飾其辭而遺其意者、則潤色愈工、其實愈喪。及其大壞也、儷偶章句、使枝對葉比、以八病四聲爲梏拲、拳拳守之、如奉法令。

(10)隋・劉善経『四声指帰』(『文鏡秘府論』西巻「文筆十病得失」所引)

鶴膝、第一句末字、第三句末字、不得同聲。詩得者、朝關苦辛地、雪落遠漫漫。含冰陷馬足、雜雨練旗竿。……筆得者、定州跨躡夷阻、領袖蕃維。跱神岳以鎮地、疎名川以連海。原隰龍鱗、班頌何其陋。桑麻條暢、潘賦不足言。……

(11)中国古典文学における対句と関連の理論を専ら扱う研究書に古田敬一一九八二がある。

(12)班固「西都賦」(『文選』巻一)

溝塍刻鏤、原隰龍鱗。

潘岳「西征賦」(同巻十)

華實紛敷、桑麻條暢。

(13)駢文を分析の主題とする古典的な著作に鈴木虎雄二〇〇七(原書は一九六一年刊行)がある。また、魏晋南北朝以来の作詩文における音声の配置に関する歴史をまとめて知るには、古川末喜二〇〇三、一九九～二九五頁〔初出は同一九八四a、一九八四b、一九九五〕が有益である。

（14）『詩式』巻一「明四声」
沈休文酷裁八病、碎用四聲、故風雅殆盡。

（15）岑仲勉一九四六、一四九～一五一頁〔同二〇〇四c、一～三頁〕参照。なお同一九五七、一七六～一七七頁でも同じ主張が繰り返される。

（16）歴代の資料を集成したものに韓理洲・劉玉珠一九八四〔韓一九八八、三五七～四〇七頁〕、資料を通した分析に韓理洲一九八二b〔同一九八八、二五五～二七七頁〕、亓婷婷一九九一、魏詩盈一九九九がある。

（17）最初の論文が劉石一九八八で、同一九九四が批判に応対する。これらは同二〇〇三、一九九～二三一頁に再録される。

（18）広く唐代の詩格を主題とした単行の著作に王夢鷗一九七七、許清雲一九七八、張伯偉二〇〇二aがある。他に王夢鷗一九八四、同一九八七に収める諸論文も参考になる。その一方で、皎然の詩論についてはテクストの校勘に許清雲一九八四、注釈書に李壮鷹二〇〇三、周維徳一九九三、研究に鍾慧玲一九七五、許清雲一九八八、許連軍二〇〇七、甘生統二〇一二などが存在する他、近年の研究を回顧した論文に余翔・林国良二〇一一がある。

（19）この問題に関しては、本編の注釈中に名を挙げた論考以外に和田英信一九九七、同一九九九〔同二〇一二、五～五六頁〕、川合康三一九九八b、同二〇〇二a、釜谷武志二〇〇〇を参照した。

（20）韓愈「答李翊書」（『新刊五百家註音辯昌黎先生文集』巻十六）
始者、非三代兩漢之書不敢觀、非聖人之志不敢存。

（21）『莊子』雑篇「外物」
夫尊古而卑今、學者之流也。
後漢・桓譚『桓子新論』（『文選』巻三・張衡「東京賦」李善注所引）
世咸尊古卑今、貴所耳、賤所見。

第一章　盧蔵用が抱いた文学観と陳子昂像の形成
――詩人と伝記作者

はじめに

文学者に対する評価が、その作品を通して行われるのは当然である。もとより作品が既に散逸した、あるいは少数しか残らず、作家としての声価のみ伝わる場合もあり得よう。だが、それらはあくまでも特殊な事例でしかない。ただ、作品だけに頼って全て事足りるかといえば、事態はそれほどに単純ではない。書き手と現在の読み手である我々の間には、過去の批評が積み重なっている。それは純粋な作品の解釈だけではなく、文学者の伝記の記述などをも含む。作家が遥か昔の人物であり、また高い評価を有する時、通常それは膨大な量ともなる。これら「読み」の歴史は、往々にして強い固定観念となり得る。中でも生前の文学者に近かった人々が彼らについて残した証言は、何らかの先入観を読者に植え付けやすい。これらの事象を無視して作品に接しても、作家へのより完全な認識に到達する、即ちその実像に迫ることは難しい。

本書前半で取り上げる初唐の陳子昂《ちんすごう》（六五九～七〇〇）[1]――字は伯玉――は、その典型だろう。中唐に至るこの文学者への批評の変遷は、次章で分析する。ただ、彼に向けた言及は同じく初唐に生を終えた他の作家に比して、類例を見ない数に上る。しかも後世、彼より遥かに高い名声を得た唐代の文章家・詩人が、奇妙なほどに賛辞を呈しているのである。

陳子昂の別集（個人の詩文集）である『陳伯玉文集』[2]（以下、陳集と呼ぶ）は巻首に「陳伯玉文集序」、巻十「附録」に「陳氏別伝」（以下、各々を「盧序」、「別伝」と称する）と彼を祭る文章（第四節、注72に引用）を含む。いずれも彼の親友だった盧蔵用《ろぞうよう》（生没年未詳）の手に成るこの三篇のうち、「盧序」は管見の限りにおいて、唐人の李陽氷《りようひょう》・皎然《こうねん》及び顔真卿《がんしんけい》・趙儋《ちょうたん》が、明らかな形で引用している。[3] 賛否の別こそあるが、彼らは共に「盧序」を引いて、陳子昂に何かしらの評価を下した。中でも、時代が最も遅れる皎然の『詩式』は、貞元五年（七八九）以降数年のうちに完成したので（第六章第五節、注48）、陳子昂の死から百年に満たない期間で、「盧序」は一定数の読者を得ていたといえる。当時の文献が今日まで残る確率から考えて、この四篇という数は、過小に見積もられるべきものではあるまい。

本章の目的は、盧蔵用が抱いた文学観と彼による陳子昂像の形成、その方向、あるいは後代に与えた影響の検証に在る。これらの問題について、専門の論文といえるものは、まだ見当たらない。[4] だが、陳子昂が唐代でも有数の高い評価を受ける文学者となり得た理由を考察するに際して、最初の伝記作者かつ初めての評者でもある盧蔵用が有した見解への正確な認識は不可欠と考える。

陳子昂については、著名な文学者ら同時代人が生前の彼と遣り取りした詩文が少しく伝わる。それらは彼の文学に対する一種の評価ともいえよう。ただし、純粋な意味で文学を対象とした批評は、やはり彼の死後に盧蔵用が著した一連の詩文を嚆矢とする。その後世への影響なども併せて、本章で「盧序」と「別伝」を主な分析対象とした所以である。

第一節　盧蔵用と彼による陳子昂集の編纂及び流伝

まず、『旧唐書』巻九十四と『新唐書』巻百二十三の本伝に拠り、盧蔵用の経歴を略記しておこう。盧蔵用は進士に挙げられるが任官できずに隠棲し、陳子昂たちと交わった。長安年間（七〇一～七〇四）、官に就いて以後、顕職を歴任するが、玄宗が反対派を倒した際に、その党与として流刑になる。後に再起用されるが、地方官に在職のまま逝去した(5)。

官に就く前も、当時の首都である洛陽近くの嵩山に赴いて、権力との接触を求め、「随駕隠士」（「駕」は天子の車馬の意）と称された（両唐書本伝）。晩唐期の『譚賓録』（『太平広記』巻二百四十「諂佞二・盧蔵用」所引）は盧蔵用が陳子昂らと交遊した事実や在官時の奢侈僭上を記し、さらに彼が「假隱」（似非隠者）と評されたと伝える。そこには隠逸が持つとされる清廉さを売り物にして、任官した生き様への非難が含まれよう。栄達の後、嘗て隠れた山中の風光を述べると、「仕宦の捷径」と揶揄されるなど(6)、人格への評価は芳しくない。

もっとも、陳子昂など友人の遺児を手厚く養育した美談も、彼には伝わる。また盧蔵用は中宗（則天武后の後を承けて重祚）の時期（七〇五～七一〇）には、宮廷詩壇の一員でもあり、公宴での応制詩（皇帝の命を受けて作られた詩）が複数現存する。さらに、蕭穎士《しょうえいし》（七一七～七五九頃）が陳子昂と共にその「文辞」を認めた数少ない唐人の一人だという記録も今に伝わっており(7)、盛唐期を代表する古文家（第二章第三節を見られたい）に評価されるほどの文章家だった事実が窺われる。

「盧序」後段と「別伝」第六段には、盧蔵用が陳子昂の遺文十巻を一書にまとめた旨の記載がある（各々次節、注28、次々節、注53に掲出）。従って、これら二篇の文章が書かれた時期の確定は、陳子昂集編纂期間の下限を特定することにも繋がる。まず「別伝」であるが、その第六段には陳子昂の友人の名が列挙される。韓理洲氏は彼らの名に冠する官職に各人が在った年代から、「別伝」は久視元年（七〇〇）後半の文章と推測された。

その一方で、「盧序」の執筆年代については、「黄門侍郎盧藏用撰」という署名が決め手となろうか。それは次節に引く同文後段（注28）の末尾に見えるが、ここに問題がある。それというのも『文苑英華』（以下、概ね『英華』と略称）巻七百、『唐文粋』巻九十二所収の「盧序」は「黄門侍郎盧藏用撰」の句を欠く。韓理洲氏はこれを根拠に、現行本陳集に見える「黄門侍郎」は後人の附加であり、「盧序」の執筆は盧蔵用の黄門侍郎在職時、即ち景龍末年（七一〇）で、「別伝」もそれと同時に著されたという説は誤りと断じられる。(8)

確かに十五世紀末に刊行された現存の陳集より古い十・十一世紀の文献が収める「盧序」に無い以上、この署名に絶対の信は置けまい。それでは、陳子昂集の編纂時期を探る資料は「別伝」だけかと思えば、そうとも言い切れない。陳集巻三所収の「豊国夫人のために皇太子の生まれたことを言祝ぐ表」（「為豊国夫人慶皇太子誕表」）にも、推論の材料が含まれる。これは内容より皇帝の男子生誕を祝って、文中にいう「皇太后陛下」に奉るべく、豊国夫人という女性（未詳）のために陳子昂が代筆した祝賀の上表と思われる。彼の生前に皇太后の地位に在った人物といえば、後に皇帝となる則天武后のみ、在位は弘道元年（六八三）十二月より載初元年（六九〇）八月に及ぶ。

この期間中、最初の約二箇月だけ中宗が帝位に在ったのを除けば、皇帝は一貫して睿宗（在位六八四～六九〇）だった。つまり、ここで取り上げた表の題目にいう「皇太子」は睿宗の皇子と考えてよい。誕生の時期から見て、それは李隆基（後の玄宗）である可能性が高い。即ち、「皇太子」とは執筆時ではなく、後から遡っての呼称と思われる。(9)玄宗が太子であったのは、景雲元年（七一〇）から先天元年（七一二）までのことだった。これは、正しく盧蔵用の黄門侍郎在任時期（注5所掲略年表の当該年次を見られたい）と一致する。

「別伝」の執筆は、韓理洲氏の推論どおり久視元年（七〇〇）頃の公算が大きい。ただ、その時点で陳子昂集の編纂が全て終わったとするのは、早計である。先の「皇太子」は、李隆基が当時、太子だった事実を反映して盧蔵用が改めた疑いがある以上、「黄門侍郎」という署名も一概には否定できず、陳子昂集の編纂時期にはより幅を持たせるべきだろう。

さて、『旧唐書』巻四十七「経籍志下・丁部集録・別集類」に「陳子昂集十巻」とある。「経籍志」の内容は、開元九年（七二一）に成った『群書四部録』を節略した『古今書録』に基づく。また、同十五乃至十六年（七二七・七二八）成書の『初学記』には、陳子昂の作品が引かれる。(10)これら勅撰書での著録・引用は、開元（七一三〜七四一）期の中頃に陳子昂集が宮中に蔵せられていた事実を示唆する。それより時代が下って、晩唐期までに彼の作品が読まれていたことを示し、かつ文学上の評価を直接含まない例証を、次に挙げておく。うち（a）から（e）は彼の詩文が別集という形で流伝していたことを、中でも最初の三条は、さらにその集が十巻立てだったことを表す。

（a）敦煌写本Ｐ《ペリオ》三五九〇『故陳子昂集』は、巻八の途中から巻十までが残存する（以下、敦煌本と呼ぶ）。同書所収の作品は、現行陳集の該当部分と内容・配列が完全に一致し、また「別伝」をも収める。(11)即ち、唐代に流布していた陳子昂の詩文集うち、少なくとも一種と現存する明刊本の陳集との差は比較的小さく、同じ盧蔵用が編んだものの流れを汲むと考えられる。

（b）九世紀中葉に「十軸」から成る陳子昂の文集があった（第三章第二節、注28）。

（c）九世紀末の成立と思しき日本の書籍目録に陳子昂の作品集十巻が著録される。(12)

（d）大暦十四年（七七九）四月十五日の日付を有する牒文（下位の官が上位者に奉る公文書）に「陳子昂集」の書名が見える。(13)

（e）咸通四年（八六三）五月廿九日の日付を持つ墓誌が「陳公子昂集序」に触れる。(14)

（f）李渤（七七三〜八三一）が陳集所収の頌（韻文の一種）に対する言及を伝える。(15)

（g）北宋・王溥《おうふ》『唐会要』が、陳子昂の上奏文六篇を部分的に引用する。同書のうち徳宗以前の記事はその治世（七七九〜八〇五）末期に編まれた唐・蘇冕《そべん》らの『会要』に依拠している。[16] 従って、これらの上奏文もその『会要』に収められていたと思しい。

本節で挙げた事柄を総合すれば、結論として次の二点が指摘できる。

一、久視元年（七〇〇）頃、盧蔵用は「別伝」を著し、陳子昂集を編んでいた。作品名の改変なども含めると、それは景雲元年（七一〇）から太極元年（七一二）まで続いていた可能性がある。

二、陳子昂集は早くも盛唐期には、宮中に存した他、唐末までに敦煌や外国に至る広範囲に伝播した。

唐代の陳子昂集が「別伝」をも収録する事実は、（a）で触れた敦煌本の存在から立証される。当該の敦煌写本は冒頭部を欠くため断言はできないが、今本と同じくそこには「盧序」が含まれていたのではないか。この推測が誤っていなければ、陳子昂集の流伝は、同時に「別伝」と「盧序」の広まりを意味する。唐人による「盧序」の引用という事象（「はじめに」、注3）には、高官だった盧蔵用の知名度と併せて、彼が編纂した陳子昂集の速やか、かつ広範な普及が介在したと想像される。

第二節　「盧序」の文学観——『宋書』「謝霊運伝」論との比較を通して

続いて盧蔵用の陳子昂に対する評価、さらには彼自身が抱いた文学観について考えたい。本節では「盧序」を手掛かりとして、この問題を分析する。同文には、複数の注解・訳注が既にある。[17] ここでは、それらと同じく、「盧序」全体を三段に分かつ。

（前段）むかし孔宣父《こうせんぼ》（孔子）は衛から魯に帰ると、天与の才能でもって『詩』や『書』を整えて、『易』の道を祖述し、また『春秋』を作ったが、爾來何千・何百年、その文章は輝くほどに明らかである。孔子が没してから二百年して『楚辞』の作り手らが現れ、そこで艶やかにして実の無い文学を著す気風が流行ることになった。漢が興って二百年間では、賈誼《かぎ》・司馬遷が傑出していて、礼楽を規範に仰いで、老成練達した人の風格を持っていた。司馬相如《しょうじょ》・揚雄といった輩は、魁偉で千変万化の様を示す作品を著し、やはり並外れた人物である。浮ついた言葉に流れたため、その作品の基づく古えの聖賢の意の世に顕れぬことが惜しまれる。その後、班固・張衡・崔駰《さいいん》・蔡邕《さいよう》、曹植・劉楨《りゅうてい》・潘岳《はんがく》・陸機が時に応じて出てきた。彼らの文学に「大雅」の在り様は足りないにせよ、それでも先人の遺風余烈は、まだ雛型として残っていた。宋・斉以降、文学は疲弊・屈折し、頽廃して華美に流れた。徐陵・庾《ゆ》信《しん》に至って、天は文を滅ぼそうとするかというほどだった。上官儀の如き、徐・庾の後に続く人物が、踵を接して興った。それで『詩』の国風・大小雅の道は地を払って去った[18]。

『詩経』などの経典を編んだ孔子（前五五一～四七九）の没後、速やかに退潮した儒教の精神が、ある人物や著述によって後に回復されたという主張は、漢以降の歴史観として枚挙に遑がない。夙に後漢の王逸（二世紀前半）は、『楚辞』を儒教精神復興の象徴と考えて、同書に注を施した。詩書・春秋を文学の起源とし、孔子の教えを継承・復興させた詩文を高位に配する基準・枠組を、「盧序」は明らかに踏襲している[19]。ただ、盧蔵用は王逸と異なって、前三世紀の屈原が著したとされる「離騷」を初めとする『楚辞』に文学退廃の姿を見出す。彼にとって儒の伝統を再興したのは、前漢（前二〇六～後八）の文学者だったわけで、その見解は賈誼・司馬遷・司馬相如・揚雄に言及する一節に見える。礼楽を著述の基盤とした前二者に比べて、後二者への扱いは低いが、四人は概ね高く評価される。

さらに後漢以降になると、班固（三二～九二）から陸機（二六一～三〇三）までは「大雅」（儒教精神の意か）

が足りないとしつつ、なお容認される。賈誼らが有した風格は、「遺風餘烈」（原文のまま）という形で、この時期の文学には残っていたと認められるわけだ。[20] 続いて、南朝の宋・斉（四二〇〜五〇二）の頽廃した文学が指弾される。六世紀後半の徐陵・庾信や唐初の上官儀＊（？〜六六四）に至って、そのあるべき様は姿を消したという。[21]

（中段）『易』にいう、「物事は否《ひ》のままには終わらず、ために泰《たい》がその後に来る」と。（文学の）道が失われて五百年にして、陳君が世に出た。君の諱は子昂、字は伯玉、蜀（四川）の人である。彼が長江・漢水の流域（蜀の地）で立ち上がり、中原を鋭く見据え、悠久の時間に聳え立ち、文学頽廃の流れを押し止めると、天下はみな共に、（過度な）文雅を質実（の方向性）へと一気に転じさせた。かの岷山と峨眉山の精、巫山・廬山（全て中国南部の名山）の霊気を受けずして、どうしてこれほどの人物を生み出せようか。従って彼が著した諫諍の言は、政治を為す先導となる。昭夷の碑は、当を得た議論である。国殤の文は、大雅に則った哀惜である。徐君の議は、刑と礼の折衷である。（他に）感情を激しく起伏させ、微《ほの》かな様が顕《あら》わになり幽《かす》かな事柄を闡《あき》らかにして、変化の兆候をつかんで、天と人との相関にまで至る作としては、「感遇」の詩篇がある。その進み行く駿足を見れば、つむじ風をつかみ取って天空を乗り越え、先人の残した気風を捉えて嵩山・岱山（共に五岳の一）に迫ろうとするほどであった。私は彼が進むのを目にはしたが、止まるのは見たことが無い。惜しいことに当時の世で運に恵まれず、その道は時勢と相容れず、遺骨を巴山（蜀にある山）に打ち捨てて、人生も志も中途で終わった。だからその文学は究極にまでは達しなかったのである。[22]

中段冒頭で引用される『周易』にいう否卦は不安定を、泰卦は安定を象徴する。[23] 万象は循環して止まぬ以上、閉塞し切った詩文の現状とても永遠に続くわけはなく、やがて打破される運命にある。この暗示は、後で陳子昂による文学の復興を語り出す伏線といえる。「道が失われて」と「天下はみな共に」で始まる文章は、どちらも唐人に引用がある（「はじめに」、注3）。いずれも長期に渉って衰微した文学を、陳子昂が一挙に変革する様を言い表す。

「諫諍の言」以下は、陳子昂の詩文を個別の作品ごとに論評する。中でも彼の代表作とされる詩「感遇」三十八首（陳集巻一）には最も多くの言葉を費やす。[24]次に、その評語を少し詳しく見ておく。まず「感情を激しく起伏させ」の原文は「感激頓挫」だが、この「頓挫」は抑揚、それも揚に重点があり、激した調子で人の心に迫る様子を表現する。[25]また対になる「微顕闡幽」は『周易』「繋辞下伝」の語で、現象の背後にある法則性を知ることをいう。

「天と人との相関」（原文「天人之際」）は古来、様々に論じられてきた概念である。前漢の司馬遷はそれを究めようとして畢生の大著『史記』を編んだと自ら述べた。歴史の叙述を通して、天道と人の運命との関連を明らかにするという彼の意図を、この言葉は象徴しよう。[26]晦渋な表現によって、形而上の事柄にまで及ぶ内容を語る連作詩、これが今に至るも大筋では変わらない「感遇」への定評である。[27]この種の解釈は、ここに見た一節を盧蔵用が「盧序」に記した時点で、既に方向付けられていたといえる。次に、続けて後段を見ていく。

（後段）ああ、聡明な英才が衰え果て、欲深で腹黒い者が栄達する。天よ、天よ。私は最初かの天がそう定めたものとは知らなかった。昔より私と（陳子昂には）心からの交わりがあり、それは天下のうちで、一人だけというほどだった。良き友が亡くなったことは、天が私を滅ぼすものだ。今その遺文で残すに足るものを採って、編集し、全十巻となった。残念ながら（陳子昂は『詩』の）編者に巡り合えず、『詩』の作り手らの作品に自作を列することができなかった。悲しいことだ。そこで文学の変化を大凡《おおよそ》論じてその文集の序とした。彼の王道・覇道を実現する才能、抜きん出た行いは、「別伝」にそれを置いて、巻末に続けることにしたのである。黄門侍郎盧蔵用撰。[28]

後段で盧蔵用は陳子昂の早世、ひいては善は衰え悪が栄える現実に対する天の責任に言い及ぶ。「天が私を滅ぼす」（原文「天其喪予」）は、愛弟子の顔回に先立たれた孔子が漏らす悲嘆の言葉、「天喪予」（『論語』「先進」）を意識する。『詩経』の書き手にも匹敵し得る、即ち生まれるのが遅すぎたという賛辞で、陳子昂の文学に対する「盧序」の評価は幕を閉じる。

既存の注釈が示した古典の他に、「盧序」の発想と修辞は、盧蔵用により近い隋（五八一～六一八）・唐初の文章にもごく似通った類型を見出せる。(29) ただ、伝統的な文章観から、この序を高く評価する向きもある。(30) 唐人が「盧序」にしばしば言及した（「はじめに」、注3）背景には、それ自体の声価も関わるかもしれない。

「盧序」執筆の趣意を、盧蔵用は後段（注28）で「文学の変化」（原文「文之變」）を論じる点に在ったと述べる。前・中段の全て、量的には全体の三分の二以上を費やして孔子から陳子昂に至る詩文の変容を記す構成が、この言葉を裏付けよう。初唐期に著された、現代風にいうと文学史となる叙述は、幾許か今に伝わる。(31) 中でも王勃《おうぼつ》（六五〇～六七六?）及び楊炯《ようけい》（六五〇～六九三以降）には、過去の文学への排撃をもって知られる文章がある。(32) その意味で、時代の遅れる「盧序」が前段で初唐以前の詩文を批判したのも、決して目新しい態度ではない。むしろ、「盧序」の特徴は、文学史の区分と位置付けにこそ発揮される。

> 漢（前二〇六～後二二〇）から魏（二二〇～二六五）まで四百年余り、作家・才人は文学の在り様について三たび変化を表した。……（魏に続く晋の文学者は前漢中期の文人が集った）平台《へいだい》の優れた響きを書き綴り、（後漢末の詩人が遊んだ）南皮《なんぴ》での高い調子を身に付けて、（前代の）遺風余烈は西晋（二六五～三一六）で頂点に達した。(33)

元来は『宋書』巻六十七に見えるこの文章は、沈約《しんやく》（四四一～五一三）「宋書謝霊運伝論《しゃれいうんでんろん》」として『文選』にも収録される。ここにいう「遺風餘烈」の語が、古代の文学が持つ風格の意で、「盧序」前段（第二節、注

18）にも見えたことは、既述のとおりである。実は語彙の段階に止まらず、時代認識に関わる深い層までをも、「盧序」は「謝霊運伝論」と共有していた。

「謝霊運伝論」は文学史を漢魏以前、晋宋と大きく二分する。そこで「三たび変化を表した」（三變）と言明するのは、引用の如く詩歌に各自の成果を示した前半期の西漢・東漢・曹魏についてだった。ただ同論は後半期も（i）西晋の元康年間（二九一～二九九）まで、（ii）東晋（三一七～四二〇）、（iii）東晋末から劉宋（四二〇～四七九）の三つに細分しており、「盧序」の時代区分は主にこれと関係する。それに拠れば文学史上、（i）は前代から継承した「遺風餘烈」の残存期、（ii）は詩風が不良化した衰退期、（iii）はそこからの復興期と概括できる。

その一方で、「盧序」による文学史の三区分は、前段の（a）経書から潘岳・陸機まで、（b）宋・斉以降、初唐の上官儀たち以前、中段の（c）陳子昂の時代と規定される。三期中、第一期を肯定、第二期を否定し、同時に論者にとっての現代か近い時代に、特定の人物が第二期での弊風を是正するという図式は、「謝霊運伝論」と共通する。(34) 盧蔵用はこの大枠を借りながら、文学史の終着点を自らが生きる初唐にまで引き下げたといえよう。

ただし、両者の間には差異も見られる。（iii）で謝霊運（三八五～四三三）ら数名の文学者によって道家思想の臭味を帯びた詩歌の大流行が象徴する義熙年間（四〇五～四一八）の悪しき文学は駆逐されたと、「謝霊運伝論」は述べる。これと対照的に、盧蔵用は（c）で文学の流れを変えた功績を陳子昂一人に帰せしめた。南北朝以降の数百年間を文学不毛の時代と捉えた「盧序」の主張は、如何にも極端に過ぎよう。陳子昂の挙げた文学上の成果を強調することが目的とはいえ、この主張が批判を受けるのは当然だった（第七章第二節）。

だが、ここで先行する王勃や楊炯の文論が、さらに広く『楚辞』以後の文学全てを否定した点（注32）を想起したい。彼らの主張に従えば、人は古代に遡って経書こそを著述の規範と仰がざるを得まい。このようなより極論と思える文学観に比すれば、前漢・西晋間の詩文を肯定し、そこに典範を求め得る「盧序」のまだしも穏当な説が(35)受容されやすかったことは想像に難くない。ともかく、上昇と下降と唐人による再上昇だけで詩文の歴史を総括する、この単純明快な文学史の構図が唐代に普及した様は、本書前編の随処で見ることになるだろう。陳子昂の名が現れぬ資料も入れれば、その数は乏しくない(36)。

かく「盧序」の内容を見渡した上で、やはり関連して触れずに済ますわけにはいかない記述がある。陳子昂が東方虬《とうほうきゅう》に贈る詩に附した序文がそれである。次に、大意を挙げる。

> 文章の道が廃れてから五百年になります。漢・魏（交代期）まではあったその気概は、晋や宋の時期まで伝わりませんでした。しかし今でも典籍が古えの文学を知るよすがとなります。南朝の斉や梁（五〇二〜五五七）の詩を見ると、修辞は華麗でも、寓意は消え去っており、嘆かわしいことです。今の文学の在り様が屈折し、『詩』の風や雅の精神が表れぬことが不安に思われます。解三の所で見たあなたの詩には、力強さが立ち上り、音調は豊かに抑揚しています。思いがけず（魏の）正始（二四〇〜二四九）の詩をここで見ることになり、またこれならば（後漢の）建安（一九六〜二二〇）の作者でも認めてくれましょう。解君は「張茂先《ちょうもせん》（二三二〜三〇〇）、何敬祖《かけいそ》（二三六〜三〇一）＊と東方君は肩を並べる」と言いましたが、卓見だと思います(37)。

この「修竹篇序」が重視するのは、「気概」（原文「風骨」）を備えた「漢魏」の「文章」である(38)。張華（茂先）や何劭《かしょう》（敬祖）への評語も考慮に入れれば、その肯定の対象は、西晋の詩文まで範囲が広がる。さらに「寓意」と訳した「興寄」を重んじる背景には、道に適う主張があって初めて詩は詩たり得るという思想が存在しよう。[39] ともかく、魏以降の「五百年」を「道が廃れ」(道弊)た時期と見做し、『詩』の核心たる「風」や「雅」の消滅を危ぶむ観点は、同じ時期を「道が失われ」た「五百歳」と称した「盧序」の議論(注22)と軌を一にする。陳子昂の文学(史)観を、盧蔵用は比較的忠実に祖述したといえようか。[40]

盧蔵用と陳子昂の文学をめぐる論説のうち、唐人が専ら引用し、表現を踏襲したのは、先述の如く前者の「盧序」の方であって(「はじめに」、注3、本節、注36)、後者の文章ではなかった。[41] 両者の文学への捉え方が通底するならば、先に没した前者の文学論はなぜ注目されなかったか、この点に疑問が提起されるかもしれない。だが、陳子昂にまとまった詩論・文論が残らぬ事実を思えば、これは当然でしかない。近代以降の文学史家が、陳子昂の文学思想を説くために、その片言隻句を発掘したというのが実態だろう(注39所掲論著を参照)。主張の先後を明らかにした上で発言する、現代の研究者めいた態度など、そもそも唐人には求めようがあるまい。文集の序文と詩歌の詞書では用途が異なるので、軽々に比較はできないが、「盧序」は「修竹篇序」の約三倍もの分量を持ち、より暢達に文学観を物語る。

南宋の劉克荘《りゅうこくそう》(一一八七〜一二六九)は「盧序」中段(注22)の「長江・漢水の流域に起き上がり(崛起江漢)……文雅を質実へと一気に転じさせた(質文一變)」及び「感情を激しく起伏させ(感激頓挫)……天と人との相関にまで至る(以接乎天人之際)」という箇所をこう評した。「韓柳の登場前に、こう論じ得たわけで、やはり卓説といえる」。[42] 中唐の韓柳(韓愈・柳宗元)やその先輩は、陳子昂を文学上の先達と仰いでいた。彼らに[陳子昂—早期の古文家—韓柳]という系譜意識を見出すことは難しくない。この点は、次章の「はじめに」と第三節で取り上げる。劉克荘はこれに対して、古文家による文学論の継承は、実は[(陳子昂を題材に文学を論じた)盧蔵用—韓柳]ともいえると喝破した。本節で見た南朝以降の文学を否定し、漢・魏以前に詩文の理想を見出す「盧序」の主張が後の唐人にまま見られる文学史観に繋がる先駆性を持つ点で、それは正鵠を射ている。

第三節　「別伝」による陳子昂像の形成

伝記という性質上、「別伝」中に盧蔵用自身の主張は、「盧序」ほど露わには見えない。だが陳子昂の生涯を描く現存最古のまとまった記述として、「別伝」の価値は無視できまい。後世の陳子昂評を考える上でも、盧蔵用による彼の人物像形成は分析しておく必要がある。

「別伝」には、筧久美子氏による詳細な訳注がある。(43) 詳しくはそちらに譲って、ここでは抄訳を示して若干の補いを試みたい。便宜上、七段に分けて、「別伝」の概略を見て行く。なお、「別伝」は陳集・敦煌本（第一節、注11）を初めとした陳子昂集諸本以外では、『英華』巻七百九十三にも「陳子昂別伝」と題して収められ、これら三者間で相互に異同が存する。

（I）陳子昂は梓州射洪県の人で、四世の祖である方慶が墨翟の祕書を手に入れて、（彼の移住がもとで）子孫はそこに住み、代々（地元の）豪族であった。父の元敬は、男伊達であり、飢饉の時に大量の穀物を放出して、報酬を求めずに、人々を救った。元敬は明経科に及第したが仙道修行を志し、仙薬の調合などをして、四十余年を経た。(44)

第一段では、まず陳子昂の祖先の事跡が話題となる。これらの記述は、概ね彼自身の手に成る文章と一致する。「別伝」とそれらに基づいて作成した家系図を、次に掲げておく。

射洪陳氏家系図

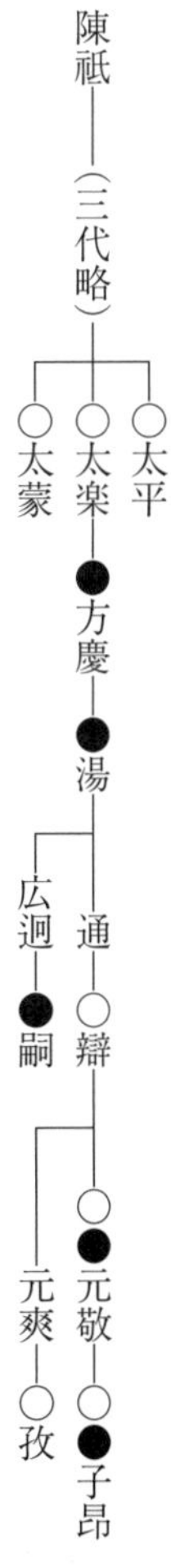

蜀漢が滅亡（二六三）した後、射洪の陳氏は出仕せず、当時の居住地で代々郡長を務めた。梁代に陳太楽ら兄弟が地方官となるも、孫の陳湯が騒乱で官を離れて後、陳子昂まで本格的に官界入りした者は存在しない。彼ら族人の中では、「別伝」及び陳子昂の文章（注45）を通読すると、「英豪」・「豪傑」・「大豪」・「豪英」などと性格を形容される者が目に付く。前掲の家系図で名に○を附す人物が、それに当たる。今一つ、これらの記述を見て印象に残るのは、隠者として描かれる親族の存在である。こちらは家系図中の該当者の名前に●を附したが、「好道」・「避世」等の傾向を持つ祖先も、陳家には乏しくない(45)。

陳氏に伝わる隠逸の伝統は、梁末の争乱（六世紀後半）に遭い、「墨子五行祕書」と「白虎七變法」とを得た陳方慶に始まる。「別伝」が「墨翟の祕書」と呼ぶこれらの逸書は、『墨子五行記』、『白虎（避諱によって獣とも作る）七変法』など類似の表題で諸文献に見える。即ち、符呪・服薬を通して飛行・隠形・変化と変身を可能にする方術が、そこに記されていたようだ。つまり、この「墨子」は戦国時代に博愛と平和を説いた思想家の墨翟（紀元前五・四世紀）というより、むしろ神仙として伝説化され尊崇の対象だったものらしい。今、その方術における位置は詳らかにし難い(46)。ただ陳家の祖先が、老荘哲学のみならず即物的な登仙法の影響で隠棲した可能性は無視できない。「豪」と隠逸の伝統は、「別伝」が以下に描く陳子昂像にも反映される(47)。系図中で彼にも、○と●を附した所以である。

（Ⅱ）嗣子の子昂は、衆に優れて、姿形はすらりとして背が高かった。初めは豪族の息子だからといって、男伊達振りを競い血気に逸って、十七・八歳になってもまだ学問をしなかった。博徒に付いて地元の学校に乗り込んで（無学を恥じ）、嘆いて学に志した。そこで典籍の学習に打ち込んだ。数年の間に幅広い書物を読み尽くし、とりわけ文章を巧みに作った。その作品には司馬相如・子雲の風格があった。最初に詩を作った折に、（当時の詩人）王適《おうせき》が「この人はきっと文学の大立者になるだろう」と言った。二一歳で初めて長安に入り、太学（官学）に遊んだ。多くの著名人を歴訪し、都では遠近の評判となり、名声を博して、（科挙の）進士科に優等の成績で及第した。(48)

父の陳元敬が兼ね備えた豪侠と隠逸の気風のうち、陳子昂はまず前者に心引かれた。若き日の無頼の生活は、その表れである。司馬相如・揚雄（字は子雲）への比擬は、同じ蜀人であることによる。短期間で文才を開花させ、進士及第に至った過程を、第二段は描く。

（Ⅲ）唐の高宗の洛陽での崩御（六八三）に際し、霊柩の長安帰還について、子昂は意見書を奉呈した。時に皇上は太后として摂政の地位に在った。それをご覧になって立派と思われ、召見して質問された。子昂は風采が上がらず援助する者も無かった。しかし王道・覇道を成し遂げる大要、君臣の在り方を述べて、甚だ意気盛んであった。上《しょう》はその言葉を立派だとされたが、まだ彼の為人を深く知られたわけではなかった。そこで「梓州の陳子昂は、土地の霊気を受け、文章は華麗である」と勅を下された。かくて麟台正字を拝命した。折しも（政治の中心で、やがて首都になる）洛陽では彼の意見書を書き写し、街でも田舎でも吟誦され、果ては各所に売り捌かれ、遠近へ飛ぶように広まった。年限が満ちると、常例どおり右衛冑曹参軍に補任された。上は度々子昂を召し出して政事についてご下問された。彼の言葉は一途さに満ちていた。上奏された文書はその都度捨て置かれた。継母の喪のため退官し、喪が明けると、右拾遺を拝命した。子昂は晩年に黄帝・老子の言辞を好んで、占筮にもなかなか精通していた。官職には在ったが黙然として心楽しまず、官を辞する望みを密かに持っていた。(49)

進士科には及第したが、なお無官だった陳子昂に好機が訪れる。第三段は、陳集巻九に収める「霊柩の都に入るのを諫める書」（「諫霊駕入京書」）の奉呈で幕を開ける。高宗を長安ではなく、洛陽に埋葬せよという献策は容れられなかった。ただし、その内容は最高権力者の皇太后（則天武后、文中の「上」）から評価され、陳子昂は官職、それも中央官庁に勤務する京官の位を得る。文章も広範に伝播して、「別伝」が描く陳子昂の人生で、最も幸福な時期である。

ところがこの後、続けて中央に在りつつ、一転して度重なる上書の不採用で失意の境遇に陥る様が記される。陳子昂の上奏文は陳集の巻八・九に収録される。そこに見える旧来の社会通念を基盤とした政論が、女帝という中国史上空前の地位へと突き進む武后（陳の在官中、六九〇年には帝位に即いて武周を建国）の方針と相容れなかったのも当然だろう。以下、服喪による帰郷を挟み、官途に嫌気の差す様子が描かれる。末尾近くに記す「黄老」、即ち道家思想の愛好は、第一段で見た隠逸者を輩出する陳氏の歴史とも関係しよう。

（Ⅳ）（北方の非漢族）契丹が謀反を起こすと、建安郡王攸宜《ゆうぎ》は征討軍を率いたが、中央官庁の逸材として、勅命で子昂はその参謀を務めた。先行する軍隊が相次いで全滅すると、全軍は震え上がった。子昂は攸宜に諫言した、……建安王は武勇の士を欲しがり、元々書生の子昂を納れなかった。子昂は病弱だったが、忠義の志を昂ぶらせ、常に身を奮って国士としての知遇に応えたいと考えていた。皇帝の側近であり、また軍の作戦に参与してもいるので、危難を見て身を惜しんではならないと思い、別の日に再び諫言した。建安王はこれを退け、彼を軍の属官に任命した。子昂は攸宜と合わぬと分かり口をつぐみ、文書管理を兼ねるだけだった。そして薊の楼閣に登って、昔の楽毅《がくき》・昭王の故事に感じて、数首の詩を作った。さらに涙をはらはらと流して歌った、「（我が志を知る）古人に会うこと無く、後人に会うことも無く、無窮の天地に思いを致して、ただ悲しんで涙が落ちるばかり」と。当時の人でこれを知る者はいなかった。[50]

右拾遺（天子を諫める官職）に在任のまま、武攸宜（則天武后の従兄弟の子）の配下として、陳子昂は対契丹戦に参加する。省略箇所（……）は、味方の連敗で征討軍が恐慌に陥った際に陳子昂が武攸宜を諫めた言葉で、大軍による敵の威圧及び規律の厳格化を経て速戦すれば、契丹は恐れるに足りないが、もしこれらを欠けば再戦しても勝てぬと述べるものだった。だが、武攸宜は聞く耳を持たず、献策を繰り返す陳子昂を参謀から更迭した。

上官の無理解で沈黙した陳子昂が薊（燕国の古都）の地に縁がある楽毅（紀元前三世紀前半）らを詠った陳集巻二「薊丘で古跡を訪ねて盧居士蔵用に贈る」（「薊丘覧古贈盧居士蔵用」）は、表題どおり盧蔵用に贈った連作詩である。名将の楽毅と彼を存分に働かせた昭王の故事への想到が作詩の契機だという記述は、逆に女帝や武攸宜ら上位者との関係に恵まれない陳子昂の不遇を一層際立たせる。これに続く以下四句の所謂「幽州台に登る歌」（「登幽州台歌」）は、用語と今の世では己の苦衷を訴える術も無いと述べる趣意の双方で、古代の韻文[51]を明らかに模倣する。永遠の存在である自然と有限の時間しか持たぬ人間、壮大な時空と卑小な俗世間を対比した絶唱をもって、契丹遠征、ひいては陳子昂の官界生活は終幕を迎える。

（V）契丹戦の終結後、子昂は老年の父への孝養を理由に退官を請うた。在官中の俸給を受けた上での帰郷を、天子は許された。彼は射洪の西山に柱が数十本の茅屋を構え、樹を植え薬草を採って父に仕えた。常日頃から国家の歴史が不備だと残念がり、漢の武帝以降、唐代までを対象に、『後史記』を書こうとした。大綱はできたが、材料の取捨が終わらぬうちに、（父）文林府君の逝去に遭った。執筆は中途で捨て置かれた。子昂は大変孝行で、哀しみ痩せこけ、息も絶え絶えだった。折しも地元の県令で貪欲・残忍な段簡は、陳家の富に目を付け、理由を作り彼を責めようとした。子昂は慌てて、銭二十万を段簡に納めさせた。だが簡の欲深さは止まず、彼は度々濡れ衣で役所へ引っ立てられた。子昂は元々病身で、服喪で体を壊してもいたから、杖をついても立てなかった。加えて段簡の酷い遣り口で切羽詰まっていた。自分の体力を推し量ってみると、恐らくもちそうになかった。そこで自ら占って、卦が出るや、天を仰いで叫んだ、「天は私を助けてくれぬ、もはやこれまでだ」と。そして息絶えた。享年四二。(52)

第五段では、『後史記』と題する通史を編みつつあった（第四章第二節で詳述）陳子昂の晩年を描く。少年期の無頼な暮らし（第二段、注48）、壮年期の忠義一途な生き様（第三・四段、注49・50）と対照的な田園生活は、父「文林府君」陳元敬の死とそれに続く迫害で、終わりを告げる。「別伝」に拠れば、その最期は運命を予見した上での憤死であった。

（Ⅵ）子昂は天下に名が知れ渡っていたが、それで驕り高ぶりはしなかった。意思は強く毅然としていたが、人に逆らうことは無かった。施しを好んで財物を軽視したが、返報は求めなかった。酒は嗜まなかったが、心から意気投合すれば、したたかに酔った。文章に巧みだったが、進んで作りはしなかった。そこで述べんとする主意は、王道・覇道を成し遂げる大要だけだった。当時の人はこれを知らなかった。とりわけ交友の筋道を重んじ、気持ちが一度合えば、その友情は白刃でも断てなかった。友人の趙貞固・陸余慶・畢構・王無競・房融・崔泰之・郭襲微・史懐一とは、冬でも枯れない松柏のような変わらぬ交わりを篤くしていた。私、盧蔵用は最も付き合いが長かったので、彼の言論を熟知している。だから彼の事跡を述べることができるのである。彼の文章は散逸して、多くは口伝えから得たものだ。いま残っているのは十巻。（他に）「江上丈人論」という作品を著した。それは（天地の）微妙な変化を（知りつつ）等し並にして、造物者と戯れるものだったが、命取りとなった災難で失われてしまった。(53)

第六段では陳子昂の名声、高潔な人格、酒と文に対する姿勢、交友関係、彼の遺文収集が話題となる。「施しを好んで」（「好施」）も「返報を求め」ぬ（「不求報」）性格は、第一段に見えた父の陳元敬が穀物の大量放出で地元民を救った行為（注44）にも通じよう。他にこの段では、散逸したという作品「江上丈人論」への言及が興味深い。異文がある点（注53）はやや不安だが、この表題は次に大意を挙げる説話を想起させずにはおかない。

亡命途次の五員《ごうん》（春秋末の人、伍子胥）は「江上」（長江）で魚を捕る「丈人」（老人）の舟に乗って、川を渡してもらう。五員は千金の剣を与えようとするが、丈人は「高位と多額の褒美（が懸った賞金首）を見逃しながら、千金の剣など欲しいものか」と答える。後に彼の行方を探し得なかった五員は食事の度に歌った、「天地は何よりも大きく、何よりも豊かで、人間に万物を与えるが、見返りを得ようとしない。（これと同じ生き様といえば）名も分からず会うこともできぬ、江上の丈人こそそれだろうか(54)」。

欲に乏しく、名も知れない「江上之丈人」の融通無碍な態度が語られる。「別伝」の第六段で「微妙な変化を等し並にして」云々と訳した箇所の原文は、『荘子』の字句を借りる(55)。この盧蔵用の要約を信じれば、「江上丈人論」は万物を区別せず、創造主と一体化するかの如き超俗の境地を理想とした、道家思想の雰囲気が漂う文章だったと見て間違いあるまい。

（Ⅶ）馬択《ばたく》が言う、「私は昔、王適を通して陳君とお近付きになりました。嬉しくて自分の年若さも忘れていました。（契丹との）戦役の中、陳君は軍略を巡らされました。戦争と平和の中に月日が過ぎ、会うことも無くなりました。聖暦初年（六九八）、陳君は帰郷して親に仕えるため、退官の望みを持たれました。私は務めで南方へ赴き、陳君に会えて本当に嬉しかったです。自然の中で、酔っては音楽に興じ、短い間ながら岷山・峨眉山を遍く回りました。私が帰って間も無く、陳君は亡くなられました。悲しいことに、彼の言葉は途絶えその道は闇に閉ざされました。何もかも忘れてしまうほどの悲しさでした。あくまでも節義を通す人物、と心に許した彼は、既にいません。天は文（の継承者）を滅ぼしました、私の恨みはどうしても取り返しがつきません」。君の友人である盧蔵用が、その遺文を集めて、序・伝を作った。識者はそれを実録だと認めている。ああ、陳君は（作品が残るので）滅びはしない。賛にいう、「岷山より大河を導き、万里を駆け巡る。広く豊かに沸く起こり、東の大海原に注ぐ。霊妙なる光は盛んで、上は瑞雲にまで迫る。その美しい宝物が育むところ（長江上流の蜀）に、並外れた人が生まれた。ああ、その才能は挙げて（世を）救済できるものだったのに、抑え込まれて（能力を）揮えなかった。行いは神の心と通じていたのに、塵芥《ちりあくた》に苦しめられた。孔子いわく、「道が失われようとするのは、運命である」と。[56]

この最終段で第三者である馬択の証言を引くのは、「別伝」の「実録」性を高め、陳子昂の高邁な人柄と優れた能力を今一度、読者に印象付ける意図によろう。「天は文を滅ぼ」すという同じ典故を踏まえて、「盧序」前段が陳子昂登場前の文学を酷評した（第二節、注18・21）のは、前節で既に見た。ここでは賛末尾のやはり『論語』に見える孔子の言葉[57]と呼応して、陳腐な表現だが、彼の偉大さと「道」の喪失を同時に意味したその死への哀悼を強調する。

盧蔵用に宋之問（「宋侯」）らへ贈った複雑な表題（「宋侯鳴皐夢趙六予未及報而陳子云亡今追為此詩答宋主簿兼貽平昔遊旧」）の長詩がある。亡友の趙貞固（「趙六」）を「鳴皐」（終南山の支峰）で夢に見たのを詠う詩を、宋之問は盧蔵用と陳子昂に贈った。宋之問の原唱は逸したが、陳子昂の唱和詩は、今に伝わる。[58]盧蔵用の方は宋之問へ返歌する前に、陳子昂まで没したため、趙貞固と合わせて二人への挽歌、本章で「挽詩」と呼ぶこの詩を作る結果となった。本節では、そのうち陳子昂のことを詠った第二七句以下を一瞥したい。[59]

原文は注59に掲げるが、まず冒頭の六句は二句ごとに陳子昂の資性、地名（「巫山」・「岷江」）で象徴させた蜀出身の事実、君主の知遇に感じて忠義に励んだことを詠う。続く第三三・三四句は、「薊門」・「燕市」の語を用いて北辺への出征と薊での滞在を述べる。さらに第三五・三六句で帰郷と「西山」での生活に触れた後、末尾の四句は彼の生き様を総括する。即ち、その著作が不朽となる理由を彼が「世を避けて造化の働きを探った」ことに求めるが、この第三七句（原文「幽居探元化」）は、陳子昂自身の詩句に基づこう。[60]最後の二句では、彼の「世を治めて民を救う」（「經濟」）「良き意図」（「良圖」）が挫折したと述べる。

「挽詩」の制作は、久視元年（七〇〇）乃至翌年のことであろう（第一節、注5所掲略年表）。「別伝」の執筆が同じ頃だという推論は、既に第一節で示した。これらが共に正しければ、両作品は近い時期に、同一人物を主題として、同じ著者が書いたことになる。それだけに、内容――要するに（皇帝への上書も可能な栄達の階梯となる）官に在って国に報いんとした主人公が、結局は帰郷して真理を求めるが志は果たされない――が似通うのも当然である。陳子昂の実人生は、確かに概ねこうだったのだろう。しかし、彼は下獄のような蹉跌も別に味わっている。[61]「別伝」などがそれに触れない理由の如何は、今問わない。ただその事実は、そこに見える彼の事跡が、著者の（意識すると否とを問わぬ）相当な取捨を経ているという自明の事柄を再認識させる。この種の構成、また作為の形跡は他にも見られる。

例えば、陳子昂が対契丹戦に参加した期間は、実は一年に満たない。[62]それにも関わらず、「別伝」は十数年の官界暮らしの一時期であるその間の記述に、不相応なほどの紙幅を割く（第四段、注50）。「挽詩」も同じ事跡に第三三・三四句の一聯（注59）を費やす点を考慮すれば、[63]盧蔵用がそれを親友の人生での不遇の山場と意識していたことは疑いない。これ以外に「別伝」が主張する、陳子昂の文学はそれ自体ではなく、政治における理想の実現、[64]また世界を動かしている本来は不可知な法則の探求が目的だった点は、「挽詩」にも詠われる。殊に後者は、「盧序」中段が「感遇」を評した言葉を想起させよう。[65]

如上の理由から、程度の差こそあれ「別伝」と「挽詩」、「盧序」の中には、陳子昂が志半ばで斃れたことを読者に印象付ける、盧蔵用の強い意図が看取される。それは士人たる者、国家に貢献できれば良し、無理であれば官を弊履の如く棄てて自らを高く持するという一種の理想を、[66]（地方豪族の子弟ながら中央での門地を欠く）[67]「陳子昂」という個人に託して具現させたとも言い換えられる。判官贔屓の心情を刺激しやすい人間像といえよう。

詳しい検証は、次章と次々章に俟つが、唐代の知識人は陳子昂の事跡、殊にその不遇に関する情報を有していた。唐人が「別伝」を読んでいた明証こそ伝わらないが、そこに見える陳子昂像は悲惨な最期も相俟って、広く知られていた可能性がある。次節ではそれを示唆する一例を見た上で、盧蔵用による陳子昂像形成の方向を、今少し検討してみたい。

第四節　盧蔵用の「思想」

唐・趙儋《ちょうたん》「大唐剣南東川節度観察処置等使戸部尚書兼御史大夫梓州刺史鮮于公為故右拾遺陳公建旌徳之碑」（以下、「趙碑」と呼ぶ）は、陳子昂が成長した梓州に駐在する剣南東川節度使（広域地方長官）の鮮于叔《せんうしゅく》明《めい》（表題の「鮮于公」）の命令で、先賢表彰を目的に著された。同碑は、末尾に大暦六年（七七一）十月朔日という日付を明記する。撰者の趙儋に関しては、監察御史の官を帯びたことを除いて、何も分からない。この「趙碑」だが後半で、盧蔵用の陳子昂集序に触れて、「文章の道が失われて五百年、陳君（陳子昂）が世に現れた」と述べる。[68]典拠となる「盧序」中段の一節は、他に唐人による否定的な引用が二例伝わる（第七章第二節）。肯定・否定の別はあるが、陳子昂が長きに渉る文学の沈滞を打破したという盧蔵用の主張が知られていたことの、これは一つの証拠となろう。

さて「趙碑」冒頭の陳氏一族に関わる記述は、恐らく陳子昂の文章（第三節、注44・45）も利用して、「別伝」より若干詳しい。だが、後に続く陳子昂の事跡は「別伝」の引き写しめいた様相を呈する。(69)確かに進士及第の年次、初めて則天武后に召見された場所、やや細かい転任の履歴、埋葬地など独自の記載も、「趙碑」には含まれる。また「別伝」と違って、陳子昂の最期が、そこでは服喪による衰弱死とされる。ただ、子孫の官歴などは、後世の者にしか知り得ない情報といえる。それらを除けば、「趙碑」の内容は、「別伝」の範囲を概ね越えない。もとより、前賢への顕彰文という性格上、「趙碑」が陳子昂に対して同情的な「別伝」と筆致が似通うのは、やむを得ない。しかし、趙儋が細部の字句まで、「別伝」に拠ったのは確かである。現存する陳子昂の伝記として、二番目に古い「趙碑」ですら主な材料を「別伝」に仰ぐ。盧蔵用の描いた陳子昂像が没後約七十年で受容されていた様が、ここから窺える。さて、陳子昂の事跡を主題とする「趙碑」だが、文学への批評も少しく見られる。

まず陳子昂が文章と共に、諷刺の力を持つ詩に長じたこと、次に世間に合わせられない彼は「感遇」の中で思いを述べたが、それは阮籍《げんせき》（二一〇～二六三）の「詠懐」（『阮嗣宗集』巻下）に当たるものだということ、「趙碑」はこの二点を指摘する。(70)陳子昂が詩文共に優れたという批評は、形式的な賛辞で過度に重視すべきでもなかろう。また「詠懐」と「感遇」との間に関連を見出す議論は、後世珍しくもない（第七章第二節で言及）。双方に共通する連作五言詩の形式、韜晦した表現から受けた印象により、趙儋はそう述べたに過ぎまい。ただ、これらが同類の指摘のうち、最も早いものである点は、注目に値しよう。(71)

「趙碑」中の「盧序」等を意識しただろう部分を見渡すと、盧蔵用が「道」の字を度々用いたことに改めて気付かされる。趙儋が祖述したもの以外にも、複数回それは現れる。(72)本節では以下、盧蔵用が「盧序」、「別伝」を著す際の姿勢、仮にそのようなものがあるとすれば彼の「思想」に関して考えたい。もとより、中国の古典文献中に夥しい用例が見出され、結果的に極端な多義性を有する「道」の観念について探ることには、甚だ困難が伴おう。ただ、それが本節での分析に便宜を与えてくれようことは、間違い無いと思われる。

盧蔵用の現存する数少ない作品に、「毛傑に返答する書」（「答毛傑書」）という書簡がある。出典は王定保（八七〇〜九四一?）が編んだ科挙関連の逸話集『唐摭言』だが、この手紙が元々どのように流布したかは詳らかでない。しかし、そこには盧蔵用の思いが見やすい形で記される。彼が「道」を貴ぶと聞いた毛傑は、書状を送って誘掖を請うた。それへの返書が、二段に分けて次に大意を示すものである。「道」を求めて雲遊する毛傑の熱意を労い、さらに自分に道を問うことに対しては恥じ入るのみだと述べた後、彼はこう続ける。(73)

（前半）心中深く志を閉ざし、仙薬を錬って呼吸術を行い、霊芝を味わって吟詠し、自己を押し隠して天性を全うするのが、士として上等の処世です。要路の人や君主を感じ入らせ、徳義を抱いて理想を実現し、封土を得て出世するのが、それに次ぎます。真心を表せず、忠孝いずれにも欠け、ただ僻遠の地で、危険な環境の中、面目も無く、そうなった訳を天に問う、それは最下等の生き方です。私は壮年の頃、上等の処世を望んで、最初は貞節を保ちつつ後に身を汚し、遂には禍事に遭い、祖先に顔向けならず、身をここに置いており、何の面目があって道徳（徳義）について語れましょうか。(74)

まず、盧蔵用は「士」の生き方を三等級に分かつ。自我を剥き出しにせず、また仙道を求める処世が最上等で、いわゆる立身を達成した生涯がそれに次ぐ。これら二者を成し得ず苦悩する人生は、最下位に置かれる。実はこの当時、彼は流謫されて、南方の辺境に在った（第一節、注5所掲略年表・先天二年条、本節、注73）。「後に身を汚し」（「後黷」）云々と述べるのは、そのことを指す。続いて、後半部を見てみよう。「道徳」を語る資格など無いとはいったものの、老いてなお哲理への志向は止み難いと前置きした後で、彼はこう論じている。

（後半）荘子の（風に乗り海を震わす）鵾《こん》と鵬の喩えは、天地の法則を知る助けとなり、陰陽の根源を過たず理解させます。これを正しい気性の中に導けば、雑念を洗い去り心に正道を養うことともなります。書物を開いて、真理を解すれば、世界の大きさや生死の別も気にならぬもの、愚昧にしてそれらにこだわったままで、よいものでしょうか。もし私が懇切な教えを賜われれば、今の隠居暮らしも、なかなか楽しくなるでしょう。道はヒエの中にすらあるもの、何を苦労して（遠くに）求めたりするのでしょうか。

返事が遅れたことへの弁解と結びの定型句を除けば、手紙の内容はこれで終わりである。(75) 冒頭の「荘子の鵾と鵬の喩え」（「荘生鵾鵬之喩」）は『荘子』開巻第一章に見える大魚の鵾（鯤、本来は魚の卵の意）が、やはり何千里もの背幅を持つ大鳥の鵬に化して、九万里の高みに飛び立つという著名な寓言を指す。これを無駄なことと笑う小鳥の言葉を通して、荘子はこの「風に乗り海を震わす」（「培風運海」）規模雄大な飛翔を、常人には与り知れぬ超越者の境地に例える。(76) そこにおいては、空間的な懸隔も無化され、生と死との同一視すら可能になろう。かくて、ヒエのような卑近な存在すら含む万物に、「道」が見出せることになる。(77)

流謫の境遇も安息の生活に化し得ると述べ、外に「道」を追究する行為に疑問を呈して、この便りは結ばれる。前半部（注74）には栄達を肯定した記述も見えたが、これとても自己を抑える生き方の下位に置いた上でのことである。「毛傑に返答する書」にいう「道（徳）」とは、第一義的に功を立てて世に尽くす体のものではない。「盧序」等に見える「道」（注72）とそれを同日に論じる見方は、(78) 俄かには首肯し難い。そもそも、前半に見えた「仙薬」・「呼吸術」と「霊芝」（注74に引く原文の「九還」・「咽氣」・「三秀」）の服用・実践は、神仙となる手段と認められる。確かに、毛傑の問いをはぐらかす意図があるのかもしれないし、晩年の盧蔵用が達観の境地に至って、これらを持ち出したとも考えられる。しかし、彼が早くより登仙の術に従っていたことは事実であり[79]、そこには個人の志向が多分に関わろう。

第一節の最初で述べたとおり、盧蔵用は隠逸として一時期を過ごした。もとより、彼の隠棲には仕官を望む売名の要素も強い（第一節、注6）。だが、『老子』・『荘子』の注を著した[80]事実をも念頭に置けば、「毛傑に返答する書」が道家思想に準拠する処世観を最上位に置くことも頷けよう。登仙法まで実践した隠士の立場とも関係しようその「思想」の痕跡は、「別伝」にも見出せる。

例えば第一段が含む「墨翟の祕書」に基づくだろう祖先の隠棲、第三段に見える「黄老」（道家思想）の愛好、第五段での退隠とその後の生活（以上、第三節、注44・49・52）は、「毛傑に返答する書」での理想の在り方に近いといえる。第六段の「江上丈人論」に関する記述も、同じ方向で理解されよう。散逸した作品を敢えて取り上げ、『荘子』の語彙を用いて、その説明に言葉を費やすことは、先述のとおりである（第三節、注53・55）。その一方で、「盧序」にいう「風雅の道」（経書の精神）を継ぐ文学を良しとする見識（第二節、注18・21）や政治上の理想「王覇の大略」（第三節、注49・53・64）の実現を目指す陳子昂像も既に見たところだ。

要するに、盧蔵用の精神世界を単一の価値観で割り切ることは不可能だと考えられる。よくいえばその「思想」は柔軟、折衷的、敢えて厳しくいえば、機会主義者としての彼の生き方にも通じる雑多な性格を持っていた。ただ、彼が当時の士人としては珍しくもないこのような思想上の背景を負って「盧序」や「別伝」を著した点には、注意を払う必要がある。彼の意図的な陳子昂像の形成は、前節の末尾で指摘した。本節で述べてきた事柄も踏まえて、それを整理すれば、次のようになるだろう。即ち、盧蔵用個人の思想的な混合を反映して、「別伝」に描かれる陳子昂は、儒家の相貌に道家の傾向を交えることになった。これに比して、「盧序」中のそれは、概ね儒教的に純化された様相を持つ。陳子昂像の形成とは、彼にとって自身が多分に持つ非儒教的要素を希薄化する意味も帯びたのではないか。

「文」を古来、重視される「道」の伝達手段と規定し、それを継ぐ者の系譜化に初めて取り組んだ集団は、韓愈（七六八～八二四）に象徴される唐代の古文家であった。韓愈らの考える「道」の内容は、ほぼ儒教一辺倒といってよい[81]。盧蔵用のいう「道」が指す範囲は、実はこれに比べて幅が広い。それにも関わらず、「盧序」中段では五百年振りに現れた儒教的な「道」の継承者という役割が、陳子昂という一個人に集約される（第二節、注22）。唐代、多くの著名人が儒の精神を持つ文学の復興者として、陳子昂を尊ぶことになる（次章・次々章で論及）。盧蔵用による陳子昂像の形成は、その中で極めて大きな意味を持つといえよう。

おわりに

個人の詩文集が、特にその没後、他者によって編まれる例は、前近代中国において枚挙に遑がない。そういった別集には、編者の序文を冠することも少なくない。中にはそれと別に、編者による作者の伝記が附される場合もある。いま知られるこの最古の実例は、陶淵明（三六五～四二七）の作品集に見える。梁の皇太子だった蕭統（五〇一～五三一）が自らの編集に係る『陶淵明集』に収めた「陶淵明集序」と「陶淵明伝」が、それに当たる。前者の後段で彼は、陶淵明の詩は「どの篇にも酒が出てくる」という批評に対して、そういった表面上の事物に実は真意が託されていると主張し、その人物・詩文に賛辞を列ねる[82]。他方、後者では隠者の性格が色濃い詩人の姿が描かれる。ただ、陶淵明と蕭統が時代を殊にするため、先行の伝記資料を踏襲した部分が多く、やや独自性に欠ける点は否定し難い[83]。

これとは対照的に、作者の親友という特権的な立場に在って、陳集を編纂し、その序文と陳子昂の伝記を著したのが盧蔵用である。蕭統のように先立つ評価に疑問を呈した上で自説を述べたり、既存の史伝に制約されたりする必要は、彼には無かった。没して間も無い陳子昂に関して、「盧序」ではその文学が持つ性格を規定し、「別伝」では事跡を再構成してみせたわけである。あるいは編集の段階で、編者の意に沿わない作品が除かれた可能性すら考えるべきかもしれない。それはともかく、彼がいわば陳子昂という詩人の編集者にして伝記作者を兼ねた、プロデューサーの役目を果たした事実は注目されるべきだろう。

盧蔵用自身も、この点は幾分か自覚していたと思しい。それというのは、「盧序」後段で彼が「文学の変化を」「その文集の序」で論じ、陳子昂の「王道・覇道を実現する才能、抜きん出た行いは、「別伝」にそれを置」くと述べているからだ（第二節、注28）。序文で文学を論じ、事跡を伝記で扱う、それぞれの役割を分担させる考えが、ここに見て取れる。編者の手に成る序と伝を備える唐代以前の別集が極めて稀にしか伝わらない中で、かくも明確な意識は他に例を見ない。彼が残した陳子昂への批評や人物像が後世に相応の力を及ぼした例（第二節、注27、前節、注69など）には既に触れたが、そこにはかかる主体性も作用していただろう。

もちろん、この陳子昂像の形成は、恣意的なものではなかった。前節で見たとおり、盧蔵用が持つ思想上の方向性は多岐に渉るが、「別伝」に見える陳子昂の人間像は儒教的価値観を完全に離れることは無い。その裏返しとして、儒の精神を失った南朝の文学は、「盧序」で厳しく批判される（第二節、注18・21）。ただ一方で、次の如き言葉も伝わっているのである。

（南朝の）斉や梁の賢者に至って、よく（書簡文の）範例を明らかにした。しかし時代によって（文章は）変化するし、文雅・質実の度合いも等しくはない。南朝では（身分の）上下で雅さがやはり異なっていた。[84]

盧蔵用の名を冠して伝わるこの言葉が、仮託ではなく彼の発言だという確証は存しない。また、ここで対象とされるのは書簡であって、文学全体を扱うわけではない。それにしても、時代に伴った文学の変容を肯定的に認める視点は、「盧序」とは好対照かと思われる。現に、初唐期の文壇においては、この種の文学論も相当な勢力を持っていた（第二節、注35）。陳子昂を顕彰するため、南朝の文学を全否定した「盧序」の主張こそ、極論だったといえる。

そうであれば、むしろ盧蔵用が自らの思想性や一般の通念を離れて、確たる意思の下に、「盧序」や「別伝」で陳子昂の文学や人生を語ったことが明らかになるのではないか。彼の意図は、単なる親友の美化に発するものだったかもしれない。だが、それは儒教的だという一点において、誰しも否定はできないものであった。同時代の他の文学者がこのような幸運に恵まれなかったことを思えば、彼の果たした役割は、なお重視されるべきだろう。

陳子昂の文学史における声価は、ごく早い時期に顕在化し始める。これには盧蔵用という地位が高く、名の知られたプロデューサーの宣揚が大きく与っていたことだろう。その効果の一端であろう、盛・中唐における陳子昂像受容の在り方、それが次章の主題となる。

注

（1） 陳子昂の生没年は、諸説を踏まえた徐文茂二〇〇二、一四一～一四八頁の見解に従う。
（2） 完本が現存する最も古い陳子昂の別集で、弘治四年（一四九一）九月付の序を持つ明刊本の影印を四部叢刊に収める。本書では同書所収の詩文について、全てこの四部叢刊本を底本とする。なお、陳子昂集の書誌情報は岳珍一九八九〔同二〇一〇、一六六～一七九頁〕に詳しい。
（3） それぞれ第二章第二節、第七章第二節、本章第四節に就いて見られたい。
（4） 盧蔵用の文学論は、中国文学批評（理論）史の研究書で、陳子昂に附随して扱われる場合や羅根沢一九五七b、一二〇～一二二頁に「陳子昂与盧蔵用的提出載道説」と両者を併称した項目（実際には概ね盧蔵用の文章論だけを扱う）がある他、浩瀚な王運熙・楊明一九九四、一二二一～一二二五頁（楊氏執筆）では、一項を設けて取り上げられる。

（5）本章の叙述に関わる盧蔵用らの事跡を中心とした略年表を次に掲げる。

元号	年	西暦	月	事項	典拠
垂拱	元	六八五	八	睿宗の第三皇子として李隆基（後の玄宗）が誕生する。	玄
			？	陳子昂、李隆基誕生を祝う「為豊国夫人慶皇太子誕表」を著す。	筆
聖暦	二	六九九	七	陳子昂の父・陳元敬が没する。これに伴い、陳子昂は喪に服す。	徐1
	三	七〇〇	？	父の服喪中だった陳子昂、射洪県令の段簡に陥れられて死亡。	徐2
久視	元		？	陸余慶が鳳閣舎人に就任する。	韓1
			？	盧蔵用、「挽詩」（本章第三節参照）を作る（沈は翌年に繋ける）。	唐1
長安	元	七〇一	？	王無競、監察御史を離任（唐2はより細かく十月以降とする）。	韓2
	？	？	？	この間、盧蔵用が左拾遺に任官（唐3は七〇二年八月以降とする）。	両盧
	四	七〇四	正	盧蔵用、左拾遺として女帝の興泰宮造営を諫めた上奏を行う。	通鑑
景龍	四	七一〇	四	盧蔵用、守中書舎人兼検校吏部侍郎・修文館学士に在職。	根
			五	盧蔵用、この時点で吏部侍郎に在職。	通鑑
景雲	元		七	韋后一派を打倒した功績によって、李隆基が太子の位に即く。	玄
			十一	盧蔵用、この時点で守兵部侍郎に在職。	北
			？	恐らくこの年（もしくは翌年）、盧蔵用が黄門侍郎に就任する。	厳1
	二	七一一	？	この年か、翌年に盧蔵用が黄門侍郎から工部侍郎に転任する。	厳2
太極	元	七一二	四	盧蔵用、この時点で黄門侍郎から左遷された工部侍郎に在職。	敦
先天	元		八	睿宗より帝位を譲られて、李隆基が皇帝の位に即く（玄宗）。	睿
			／	盧蔵用、玄宗の太子在位中に陳子昂集の編纂をひとまず終える。	筆

			?	この年の冬乃至翌年の春に盧蔵用が尚書右丞に転じる。	嚴3
	二	七一三	七	玄宗が太平公主一派を粛清、残った党与も死刑・流刑とされる。	玄
			／	盧蔵用が太平公主一派の崩壊に伴って新州へと流罪に処される。	新盧
開元	?	?	?	謀反の疑いを掛けられた盧蔵用、無実ながら驩州に移される。	新盧
	?	?	?	盧蔵用が交趾の反乱で防御の功績を立てて昭州司戸参軍となる。	新盧
	四	七一六	?	盧蔵用撰書「唐景星寺碑」が立てられる。盧蔵用なお生存か?	宝
	初	?	?	のち盧蔵用、黔州都督府長史・判都督事着任前に始興で死去。	両盧

玄:『旧唐書』巻八「玄宗紀」上の各該当年次
筆:第一節での筆者の推論
徐1、徐2:「陳子昂年譜」、徐文茂二〇〇二、一二九・一三四頁
韓1、韓2:注8に引く韓理洲氏の説
沈:「沈佺期宋之問簡譜」、陶敏・易淑瓊二〇〇一、七九二頁
唐1、唐2、唐3:陶敏・傅璇琮二〇一二、二六九〜二七〇・二七二〜二七三・二七八頁
両盧:新旧両唐書「盧蔵用伝」
通鑑:『資治通鑑』の各該当年次
根:唐・義浄訳『根本説一切有部尼陀那』巻一・題記
北:盧蔵用「豆盧光祚妻薛氏墓誌」、北京図書館金石組一九八九、一一四頁
嚴1、嚴2、嚴3:嚴耕望一九五六、一〇九・五六四〜五六五頁、二四八・一〇六九頁、三九・四六〇〜四六一頁
敦:敦煌文献S二四二三『仏説示所犯者瑜珈法鏡経』題記、黄永武一九八一、三一〇頁、S二九二六V『仏説校量数珠功徳経』題記、黄永武一九八二、四八八頁
睿:『旧唐書』巻七「睿宗紀」先天元年八月条
新盧:『新唐書』「盧蔵用伝」
宝:『諸道石刻録』(『宝刻叢編』巻十九「広南西路・容州・唐景星寺碑」所引)

なお『宝刻類編』巻二「名臣十三之一〔唐〕」は盧蔵用書「国師玉泉寺大通禅師碑」を開元十年（七二二）四月の建立とするが、『八瓊室金石補正』巻五十「唐〔二十二〕・国師玉泉寺大通禅師碑」の按語が疑義を呈しているように開元十年以降まで盧蔵用が生きていたかは疑わしい。

（6）『大唐新語』巻十「隠逸」

盧藏用始隱於終南山中、中宗朝累居要職。有道士司馬承禎者、睿宗迎至京、將還、藏用指終南山謂之曰、此中大有佳處、何必在遠。承禎徐答曰、以僕所觀、乃仕宦捷徑矣。藏用有慚色。

名利への近道を意味する「終南捷径」という成語を生んだこの逸話は『太平広記』巻二百五十五「嘲誚三・司馬承禎」所引『（大）唐新語』、『資治通鑑』巻二百十「睿宗・景雲二年」にも見られる。かかる盧蔵用の隠逸を扱う論文に黄建輝二〇〇八、王歓二〇〇八がある。なお、司馬承禎は著名な道士にして陳子昂と盧蔵用共通の友人で、陳集にもその名は散見する。神塚淑子一九八二、今枝二郎一九八七参照。彼と陳・盧を含む人間集団の交遊は、道上克哉一九八一、胡山林一九九九に論じられるが、その時期などに関しては不明な点もある。

（7）『新唐書』巻二百二「文芸伝中・蕭穎士」

所許可當世者、陳子昂、富嘉謨、盧藏用之文辭、董南事、孔述睿之博學而已。

（8）韓理洲一九八〇b、七二～七三頁（同一九八八、一〇～一一頁）で、韓氏は「別伝」第六段（注53）に見える陸余慶と王無競の官名を根拠に、両者が各々それに在職した時期から、同文の執筆を七〇〇年から翌年に懸けてのことと論じられる。また、「盧序」末尾の署名を元来のものではないとする見解は韓理洲一九八八、一七頁の注5に見える。韓氏のこの立場からすれば、「黄門侍郎」は盧蔵用の経た中で最高位の官職だったため、後人がそれを冠した署名を「別伝」の末尾に加えたということになる（次に工部侍郎に就いたのは降格人事）。なお、注5所掲の略年表を参照されたい。

（9）韓理洲一九八八、八〇頁はこの文章が六八四年から六八八年五月乙亥の間に書かれたと推測するが、「皇太子」が誰かは断定しない。なお陳子昂の活動期に誕生し、盧蔵用の生前に太子となった（追贈を含む）皇子は次のとおりだが、条件に適うのは李隆基だけと思しい。

姓名	生年・月	立太子年・月	離太子年・月	贈太子年・月
李成器	永隆元年（六八〇）	文明元年（六八四）二月	天授元年（六九〇）九月	

李重潤	開耀二年（六八二）			神龍元年（七〇五）四月
李重俊	未詳（a）	神龍二年（七〇六）七月	景龍元年（七〇七）七月	景龍四年（七一〇）七月
李隆基	垂拱元年（六八五）八月	景雲元年（七一〇）七月	先天元年（七一二）八月	

（a）重俊の生年は兄の重潤と弟の重茂の間（六八二～六九五）としか分からない。

時期情報は新旧両唐書の本紀、本伝及び『資治通鑑』を典拠とする。

（10）『群書四部録』と『初学記』の成立年代は『唐会要』巻三十六「修撰」、市川任三一九六八に拠る。『初学記』巻二十二「武部・旌旗・祭文」が「禡牙文」（陳集巻七）、巻二十六「器物部・脯・賦」が「麈尾賦」（同巻一）を引く。なお、「禡牙文」は『太平御覧』巻三百三十九「兵部七十・牙」にも『初学記』と同じ部分、即ちほぼ全文が引用される。

（11）「別伝」を末尾に含む（第四節で言及する趙儋の碑文、注72に挙げる祭文は含まない）P三五九〇がまとまった分量を持つ以外に、S五九七一、S九四三二はこれと本来、同じ写本だったものが、断裂したと考えられる。これらの写本については呉其昱一九六六、栄新江一九九四、一二四～一二五頁、張錫厚一九九四（同一九九五、一四三～一七〇頁）に詳しい。影印は法蔵敦煌西域文献二〇〇二b、九～一七頁、英蔵敦煌文献一九九四、三～五頁、同一九九五、二三五頁に収める。呉氏論文二四五～二四六頁では太宗の「世」、睿宗の「旦」、玄宗の「隆」、「基」字を欠筆しながら、それ以降の皇帝の諱を避けない点から、P三五九〇は玄宗期（七一二～七五六）に書写されたと推論する。なお、P三四八〇（詩文の選集）に「感遇詩」四（陳集巻一）が見える。同写本については徐俊二〇〇〇、二六四～二六九頁、法蔵敦煌西域文献二〇〇二a、三〇八頁参照。書写年代は不明だが、天宝三載（七四四）の事件に題材を採った「檄曲江水伯文」（『唐文粋』巻三十三上）を書いた樊鑄の詩が見えることから、早くとも盛唐期以降に書かれたと考えられる。

（12）藤原佐世『日本国見在書目録』卅九「別集家」

陳子昂集十（巻）

矢島玄亮一九八四、二〇六頁に拠る。『日本国見在書目録』の著作年代については、その二四〇～二四四頁に詳しい。

（13）唐・高曜「臨晋縣太原郷牒」（『（康熙）臨晋県志』巻七「芸文志上・牒」）

又按天后朝陳拾遺子昂集有中州司馬□濟翁墓誌云、葬於長壽原、至今郷有太原號也。

「中州司馬□濟翁墓志」は陳集巻六「申州司馬王府君墓誌」を指す。

(14)　唐・崔碣「(盧端公逢時妻李氏)墓銘」

外五代祖尊諱璩、禮部侍郎博陵郡公。與道士司馬公子微、趙公貞固、盧公藏用爲莫逆之交、才識文學、倶推第一、語在陳公子昂集序。

周紹良一九九二、二四〇〇頁に拠る。「外五代祖」こと崔璩が、司馬承禎(字は子微)・趙貞固・盧蔵用と親友だった旨の記事は、現行の「盧序」には存しない。陳子昂・盧蔵用と崔璩らが交遊したとの記述は、陳集巻五「昭夷子趙氏碑」に見える。

(15)　唐・李渤『真系』「中嶽体玄潘先生」(『雲笈七籤』巻五「経教相承部」)

時陳子昂又作頌云云。

「頌」は陳集巻五「続唐故中岳体玄先生潘尊師碑頌」を指す。

(16)　『唐会要』巻三十六「修撰」、『郡斎読書志』巻十四「子類・類書類・唐会要」に拠る。

『唐会要』が収載する陳子昂の上奏文(『唐会要』の巻次順)

巻	項目名	表題	陳集	字数
十一	明堂制度	諫政理書	巻九	六一六／二三六〇
三十五	学校	諫政理書	巻九	一九三／二三六〇
四十一	酷吏	諫用刑書	巻九	二三七／一七四〇
六十八	刺史上	上軍国利害事・牧宰	巻八	一八八／六八一
七十四	選部上・論選事	上軍国利害事・牧宰	巻八	一九三／六八一
七十七	諸使上・巡察按察巡撫等使	上軍国利害事・出使	巻八	五五五／八七一

「陳集」の項の数字はその文章を収める陳集の巻次。「字数」の項の「／」前後の数次は各々『唐会要』、陳集に採録する字数を示す。なお、このうち「諫用刑書」は蘇冕等『会要』と同時期に成立した唐・杜佑『通典』巻百七十「刑法八・峻酷・大唐」にも、二四〇字を収める。

(17)　呉企明氏の注釈が孫望・郁賢皓一九九四、四〇六～四一五頁に、鈴木史己・池田恭哉両氏による日本語の訳注が京都大学中国文学研究室二〇〇八、一七六～一八七頁に見える。

(18)「盧序」前段

昔孔宣父以天縱之才、自衛返魯、乃刪詩書、述易道、而作春秋、數千百年、文章粲然可觀者也。孔子歿二百歳而騷人作、於是婉麗浮侈之法行焉。漢興二百年、賈誼、馬遷爲之傑、憲章禮樂、有老成人之風。長卿、子雲之儔、瑰詭萬變、亦奇特之士也。惜其王公大人之言、溺於流辭而不顯。其後班張崔蔡、曹劉潘陸、隨波而作。雖大雅不足、然其遺風餘烈、尚有典刑。宋齊已來、蓋顦顇逶迤、陵頽流靡。至於徐庾、天之將喪斯文也。後進之士、若上官儀者、繼踵而生。於是風雅之道掃地盡矣。

中頃に見える「溺於流辭而不顯」の「顯」は、『英華』巻七百と『唐文粋』巻九十二所収の「盧序」(各々「陳氏集序」、「唐右拾遺陳子昂文集序」と題する)に従う(陳集では「顧」)。この前段のうち「粲然可觀」・「騷人作」・「風雅之道」及び「長卿、子雲之儔、……惜其王公大人之言」(長卿は司馬相如、子雲は揚雄の字)といった表現は、以下の諸篇に基づこう。

梁・蕭統「文選序」(『文選』巻首)

騷人之文、自茲而作。……故風雅之道、粲然可觀。

『漢書』巻五十七下「司馬相如伝」下

贊曰、司馬遷稱、……大雅言王公大人、而德逮黎庶、……相如雖多虛辭濫説、然要其歸引之於節儉、此亦詩之風諫何異。揚雄以爲靡麗之賦、勸百而風一、猶騁鄭衞之聲、曲終而奏雅、不已戲乎。

西晋・皇甫謐「三都賦序」(『文選』巻四十五)

而長卿之儔、過以非方之物、寄以中域、虛張異類、託有於無。

(19) 王逸「楚辭章句叙」(『楚辭補注』「離騷」附)

敍曰、昔者孔子叡聖明喆、天生不羣、定經術、刪詩書、正禮樂、制作春秋、以爲後王之法。……臨終之日、則大義乖而微言絶。……而屈原履忠被譖、憂悲愁思、獨依詩人之義而作離騷、上以諷諫、下以自慰。

次に引く文章にも、孔子の経書編纂にまつわる類似の記述が見えるが、これを前漢の孔安国撰とするのは偽託である。

「尚書序」(『文選』巻四十五)

先君孔子、生於周末、覩史籍之煩文、懼覽之者不一、遂乃定禮樂、明舊章、刪詩爲三百篇、約史記而修春秋、讃易道以黜八索、述職方以除九丘。

(20)『毛詩』大雅「蕩」

雖無老成人、尚有典刑。

「有老成人之風」、「尚有典刑」という表現（注18）は、この詩句（嘗ての名臣は既に亡いが、その遺令はまだ存するという意）に基づき、古人の風格がまだ残ることをいう。なお「遺風餘烈」の拠るところは、注33に挙げる。

(21)「盧序」前段（注18）の「宋齊已來」を、『唐文粋』は「宋齊之末」に作る。また、「天之將喪斯文也」とは、『論語』「子罕」に見える孔子の言葉を踏まえる。なお、盧蔵用には次のような発言があったと伝えられる。
『景龍文館記』「八風舞」（『紺珠集』巻七）
内宴、祝欽明作八風舞、以手據地、作諸醜狀。盧藏用曰、祝公使五經掃地矣。
この「五經掃地矣」という言葉と重ね合わせれば、前段末尾の「風雅之道掃地盡矣」も南北朝末・初唐における儒教精神の衰退を述べた表現として、より意味が明確となる。

(22)「盧序」中段
易曰、物不可以終否、故受之以泰。道喪五百歳而得陳君。君諱子昂、字伯玉、蜀人也。崛起江漢、虎視函夏、卓立千古、橫制頽波、天下翕然、質文一變。非夫岷峨之精、巫廬之靈、則何以生此。故有諫諍之辭、則爲政之先也。昭夷之碣、則議論之當也。國殤之文、則大雅之怨也。徐君之議、則刑禮之中也。至於感激頓挫、微顯闡幽、庶幾見變化之朕、以接乎天人之際者、則感遇之篇存焉。觀其逸足駸駸、方將摶扶搖而凌泰清、獵遺風而薄嵩岱。吾見其進、未見其止。惜乎湮厄當世、道不偶時、委骨巴山、年志俱夭。故其文未極也。

中頃の「庶幾」を陳集は「度幾」に作るが、『英華』と『唐文粋』に拠って改めた。

(23)『周易』「序卦伝」
履而泰然後安、故受之以泰。泰者、通也、物不可以終通、故受之以否。物不可以終否、故受之以同人。

『周易』の記述とは逆になるが、否卦☷☰の陰陽が変爻で泰卦☰☷に逆転することをもって、「盧序」は不安定から安定への遷移を象徴させる。

(24)ここに挙がる作品は「感遇」詩を除いて、順に「諫政理書」（陳集巻九）、「昭夷子趙氏碑」（同巻五）、「国殤文」、「復讎議狀」（共に同巻七）をいう。なお、陳集は冒頭に賦を置いた後、古詩を並べた部分の冒頭に「感遇」を配する。この作品配列が盧蔵用自身の手に成るならば、「盧序」に見える批評同様、彼が「感遇」を尊重していた例証となるかもしれない。

(25)『詩品』中「斉吏部謝脁詩」

眺極與余論詩、感激頓挫過其文。

「余」は『詩品』の撰者である鍾嶸自身を指す。

(26) 司馬遷「報任少卿書」(『文選』巻四十一)に「亦欲以究天人之際」とある。『史記』巻二十七「天官書」、同巻百三十「太史公自序」にも「天人之際」の用例がある。この言葉には、司馬遷に先立つ董仲舒の天人相関説(『漢書』巻五十六「董仲舒伝」に引く彼の文章に「天人相與之際」の語が見える)からの影響を考えるべきだろう。なお、陳子昂自身も陳集巻六「率府録事孫君墓誌銘」で「庶幾天人之際」という表現を用いる。

(27) 南宋・朱熹「斎居感興二十首」序(『晦庵先生朱文公文集』巻四)

余讀陳子昂感遇詩、愛其詞旨幽邃、音節豪宕、非當世詞人所及。

「盧序」と通じるこの種の批評が前近代では踏襲され続けたことは、「感遇」詩の芸術的特徴に対する歴代の評価を集めた韓理洲一九八二a、一一二～一一四頁に詳しい。

(28) 「盧序」後段

嗚呼、聰明精粹而淪剝、貪叨桀驁以顯榮。天乎、天乎。吾始未知夫天焉。昔常與余有忘形之契、四海之內、一人而已。良友歿矣、天其喪予。今採其遺文可存者焉、編而次之、凡十卷。恨不逢作者、不得列於詩人之什。悲夫。故粗論文之變而爲之序。至於王霸之才、卓犖之行、則存之別傳、以繼於終篇云耳。黃門侍郎盧藏用撰。

「今採其遺文可存者焉」は『英華』、『唐文粋』に従う(陳集は「今」を「合」に作る)。また、これら両書に収める「盧序」は共に「文之變」の「之」を欠く。

(29) 『隋書』巻四十九「牛弘伝」

弘以典籍遺逸、上表請開獻書之路、曰、……孔子以大聖之才、……制禮刊詩、正五始而修春秋、闡十翼而弘易道。……掃地皆盡。……繼踵而集。……憲章禮樂。

同巻三十二「経籍志」序

孔丘以大聖之才、……乃述易道而刪詩書、修春秋而正雅頌。

「盧序」前段にいう「昔者孔宣父以天縱之才」以下の一節(注18)は、注19所掲の作品にその淵源を求め得る。ただ「盧序」が構造として直接に基づくのは、より近い時代のこれらの文章ではないか。

(30) 南宋・陳振孫『直斎書録解題』巻十六「集部・別集類上」

陳拾遺集十巻……盧序亦簡古清壯、非唐初文人所及。

(31) 唐初の文学史観を示す記述の多くは、概ね勅命により陸続として編纂された正史の文苑（文学）伝や各王朝を代表する文人の伝、また類書等の序・論に見える。それらについては古川末喜一九七九a、同一九八〇、同一九八一〔同二〇〇三、一〇七〜一七〇頁〕、乾源俊二〇〇一参照。

(32) 王勃「上吏部裴侍郎啓」（『英華』巻六百五十六）、楊炯「王勃集序」（同巻六百九十九）には、第四章第一節でも言及する。彼らが主張した南朝期に対しては「盧序」とも通じる強硬な詩文否定論は前注で触れた唐初の文学論には見えない。古川末喜一九七九b、二〜八、一七〜二四頁〔同一七二〜一七七、一八七〜一九二頁〕参照。ただし、前者には詩賦をもって官人を選ぶ制度に疑問を呈する目的が、後者には王勃の文業を賞賛すべく過去の文学や作家への評価を相対的に低めるという外的な理由もあった。

(33) 梁・沈約「宋書謝霊運伝論」（『文選』巻五十）

自漢至魏、四百餘年、辭人才子、文體三變。……綴平臺之逸響、採南皮之高韻、遺風餘烈、事極江右。

「平臺」、「南皮」と「江右」の解釈は、引用では省略したが李善注に従う。

(34) 「謝霊運伝論」が漢魏・晋宋を三区分することは、興膳宏一九八〇、四六〜四九頁〔同二〇〇八a、八九〜九三頁〕に指摘がある。後世の文学（史）観に一つの祖型を与えた同論については興膳論文の他、林田愼之助一九七九、二六七〜二八五頁、稀代麻也子二〇〇二、一七九〜一八二頁〔同二〇〇四、二五四〜二五八頁〕参照。また、『文選』の訳書以外に、『宋書』を底本とした興膳氏による同論の訳注が同二〇〇〇、九五五〜九六五頁に見える。

(35) 同類の時期区分は、早く駱賓王に例がある。この見解は『楚辞』以降を全否定する、逆に南朝の詩文をも評価する二つの文学史観と合わせて唐初、鼎足を成していた。陳子昂の見解が駱賓王の折衷案に近かった事実は、古川末喜一九七九b、一二〜一四頁〔同二〇〇三、一八二〜一八四頁〕が指摘する。

(36) 賈至「工部侍郎李公集序」（『英華』巻七百一）

於是仲尼刪詩述易作春秋、而敍帝王之書、三代文章、炳然可觀。洎騷人怨靡、揚馬詭麗、班張崔蔡、曹王潘陸、揚波扇飇、大變風雅、宋齊梁隋、盪而不返。……神龍中興、朝稱多士濟濟、儒術煥乎。文章則我李公、傑立當代。於戲、斯文將喪久矣。……而公當頽靡之中、振洋洋之聲、可謂深見堯舜之道、宣尼之旨、鮮哉希矣。

陶敏・李一飛・傅璇琮二〇一二、一一六頁に拠れば永泰二年（七六六）頃、李適の文集のために書かれたこの文章は、

「宋齊梁隋」での文学の堕落を彼が回復させたと述べる。次に一部を再掲する「盧序」前・中段（注18・22）と比べて、歴代の文学者を挙げる中で「曹劉潘陸」が「曹王潘陸」（「王」は王粲）に置き換わっているだけなど、論法・措辞に共通性が見られる。

孔宣父……乃刪詩書、述易道、而作春秋……文章粲然可觀者也……騷人作……婉麗浮侈……長卿、子雲之儔、瑰詭萬變……溺於流辭而不顧……班張崔蔡、曹劉潘陸、隨波而作。雖大雅不足、……宋齊已來、……天之將喪斯文也。……卓立千古。

また孫望一九五七a、七一～七二頁〔同二〇〇二、四〇八頁〕がほぼ同時期の永泰元年（七六五）の作と考える文章にもこうある。

元結「劉侍御月夜讌会序」（『唐元次山文集』巻七）

於戲、文章道喪蓋久矣。時之作者、煩雜過多。歌兒舞女、且相喜愛。系之風雅、誰道是邪。

「文章道喪蓋久矣」という慨嘆に、「盧序」中段の「道喪五百歲而得陳君」という一文の影を見ることも許されるのではないか。

（37）「修竹篇序」（陳集巻一）

東方公足下。文章道弊五百年矣。漢魏風骨、晉宋莫傳。然而文獻有可徵者。僕嘗暇時、觀齊梁間詩、彩麗競繁、而興寄都絶、毎以永歎。思古人常恐逶迤頽靡、風雅不作、以耿耿也。一昨解三處見明公詠孤桐篇。骨氣端翔。音情頓挫、光英朗練、有金石聲。遂用洗心飾視。發揮幽鬱。不圖正始之音、復覩於茲。可使建安作者相視而咲。解君云、張茂先、何敬祖、東方生與其比肩、僕亦以爲知言也。故感歎雅製、作脩竹詩一篇。當有知音、以傳示之。

京都大学中国文学研究室二〇〇八、一六六～一一七五頁に、佐藤礼子氏によるこの序の日本語訳を収める。

（38）高木正一一九六八、三七二頁〔同一九九九、三一六頁〕の注8に拠れば、「解三」・「解君」は解琬（陳子昂の友人）を指す。もとより、当該の評語は解君の意見だが、それを「知言」と称する点から考えて、陳子昂も西晋文学の少なくとも一部は認めていたと考えられる。

（39）託する主張を創作の第一条件として、時に詩文自体はその道具に過ぎないとまでいう説は、陳子昂の他の作品にも見える。「修竹篇序」以外の材料をも用いて、彼の文学観を検証した早期の論文に安東俊六一九六八〔同一九九六、三一四～三三三頁〕がある。

（40）「修竹篇序」（注37）を「盧序」と対照すると、類似の言い回し（「文章道弊五百年矣」と「道喪五百歲而得陳君」）の他、同一の用語だけでも「透迤」、「風雅」（注18）、「頓挫」（注22）の三つが見出される。両者に見える文学観の関わりは、乾源俊二〇〇二、三二〜四二頁が論じている。併せて参照されたい。

(41)　南宋・劉克荘『後村先生大全集』巻百七十六「詩話・後集」

陳拾遺、李翰林一流人。陳之言曰、漢魏風骨、……毎以永歎。李之言曰、梁陳以來、……非我而誰。陳感遇三十八章、李古風六十六首、眞可以掃齊梁之弊而追還黃初、建安矣。

省略した箇所を含めて、引用される「修竹篇序」は、注37を参照されたい。なお「李翰林」は李白を指すが、その説は第三章第一節、注23に引く。ただ、前近代を通じて「修竹篇序」が文学論として扱われることはごく稀であり、劉克荘のこの詩論も次注で触れる一節に続くもので、「盧序」への言及から陳子昂に連想が及んだと思われる。

(42)　同前注

韓柳未出之前、能爲此論、亦可謂之知言矣。

この後、盧蔵用が歴代の文学が持つ欠陥を正しく指摘したと述べた上で、劉克荘は前段（注18）末尾の上官儀を批判する一節に触れて、皇后だった則天武后の廃立を企てた彼を貶めるのは、盧蔵用が属した政治的党派の首領である太平公主（武后の娘）に媚びるためだったという。「盧序」の一部について執筆目的を推測しているわけだが、特に根拠は示されておらず、本章では問題としない。

(43)　小川環樹一九七五、一〇八〜一二四頁。

(44)　「別伝」第一段

陳子昂、字伯玉、梓州射洪縣人也。本居潁州。四世祖方慶、得墨翟祕書、隱於武東山。子孫家焉。世爲豪族。父元敬、瑰瑋倜儻、年二十、以豪俠聞。屬鄕人阻饑、一朝散萬鍾之粟而不求報。於是遠近歸之、若龜魚赴淵也。以明經擢第、授文林郎。因究覽墳籍。居家園以求其志。餌地骨錬雲膏四十餘年。

冒頭近くの「四世祖方慶」は、陳子昂自身が著した陳集巻六「我府君有周居士文林郎陳公墓誌文」（『唐文粋』巻七十に従って、「我」字を補う）と「堂弟孜墓誌銘」に拠れば、「五世祖方慶」に作るのが正しい。

(45)　以上、陳氏の祖先に関する記述は、「別伝」を含む前注所掲の文章と陳子昂「梓州射洪県武東山故居士陳君碑」（陳集巻五）に拠る。なお、「堂弟孜墓誌名」（前注）に「豪英雄秀」の衰えを憂える伯父（陳元敬か）が、陳孜を見る度に「慰吾家道」と評したとある。陳氏の構成員自身、「豪」を自家の風と認めた様が窺える。

（46）神仙としての墨子に關わる各書の記載は、張心澂一九五七、一一三六頁にまとまって集められる。墨家と道教の関係は福永光司一九七七、三七～三九頁〔同一九八七、二〇〇～二〇二頁〕、李遠国一九九一を参照。因みに、『倭名類聚抄』（十巻本）巻二が『墨子五行記』の逸文六字を引く。

（47）陳子昂の文学と陳氏における「豪」と隠逸双方の伝統との関連は、早く王運熙一九五七、九三頁〔同二〇一二、六八頁〕が言及し、後には杜暁勤一九九六〔同二〇〇九、二一二～二四八頁〕が詳論する。また蜀という風土との関係は賈晋華一九九二b、吉川忠夫二〇〇〇、一三四～一三五頁参照。

（48）「別伝」第二段

嗣子子昂、奇傑過人、姿狀嶽立。始以豪子、馳俠使氣、年至十七八未知書。嘗從博徒入鄉學、慨然立志。因謝絶門客、專精墳典。數年閒、經史百家罔不該覽。尤善屬文。雅有相如、子雲風骨。初爲詩、幽人王適見而驚曰、此子必爲文宗矣。年二十一、始東入咸京、遊太學。歷抵羣公。都邑靡然屬目矣。由是爲遠近所稱、籍甚。以進士對策高第。

（49）「別伝」第三段

屬唐高宗大帝崩于洛陽宮。靈駕將西歸。子昂乃獻書闕下。時皇上以太后居攝。覽其書壯之、召見問狀。子昂貎寢寡援。然言王霸大略、君臣之際、甚慷慨焉。上壯其言而未深知也。乃敕曰、梓州人陳子昂、地籍英靈、文稱偉曄。拜麟臺正字。時洛中傳寫其書、市肆閭巷、吟諷相屬。乃至轉相貨鬻、飛馳遠邇。秩滿。隨常牒補右衛胄。上數召問政事。言多切直。書奏輒罷之。以繼母憂解官、服闋、拜右拾遺。子昂晩愛黃老之言。尤耽味易象、往往精詣。在職默然不樂、私有掛冠之意。

覚訳は「皇上」を中宗、「太后」を則天武后と解するが（小川環樹一九七五、一一四頁）、共に武后のことと考えるべきだろう。武后を「皇上」（今上に同じ）と呼び、さらには冒頭で高宗に敢えて国号の唐を冠する点から見て、この箇所は彼女の皇帝在位時期（武周期）に書かれたと思われる。韓理洲一九八八、一七頁の注5参照。なお前半に見える「貎寢」（「寢」は醜いの意）という表現は、第二段（前注）の「姿狀嶽立」と矛盾するかに思えるが、魏・王粲や西晋・左思ら優れた文学者の本伝（『三国志』巻二十一、『晋書』巻九十二）で用いられており、外貌に比してその才幹を際立たせる意に出るのかもしれない。

（50）「別伝」第四段

屬契丹以營州叛。建安郡王攸宜親總戎律、臺閣英妙皆置在軍麾。時敕子昂參謀帷幕。軍次漁陽。前軍王孝傑等相次陷沒、三軍震慴。子昂進諫曰、……建安方求鬪士。以子昂素是書生、謝而不納。子昂體弱多疾。感激忠義、常欲奮身以答國士。自以官在近侍、又參預軍謀、不可見危而惜身苟容。他日又進諫。言甚切至。建安謝絶之。乃署以軍曹。子昂知不合。因箝默下列。但兼掌書記而已。因登薊北樓、感昔樂生燕昭事、賦詩數首。乃泫然流涕而歌曰、前不見古人、後不見來者。念天地之悠悠、獨愴然而涕下。時人莫知也。

末尾の一句を陳集は「時人莫不知也」に作るが、敦煌本（注11）と『英華』に従って「不」を削った。

(51)「遠遊」（『楚辞補注』）

惟天地之無窮兮、哀人生之長勤。往者余弗及兮、來者吾不聞。

陳子昂「登幽州台歌」（前注所掲の「別伝」に見える「前不見古人、後不見來者。念天地之悠悠、獨愴然而涕下」）が、この「遠遊」（放逐後の悲境に在る屈原が作ったと、王逸の序にいう）を踏まえた跡は歴然としている。他にも踏まえる古典詩文はあるとの説が、周本淳一九八七に見える。

(52)「別伝」第五段

及軍罷、以父老、表乞罷職歸侍。天子優之、聽帶官取給而歸。遂於射洪西山構茅宇數十間、種樹採藥以爲養。嘗恨國史蕪雜。乃自漢孝武之後以迄唐、爲後史記。綱紀粗立、筆削未終、鍾文林府君憂。其書中廢。子昂性至孝、哀號柴毀、氣息不逮。屬本縣令段簡貪暴殘忍。聞其家有財、乃附會文法、將欲害之。子昂荒懼、使家人納錢二十萬。而簡意未已。數輿曳就吏。子昂素羸疾、又哀毀、杖不能起。外迫苛政。自度力氣、恐不能全。因命蓍自筮。卦成。仰而號曰、天命不祐、吾其死矣。於是遂絶、年四十二。

(53)「別伝」第六段

子昂有天下大名。而不以矜人。剛果強毅、而未嘗忤物。好施輕財、而不求報。性不飲酒。至於契情會理、兀然而醉。工爲文、而不好作。其立言措意、在王霸大略而已。時人不之知也。尤重交友之分、意氣一合、雖白刃不可奪也。友人趙貞固、鳳閣舍人陸餘慶、殿中侍御史畢構、監察御史王無競、亳州長史房融、右史崔泰之、處士太原郭襲微、道人史懷一、皆篤歳寒之交。與藏用遊最久。飽于其論。故其事可得而述也。其文章散落、多得之於人口。今所存者十卷。嘗著江上丈人論。將磅礴機化、而與造物者遊。遭家難亡之。

末尾近くの「嘗著江上丈人論」の「丈人」は、ひとまず『英華』と敦煌本に従う（陳集は「人文」に作る）。

(54)『呂氏春秋』孟冬紀「異宝」に基づく。この江上丈人の説話から隠者、老子の注釈者、神仙と漢魏南朝を経て神秘化された河上丈人の伝説が連想されよう。『莊子』雜篇「列禦寇」に見える、息子の得た「千金之珠」に目もくれない「河上」の貧者は、魏・阮籍「詠懐」其五十九（『阮嗣宗集』巻下）、劉宋・袁淑『真隠伝』（『太平御覧』巻五百十所引）では「丈人」と呼称される。「千金之劍」を断った江上丈人との共通性が考えられる。河上丈人（河上公）の伝説化については楠山春樹一九七二、三〇頁〔同一九七九、一五七～一六〇頁〕に詳しい。また、「別伝」のこの箇所に関して、Chan, Tim W. 2001: 39-41. に分析がある。

（55）『莊子』内篇「逍遥遊」

連叔曰、……之人也、之德也、將旁礴萬物以爲一［釋文：司馬云、旁礴、猶混同也］。

同雜篇「天下」

上與造物者遊、而下與外死生无終始者爲友。

「別伝」（注53）にいう「磅礴」は、「旁礴」に等しい。なお『莊子』内篇「大宗師」・「応帝王」に、「與造物者爲人」という句も見える（「人」は「偶」、即ち仲間の意か）。

（56）「別伝」第七段

荊州倉曹槐里馬擇曰、擇昔從父友王適獲陳君。欣然忘我幼齡矣。楡關之役、君籌其謀。戎安累年、不接晤語。聖曆初、君歸寧舊山、有掛冠之志。予懷役南遊。茲遘歡甚。幽林淸泉、醉歌絃詠。周覽所計、倏徧岷峨。予旋未幾、陳君將化。悲夫、言絶道冥。杳然若喪之幾。延陵心許、而彼已亡。天喪斯文、我恨何及。君故人范陽盧藏用、集其遺文、爲序傳。識者稱其實錄。嗚呼、陳君爲不亡矣。遂爲贊曰、岷山導江、回薄萬里。浩瀚鴻溶、東注滄海。靈光氛氳、上薄紫雲。其瑰寶所育、則生異人。於戲、才可兼濟、屈而不伸。行通神明、困於庸塵。子曰、道之將喪也、命矣夫。

第二の文章にいう「幼齡」を陳集は「功齡」に作るが、『英華』と敦煌本（注11）に従って改めた。なお、「別伝」のこの段に「識者稱其實錄」と序・伝自体の普及をいう記述があるのは、奇異な感を覚えさせる。「別伝」の初稿が一旦広まって後、ここが加筆されたものか。また『宋書』巻九十三「隠逸伝・陶潜」が陶潜（淵明）「五柳先生伝」を引いた後、「其自序如此、時人謂之實錄」と称する表現などに倣ったとも考えられる。

（57）『論語』「憲問」

子曰、……道之將廢也與、命也。

なお第七段前半の語り手である馬択については、岑仲勉一九四六、一六九頁〔同二〇〇四c、二一一頁〕に考証が、彭慶生一九八一、二四〇頁に陳子昂「嘉［一作喜］馬參軍相遇醉歌序」（陳集巻七）の「馬參軍」に馬択を当てる説が見える。

(58) 陳集に「同宋参軍之問夢趙六贈盧陳二子之作」(巻二では冒頭の四字を「同参軍宋」に作るが、巻首の「陳伯玉文前集目録」に拠って改めた)を収める。宋之問は当時の著名な詩人、趙貞固は地方官を務めた後、早世した人物で、彼らと陳子昂の交遊は、道上克哉一九八一、胡山林一九九九参照。

(59)「挽詩」(『唐文粋』巻十五下)

27陳生富清理、28卓犖兼文史。29思縟巫山雲、30調逸岷江水。31鏗鏘哀忠義、32感激懐知己。33負剣登薊門、34孤遊入燕市。35浩歌去京國、36歸守西山趾。37幽居探元化、38立言見千祀。39埋沒經濟情、40良圖竟云已。

算用数字は句番号を表す。なお、『唐詩紀事』巻十「盧蔵用」もこの詩を収めるが、文字に異同がある。

(60)「感遇」十(陳集巻一)

深居観元化、悱然争朶順。

　同十七(同前)

幽居観大運、悠悠念羣生。

　同三十八(同前)

仲尼探元化、幽鴻順陽和。

陳集が最初の詩の「居」を「閨」に作り、「元化」の傍らに「羣動」と併記する他、『唐詩紀事』巻八「陳子昂」は同じ句を「深居觀羣動」に作る。ここでは『唐文粋』巻十八に拠って改めた。この種の句形で似通う事柄を詠う例が他にも「感遇」に複数見られる点は、安東俊六一九六七、一〇頁〔同一九九六、三〇六~三〇七頁〕に指摘がある。

(61) 陳子昂「祭韋府君文」(陳集巻七)にその事実が見える。また同「謝免罪表」(同巻三)は釈放を感謝して著した上表と考えられる(入獄の経緯は不明)。羅庸一九三六、一〇八頁参照。

(62) 羅庸一九三六、一〇九~一一〇・一一二頁に拠れば、万歳通天元年(六九六)九月に出征、神功元年(六九七)七月に帰還したという。

(63) 陳子昂には宋之問との間に限っても、陳「東征至淇門答宋参軍之問」(陳集巻二)、宋「使往天兵軍約与陳子昂新郷為期及還而不相遇」(『英華』巻二百四十一)と従軍期に交わした詩が伝わる。宋之問らに宛てた「挽詩」が北征に関して字句を費やすのは、盧蔵用も含めてその事跡が殊に印象深かったためという理由も考えられよう。

(64) 王道・覇道を実現すべく、陳子昂が文章を著したとする主張は、「別伝」第六段(注53)に「工爲文、而不好作。其立言措意、在王霸大略而已」と見える（中でも「王霸大略」の語は第三段、注49にも見える）。これは、「挽詩」第三九・四十句（注59）の「埋沒經濟情、良圖竟云已」という叙述に通じよう。

(65)「別伝」第六段の「江上丈人論」に関する記述（注53～55）と「挽詩」第三七句の「幽居探元化」（注59・60）とには、「盧序」中段（注22）が「感遇」を「微顯闡幽、庶幾見變化之朕」と評した言葉に通底するものがある。

(66)『孟子』「尽心」上

（孟子）曰、……古之人得志、澤加於民、不得志、脩身見於世、窮則獨善其身、達則兼善天下。

この種の出処進退を陳子昂自身が重視していた点は、次章「はじめに」、注7を参照されたい。

(67) 陳子昂の文学思想が駱賓王と通じる比較的穏当なものだという指摘が古川末喜氏にあることは、注35に示した。古川氏はさらに駱賓王と陳子昂が共に南北朝以来の門閥ではなく新興中小地主出身だった点に注目され、彼らが同じ階層に属する盛・中唐以降の唐代社会・文学の担い手が持つ思想を先取りできた理由をそこに求められる。古川末喜一九七九b、一六～一七頁〔同二〇〇三、一八六頁〕参照。「別伝」が唐代に普及していたならば、当時の主要な文学の旗手で陳子昂を高く評価した者（次章で取り上げる李華・韓愈・柳宗元・白居易など）が、彼も自らと同じ階層、かつ盛唐以降、士人の官界入りで理想的な経路となった進士科の出身という知識を得ており、そこに親近感を覚えた可能性も想像される。

(68)「趙碑」（陳集巻十「附録」）

集十巻著於代、友人黄門侍郎范陽盧藏用爲之序、以爲文章道喪五百年、得陳君焉。由是太沖之詞、紙貴天下矣。

石碑自体は現存しないので、いま陳集所収の文章に拠る。陳集に収める「趙碑」の題下には「前監察御史趙儋撰」とあるが、『永楽大典』巻三千百三十四「九真・陳・陳子昂」中のそれは「前」字を欠く。また、引用の「文章道喪五百年、得陳君焉」が「盧序」中段（注22）の「道喪五百歳而得陳君」に基づくことは明白である。「文章」を冠する点には、陳子昂「修竹篇序」（注37）の「文章道弊五百年矣」という句への連想があるかもしれず、その場合は盧・陳両名の文学論が早くも混同されていた可能性が想像される。なお、「太沖」を陳集は「大中」に作るが、『永楽大典』に拠って改めた（太沖は洛陽の紙価を高からしめた左思の字）。

(69)「趙碑」

屬契丹以營州叛。建安郡王武攸宜親總戎律、特詔左補闕屬之。迨及公參謀幃幕、軍次漁陽。前軍王孝傑等相次陷沒、三軍震慴。公乃進諫、感激忠義、料敵決策、請分麾下萬人、以爲前驅。奮不顧身、上報於建安。建安愎諫、禮謝絶之。但署以軍曹、掌記而已。公知不合、因登薊北樓、感昔樂生燕昭之事、賦詩而流涕。及軍罷、以父年老。表乞歸侍、至數月、文林卒。公至性純孝、遂廬墓側、杖而後起、柴毀滅性、天下之人、莫不傷歎。年四十有二、葬於射洪獨坐山。

例として最も見やすい箇所を挙げたが、「別伝」第四・五段（注50・52）を踏襲することは贅言を要すまい。なお陳集は「建安復諫」の「愎」を「復」に作るが、『永楽大典』（前注）に拠って改めた。

(70)「趙碑」

詩可以諷、筆可以削。人罕雙全、我能兼有。

嗟乎、道不可合、運不可諧。遂放言感遇、亦阮公詠懷。已而已而、陳公微意在斯。

先の引用の「筆」は文章を指す。後のそれは、碑文末尾の頌中に附された原注に見える。なお「道不可合」は、「盧序」中段（注22）の「道不偶時」を意識していよう。

(71) 陳子昂が詩歌・散文いずれにも力を発揮したという同様の見解を示す柳宗元の「楊評事文集後序」は、「趙碑」よりも最低二十年ほど遅れる（次章「はじめに」、注10を参照されたい）。また「詠懐」と「感遇」の類似に対する「趙碑」の着目は、韓理洲一九八二a、一一三頁に指摘がある。

(72) 通常の熟語以外に、注68・70で各々指摘した「道喪五百歳」、「道不遇合」の他、「盧序」前段（注18）の「風雅之道」、「別伝」第七段（注56）の「言絶道冥」と「道之將喪也」が挙げられる。ここで、盧蔵用が陳子昂を祭った文章の全体を掲げておく。

「黄門侍郎盧藏用祭陳公文」（陳集巻十「附録」）

子之生也、珠圓流兮玉方潔。子之沒也、太山頽兮良木折。士林闃寂兮人物疎、門館蕭條兮賓侶絶。歎佳城之不返、辭玉階而長別。嗚呼、置酒祭子子不顧、沈聲哭子子不迴。唯天道而無託、但撫心而已摧。尚饗。

『唐詩紀事』巻八「陳子昂」に拠って一部文字を改めたが、この末尾近くにも一般的な名詞ながら「天道」の語が見える。

(73)「答毛傑書」の表題は『続古文苑』巻八、『全唐文』巻二百三十八に倣う。この書簡が書かれた時期は不明だが、文中に「鬼門」とあるので（次注）、それが鬼門関を指すのならば、盧蔵用が昭州（現広西壮族自治区桂林市）にいた時である可能性が考えられる（注5所掲略年表・開元期）。なお、『新唐書』巻六十「芸文志四・丁部集録・別集類」、『直斎書録解題』巻十六「集部・別集類上」が共に『毛欽一集』三乃至二巻を著録し、毛欽一、字は傑（傑が名ともいう）、号は雲夢子、荊州長林の出身で、開元年間の人という。

(74)「答毛傑書」（『唐摭言』巻四「師友」）

盧答毛公、毛子足下、勤身訪道、不毒氛瘴、裹糧鬼門、放蕩雲海、有足多矣。一昨不遺、猥辱書禮、期我遐意、詢于道眞、使人慙愧也。僕知之矣、士之生代、則有冥志深蔽、滅木穹窒、錬九還以咽氣、味三秀以詠言、固將養蒙全理、不以能鳴夭性、則其上也。義感當途、説動時主、懷全德以自達、裂山河以取貴、又其次也。至於誠信不申、忠孝胥缺、獨禦魑魅、永投豺虎、無面目以可數、椎心膺以問天、斯最下也。僕在壯年、常慕其上、先貞後黷、卒罹憂患、負家爲孽、置身于此、何顏復講道德哉。

　文中にいう「滅木」と「穹窒」の語は、そのままの形でそれぞれ『周易』大過「象伝」、『毛詩』豳風「七月」に見え、また「養蒙」と「投豺虎」という表現は各々『周易』蒙「彖伝」に「蒙以養正」、『毛詩』小雅「巷伯」に「投畀豺虎」とあるのに基づく。

(75)「答毛傑書」（同前注）

雖然少好立言、亟聞長者之説、老而彌篤、猶憐薄暮之晷。加我數年、庶無大過。覽莊生鵾鵬之喩、則乾坤龍馬之旨可好矣、培風運海、則六九之源無差矣。隮之正氣、則洗心藏密有由矣。開卷獨得、恬然會眞、不知寰宇之寥廓、不知生之與謝、斯亦曖昧所守、何必爲是。儻吾人起予、指掌而説、今之隱几、不亦樂乎。道在稊稗無相阻、曷爲區區、過勞按劍也。頃風眩成疾、下淚復厲、筆力此還答、無所銓次、淹遲日期、庶不我責。盧藏用頓首。

　『續古文苑』は「筆力此還答」の「筆」を衍字と考える。なお文中の「加我數年」云々の二句は同じ句で始まる『論語』「述而」の一節に基づくし、「龍馬」がやはり「乾坤」（天地）を表すことは『周易集解』巻二「坤」に引く干宝の説に見える。さらに「六九」は各々が陰数・陽数を代表することから陰陽を指す。また「起予」、「隱几」は『論語』「八佾」、『荘子』内篇「斉物論」にそれぞれ典拠がある（後者はもと「隱机」に作る）。他に「洗心藏密」と「開卷獨得」は、次の記述などが先蹤となる。

　『周易』「繋辞上伝」

聖人以此洗心［注：洗濯萬物之心］、退藏於密［注：言其道深微、萬物日用而不能知其原、故曰退藏於密、猶藏諸用也］。

　梁・任昉「天監三年策秀才文三首」二（『文選』巻三十六）

問、朕本自諸生、弱齡有志、閉戸自精、開卷獨得［李善注：陶潛誡子書曰、開卷有得、便欣然忘食］。

(76)『荘子』内篇「逍遥遊」冒頭の逸話はあまりにも有名なので、全体の引用は省略するが、「答毛傑書」の「培風運海」（前

注）は、その中の「海運則將徙於南冥」、「而後乃今培［釋文：音裴、重也］風背」という表現に基づく。

(77)『荘子』外篇「知北遊」に「道」の所在を問われた荘子がアリやケラ、「稊稗」（注75所引の「答毛傑書」にも見える）、瓦、糞尿などどこにでも在ると答えた話柄は、よく知られる。「稊稗」は、詳しくいえばイヌビエとクサビエを指す。

(78) 羅根沢一九五七b、一二一～一二二頁参照。

(79)『大唐新語』巻十「隠逸」

藏用博學工文章、善草隷、投壺彈琴、莫不盡妙。未仕時、嘗辟穀練氣、頗有高尚之致。及登朝、附權要、縱情奢逸、卒陷憲綱、悲夫。

『旧唐書』巻九十四「盧蔵用伝」

尋隱居終南山、學辟穀、練氣之術。

出仕前の盧蔵用が学んだ「辟穀」（穀物断ち）、「練氣」（呼吸の整序）も、伝統的に神仙を目指す手段とされる。

(80)『新唐書』巻五十九「芸文志三・丙部子録・道家類」

盧藏用注老子二卷　又注莊子内外篇十二卷。

なお、最澄は九世紀初頭に帰国する際、次の目録に見える仏僧の伝記を日本に将来した。

『伝教大師将来台州録』

南岳高僧傳一巻［黄門侍郎盧藏用撰一十五紙］

共に散逸し、また撰述の背景も不明ながら、道仏双方の著述がある点は注目されてよい。

(81) 韓愈の文学と「道」を継承する人物の系譜「道統」との関係は、末岡実一九八八参照。

(82)「陶淵明集序」（『箋註陶淵明集』巻首）

有疑陶淵明詩、篇篇有酒、吾觀其意不在酒、亦寄酒爲迹者也。

蕭統が編集した『陶淵明集』は現存しないが、彼の手に成るその序と伝は、このように後世に編まれた陶淵明の複数の詩文集に収録される。

(83) 後人が陶淵明の人物・詩人像を形成していく過程を扱う研究書に上田武二〇〇七がある。

(84) 敦煌文献P三八四九『新定書儀鏡』「黄門侍郎盧藏用儀例一巻」

曁齊梁通賢、頗立標統。然而古今遷變、文質不同、江南士庶、風流亦異。

『新定書儀鏡』は唐代に盛行し、高級知識人のみならず幅広い人々に用いられた「書儀」（手紙文の範例集）の一種で、P四〇三六、P二六一六背面にもほぼ同文が見え、それらを用いて誤字を修正した。永田知之二〇一〇、一一九～一二一頁を参照されたい。

第二章　唐人の意識下における陳子昂

――「先達」への眼差し

はじめに

韓愈（七六八～八二四）は親友の孟郊（七五一～八一四）が地方へ赴任する際に著した文章とその数年後、野に在った彼を有力者に推挙する際の詩で、概ね次のように述べた。

　総てものは平衡を得なければ音を鳴らす。……唐の世では、陳子昂・蘇源明・元結・李白・杜甫・李観が、皆その得手でよく世に鳴った。いま下位に在る孟郊、字は東野、は、その詩で世に鳴るが、中でも秀作は魏晋の作品に勝り、古代のものにも迫る。（「孟東野を送る序」）

　唐代に文学は盛んとなり、陳子昂はそのうちで最初に飛び抜けた存在でした。後に文学が上り調子になると、李白・杜甫が万物を余すこと無く描き切りました。時代は下り文学の深奥を極めた書き手が相継ぐ中で、雄偉の才を与えられながら孟郊は八方塞がりとなっています。（「士を薦《すす》む」[1]詩）

前者では、引用箇所の前に上古の聖人や古代の著述家が列挙される。そこで「鳴」と称される時代に冠絶した人物の活躍は魏晋（二二〇～四二〇）以降、下火になったという。その一方、やはり省略した後者の冒頭部で後漢末までの詩歌を褒め称えた後、韓愈は打って変わった筆致で、一部の例外を除いて、南朝（四二〇～五八九）で文学の堕落は極まったと酷評する。漢魏までの隆盛、続く衰退、唐代における復興と大まかに三区分するのが、彼の文学史観だった。度々積極的に李白・杜甫を併称する韓愈[2]が、李杜を除く唐代の先人で唯ひとり文学復興の旗手として前掲両作品に名を挙げた点に、陳子昂への高評価が窺われる。

韓愈がこれらの作品に示した文学史上の系譜へ、後には彼自身も加えられることになる。即ち、門人の皇《こう》甫湜《ほしょく》（七七七?～八三五?）が元結の「文章」は蘇源明の「文学」、陳子昂の「感遇」を凌ぐと前置きしつつ、韓愈の作品は完全であり、また李杜の間には優劣を付け難いと詩に詠うのが、その早い例である。(3) 元結所縁の土地という特別な事情下で詠まれたその詩の記述を、どれほど重視すべきか判然としない。ただ、皇甫湜が「孟東野を送る序」にいう［陳子昂―蘇源明―元結―李白・杜甫（―孟郊ら）］と図式化できる唐代文学の系譜に、韓愈をも位置付けた様は見て取れよう。

さて、武周期（六九〇～七〇五）に父を殺害された者が犯人を告発するも埒が明かず、自ら仇敵を殺す事件が起こった。赦免を考えた女帝に陳子昂が奉ったのが「復讎議状」（陳集巻七）である。ここで彼は法に則り下手人を死刑にした上で、孝行は表彰せよと述べる。柳宗元（七七三～八一九）は、「復讎議に反駁する」（「駁復讎議」）で同一人による一つの行為に逆の措置を重ねて採るよう唱えたこの議論を批判し、単に孝子として称えるべきだったと説く。これはいわば約一世紀後に著された反駁文である。だが、柳宗元は陳子昂に向けて批判的な文章だけを残したわけではない。彼には陳子昂と同じ題目の詩がある他（第四節の表2―1参照）、次に一部の大意を挙げる「楊評事文集後序」と題した作品を残してもいる。

文学の働きには、（社交上の）応対・褒貶と（他者の）啓発・諷刺とがある。……これらのうち応対・褒貶は文章、啓発・諷刺は詩歌を手段とする。……唐王朝が興って以来、両方の名手たるに愧じぬ者は、梓潼《しどう》の陳拾遺だ。後に燕文貞は文章の余力で、詩歌に取り組むも極め尽くせなかった。張曲江は詩歌の合間に、著述を究めようとしたが完全とはいかなかった。……その中で彼（楊凌）は陳君の驥尾に附して、各文体を能くする者といえる。(4)

「楊評事」は柳宗元の妻の叔父で大理評事に至った楊凌《ようりょう》（?～七九〇）を指す。ここに挙げたのは、楊凌の文集に附すために彼が著した序文である。「梓潼陳拾遺」・「陳君」は共に陳子昂（官は右拾遺。「梓潼」はその郷里である梓州の旧名）をいう。韓愈らと違って、柳宗元は李杜への言及を残さない。従って、他の文学者に対する批評と比較しづらいが、文貞の諡を持つ燕国公の張説《ちょうえつ》（六六七～七三〇）、曲江郡公に封じられた張九齢（六七八～七四〇）たち文壇の大立者でさえ不可能な文章・詩歌（原文は「著述」・「比興」）双方への通暁をなし得たと述べる以上、その陳子昂評は非常に高いといえる。

白居易（七七二～八四六）は、同じ「拾遺」という諫官在職の経験もあってか、やはり陳子昂には関心を持っていた。その詩文より、関連する言及を要点のみ挙げておく。

（a）杜甫と陳子昂の才能は抜群で決して不遇でもなかったが、低い地位に終わった。

（b）（亡友の唐衢《とうく》は）私の詩を陳子昂と杜甫の作と同じように、褒め愛でてくれた。

（c）唐の創業から今まで二百年、無数の詩人が出た中で、取り上げるに値するものに、陳子昂の「感遇」詩、鮑《ほう》魴《ほう》の「感興」詩がある。……詩人は苦境に陥ることが多く、陳子昂と杜甫は、各々拾遺を授けられただけで、苦しんで死に至った。李白や孟浩然らは、一度も任官できず、生涯困窮した。近頃、孟郊・張籍は老いてなお、下位に在る。彼らほどの人物がどうしたことか。

（d）「感遇」詩を著して世間の評判となった陳子昂にいつも感じ入り、李白のことを常に気の毒に思う。彼らの名は高いが官途では挫折し、思い悩んで寿命を損ねた［李は最後まで無官で、陳も早世した］。生前に然るべき扱いに浴せず、後人に憐れまれるばかりだ。(5)

（a）では自身と同職に在った過去の詩人として、陳子昂と杜甫（前者は右拾遺、後者は左拾遺）に思いを馳せる。また、その背景には、従八品上の位階に終わった両人の官途に対する意識があった。（b）で悼まれる唐衢は、元和（八〇六～八二〇）初年、白居易が盛んに作っていた政治批判の詩が権勢者に忌まれ、世に容れられない中で独り賞賛の詩を寄せた人物である。(6) 唐衢が白居易に贈った詩は現存しない。従って、そこで彼の詩がどう評価されたのか、具体的には分からない。だが、陳子昂・杜甫並みに扱われたという批評を書き留めた点に、自らの批判の精神は陳・杜両人の詩と共通だという彼の自負が見て取れる。

（c）は作者の文学論として重視される書簡から抜粋した。他の資料を援用した上で、鮑魴の「感興十五首」が鮑防（七二二～七九〇）の「感遇十七章」に同定できれば、白居易は陳子昂の「感遇」詩を同様に時事諷刺の連作詩と解釈していたといえる。(7)

（d）では陳子昂と李白を併称する。そこには、彼らが同郷だという事情も関わっていよう。だが、白居易は不遇こそがより重要な二人の共通項と意識したと考えられる。（c）の後半で陳子昂及び李白を含む名立たる詩人が揃って官職に恵まれなかったと述べることと思い合わせれば、それは明らかであろう。

（c）と（d）は後述のとおり左遷時期（八一五～八一九）の作品で、（b）も数少ない理解者に捧げた挽歌である。白居易自身、先人の苦境に敏感たらざるを得ない境涯に在った。ただ、それは措いても、彼が志を得なかった詩人として陳子昂を捉え、またその「感遇」詩に豊かな批判性を見出していたことを認めるのに問題はあるまい。

「感遇」詩に傾倒した経験は、彼の親友で（c）（注5）を贈られた元稹（七七九～八三一）も、これを共有する。その白居易への書簡に、凡そこういう。

貞元十年の後、……陳子昂の「感遇詩」を偶々見せてもらったが、吟誦すると心が昂ぶり、その日のうちに「思玄子に寄せた詩」二十首を作った。……暫くして、杜甫の詩数百首を手に入れたが、漫々たる水が岸辺の処々に届くような風格を好ましく思い、初めて沈宋《しんそう》（陳子昂と同時期の詩人である沈佺期・宋之問）の詩に寓意が無いのを欠点に感じ、陳子昂とて必ずしも全てが備わるわけではないことを訝ったものだ。(8)

「沈宋」の詩は、伝統的な詩論が重視する寓意（原文「寄興」）を欠く。陳子昂の作品は、杜詩の如き全面性を備えはしない。だが、沈宋には無いその特徴を、不充分ながら持ち合わせる。元稹の主張は、こう理解されよう。彼が限界を認めつつ、「感遇詩」との接触を若き日に受けた文学的洗礼と見做す点は、白居易が同じ連作詩を評価することと相通じる。

程度の差はあるが、「韓柳元白」と併称される中唐を代表する作家は陳子昂を文学史上の重要人物と考えていた。さて、韓愈が前掲の文章と詩を著したのは、各々貞元十九年（八〇三）、元和元年（八〇六）のことという。(9) 年代の不明瞭な皇甫湜の詩を除き、本節で引用した詩文の制作時期を以下に挙げれば、「楊評事文集後序」は柳宗元の長安での活動期（七九三～八〇五）(10)、白居易の（a）が元和三年（八〇八）、（b）が同六年から九年（八一一～八一四）、（c）が同十年（八一五）、（d）が同十二年（八一七）となる。(11) 元稹の手紙は執筆こそ元和十年（八一五）だが、そこに描かれた「感遇」詩との遭遇は貞元十年（七九四）かやや後のことだろう。(12) ここから、陳子昂が唐代の傑出した文学者だという観念は、彼らが長い創作の営為を経て得た結論ではなく、早く壮年期以前に有した共通の理解と知られる。

そして、それは彼らが初めて抱いた主張でもなかった。韓柳や唐衢は各々知友や親族を賞賛する文脈で陳子昂に言及した。陳子昂を優れた文学者と見る認識が、彼ら以前にある程度一般化していなければ、それらが対象への賛辞となる理由は説明できない。中唐に至るまでに、このような陳子昂観がどう生起していったか、本章の関心はそこに在る。

類似する対象との比較を欠いて、一個人への批評を考察する営みには、事の真相を見誤らせる危険が伴う。だが、こと陳子昂に関しては、韓愈の如く初唐の文学者に比較的冷淡な（第五節、注50参照）盛唐以降の人物さえも少なからず言及を残しており、その整理も決して無意味ではあるまい。まず、次節では彼の文学に直接渉らない言及を見ていく。

第一節　事跡への言及

陳子昂の事跡に関する中唐以前の言及は、以下に大意を挙げるようなものがある。

（a）（六九六年に科挙の上級試験）賢良方正科に首席で及第した崔沔《さいべん》のことを試験官の陳子昂らは官吏登用の考試に第一位で合格した史上の著名人にも勝ると感嘆した。[13]

（b）権若訥《けんじゃくとつ》はその後輩では陳子昂が、結局は大いに名を揚げると見抜いた。その他にも彼が交遊した者は、いずれも立派な儒者・練達の学者、天下の優れた人物であった。[14]

（c）則天武后の時代に、喬知之《きょうちし》・陳子昂は辺境で功を立てたが、臣下として当然の務めだから労いは無かった。しかし武三思は一時の感情から、喬は妓妾に関わる怨恨で、陳は自らを排斥しようとした疑いから、前者は讒言、後者は冤罪で落命させた。[15]

（a）は崔沔の才幹を、（b）は権若訥の人物鑑定眼を褒め称えることを主眼とする。その中で陳子昂に認められたことや逆に彼の才能を認めたことが、学識乃至炯眼の証拠かのように記される。なお（a）には大暦十一年（七七六）の紀年が見え、（b）も建中元年（七八〇）頃の執筆と思しく、[16]共に陳子昂の死から約八十年後の文章といえよう。

（c）は大和五年（八三一）、沈亜之《しんあし》が著した書簡である。軍閥化した藩鎮（広域地方長官である節度使）への対応策で功を立てながら失脚した上司に連座して、彼は当時、辺地に流されていた。この手紙は藩鎮外交に従った頃の彼らの行動を不適切と責めた江州（九江郡）刺史鄭某への反駁を主題とする。(17) ここにいう陳子昂の死の背景は、これに独自の伝聞である。また同じ文官の身で従軍中に左遷された沈亜之自らを投影する視点がここには感じられ、史料としての信憑性には疑問も残る。しかしながら、従軍体験や冤罪死など陳子昂の事跡（前章第三節（Ⅳ）、（Ⅴ））を、沈亜之が熟知していたらしいことは注目される。

沈亞之の生没年は不明だが、韓柳元白とは同世代と推測される。白居易が詩文の中で陳子昂の不遇と夭折に触れたことは、既に見た。また、韓愈も「孟東野を送る序」で、窮境に在って偉業を成した先人を数え上げる中に、陳子昂の名を挙げていた（各々「はじめに」、注5・1）。これは中唐期には沈亜之など及び彼らが作品の読者と想定する知識人が陳子昂の生涯について幾許かの知識を有していたと示すのではないか。彼らの詩文にかかる事実を踏まえた記述が見えるのは、書き手と読み手の間にその種の情報が共有されていればこそであろう。

（a）と（b）、特に後者では陳子昂の名は、唐突に現れる。これは二篇の文章が書かれた時点で、彼が説明の不要なほどに、またそれとの交際が尊ばれるほどの歴史人物になっていた証左となる。加えて、その事跡もある程度は常識化していたことを、（c）は象徴していよう。こういった作者の恵まれぬ境涯に対する知識が、文学への評価にどう影響するか。それも念頭に置いて、以下の四節では、盛唐より韓柳元白の直前に至る陳子昂評を概観していく。

第二節　李杜における陳子昂

李白（七〇一～七六二）は青少年期を蜀で過ごしたが、杜甫（七一二～七七〇）も後に四川を流浪した。後者は祖父の杜審言（?～七〇八）を介した縁故や、[18]意識したかは措いて、陳子昂と同じ拾遺を務めた経験を持つ。蜀人の陳子昂に二人は如何なる認識を有したのか。彼に触れたその唯一の詩で、李白は史懐一（僧侶）と湯恵休（仏僧で後に還俗）が各々陳子昂、鮑照《ほうしょう》（四一二頃～四六六）と遊んだことを、鳳凰や麒麟と交わりを結んだと述べる。[19]知人の僧と彼自身の関係を古人に擬えた表現だが、これだけで特段のことはいえまい。陳子昂と李白の作品、殊に「感遇」と「古風」とに関連を見る視点は、朱熹（一一三〇～一二〇〇）の提起を俟たねばならない。[20]だが個別の作品名を挙げずに両者を関連付けた指摘は、李白の死に前後して表れる。その詩集が冠する二種の序文に、大略こうある。

（ⅰ）『詩経』・『楚辞』の後で、屈原・宋玉・揚雄・司馬相如《しょうじょ》をも見下ろして、公（李白）のみが文学で古今独歩の存在である。……盧黄門いわく、陳拾遺が「文学頽廃の流れを押し止めると、天下はみな共に、（過度な）文雅を質実（の方向性）へと一気に転じさせた」。唐朝の詩はといえば、梁や陳の宮体詩（宮廷詩人の艶麗な詩）めいた気風も形を残していたが、公に及んで大いに変化し、地を払って（その気風は）尽きた。

（ⅱ）司馬相如・厳君平《げんくんぺい》・王褒・揚雄、下って陳子昂・李白は、蜀出身で五百年に一人の人物だ。「離騒」、建安七子と文学が堕落する中、李白には類い稀な美質があった。[21]

（ⅰ）に見える「陳拾遺が」に続く鉤括弧内は、「盧序」中段（前章第二節、注22）からの引用である。撰者の李陽氷は「盧序」の唱える陳子昂に始まった文学の復古という流れを、李白が完成したと述べる。魏顥《ぎこう》による（ⅱ）では、（ⅰ）が挙げた揚雄と司馬相如に、同じく前漢の厳遵（字は君平）・王褒を加えて、陳子昂を含む蜀出身の著述家が織り成す系譜の中へ、新たに李白を位置付けようとする意識が、より濃厚に見られる。[22] しかる後に、低俗化していくばかりの文学が李白に至ってようやく持ち直したと述べる点は、（ⅰ）の論旨と軌を一にする。二篇の序文は、各々宝応元年（七六二）十一月乙酉という日付、上元（七六〇〜七六一）末の紀年を有する。李白の作品を世に送るための最も早い成果、即ち別個に編まれたその集が彼と陳子昂を文学的に結び付ける序を共に持ったことは、注意されて然るべきだろう。

杜甫は現存作品の多さにもよるが、初唐の文人を詠み込んだ詩を少なからず伝える。中でも杜審言は別格だが、その他では三首の詩に詠んだ陳子昂に対する評価が、最も高い。[23]

（a）害せられて落命した陳公は、蜀の地では今も憐れまれている。君（梓州に赴任する李某）は（陳の郷里で梓州管下の）射洪に行ったら、代わりに涙を流してくれよ。

（b）（陳子昂が学んだ）読書堂では、苔生した石柱が立っている。悲しげな風が私（の気持ち）に応じて起こり、雄才の持ち主を甚だ激しく傷んだものだ。

（c）なお大切にされている拾遺の旧居で思うに、低い位など傷むに足ろうか。『楚辞』や『詩経』を受け継ぐ才能を持ち、揚雄・司馬相如の後に生まれ、名は日や月ほどに高い。並外れた人たちと交わり、趙彦昭《ちょうげんしょう》や郭元振《かくげんしん》など彼らは多く帝王を輔佐した。趙と郭（や陳子昂ほどの人物たち）が一時に（この地に）集まったとは、この建物は千年後まで知られるだろう。（陳の）変わらぬ忠義の名と、遺篇「感遇」詩によって。[24]

（a）は宝応元年（七六二）夏、新しく刺史（州知事）に任ぜられた人物を見送る詩、（b）と（c）は同年十一月、今度は杜甫自らが射洪県に遺る陳子昂（（c）の「拾遺」）の旧跡を訪れて詠んだ詩である。[25] 先に引いた李白集の序と同時期の作品といって問題無い。新任刺史の送別や遺址の訪問といった特殊な事情無しに杜甫が陳子昂を詩に詠んだか、確かに疑問は残る。だが今はそれを措いて、これら三首が描く陳子昂像の分析を少し試みたい。

（a）は引用部の冒頭から明らかであるし、（b）に「悲しげな風」云々とあるのも、単なる追悼の辞なのではなく、やはり陳子昂が非業の最期を遂げたと杜甫が知っていたことを示そう。（c）に拠れば郭元振（六五六～七一三）は梓州管下の通泉に在職中、陳子昂や趙彦昭と交わりを結んだとされる。(26)「『楚辞』や『詩経』を受け継ぐ才能を持ち」以下の表現は、郭元振・趙彦昭らのち高官に至った人物と早くに交わる、人を知るの明があった、という事実の指摘と併せて、手放しの賛辞といってよい。もう一つ（c）で注目されるのは、陳子昂に「忠義」を認めたことである。これは「感遇」詩を指すものか、そうだとしても、どこに「忠義」を見たのか判然としないが、彼に対する杜甫の肯定的な視線は読み取り得よう。

第三節　盛唐から中唐へ

前節で見た李杜、李陽氷・魏顥の陳子昂に対する言及には、明確な主張は見出されなかった。李白を除く三人による陳子昂への評価は相当に高いが、彼らが何に価値を見出していたかは決して明らかではない。これらと対照的に、李白たちより概ね遅れる時期の散文複数に、一定の方向性を持つ陳子昂観が表れ始める。それを示す記述を、抜粋しておく。

君は「……当代では陳拾遺子昂は、文の風格が最も正しい」と考えていた。これからいって、君の著述は（過去の文学に見えた正しい風格を受け継ぐことが）明らかだ(27)。

李華（七一五頃〜七七四頃）はここで「君」、即ち友人の蕭穎士《しょうえいし》（七一七〜七五九頃）が歴代の文学者に下した評言を記す。中には屈原・宋玉や枚乗・司馬相如に対する批判も見えるが、漢代・魏晋の作家（賈誼・揚雄・班彪・張衡・曹植・王粲・嵆康・左思・干宝）には、概ね褒辞を連ねる。それより後、優れた文学が途絶えたと述べる中で、独り「陳拾遺子昂」に向けた高い評価は、『新唐書』本伝の蕭穎士が「当世に許可」した「文辞」は「陳子昂、富嘉謨、盧藏用」のそれのみという記述を想起させよう（第一章第一節、注7）。この蕭穎士と李華、そして賈至《かし》（七一八〜七七二）と独孤及《どくこきゅう》（七二五〜七七七）は、韓柳に先立つ古文家として名高い。彼らを一団の文章家と捉える認識は、その当時にも存在していた。例えば、彼らより後輩の李舟《りしゅう》（七四〇〜七八七）は、父である李岑《りしん》の説を引いていう。

天后（則天武后）の御代、陳子昂は独り（文学の）乱れた波を（過去に）遡って、（正しい姿の）清らかな源へと向かった。これより（正統な）書き手たちが、段々と出てきた。亡父は文章について述べる際、私に言った、「我が友の蕭茂挺《もてい》・李遐叔《かしゅく》・賈幼幾《ようき》、及び（お前も）知っている独孤至之《しし》（茂挺・遐叔・幼幾・至之は蕭穎士らの字）は、みな六芸《りくげい》（経書）を宗として、古人の著述における主旨を探り取ることができた(28)」。

引用箇所の後に、賈至が玄宗のために起草した詔は「西漢の時文」（前漢の文）の如くだったが、もし蕭穎士たち三名に「王言」・「史筆」（詔勅や公式の歴史記録）を担当させれば、「典《てん》謨《ぼ》訓《くん》誥《こう》誓《せい》命《めい》の書」（経書の一たる『尚書』）のようになっただろうとある。四人の文章家の作品が、経書や漢代の文にも見紛う古え振りのものだという李岑らの評価が見て取れる。独孤及の文集に附されたこの序に、陳子昂の名が見える理由もこれで推し量れる。彼が「独り乱れた波を遡った」のと、独孤及たちが「六芸を宗とし」たことは、文学のあるべき姿を古代に求めた点で、同じ理想の上に立つ。その意味で、この文章における彼は、独孤及ら四人の先駆者めいた地位に在る。蕭穎士ら四人の文学を古え振りという傾向から一まとめにして、陳子昂をその先駆けとする同様の議論は、次に引く文章にも見える。

その文章は李翰《りかん》（李華の宗子）の集に附された序で、梁粛《りょうしゅく》（七五三～七九三）の手に成る。そこでは漢代の文章を「博厚」（重厚）、「雄富」（豊饒）なものに二分する。そうした上でそれに続く作家が著述での「理」（内容）と「文」（文飾）の均衡、「道」（道理）と「氣」（気概）・「辭」（表現）の関係に宜しきを得なかった事実を暗示した後で、次のようにいう。

> 唐が天下を治めることほぼ二百年、文章は三たび振るい起こった。初めに陳子昂が、『詩経』の風・雅の精神で浮薄さを改めた。次は燕国公張説が、豊麗さで（陳子昂以来続く文学の）波を広げた。天宝（七四二～七五六）以降は、李員外・蕭功曹・賈常侍・独孤常州が、肩を並べて現れた。それ故に（文学の）道は益々盛んとなった。(29)

「李員外」以下は、李華・蕭穎士・賈至・独孤及を官名で呼称したものである。この序の執筆時期は詳らかでないが、大暦（七六六～七七九）末という推測が大きくは誤るまい。先に引いた李舟の文章は、独孤及の文集に附された序文だった。それが大暦十二年（七七七）九月の独孤及の葬儀からそう時間も経ずに編まれたならば、二つの序が同時期に著された可能性は高くなる。(30)もっとも、蕭穎士らの一団が陳子昂を先駆者に持つと唱えたのは、李舟や梁粛が最初というわけでは、実はない。同様な主張は、李舟と梁粛が批評の対象とした作家の一人である独孤及自身に先例がある。彼は自らの文章で、『尚書』・『詩経』以降は荒れる「世道」に伴い、「文」も衰えた。「意」（精神）を忘れ、「辭」（表現）を重んじた書き手は対偶・音声（「儷偶章句」・「八病四聲」）上の規則を堅守するばかりで（序章第四節、注9）、経書に見える古代の詩文（「皐繇史克之作」）等に倣った作品は嘲笑の的でしかなかったという。唐代にこの状況が大きく改善され始めたと述べて、独孤及はこう続ける。

則天太后の時に至って、陳子昂は『詩経』大雅（の精神）でもって同じく鄭風（のような淫蕩な文学）を改め、円（く骨っぽさが無）い者は方形（で正しいもの）へと向かった。天宝年間、公（李華）は蘭陵の蕭茂挺、長楽の賈幼幾と再び立ち上がり、古代の（理想の）気風を振るい起こして文の徳を広げた。(31)

李舟らが併称した四人のうち、李華・蕭穎士・賈至が挙げられる。この文章の撰者なので、独孤及自身の名は見えないが、実際には三人と志を同じくする者だという意識を彼が持ったことは、容易に見て取れる。本節のここまでの分析は筧文生氏の所説(32)に拠るところが、殊に大きい。なお、それに導かれて李華らの主張を細分すれば、次のようになろう。

一、李華は蕭穎士の漢代・魏晋より後の文学が堕落したという見解及び陳子昂への高い評価を記録した上で、二人の文学に通じる側面があるかのように指摘する（注27）。

二、独孤及はやはり経書より後の文章の頽廃を批判する一方で、李華・蕭穎士・賈至と恐らく彼自身から成る文章家群の先駆けめいた地位に陳子昂を置く（注31）。

三、李舟と梁肅も同じく唐に先立って衰退した文学を陳子昂が回復しようとしたという視点に立って、蕭穎士らをその後継者となる一個の集団と明確に定義する（注28・29）。

独孤及は李華の引き立てを受けたし、梁肅は独孤及に師事した。李岑・李舟父子はこの三人と交流があったと推測される。(33)こういった人間関係を通じて、李華から独孤及や李岑、彼らより後輩の李舟・梁肅へと陳子昂重視の文学論が継承され、相互に影響して、この一から三まで段階的に発展していったと考えるのが適切だろう。本節で見たこれらの議論を「はじめに」で挙げた作品、例えば韓愈の詩文（注1）と比べると、どうだろうか。まず文学の低調を経て、陳子昂が現れたという見解のよく類似する点が、明瞭に看取されよう。もとより、李華たちの言説を見ただけで、韓愈らの陳子昂重視がそれに根差すか、なお断定はできまい。ここで、松本肇氏による韓柳に先行する古文家の文学論の分析に触れてみたい。その目的は、柳宗元との比較であって、「古文家の文学論の全体像を示すことを意図していない」。だが、同氏の分析には、本節の論旨を補強できる側面があろうかと思う。

そこでは李華・蕭穎士・顔真卿・賈至・元結・独孤及・韓会・許孟容《きょもうよう》・権徳輿《けんとくよ》・梁粛・柳冕《りゅうべん》の十一人が取り上げられる（李舟は入っていない）。これだけで、韓柳に先立つ代表的な古文家は充分に網羅されていよう。うち、松本氏の称される「陳子昂尊重論」を唱えたのは李華・独孤及・梁粛の三人、当然だが同氏が証拠に挙げられるのも、本節で既に引いた彼らが他の文学者の別集に附すために著した序文である(34)。また、作品には陳子昂の名を出さないが、彼を尊重していたと李華がいう蕭穎士（注27）を含めれば四名、十一家の中で無視できる数ではない。さらにいえば、この顔触れにも、意味が見出せる。韓愈が先行する古文家の中でも彼ら四名から影響を強く受けたことは、夙に指摘される。文章やそれが示す思想以外に、彼らが密接な人間関係を築いていたと伝える資料も、また少なくない。

柳宗元についても、同じことがいえる。彼の父が交わった人物の一人に、梁粛がいた(35)。柳宗元が著した楊凌の集の序文（「はじめに」、注4）と本節で引いた梁粛の文章とを比較されたい。陳子昂と李華たちの間に張説を介在させて、梁粛は彼らを唐代文学史の主要な担い手と見做した。先学によれば、散文作家としての張説に対する着目は、梁粛に始まる。陳子昂と楊凌を張説と張九齢の二人で繋いだ柳宗元の手法は、梁粛のそれに極めて近い(36)。

「はじめに」で見たとおり、中唐において、「陳子昂尊重論」は文学の領導者にとって、共通の認識となっていた。ただ、このような状況は、決して一朝一夕に成ったのではない。早期の古文家による陳子昂賞揚の開始、そして韓柳らが今日に残らないものも含めて数多あったはずの文学的主張より彼らの文章論を選んだこと、この二つがあって初めてそれは可能だったのだ。古えへの回帰を主として韓愈と柳宗元たちは蕭穎士らの主張に多くを学んだが、その中の重要な一因子として陳子昂の尊重も受け継がれたと考えられる。

要約すれば、蕭穎士らが唱え、韓愈、また白居易（「はじめに」、注5（c））などにも継承された文学史観は、漢代・魏晋までの文学を概ね賞揚し、その後の詩文を否定、唐代にそこからの復興が始まった、ということになる。この種の見解を伝える唐人は少なくないが、その中で陳子昂の果たした役割を最初に喧伝した文章こそが、本書でいう「盧序」（前章第二節、特に注18・22の引用）であった。あるいは早期の古文家も、盧蔵用のこの言説に触れていたかもしれない。これについては「おわりに」でも考えるので、ひとまず指摘するに止めて、次節では少し視点を改めて、陳子昂の詩歌を主な対象とする言及を見ていこう。

第四節　「感遇」の受容

陳子昂の代表作として名高い「感遇」詩への言及は、本章でも既に幾つか見てきた。他の評価を分析する前に、本節ではまず「感遇」の語義を考えておきたい。この語の確かな用例は南朝以前の散文に三つ見えるが、みな上位者の待遇に感じ入るという意味に解せる。[37]「感遇」の語を詩に用いたのは、現存作品の範囲内だと、梁・江淹《こうえん》（四四四〜五〇五）の作品に「感遇　琴瑟に喩《たと》ゆ」とあるのが最初だろう。西晋（二六五〜三一六）末の争乱の中で劉琨《りゅうこん》に仕え、後に彼から離れた盧諶《ろしん》の史実はよく知られる。「劉琨に贈る詩」（贈劉琨詩）」（『文選』巻二十五）など、二人の間で遣り取りされた詩文も著名である。江淹の詩はその擬作であって、音楽の調和に例えて「感遇」で目上の扱いに向けた感謝を表す(38)。

陳子昂「感遇」詩の主題は古来、色々と議論されて未だ定説を見ない。そもそも三八首から成るこの連作詩の全体を、容易には概括できない。これは作者の不遇を知るが故に出てくる評価かもしれないが、上位者の知遇に感じ入るという要素が、そこには希薄だ。先行研究に導かれていえば、こうなろうか。「感遇」詩は、時運と人間の遭遇（その表れが個人の境遇）への関心を濃厚に持つ。天道とその隷下に在る人間界の現象の感応という、より大きな意義を「感遇」に含ませようとする意識が、その中に窺える。既存の語義を承けつつ、単なる個人同士の関係を超えた地平へと彼は「感遇」の意味を切り開いた、と(39)。

さて、彼の「感遇」詩は、今一つの新しさを持つ。楊祐甫なる人物の文章が、こう指摘する。即ち、第一に「感遇」の題目は、『文選』、『楽府古題要解』といった選集に見えない。第二に郭元振（第二節、注24・26）も「感遇」詩を著したが、郭は明皇（玄宗）に仕えるなど後まで生きており、同時代人でも早く没した陳子昂の方が先に「感遇」を作った、という(40)。楊祐甫とは、楊天恵《ようてんけい》（字は祐甫）、四川潼川《どうせん》の人、のことであろうか。そうだとすれば彼は熙寧二年（一〇六九）の進士と伝えられるので(41)、これは北宋後半の言説となる。郭元振の「感遇」詩に関しては、いま知るところが無い。ただ、「感遇」の詩題が陳子昂に始まるとされた点は、より多くの文献が残っていた十一世紀でも今日と大差無かったわけである。

現存の連作詩に徴する限り、陳子昂「感遇」創始説は誤っていない。従って同名の唐詩に彼の影響を読み取ることも、決して見当外れではなかろう。中唐までの「感遇」を題目に含む、また陳子昂の「感遇」と関連する記録が残る詩をまとめたのが、表2-1である。

「感遇」の語を表題に含まずとも陳子昂に影響された詩は、他にも存しよう。その関係を論じるには、詳

表2－1　中唐以前の「感遇」詩、陳子昂の影響を受けたであろう詩

作者	活動年代	詩題	詩体	出典（典拠、算用数字等は巻次）	
陳子昂	659-700	感遇三十八首	五言古詩	陳集1、唐文粋18	存
郭元振	656-713	感遇詩	不明	永楽大典3134所引『潼川志』	佚
張九齢	678-740	感遇十二首	五言律詩	曲江集3、唐文粋18（七首）	存
李白	701-762	感遇四首	五言古詩	李太白文集22	存
岑参	715？-770	感遇二首	a)	岑嘉州詩2	存
孟雲卿	725頃-？	傷時二首	五言古詩	中興間気集下「孟雲卿」及び評語	存
蘇渙	？-775	変体律詩十九首	五言古詩	中興間気集上「蘇渙」及び評語	残
李泌	722-789	感遇詩	不明	旧唐書130「李泌伝」	佚
鮑防	722-790	感遇十七章	不明	『英華』896「工部尚書鮑防碑」	佚
権徳輿	761-818	感寓	五言古詩	唐文粋18	存
柳宗元	773-819	感遇二首	五言古詩	唐柳先生集43	存
元稹	779-831	寄思玄子詩二十首	不明	元氏長慶集30「叙詩寄楽天書」	佚
施肩悟	820進士	感遇詞	五言絶句	万首唐人絶句85	存

a）岑参「感遇」は七言古詩、雑言体各一首から成る。
唐詩の中には「感寓」と題した詩歌も幾許か現存する。「感遇」と「感寓」は同音で、意味の類似も想像されるが、ここでは「感遇」と題した詩のみに対象を限る。ただ権徳輿「感寓」は陳子昂の作品と同じく『唐文粋』の「感寓」の項に収められるので、例外とした。

細な比較が必要となる。だが、それを抜きにして、表2－1だけからでも、これらの詩が比較的多く五言、殊に古体と称される形式、また連作という様式を取ることが分かる。これは陳子昂「感遇」詩の特徴と一致する。「感遇」と題した詩歌は彼の作品を嚆矢とするという説が正しければ、張九齢の時代、即ち盛唐期には、陳子昂の「感遇」詩がある種の連作が基づく雛型になっていたと考えて差し支えない。いま表2－1所掲の各篇について、内容に立ち入る余裕は無い。だが陳子昂の「感遇」詩ほど天・人の遭遇に関心は払わないにせよ、韜晦した表現で心情を吐露する点は、多くが共通した雰囲気を持つ。

魏の阮籍《げんせき》（二一〇～二六三）に「詠懐」詩（『阮嗣宗集』巻下）があり、北周の庾信《ゆしん》（五一三～五八一）はそれに擬して「擬詠懐詩」二十七首（『庾子山集』巻三）を著した。露わに表現し難い思いを詩に詠む際、唐人の念頭には、「詠懐」とその模倣作も浮かんだことだろう。現に、「詠懐」の語を表題に含む唐詩は少なくない。その一方で「感遇」と題する（本来の詩題とは限らないが）連作詩が陳子昂以降、作り続けられた点は、[42]今少し注目されてよい。「詠懐」の如き類似性を持ち、伝統ある詩題ではなく、「感遇」の題目が選ばれたこと自体、彼の作品が広く読まれ、内容に惹き付けられた人々がいた事実を示している。

本節を終えるに当たり、表2-1にも名を挙げた李泌の逸話に触れておく。即ち、天宝（七四二～七五六）中に当時の要務を論じた上書で、彼は玄宗の側近くに仕えることを得た。だが、それを忌んだ宰相の楊国忠（?～七五六）は李の「感遇詩」が政治を「諷刺」したものと上奏して、彼を君側から逐った、と。[43]事の真偽は定かでないし、誣告のためと思しき牽強附会を過度に重視すべきでもなかろう。だが、「感遇詩」が政治への批判と直接結び付けられた点は見逃せまい。同じ頃に、鮑防が時代の弊風を批判して「感遇十七章」を作った事実（「はじめに」、注7）も想起される。「感遇」が時世を諷刺する詩の表題と認められていたならば、一歩進めて陳子昂の「感遇」詩に、唐人が同様の批判精神を読み取ったと考えるのも、充分に可能だろう。「感遇」やその擬作に政治性を見出す傾向は、天宝期にある程度は浸透していたのかもしれない。陳子昂の詩歌全体への評価とも関わるこの問題を、次節で続けて考えたい。

第五節　「古」の発見

「感遇」詩を除く陳子昂の詩に向けた唐人による個別の批評は、現在ほとんど残らない。具体的な作品名を挙げた早い言及が、逸文が伝わる八世紀後半の詩論書『詩格』（第五章第二節、注24）に見える。そこでは詩の結びに余情を漂わす模範例として、彼の作品が引かれる(44)。ただ、これは技法に関する挙例でしかない。他には、『捜玉小集』が彼の詩一首を収める。同書は十二世紀の選集だが、開元十二年（七二四）頃に成った『捜玉集』（編者未詳）が、原型と考えられる(45)。現存する唐代の唐詩選集が、陳子昂の作品を採った唯一の例である。

さらにいえば、同じ時期の『正声集《せいせいしゅう》』三巻に十首の作品が採られた形跡がある。この選集は逸書なのだが、撰者たる孫翌（八世紀前半）の詩論とされる文章が断片的に伝わる。それに拠ると、孫翌は魏や西晋の詩を重視し、南朝後期以降の「文章」を批判する。「はじめに」や第三節で見た韓愈や「陳子昂尊重論」を奉じる古文家が散文を主な対象として示した文学史観に近い論といえる(46)。彼が小規模な『正声集』に十首もその詩を収録したのは、偶然ではあるまい。他に陳子昂の詩を採録こそしないが、これらの選集よりやや遅れる貞元（七八五～八〇五）初年に成った高仲武『中興間気集』にも、興味深い記述が見える。

（蘇渙は）三年の間に「変体律詩」十九首を作り、広州節度使の李公勉（李勉）に奉ったが、その（詩の）趣意は諷刺に優れており、また陳拾遺（陳子昂）の片鱗を（自らの中に）芽生えさせていたので、それでこれ（「変体律詩」）を作れたのだ。

（孟雲卿は）沈千運《しんせんうん》（の詩）を見習い、陳拾遺（の作品）を渉猟したから、その語気は哀切で、例えば「虎や豹も互いを食べないものを、悲しいことに人が相食む」は「七哀」の「道行く飢えた婦人が、（戦火から逃げ切れぬと）抱いていた子供を草むらに棄てた」に比べても、雲卿の句の方に深味がある。沈や陳に倣ったにせよ、表座敷に上がれても、まだ奥座敷には入れない（沈・陳に及ばない）、だが古風な格調において、当代その右に出る者は無く、一時代の英才である。私は孟君が古え振りを好んだのに感じ入り、「格律異門論」及び譜三篇を著して、その間の大体を総括した(47)。

蘇《そ》渙《かん》は大暦八年（七七三）、反乱の謀主となったが、翌々年に敗死した。「変体律詩」は元の上司が殺されて後、謀反に至る三年間に作られたらしく、『中興間気集』に三首だけ残る(48)。五言の連作形式、抽象度の高い詩句、作者の不遇は陳子昂と「感遇」詩を連想させる。また九世紀後半の詩人番付『詩人主客図』（『唐詩紀事』巻二十五「孟雲卿」所引）は、孟雲卿《もううんけい》（七二五頃～？）を「高古奥逸主」、即ち古雅・深遠な詩風の領袖と称する(49)。「虎や豹」云々という彼の詩句は、高仲武の考えだと、止むを得ず子供を手放した女性を通して、漢末における争乱の悲惨さを描いた魏・王粲《おうさん》（一七七～二一七）の名句にすら勝るという。

孟雲卿の詩に対する前掲の評語に見えた「古風な格調」、「古え振りを好んだ」（原文は各々「古調」、「好古」）は、第一義的には彼ら自身の詩風を表す言葉である。しかし、彼が「陳拾遺」の作品を学んだという記述を思えば、それらは同時に陳子昂の詩の特徴でもあったと考え得る。『中興間気集』編纂時の人々、少なくとも編者である高仲武の意識では、そうだったに違いない。「六藝」（経書）や「古人」への回帰は、第三節（注28）で見た早期の古文家が掲げる旗幟だった。その点で古文家は陳子昂を自らの先駆者と見做した。他方、陳に倣ったという孟雲卿の詩に、高仲武は「古調」と「好古」を感じ取った。

この両者は文章、詩と批評の対象を殊にする。だが、近い時期に在って、陳子昂やその模倣者に「古」を見出す点でその見解は共通している。このことから八世紀末、陳子昂の詩歌・散文双方に古え振りを読み取る姿勢は、相当に普及していたといってよい。

今一つ、陳子昂の影響を受けた蘇渙が「諷刺」（原文のとおり）に長じたと述べ、同じく孟雲卿の「虎や豹」にも劣る人間の負の側面を詠む詩を評価・採録した『中興間気集』の態度には、注意を払う必要がある。「感遇」の詩題が政治性の要素を持つと認められていた可能性は、前節の末尾で指摘した。また、唐衢が諷喩詩を作る白居易を陳子昂・杜甫に擬えて褒め（注5（b））、元稹が陳子昂の「感遇」に寓意を見出したこと（注8）は、「はじめに」で触れた。元白は明確に指摘こそしないが、世俗に向けた批判性を「感遇」から読み取っていた。彼らが抱く陳子昂の詩——李泌（前節、注43）や鮑防（「はじめに」、注7）の事例から見て中心は「感遇」だろうが——への印象は、高仲武の蘇渙と孟雲卿に対する評語が含む見解を受け継ぐと思しい。前代の陳子昂観を継承する点は、彼らも韓愈・柳宗元に等しかったわけだ。

以上をもって、盛唐から中唐に至る陳子昂に向けた言及の検討は、ほぼ終わった。現存資料に徴する限り、この時期は彼の人物と文学に好意的な評価が下され続けてきたことが明らかになった。ただ附言すると、李華や蕭穎士と同世代の顔真卿（七〇九～七八五）や皎然（七二〇頃～七九三以降）には、例外的に陳子昂、というよりむしろ彼の文学を宣揚した盧蔵用の説（前章で詳論）を咎めた文章が伝わる。これについては、第七章第二節で考えることとし、今は特に触れない。ただ一言だけいえば、顔真卿らの批判は、陳子昂の文学が盧蔵用の喧伝を経て広く受容されていた当時の状況を前提とする。これは本章で見てきた陳子昂への比較的高い評価を示す諸資料が偶々伝わったわけではなく、盛・中唐期にはこういった肯定的な批評が相応に力を持っていたことを、逆に示すかと思われる。

本章で取り上げてきた唐人の文学論を見返すと、多くに一つの共通点が発見される。それは、陳子昂が唐に至るまで長く続いた文学の低調を初めて立て直そうとしたと述べる、あるいは論者の認める唐代の著述家を列挙する中で、その最初に彼を置くことである（「はじめに」、注1・4・5（c）、第二節、注21（ii）、第三節、注27・29・31所掲資料）。こと韓愈については、陳子昂を唐における文学の旗頭（「稱首」）、その理想の姿を首唱した（「始唱」）人物と常に論じた点を、早く宋人が指摘する。[50] 韓愈を含む詩人や文章家たちが、この栄誉を自らではなく陳子昂に与えたのは、一つには先人の声望を借りた一種の権威付けのためだろう。

今一つの理由は、唐の創業（六一八）から早期の古文家が活動した時期（八世紀後半）までで も、ほぼ一世紀半を閲していたことが考えられる。百数十年の間、従前の衰退した文学を復興させる動きが本格的に始動しなかったとあっては、唐代の士人にとって、甚だ不面目な事態となろう。それを避けるためにも、建国より比較的早い時期に詩文の復興者が現れたことにする必要があり、そこで陳子昂が選ばれたのではないか。ただし、これらの推測が大過無いとして、また別の疑問が生じる。同時代の少なくない文学者の中から、なぜ彼が選択されたのか、ということがそれである。次節で、この点を検討してみよう。

第六節　陳子昂が選ばれた理由——同時代人との比較を通して

陳子昂が生きた初唐は、古典詩の最高峰に位置する李白・杜甫らを擁した盛唐などに比べて、唐代文学史の上でとかく印象の薄い時代であろう。それでは盛唐人の目に初唐、殊に武周期の文壇は、どう映っていたのか。王泠然《おうれいぜん》（六九二〜七二四）は、書簡でこう綴る。

唐（の建国）以来、才能ある者は数え切れませんが、崔融《さいゆう》・李嶠《りきょう》・宋之問《そうしもん》・沈佺期《しんせんき》・富嘉謨《ふかぼ》・徐彦伯《じょげんぱく》・杜審言・陳子昂らに至っては、公と（車の）屋根を連ねて馬を並べ、交々唱和し合いました。この数名の方は、誠に五百年に一度の人物です。天は文化を滅ぼして（彼らは死に絶え）、（文学は）衰えて尽きようとしましたが、公だけが日々その（文学の）徳を新たなものとし、長く富貴を保っておられ、重畳至極に存じます。(51)

張説（「公」）を持ち上げるのは、書信の受取手で宰相職に在った彼への配慮にもよろう。しかし、彼と併せて崔融（六五三～七〇六）ら複数の名前をも挙げる点から、この手紙が開元十一年（七二三）に書かれたという推定が正しければ[52]、それ以前に初唐末を代表する文学者の一員に陳子昂を列する意識は兆していたと考えてよい。さらに張説自身も開元十六年（七二八）頃に、武周期に文辞の美をもって鳴った珠英学士の中で李嶠・崔融・薛稷《せつしょく》・宋之問、また彼らより劣るとしながら、富嘉謨と閻朝隠《えんちょういん》の文章を特に賞賛している[53]。総勢四七人の珠英学士[54]から選ばれた六名のうち、薛稷以外は王泠然もその書信に挙げたところである。この数名が初唐末期の文学を領導したことは、当時の公論だったと思しい。

開元期、つまり八世紀前半の王泠然の意見では、やや先立つ時期の代表的な文学者の一人でしかなかった陳子昂は同じ世紀の後半には早くも唐代最初の文学革新者として、同時代人に類の無い突出した扱いを受け始める。このことは、本章の各所で既に見てきた。

本節では、なぜ文学の革新者は陳子昂であるべきだったのか、換言すればなぜ武周期に活動し、玄宗即位（七一二）の前後に没した他の文学者ではあり得なかったのか、という視点からこの問題を考えたい。ただ初唐人の文集は概ね散逸しており、全十巻の陳集を伝える陳子昂と文学史上の意義を比較できるほどに、彼らの詩文は残らない。ここでは特に現存作品が少ない徐彦伯（？～七一四）や富嘉謨（？～七〇六）[55]を除いて、王泠然と張説が批評の俎上に載せた各人が、近い時代に人格をどう評されたかを検討してみる。文学者への評価が事跡などにも影響される以上（前章冒頭）、それも無意味な試みとはいえまい。

崔融・李嶠（六四五？～七一四？）・杜審言、また王泠然や張説の批評には見えないが、「崔李蘇杜」・「文章四友」と併称される蘇味道《そみどう》（六四八？～七〇五？）は、共に則天武后晩年の寵臣に阿諛して、その死後に流罪となった。前三者は後に召還されて、宮廷詩壇で活躍する[56]。ただ彼らのうち、崔融以外には、芳しからぬ逸話が伝わる。即ち、李嶠は栄達・文才・財貨を欲しつつ、他人がそれらを有することを憎んだ。また蘇味道は両天秤の態度で宰相を務め、杜審言は傲慢不遜、死に及んで文壇に自らの後継者はいないと放言した[57]。「沈宋」と並び称された沈佺期（?～七一三）、宋之問（?～七一三）と閻朝隠（?～七一二以降）も、同じ罪科で流刑となった[58]。宋之問は流刑地を逃れた彼を匿った恩人を売って復権したが[59]、結局は誅殺された。今では文名より書家としての名が高い薛稷（六四九～七一三）も、崔融らと同じく宰相を務めたが、御前で同僚と争い、降格の憂き目に遭う。後に謀反の企てを隠匿した廉で自殺させられた（『旧唐書』巻七十三、『新唐書』巻九十八）。

　これ以外で、初唐に文学活動を始めた、乃至は生を享けた者の中で、陳子昂と同じ地位を占め得る人間はいなかったのか。もとより、それらの網羅的な検証は不可能だが、ひとまず名の知られる数名を取り上げよう。唐初における詩壇の重鎮といえば、まず華美艶麗な「上官體」という詩風で盛名を博した上官儀（?～六六四）*[60]に、指を屈しなければなるまい。だが、彼の作風には内実を伴わない南朝文学の末流だという批判も夙に表れている。また、「上官體」とは、詩に関していうものだ。散文について、詩歌ほどにはその名声も高くなかったと見える。加えて、政治上の敗者として生涯を終えた点も、彼の文学に対する批判と関わるだろうか[61]。彼を含めて本節で言及した者とは対照的に、「四傑」・「王楊盧駱」こと王勃《おうぼつ》（六五〇～六七六?）・楊炯《ようけい》（六五〇～六九三以降）・盧照鄰《ろしょうりん》（六三〇年代～六八〇年代）・駱賓王《らくひんおう》（?～六八四）は、みな宮廷に地位を得ず、陳子昂のように不遇をかこちながら、政論で名を高める機会（前章第三節「別伝」（Ⅲ））も持たなかった。また、宮廷内の権力闘争に直接関与こそしなかったが、四人の人生は決して平穏でもなかった。

　王勃は一たび匿った罪人を後で口封じのために殺害した。楊炯は気に入らぬ下吏・庶民を打ち殺した。また、任地に在る進士の亭《あずまや》で扁額に美名を書いて回り、失笑を買った。駱賓王は反乱に加わって敗死した。自殺した盧照鄰[62]を含めて、全体への厳しい評価も伝わる。

文官人事を管掌した際、駱賓王・盧照鄰・王勃・楊炯に会った裴行倹《はいこうけん》は、彼らを評して言った、「炯は才能があるとの評判を持つとはいえ、官職は県令（県知事）止まりだろうし、他の者は、見掛けは華やかでも中身は無く、まず終わりを良くするまい[63]」。

この張説の文章は、開元十八年（七三〇）頃に著されたという。裴行倹（六一九～六八二）が実際にこのような人物評を下したか、その真偽はいま問わない。仮に事実とすれば、彼が人事行政を扱った総章二年（六六九）から王勃の逝去までのものか。確かなのは、早くより王楊盧駱には、とかくの評判があった点だ。この評言は、先に見た宮廷文人と同じく、四傑が内面に難を抱える詩人たちと認識されていたことを象徴するのではあるまいか[64]。

以上の分析で、材料は新旧両唐書とごく早期の筆記（随筆）等に限った。さらに用いる資料の範囲を広げれば、なお彼らの人格的な欠陥を示すと思しい記事を多く挙げられるだろう。重要なのは、これらの記事が史実か否かということではない。時代を超えて複数の資料に残ること自体、彼らが生き様の上で褒められた人物ではないとの認識が後世に継承されていたと示唆する。中でも裴行倹が王勃たちを酷評した逸話などは、官界と文壇双方の重鎮だった張説が文章に定着させており（注63）、その影響は大きかったと思われる。

翻って、陳子昂についてはどうか。彼を人格面で批判した唐人の記述は今に伝わらない。文学を対象とする言及でも「忠義」に触れる（第二節、注24（c））など、彼の人格を好ましく描くことは、既に見たとおりである。これは彼が官途で挫折した上に、無念の死を遂げた、一連の事跡がよく知られていたことと関わろう（「はじめに」、注5（a）、（c）、（d）、第一節、注15）。初唐後期、特に則天武后が失脚してから玄宗が完全に政権を掌握するまでの期間（七〇五～七一三）、次々と入れ代わる権力者の間を右往左往した当時の文人は、多く個人の不品行と併せて、文学の開拓者と目されるには節操に難があった。陳子昂が早々と官を辞して夭折し、名節を汚さずに済んだ（前章第三節「別伝」(V)）のは、その意味で幸いだった。それは、彼の文業に対する評価を高める一因になったことだろう。

おわりに

中唐に至る陳子昂への高い評価が「文」・「文章」を対象とする一方で、唐人が「感遇」詩に往々にして肯定的な批評を下したことは、本章の各所で述べてきた。これらの評価で、彼らが陳子昂の作品に看取したのは、古え振りやそこに伴うとされる「諷刺」の精神だった（第三節、第五節）。復古主義を掲げ、文学には批判精神が必要という建前を奉じる者にとって、陳子昂は「先達」として仰ぐのに、実に格好な存在だったろう。漢代・魏晋への回帰を説く古文家が「陳子昂尊重論」に傾くのは、必然の事態であったといえる。

もっとも、この尊重は陳子昂本人の作品から直接、導き出された言説とは限らない。現に「感遇」を除く詩歌への言及は一例のみ（第五節、注44）、散文の挙例は類書・史書などの引用（前章第一節、注10・13〜16）だけで、文学上の評価は伴わない。思うに、次代の文化を切り開く一部の指導的な人物はともかく、平均的な知識人がどれほど陳子昂や他の作家の詩文を読んでいたかは、こういった状況から考えて甚だ疑わしい。やはり第三節や「はじめに」で見た文人や第五節で扱った高仲武らが、自身の主張に適う側面を切り取って必ずしも実作に根差さず、観念的に彼をその先駆者に位置付けたと考えるべきだろう。

その点で、陳子昂の人間像は少なからず影響を与えたかと思われる。文学を含む様々な営為の巧拙は人品の高下を反映するという伝統的な考え方は、唐代でもやはり根強かった。

士が（世の中で）大事を成し遂げるには、器量・見識が肝心で文才は二の次だ。[65]

王勃らの人柄が「見掛けは華やかでも中身は無」いと批判された話柄は、第六節で引用した（注63）。彼らについて尋ねられた裴行倹は、ここに挙げた言葉を彼らへの批評の前に述べたとされる。ただし、エピソード自体を最も早く記した張説の文章に当該の字句は見えず、元和二年（八〇七）の序を持つ逸話集『大唐新語』に初めて現れる。この附加は、文学は士人に必須の教養だが、優先度はあくまでも人格より劣る、ひいては人品に欠ければ詩文への評価も低くすべきという観念が盛唐から中唐へと強化されていた側面の一証左となるかもしれない。折しも、本章で見た陳子昂への賞揚が進みつつあった時期のことである。同時代の宮廷文人と一線を画するその人間像[66]が有利に働いたことは、想像に難くない。

もとより、そこには前章で扱った盧蔵用の活動も大きく作用しただろう。「感遇」詩を陳子昂の代表作とした見解は、「盧序」の中段（第一章第二節、注22・24～26）に早くも表れる。盛・中唐期にその模倣作が複数著された点（第四節、表2-1）も、それと関わるであろう。文学史の三区分（第三節末尾）や事跡に関する知識とも併せて、「盧序」や「別伝」（前章第三節）が唐代の文学者に影響を与えた可能性は、軽視されるべきではない。

本章で用いた材料は、文集の序や贈答の詩歌など、多く特殊な事情下で書かれた作品だった。ここから純一な文学論を抽出するのは、至難な業であろう。しかし、不充分にせよ中唐までにおける陳子昂に対する評価の高まり、またその理由について、一定程度は明らかになったかと思う。本章での作業は古文家が陳子昂の何に関心を抱いたかを確かめることによって、彼らのそれを初めとした唐代の文学思潮解明にも資するところがあるだろう。晩唐以降、陳子昂に向けた認識は、新たな展開を見せる。その分析は、次章に譲りたい。

注

（1）「送孟東野序」（『新刊五百家註音辯昌黎先生文集』巻十九）
大凡物不得其平則鳴。……唐之有天下、陳子昂、蘇源明、元結、李白、杜甫、李觀、皆以其所能鳴。其存而在下者、孟郊東野、始以其詩鳴、其高出魏晉、不懈而及於古。
「薦士」（同巻二）
國朝文章盛、子昂始高蹈。勃興得李杜、萬類困陵暴。後來相繼生、亦各臻閫奥。有窮者孟郊、受材實雄驁。

（2）古くは南宋・洪邁『容斎四筆』巻三「韓公称李杜」に指摘が見える。

（3）唐・皇甫湜「無題詩」
次山有文章、可惋只在碎。然長於指敍、約潔多餘態。心語適相應、出句多分外。於諸作者閒、拔戟成一隊。中行雖富劇、粹美君可蓋。子昂感遇佳、未若君雅裁。退之全而神、上與千年對。李杜才海翻、高下非可概。……侍御史内供奉皇甫湜　元和五年歳次庚寅□月□日
浯渓文物管理処二〇〇九、七二頁に見える拓本の釈文に拠る。ただし、「元和五年」（八一〇）以下は、その写真から判読できない。劉真倫二〇一〇、三九八～三九九頁は制作を宝暦元年（八二五）のこととする。詩中の「次山」は元結（七一九～七七二）の字で、「中行」は彼の師であった蘇源明（号は中行子）をいう。この詩は前半が『容斎随筆』巻八「皇甫湜」に見える他、『臨漢隠居詩話』巻二は一聯を引いて、それを「題浯渓頌」と称する。「浯渓頌」は道州刺史だった元結が刻させた「大唐中興頌」（『唐元次山文集』巻七）を指す。孫望一九五七a、九九頁［同二〇〇二、四一九～四二〇頁］参照。なお、浯渓は湖南省祁陽県を流れる河川である。

（4）「楊評事文集後序」（『新刊増広百家詳補注唐柳先生文』巻二十一）
贊曰、文之用、辭令褒貶、導揚諷諭而已。……文有二道、辭令褒貶、本乎著述者也、導揚諷諭、本乎比興者也。……唐興以來、稱是選而不作者、梓潼陳拾遺。其後燕文貞以著述之餘、攻比興而莫能極、張曲江以比興之隟、窮著述而不克備。……用是陪陳君之後、其可謂具體者歟。

「用是陪陳君之後」の前の中略箇所には、とりわけ優れるとされた楊凌の晩年の作品を列挙する。なお、本文中に表題を挙げた柳宗元の「駁復讎議」は同じ柳宗元の集の巻四に見える。

（5）（a）「初授左拾遺」（『白氏文集』巻一）

杜甫陳子昂、才名括天地。當時非不遇、尚無過斯位。

（b）「傷唐衢」二首二（『白氏長慶集』巻一）

致吾陳杜閒、賞愛非常意。……〔陳杜謂子昂與甫也。……〕。

（c）「与元九書」（『白氏文集』巻二十八）

唐興二百年、其閒詩人、不可勝數。所可擧者、陳子昂有感遇詩二十首、鮑魴有感興詩十五首。……況詩人多蹇、如陳子昂、杜甫、各授一拾遺、而迍剥至死。李白、孟浩然輩、不及一命、窮悴終身。近日、孟郊六十、終試協律。張籍五十、未離一太祝。彼何人哉、彼何人哉。

（d）「江楼夜吟元九律詩成三十韻」（『白氏長慶集』巻十七）

毎歎陳夫子〔陳子昂著感遇詩稱於世〕、常嗟李謫仙〔賀知章謂李白爲謫仙人〕。名高折人爵、思苦減天年〔李竟無官、陳亦早夭〕。不得當時遇、空令後代憐。

那波本『白氏文集』は原注を欠くので、（b）と（d）は『白氏長慶集』を底本とする。なお、（c）の表題にいう「元九」は元稹を指し、また文中の「二十首」、「鮑魴」を『英華』巻六百八十一は「三十首」、「鮑防」に作る（後者は金沢文庫本『白氏文集』も同じ）。（a）から（d）まで全て抜粋で、特に長大な（c）はごく一部だけを引いたが、引用箇所の前に経書の精神を伝える詩歌の衰えへの指摘があるなど、白居易の文学史観を知る上でも重要な資料である。

（6）「傷唐衢」詩二首二（『白氏文集』巻一）、「与元九書」（同巻二十九）に見える。

（7）唐・穆員「工部尚書鮑防碑」（『英華』巻八百九十六）

天寶中、天下尚文、其日聞〔疑作文〕人、則重侔有德、貴齒高位。公賦感遇十七章、以古之政〔一作名〕法、刺譏時病、麗而有則、屬詩者宗而誦之。

文中の「公」は、鮑防を指す。なお、『唐文粋』巻十四下が鮑防「雑感」一首を収める。この詩は茘枝の貢納を題材に官の搾取を詠う。あるいは「感興十五首」、「感遇十七章」と関わるか。「雑感」の批判性は周雲喬二〇〇〇、三七五～三七六頁に言及が見える。附言すれば、陳子昂は初・盛唐以前の文学者の中で「兼済」（出仕して国と民に尽くす）と「独善」（自己を正しく修める）という処世の原理に最もこだわった（第一章第三節、注66）。白居易の陳子昂に対する敬慕は、彼自身が両者を精神の拠り所にしていた事実と関係するのかもしれない。高木重俊一九九五b、一六～一七頁（同二〇〇五、三〇八～三〇九頁）参照。

（8）「叙詩寄楽天書」（『元氏長慶集』巻三十）
時貞元十年已後、……適有人以陳子昂感遇詩相示、吟翫激烈、即日爲寄思玄子詩二十首。……又久之、得杜甫詩數百首、愛其浩蕩津涯、處處臻到、始病沈宋之不存寄興、而訝子昂之未暇旁備矣。

（9）それぞれ馬其昶一九八七、二三二頁、銭仲聯一九八四、五二九～五三〇頁の考証に拠る。ただし屈守元・常思春一九九六、一四六六頁（鄭宏華氏執筆）は「送孟東野序」の制作年を貞元十七年（八〇一）に定める説を是とする。

（10）施子愉一九五七、一一五頁〔同一九五八、四五頁〕に拠る。小野四平一九九一b、八六～八七頁〔同一九九五、一一〇～一一二頁〕は元和五・六年（八一〇・八一一）の後、あまり遠くない時期と考えるが、それは柳宗元集の注を誤解したためと思しい。

（11）白居易の詩文の制作時期は、花房英樹一九六〇に収める「綜合索引表」のそれに従った。

（12）花房英樹・前川幸雄一九七七、一一・三三・三一七頁と卞孝萱一九八〇、三二～三三・二五三～二五四・二五五頁〔同二〇一〇a、一九五・三三八～三三九〕参照。

（13）唐・顔真卿「通議大夫太子賓客東都副留守雲騎尉贈尚書左僕射博陵崔孝公宅陋室銘記」（『顔魯公文集』巻十四）
其年擧賢良方正、對策萬數、公獨居第一、而兄渾亦在甲科。典試官梁載言、陳子昂歎曰、雖公孫、鼂郄不及也。

文中の「公」、「公孫、鼂郄」は崔沔（諡は孝）、前漢の公孫弘・鼂錯と西晋の郄詵（郤詵）を指す。なお、これは唐中期以降の記録だが、制科（賢良方正科など皇帝主宰の形を取る臨時の官吏登用考試）の試験官には「當時名士」、「時之文士」（『旧唐書』巻百六十九「賈餗伝」、同巻百九十下「文苑伝下・劉蕡」）が選ばれた。唐前期にもかかる通例があったとすれば、同時代に陳子昂が有した文名の高さを示すことになるかもしれない。

（14）唐・権徳輿「唐故通議大夫梓州諸軍事刺史上柱国権公文集序」（『権載之文集』巻三十四）
知陳伯玉於下輩、卒成大名。其他所與游者、皆鉅儒宿學、天下賢士。

（15）唐・沈亜之「上九江鄭使君書」（『沈下賢文集』巻八）
國朝天后之時、使四裔達威德之令皆儒臣。自喬知之、陳子昂受命通西北兩塞、封玉門關、戎虜遁避、而無酬勞之命、斯蓋大有之時、體臣之當理也。然喬死於讒、陳死於枉、皆由武三思嫉怒於一時之情、致力剋害。一則奪其妓妾以加憾、一則疑其擯排以爲累、陰令桑梓之宰拉辱之、皆死於不命。

歌妓をめぐる諍いが原因で、喬知之（陳子昂の友人）が武氏の権力者に謀殺された逸話は諸書に見えるが、その名は武三思、武承嗣（従兄弟同士で共に則天武后の甥）と各文献によって異なる。王運熙一九五七、一〇一～一〇三頁〔同二〇一二、七五～七八頁〕参照。唐・孟棨『本事詩』「情感」は「武延嗣」に作るが、これは武承嗣の誤りだろう。なお、陳子昂の従軍経験と死の経緯は、前章第三節、注50・52に引く「別伝」に見える。

(16) 蔣寅二〇〇七、五八九頁参照。

(17) この書簡の執筆時期など沈亜之の経歴については、先行研究を踏まえた蕭占鵬・李勃洋二〇〇三、二七三～三一八頁に詳しい。

(18) 陳子昂と杜審言の交友は、道上克哉一九八一、二三〇頁参照。

(19) 「贈僧行融」（『李太白文集』巻十一）

梁日湯惠休、常從鮑照遊。蛾眉史懷一、獨映陳公出。卓絕二道人、結交鳳與麟。

史懐一（釈懐一）については道上克哉一九八一、二三〇～二三一頁参照。湯恵休は『詩品』下の「斉恵休上人」という条名を信じれば、南斉まで生きた可能性はある。ただし、「梁日」（蕭梁）での生存は確認できず、また対になる鮑照は劉宋の著名な詩人である。なお、李白には「感遇」と題する詩がある（第四節、表2-1）。

(20) 『朱子語類』巻百四十「拾遺・問遺書・論文下（詩）」に「感遇」詩と「古風五十九首」（『李太白文集』巻二）の関係に触れた段が二条見える。

(21) （ｉ）唐・李陽氷「草堂集序」（『李太白文集』巻一）

凡所著述、言多諷興、自三代已來、風騷之後、馳驅屈宋、鞭撻楊馬、千載獨步、唯公一人。故王公趨風、列岳結軌、羣賢翕習、如鳥歸鳳。盧黃門云、陳拾遺橫制頹波、天下質文、翕然一變。至今朝詩體、尚有梁陳宮掖之風、至公大變、掃地併盡。

（ⅱ）唐・魏顥「李翰林集序」（同巻一）

蜀之人無聞則已、聞則傑出。是生相如、君平、王褒、揚雄、降有陳子昂、李白、皆五百年矣。白本隴西、乃放形、因家於緜。身既生蜀、則江山英秀。伏羲造書契後、文章濫觴者六經。六經糟粕離騷、離騷糠粃建安七子。七子至白、中有蘭芳。

「草堂集序」の文学上における主張は、乾源俊二〇〇二、四二～五四頁参照。

(22) 唐・崔群「廬嶽処士苻載帰蜀覲省序」（『唐文粋』巻九十八）

學窮顏子之門閾、文紹陳君之骨鯁、逸慕嚴光之垂釣、志效管寧之不欺。

文中の「陳君」が陳子昂を指すならば、崔群は彼の詩文に気骨（「骨鯁」）を見出していたことになる。ここで、蜀郡の人である苻載（七六〇〜八一二以降）を陳子昂に関連付けるのも、やはり彼が四川の生んだ作家として知られていたためであろうか。なお、表題の「苻」はもと「符」に作るが、岑仲勉氏の説に従って改めた。岑氏はこの序の作者を崔群（七七二〜八三二）ではないとするが、ここでは旧説に従う。岑仲勉一九四七b、二四八〜二五〇頁〔同二〇〇四c、六八七〜六九〇頁〕参照。

(23) 初唐の文学者に対する杜甫の評価は伊藤正文一九五九、四四〜四七頁〔同二〇〇二、五三二〜五三六頁〕参照。

(24) （a）「送梓州李使君之任〔故陳拾遺射洪人也、篇末有云〕」（『杜工部集』巻十二）

遇害陳公殞、于今蜀道憐。君行射洪縣、爲我一潸然。

（b）「冬到金華山観因得故拾遺陳公学堂遺迹」（同巻五）

陳公讀書堂、石柱仄青苔。悲風爲我起、激烈傷雄才。

（c）「陳拾遺故宅」（同巻五）

拾遺平昔居、大屋尚脩椽。悠揚荒山日、慘淡故園煙。位下曷足傷、所貴者聖賢。有才繼騷雅、哲匠不比肩。公生楊馬後、名與日月懸。同遊英俊人、多秉輔佐權。彦昭趙〔一云超〕玉價、郭振起通泉。到今素壁滑、灑翰銀鈎連。盛事會一時、此堂豈千年。終古立忠義、感遇有遺篇。

（c）は全体、他は一部を挙げた。

(25) 杜詩の制作時期は、『集千家註分類杜工部詩』に見える南宋・黄鶴の説に従う。

(26) 郭元振と趙彦昭は陳子昂の死後、宰相にまで昇進した。「館陶郭公姫薛氏墓誌銘」（陳集巻六）は、郭が通泉県尉在職中に亡くした側室のために陳子昂が著した文章と考えられる。岑仲勉一九四六、一五九〜一六一頁〔同二〇〇四c、一一一〜一一二頁〕参照。

(27) 李華「楊州功曹蕭穎士文集序」（『英華』巻七百一）

君以爲、六州之俊〔一作君謂六經之後〕、有屈原、宋玉、文甚雄壯、而不能經。厥後有賈誼、文詞最〔一作詳〕正、近於理體。枚乘、司馬相如、亦瓌麗才士、然而不近風雅。楊雄用意頗深、班彪識理、張衡宏曠、曹植豐贍、王粲超逸、嵆康標擧。此外皆金相玉質、所尚或殊、不能備擧。左思詩賦、有雅頌遺風、干寶著論、近〔一有乎字〕王化根源。此後夐絶無聞焉〔一作此外皆夐絶無聞〕。近日陳拾遺子昂、文體最正。以此而言、見君之述作矣〔五字一作君述作〕。

表題の「穎」、文中の「嵆」を『英華』は「頴」、「稽」に作るが、『唐文粋』巻九十三に拠って改めた（『英華』原注にいう「一作」、「一有」以下の異文は全て『唐文粋』がそう作る）。本文では「近日」以降を訳出した（他の箇所の訳文は第四章第三節に挙げる）。なお、河内昭円一九九七、二二六～二二七頁は、この序を大暦三年（七六八）の執筆という。

(28) 李舟「独孤常州集序」（『英華』巻七百二）
天后朝、廣漢陳子昂獨泝潰波、以趣清源。自茲作者、稍稍而出。先大夫嘗因講文謂小子曰、吾友蘭陵蕭茂挺、趙郡李遐叔、長樂賈幼幾、洎所知河南獨孤至之、皆憲章六藝、能探古人述作之旨。賈爲玄宗巡蜀分命之詔、歴歴如西漢時文。若使三賢繼司王言、或載史筆、則典謨訓誥誓命之書、可彷彿於將來矣。

「常州」は独孤及（官は常州刺史）を指す。本文では「能探古人述作之旨」までを訳出した。なお、「典謨訓誥誓命」は『尚書』に収める王命や王の言葉の記録を指す語で、伝孔安国「尚書序」（『尚書』巻首）に、そのままの形で見える。

(29) 梁肅「補闕李君前集序」（『英華』巻七百三）
唐有天下幾二百載、而文章三振。初則廣漢陳子昂、以風雅革浮侈。次則燕國張公説、以宏茂廣波瀾。天寶已還、則李員外、蕭功曹、賈常侍、獨孤常州、比肩而出。故其道益熾。

(30) 胡大浚・張春雯一九九六、五一頁は大暦十三年（七七八）冬から同十四年の間に、小野四平一九九一ａ、二五七～二五六頁〔同一九九五、九七～九八頁〕は大暦末年近くに、この文章が書かれたと推測する。梁肅が独孤及の集を編纂した時期については、神田喜一郎一九七二、二六八頁〔同一九八三、二〇四～二〇五頁〕、蔣寅二〇〇七、五三三～五三四頁参照。

(31) 独孤及「検校尚書吏部員外郎趙郡李公中集序」（『毘陵集』巻十三）
至則天太后時、陳子昂以雅易鄭、圓者浸而嚮方。天寶中、公與蘭陵蕭茂挺、長樂賈幼幾勃焉復起、振中古之風、以宏文德。

『英華』巻七百二（「趙郡李公［一作華］中集序」と題する）は「圓者浸而嚮方」を「學者浸而嚮方」に、「振中古之風以振文德」は「用三代文章律度當世」に作る。『唐文粋』巻九十二は「趙郡李華中集序」と題する点を除いて、『英華』に同じ。また、表題の「李公」、文中の「公」は李華を指す。この引用に先立つ箇所については、林田愼之助一九七七、一二〇頁〔同一九七九、四七八頁〕に分析が見える。なお、羅聯添一九七四、三二頁〔同一九八六、三六～三七頁〕は、この文章の執筆を大暦四年（七六九）前後に繫ける。

(32) 筧文生一九八一、同一九八六〔同二〇〇二、五二～八二頁〕。本章と併せて、参照されたい。

(33) 李華・独孤及及び梁肅の関係は、小野四平一九九一ａ、二八〇～二七六頁〔同一九九五、七三～八四頁〕参照。また「処州刺史李公墓誌銘」（『英華』巻九百五十一）は、「李公」こと李舟のために梁肅が著した文章である。

（34）松本肇一九九一、一一九～三一頁〔同二〇〇〇、二〇一～二一三頁〕。
（35）先輩古文家が韓愈に与えた影響は林田愼之助一九七七、一一六～一二一頁〔同一九七九、四七一～四七九頁〕、柳宗元も含めた彼らの人脈は同一九七七、一〇七～一一一頁〔同一九七九、四五六～四六一頁〕参照。
（36）柳宗元「楊評事文集後序」（同注4）
唐興以來、稱是選而不作者、梓潼陳拾遺。其後燕文貞以著述之餘、攻比興而莫能極、張曲江以比興之隟、窮著述而不克備。

これを注29に引いた梁肅「補闕李君前集序」の「唐有天下幾二百載、……以宏茂廣波瀾」という箇所と比べれば、共通性は歴然としている。張説に対する評価など梁肅が柳宗元に与えた影響は、筧文生一九八一、二四一～二四四頁〔同二〇〇二、七〇～七三頁〕、小野四平一九九一a、二六三～二五六頁〔同一九九五、六六～一〇五頁〕参照。
（37）『三国志』巻四十九「太史慈伝」
慈對曰、昔府君傾意於老母、老母感遇、遣慈赴府君之急、固以慈有可取、而來必有益也。

『晋書』巻七十三「庾亮伝」

亮上疏曰、……且先帝謬顧、情同布衣、既今恩重命輕、遂感遇忘身。

梁・范雲「為柳司空讓尚書令初表」（『芸文類聚』巻四十八「職官部四・尚書令・表」所引）

誠以懷音感遇、久妨彝序、尸祿昧寵、取蹈風歌。

それぞれ太史慈の老母が孔融の、庾亮が東晋・明帝の、柳世隆が宋朝の恩遇に感じ入るという文脈で用いられている。なお、『晋書』巻八十九「劉毅伝」に載せる詔に「庶能洗心感遇」という表現が見えるが、『文館詞林』巻六百六十二に収める同じ文章（劉宋・傅亮「東晋安帝征劉毅詔」と題する）は当該箇所を「庶能感革心」に作る。
（38）『文選』巻三十一「雑体詩三十首・盧中郎（感交）諶」
羇旅去舊鄉、感遇喩琴瑟［注：（張）銑曰、言諶羇旅幷州、感琨恩遇過於琴瑟之和］。

なお同じ「雑体詩」のうち『文選』では「劉文学［感遇］楨」と題する作品（題下注に「（呂延）濟曰、感、思也。思其有幸遭遇」とある）について、『江文通文集』巻四は、その表題を「劉文学感懐［楨公幹］」に作る。
（39）元・楊士弘輯、明・張震注『唐音』巻二「唐詩正音・五言古詩・陳伯玉・感遇二十四首」題下注
感遇云者、謂有感於心、而寓於言以攄其意也。又云、感之於心、遇之於目、情發於中、而寄於言、如莊子寓言之類是也。

清・沈德潛輯『重訂唐詩別裁集』巻一「五言古詩・陳子昂・感遇詩十五首」題下注

感於心、因於遇、猶莊子之寓言也、與感知遇意自別。

「感遇」の題意を心に感じたものを言葉に託して、思いを発散させると考える前者に比べて、後者はその境遇が背景に在るとより直截的に説くが、恩遇に感じ入るとの方向ではないという点で、両者の見解は異ならない。なお、唐代には「感遇」の語を感じる、心に触れる（感興）といった意味で用いる次の如き用例もある。

白居易「与元九書」（『白氏文集』巻二十八）

又有事物牽於外、情理動於内、隨感遇而形於歎詠者一百首、謂之感傷詩。

「感遇」詩の趣意と歴代の解釈を関連付けて扱う論文に、Chan, Tim W. 2001がある。本章第三節とも用いる材料など重なる部分が多く、併せて参照されたい。

(40)『潼川志』（『永楽大典』巻三千百三十四「九真・陳・陳子昂」所引）

楊祐甫跋拾遺感遇詩云、按感遇之目、梁昭明文選、及唐呉競《ママ》樂府古題皆無見。惟郭代公有感遇詩留通泉。陳郭同武后時人、而郭逮事明皇後死、則陳固先達、郭之詩必祖述陳公之爲、非陳之詩蹈襲代公之目也……。

(41)『蜀中広記』巻九十八「著作記八・集部・楊天恵文集六十巻」

按潼川志有楊天惠、字祐甫、登熙寧二年進士。

なお、楊天恵には、次の文章がある。

「上呉大尹書」（『成都文類』巻二十一「書」三）

其大者漢有司馬相如、王褒、揚雄、唐有陳子昂、李白、咸以文詞爲世宗長。然夷考於史、相如之文以揚得意而顯、雄之文以客之薦而彰、子昂之文以上書而達、顧不知當時牧伯大人爲誰、獨無一人能以半語扳數子而發之者。……且使數子綣綣郷里、不一游京師、則上林之雄麗、羽獵之崛奇、感遇之頓挫、其遂堙矣乎。

(42)これに対して、「詠懐」を表題に含む唐代の詩は多いものの、連作は杜甫「詠懐二首」（『杜工部集』巻八）、李賀「詠懐二首」（『李賀歌詩編』巻二）、白居易「戊申歳暮詠懐三首」（『白氏文集』巻五十七）の三篇（前二者は五言古詩）に止まる。

(43)『旧唐書』巻百三十「李泌伝」

天寶中、自嵩山上書論當世務、玄宗召見、令待詔翰林、仍東宮供奉。楊國忠忌其才辯、奏泌嘗爲感遇詩、諷刺時政、詔於蘄春郡安置、乃潛遁名山、以習隱自適。

『鄴公外伝』（『太平広記』巻三十八「神仙三十八・李泌」所引）にも、類似の記述がある。また、次のような記事も伝わる。

『唐詩紀事』巻二十七「李泌」

鄴侯家傳云、泌賦詩譏楊國忠曰、靑靑東門柳、歳晏復憔悴。國忠訴于明皇。上曰、賦柳爲譏卿、則賦李爲譏朕、可乎。

『鄴公家伝』は『容斎四筆』巻十一「冊府元亀」に拠れば、李泌の子である李繁の著作という。森博行二〇〇二、五五頁に「この句は、李泌の「感遇」詩中のものであろう」、「李泌をふくめて当時の人々は、陳子昂の「感遇」詩がもつ政治性を認識していたと思われる」とある。

(44)『詩格』(『文鏡秘府論』南巻「論文意」所引)

落句須含思、常如未盡始好。如陳子昂詩落句云、蜀門自茲始、雲山方浩然、是也。

『吟窓雑録』(第九章で詳論)巻五に収める『詩格』「落句体七・含思体四・陳拾遺詩」にも、陳子昂の同じ「西還至散関荅喬補闕[知之]」(陳集巻二)の詩句が見える。

(45) 伊藤正文一九六一(同二〇〇二、五四三〜五七四頁)参照。陳子昂「白帝懐古」(陳集巻一「白帝城懐古」)を収める。

(46)「趙碑」(陳集巻十「附録」)

有詩十首入正聲。

北宋・李淑『詩苑類格』「孫翌論詩」(『類説』巻五十一所引)

孫翌曰、漢自韋孟、李陵爲四五言之首、建安以曹劉爲絶唱。阮籍詠懷、束晳補亡、頗得其要。永明文章散錯、但類物色、都乏興寄。晩有詞人、爭立別體、以難解爲幽致、以難字爲新奇。攻乎異端、斯無亦太過。

「趙碑」(陳子昂の顕彰文)、『正声集』についてはは各々第一章第四節、陳尚君一九九二、九一頁(同一九九七、一八八〜一八九頁)参照。なお、孫翌(孫季良ともいう)の事跡は『旧唐書』巻百八十九下「儒学伝」下と『新唐書』巻百九十九「儒学伝」中に収める尹知章の伝に見える。ここに引いた彼の詩論にいう「曹劉」は曹植と劉楨、「永明」は南斉の元号(四八三〜四九三)で詩歌の韻律をめぐる規則が複雑化した時期を指す。南宋・潘自牧『記纂淵海』巻百六十九「著述部之四・評詩・集」も同じ文章を引用するが、「孫翌曰」を「孫昱曰」に作り、「斯無亦太過」の「無」を欠く。

(47)『中興間気集』巻上「蘇渙」評語

三年中作變體律詩十九首、上廣州連帥李公勉、其文意長於諷刺、亦育有陳拾遺一鱗半甲、故善之。

同巻下「孟雲卿」評語

祖述沈千運、漁獵陳拾遺、詞氣傷怨、如虎豹不相食、哀哉人食人、方於七哀路有飢婦人、抱子棄草間、則雲卿之句深矣。雖效於沈陳、纔得升堂、猶未入室、然當今古調、無出其右、一時之英也。余感孟君好古、著格律異門論及譜三篇、以攝其體統焉。

後の評語が引く「虎豹不相食」以下の二句は孟雲卿「傷時」詩一（『中興間気集』巻下）に、同じく「路有飢婦人」云々の一聯は王粲「七哀」詩一（『文選』巻二十三）に見える。また、同じ評語が言及する「格律異門論及譜三篇」は、高仲武の著作だが、現存しない。なお、孟雲卿が倣ったという沈千運は、やや先輩の詩人で、流俗に異なる詩風であったという。『篋中集』、『唐詩紀事』巻二十二、『唐才子伝』巻二参照。

(48) 蘇渙については傅璇琮二〇〇〇a、六七五～六八一頁（傅氏執筆）参照。

(49) 孟雲卿については孫望一九三八、五六～六三頁（同二〇〇二、六七八～六八九頁）、伊藤正文一九六二、一二八～一二九、一三六～一三九頁（同二〇〇二、四〇一、四一一～四一四頁）、王夢鷗一九八九、傅璇琮二〇〇〇a、四三一～四三八頁（傅氏執筆）、同二〇〇〇b、七九頁（陳尚君氏執筆）参照。『詩人主客図』については、第六章第六節、注83を見られたい。

(50) 「送孟東野序」注（『新刊五百家註音辯昌黎先生文集』巻十九）

樊曰、文章之盛、三代以還、無出漢唐。而漢四百年、司馬相如爲之唱、唐三百年、子昂爲之唱。公於文章少所推可、而毎論漢唐、未嘗不以二人爲稱首。

「薦士」注（同巻二）

補注筆墨閒録曰、薦士詩與送東野序、盛言子昂・李杜、餘皆不在其列、唐詩由子昂始唱之也。

前者は南宋・樊汝霖（一一二四進士）の言葉（次章「おわりに」、注73も見られたい）、後者に引く『筆墨閒録』は北宋末・南宋初の曾某（名を初め事跡は未詳）が著した詩話（既に散逸）で、韓愈・柳宗元に対象を特化させる。専論に岳珍二〇〇二（同二〇一〇、二四六～二五六頁）がある。

(51) 『唐摭言』巻六「王泠然薦裴耀卿」

將仕郎守太子校書郎王泠然謹再拜上書相國燕公閣下、……有唐以來、無數才子、至於崔融、李嶠、宋之問、沈佺期、富嘉謨、徐彦伯、杜審言、陳子昂者、與公連飛竝驅、更唱迭和。此數公者、眞可謂五百年後挺生矣。天喪斯文、凋零向盡。唯相公日新厥徳、長守富貴。甚善、甚善。

(52) 岑仲勉一九四七ａ、五～六頁〔同二〇〇四ａ、三六一頁〕に見える。

(53) 北宋・孫逢吉『職官分紀』巻十五「集賢院・大学士　学士・擅一時文詞之美」

十六年、張燕公拜右丞相、依舊學士知院事。燕公與徐常侍聖曆年同爲珠英學士、毎相推重。至是、舊學士死亡竝盡、唯二人在。燕公嘗手寫同時諸人名與觀之、悲歡良久。徐曰、諸公昔年皆擅一時文詞之美、敢問孰爲先後。燕公曰、李嶠、崔融、薛稷、宋之問之文、皆如良金美玉、無施不可。富嘉謨之文、如孤峰絶岸、壁立萬仞、叢雲鬱興、震電倶發〔電、一作雷〕、誠可畏也。若施於廊廟、則爲駭矣。閻朝隱之文、如麗服靚粧、衣之綺繡、燕歌趙舞、觀者忘憂。然類之雅頌、則爲罪矣。

　珠英学士は聖暦年間（六九八～七〇〇）に勅命を奉じて進められた類書『三教珠英』の編纂に従事した人々で、陳子昂は含まれないが、当時の著名な文学者を主力とする（次注も見られたい）。陳祖言一九八四、八三～八四頁に拠れば、張説がこの批評を下したのは、実は開元十七年（七二九）三月から五月のことという。なお、『大唐新語』（『太平広記』巻百九十八「文章一・張説」所引、今本巻八「文章」）、『旧唐書』巻百九十上「文苑伝上・楊炯」にも同じ話柄が見える。

(54)『郡斎読書志』巻二十「集部・総集類・珠英学士集五巻」

右唐武后朝、嘗詔武三思等修三教珠英一千三百巻、預修書者四十七人。

『三教珠英』編纂に従った者の人数を二六人とする資料もあるが、実は編纂中に増員があって、四七人に至ったと思われる。徐俊一九九二、一七～一九頁〔同二〇〇〇、五四八～五五一頁〕参照。

(55)『朝野僉載』「渋体」（『類説』巻四十）

徐彦伯爲文、多變易求新、以鳳閣爲鵷閣、以龍門爲虬戸、以金谷爲銑溪、以玉山爲瓊岳、以芻狗爲卉犬、以竹馬爲篠驂、以月兎爲魄兎、以赤牛爲炎犢、後進效之、謂之澁體。

『旧唐書』巻百九十中「文苑伝中・富嘉謨」

先是、文士撰碑頌、皆以徐庾爲宗、氣調漸劣、嘉謨與（呉）少微屬詞、皆以經典爲本、時人欽慕之、文體一變、稱爲富呉體。

『新唐書』巻二百二「文芸伝」中の富嘉謨伝は「富呉體」を「呉富體」に作る。ここでは徐彦伯の「澁體」、富嘉謨と呉少微の「富呉（呉富）體」が一世を風靡したとする。だが「澁體」は特異な語彙の使用でしかなく、「富呉體」も使用範囲は碑文や頌に止まる。それだけに、徐彦伯らは次代に続く文学の開拓者に目されなかったと思われる。なお、富嘉謨と呉少微及び「富呉（呉富）體」については、胡可先二〇〇一〔同二〇〇三ｂ、三六～四六頁〕と同二〇〇二参照。

(56)　崔融らの事跡は新旧両唐書を参照。『旧唐書』は巻九十四に崔融・李嶠・蘇味道の伝を、巻百九十上「文苑伝」上に杜審言の附伝を収録。『新唐書』は巻百十四に崔融・蘇味道の伝、巻百二十三に李嶠の伝を、巻二百一「文芸伝」上に杜審言の伝を収める。彼ら四人が併称されたことは、『新唐書』「杜審言伝」に見える。

(57)　『朝野僉載』（『太平広記』巻百六十九「知人一・張鷟〔自号浮休子〕」所引）

又問中書令李嶠何如。（浮休子）答曰、李公有三戻。性好榮遷、憎人昇進。性好文章、憎人才筆。性好貪濁、憎人受賄。

『盧氏雑記』（『太平広記』巻二百五十九「嗤鄙二・蘇味道」所引）

唐蘇味道初拜相、有門人問曰、天下方事之殷、相公何以燮和。味道無言、但以手摸牀稜而已。時謂摸稜宰相也。

唐・武平一『景龍文館記』「造化小児」（『紺珠集』巻七）

杜審言好大言、臨終、宋之問等往問之、乃曰、甚爲造化小兒相苦。僕在、久厭公等。今死、固當慰心、但恨不見替人爾。言訖遂絶。

　蘇味道の同じ逸話は、出典を『朝野僉載』として、『紺珠集』巻三にも見える。（「牀稜」は寝台の両端にある角で、それを共に押さえるどちら付かずの様をいう）。また『景龍文館記』は、『太平広記』巻二百六十五「軽薄一・杜審言」に見える類話で誤字を正した。

(58)　『旧唐書』巻百九十中「文苑伝」中、『新唐書』巻二百二「文芸伝」中の本伝参照。

(59)　『朝野僉載』（『太平広記』巻二百六十三「無頼一・宋之遜」所引）

初、之遜諂附張易之兄弟、出爲兗州司倉、遂亡而歸、王同皎匿之於小房。同皎、慷慨之士也、忿逆韋與武三思亂國、與一二所親論之、毎至切齒。之遜於簾下竊聽之、遣姪曇上書告之、以希韋之旨。武三思等果大怒、奏誅同皎之黨。兄弟並授五品官、之遜爲光祿丞、之問爲鴻臚丞、曇爲尚衣奉御。天下怨之、皆相謂曰、之問等緋衫、王同皎血染也。誅逆韋之後、之遜等長流嶺南。

　詳しくは高木重俊一九八六、一四～一六頁〔同二〇〇五、三八九～三九一頁〕参照。

(60)　『旧唐書』巻八十「上官儀伝」

本以詞彩自達、工於五言詩、好以綺錯婉媚爲本。儀既貴顯、故當時多有效其體者、時人謂爲上官體。

唐・李徳裕「臣子論」（『李文饒文集』外集巻二）

近日宰相上官儀、詩多浮艶、時人稱爲上官體、實爲正人所病。

「盧序」前段（陳集巻首）

宋齊已來、蓋顚頓透迤、陵頽流靡。至於徐庾、天之將喪斯文也。後進之士、若上官儀者、繼踵而生。於是風雅之道掃地盡矣。

最後に挙げた「盧序」の一節については、第一章第二節、注18を見られたい。

(61) 皇后だった則天武后の廃位を高宗と共に謀った廉で、上官儀は獄死した。『旧唐書』巻八十、『新唐書』巻百五の本伝と『大唐新語』巻二「極諫」参照。武后が権力を掌握していく過程で、彼女に逆らったとされる上官儀の文学が脚光を浴びなくなったことは、充分に考えられる。

(62) ここに挙げた王勃らの事跡は、概ね『旧唐書』巻百九十上「文苑伝」上、『新唐書』巻二百一「文芸伝」上に拠る。楊炯には、次のような逸話もある。

『朝野僉載』（『太平広記』巻二百六十五「軽薄一・盈川令」所引）

唐衢州盈川縣令楊炯、詞學優長、恃才簡倨、不容於時。毎見朝官、目爲麒麟楦。人問其故、楊曰、今餔樂假弄麒麟者、刻畫頭角、修飾皮毛、覆之驢上、巡場而走。及脱皮褐、還是驢馬。無德而衣朱紫者、與驢覆麟皮何別矣。

「麒麟楦」は宴席の余興で驢馬に着ける麒麟の形をした被り物で、脱がせれば元の姿が現れることから、それで中身の無い朝廷の官人に例えた楊炯の傲岸さをこの話柄は示す。

(63) 張説「贈太尉裴公神道碑」（『張説之文集』巻十四）

在選曹見而評駱賓王、盧照隣、王勃、楊炯、評曰炯雖有才名、不過令長、餘華而不實、鮮克令終。

(64) 前注所掲の文章が著された時期は陳祖言一九八四、八九頁、裴行倹の司列少常伯・吏部侍郎在職時期は嚴耕望一九五六、九三〜九六・五四八頁参照。また、『太平広記』巻百八十五「銓選一・裴行倹」所引『唐会要』にもこの裴行倹が王勃らを酷評したというほぼ同内容の記事は見えるが、そこでは時期を咸亨二年（六七一）に特定する。現行本『唐会要』巻七十五「選部下・藻鑑［非因銓選藻鑑附］」にも同じ記事は存在するが、「咸亨二年」の紀年は見えない。なお、傅璇琮二〇〇三a、五〜八・一九〜二一頁、高木重俊一九九四、五一〜五七頁〔同二〇〇五、四五一〜四六二頁〕に本文で触れた王勃たちへの批評とその信憑性に関する分析が見られる。

(65) 『大唐新語』巻七「知微」

時李敬玄盛稱王勃、楊炯等四人、以示行儉、曰士之致遠、先器識而後文藝也。

この後に注63に引く張説の文章とほぼ同じ内容が見える。これ以降、裴行倹が王勃らを評した逸話を記録する文献のうち、『旧唐書』巻百九十上「王勃伝」、『新唐書』巻百八「裴行倹伝」にも「士之識遠」云々という言葉が見える。この語が持つ意味については、高木重俊一九九四、五七～六二頁（同二〇〇五、四六二～四七一頁）参照。

(66) 本文でも挙げたものを含めて初唐詩人の併称は、宋之問「祭杜学士審言文」（『英華』巻九百七十八）に「王楊盧駱」、唐・郗雲卿「駱賓王集序」に（『駱賓王文集』巻首）「四傑」・「盧駱楊王四才子」、杜甫「戯為六絶句」二（『杜工部集』巻十一）に「楊王［一云王楊］盧駱」、独孤及「唐故左補闕安定皇甫公集序」（『毘陵集』巻十三）に「沈宋」という早期の例が見える。初唐までのこういった呼称とその意義は、道坂昭廣二〇〇三を参照。併称の普及が詩人各自の文学的・人格的な個性を集団中に埋没させた側面は否定できまい。これに対して白居易が用いた「陳杜」（陳子昂・杜甫）の語（注５（ｂ））は、他に用例がほとんど無い（次章第二節、注36）。普及した併称が存在しないことは、陳子昂が同時期の文学者と活動の場を必ずしも共有しなかったことを示す共に、彼らの中で飛び抜けた扱いを受けることと関わるかもしれない。

第三章　宋人の見た陳子昂

――続「先達」への眼差し

はじめに

前章では中唐までの陳子昂に対する評価の様子を跡付けた。引き続き、本章では晩唐以降の彼に関する言及を見ていく。陳子昂への見方は十一世紀に至って、それ以前とは異なる様相を呈し始める。現在、文学史上に概ね定着している陳子昂像はこの頃にほぼ形を取ったといって問題無い。陳子昂観の変遷をたどって唐宋、殊に唐代における一種の文学思潮を見出す、本書前三章の目的はここに存する。従って本章で扱う資料は、その変遷が大体において終わった当該時期までの文献に、概ね限られる。この「はじめに」と第一節では、晩唐における陳子昂への言及を概観する。まず、文学とは直接関わらない記述を見ることにしよう。

（a）文宗が廷臣と前代の文学を論じた折、陳拾遺の名を度々口にする裴素《はいそ》に柳璟《りゅうえい》は目配せしたが、裴は覚らなかった。文宗は言った、「彼のことは字で陳伯玉と呼ぶがよい[1]」。

（b）都で十年経っても無名の陳子昂は、百万銭もの高価な胡琴を市中で買う。演奏を聞きたがる見物人に、「名の聞こえた方を連れて来て下されば幸いです」と答える。翌朝、寓居に集まった百余人の名士を宴席でもてなした彼は、胡琴を持ち上げて言った、「蜀人の陳子昂は自作の文章百巻を持って、都下を駆け回りながら、世間で知られませんでした。楽器などを扱うのは賤しい職人の業、愚かにも心を留めることがありましょうか」。そしてそれを棄てて、大量の文章を参会者に配った。当日のうちに、彼の名声は都に溢れた。建安王の武攸宜《ぶゆうぎ》（則天武后の従兄弟の息子）は彼を配下に招いた。後に拾遺を拝命したが、親を見舞って郷里へ帰った際に、段簡の害するところとなった[2]。

（c）ある人が言うには章仇《しょうきゅう》兼瓊《けんけい》は陳拾遺のために濡れ衣を明らかにし、高適《こうせき》は江寧県令だった王昌齢のために冤罪を晴らしたから、当時の人々は彼らを義士と考えた[3]。

（a）で柳璟が裴素をたしなめたのは、「陳子昂」の名が皇帝・文宗（在位八二六〜八四〇）の諱、即ち「（李）昂」を犯すからである。それにしても、ここから陳子昂が皇帝周囲の文学談義に登場する、御前で言及できる、あるいはそうだとしても不思議ではないほどの存在だった事実が確認される。（b）は任官前の士人が派手なパフォーマンスを演じて、評判を得る様の描写が中心になっている。陳子昂は二十代で進士科に及第した後、間も無く任官したという[4]。武攸宜の幕下に入ったのもさらに後である（第一章第三節所引「別伝」（Ⅳ））。従って、都で十年鳴かず飛ばずという記述は、事実と認められない。これは、科挙受験者が売名のために事前運動へと走った風潮を背景に創作乃至脚色された逸話だろう[5]。

ただ、この推測が正しいにせよ、著名な科挙受験者ならば誰もがこの逸話の主人公になり得るはずなのに、なぜその中でも陳子昂が選ばれたか、という疑問が浮かぶ。彼にこれと類する事跡があったとして、それが脚色されたにせよ、文献上に定着したことに何らかの意味を見出すべきではないか。もし、伝記資料に残る彼の豪気な性格がイメージとして、没後一世紀半を経て一部に知られていたならば、それがこの話柄の発生と関わるかもしれない[6]。

（c）は陳子昂の名誉回復、つまり（b）にも見えた段簡から被った冤罪（第一章第三節「別伝」（Ⅴ）、注52）を晴らしたことを指すのだろう。開元二十七年（七三九）七月から天宝五載（七四六）五月まで章仇兼瓊は剣南西川節度使（四川の広域地方長官）を務めた[7]。陳子昂の郷里が属する同地でその死の不当さを証明したのは、この時期の出来事だろうか。

以上、晩唐の筆記（随筆）から引いた三条は、共に陳子昂の文学乃至非業の最期に触れるものだった。彼の死に関する言及は、前章第一節（注15）で挙げた盛・中唐期の文章にも見られたところだ。もとより、（c）の伝聞形式、即ち「ある人が言うには」（原文「或謂」）の使用などから考えて、これらの記す事柄が全て事実とは思われない。しかし、そうであっても前掲の記述が陳子昂に対して概ね好意的という点は争えない。前章第六節で見た初唐を代表する文学者の多くに伝わる人格の陋劣を暴く記述は、晩唐でも彼となお無縁だった。今一つ、彼の生前における不遇が広く認識されていたことも想像される。（b）と（c）がその冤罪に言及する他、唐末に詠まれた次の作品も、同じくそれを示すだろう。

射洪の陳子昂、その名声もやはり賑々しい。惜しいことに時勢に恵まれないで、（世に貢献すべく）奮い立とうとしたがまた束縛され（て志を遂げられずに終わっ）た。

李白・杜甫の意気は（他者に）左右されないし、孟浩然・陳子昂の節義は改めるわけにはいかない。[8]

順に皮日休《ひじつきゅう》（八三四頃〜八八〇以降）と陸亀蒙（八三〇頃〜八八一？）が著した詩である。これらの詩歌は、皮陸が交わりを結んだ咸通十年（八六九）以降の数年間に作られたと考えられる。[9] ここでは省略したが、前者は陳子昂以外に孟浩然・李白・杜甫が共に優れた才能を抱きながら不遇な生涯を送ったことを傷む内容をも含む。後者から引いた一聯は前者に見える先の四名にまつわる一節を承けて、彼らの気骨を賞賛する。引用した唱和詩の細部にまで立ち入る余裕は無い。ただ一つ注目すべきは、先の（b）・（c）と同様にこの二人も陳子昂の不遇を詩に詠み込むことである。皮日休は陳子昂たちを不遇な詩人の代表格かのように扱い、陸亀蒙もそれを肯定して、さらに彼らの「意気」、「節義」に着目した表現を含む詩を返した。陳子昂の文集を読んだ際に、陸亀蒙が作った次の詩も参考になるだろう。

草の茂る（墳墓の）土はいつ恨みと共に平らになるのか、四川の山は衣服の帯の如く（緩やかに流れ）四川の山はほんのりと姿を現す。聞くところでは騎馬の士が黄祖《こうそ》をさらし首にしたそうだが、もとより禰衡《でいこう》を祭る人はいない。(10)

「草の茂る土」（原文「蓬顆」）は、郷里の蜀に在る陳子昂の墓を指す。後漢の文人である禰衡（一七三～一九八）は武将の黄祖（?～二〇八）に殺されたが、その黄祖もやがて敗死する。この詩の「禰衡」は陳子昂を、「黄祖」は彼を死に追い遣った者を指す。陳子昂の理不尽な死に陸亀蒙も同情していたことは、作品全体から明確であろう。ここで関連して唐末の古文家である孫樵《そんしょう》（八五五進士、八八四在世）の文章を見ておく。彼はそこで「物之精華」（万物の精髄）を「天地」の意に逆らって無際限に汲み取り、己の著述に用いる者は「窮」（困窮）したか、「禍」を被るかしたと論じる中で、次のように述べた。

陳拾遺は（節度を超える精華を汲んで作った）「感遇」詩によって困窮した。

孫樵は「窮」したり、「禍」を被ったりした古人として孔子・孟子・司馬遷・班固・揚雄を挙げる。続いて唐人としては、元結・陳子昂・王勃・盧仝《ろどう》（?～八三五）・杜甫・李白・王昌齢がみな「窮」したとされる。(11)令名高い著述家が少なからず不遇だった事実から逆に着想して、「物之精華」を奪い見事な詩文を著して「天地」の怒りを買ったために、彼らは災厄に遭ったというのだろう。その説の当否は措いて、ここから興味深い事柄が読み取れる。

第一に、「感遇」詩が盛・中唐期と同じく（前章第四節）唐末でも、陳子昂の代表作と見做されていた点である。さもなければ、孫樵がここで敢えて「陳拾遺」（陳子昂）が「「感遇」詩によって困窮した」と述べる理由は説明できない。次に、孫樵もまた陳子昂の不遇な生涯について知識を有したことが考えられる。韓愈やその先輩の古文家が賛辞を呈した（前章「はじめに」、第三節）陳子昂の事跡は、彼にとって耳に親しいものであったろう。

だが、本節（b）・（c）や皮陸の唱和も考えると、それは決して特異な例ではない。やはり、これも古文家という孫樵の立場を過大視せず、唐末の士人が陳子昂の不遇を知悉した一例と理解する方が適切だろう。唐末でも陳子昂の人物像は不遇や豪気などのイメージで捉えられていた、少なくともそのような傾向が存したことは本節所引の資料から首肯される。第一節ではこの点を踏まえ、同じ時期に彼が文学者として、どう認識されていたかを見ていく。

第一節　唐末における文学者としての陳子昂観

本節では、まず陳子昂の文学に対する唐末の言及を時系列に沿って挙げていく。時系列とはいっても、数年の間にそれらは集中する。最初に陸希声《りくきせい》（八二八?～八九五頃）[12]が自ら編んだ李観（七六六～七九四）、字は元賓、の文集に附した序文の一段を引いておこう。ここで省略した文末の紀年に拠れば、これは大順元年（八九〇）十月に著されたと考えられる。

そもそも文学は唐尭や虞舜（ら聖天子の時代）に興起し、周や（前）漢で隆盛に向かった。後漢の明帝（在位五七～七五）より後には、文の格調は段々衰えた。魏晋、宋斉梁隋に至って、（それは）艶やかでなまめかしく、もはや骨っぽさは無かった。唐が興っても、隋（以前）の旧態をまだ引き継いでいた。天后の御代に至って、陳伯玉が初めて古い（あるべき文の）形に戻して、当時の世で高く評価された。（その作品に見える）学問・道義は広く正しく（作風は）典雅・質朴とはいえ、（魏晋以降の文が含む過度な）調和・美麗さを完全には除けなかった。退之《たいし》に及んでやっと（この文章における）長きに渉る悪弊を大いに改めて、（彼の作品は）大らかで円熟した風格を持っていた。だが元賓（の文）は古風でもなく今様でもなく、他に優れて自ずと一個の形を成しており、激しく奮い立って、弦楽器の中に打楽器の音があるようだった。どの作品もここぞというところは、元気な馬が（人に）御せられていながら、歩もうとして止められないようなものだ。その長所がこのようであって、これを力強い文章といわずにおられようか。(13)

若くして世を去り、文章家としては友人である韓愈（字は退之）の赫々たる名声の陰に隠れる形となった李観の価値を再び世に問おうとして、陸希声は彼の作品を文集にまとめた。「天后」（則天武后）の時代に陳子昂が文学の復興に着手したのを承け、従前の弊風を韓愈が排して、前漢（前二〇六～後八）以前の文体を回復させた一方で、自己一流の文章を著した李観の存在を忘れてはならない。引用した箇所に見える陸希声の主張は、こう概括できる。

公は彼（杜荀鶴）に会釈して言った、「聖上は教化がなお盛んでないと憂えて、高宗朝の拾遺陳公子昂のような、詩を作れば『詩』大・小雅（の精神）を見え隠れさせ、（後漢末）建安（の風格）に遡って、晦渋さ・瑣末さを除き、淫猥・浅薄さを省いて、なまめかしさの堅い陣地を破り、技巧の首魁を捕えて、総て（敵の）突きを退け（高慢の）鼻を挫いて、（正しくない詩歌を）粉砕し四散させて、文学の世界を平定し、文の邪気を払い清める者を得たいとお考えだ。その上で戴容州・劉随州・王江寧（のような者）が仲間を連れ立って（馬の）鞭を振り上げ手綱を引いて、共に叱咤したり楽しんだりすれば、正しい道へ立ち向かうだろう。君の詩には陳の風格があるので、『詩』国風（のような詩）を輝かせて、王者の恩沢を広げることができる。君を抜擢して皇帝のご意思に沿うのは当然であって、君は中興の（時代の）優れた詩人になるように努力せよ」[14]。

続いて杜荀鶴《とじゅんかく》（八四六～九〇四）の詩集に附す顧雲《こうん》（?～八九四頃）の序の一部を引いた。ここには大順二年（八九一）、杜荀鶴が進士科に及第した際に知貢挙（試験委員長）裴贄《はいし》（「公」）の元へ謝恩に赴いた時の出来事を描く一段を挙げた[15]。文末の紀年から景福元年（八九二）、つまり先に掲げた文章を陸希声が書いた翌年の夏に著されたと分かる。文中の「聖上」は時の皇帝・昭宗（在位八八八～九〇四）を指すが、その願望を述べる形を取って、裴贄は進士科及第者の中で杜荀鶴に向かって、将来を嘱望している旨を伝えた。「戴容州・劉随州・王江寧」は各々容州刺史、随州刺史、江寧県令を務めた戴叔倫《たいしゅくりん》（七三二～七八九）、劉長卿《りゅうちょうけい》（七二六?～七八六以降）、王昌齢で、みな盛・中唐期の著名な詩人である。

「陳の風格」（原文「陳體」）が如何なる詩風を指すのか、明確な定義は無い[16]。だが、「大・小雅」（原文「二雅」）や「國風」の名が挙げられる以上、それは経書の精神に適う作風をいうのだろう。その前提の下に、裴贄は杜荀鶴の詩は陳子昂を受け継ぐ、と主張したのである。この文章のさらに四年後、方干《ほうかん》（八〇九～八八八?）の詩集に附す次の序が書かれた。

> 唐が興り、その（正統な詩歌の）響きがまた起こり、陳子昂は初めて気骨を主としたが、五・七言詩の韻律にこだわるようになった。建中（七八〇～七八三）から後、銭起を筆頭に、詩は益々良くなった。杜甫は至徳・大暦（七五六～七七九）の頃に名を轟かせたが、彼を尊ばぬ詩人もいた。ああ、子美の詩は捉え所が無いほどに優れている[17]。

全文末尾の紀年に拠れば、王贊がここに引く序文を著したのは、乾寧三年（八九六）のことだった。この一節に先立って、本来は『詩』の精神（原文「風雅」）を主とした詩歌が魏晋以降は表面の華麗さを重んじ、陳（五五七～五八九）・隋（五八一～六一八）の時代はその傾向が特に甚だしかったとある。[18] それに続いて、王贊は唐人による詩歌の復興を記す。その先陣を切ったのは、ここでもやはり陳子昂とされる。彼の詩歌は「気骨」（原文「骨氣」）に重点を置く一方で、五言詩・七言詩における音声の調和に意を用いた。こういった流れは銭起（七一〇?～七八二?）に継承され、杜甫（字は子美）の登場で頂点に達したという。

共に陳子昂の賞揚を主目的としないにも関わらず、これら三篇の序は揃って彼に言及する。陸希声は陳子昂と韓愈という「古い形」（原文「古制」）を重んじた文章家の系譜を述べつつ、そこから外れた李観の賞賛に主眼を置く（注13）。王贊も陳子昂と銭起の継承関係、杜甫の偉大さを指摘しながら（注17）、その文脈と方干を褒める後段とは、直接の繋がりを持たない。顧雲は（その文章で引く裴贄の説で）「陳體」という詩風の名を挙げて、陳子昂を主要な論評の対象とするかに見える（注14）。ただこれにしても、決して彼を正面切って論じたわけではなく、この三つの序文が陳子昂に触れる必然性は乏しいと思える。

第一章で取り上げた盧蔵用は、その文学を含めて陳子昂という存在を喧伝するため、彼を賞揚した。前章の「はじめに」と第三節で扱った古文家たちは、彼を自身の先駆者に位置付ける明確な意識を持っていた。これに対して、陸希声らは隆盛（漢魏）・衰退（南北朝）・復興（唐代）と大きく三期に区分する視座に立って、当時までの文学を概括したに過ぎない。だが、そういった人々にしても盧蔵用や古文家が用いる三区分説の枠組みを借りる以上、陳子昂を唐代最初の文学革新者にせざるを得なかった。換言すれば、唐末に至って彼は古文家でない者にすら、こう書かせるまでに不動の地位を文学史上に占めていたことになる。

今一つ、これは顧雲と王贊の文章に関わることだが、陳子昂を唐代の代表的な詩人と見做す記述は興味深い。前章第三節などで見たように、唐人が論評する彼の詩といえば、ほぼ「感遇」（陳集巻一）のみだった。同第五節で検討したとおり、他の詩への言及もあるにはあるのだが、「感遇」詩の知名度に比べれば、その影は薄い。しかし、本節で取り上げた顧雲（もしくは裴贄）は「陳子昂―戴叔倫・劉長卿・王昌齢―杜荀鶴」、王贊は「陳子昂―銭起」といったような彼を主要人物とする詩歌史の系譜を提示した。中唐までにおける陳子昂賞揚の主な担い手である古文家も彼を文学者として総合的に評価していた。だが、文章家としての批評に比べれば、その詩名は元来さほど高くなかったらしい。現に裴敬という人物は李白の墓碑で、詩・文・徳行・直（直言）・忠烈・武・学行文翰（学問）それぞれの道に優れ、かつ官名や諡で敬称される唐代の著名人を挙げる中で、「陳拾遺」を文に位置付けた。[19]

文中の記述から、この墓碑文は会昌三年（八四三）二月以降、何年かの間（本節に引く三篇の序の約半世紀前）に書かれたと思しい。同じ文学でも詩とは異なる文章に置かれるのは、もとより強いて分類すればそうなるだけで、裴敬が彼の詩を完全に否定したというわけではあるまい。だが敢えて限定すると、陳子昂は文章家というのが当時の風潮だったと、これは示すのではないか。その一方で彼を詩人として評価する意見も、晩唐には確かに存在した。

例えば、顧陶《ことう》（七八三〜?）が三十年の歳月を費やし、大中十年（八五六）に完成させた唐詩の選集『唐詩類選』の序文に、杜甫・李白に継ぐ詩人で、詩に表れる気概（原文「風骨」）に優れた一人として、陳子昂の名が見える。[20] この二十巻から成る選集は、後に散逸したが、唐代の幅広い時期に詠まれた一二三二首の詩を収めていた。陳子昂の詩も何首かは採られていたのだろう。[21] この他、部分的に残る唐代の詩人番付ともいうべき文献『琉璃堂墨客図』や『瑠璃台詩人図』では彼を最上位の等級に置く。共に撰者未詳ながら、これらは九世紀に編纂されたと思われる。[22] 時代が下り唐末になると、次のような議論も見られるようになる。

李白は桁外れの才気を持ち、陳子昂と名声を等しくし、前後して（詩歌の世界で）同じ地位を占めた。彼が詩を論

表3－1　陳子昂の作品を踏まえた、擬したと考えられる晩唐（唐末）の詩歌

	作者	活動年代	詩題	詩体	出典・巻次
1	杜荀鶴	846–904	感遇	五言絶句	杜荀鶴文集1
2	司空図	837–908	南北史感遇十首	七言絶句	万首唐人絶句56
3			効陳拾遺子昂感寓二首	五言古詩	唐文粋18
4			効陳拾遺子昂	五言古詩	唐文粋18
5	韋荘	836？–910	旅中感遇寄呈李祕書昆仲	七言律詩	浣花集5
6	孫郃	897進士	古意二首［擬梓州陳拾遺］	五言古詩	唐文粋18

ここでは「感遇」と題する、もしくは陳子昂の作品に擬したことが明白な詩のみに対象を限った。従って喩鳧（八四〇進士）の五言絶句「感寓」（『万首唐人絶句』巻九十一）は除く。

じていうには、「梁・陳以来、（詩歌の）艶麗さ・軽薄さは極まった。沈休文《しんきゅうぶん》もやはり声律を尊んだが、（詩を）古えの道に戻そうとするならば、（その担い手は）私でなくて誰か」。だから陳・李二人の詩集には律詩が特に少ない[23]。

この文章を載せる詩歌関連逸話集『本事詩』巻首の孟棨《もうけい》（八七五進士）「本事詩序目」には、光啓二年（八八六）十一月の紀年が見える。李白に果たしてこのような詩論があったか、それは甚だ疑問である（現存する李白の著作には見えない）[24]。だが、今その真偽を問わないならば、これはこれで唐末、陳子昂が南朝の梁（五〇二～五五七）や陳以降の華麗さを極めた文学と一線を画する、従って沈約《しんやく》（四四一～五一三）、字は休文、が唱えた韻律の規定にこだわる「律詩」が少ない詩人として李白と関連付けられた事実を示す資料として興味深い。

ここまでに挙げた文章に見える陳子昂の詩歌に対する評価がどれほど晩唐期一般の認識と合致していたか、それは分からない。だが、彼を唐代有数の詩人と認める傾向が既に萌芽していたこと、これは確かであろう。参考として、陳子昂に倣った晩唐の詩を挙げておく。

表3-1は、前章第四節の表2-1と時代的に接続する。それと合わせて、晩唐以降も「感遇」を表題に含む詩の作られていたことが分かる。本節表3-1の3・4・6は「陳拾遺」に「効《なら》う」乃至は「擬す」る詩である。これらが元々の詩題ならば、唐末に至って意識的に陳子昂の詩歌を祖述しようとする者の現れたことが明確になる。ここから、唐末にも「感遇」詩はなお陳子昂の代表作だとする認識の続いていたことが指摘できる。詩歌で一世を風靡した白居易と元稹も陳子昂の詩を評価していたこと（前章「はじめに」、注5・8）を思い起こされたい。

晩唐に彼の詩人としての声価が上昇した背景には中唐以前、「感遇」詩を中核として確立した陳子昂詩に対する一定の評価があったことは想像に難くない。その上で、盛・中唐期に彼を賞揚した古文家（前章「はじめに」、第三節参照）らの文章論が主たる批評対象だった散文の垣根を越えて韻文にまで及んだことも、そこに大きく寄与したのではないか[25]。即ち、文章家としての名声が詩人の側面をも注目させる一因になったと想像されるのである。

総じていえば、陳子昂は晩唐でもなお文学史上に高い地位を保っていた。彼が詩文双方で優れた成果を上げたという認識の存在したことは、本節に引く資料から見ても、事実と判断される。この結論が得られたところで、次の時代へ分析の対象を転じることにしよう。

第二節　北宋前期における陳子昂作品の流伝――総集への採録を中心に

北宋（九六〇～一一二七）に入って陳子昂を賞揚する初めての動きとしては、開宝元年（九六八）に赴任地の先賢表彰を命じられた知梓州（陳子昂の郷里である梓州の知事）の郭廷謂《かくていい》（九一九～九七二）が当時、既に傷んでいた「趙碑」（第一章第四節冒頭で言及）を再建した事跡が伝わる。(26) 陳子昂の顕彰碑を修復した背景には、彼の旧宅が一種の史跡と化していたことが関わるらしい。それを示す唐末の詩歌が、二首現存する。先に詠まれたのは、劉蛻《りゅうぜい》（八二一頃～八七三以降）の詩である。(27) これに拠ると、「郪中《せいちゅう》」（梓州）に在った劉蛻は、人から借りた陳子昂集を昼夜分かたずに読んで感動した上で、また陳子昂が不遇の中で没したことを悼んだという。この詩の内容をどこまで信じるか難しいところだが、「露碑」（雨曝しになっていた「趙碑」か）の損傷を知って、地元の県知事に手紙を送って碑を覆う屋根まで造らせようとするからには、陳子昂への傾倒も真摯なものだったのかもしれない。(28)

劉蛻と異なって、次に触れる牛嶠《ぎゅうきょう》は射洪県（梓州管下、陳子昂の郷里）まで赴いて作った詩を残している。彼は唐朝滅亡後、前蜀（九〇七～九二五）に仕えたが、この詩は唐の光啓三年（八八七）九月二十六日という制作時を注記に持つ。題目と内容から、牛嶠は陳子昂が勉学したとされる「書台」に登って、そこで杜甫の詩が刻された石を見たと分かる。(29) いずれにもせよ、これらの詩から梓州では陳子昂に因んだ「趙碑」や「書台」が、特に後者は杜甫の詩に見えるためもあって、いわば詩跡めいた扱いを受けていたことが読み取れる。

さて、「趙碑」の整備に続いて、陳子昂に対する宋人の評価を考える上で最も早い資料は、『英華』によるその詩文の採録であろう。五代（九〇七～九六〇）以前の詩文を収める選集『文苑英華』は、勅命を奉じて編纂が始まった。雍熙三年（九八六）に成った全千巻の同書は、作者約二二〇〇人、二万首近い作品を収録する。唐人の詩歌・文章がそこに占める割合は高い。(30) 陳集に収める彼の文章（詩と一体の序を除く）は百六篇、うち『英華』は実に六九篇を採録する。(31) 詩歌はといえば、こちらは陳集に見えるのが一二一首で、『英華』所載作品は四九首である。同書が唐代の詩文を選録する状況の一端を示す文章を、次に掲げておく。

この時、印刷された本はひどく少なかった。韓愈・柳宗元・元稹・白居易の作品であっても、なおさほどは流伝していなかった。その他の陳子昂・張説・張九齢・李翺《りこう》（七七四〜八三六）など名士らの文集は、世間では特に珍しかった。だから（『英華』の）編纂官は柳宗元・白居易・権徳輿《けんとくよ》（七六一〜八一八）・李商隠（八一三？〜八五八）・顧雲・羅隠《らいん》（八三三〜九一〇）のともがらについては、全作品を取り込むこともあった。(32)

完成後二百年以上を経て、南宋（一一二七〜一二七六）の嘉泰四年（一二〇四）に初めて『英華』が印刷に附される際に、周必大（一一二六〜一二〇四）が著した序文の一節である。「この時」（原文「是時」）以下が『英華』編纂時の実状を伝えたものか、周必大自身の推測を述べたものか、そこには疑問が残る。だが、『英華』の中に名を列する者のうち何人かの詩文が、五代の戦乱から間も無い文献の獲得が難しかった当時としては、実際に集め得る全作品だった可能性は充分にある。作品の収集が簡単でなかった割に、陳子昂の詩歌・文章は、極めて多く採られている。ここには文献の保存に懸ける使命感以外に、唐代以来続く彼の文学に対する低くない評価を、『英華』の編纂者も無批判に受け入れた様子が見て取れる。

『英華』の高い採録率を考えるにつけ、やや奇妙に思われるのは、「感遇」詩三十八首が一首もそこに見えないことである。それには代表作で人口に膾炙していたから採る必要を認めなかった、また編纂者の不注意による漏収、乃至は現行本『英華』の誤脱といった理由が考えられる。あるいは詩文をまず文体別に分かった上で、主題別に配する同書が「感遇」を収めるのに相応しい部立てを欠くからだとの意見も出ている。(33)ただし北宋前期にも、編者による序文を次に引く『唐文粋』のように、「感遇」全首を採る選集も存在した。

唐朝三百年は、文によって天下を治めた。陳子昂は四川（の地）より起って、（『詩』）国風や大・小雅（のような文学）を初めて振るい起こした。これより沈佺期《しんせんき》・宋之問《そうしもん》が継いで興り、李白・杜甫が抜きん出て、（『詩』の）根本である精神が、（文学における）最高の道（と認められるよう）に一気に変わった(34)。

同じ文章で姚鉉《ようげん》（九六八～一〇二〇）は『唐文粋』の編纂には十年を要したと記す。その成立は、大中祥符四年（一〇一一）のことである。ここに引いた部分に先立って姚鉉は古代に始まる文学が魏晋より衰えた状況を、この後に続く部分では主に古文家らによって文学が復興した様子を描く。これが唐代古文家の文論、即ち文学史を隆盛期（古代から漢魏まで）、衰退期（南北朝）、復興期（唐代）と捉える、を踏まえていることは明らかだろう。そうである以上、古文の書き手が多く賛辞を呈した陳子昂を、姚鉉が重く扱うのも当然であった。

『唐文粋』百巻は、唐人の詩文二千篇以上を収録する。うち陳子昂の文章は七篇（『英華』との重複は六篇）、詩は四五首（同じく重複は二首）を占める。同書巻十八には「感寓」という部立てまで設けられ、陳子昂の「感寓」（感遇）詩三十八首を筆頭に張九齢らが作った同題の詩（前章第四節、表2-1に挙げる）や司空図と孫郃の擬作（前節、表3-1の3・4・6）等を収める。『唐文粋』の序に見える姚鉉の文学史観や「古風で雅やか」（原文「古雅」）か否かという作品選録基準からいっても(35)、古え振りをもって称された陳子昂の作品を多く採るのは、必然の結果だった。これほど明らかではなくても、その文学に注目した者は、他にもいたと思しい。北宋初めの文壇で重きをなした王禹偁《おううしょう》（九五四～一〇〇一）は、自作にこう記す。

『甘棠集』という新しい作品集（の中身）は雅な言葉ばかりで、陳や杜が（文学の）根源を目指したのと見紛うばかりだ(36)。

孫僅《そんきん》（九六九～一〇一七）の詩文集『甘棠集』（散逸）を褒めるこの二句を含む詩が詠まれたのは、淳化二年

（九九一）のことだった[37]。「陳や杜」（原文「陳杜」）の語は前章「はじめに」で引いた白居易の作品にも見え、その原注に拠れば陳子昂と杜甫を指す。白居易が他の詩でも彼ら二人を併称していたことも、同じ箇所で触れた（第二章「はじめに」、注5（b）と（a）、（c））。

王禹偁は詩において白居易を、後には杜甫を尊崇したという[38]。それを思うと、この詩に見える「杜」が杜甫を指すことは、容易に想像できる。あるいは、白居易の例を援用すれば、「陳」は陳子昂を意味するとは考えられまいか。この推測が正しければ、少なくとも王禹偁や彼の周囲で陳子昂は一定の評価を受けたものと思われる。それというのは、自らが価値を見出さない文学者を、他者の文才を称える詩の中で、褒辞に使うとは考え難いからである。

資料不足のために、宋初の陳子昂観については不明確な点が多い。だが、本節で挙げた諸資料から窺う限り、唐代の高評価が受け継がれていたと想像して、まず差し支えなかろう。

第三節　『新唐書』による酷評――『旧唐書』との比較を通して

没後、間も無くより否定的な批評とは縁遠かった陳子昂とその文学だが、北宋も中頃となって、厳しい評価を下す伝記が現れる。『新唐書』巻百七「陳子昂伝」（以下「新伝」と呼ぶ）が、それである。本節では「新伝」の分析を通して、宋代における彼への評価について、さらに検討を試みる。この際、同一人を扱うのだから事跡の記述に大差こそ無いが、『旧唐書』巻百九十中「文苑伝中・陳子昂」（以下「旧伝」と呼ぶ）は格好な比較の対象となるだろう。

唐代を対象とした第一の正史（王朝公認の史書）『旧唐書』は、後晋の天福六年（九四一）二月から開運二年

表3-2　史書に引用される陳子昂の文章

	表題／書名	陳集	旧唐書	冊府元亀	新唐書	資治通鑑
1	諫霊駕入京書	9 /1538	旧伝 /1432		新伝 /395	
2	諫政理書	9 /2360		604/181	新伝 /770	
3	上軍国利害事三条	8 /2220		532/363	新伝 /586	685/205
4	上西蕃辺州安危事三条	8 /1897			新伝 /662	
5	諫用刑書	9 /1740	刑法志 /1588			686/433
6	諫雅州討生羌書	9 /1177	旧伝 /1160		新伝 /605	688/351
7	荅制問事八条	8 /2814			新伝 /764	689/19
8	諫刑書	9 /1080				689/252
9	上軍国機要事八条	8 /1630				696/98
10	復讎議状	7 /506			孝友伝 /281	

「/」の前の数字はその文章を収める巻次（陳集、冊府元亀）、箇所（新旧両唐書）、西暦年（資治通鑑）を、後の数字は収録字数を示す。

（九四五）六月に懸けて編まれた(39)。これに遅れること百年、北宋の慶暦五年（一〇四五）五月に新しく同じ時代を描く正史として『新唐書』の編纂が開始された。完成後、同書が進上されたのは嘉祐五年（一〇六〇）七月のことである(40)。両書が各々含む「旧伝」と「新伝」の大きな差異の一つに後者が前者よりも陳子昂の文章、それも政治的な上書を多く引用する点が挙げられる。先行研究(41)を一部増補した、表3-2を見られたい。

全体として『旧唐書』よりも記述を簡略化し、文献の引用も少ない『新唐書』(42)に在って、こうも上書の採録が増えた陳子昂は異例の存在である。一見、「新伝」は彼を高く買うかのようだ。それだけに、次に引く「新伝」の賛（伝記の総論）には違和感を覚えざるを得ない。

賛にいう、子昂は明堂《めいどう》（伝説上の聖天子が政務を執った建造物）・太学《たいがく》（官立の最高学府）を興すよう（則天武后に）説いたが、その言葉は甚だ気高いにせよ、全くお笑い種だ。武后は威権を盗んで、大臣・皇室を誅殺し、成年の君主を脅して無理やりにその権力を奪った。子昂ときたら王者の（政治）術でもって彼女に勧め、あげくには婦人に嘲り馬鹿にされて用いられず、（これは貴重な）玉器を後宮に進めながら、化粧品の脂気でそれを汚す（ようなものだ）といえるだろう。盲人は泰山が見えず、聾者は轟く雷が聞こえないが、子昂は（自身の）言葉に対して、聞こえていないということか。(43)

「新伝」末尾に置く賛の全文を引いた。徹頭徹尾、陳子昂への批判といってよい。かくも激しい言葉の理由は何か。まず南宋・葉適《しょうせき》（一一五〇～一二二三）の言葉を聞いておこう。

『旧唐書』は陳子昂の伝を「文苑伝」に入れ、その作品は上書二篇を載せるのみだが、『新唐書』は別に伝を作って、作品を殊に多く載せ、さらに「徐陵・庾信《ゆしん》の文体を改め、初めて（古代の文学が持つ）気高い正しさを求めた」といい、また「（陳子昂が勉強した）学堂は今に至るもまだ存する」という。韓愈たちの言葉に拠って、唐の古文の起点として彼を重く見たからであろう。しかし傅奕《ふえき》・呂才《りょさい》と同列にして一つの伝に入れたのは、不適切も甚だしく、またその「（女性の）武后に明堂・太学を興すことを勧めたのは、玉器を後宮に進めながら、化粧品の脂気でそれを汚すものだ」と嘲笑ったのは、軽侮すること甚だしい。聖賢のみが自ずと出処を弁えているのであり、その他（の聖賢ならざる者）は時代によって各々巡り合わせに引かれ（て行動を束縛され）るものだ。例えば子昂は一貫して武后一筋なだけで、その思うところを吐露し、その学ぶところに素直なので、そうするしかなかったのであり、（これを）悪くいうわけにはいかない。(44)

「旧伝」が官人として傑出した業績の無い文学者の伝記をおしなべて収める「文苑伝」の一部でしかないのに対して、三人で一巻の紙幅を与えた上に、多数の作品を引用する「新伝」は陳子昂を重視しているという、この葉適の分析には確かに頷けよう。「徐陵・庾信」云々と陳子昂の文学を高く評価したこと、(45)かかる観点が韓愈らの見解（前章「はじめに」所掲）に基づくことも、またそのとおりだろう。即ち、「新伝」は陳子昂の文学的な意義は大いに認めるわけである。[46] 彼に向けられた批判の矛先は、二つの事柄に明らかだと葉適はいう。

第一に、同じ『新唐書』巻百七で扱われるのが傅奕と呂才ということが、それである。両人と同じく『旧唐書』巻七十九に伝記を収められる人物は、みな天文や暦算の専門家だった。[47]『旧唐書』が「文苑伝」中の人として扱った陳子昂のために、『新唐書』は独自の列伝を立てたわけだが、そこには彼を評価すると同時に、実は侮蔑の意も含まれていた。活動時期が重ならない陳子昂（六五九～七〇〇）を、行政能力ではなく技芸で仕官した傅奕（五五五～六三九）や呂才（?～六六五）と同じ巻に入れた態度は、そう解釈されるべきではないか。

次に疑問視されるのが、先にも挙げたその賛である。葉適の指摘どおり、「新伝」による陳子昂批判は彼の人間性、即ち唐室を奪った女帝「武后」に伝説上の天子が用いた施策に倣うように勧めて容れられず、[48] 不遇なまま没した処世を対象とする。「新伝」が彼の上書を多く載せる背景には、史料的価値を認める一方で、相応しくない（と「新伝」執筆者が考えた）相手に帝王の政治術を説いた生き方を浮き彫りにする意図があったのだろう。これに対して、葉適は時代環境を考慮して、則天武后への忠誠心を汲むべきと擁護論を唱えたわけだ。

附言すると、この賛は同じ巻に事跡を記され、本来は併せて論じられるべき傅奕と呂才には、全く言及しない。これが流伝の過程で起こった脱落ではなく、元からこうだったならば、陳子昂への批判意識はより明瞭なものとなる。実は、「新伝」の陳子昂観について、『新唐書』の編纂経緯を知り得た人物自身の証言が伝わっている。以下に挙げる文章に、それは見える。

庚子（の年）の秋、共同で詔を受けて新たな唐書を校正したが、この史書は伯玉を傅奕・呂才と同じ伝に入れ、伯玉が「王者の（政治）術を武曌《ぶしょう》（武后）に説いた」といい、それで賛で「子昂は（自身の）言葉に対して、聞こえていないということか」と貶めているのを見た。ああ甚だしいことだ、伯玉が「政理書」（注48）を作った本心を（「新伝」の執筆者は）分かっていないのである。明堂・太学は、古えの帝王が教化を押し広げるための場所であり、学問を尊び治世に巧みな君主でないのにこれを興せば、その行動に相応しくないと恥じるものだ。何故に奢侈で善悪を弁じない、陰険酷薄で害毒の甚だしい婦人（武后）が興すに相応しいだろうか。（「諫政理書」は）事柄にかこつけて奸物を戒め、文章を作って僭上の沙汰を矯めようとしたもので、伯玉の言葉の真意はそこに在る。かの傅奕・呂才といった者は、元々天文暦数・方術技芸の書物を好み、ほぼ事の本質に心配りできるが、専ら書物の上の知識に努め、不急の学問をなすだけで、どうして伯玉を彼らの仲間に引き込めようか。杜子美（杜甫）・韓退之（韓愈）は、唐の偉人である。杜はいった、「変わらぬ忠義の名と、遺篇「感遇」詩（で陳子昂は世に名高い）」と。韓はいった、「唐代に文学は盛んになり、陳子昂はそのうちで最初に飛び抜けた存在でした」と。伯玉を彼らはこれほど尊重するのに、後人が私見でいきなりそれを抑えるとは、人の評価として、誠に（真実とは）懸け離れたものがある。当時（その不適切を）朝廷に具申しようとしたが、偶々地方官に任ぜられて果たせなかった。(49)

「庚子」の年（一〇六〇）、執筆者の文同《ぶんどう》（一〇一八～一〇七九）が完成直後の『新唐書』を校正した際の経験が綴られる。(50)この文章は嘉祐八年（一〇六三）春、陳子昂（字は伯玉）の読書堂（第二節、注29）があった土地に、あずまやが建てられた記念として著された。(51)ここでは杜甫や韓愈が残した言葉の権威を借りた陳子昂擁護論が示される。撰述動機は地元での陳子昂顕彰で、文同自身も永泰（射洪と同じ梓州管下）の出身である。ここには郷土愛や「新伝」の陳子昂酷評を見過ごしたことへの地元に対する弁明の要素が含まれていよう。だが、「新伝」の陳子昂観が当時の知識人に一般的な認識と決して等しくなかったことは事実だろう。

それというのは、『新唐書』編纂の中核を担い、文学を含む多方面で北宋屈指の文化人だった欧陽脩（一〇〇七〜一〇七二）[52]に次のような言説が伝わるからだ。

そもそも詩というのは、音楽の末裔だろうか。漢代の蘇武・李陵、魏の曹植・劉楨はその（詩の）正統を得た。宋・斉以降（の詩）は、浮ついて締まりが無くなった。唐の時代、陳子昂、李白・杜甫、沈佺期・宋之問、王維のともがらは、質樸・古風であっさりした調子を持ち味としたり、穏健で高く伸びやかな節回しを持ち味にしたりした。[53]

この後に、北宋有数の詩人である梅堯臣《ばいぎょうしん》（一〇〇二〜一〇六〇）が（古代の雅楽より精神を受け継ぐ）詩歌の正しい在り方を我が物にしている旨の記述が続く。欧陽脩は親友である梅堯臣の詩才を賛嘆して止まず、ここに挙げた文章も彼を称えることを主題とする。それにしても五言詩の開祖とされてきた蘇武（?〜前七四）と李陵（?〜前六〇）を初めとした漢魏の詩人から、南朝での低調、陳子昂らの活躍と相変わらず唐代までの詩歌史を三つに分ける視点が見て取れる。表題に附す注に拠れば、これが書かれたのは、明道元年（一〇三二）のことだという。『新唐書』の編纂開始より十年以上前ではあるが、欧陽脩やその周囲における陳子昂に向けた評価も、決して低くなかったと考えられる。

「新伝」の執筆者が『新唐書』編纂者の誰なのか、それは定かではない。ただ、ここに引いた欧陽脩の言葉を見るにつけ、唐代を代表する文学者（少なくとも詩人）の一人に陳子昂を数える、本章で見てきた評価は、同書の編纂者らも意識していたらしい。「新伝」の酷評はやはり彼の人格が対象であって、例えば同伝の中に見える次の一節にもそれは明らかだ。

武后が皇帝を称して、国号を周に改めると、陳子昂は「（大）周受命頌」を奉ってそれで武后にへつらい機嫌を取った。[54]

「大周受命頌」は唐朝の皇太后だった則天武后が皇帝に即位し、新王朝の周（武周）を建てた際（六九〇）、陳子昂が彼女に捧げた全四首の頌（この場合は武后の創業を称える韻文）である。[55]太学・明堂の造営を建議し（注48）、女帝の登場を祝う文章を著す、つまり武周政権への積極的な関与と受け取られる行為こそ、「新伝」が彼を批判する理由だった。ただ、それならば宋人を俟たずとも、これらの事跡に関する知識を持つ唐人とて存在しただろう。文同や葉適が違和感を覚えた点（注49・44）から見て、陳子昂を酷評する記述は、「新伝」が最初か、ごく早いものだったらしい。唐代にはその人格面を攻撃されなかった陳子昂が、なぜ北宋中頃にこのような評価を受けるに至ったのか。以下に、それを考えてみる。

武周政権は武后が退位させられる形で、終焉を迎える（七〇五）。そして唐王朝は復活し、なお二百年の長きに渉って、中国を支配することになる。結果として、武周は正統な王朝に数えられることは無かった。だが、唐朝の帝位は則天武后の実子である皇帝・睿宗《えいそう》（六六二〜七一六）の子孫（例えば彼女の孫で睿宗の三男である玄宗など）が代々受け継いでいく。

このような条件下で、武后を簒奪者として公然と批判することは難しかっただろう。彼女が唐を簒奪したと指弾すれば、それは皇室李氏（即ち彼女の子孫）の祖先に対する不敬ともなりかねないからだ。[56]また、武周に仕えた事実が、非難の対象になるはずも無かった。古来の貴族にせよ、新興士族層にせよ、官僚を出す階層は、武后執政期の前後で決定的に変化したわけではない。非正統王朝の官職に就いたからといって、武周期の廷臣を攻撃することは、唐代の士人にとって自らの、乃至は時の権力者の祖先を弾劾する行為に他ならない。

この状況は、宋代にどう変化したか。宋人からすれば、簒奪者かつ女性の主権者である武后を批判するという行為に、特段の制約は無い[57]。また唐代の史料を多く改変せずに四年強で編まれた五代の『旧唐書』に比べると、編纂に十五年の歳月を費やした宋代の『新唐書』は、大義名分にこだわる姿勢を鮮明にする[58]。「旧伝」と「新伝」の陳子昂観が極めて異なる理由は、これと大きく関わるだろう。もちろん、『新唐書』とても武后期の朝臣全てに、批判を展開するわけではない。だが、陳子昂の場合、唐代には批判材料とならなかった「政治について諫める書」(「諫政理書」)や「大周受命頌」(注48・54)等の「物証」が残っていた。文学だけでなく人間の全体像を描くことが建前の史書において、これらの作品に基づいて、則天武后との関わりを強調されることになってしまった。必然的に、それは従来の人物評価と落差が大きいものだった。

逆にいえば、武周政権への関与が不問に附された唐代において、陳子昂に人格的な非難を受ける要素は無かったと見える。彼と同じ時期に活動した有力な文学者が概ね人品を批判された事実は、前章第六節で論述した。盛・中唐期に、唐代文学最初の革新者として彼が選ばれる際、やはりこれは有利に働いたと思しい。この上に考えるべきは、「新伝」のような陳子昂観は彼の詩文に対する認識にも関係したか、という点だろう。それを示すだろう材料も伝わるが(「おわりに」、注83で言及する)、次節では文学自体に向けた評価にひとまず話題を戻したい。

第四節　北宋中後期における陳子昂の文学に対する評価

まず『英華』や『唐文粋』以降、北宋に編まれた選集における陳子昂作品の採録状況を確認しておく。現存の選集では、郭茂倩《かくもせん》輯『楽府詩集』と蒲積中《ほせきちゅう》輯『古今歳時雑詠』が彼の詩を収める。蒲積中は南宋の人物だが、『古今歳時雑詠』は北宋・宋綬（九九一～一〇四〇）*輯『歳時雑詠』を藍本とする。『古今歳時雑詠』の詩歌選録は、宋綬のそれを受け継ぐのだろう。陳子昂の詩は、総て五首が同書に採録される。ただ、『古今歳時雑詠』は佳節（元日・立春・端午など）を主題とする詩のみ集めた特殊な文献である。[59] 従って楽府（民間歌謡とそれを模した作品）だけ収める『楽府詩集』[60]と同様、ここから特定の文学観は見出し難い。また、詩評もごく寥々たるもので、具体的な作品に対する言及は、次の一例に尽きる。

陳子昂はいう、「中山の宰相は、なんと子鹿を逃がした者に我が息子を託した」と。子鹿を逃がしたのは、元々秦《しん》西巴《せいは》、（即ち中山ではなく春秋時代・魯の重臣）孟孫氏の臣下であり、これを「中山」というのは、やはり誤っている。[61]

劉攽《りゅうはん》（一〇二三～一〇八九）が自著の詩話で引く「中山の宰相」云々の二句は、「感遇」四（陳集巻一）の中に見える。主君の孟孫氏が狩猟で得た子鹿を哀れんで逃がした秦西巴に、孟孫氏がかえって息子の教育を委ねた故事は『韓非子』「説林」上に見える。これを「中山」と関連付けるのは『韓非子』と「感遇」四の先立つ部分に中山を攻めた魏の武将である楽羊《がくよう》の名が表れており、それと混同したことによろう。つまり、これは陳子昂による典故誤用の指摘である。興味深いことに、北宋後期の詩人として著名な陳師道（一〇五三～一一〇二）*も、書簡の中で同じく「中山」と「放麑」（鹿を逃がす）を結び付けた誤りを犯している。[62]

この事実は、早く南宋の葛立方《かつりつぽう》（?～一一六四）が指摘する。[63] これが『韓非子』自体ではなく陳子昂の作品に起因した誤りだったならば、北宋後期にも「感遇」詩がなお読まれていた証拠と見做せる。第一節、表3-1に続き、北宋に作られた「感遇」詩を表3-3にまとめておく。

4や9は五言古詩の連作であり、陳子昂の「感遇」詩三十八首と同じ形式を取る。また2の作者である梅

表3－3　「感遇」という言葉を表題に含み作者が特定可能な北宋の詩歌

	作者	活動年代	詩題	詩体	出典（典拠）	
1	田錫	940-1003	升平感遇詩二十章	七言？	続資治通鑑長編22原注	残
2	梅尭臣	1002-1060	感遇	五言古詩	宛陵先生集4	存
3	欧陽脩	1007-1072	太傅……感遇……	七言律詩	欧陽文忠公集56	存
4	釈契嵩	1007-1072	感遇九首	五言古詩	鐔津文集20	存
5	司馬光	1019-1086	王書記……感遇	雑言体	温国文正司馬公集3	存
6	宋堂	-1056-	感遇	不明	続資治通鑑長編184	佚
7	程之才	1056-1063進士	感遇	不明	8の詩題	佚
8	馮山	？-1094	和程之才正輔感遇	五言古詩	馮安岳集1	存
9	張耒	1054-1114	感遇二十五首	五言古詩	柯山集拾遺1	存

尭臣は、確実に陳子昂の「感遇」詩を読んでいた[64]。他の現存作品もそれと分からぬ抽象的な言葉を用いて人の運命を述べる点は、陳の「感遇」の流れを引いていよう。さらに、6の存在を示す資料には、双流《そうりゅう》（現四川省）出身の宋堂に関する次の記述がある。

辛未、在野の宋堂が国子四門助教となった。堂は、双流の人だ。勝手気ままなたちで、生活のための仕事に携わらなかった。陳子昂（の作品）に模して「感遇」詩を作り、それで皇帝による後継者冊立（北宋の仁宗には皇子がいなかった）の件を諷刺した[65]。

宋堂は陳子昂と同じく、蜀の人である。陳子昂への思い入れは他郷の出身者より強かったと思しい。それはともかく、ここに引く記録から、次の事実は読み取れよう。即ち、北宋期もなお唐代と同様（前章「はじめに」、注7、第四節、注43）、「感遇」の詩題は諷刺の意を含むと認識されていたことである。そうであればこそ、宋堂は皇位継承者選定という複雑な問題を詠う詩を「感遇」と題したと思しい。彼が時局に留意した人物という点（注65）も、この推測を裏付けるだろう。

だが、北宋の「感遇」詩と陳子昂のそれとの間には、相違点も存する。例えば3と5を見てみよう。表3-3で省略した正確な詩題[66]に拠れば、3は表題にいう「太傅相公」が天子の恩に感じる思いを詠った作品、5は「王書記」の恐らく「感遇」と題する作品への返歌である。前者の「感遇」は恩遇に感じ入るの意であり、後者も己の心境を詠うわけではなく、陳子昂の「感遇」詩とは趣を殊にする。そもそも北宋初めには1のような「升平」、つまり平和へと向かう時代を称える「感遇」詩が現れていた[67]。南宋以降でも、「感遇」の用例は乏しくない。だが、それらの中には、贈答・慶祝の詩の題目や知遇に感謝する文脈での使用も数多い。その一方で、陳子昂が詩歌史上に果たした役割を評価する詩論家は、北宋末にも存在した。

> 律詩は声律（上の規則）にかかずらい、古詩は語句にかかずらい、そのため（読者に）詩意が伝わらない。そもそも行《こう》（歌行。歌謡のこと）というものは、その詩意を伝えようとするだけであって、例えるならば古文でありながら押韻しているだけなのだ。唐の陳子昂が南朝の詩風を一気に転じさせると、行が世に現れたが、作り手たちでその（正しい作詩）法を守って、文学の主旨を失わないのは、杜子美や李長吉だけだ[68]。

仏僧でもある恵《え》洪覚範《こうかくはん》（一〇七一～一一二八）の説を引用した。恵洪はどのような意味で陳子昂を「歌行」体に関連付けたのか、また杜甫、字は子美、や李賀（七九一～八一七）、字は長吉、が彼の何を継承したというのか。この一節の論旨は明瞭を欠くのだが、陳子昂による「南朝の詩風」（原文「江左之體」）の急激な止揚という現象の存在を認めたことは、盧蔵用[69]や古文家の文論、唐末の文学論（前章第三節、本章第一節）の系譜に列なる。ただ、恵洪が陳子昂に認めたのは、歌行という一詩体の登場を誘った役割に過ぎない。盧蔵用や古文家が託した文学全体の復興者という地位が宋代以降、彼に与えられることは、もはや無かった。陳子昂の作品をそう意識しない「感遇」詩が作られた事実（前掲表3-3）を一種の象徴として、彼が文学史に占め

る地位は唐人の認識に比べれば、格段の差を示すことになる。(70)

この落差は、何に起因するのか。結局、それは彼が唐代全期を代表する文学者ではないという、ごく単純な事実が明らかになった点が大きい。北宋中期、古文は知識人が用いる文体の主流に位置するようになる。その際に唐の文章家で規範と仰がれたのは、韓愈と柳宗元だった。同じ頃、詩歌では杜甫の声価が急上昇し、李白と同等以上の地位を確保した。中唐以降では白居易の名声は、一貫して揺るがぬものがあった。詩文集の刊刻、選集への作品採録、注釈の撰述や詩話などでの言及と、これらの文学者が評価された印が堆積していく。(71)その質量共に豊かな文学上の成果を前にすれば、宋人にとって陳子昂の詩文など色褪せて見えたことだろう。だが、唐代を通じ彼が保った文名の高さが、北宋に至ってこう脆くも瓦解した理由は、果たしてそれだけなのか。次にこの問題を分析しながら、本章の結論を述べたい。

おわりに

まず、韓愈の文章に王儔《おうとう》（南宋前期の人）(72)が附した注釈から、一節を挙げておく。ここでは陳子昂への評価を分析した箇所が注目される。なお文中の「公」は、韓愈のことを指す。

公は（人の）文章をあまり認めないが、漢・唐（の文学）を論じる際は、二人（司馬相如と陳子昂）を必ず（各々の）旗頭とする。ただ史家が子昂に一銭の値打ちも無いと謗るのは、どうしたことか。（史書は）武后に明堂・太学を興すように説いて、（結局は）后から嘲り馬鹿にされたと述べるに過ぎない。（史家は）孟子も戦国時代に（陳子昂と同じく権力者に）自説を述べた事跡を目にしていないということなのだろうか。(73)

第二章冒頭に引く「孟東野を送る序」、「士を薦む」詩（前章「はじめに」、注1）を題材に、王儔は韓愈が陳子昂を初唐の文学者では例外的に評価していたことを指摘する。明堂などの創建を説きながら、軽んじられたという陳子昂への批判は、「新伝」のそれを指す（第三節、注43）。

前章第五節の末尾で、韓愈が陳子昂を唐代文学の「旗頭」（原文「稱首」）と捉えたように、幾人もの唐人が彼を唐朝創業後、初めて詩文を復興した人物と論じた動機を推し量った。即ち、第一に先人の名を借りて自らの文学的な主張に箔を付ける、第二に建国以来さほど遅くない時期に文学の頽廃を止めようとした人物を措定して、唐という時代の面目を保とうとしたのである、と。そして第二章第六節で検討したとおり、初唐人の中で最適任者として選ばれたのが陳子昂であった。つまり、唐代特有の事情が、そこには関わっていた。

翻って宋人の事情は、どうであったのか。唐王朝を中心とした文学史観は、彼らにとって束縛となるはずも無い。彼らにしてみれば、唐人が積み重ねた文学上の成果の中から、最も優れ、自説に好都合な作者や作品を選んで賞揚するだけで事足りた。そのような観点から、古文を例に取ると、韓愈より前の陳子昂を含むいわばその前史は、等閑に附されてしまう。

　当節で古文の主唱者とされるのは、韓吏部（韓愈、官は吏部侍郎）だけです。これは唐初の文章には、南朝の淫蕩な様子があり、四子（王勃・楊炯・盧照鄰・駱賓王）の艶麗な趣があったからです。貞元・元和の頃（七八五～八二〇）、吏部は古えの道を初めて唱えましたが、（当時の）人はこれに同調しようとはしませんでした。[74]

北宋初期の王禹偁が後輩に宛てた二通の書簡から引用した。宛先の人物が韓愈の文章を好んだ点から、これらに見える「韓吏部」への敬意は、やや割り引くべきかもしれない。また、古文史上に占める韓愈の突出した地位が定立するまでには、なお曲折があった。だが、北宋中期に決定的となる唐代の文学復興は韓愈らが領導したという観念は、王禹偁が生きた十世紀後半には、既に普及を見ていたのである。[76]陳子昂を祭り上げるべき唐人特有の事情が消失した時代、なぜこの程度の人物を韓愈ほどの大家が称えたのか、宋人には実に不可解に思われたのだろう。先に見た王儔の注釈も「新伝」の酷評に対して、韓愈が認めたことを述べるばかりで、陳子昂を弁護する積極的な理由を見出せなかったようだ（注73）。

文章ならば韓柳、詩歌ならば李杜や白居易が疑い無く代表とされる流れは、陳子昂が唐代に保持した文学史上の権威と存在感を失いゆく過程でもあった。南宋に入って、彼を韓愈らの先駆者と見做したごく稀な文章の一部を、三条に分けて引用する（原文は注78に引く）。

（陳子昂の）文章は太原の盧蔵用に伝わり、蔵用はそれを蘇源明に伝えたが、源明は退之が教えを仰いだ者だ。

この文章は宋初に生きた群小の古文家がもしいなければ、世に知られた北宋中期の欧陽脩による古文の成就も無かったであろうとまず述べた後、話題を唐代に転じる。第一章で見たが、実際には陳子昂と盧蔵用とは友人であって、師弟ではない。また、蘇源明は恐らく韓愈（退之）の誕生前に没しており、両者に直接の師承関係は無かった。ここに見える「文」を伝承した者の系譜を可能な限り決めようとする態度は、「文統」の観念への意識に基づく。それが北宋以来、盛んとなる新しい儒教「道学」において「道」の継承者を定めた「道統」論の影響を受けることは想像に難くない。[77]これに続けて、次の記述がある。

知らない者は退之が唐代に古文を唱導したと考える。知る者は陳（子昂）無しでそれは無理だったと考える。

韓愈の古文提唱も陳子昂抜きにはあり得なかったと、この著者は喝破する。その当否は措くとして、彼は古文家の陳子昂尊崇を認識していたらしい。やや間を置き、文章はこう続く。

そうではあるが、君子が独りで（どこかへ）行ったのでは（その）ともがらがいないし、独り唱ったのでは唱和する者がいないのである。その（陳子昂による古文首唱の）後に（古文普及の動きが）見事に受け継がれたのは、退之の力である。(78)

この文章を著した員興宗《うんこうそう》（?〜一一七〇）は、四川成都の人で、進士科にも及第している（一一五七）。(79)蜀の出身という点では、陳子昂と同郷といえる。それはさておき、「退之の力」で古文が人々の耳目を集めたのは、疑えない事実であろう。その一方で、「知らない者」以下の二文は、唐代の古文興起がどこに由来するか、自分は知っているという彼の自負を感じさせる。しかし、これは同時に十二世紀中頃には、陳子昂が文学に果たしたとされてきた役割が、早くに忘却されて、知る人ぞ知るという知識に化していたことを示すだろう。

南宋以降も、陳子昂への評価は積み上げられていく。簒奪者である武后に仕えたことを捉えて、その非業の最期は唐を創業した皇帝らの祟りによるという極端なもの(80)や、彼を初唐にまで続く頽廃した文学復興の立役者として高く評価するもの(81)がある。また、逆に「新伝」ほどではないが、この人格にしてなぜ唐人がみな彼を褒めたのかという口吻を漏らす者もいれば(82)、人格はさておき韓愈の言葉を根拠として文学には一応の評価を下す者もいた。(83)

しかし、その多くは北宋中期の言説を、大きく外れなかった。即ち、大部分は唐代における第二線級の文学者として陳子昂を評価するか、「感遇」詩など彼の個別作品に対する言及で占められると考えて問題無い。このような状況が、前近代を通じて続いたわけである。

時代によって、ある人物への評価が激変する。歴史上この種の現象は、それこそ枚挙に遑ない。だが、こと陳子昂に向けた評価となると、中国文学史上、最大の動きの一つとされる所謂「古文復興運動」に関わる。ここまでの三章で論じた人物像の形成、名前の意識的な利用、そこに附随する世の潮流への無意識的な便乗などの特殊な事情が、作品への純粋な批評を遥かに超えて、唐代での陳子昂像を大きくした。さらに宋代に至って、今度は特別な必要が無いため、それは真っ当な規模に縮小することになる。時代が二十世紀に下ると、文学史家の考証を経て、韓愈らの陳子昂賞揚は、再び注目を集め始める（序章第六節、注15）。前近代を通じて、ほとんど顧みられなかった「修竹篇序」（第一章第二節、注37・41）が唐代の文学理論を語る際に避けて通れない文章になったことなどは、埋もれた材料の発掘ともいえよう。他にも「古文復興運動」の「先達」たり得た理由を陳子昂の実作に見出そうとする研究は、今に至るもなお見られる。だが、理論上の必要性といった諸事情から彼が祭り上げられた側面を顧慮しないこれらの作業は、敢えていえば労多くして功少ないものと称さざるを得ない。

「古文復興運動」の実相へ迫るためには、後世の総括を経た結論に囚われず、各時期における当事者自身の主張を見直す必要があるだろう。唐人と宋人で極端な差異を示す陳子昂の扱いは、その格好な糸口を提供してくれる。唐宋の間における陳子昂観の著しい落差は、単に一文人への評価という個別の事象と捉えるべきではないのである。さらにいうと、人が観念として抱く文学史が時代の要請に従って書き換えられる一つの類型を示す点でも、彼に対する評価の変遷は興味深い。この意味で、前章と本章で試みた長期に渉る陳子昂への評価の検証は「古文復興運動」、また中国の文学史観形成の研究にも必ず寄与し得ると考える。

注

（1）唐・趙璘『因話録』巻一「宮部」
文宗對翰林諸學士、因論前代文章。裴舎人數道陳拾遺名、柳舎人璟目之、裴不覺。上顧柳曰、他字伯玉、亦應呼陳伯玉。

『唐語林』巻三「雅量」は「裴舎人」を「裴舎人素」に、「亦應呼陳伯玉」を「近亦多以字行」に作る。『因話録』の成立年代は不明だが、撰者の趙璘は貞元十八年（八〇二）頃に生まれ、咸通九年（八六八）六月には健在だった。李一飛一九九四参照。柳璟と裴素は開成三年（八三八）十二月十六日に後者が翰林学士に任ぜられてより、同五年（八四〇）正月辛巳の文宗崩御まで一貫して翰林院で同僚だった。『因話録』に見える逸話は、この頃の出来事か。岑仲勉一九四八b、一四四～一四五、一四七～一四八頁〔同二〇〇四b、三〇六～三〇七・三一〇頁〕参照。なお、ここと次注、次々注に掲げる逸話を、本文では要点だけ訳出した。

（2）唐・李冗『独異志』（『太平広記』巻百七十九「貢挙二・陳子昂」所引）
陳子昂、蜀射洪人、十年居京師、不爲人知。時東市有賣胡琴者、其價百萬、日有豪貴傳視、無辨者。子昂突出於衆、謂左右、可輦千緡市之。衆咸驚問曰、何用之。答曰、余善此樂。或有好事者曰、可得一聞乎。答曰、余居宣陽里。指其第處、并具有酒、明日專候。不唯衆君子榮顧、且各宜邀召聞名者齊赴、乃幸遇也。來晨、集者凡百餘人、皆當時重譽之士。子昂大張讌席、具珍羞。食畢、起捧胡琴、當前語曰、蜀人陳子昂有文百軸、馳走京轂、碌碌塵土、不爲人所知。此樂賤工之役、豈愚留心哉。遂擧而棄之。舁文軸兩案、遍贈會者。會既散、一日之内、聲華溢都。時武攸宜爲建安王、辟爲記室。後拜拾遺。歸觀、爲段簡所害。

　諸本共に出典を「獨異記」に作るが、北京燕山出版社会校本の校勘に従う。『独異志』の成立は宣宗即位から黄巣の乱勃発まで（八四六～八七四）のことと思われる。張永欽・侯志明一九八三、一頁参照。

（3）唐・范攄『雲谿友議』巻上「厳黄門」
或謂、章仇兼瓊大夫爲陳拾遺雪獄〔陳晃字子昂〕、高適侍御與王江寧昌齢申冤、當時用爲義士也。

『唐語林』巻四「豪爽」は「陳拾遺」を「陳子昂拾遺」に作り、また「陳晃字子昂」という原注を欠く。ただ、各資料共に陳子昂は諱が「子昂」で字が「伯玉」だと記す。諱が「晃」で「子昂」が字だという記述は、この他には見えない。なお、湯華泉一九九六、二四七～二四八頁〔同二〇〇八、二七八～二八〇頁〕は『雲谿友議』の成立を広明年間（八八〇～八八一）以前のこととする。

（4）「趙碑」（陳集巻十「附録」）
年二十四、文明元年進士、射策高第。其年高宗崩于洛陽宮、靈駕將西歸于乾陵、公乃獻書闕下。天后覽其書而壯之、召見金華殿。因言伯王大略、君臣明道、拜麟臺正字。

「趙碑」については、第一章第四節で言及した。陳子昂が任官した際の年齢には諸説あるが、二十代だったことは間違い無い。

（5）傅璇琮二〇〇三b、三五五～三五六頁参照。

（6）「別伝」（陳集巻十「附録」）第二段
始以豪子、馳俠使氣、年至十七八未知書。
同第六段
剛果強毅、而未嘗忤物。好施輕財、而不求報。
第一章第三節、注48・53を参照されたい。

（7）『唐方鎮年表』六「剣南西川」、嚴耕望一九五六、一二一六、六四一頁。

（8）唐・皮日休「陸魯望昨以五百言見貽過有褒美内揣庸陋弥増愧悚因成一千言上述吾唐文物之盛次叙相得之懽亦迭和之微旨也」（『松陵集』巻一）
射洪陳子昂、其聲亦喧闐。惜哉不得時、將奮猶拘攣。
唐・陸亀蒙「襲美先輩以亀蒙所献五百言既蒙見和復示栄唱至於千字提奨之重蔑有称実再抒鄙懐用伸酬謝」（同巻一）
李杜氣不易、孟陳節難移。
詩題に見える「魯望」は陸亀蒙の、「襲美」は皮日休の字である。皮日休の詩は陸亀蒙「読襄陽耆旧伝因作五百言寄皮襲美」（『松陵集』巻一）への返答、陸亀蒙の詩はさらにそれに対する応答として作られたものだろう。

（9）『松陵集』は数年の間に皮日休・陸亀蒙を含む数人が唱和した詩を収録する。李福標二〇一一、二〇五～二〇六頁は皮陸両人が出会った年（八六九）に前注所掲の作品が著されたとする。

（10）陸亀蒙「読陳拾遺集」（『唐甫里先生文集』巻十二）
蓬顆何時與恨平、蜀江衣帯蜀山輕。尋聞騎士梟黄祖、自是無人祭禰衡。

（11）孫樵「与賈秀才書」（『唐文粋』巻八十四）

文章亦然、所取者廉、其得必多、所取者深、其身必窮。六經作、孔子削迹不粒矣。孟子述子思、坎軻齊魯矣。馬遷以史記禍、班固以西漢禍。楊雄以法言、太玄窮、元結以浯谿碣窮、陳拾遺以感遇詩窮、王勃以宣尼廟碑窮、玉川子以月蝕詩窮。杜甫、李白、王江寧、皆相望於窮者也。

『孫可之文集』巻三は同じ文章を「与賈希逸書」と題する。文中の「馬遷」は司馬遷、「玉川子」は盧仝（号は玉川子）、「王江寧」は王昌齢（官は江寧県令）を指す。「楊雄」は揚雄に同じ。

(12) 陸希声の生没年は王運熙・楊明一九九四、六〇三頁（この箇所は楊氏が執筆）に拠る。

(13) 唐・陸希声「唐太子校書李観文集序」（『唐文粋』巻九十三）

夫文興於唐虞、而隆於周漢。自明帝後、文體寖弱。以至於魏晉、宋齊梁隋、嫣然華媚、無復筋骨。唐興、猶襲隋故態。至天后朝、陳伯玉始復古制、當世高之。雖博雅典實、猶未能全去諧靡。至退之乃大革流弊、落落有老成之風。而元賓則不古不今、卓然自作一體、激揚發越、若絲竹中有金石聲。毎篇得意處、如健馬在御、蹀躞不能止。其所長如此、得不謂之雄文哉。

『李元賓文集』も巻首に「李元賓文集序」と題して同文を収めるが、「自明帝後」を「自漢明帝後」に、「宋齊梁隋」を「宋齊梁陳隋」に、「激揚發越」を「激揚超越」に作る。また「蹀躞不能止」はもと「蹀蹀不能止」に作るが、「李元賓文集序」に拠って改めた。なお、冒頭近くで「自明帝後、文體寖弱」と後漢の前期より文章が衰えたというのは、仏教の中国伝来がその当時で、儒教の精神がそこから廃れたという意を暗に含む。

(14) 唐・顧雲「杜荀鶴文集序」（『杜荀鶴文集』巻首）

公揖生謂曰、聖上嫌文教之未張、思得如高宗朝射洪拾遺陳公（子昂）、作詩出沒二雅、馳驟建安、削苦澀僻碎、略淫靡淺切、破艷冶之堅陣、擒雕巧之酋帥、皆摧撞折角、崩潰解散、掃蕩辭場、廓淸文祲。然後有戴容州、劉隨州、王江寧率其徒揚鞭按轡、相與呵樂、來朝於正道矣。以生詩有陳體、可以潤國風、廣王澤。固擢生以塞詔意、生勉爲中興詩宗。

『英華』巻七百十四にも「唐風集序」と題して同文を収めるが、それに拠って誤字を正した箇所がある。なお、正確にいえば陳子昂が本格的に活動したのは高宗（在位六四九～六八三）の時代ではなく、則天武后が皇太后・皇帝だった時期（六八三～七〇五）の途中までである。

(15) 杜荀鶴の進士及第時期とその際に裴贄が知貢挙だったことは、孟二冬二〇〇三、一〇〇六～一〇〇八、一〇一〇～一〇一一頁参照。

(16) 南宋・厳羽『滄浪詩話』「詩体」

陳拾遺體［陳子昂也］。

詩人の名を冠する詩風を列挙した箇所にこれは見えるが、解説は全く無い。

(17) 唐・王贊「玄英集原序」（『玄英集』巻首）
唐興、其音復振、陳子昂始以骨氣爲主、而寖拘四聲五七字律。建中之後、其詩益善、錢起爲最。杜甫雄鳴於至德、大曆閒、而詩人或不尚之。嗚呼、子美之詩可謂無聲無臭者矣。

『元英先生詩集』巻首に「唐元英先生家集序」と題して同文を収めるが、それに拠って文字を改めた箇所がある。なお、「無聲無臭」は『詩』大雅「文王」の一句で、捉え所も無いほど見事な様をいう。

(18) 「玄英集原序」（同前注）
風雅不主於今之詩、而其流涉賦。今之詩蓋起於漢魏、南齊五代、文愈萎、詩愈麗。陳隋之際、其君自好之、而浮靡涊濃、流於淫樂、故曰音能亡國、信哉。

(19) 唐・裴敬「翰林学士李公墓碑」（『李太白文集』巻一）
唐朝以詩稱、若王江寧、宋考功、韋蘇州、王右丞、杜員外之類。以文稱者、若陳拾遺、蘇司業、元容州、蕭功曹、韓吏部之類。

「王江寧」以下、詩人として列挙されるのは王昌齡・宋之問・韋応物・王維・杜甫、「陳拾遺」以下、文章で名高いというのは陳子昂・蘇源明・元結・蕭穎士・韓愈である。

(20) 唐・顧陶「唐詩類選序」（『英華』巻七百十四）
國朝以來、人多反古、德澤廣被、詩之作者繼出、則有杜李挺生於時、羣才莫得而問。其亞則昌齡、伯玉、雲卿、千運、應物、益適、建況、鵠當、光羲、郊愈、籍合十數子、挺然頽波閒。

「昌齡」以下の列挙される人名は、この文章の原注（引用では省略）に拠れば王昌齡、陳子昂、孟雲卿、沈千運、韋応物、李益・高適、常建・顧況、于鵠・暢当、儲光羲、孟郊・韓愈、張籍・姚合を指す。

(21) 『唐詩類選』に関しては、黒川洋一一九七〇、九三～九六頁〔同一九七七、二四九～二五二頁〕、卞孝萱一九八三〔同二〇一〇b、一四四～一五二頁〕、胡可先一九九〇、三四～三六頁・同一九九三〔同二〇〇三a、一五五～一五七・一六〇～一六四頁〕、陳尚君一九九二、九三～九四頁〔同一九九七、一九三～一九四頁〕、三木雅博二〇〇五、Owen, Stephen. 2007、唐雯二〇一二、二四五～二四六頁、長谷部剛二〇一一、三一～三八頁参照。筆者自身の考え方は、永田知之二〇一四を見られたい。

(22)『琉璃堂墨客図』(『吟窓雑録』巻十六)

詩仙陳子昂　荒唐穆天子、好與白雲期。

『瑠璃台詩人図』(藤原孝範『明文抄』巻三「人倫部」)

陳子昂［詩仙］

『琉璃堂墨客図』は、中和(八八一～八八五)初年には既にある程度の流行を見ていたらしい。現存の断片から見て、同書は徳宗(在位七七九～八〇五)以前の唐代の詩人三二名を「詩仙」などの四級に格付けした上で、各詩人の詩句を附していたと思われる。「詩仙」は陳子昂たち二人のみで、第二級の王昌齢と孟浩然、第三級の李白と王維らを抑えて、堂々の首位を与えられる。なお、「荒唐穆天子」の一聯は「感遇」二十六の冒頭に見える(陳集巻一では「唐」を「哉」に作る)。これに対して『瑠璃台詩人圖』は三六名の詩人(九世紀の人物が最も遅い)を「詩仙」を初めとした六階層に分類するが、「詩仙」は陳子昂だけで、李白は第三層、杜甫と白居易は最下層に過ぎない(品級の名称は第六章第六節、表6-5に挙げる)。これらの詩人番付については卞孝萱一九八六〔同二〇一〇b、一三九～一四四頁〕、金程宇二〇一一、同二〇一二参照。筆者自身の見解は、永田知之二〇一三を見られたい。

(23)唐・孟棨『本事詩』「高逸」

白才逸氣高、與陳拾遺齊名、先後合德。其論詩云、梁陳以來、艷薄斯極。沈休文又尚以聲律、將復古道、非我而誰與。故陳李二集律詩殊少。

『太平広記』巻二百一「才名・李白」に引く『本事詩』では、「與陳拾遺齊名」を「與陳拾遺子昂齊名」に作り、また最後の一文を欠く。

(24)鄺健行一九九五、三三七～三四六頁〔同二〇〇二、七〇～七八頁〕参照。

(25)張祜「叙詩」(『張承吉文集』巻十)

陳隋後諸子、往往沙可披。拾遺昔陳公、強立制頽萎。英華自沈宋、律唱互相維。其間豈無長、聲病爲深宜。江寧王昌齡、名貴人可垂。波瀾到李杜、碧海東瀰瀰。曲江兼在才、善奏珠纍纍。四面近劉復、遠與何相追。邇來韋蘇州、氣韻甚怡怡。伶倫管尚在、此律誰能吹。

中・晩唐を生きた張祜(七九二?～八五三?)が古代からの詩歌史を概観した詩の後半を引いた。「陳隋」の後を承けて、唐の詩人として陳子昂（「陳公」）が最初に挙げられ、彼を文学の復興者と捉えるのは、古文家らの文学史観より影響を受けたものと思われる。

（26） 陳集巻十「附録」

應天廣運聖文神武明道至德仁孝皇帝陛下闡統之九載、威加政和、風淳俗厚。冬十月、詔天下牧守修前代聖帝、功臣、賢士陵墓之毀圮者。斯以崇至仁而修闕典也。化爲異物者、尚藻飾之。縻之好爵者、則亭毒之恩可見矣。廷謂權典是州、亦奉斯命。由是不俟駕而按其部。至獨坐山前、過有唐故右拾遺陳公之墳。嘻、文集之中、嘗飽其詞學志氣矣。下馬一奠、能不悽然。因賦惡詩一章以弔之〔畧曰、魂逐東流水、墳依獨坐山。時同官及僚屬、攻文者甚有繼和〕。封樹茂、不勞增築而加植也。故節度使鮮于公所立旌德之碑。苔蘚侵剝、文字磨滅。因徵舊本、命良工重勒于石。豈祇顯此公之懿行、且欲副吾君褒賢之意云爾。開寶戊辰歳十二月十五日、推誠保節翊戴功臣靜江軍節度觀察留後光祿大夫檢校太傅知梓州軍州事兼御史大夫上柱國太原郡開國侯食邑一千三百戸郭廷謂。

「應天廣運聖文神武明道至德仁孝皇帝」は北宋の太祖を指す。また、『永楽大典』巻三千百三十四「九真・陳・陳子昂」所収の同文などで文字を正した箇所がある。

（27） 陳寅恪一九三九、七・九頁〔同二〇〇一、三五五・三五七頁〕に拠れば劉蛻は八二一年生まれ、八五〇年に進士及第、呉在慶・傅璇琮二〇一二、四一〇～四一一頁に拠ると八七三年以降の数年間に没。

（28） 唐・劉蛻「覧陳拾遺文集」（『永楽大典』巻三千百三十四「九真・陳・陳子昂」所引『潼川志』）

郪中好事人、家藏君十軸。余來多暇日、借得晝夜讀。意氣高於頭、氷霜冷人腹。就中大雅篇、日日吟不足。生遇明皇帝、君臣竟不識。沈湮死下位、我輩更莫卜。射洪客來説、露碑今已踣。剜刓存滅半、勢欲入溝瀆。寓書託宰君、請爲試摩拭。樹之四達地、覆碑高作屋。憤君死後名、再依泥沙辱。世路重富貴、婉娩好眉目。文學如君輩、安得足衣食。不死横路渠、爲幸已多福。我有平生心、推殘不局促。揖君盛年名、萬鐘何足祿。量長復校短、黽脛不願續。悲君涙垂頤、雲山空蜀國。

『永楽大典』では「劉蛻」の名に「東川觀察判官」という官名が冠せられる。従ってこの詩は剣南東川節度使（治所は梓州）の属官だった劉蛻が詠んだと考えられる。陳寅恪一九三九、七・九頁〔同二〇〇一、三五四・三五七頁〕に拠れば、大中二年（八四八）に劉蛻は「梓州兜率寺文銘並序」を著しているので、この詩もその頃の作品か。なお、第二句に「家藏君十軸」とある以上、彼が読んだ「陳拾遺文集」は十巻立てだったと思われる。

（29） 牛嶠「登陳拾遺書台覧杜工部留題慨然成詠」

北廂引危檻、工部曾刻石。辭高謝康樂、吟久驚神魄。拾遺有書堂、荒榛堆瓦礫。二賢閒世生、垂名空烜赫。逸足擬追風、祥鸞已鎩翮。

出典は前注に挙げた劉蛻の詩に同じで、陳子昂に関わる箇所のみ引用した。詩題の「書台」、詩中の「書堂」は杜甫も訪れて詩（「冬到金華山観因得故拾遺陳公学堂遺迹」）を詠んだ陳子昂が学んだ学堂（読書堂）を指すのだろう（前章第二節、注24（b））。
(30)『英華』の内容やその多人数による編纂の経緯については凌朝棟二〇〇五参照。
(31)百六篇というのは、陳集には題目のみあって本文を欠く巻七「餞陳少府（従軍）序」（『英華』巻七百十九）を含んだ数である。また『英華』には陳子昂を作者とする文章が五篇（陳集には見えない）含まれる。
(32)南宋・周必大「文苑英華序」（『平園續稿』巻十五）
是時、印本絶少。雖韓柳元白之文、尚未甚傳。其他如陳子昂、張説、九齡、李翺等諸名士文集、世尤罕見。故脩書官於宗元、居易、權德輿、李商隱、顧雲、羅隱輩、或全卷取入。
(33)凌朝棟二〇〇五、四二～四三頁は漏収の原因を部立ての欠如に求める。
(34)北宋・姚鉉「唐文粋序」（『唐文粋』巻首）
有唐三百年、用文治天下。陳子昂起於庸蜀、始振風雅。繇是沈宋嗣興、李杜傑出、六義四始、一變至道。
(35)「唐文粋序」（『唐文粋』巻首）
以類相從、各分首第門目、止以古雅爲命、不以雕篆爲工。故侈言蔓辭、率皆不取。

『唐文粋』所収の詩歌・文章は古体詩、古文に限られる（今体詩と駢文は採らない）。『唐文粋』の文学観、宋初の文壇におけるその位置は副島一郎一九九三、一〇六～一〇八、同二〇〇四、五一～五四・五六～五七頁（同二〇〇五、四～七・一六一～一六四・一六七～一六八頁）参照。
(36)王禹偁「書孫僅甘棠集後」詩（『王黄州小畜集』巻九）
新集甘棠盡雅言、獨疑陳杜指根源。
(37)徐規二〇〇三、一一〇・一七五頁に拠る。
(38)北宋・蔡啓『蔡寛夫詩話』（『苕渓漁隠叢話』前集巻二十五「王元之」所引）
元之本學白樂天詩、在商州嘗賦春日雜興云、兩株桃杏映籬斜、裝點商州副使家。何事春風容不得、和鶯吹折數枝花。其子嘉祐云、老杜嘗有恰似春風相欺得、夜來吹折數枝花之句、語頗相近。因請易之。王元之忻然曰、吾詩精詣、遂能暗合子美邪。更爲詩曰、本與樂天爲後進、敢期杜甫是前身。卒不復易。

「元々詩歌では白居易（字は楽天）の後輩になろうとしたものが、杜甫が我が先輩になろうとは」といって、杜詩と偶然似通った自作を改めなかったこの逸話が、王禹偁（字は元之）の白居易と杜甫に向けた尊崇をよく象徴する。

(39) 北宋・王溥『五代会要』巻十八「前代史」、『旧五代史』巻七十九「晋書・高祖紀」五、同巻八十四「少帝紀」参照。

(40) 『続資治通鑑長編』巻百五十五・百七十二、「進新修唐書表」（『欧陽文忠公集』巻九十一）題下注に拠る。なお、後者は北宋・曾公亮の名義で書かれているが、実際は『新唐書』の編纂後期に中心的な役割を果たした欧陽脩による代筆である。

(41) 高木重俊一九九五a、一五〜一六頁〔同二〇〇五、二七九〜二八一頁〕。「刑法志」、「孝友伝」はそれぞれ『旧唐書』巻五十、『新唐書』巻百九十五に収める。この他、表中に見える『冊府元亀』、『資治通鑑』は各々大中祥符六年（一〇一三）、元豊七年（一〇八四）に完成した。

(42) 欧陽脩「進新修唐書表」

其事則增於前、其文則省於舊。

出典は注40に挙げる。『旧唐書』に比べて、『新唐書』は掲載する事柄を増やしたが、文章は簡潔にしたことをいう。

(43) 「新伝」

贊曰、子昂説武后興明堂太學、其言甚高、殊可怪笑。后竊威柄、誅大臣、宗室、脅逼長君而奪之權。子昂乃以王者之術勉之、卒爲婦人訕侮不用、可謂薦圭璧於房闥、以脂澤汙漫之也。瞽者不見泰山、聾者不聞震霆、子昂之于言、其聾瞽歟。

因みに、陳子昂の人格的な瑕疵の指摘は、「新伝」以前にも見られる。

「旧伝」

子昂褊躁無威儀、然文詞宏麗、甚爲當時所重。

ただし、これは偏狭で重々しさを欠くという個人的な短所を述べており、しかも後に逆接でその優れた文辞が評価を得ていた旨の記述が続く点で、「新伝」贊の非難とは全く質が異なる。

(44) 葉適『習学記言序目』巻四十一「唐書列伝」

舊史陳子昂入文苑傳、止載諫返葬長安、剪雅州生羌二書、而新史別爲傳、所載甚多、及言變徐庾體、始追雅正、又言學堂至今猶存、蓋用韓愈輩語、以唐古文所起尊異之也。然與傳奕、呂才同列、則不倫甚矣。又嗤其勸武后興明堂太學、薦圭璧於房闔、以脂澤汙漫之、則輕侮甚矣。惟聖賢自爲出處、餘則因時各繫其所逢。如子昂終始一武后爾、吐其所懷、信其所學、不得不然、可無訾也。舊史言子昂父爲縣令段簡所辱、遽還鄉里、簡乃因事收繫獄中、憂憤而卒、而新史乃言父老、表解官歸侍、詔以官歸養、段簡貪暴、聞其富、欲害子昂、家人納錢二十萬緡、簡薄其賂、捕送獄中。子昂名重朝廷、簡何人、猶以二十萬緡爲少而殺之。雖梁冀之惡不過、恐所載兩未眞也。

『習学記言序目』は典籍の内容を考証した随筆集だが、四庫全書本で排印本を改めた箇所が一部ある。本文では、前半を少し省略して訳出した。「舊史言子昂父爲縣令段簡所辱」以降の後半は、新旧両唐書は細部に差こそあれ、いずれも中央官庁の一員で名声を有した陳子昂が、一地方官の段簡によって獄死させられたと記すのは、非合理的だと疑いを投げ掛けている。

(45)「新伝」

唐興、文章徐庾餘風、天下祖尚、子昂始變雅正。……大暦中、東川節度使李叔明爲立旌德碑於梓州、而學堂至今猶存。

徐陵と庾信は盧蔵用「盧序」が陳子昂を褒めるのに先立って南北朝末における文学の頽廃を代表する存在として批判された人物である(第一章第二節、注18)。また、「學堂」(書堂、書台)については、本章、注29を見られたい。

(46) そもそも『新唐書』は『旧唐書』と異なって、韓愈らの文章に古え振りを求める動きを唐代文学の発展過程と捉える見解を、その随処で示している。従って、陳子昂の文学自体は韓愈たちの先駆者として、より高い評価を受けても不思議は無かったといえる。新旧両唐書の文学観は、川合康三一九九八a参照。

(47) 参考　祖孝孫・傅奕らと陳子昂の新旧両唐書における伝記の所在

	旧唐書	新唐書	主な特殊技能
祖孝孫	巻七十九	伝無し(巻二十一「礼楽志」等に散見)	暦算・音楽
傅仁均	同上	巻二百四「方技伝」(李淳風伝に附載)	暦算・推歩
傅奕	同上	巻百七(「傅弈」に作る)	天文暦数
李淳風	同上	巻二百四「方技伝」	天文暦数陰陽
呂才	同上	巻百七	陰陽・方技
陳子昂	巻百九十「文苑伝」	巻百七	

「方技」は幅広く特殊技術を、「推歩」・「陰陽」はこの場合、占術を指す。

(48) 明堂や太学を興すべきという陳子昂の意見は、「諫政理書」(陳集巻九) に見える。

(49) 北宋・文同「射洪県拾遺亭記」(『補続全蜀芸文志』巻二十七)
庚子秋、同被詔校唐書新本、見史第伯玉與傳奕、呂才同傳、謂伯玉以王者之術説武曌、故贊貶之曰、子昂之於言、其聾瞽歟。嗚呼甚哉、其不探伯玉之爲政理書之深意也。明堂大學、在昔帝王所以恢大教化之地、自非右文好治之主爲之、且猶愧無以稱其擧。豈淫艷荒惑、險刻殘詖婦人之所宜興乎。緣事警姦、立文矯僭、伯玉之言有味於其中矣。彼傳呂者、本好曆數才技之書、但能畧顧大體、顓務記覽、以濟其末學、詎可引伯玉而爲之等夷耶。杜子美、韓退之、唐之偉人也。杜云、終古立忠義、感遇有遺編。韓云、國朝盛文章、子昂始高蹈。其推尚伯玉之功也如此、後人或以己見而遽抑之、人之材識、信夫有相絶者矣。同當時嘗欲遽具疏於朝廷、以辨伯玉之不然、會除外官不果。

『重脩潼川州志』巻三十九「芸文志八・記」も、同じ文章を収める。杜甫 (子美) と韓愈 (退之) の詩の引用は第二章「はじめに」注1、第二節、注24 (c) を見られたい。

(50) 北宋・呉縝「新唐書糾謬序」(『新唐書糾謬』巻首)
方新書之來上也、朝廷付裴煜、陳薦、文同、呉申、錢藻使之校勘。

(51) 「射洪県拾遺亭記」
癸卯春、伯玉縣人金華道士喩拱之過門、言其令龐君子明於本觀陳公讀書堂舊基、搆大屋四楹、題之曰拾遺亭。棟宇宏豁、軒楹虛顯、歩倚眺聽、依然風尚、將紀其實、願煩執事。同曰、伯玉、同之郡人也。昔不幸而死於賊簡之手、心嘗悼之矣。今不幸而不得列於佳傳、是故懇懇欲一爲之伸地下之枉爾。記此何敢妄。遂述前事、使揭于亭上、聊以闡獨坐之幽。其山川之勝、登臨之美、今古不易、有子美之詩在焉。

前々注の引用に接続する箇所を挙げた (併せて全文となる)。

(52) 『旧唐書』と同じく、『新唐書』も勅命によって集団で編纂された。注50に引いた「新唐書糾謬序」の別の箇所に拠れば、『新唐書』は本紀・志・表の執筆責任者を欧陽脩が、列伝のそれを宋祁が務めたという。欧陽脩自らは「辞転礼部侍郎劄子」(『欧陽文忠公集』巻九十一) で列伝は宋祁、本紀・志は自身が担当したと記す。また『雲麓漫鈔』巻五では、本紀のみ欧陽脩が担当し、志・表には別に担当者がいたとされる。編纂期間における関係者の変遷は清・銭大昕『修唐書史臣表』に詳しい。

(53) 欧陽脩「書梅聖兪槀後」(『欧陽文忠公集』巻七十三)

蓋詩者、樂之苗裔與。漢之蘇李、魏之曹劉、得其正始。宋齊而下、得其浮淫流佚。唐之時、子昂、李杜、沈宋、王維之徒、或得其淳古淡泊之聲、或得其舒和高暢之節。

(54)「新伝」

后既稱皇帝、改號周、子昂上周受命頌以媚悦后。

なお『歴代名賢確論』巻七十四「則天二・陳子昂」に引く張唐英（一〇二一～一〇七一）の説は恐らくこの箇所を捉えて、陳子昂が「大周受命頌」を奉った本意は唐朝の旧制を改めないように則天武后をそれと無く諫める点に在り、それを批判することは的外れと論じる。因みに、張唐英は蜀州新津の出身で、陳子昂や文同と同じく四川の人である。

(55) 陳集巻七では「大周授命頌幷序」と題するが、同巻に収める「上大周受命頌表」に拠って、「授」を「受」に改めた。

(56) 唐朝は玄宗即位（七一二）以前の詔勅文中では則天武后を唐の皇帝の代数に加えるなどしており、彼女を非正統君主と位置付ける意識は示さない。また、詔勅以外の唐人による記述にも、この傾向は見られる。金子修一二〇〇八、同二〇〇九、六一～七三頁、岑仲勉一九五七、一五六頁参照。

(57) 唐代でも八世紀前半において則天武后が公的に批判されることは無かったが、同じ世紀の後半には史官によって、彼女を正統な君主に位置付けることへの異論が提起される。正統論に基づく、この種の意見は宋代に盛んとなり、武后への歴史家の評価は厳しくなる。小島浩之二〇〇〇参照。

(58) 欧陽脩「進新修唐書表」（『欧陽文忠公集』巻九十一）

至於名篇著目、有革有因、立傳紀實、或增或損、義類凡例、皆有據依。

「義類凡例」云々は『春秋』以来の大義を重んじ、善悪の弁別に厳しい史書の叙述法をいう。黄永年一九八五、四三～四四頁参照。

(59)『古今歳時雑詠』・『歳時雑詠』については横山弘一九七六参照。陳子昂の詩は、同書巻七に「上元夜効小庾体詩」、巻九に「晦日高文学置酒林亭幷序」（もと「林亭」を「外事」に作るが、唐・高正臣輯『高氏三宴詩集』に拠って改めた）と「晦日重宴」、巻十六に「三月三日宴王明府山亭序詩得人字」と「于長史池三日曲水」を収める。先の四首は『高氏三宴詩集』に収めるが陳集には未収で、最後の一首だけ陳集巻二に見える。

(60) 現存する陳子昂の楽府は、極めて少ない。大量の楽府を収める『楽府詩集』を繙いても、巻二十一に収める「出塞」（陳集巻二は「和陸明府贈将軍出塞」と題する）の他に、陳子昂の作品は見られない。なお『楽府詩集』の成立は、遅くても北宋末と考えられる。増田清秀一九五二、六一～六三頁（一九七五、四三三～四三六頁）参照。

(61) 北宋・劉攽『中山詩話』

陳子昂云、吾聞中山相、乃屬放麑翁。放麑、本秦西巴、孟孫氏之臣、謂之中山、亦誤矣。

(62) 陳師道「代謝再授徐州教授啓」（『後山居士文集』巻十二）

又謂中山之相、仁於放麑、亂世之雄、疑於食子。

(63) 葛立方『韻語陽秋』巻六

陳子昂感遇詩云、樂羊爲魏將、食子徇軍功。骨肉且相薄、他人安得忠。又曰、吾聞中山相、乃屬放麑翁。孤獸猶不忍、況以奉君終。一則忍於其子、一則不忍於麑、故魯直懷荊公詩有啜羹不如放麑、樂羊終媿巴西。陳無己啓亦用此事、所謂中山之相、仁於放麑、亂世之雄、疑於食子、是也。然屬麑於秦西巴、孟孫也、非中山相也。子昂徒見樂羊、中山事、遂悞作孟孫用。無己亦遂襲之、魯直以西巴爲巴西、亦誤矣。

『韻語陽秋』の成立は隆興元年（一一六三）のことで（巻首の徐林「韻語陽秋序」に拠る）、文中の「無己」は陳師道の字である。

(64) 「廻陳郎中詩集」（『宛陵先生集』巻九）

嘗観陳伯玉、感遇三十篇。矯矯追古道、粲爾日星懸。

「依韻朱学士廉叔憶潁川西湖春色寄献尚書晏公且将有宛丘之命」（同巻三十二）

廣騒常慕屈、感遇亦希陳。

共に一部だけ引用したが、「感遇」と陳子昂（「陳伯玉」・「陳」）が詠み込まれている。

(65) 『続資治通鑑長編』巻百八十四「仁宗・嘉祐元年十月」条

辛未、草澤宋堂爲國子四門助教。堂、雙流人。性跌宕、不事生業。擬陳子昂作感遇詩、以諷上建儲事。著蒙書數十篇、春秋新意、七蠹、西北民言、頗究時務、數爲近臣所薦。至是、翰林學士趙槩又上其所著書、特錄之。

この「辛未」は、嘉祐元年（一〇五六）十月二十三日を指す。本文では前半を訳出したが、「著蒙書數十篇」以下の後半に見える「頗究時務」は、宋堂が時局に応じて政治上なすべき事柄を意識していたことをいう。

(66) 3は「太傅相公入陪大祀以疾不行聖恩優賢詔書兪允発於感遇紀以嘉篇小子不揆輒亦課成拙悪詩一首」、5は「王書記以近詩三篇相示各撫其意以詩賡之・感遇」と題する。前者は題下注に拠れば、皇祐二年（一〇五〇）の作品である。3の「太傅相公」は宰相だった杜衍と思われるが、5の「王書記」が誰かは特定し難い。

(67)『続資治通鑑長編』巻二十二「太宗・太平興国六年九月庚子」条
先是、中書請以著作郎洪雅田錫爲京西北路轉運判官、錫不樂外職、拜表乞居諫署、且獻升平詩二十章、上悦之。翌日、改授右拾遺、直史館。
　同月壬寅条原注
今別取錫所著咸平集、檢其謝敕書奬諭表、獻宰相書、升平感遇詩參考日月、蓋錫自太平興國五年九月二十三日由著作郎除左拾遺、直史館、至今年八月十五日獻多遜書、九月授河北轉運、十三日入辭、遂上封事。……至是始敢直言、故其升平感遇詩云、皁囊初上聊供職也。
「升平感遇詩」は原注末尾に見える「皁囊初上聊供職」の一句だけが伝わる。引用に続いて、同じ年（九八一）に田錫が皇帝・太宗に直言した記述が見える。ただ原注から「升平（感遇）詩」自体は、太宗に奉られた太平の世を言祝ぐ詩だったと分かる。

(68)北宋・恵洪覚範『天厨禁臠』巻中「遺音句法」
律詩拘於聲律、古詩拘於句語、以是詞不能達。夫謂之行者、達其詞而已、如古文而有韻者耳。唐陳子昂一變江左之體、而歌行暴於世、作者輩能守其法、不失爲文之旨、唯杜子美、李長吉。

(69)盧蔵用「盧序」
宋齊已來、蓋顦顇逶迤、陵頽流靡。……道喪五百歳而得陳君。君諱子昂、字伯玉、蜀人也。崛起江漢、虎視函夏、卓立千古、横制頽波、天下翕然、質文一變。

　詳しくは第一章第二節、注18・22を参照されたい。

(70)文学書以外での言及も、減少する。『経史証類備急本草』（一〇九八頃成立）巻十三「木部中品・仙人杖」に「陳子昂觀玉篇」が引用される。この詩は「観荊玉篇」と題して陳集巻一に収める。ただ、当該の引用は唐・陳蔵器（開元年間の人）『本草拾遺』に基づく可能性がある。そうとすれば、この資料は盛唐期に陳子昂作品が読まれていた一証左となる。

(71)これらの文学者に対する歴代の言及を収録したのが古典文学研究資料彙編である。同シリーズには李白資料彙編（金元明清之部）三冊、杜甫巻（唐宋之部）三冊、韓愈資料彙編四冊、柳宗元巻二冊、白居易巻一冊が収められる。収集の範囲と精度は一様でないが、この冊数だけ見ても、彼らに関する批評が汗牛充棟もただならぬものだったと分かる。裴斐・劉善良一

九九四、華文軒一九六四、呉文治一九八三、呉文治一九六四、陳友琴一九六二参照。
(72) 王儔の事跡は詳らかでないが、劉真倫二〇〇四、八七頁は彼が四川遂寧の人で、乾道年間（一一六五～一一七三）に知楽至県を務めていた可能性を示唆する。そうだとすれば、次注に引く彼の説は南宋前期のものということになる。
(73) 「送孟東野序」補註（『新刊経進詳補註昌黎先生文集』巻十九）
公於文章少所推可、毎論漢唐、必以二人爲稱首。獨史氏毀子昂不直一錢、何哉。不過謂其説武后興明堂、太學、爲后訕侮爾。獨不見孟子陳其説於戰國歟。

前章第五節、注50も見られたい。
(74) 王禹偁「答張扶書」（『王黄州小畜集』巻十八）
近世爲古文之主者、韓吏部而已。
同「再答（張扶書）」（同巻十八）
此蓋唐初之文、有六朝淫風、有四子艶格。至貞元、元和間、吏部首唱古道、人未之從。
後者は自身の好尚に適う文体（古文）を用いた場合、人はそれを否定し、世俗に合わせて文章を著した際に自身はそれを恥じるが、人はそれを好むという韓愈の言葉に触れて、王禹偁自らの文学史観を示したものである。なお徐規二〇〇三、一四七～一四九・一五一頁に拠れば、この二通の手紙は至道元年（九九五）に著されたという。
(75) 北宋で古文が普遍化する過程を扱う著作に祝尚書二〇一二、何寄澎二〇一一がある。
(76) 王禹偁と科挙及第が同期の姚鉉が編んだ選集『唐文粋』は、散文については古文のみ採るが（注35）、そのうち陳子昂の文章は第二節で触れたとおり七篇を占めるのに対して、韓愈と柳宗元の作品は各々五七篇、六〇篇が採録される。二人は陳子昂に比べると、それぞれ約五・七倍、二・三倍の文章を今に伝えるとはいえ、ここでの採録作品数だけで見れば、既に実作への評価も十一世紀初めに韓柳が大きく差を付けていたといえる。
(77) 羅立剛二〇〇五参照。
(78) 南宋・員興宗「陳子昂韓退之策」（『九華集』巻九）
文傳太原盧藏用、藏用傳蘇源明、源明則退之之所師友也。不知者以退之倡古文於唐。知者以爲無陳而無以爲之也。……雖然、君子獨行則無徒也、獨唱則無和也。其後善繼、則退之之力也。

省略箇所（「……」）には道が失われて五百年で陳子昂が現れたという、盧蔵用「盧序」中段（第一章第二節、注22）に基づく記述が見える。

(79)　宝印「祭員興宗文」(『九華集』巻末「九華集附録」)
維皇宋乾道六年歳次庚寅、八月戊申朔、十三日庚申、金山龍遊禪寺持傳法僧寶印謹以香茶、蔬食致祭於近故宮使大著九華子員公之靈。

　この員興宗を祭る文章から、彼は乾道六年(一一七〇)に没したと考えられる。また、次に引く史料で彼と同期の進士とされる王十朋は紹興二十七年(一一五七)の首席及第者である。

『南宋館閣録』巻七「官聯上・著作佐郎・乾道以後十九人」

員興宗[字顯道、成都人、王十朋榜同進士出身、治書。五年十一月除、六年六月知處州]。

(80)　清・王士禛『香祖筆記』巻三
子昂眞無忌憚之小人哉。詩雖美、吾不欲觀之矣。子昂後死貪令段簡之手、殆高祖、太宗之靈假手殛之耳。

(81)　南宋・劉克荘『後村先生大全集』巻百七十三「詩話・前集」
唐初、王楊、沈宋擅名、然不脱齊梁之體。獨陳拾遺首倡高雅冲澹之音、一掃六代之纖弱、趨於黄初、建安矣。太白、韋柳繼出、皆自子昂發之。

(82)　南宋・晁公武『郡斎讀書志』巻十七「集部・別集類上」
陳子昂集十巻　……故雖無風節、而唐之名人無不推之。

(83)　南宋・陳振孫『直斎書録解題』巻十六「集部・別集類上」
陳拾遺集十巻　……子昂爲明堂議、神鳳頌、納忠貢諛於孽后之朝、大節不足言矣。然其詩文在唐初寔首起八代之衰者。韓退之薦士詩言、國朝盛文章、子昂始高蹈、非虚語也。
　「明堂議」は「諫政理書」(注48)、また「神鳳頌」は「大周受命頌」中の一首(注54)を指すが、これらの献呈も「新伝」で批判されたことは第三節で言及した。ここに引いた文章以外に注80・82に挙げた記述も、「新伝」による陳子昂への酷評から影響を受けたものではないか。

第四章　通史から見た唐代の文学史観

——歴史を書く人々

はじめに

中国では、一つの王朝について著された歴史を、「断代史」と称する。その対義語である「通史」という言葉は、現代日本でも一般に用いられる。時代・地域を局限せず時間の流れを追う史書、乃至は歴史記述の方法として使われる「通史」の語の起源は南朝・梁（五〇二～五五七）の時代に編まれた歴史書の題名に求められる。即ち、梁の武帝が呉均《ごきん》に編纂を命じた『通史』がそれである。[1] 武帝は南朝に在っては稀な安定期の君主として、大量の書籍を作らせた。この『通史』もその一種だが、呉均（四六九～五二〇）の没年から見て、武帝（在位五〇二～五四九）の長い治世の前期に、編纂が開始されたと思しい。

各種の資料に拠れば、『通史』は上古の聖天子である三皇から、梁の一つ前の王朝、南斉（四七九～五〇二）までが叙述の対象で、本紀（帝王の年代記）等を備えた紀伝体の形式を取り、武帝自らの筆に成る箇所も含まれる（注1）。最少の説に従っても、四八〇巻という大部の書であった。[2] 恐らくこの分量が理由であろうが、早くも顧野王《こやおう》（五一九～五八一）が『通史』の簡約版と思しき『通史要略』の編著を志した。[3] 実は、『通史』自体も先行する史書の縮約版としての側面を持っており、武帝は『南斉書』を編んだ史家の蕭子顕《しょうしけん》（四八九～五三七）に、「『通史』が完成すれば、多くの史書が用済みになる」と述べている。[4]

時代は遅れるが唐の劉知幾《りゅうちき》が八世紀初頭に著した『史通』にも、『通史』に関わる記述がある。それに拠ると『通史』は、秦帝国（前二二一～前二〇六）以前に関しては、やはり非断代史の『史記』を主な材料として、他の史料をも併せ用いていたという。その上で、漢代（前二〇六～後二二〇）以降については、当該時期の本紀と列伝（個人の伝記）、恐らくは『漢書』から続く断代史のそれを収録する形を取っていたらしい[5]。太古から当時の現代近くまでを包括した点は、伝説的な聖天子の時期から撰者の司馬遷が仕えた前漢・武帝の治世（前一四一～八七）に至る史実を扱う『史記』と異なるところが無い。

ここで、南中国の梁と対峙して、北中国を支配していた北魏（三八六～五三四）に目を転じてみよう。『通史』と同じ時期、北魏の皇族で済陰王の元暉《げんき》（四六五～五一九）は、『科録』と題する文献を編纂させている。『史通』に拠れば、この『科録』は上古から南北朝開始前後を対象とする歴史上の事跡を似通った性格ごとにまとめた一種の通史だったと思われる[6]。六世紀初めに、なぜこのような史書が、南北朝の双方で登場したのだろうか。

王朝の正統性を国内及び敵対する政権に向けて誇示するという意図は、これらの通史が撰述された理由の一つではあろう。現に『通史』は、北方の非漢族政権を正統な王朝と峻別した[7]。しかし、それだけでは当時、正史のような紀伝体の各王朝史ではない歴史書が南北両朝で編まれた原因は説明できない。後漢（二五～二二〇）末の混乱から数えれば約三百年、安定した統一王朝は存在せず、諸政権の交代が相次ぐ。歴史が細切れになる断代史に対して、現代まで続く時間の流れを俯瞰するために、通史は有効な手段だったに違いない。

もとより、前漢の『史記』は別格として、魏晋南北朝時代にも通史は幾つも著されている。ただし、それらの多くは史料上の典拠を得難い太古の記述に重点を置き、撰者自身の時代に及ぶわけではない[8]。散逸してしまったという点では、『通史』と『科録』も、他の魏晋南北朝期に著された通史と異ならないが、現代に近い時代をも扱ったことは重要な差といえる。

さらに唐まで時代が下っても、現存する通史は極度に少ない。それぞれ南朝、北朝を対象として李延寿が編んだ『南史』と『北史』（いずれも六五九年に完成）など初唐の若干例を除いて、虞世南《ぐせいなん》（五五八〜六三八）『帝王略論』（六二七頃）の残巻、[9] 許嵩《きょすう》の『建康実録』（七五六年の序を附す）[10]、馬総《ばそう》（?〜八二三）『通歴』の残欠本[11]が目ぼしいところである。ただ、唐代に著されたが既に散逸した通史は、相当量あったと思しい。[12] また、史書の形は取らずとも、通史的な視座は唐人、それも文学に携わる者と決して縁遠い存在ではなかった。

唐代の文学批評史の研究で、史学と文学の間に密接な関連を見出した先達として、羅根沢氏の名が挙げられる。羅氏は（a）唐初に編まれた南北朝を対象とする正史、（b）正史で文学者の伝記をまとめた「文学（文苑）伝」乃至それに準ずる部分の議論、（c）史学理論・批評の専門書である『史通』を主な材料として、史学と文学との関わりを論じられた。[13] 通史の視座と文学の関係は、（b）にとりわけ顕著である。文学史を回顧する過程で、その正史が扱う時代を超えた記述が、そこには往々にして見られる。これは唐以前の「宋書謝霊運伝論」が当時における文学の全史を論じたことを嚆矢とする（第一章第二節、注33・34）。

先に触れた『通史』や『科録』は、中国が未統一の時期において著された。隋と唐（各々五八九年、六二三年に中国全土を版図とする）の統一後に至り、通史という歴史叙述法は、分裂時期の混乱という史実を総括する手段として、より大きな意味を持ったかと思われる。

隋の王通と唐の陳子昂・蕭穎士《しょうえいし》が共に通史の編纂を企てた事実は、その意味で注目される。それというのは、王通の通史撰述の情報を肯定的に伝えた王勃・楊炯及び陳子昂と蕭穎士は、いずれも分裂期の文学をおしなべて否定したとされるからである。細かく王朝で区分せず、文学史を大きく把握するこの手法は、通史の視座と関係を持つのではないかと想像される。彼らが編んだ通史は、『通史』等と同様に現存しない。伝存する作品が偽作か、または編纂が未完に終わったらしい。従って、史書自体の分析はできず、周辺資料のみに頼るしかない。こういった問題はあるにせよ、彼らが揃って通史、それも短くても漢代より自らの生きた時代までを連続した流れと捉える文献と関わった事跡は無視できまい。本章でその検討を通して、当時の史観やそれが文学観に与えた影響を考察したいと思う所以である。

なお、王通と蕭穎士の通史撰述や背景となる思想、また正統観(14)に関しては、先行研究が存する。本章でもそれを参照させてもらった。これらと異なって、陳子昂の史書撰述については、特段の専論は無い。陳子昂の人物像形成と評価を扱う前三章との関連もあって、本章でも彼の通史やその歴史観に多くの記述を費やすことになる。あらかじめ、その点は明言しておく。

第一節　王通とその周辺

最初に楊炯《ようけい》（六五〇～六九三以降）と王勃（六五〇～六七六？）が著した文章を、順に見ておく。共に序文で、前者は楊炯が王勃の詩文集に、後者は王勃が自ら整理したという祖父である王通（五八五～六一七）の著作に附されたという。両者には、重なる記事が見える。

（王通は）漢魏から、晋代まで（の歴史）を深く究めて、その（時代の）詔勅をまとめ上げ、百篇にして『尚書』の後に続けた。（さらに）楽府（歌謡）を品定めして、奥深いものを採って、三百篇にして『詩』の後に続けた。また晋の太熙《たいき》元年から、隋の開皇九年、陳を平定した年に至る、出来事の善し悪しを論じ、『春秋』に則って『元経《げんけい》』を撰述した。門人の薛収《せっしゅう》が（王通の『元経』撰述を）心に慕って、同じく『元経』の注釈を著そうとしたが、完成せずに没した。君（王勃）は祖先の徳を称えて、（『元経』の）深い道理を光り輝かせようと思った。（そこで）薛氏の残した注釈を続作し、（王通の編んだ）詩や書の各篇の序を作った。学問を包み込み、先人の業績を滑らかに通じさせることができた。……（王勃が書いた）詩や書の序は、みな（各）篇（の前）に冠してある。『元経』の注釈は、その作業が終わらなかった。天命は（王勃に）味方せず、（寿命に）限りがあって（完成）前に亡くなった。(15)（祖父の王通は）そこで嘆息して言った、「宣尼《せんじ》（孔子）亡きとはいえ、文がここに無いということがあろうか」。そこで正しい筋道をまとめて、古い詞章を編集し、『続詩』三六〇篇とし、（歴史の）誤りや乱れを考証して『元経』を編集し、礼楽を正して後の（時代の）王の過失を明らかにし、『易讃《えきさん》』を著して先師（孔子）の考えを祖述した。漢魏を経て、晋に至るまで、その（間の）典章制度で教化に資するものを選んで、『続書《ぞくしょ》』一二〇篇とし、こうして（祖父の著述は）弘大で全てが備わることとなった。(16)

王通が経書、即ち孔子が編んだという『詩』（所謂『詩経』、『毛詩』）・『春秋』・『易』（『周易』、所謂『易経』）・『尚書』（所謂『書経』）などを各々受け継ぐ『続詩』・『元経』・『易讃』・『続書』といった文献を作って、それらの補訂に王勃が携わった旨が記される。本節では、このうち『続書』（『続詩』・『易讃』と共に現存しない）と『元経』の両書について考える。

隋代の大儒で、諡を文中子《ぶんちゅうし》という王通には、その言行録とされる『文中子中説』（以下、『中説』と略称）が今に伝わる。諸資料に拠ると、王通は官を辞して、龍門（現陝西省）に帰郷し、著述に励んだという。ただ、唐朝創業の功臣幾人もが王通の弟子だったと述べるなど、『中説』には他の史料に見えない事跡が散見し、そこには捏造・誇張の疑いがある。(17)『中説』の各篇や巻末の伝記資料には、『元経』への言及もあって、それらを用いた研究も存在する。(18)しかし、資料の信憑性を考えれば、この手法には不安が伴う。また、当の『元経』には薛収の伝（注）が見える（多くは阮逸の注も附す）刊本がある。だが、これも夙に疑問視されてきた。北宋の陳師道（一〇五三～一一〇一）*はこう述べる。なお文中の「蘇明允《そめいいん》」は蘇洵《そじゅん》（北宋の文章家）、「子瞻《しせん》」は息子の蘇軾《そしょく》（東坡《とうば》の号で有名な大知識人）を指す。

世に伝わる王氏『元経』、（その）薛氏の注釈、関子明《かんしめい》『易伝』、『李衛公問対録』は、いずれも阮逸が著したもので、逸は（それら彼が先人の名の下に作った書物の）草稿を蘇明允に見せ、そして子瞻がこのことを（私、陳師道に）語った。(19)

蘇父子のような著名人の名を挙げて、北宋の阮逸《げんいつ》（一〇二七進士）が『元経』本文と注釈の偽作者だと断じる。阮逸は『中説』の注釈者でもあるが、本文自体を偽作したという説も根強く存する。従って、通行の『元経』自体も、資料とはし難い。ただ、王通に『元経』と題する著述があった（と近い時代にいわれていた）ことは、次の資料よりも裏付けられる。

（令兄文中子は）そこで『元経』（の撰述）を始められ、（支配者間の）正しい系譜を定められました。……人の倫理や帝王の教化は、『元経』にきちんと備わっていますが、（私の史書が含む）戯れの言葉や意義のある議論も捨てたものではありますまい。(20)

唐代になって、陳叔達《ちんしゅくたつ》（?～六三五）が王通の弟で高名な詩人の王績（五九〇～六四四）に宛てた書簡から引用した。楊炯と王勃の文章に見える『元経』とこの手紙にいう『元経』とが同じ書を指すかは、なお疑問が残る。しかし、王通と同時代人である陳叔達が『元経』に言及している事実は見逃せまい。本章では、通史の視座と唐代の文学史観がどう関わるかを、考察の主題とする。本節において王通の通史を分析する上での主要な材料は王勃と楊炯らの文章に仰ぎ、『中説』や現行本『元経』など真偽に疑念の持たれる文献は一切用いない。

王通が著したという経書の続編で、史書の性格を持つのは『続書』と『元経』である。先に引いた楊炯と王勃の文章（注15・16）に拠れば、『続書』は漢魏・晋代を、『元経』はそれよりも後の時代を叙述の対象とする。これら両書を合わせれば、漢から王通にとっての現代、即ち隋に至る、より大きな通史が構成されることになる。時系列の上で先行する時代を記言体（君主や重臣の言葉を記録する）の『尚書』、後の時代を編年体（時代順に事跡を記す）の『春秋』に倣って記すのは経書の区分、即ち『尚書』が概ね西周（前一〇四六頃～前七七一）まで、『春秋』がそれに続く春秋時代（前七七〇～前四〇三）を扱うのに則ったためだ。ただし、この異なる叙述形式は、単に時代の先後だけによるわけではないらしい。

『元経』が扱う時代は、西晋・武帝の治世（在位二六五～）が終わった太熙元年（二九〇）に始まる。この後に八王の乱（二九一～三〇六）、永嘉の乱（三〇四～三一六）と内憂外患が相次ぎ、中国は南北朝の混乱期へと向かう。その一方で、同書の記述が終わるのは、開皇九年（五八九）、つまり隋が陳を滅ぼして中国を再び統一した年である。王通は『元経』で非漢族が中国に入った分裂期を、『続書』でそれ以前を扱ったことになる。三世紀末を境にその前を記言体、その後を編年体で記述する態度には、統一期を分裂期より高く評価する王通の視点が読み取れる。『尚書』と『春秋』が中央の威令が行われた時代、地方の諸侯が相争う時代を各々対象とする点から、漢と南北朝を峻別した事実は動かせまい。王通より以前、同じ時代について記言体、編年体双方の史書が著された例と、これは好対照を成す(21)。

厳密に『春秋』を継ぐならば、『続書』はその直後から筆を起こさねばならない。しかし実際のところ、同書は戦国時代・秦代（前四〇三～二〇六）を無視して漢代より叙述を開始する。それは、盛世のみに対象を限る『尚書』の方針に倣ったためだろう。長い戦乱の後、ようやく安定を得た隋代の王通が戦いの絶えなかった戦国期、統一政権でもすぐ滅びた秦代に批判的なのも当然だろう。さて、王氏の一族においてこのような史書撰述は、決して王通一人に特有の現象ではなかった。通史ではないが、彼の兄弟も史書に関わっている。

その年（六一二）の冬、（王度は）著作郎（官名）を兼ね、詔を奉じて北周（五五六〜五八一）の歴史を撰述し、（北周の重臣）蘇綽《そしゃく》のために列伝を立てようとした。(22)

ここに引いた一文は、隋代の王度・王勣《おうせき》兄弟と彼らが持つ鏡をめぐる怪異譚、所謂「古鏡記《こきょうき》」に見える。「王勣」はこの「古鏡記」中の記述から王績を指すと考えられる。従って、王度もやはり王通の兄弟となる。「古鏡記」の撰者については主人公である王度自身、王通の孫である王勔《おうべん》（王勃の兄）に擬する二説が知られる。(23)前者が正しければ「古鏡記」は王度の自伝めいた作品となる。王勔や彼ら一族の後人が著したならば、それは王氏一門の家族史といえる性格を持つことになる。「古鏡記」自体は創作で、その信憑性に難はある。だが、族人を作者に擬した点と作品の内容から考えて、王度が史書の編纂に関わったことを含め、事実に基づく王氏一門の伝承を用いて、それが作られた可能性は高い。(24)さらに、公的な事業ではないにしても、王績ら兄弟が歴史書の撰述に携わったことは確かである。

（a）私（王績）の亡兄（元の）芮城《ぜいじょう》（県令）は、著作局（の業務）を司っていたことがあります。大業（六〇五〜六一八）末年に、『隋書』を撰述しようとしましたが、程無く（隋末の）戦乱に出くわし、（仕事を）終えられませんでした。私は大胆にも（自らの能力を）弁えずに、残りの作業を終えようと思い、細切れ（の原稿）を集め取ったところ、なお数帙が得られました。（その内容は隋が興った）開皇（五八一〜六〇〇）初年から始まり、大業の初めに及んでいますが、全て亡兄が筆を入れた遺稿です。

（b）令兄芮城に『隋書』の御作があるとは（私、陳叔達は）全く知りませんでしたが、あなた（王績）は（『隋書』の撰述を）引き継ぎ完成させるべく、（当方の『隋紀』を）考証に用いようとされるとの由、謹んでお望みに添い、（『隋紀』を）写して急ぎ送ります。……薛記室と令兄芮城は、北魏や北周の歴史が、（紀伝体の正史ではなく）編年体の史書（『元経』）として著されたことを残念がっておられました。近ごろ改めて（『元経』に）目を通してみましたが、真に立派な歴史書です[25]。

（c）君（王績）はまた『隋書』五十巻を著したが、まだ完成せず、君の四兄である凝がこれ（の撰述）を続けて完成させた。

（a）は王績が陳叔達に宛てた書簡、（b）はそれへの返書で、「薛記室」は王通の弟子であり、その兄弟とも縁の深い薛収（五九二〜六二四）をいう（注15）。（c）は王績の文集に冠する序文である。要するに隋末に芮城（王度？）[26]が『隋書』の撰述を志し、それを王績が受け継いだ。唐の建国後、王績は陳叔達に手紙を送って彼が編んだ『隋紀』を借り受けた。（a）の引用箇所とは別の部分に拠れば、それは『隋書』編纂の参考に供するためだった。未完の『隋書』（正史の『隋書』とは同名異書で、現存せず）は結局、王凝が完成させたという[27]。

芮城・王凝・王績兄弟は、共に隋史の編纂に関わった。また「古鏡記」に拠ると、王度は北周史の撰述に参画した（注22）。王通の史書撰述にも、経書の模倣や隋の天下統一といった要素以外に、家庭にあった歴史叙述への志向との関連を考えるべきではないか。それでは、この『続書』や『元経』・『隋書』に象徴される王通ら兄弟の史書撰述は、子孫の王勃に果たして影響を与えたのか。いま彼の文学史観を最も如実に示す書簡の一節を引用する。

（亡き孔子の）奥深い言葉が途絶えると、文明は振るいませんでした。屈原・宋玉が先に軽薄の流れを導き出し、枚乗《ばいじょう》・司馬相如《しょうじょ》が後に淫蕩な風潮を広げました。（彼らは作品の中で）君主について語れば、その宮殿・庭園を立派なものといい、名士について述べれば、酒浸りで贅沢な様を優れたことにしました。従って魏の文帝が文学を重んじると中国は衰え、宋の武帝がこれを尊ぶと江南（南朝）は動揺しました。（文学の上で）沈約《しんやく》・謝朓《しゃちょう》が競って力を振るっても、折から斉・梁の衰亡が兆してしまいましたし、徐陵・庾信《ゆしん》が並んで活躍しても、北周・陳を亡国から救えませんでした。そこで物事の筋道が分かる者は、口を閉ざして語らず、弊害を知る者は、裾を払って直ちに立ち去りました。『潜夫論《せんぷろん》』・『昌言《しょうげん》』のような論著が、作られても時流には適いませんでしたし、周公（周代初めの聖人）・孔氏（孔子）の教え（儒教）があるとはいっても、世間に行われませんでした。天下の文化で、廃れぬものはありませんでした。（その後に）国家（唐朝）は千載一遇の機に巡り合い、歴代の帝王による業績を回復させました。(28)

一読すれば、王勃が魏晋以降のみならず、戦国時代の屈原・宋玉（共に前三世紀）から後の名立たる文学者を撫で斬りにしたことは、すぐ分かる。あるべき「文」の出なかった状況が、唐代に至ってようやく改善されたという彼の主張が、ここより見て取れる。このような過去の文学を十把一絡げに批判する視座を、王勃はどこから得たのだろうか。思うに、それは、『続書』や『元経』の撰述を始めとした王氏一門に伝わる史学の伝統からではないか。

もとより、王勃と同じく過激なまでに隋代以前の文学を否定する見解は、彼の友人で特に史書・史学と縁があったわけでもない楊炯にも見られる。(29) さらにいえば、漢代を必ずしも高く評価しないかに思える王勃の文学論は、王通の歴史観とは異なる側面を持つ。ただし、これについては、文章の用途を考える必要がある。王勃のこの手紙は、文才を偏重して、人を官界に登用することを批判して奉られたものだった。魏の文帝と宋の武帝、即ち曹丕《そうひ》（在位二二〇～二二六）と劉裕（同四二〇～四二二）が文学を重んじ、南斉の謝朓（四六四～四九九）、梁の沈約（四四一～五一三）、北周の庾信（五一三～五八一）、陳（五五七～五八九）の徐陵（五〇七～五八三）たち華麗な修辞で鳴る文学者が活躍しても、各々が仕える王朝の統治や延命には役立たなかったとことさらに唱えるのは、そのためであろう。

この点を割り引いて仔細に見れば、枚乗（?～前一四〇）や司馬相如（?～前一一八）ら前漢の文学者に対する批判はあっても、王勃は漢を魏晋南北朝ほどに貶めてはいないと分かる。純粋な文学作品でこそないが、王符（八三～一七〇）『潜夫論』や仲長統《ちゅうちょうとう》（一八一～二二〇）『昌言』など後漢の政治・社会論を重んじることも見逃せない。こういった統一期を高く、分裂期を低く評価する点で、歴史叙述と文学論とで領域は異なるが、王通と王勃は思想上の基盤を共有しているかに見える。先に引いた文章（注16）に拠れば、王通による経書の続作を王勃は熟知していた。王朝の枠を超えて、彼がこういった文学論を主張できた背景には、漢代とそれより後に差を付けた王通の通史撰述という家庭に伝わる記憶があったのではないか。注16に挙げた文章に記す王通の事跡が、王勃の創作だった可能性も否定できないが、その場合はそこに表れる史観は正しく王勃自身のものだったといえる。

実は、このような歴史を大づかみにする手法を王勃本人の見解として語る資料が伝わる。彼の著した『大《だい》唐千年暦《とうせんねんれき》』（大唐千歳暦などともいう）に関する記録が、それである。同書自体は散逸したが、諸書の伝えるその梗概から、彼の五行《ごぎょう》（万物を構成すると信じられた五元素、木・火・土・金・水）の運行（木徳の王朝には火徳のそれが取って代わるなど、木・火・土・金・水の順に王朝が交代するとされていた）に対する考え方が窺われる。[30] それらを要約すれば（1）（三国の）魏以降の王朝は地方政権か、統一（西晋と隋）しても短命で正統性を持たない。（2）従って、唐王朝が認めた王朝交代に関わる五行説への見解は、

［漢（火）→魏（土）→晋（金）→北魏（水）→北周（木）→隋（火）→唐（土）］から

［漢（火）~~→魏（土）→晋（金）→北魏（水）→北周（木）→隋（火）~~→唐（土）］

に訂正すべきだ、ということになる（丸括弧内は各王朝に配当された五行の要素）。これだと最初に採用した土徳で天下を得たという説を改めずに唐は直接、漢を継ぐことができる。

王勃の生前、この説は特に顧みられなかった。しかし、崔昌《さいしょう》という人物が玄宗期の天宝九載（七五〇）六月、王勃の議論に基づく上書を奉ってから、国家公認の説としてそれは採用される。そこで、前王朝・前々王朝の皇室の子孫とされていた隋・北周両帝室の後裔に対する儀礼に基づく優待は停止された。代わって、周・漢両王室の子孫が、その地位を得た。隋帝室の親族だという楊国忠《ようこくちゅう》（？〜七五六）が権勢を得た後、彼の主導で天宝十二載（七五三）五月、唐は再び隋や北周を正統王朝と認めたのである。(31)三年にも満たないとはいえ、崔昌の説が行われた間、唐王朝は自らを漢王朝の直接的な継承者と位置付けていた。

その根底に在ったのが、王勃の『大唐千年暦』というわけである。同書は史学専門の著作ではない。王勃は早くより天文・暦法を学んだ。(32)彼の独特な五行運行説は、それとも関係しよう。さらにいえば、崔昌はその上書で官職を得ている。王勃の『大唐千年暦』撰述にも、立身を狙う投機的な意図が無かったとはいえまい。だが、彼の主張は唐を漢へと結び付ける側面を確かに持っていた。そして、それは王通による分裂期への否定的な評価とも共通する。王勃自身の隋以前を否定した文学史観が、祖父譲りの通史の視座、また彼が『大唐千年暦』に示した短命王朝を全て無視する観点と相俟って形成された可能性はやはり無視できない。

王通と王勃の歴史観については、なお語るべき特徴もある。だが、それは別の事例と比較して自ずと明らかになるだろう。そこで続けて、他の文学者と通史との関わりを見ていく。

第二節　陳子昂と『後史記』

聖暦元年（六九八）秋、陳子昂（六五九〜七〇〇）は老父への孝養を理由に退官の上で、四川へ帰郷した。彼の父である陳元敬《ちんげんけい》は、同二年（六九九）に逝去する。次に彼の手に成る父の伝記を引いておく。これは明確な紀年を持つものとしては陳子昂最後の作品と思しい。なお（1）・（2）及び（i）・（ii）は便宜的に筆者が附した分段上の記号である。

（1）（i）癸未《きび》の年に、唐の命数がほんの少しになると、公（陳元敬）はそれで山中に住まって穀物（の摂食）を絶って、俗事を打ち遣り、雲母を服用して精神を和らげた。（山中に）十八年在って、未来予知・天地間の現象で、通暁しないものは無かった。（ii）嘗て寛いで座し、その嗣子の子昂に言った、「私が大運（原文のまま、後述）を窺うところ、聖賢が生まれるのにはその兆しがあり、時に応じてそれは盛んになるのであって、知力では測れないものである。気は万里に渉って等しいが、巡り合わせは等しくなく、微かな差で駄目になりもする。昔も（真に幸運な）巡り合わせなど、百に一つも無かった。ああ、嘗て堯《ぎょう》は舜《しゅん》と出合い、舜は禹《う》と出合い、（禹の夏は）天下を四百余年享受した（堯・舜・禹は上古の聖天子。堯が舜、舜が禹に天子の位を譲り、禹は夏王朝を開いたという）。湯《とう》は伊尹《いいん》と出合って、天下は（湯の殷に）帰属すること五百年だった（湯は殷王朝を建てた天子で、伊尹は彼を支えた名臣）。文王は太公望と出合い、天下は（文王の周に）四百年従った（文王は後の周王朝の基礎を固めた君主で、太公望は彼を補佐した重臣）。（周の）幽王（在位前八世紀前半）・厲王《れいおう》（同前九世紀中葉）の悪政で、天の運行は乱れたのである。聖賢は（幸運に）巡り合わず、老聃《ろうたん》（老子）・仲尼《ちゅうじ》（孔子）は、濁世に沈溺して、自ら（世に）栄えることもできなかった。だから国を有しても（天から与えられた）命数は長くなく、戦国の乱世（春秋戦国時代）が、四百余年に渉り、赤龍（の申し子である前漢の高祖）が興るに及んだ。赤龍（漢王朝）が興って四百年、天の運行はまた乱れ、異民族が縦横に駆け回り（南北朝時代を迎えて）、聖賢は衰え果て、今に至ること四百年だが、天の意思として（太平と乱世は）何度も繰り返すのか。ああ、私は老いた、お前がこれを記せ」。（2）己亥《きがい》の年、（父は）享年七四で、七月七日己未（実は庚申）、私邸でお隠れになった。……銘にいう、賢者は世俗を離れて、遥か遠くに逝った。鳳（ほどに立派な人物）よ鳳よ、誰が彼のようになれるのか。ああ我が父よ、美質を持ちながら世に用いられず、誰が彼の奥深さを知るものか。白い雲は遥々として、自然とゆったりしている。大運は備わらず、聖賢の姿は無い。南山の四君も、漢の天子に巡り合わねば、やはり商丘（商山。南山に同じ）の土くれになっていたはずだ（南山に隠れた四人の老人「四皓《しこう》」は漢の高祖を後継者問題について諫めた）。(33)

その伝記（以下「墓誌文」と呼ぶ）から陳元敬が世事を離れて後の部分だけを引用した。銘（末尾の韻文）を除きそれは父の死を境として（1）・（2）に分かれる。さらに（1）は（i）父が脱俗する過程、（ii）歴史の問題に二分される。「癸未」、即ち弘道元年（六八三）十二月、皇帝・高宗（在位六四九〜）が崩御し、彼に代わって権力を握っていた皇后武氏（則天武后）は皇太后となる。実子（中宗・睿宗《えいそう》）を傀儡皇帝とした武太后だが天授元年（六九〇）九月、帝位に即いて武周を建国した。「唐の命数がほんの少しになる」（原文「唐暦云微」）とはこの唐朝が一旦滅ぶ過程を指す。（ii）は末尾が父の代理として歴史を著せという命令、それ以外は四・五百年を一単位とする循環史観ともいうべき父の考え、を述べる。一見して知られるが、これは前漢の司馬遷が『史記』の著述理由を記した言葉に基づく。

太史公《たいしこう》（司馬遷の父で史官の司馬談）は（私）遷の手を執り泣いて言った。「麒麟を捕獲して（前四八一年、春秋時代の魯で起こった事件。孔子は『春秋』の記事をこれで終えたという）以来四百有余年、諸侯は併呑し合って、歴史の記録は打ち捨てられた。いま漢（王朝）が興って、海内は統一されたのに、明主・賢君・忠臣・義に殉じた士を、私は太史令（史官の職）になりながら（史書の中に）論述せず、天下の記録をなおざりにした、私は甚だこのことを恐れる。お前はこれを心せよ」。……太史公（史官の職を継いだ司馬遷）は言った、先人の言葉にいう、「周公が没して五百年で孔子が出た。孔子没後いまに至って五百年、（現在は昔の）良き時代を継いで、『易』を正し、『春秋』を継承し、詩書礼楽に基づく時期だろう」。（その）思いはここにあるのか、思いはここにあるのか。私は何故（史書の撰述という亡父に託された仕事を）避けたりしようか。(34)

『史記』の注釈で唐の張守節が著した『史記正義』は「先人」を司馬談と解する。これに従えば聖人の周公から孔子まで五百年を経て『春秋』が著された以上、孔子より四・五百年を閲した漢代、新たな史書が著されるべきだという一種の循環史観は、司馬氏の父から息子に受け継がれたものである点がより明確になる。開元二十四年（七三六）の序を持つ『史記正義』に見える以上、この解釈がやや先立つ七世紀末、即ち陳子昂の時代に表れていた可能性は大いにある。また、五百年を天の運行や歴史の単位とする考えは『史記』の他の部分にも見える。[35] この数百年ごとに変化が起こるとする説は、早く戦国時代に萌芽していた。

> 孟子が言う、「尭・舜から湯王までは、五百有余年。禹・皐陶《こうよう》（尭や舜の重臣）などは（尭・舜と同時代人だから）彼らを見知っていたし、湯などは彼らのことを聞き知っていた。湯から文王までは、五百有余年。伊尹・莱朱《らいしゅ》（伊尹と同じく湯の重臣）などは（湯を）見知っていたし、文王などは彼のことを聞き知っていた。文王から孔子までは、五百有余年。太公望・散宜生《さんぎせい》（太公望と同じく文王の重臣）などは（文王を）見知っていたし、孔子などは彼のことを聞き知っていた。孔子からこのかた今に至るまで、百有余年、聖人の時代を去ること、まだそう遠くもないのである。聖人の場所との近さは、かくも甚だしいものがある。そうであるのに（聖人の道ははや）跡形も無いのであり、やはり跡形も無いのだ[36]」。

尭・舜、孔子などの聖天子や聖人が五百年（概数）ごとに現れてきたという意識の存在が、見て取れる。数百年に一度、時に周期を千年に広げて聖人が登場したとする記述は、『史記』の前後、漢代でも珍しくなかった[37]。また梁の元帝（在位五五二〜五五四）*が皇帝にして五百年に一度の聖人を兼ねる自己意識を持ったこと、唐の王義方（六一五〜六六九）が人を五百年に一度の賢人と褒めたことなど、南朝や唐代初期にもその例は見られる[38]。重要なのは陳子昂の場合、こういった歴史観が直接には司馬遷の『史記』に由来する点である。

前掲の「墓誌文」と司馬遷の言葉を比べれば、前者が後者の影響を受けた跡は、歴然たるものがある。父が息子に史書の撰述を依託する点、また父が数百年ごとに変化が生じるという歴史観を語る点で、前者は後者を踏襲したに相違ない。陳氏父子の間にも、このような事跡はあったのであろう。だが、陳子昂の親友で詩文集の編纂者でもあった盧蔵用が著した伝記文の「別伝」に拠れば、陳元敬の喪に服するため未完に終わった通史は『後史記《こうしき》』と題され、『史記』が叙述の下限とした前漢の中葉（前一〇〇頃）以降、唐代までを対象にしていた[39]。書名といい、その後を続ける姿勢といい、『史記』に対する傾倒は明らかである。

周知のとおり、『史記』は帝王の年代記である「本紀」、個人の伝記である「列伝」を中心とした史書の形式、即ち紀伝体の開祖とされる。資料を欠くので確言しかねるが、『通史』（「はじめに」で言及）と同様に、陳子昂も『後史記』で紀伝体を用いようとしたのではないか。紀伝体の通史である『史記』への意識には、時代的な背景も考えられる。古来、名著の誉れ高い『史記』ではあるが、研究という点においては南北朝後期、同じ紀伝体でも断代史の『漢書』に大きく水を開けられていた。この状況は、盛唐に至って大きな変化を迎える。『史記正義』、司馬貞の『史記索隠《しきさくいん》』といった注釈の撰述、「三皇本紀」など部分的な補作は、みな陳子昂よりやや遅れる開元年間（七一三～七四一）のことと考えられる。初唐には勃興していたろう『史記』に対する評価再上昇の兆しが彼にも影響した可能性は無視できまい[40]。

ただ、彼が通史を著そうとした背景には、「史記」学の流行や父の依託以外に別の要因も存在した。次に陳子昂が用いる「大運」の語に注目して、この問題を考えたい。「墓誌文」に拠れば、陳元敬は十八年（実は足掛け十七年？）の隠棲で、天命を察知する能力を得たという。その際、彼が観察したのが「大運」だった。この言葉は、「墓誌文」の銘にも見える。陳子昂の作品中に度々見える「大運」の語に着目されたのは、森博行氏である。次にそれを複数含む例として、陳子昂「感遇」詩十七を掲げておく（算用数字は各句の順序を示す)。

1独り静かに在って大運を窺い、2遥かに万物を思い遣る。3太古より（王朝は）興っては滅び、4豪傑や聖人にもそれはどうにもならない。5（夏・殷・周、即ち古代の）三王朝は周の赧王《たんおう》（在位前三一四～二五六）で終わり、6戦国の七雄（といわれた七国）は嬴氏《えいし》の秦（七雄の一つで、王族の姓は嬴。始皇帝が現れ、他の六国を併呑した）に滅ぼされた。7（だがすぐに）今度は火徳の精の申し子（前漢の高祖）が、剣を引っ提げ（秦の都）咸陽《かんよう》に入った。9（そうして開かれた）漢王朝の威光も（四百年経てば）姿も無く、10（三国時代を経て）晋朝と異民族が紛々と入り乱れた。11尭や禹の道徳は跡形無く、12蒙昧と残虐が世間に罷り通った。13時代を救う英雄がいなかったというのか、14（否、）天の道が胡族の兵に味方したのだ。15さてさて言葉も出てこない、16世人は酔って正気付かずにいる。17仲尼（孔子）は東の魯（孔子の出身地で、現山東省）で志を達せず（孔子は各国を遊説したが重用されなかった）、18伯陽（老子）は西の彼方へ逃げた（道が行われないため老子は中国から西方へ去ったという）。19大運は昔からずっとこうだ、20一人で嘆いたところでどうなろうか[41]。

第一句と第十九句で、「大運」が用いられる。前者（原文「幽居観大運」）は「墓誌文」に見える陳元敬の「私が大運を窺うところ」[42]（同「吾幽観大運」）と隠棲して天命を探るという方向性が共通する。森氏は「大運」の用例を他に挙げた後、この語をこう分析された。

陳子昂がかれの作品の中で用いる「大運」は右の用例から帰納すれば、「歴史の大きな流れ」のごとき意味になるであろう。しかし、もし天道との関係においてさらに一歩進めて論ずれば、天地自然の創造主である天道の、時間の不断の流れのうえに、生起しては消滅してゆく人間のあらゆる営みのなかに現出する運動あるいは作用——天道を体とすれば「大運」は用——と定義することができるものであって、この「大運」という言葉は、かれが人間の存在を歴史的にながめる傾向をもっていたことを如実に示すものであり、かれの歴史認識を示す言葉である。この意味において、「大運」なる言葉は、かれの思想や文学を理解するうえで、重要なキーワードである。[43]

この「大運」解釈に、もはや付け加えるべきものは多くあるまい。以下わずかばかりだが、筆者自身の考えを述べておく。まず、「感遇」詩十七について、少し見ておこう。この詩はその第十・十四句に拠れば、異民族の侵入による西晋の衰亡に至る歴史を題材とする。漢代より後の故事や人名が「感遇」詩に詠まれることは、ここの他は一例しか無い[44]。従って、この第十七首は連作の規格を破って、上古から晋までの王朝交代を総括した作品といえる。『後史記』に関わる事跡の他、陳子昂が通史の視座を持った事実は、こういった作品にも明らかだ[45]。本文と注42で挙げた他に、陳子昂は今一つの文章で「大運」の語を用いている。

> 昭夷《しょうい》について昔(高い)才能に(低い)地位が釣り合わないことを、大運の定めと嘆いて、時運を悲しんで頌《しょう》(韻文の一種)を著したものだ。(私達の友人)諸氏は私(陳子昂)が彼と最も長く交遊したのだからと、(勧めるので私は)筆を執って(彼の事跡を)斟酌・詳述したが、その頌を引いておくと、「……それでは大運の到来は、時によるものなのか、時によるものなのか……[46]」。

「昭夷」は昭夷子こと、陳子昂の友人である趙貞固《ちょうていこ》(六五八~六九六)を指す。この文章は趙貞固の死を悼んで著された碑文で、「大運」の定めを得られないと、彼ほどの人物でも栄達できないという。「大運」の語を使う陳子昂作品のうち、盧蔵用に贈った詩(注42)は序に拠れば丁酉《ていゆう》、即ち万歳通天二年(六九七)の作品である。趙貞固のために書かれた碑文は聖暦元年(六九八)頃の執筆と思しい[47]。共に若干だが父の死(六九九)に触れる「墓誌文」に先立つ。これは、「大運」が『後史記』の著述を構想した後に至って初めて陳子昂の意識に上ったわけではないことを示す。恐らく一定の期間を通じて、「大運」やそれに基づく歴史を大づかみに捉える視座は、彼の中に存在し続けたものと思われる。

ここで「大運」の用途から、その語義を改めて考えてみよう。注42に引く「景福殿賦」に附す注はそれを「天運」と定義する。ただ、用例をより多く調べれば、この単純な定義には疑問がある。隋以前の詩に見える「大運」は一例のみだが、それは「大運」なのか「大いに運《めぐ》りて」と読むのか判然としない。唐詩では全て陳子昂以後の作品だが、五例が伝わる[48]。

この使用頻度から見て、「大運」は詩語としては定着しにくい、硬質の言葉だったかと思われる。中でも現存作品の範囲に限るとはいえ、唐詩の用例は陳子昂と李白の作品が過半を占める。殊に「感遇」の影響を受けたという李白の「古風」に「大運」の語が見える点は既に指摘があり[49]、両者の関係を考える上で興味深い。その他、経書の注解は、「大運」と天の強い結び付きを説く[50]。また道教の経典での「大運」は、天の様相を表現して用いられる[51]。

「大運」がより具体性を持つのは、公用文・史書での用法だろう[52]。注52の挙例を逐一見る余裕は、もとより無い。だが、(2)・(26)・(27)以外がみな皇位継承か王朝交代に関わる点は、容易に見て取れる。さらに(1)と(3)は皇帝の代替わりに関する詔、(12)は劉宋帝室内での皇統にまつわる発言である。他の例でも、政権の移行に関係する文脈にそれは現れる。

これらの用例のうち、前秦《ぜんしん》(三五一〜三九四)の君主だった苻堅《ふけん》(在位三五七〜三八五)に関する一連の記述は特に目を引く。(10)と(11)は末弟や側近の僧による外征の諫止を拒んだ苻堅の言葉である。支配の正統性を、苻堅は「大運」の有無に求めていたと知られる。他に、(24)と(25)は唐朝にとって切実な意味を持つ。前者は隋が禅譲した時、後者は唐がそれを受けて帝位を得た際の詔から引用した。譲る側も譲られる側(正確には強要されて譲らされる側と、威圧して譲らせる側)も、隋から「大運」が「去」ったことをその名分とする。「大運」の「去」ることを譲位の根拠(実際は禅譲せず)とした思想は、(8)にも見えるが、唐の建国に際して、それは理念的な基盤の一つだった。

経学や道教で抽象的な天の意思やその運行とされた「大運」（注50・51）が、史書の中では森氏のいわれる「歴史の大きな流れ」（注43）として具体化されていく。これまでに触れた用例を粗雑にまとめればこうなろう。従って、「大運」の人間世界での最も代表的な顕在化は権力の移動と考えられる。一僧侶の臨終（注52）(27)などに、この言葉を使うのは希少な例である。個人については、聖賢でも「大運」に恵まれねば、力を振るえない（注41所掲「感遇」十七の第十七・十八句）とその無力さを述べる際に用いるのが普通だった。数百年に一度という「大運」を重視する陳子昂のこの種の歴史観を見て、連想されるものがある。唐代の文芸思潮を語る時に、今日では必ず取り上げられる彼の文学史観がそれだ。

文章の道が廃れてから五百年になります。漢・魏（交代期）まではあったその気概は、晋や宋の時期まで伝わりませんでした。しかし今でも典籍が古えの文学を知るよすがとなります。南朝の斉や梁の詩を見ると、修辞は華麗でも、寓意は消え去っており、嘆かわしいことです。（陳集巻一「修竹篇序」）

歴史を大づかみにして、文学における漢・魏の気概と晋・宋、斉・梁の堕落を鮮明に対比させる態度が見て取れる。盧蔵用がその親友である陳子昂の文集に附した序文「盧序」で、「道が廃れてから五百年」（原文「道喪五百歳」）とやはり数百年単位で文学史を大きく把握することは第一章第二節（引用は同注22）で先に述べた(53)。ここで見逃すべきでないのは、『後史記』が通史だった点であろう。王朝の枠組みを超えて、陳子昂が漢魏以前と晋宋以後に文学史を二分するために、通史の視座は断代史のそれよりも遥かに有効だったはずだ。

唐初に編まれた南北朝期を対象とする正史が当該時代の文学を腐敗したものと批判すること、また陳子昂とは同時代人の劉知幾（六六一～七二一）がその史学理論の大著『史通』で、当時の歴史叙述がなお南朝風の内実を伴わない文章に堕していると述べたことはよく知られる。『後史記』を著そうとするほど史学に力を注いだ陳子昂がこういった史書・史論中の文学論や、政治的・学術的な環境から影響を受けた可能性には既に指摘がある。(54)今一つ申し添えておけば、そこには彼が身を置いた特異な時代状況も関係したかと思われる。

則天武后が建てた武周（六九〇～七〇五）は、後世から見れば、正統王朝にも数えられぬ短命政権に過ぎない。だが、当時の人々にとって、武周の建国とはれっきとした王朝交代、それも女帝の登場という尋常ならざる事態だった。陳子昂は武周がなお続く中（七〇〇）で没した。従って彼は、王朝交代期に生きる人間をもって最期まで自任していたに違いない。

「別伝」に拠れば、『後史記』の叙述対象は、唐の断絶までだと思しい（注39）。古来、王朝交代に際して、前代の史書が編まれる例は数多い。『後史記』の撰述も、唐の中断（陳子昂にとっては唐の滅亡）が主要な契機だったと思われる。当時、公式記録を編纂する官庁の史館が人材を得ず機能不全の状態に陥ったことは、そこに勤務した劉知幾も度々憤ったところだ。(55)中央官経験の長い（第一章第三節、「別伝」（Ⅲ）～（Ⅴ）段参照）陳子昂は、政府の史官が新たに優れた史書を編めそうもないその実状を熟知していただろう。『後史記』執筆の背景には、彼らに代わって独力で唐史を著そうという意図もあったのではないか。

王勃が唱えた唐が漢を直接継承する新しい五行の運行を、後に短期間ながら唐朝が採用した事跡は、前節の終わりで述べた（注31）。実はそれに先立って武后も類似の政策を取っていた。永昌元年（六八九）十一月、皇帝即位直前の彼女は、周及び漢を唐の直前に存在した王朝と規定する。これによって、三国の魏から隋までは正統王朝の地位を失った。結果として、武周は漢を受け継ぐ王朝となり、それは唐の復活後、神龍元年（七〇五）五月まで続く。(56)陳元敬・子昂父子の企画した史書が（彼らにとって）滅亡した唐代の歴史だけを扱うのではなく、『史記』の後を継いで、前漢中葉以降を叙述の対象としたことは、あるいはこれとも関わるのではないか。即ち、公的な歴史観の激変に伴ってもう一度、漢以降の歴史を振り返る必要を彼らは感じたかと思われる。いずれにもせよ唐を直接、漢に接続させるという史観は、南北朝を一概に認めない陳子昂の文学史観と相通じるものであった。

第三節　蕭穎士とその同志

蕭穎士（七一七〜七五九頃）が通史の歴史で演じた役割については、既に研究が存在する。[57]詳細はそれらに譲って、本節では彼及びその文学論と通史との関係に分析の対象を絞りたい。さて、第一節で見た王通の『続書』以後も、『尚書』の形式を用いた、即ち詔を初めとした公用文などを収集・配列して歴史を叙述する文献は著され続けた。陳正卿《ちんせいけい》の『続尚書《ぞくしょうしょ》』も、その一つである。蕭穎士の記述に拠れば、[58]同書は漢を上古の理想時代すら超えると評していたらしい。魏（二二〇〜二六五）以降の分裂期への評価は、当然それより低く抑えられる。

さらに、中国全土を得ても漢の長期政権には及ばぬと、西晋（二六五〜三一六）や統一期（五八九〜六一八）が三十年に満たない隋への評価も低い。また『続尚書』は漢・唐の事跡を扱う「漢典」と「唐典」から筆を起こしていた。時系列を無視してまで漢と連続するわけでもない唐を全書の冒頭に置く点は唐朝への篤い敬仰を示す。なお、陳正卿の諱は晋《しん》（正卿は字か）、蕭穎士らの友人で『尚書』に造詣が深かったという。『続尚書』の朝廷への進上は開元（七一三〜七四一）末のことである。[59]次に蕭穎士自撰の通史に関して見てみる。

漢朝が興ると、古い典章は俄に改まりました。司馬遷がその首唱者となり、（『史記』と同じ紀伝体で『漢書』を著した）班固《はんこ》がその風潮を盛んにしました。（紀伝体では）本紀と列伝が平板に分かれ、表（年表）と志（部門史）が区分され、その文は重複して込み入り、その体裁は散漫で粗くて、同じ事柄なのに、異なる巻次に記述があります。首尾は筋道がきちんと通らず、枝葉は混乱を来してしまっています。かくて（歴史に関する）聖人の記述は損なわれ、褒貶の文章は廃れました。後進が（それを）真似ましたが、学問はより劣っていたので、結局（史書の内容は）いよいよ締まりが無く、簡潔さは益々後回しとされましたが、その迷いは久しいもので、一言二言ではいえないのです。私は僭越ながら、嘗て志を立てて、魯の史書（『春秋』）の編年に従って、『歴代通典』《れきだいってん》を著したいと考えました。（その記事は）前漢の（高祖）元年（前二〇六）十月に始まり、（隋の）義寧二年（六一八）に終わり、簡略に（記す事柄を）選び、百巻に編成します。（天の）命数に応じた者（正当な君主）については、年次を挙げ（帝王として）年代に列し、領土を分かたれた者（諸侯）については、月を附して年次を示します。（『春秋』の注釈である）『左氏伝』からはその文章を学び、『穀梁伝』《こくりょうでん》からはその簡潔さを学び、『公羊伝』《くようでん》からはその確かさを学び、三伝の長所をまとめ、一字の使い分けで（評価の）大凡を示し、孔子・左丘明《さきゅうめい》（各々『春秋』・『春秋左氏伝』の編者という）を助けて（編年体の歴史記述を）復興させ、司馬遷・班固（の紀伝体）を退け放逐します。[60]

蕭穎士の『歴代通典』撰述は未完に終わり、ここに引く書簡などから、その概略を窺うしかない。書簡の宛先は、著名な史家で書き手とは友人だった韋述《いじゅつ》（？～七五七）である。蕭穎士自身は通史を著す際に『尚書』ではなく『春秋』の形式、即ち編年体を採用した。『歴代通典』は漢初より隋末まで、起点・終点は王通の『続書』と『元経』[61]のそれにほぼ等しい。ここで彼は司馬遷が創始した紀伝体への不満を示すが、自らの通史で編年体を用いたのも、そのためだった。紀伝体や司馬遷（字は子長）に対する反発は、次の文章にも見える。

蕭（穎士）は史書を煩雑にしたことについて、子長が編年体で史実を述べず、列伝を作り、後世（の史家）もこれに倣ったが、（それが）則るべき教えではないことをとりわけ咎めたのだった。その過失を正すべく、（『左氏伝』・『穀梁伝』・『公羊伝』の）春秋三注釈以降（の事跡）で、民草を教化するものでなければ記録せず、順序立てて（昔の史書を）引き継ぎ編集し、今日まで（その通史の記述を）及ぼそうとした。（だが彼は）志を遂げないで没した。[62]

親友だった李華（七一五頃〜七七四頃）のこの証言からも、蕭穎士の『春秋』重視が紀伝体への批判と表裏した点はより明らかになる。[63] 唐代中葉、通史の撰述は比較的盛んだった。しかも、その多くは、『歴代通典』と同様に編年体を用いていた。『建康実録』（「はじめに」、注10）、『通暦』（「はじめに」、注11）の他、散逸した丘悦《きゅうえつ》（?〜七一五頃）『三国典略』、陳鴻《ちんこう》『大統記』、姚康復《ようこうふく》『統史』がその例となる。[64] 形式の面より考えて、『歴代通典』はこれらの同類と称せよう。ただ、同書の執筆を史学の側面からのみ捉えるわけにはいくまい。春秋三伝を折衷した姿勢（注60）には、盛唐期に興った新春秋学との類似が窺われる。新春秋学は三伝などの注釈に依拠し切らぬ、『春秋』自体に立ち返る解釈を宗とした。新春秋学の中核たる趙匡《ちょうきょう》を弟子に持つ蕭穎士も、経書の中で『春秋』を特に重んじるその思潮と関わりを持った可能性がある。[65] しからば『歴代通典』の撰述は、歴史叙述である他に、『春秋』を称える営みでもあった。編年体使用の理由は、これで説明が付く。次に、通史を著す行為自体の動機を考えたい。

王通や陳子昂と違って、蕭穎士には王朝交代の経験は無い。前掲の韋述に宛てた手紙（注60）は、開元二十七年（七三九）から天宝（七四二〜七五六）初めに書かれたと思われる。[66] 従って、そこに執筆の計画が記される以上、『歴代通典』が構想されたのは、それ以前となる。この頃、安史の乱（七五五〜七六三）も、まだ起こってはいない。蕭穎士が史書を著そうとした動機に大きな社会変動からの表立った影響は見出し難い。

彼の場合、自身の家系がそこに関係していた。蕭穎士は南朝・梁の皇族である鄱陽王蕭恢《はようおうしょうかい》（武帝の異母弟）七世の孫に当たる。歴史への関心には、梁の帝室という出自に起因する面があった。

（蕭穎士が）思うに、「仲尼（孔子）は『春秋』を作って、歴代不変の規範としたが、司馬遷は（『史記』を著してそこで）本紀・書（部門史）・表・世家（諸侯の記録）・列伝を作ったので、叙述は（書中の各所で）食い違い、（歴史への）毀誉の在り様を見失っており、（それは史書撰述の）模範とはできない」。そこで（彼は）漢の元年に始まり隋の義寧までを編年して、『春秋』の叙述法に従い史書（『歴代通典』）百篇を作ろうとした。「魏書」での高貴郷《こうききょう》侯《こう》の崩御は、「司馬昭（西晋の文帝）が帝（高貴郷侯）を南の城門で弑した」と述べた。『梁書』での陳の受禅は、「陳覇先が謀反した」と述べた。また自身が梁帝室の末孫なので、（後梁《こうりょう》の）宣帝は無理に政権を得たが正道によって統治し、それで武帝は（後梁では干支）三周分祭祀してもらえた。むかし曲沃《きょくよく》（の晋公室分家）は晋を簒奪したが、（その子孫の）文公が（春秋）五覇となり、仲尼も（これを）批判しなかったのだ、と考えた。そこで陳を（正統王朝から）退けて隋を非正統とし、唐の土徳は梁の火徳を継承することにし、（これらは）自分で決めて、諸々の儒者を（その）議論に関わらせなかったのである。太原の王緒《おうしょ》という者がおり、（彼は王）僧辯《そうべん》の末孫で、『永寧公《えいねいこう》輔梁書《ほりょうしょ》』を著して、陳は（正統な）王朝ではないと退けたが、穎士はこれに加勢し、また『梁蕭史譜《りょうしょうしふ》』を書いて「梁は陳に禅《ゆず》らざるの論」を作り、緒（の著作）の方針を明らかにし、（内容を世に）はっきり示したという。(67)

この蕭穎士の伝記に見える『春秋』への賞賛と紀伝体への批判は、前掲の諸資料とも共通する。「魏書」云々とあるのは、古い史書の曲筆を糾して、『春秋』の精神に倣うことをいう。(68) 次に梁の歴史に対する蕭穎士の認識が語られる。その中で梁から陳への禅譲は、陳覇先（陳の初代皇帝、武帝）の簒奪だと暴露している。これと反対に北朝の支援を得て後梁（五五四～五八七）の小政権を建て、形の上で梁を続け、梁の武帝の祭祀を続けた宣帝（武帝の孫）の行為は正統化され、晋の文公（在位前六三六～六二八）に擬えて積極的に評価される。[69]

また、蕭穎士は王緒のその祖先である王僧辯（封爵は永寧郡公。陳覇先に粛清された梁の武将）への顕彰に協力した。[70] これは蕭氏と王氏が共に陳覇先を祖先の仇と見做すためだろう。同じ南朝末の政権でも後梁は正しく、陳は誤っている、それが彼の立場だった。自身の一族を擁護する得手勝手な理屈である。ただ、ここに引く記述から、『歴代通典』撰述の背景には、『春秋』の賞揚以外にも、彼なりの正統論を宣明する意図の存したことが理解される。

漢（火）→曹魏（土）→晋（金）→宋（水）→南斉（木）→梁（火）〔→陳（×）→隋（×）〕→唐（土）

蕭穎士の正統論（注67所掲）に基づく、王朝交代における五行の運行を示した。梁を亡ぼした陳と後梁を併合した隋が、ここでは正統王朝の中から抹殺されてしまった。この操作によって、土徳の唐は直接に火徳の梁を継いだという主張が可能になる。第一節の終盤で触れた唐朝の公式見解は、唐に先立つ隋が北朝系であるため、北朝を正統としていた。それに対して、蕭穎士は梁を含む南朝を正統とする見地に立つ。さらにいえば、梁は漢と共に火徳に拠る王朝だが、両王朝は理想の時代として、彼の観念では一体化していたのではないか。

蕭穎士の見解は、魏から隋までの王朝を全て無視して［漢（火）→唐（土）］という五行の運行を唱える王勃・崔昌の説（第一節、注30・31）ほどに斬新ではない。だが、［漢（火）＝梁（火）］の見方を蕭穎士が持っていたならば、彼の説でも土徳の唐は火徳の漢を受け継ぐ資格を得ることになる。思うに、彼は歴史の流れを［漢・梁→唐］という形で捉えていたのではないか。彼が属す南蘭陵《なんらんりょう》蕭氏の遠祖は、漢の初代相国《しょうこく》（宰相）蕭何《しょうか》（？～前一九三）だとされる。『歴代通典』が漢の建国に始まる点、それが象徴する漢への重視も、この事実を念頭に置けば、より頷けるものがある。本節では、蕭穎士の史学を経学・家系との関係を中心に見てきた。それではそこに表れた事柄は彼の文学とどう関わるか、次に考えてみよう。

君（蕭穎士）が思うに、「華中以南の俊才には、屈原・宋玉がいて、文章は非常に雄々しく力強いが、道そのままとは行かなかった。その後に賈誼《かぎ》がいて、文辞は最も理に適い、正しい在り様に近かった。枚乗・司馬相如も、また美文を書く才人だが、さりながら『詩』の精神には迫れなかった。揚雄《ようゆう》は（文章に）相当深く意を巡らせ、班彪《はんぴょう》は見識が高く、（作品の内容が）張衡《ちょうこう》は広大で、曹植《そうしょく》は豊かに満ち足り、王粲《おうさん》は抜群に優れ、嵇康《けいこう》は高く際立っていた。彼らの他も（漢魏の著名な文学者は）いずれも外面・内実共に見事だが、持ち味とする点は異なっており、全ては挙げられない。左思《さし》の詩や賦には、『詩』の遺風があり、干宝《かんぽう》の著す議論は、天子が民を教化する根本に近かった。これから後は（文学者の質が彼らと）懸け離れてしまい世に名高い者は無い」[71]と。

いま挙げた蕭穎士の文学史観は、李華の文章によって今日に伝わる。蕭穎士がここで肯定する文学者は干宝（?～三三六）を下限とした晋代までの人物ばかりで、中でも漢魏の時代に生きた者（賈誼から嵇康まで）が多くを占める。第二章第三節で述べたとおり、この後には唐の陳子昂の活躍に関する記述が続く。その一方で南北朝・隋の文学は完全に無視される。

私（蕭穎士）は日ごろ文章を書くのに、（その）風格は俗っぽくなく、総て（文章で）論じるものは、きっと古人（に似せようと）を望み、魏晋以降（のもの）は、意に介したことがありません。

穎士は班彪・皇甫謐《こうほひつ》・張華・劉琨《りゅうこん》・潘尼《はんじ》は古え（の風格）を尊ぶことができたのに、世俗に流されて力を出し切れなかったが、曹植・陸機でも（彼らには）及ばないと度々褒めた。また裴子野《はいしや》は著述に巧みだと言った。……（穎士の弟子の閻《えん》）士和《しか》、字は伯均、は「蘭陵先生誄《るい》」・「蕭夫子集論」（蘭陵先生・蕭夫子共に蕭穎士を指す）を著し、歴代の文章を品定めして、盛んに穎士の長所を推賞して、蕭氏の（文学の）風格を（学び）聞く者は、年端の行かぬ子供でも曹植・陸機のことを口にするのを恥じるとした。[72]「魏晋以降は意に介したことが」無い（原文「魏晉以來、未嘗留意」）という前者の記述からも、蕭穎士があるべき姿を見出したのは漢代の文学だと分かる。また後者で彼が称えた晋人は皇甫謐（二一五～二八二）ら「古えを尊ぶことができた」（原文「能尚古」）文学者のみである。弟子の閻士和の証言も考え合わせると、「曹植・陸機」への低い評価は、両人がより南朝へと繋がる文学を開拓した点が蕭穎士の文学観と相容れないことによろう。

裴子野（四六九～五三〇）を除く南朝の文学を、蕭穎士は一顧だにしない。その裴子野も復古的な傾向の持ち主だった。[73]蕭穎士の文学史観は、漢の重視、南朝の軽視という二本の柱で結局は概括される。漢代を文学の興隆期、南朝を衰退期、さらに唐代を再興期と捉えるのは古文家に普遍の時代区分である（第二章「はじめに」、同第三節参照）。従来の研究は多くこれを文学の範囲でのみ考えようとした。だが、漢代を重視して、南北朝、殊にその末期である陳、及び隋を無視する蕭穎士の史観は文学に止まらず、歴史全体に対して発揮された。

即ち、前漢の建国から『歴代通典』の叙述を始め（注60）、五行の運行から陳や隋を排した（注67）ことを思い起こせば、彼の歴史観と文学史観が無関係とも思えない。蕭穎士の文学史に対する認識は、その歴史全般への捉え方に根差していたと考えるべきだろう。

本節を終えるに際して、蕭穎士の歴史観が由来する家系以外の個人的な事情を考えたい。彼には、まず史官になり損なった経験がある。公式記録を著す栄誉から遠ざけられた事実が、かえって歴史叙述に執着させた可能性は充分に想像される。[74]また、人脈の要素も無視できまい。本節の冒頭で触れた陳正卿の通史『続尚書』が朝廷に奉られた時の上表を、彼は代筆している（注58）。加えて、蕭穎士が史家の韋述と親しかった他、李華を初めとする古文家ら[75]は劉迅（?〜七六一）とも交渉があった[76]。劉迅は劉知幾の息子で、父の史学を受け継いでいた。彼の兄の劉秩（?〜七六〇?）は、杜佑（七三五〜八一二）の『通典』に影響を与えたという『政典』（逸書）を著した。現存する『通典』は、古代から唐に至る制度の沿革を記す典籍である。『政典』もやはり通時的な制度史、一種の通史だったのではないか。

蕭穎士と劉氏兄弟の接触を示す明証は伝わらない。だが、李華など共通の知人を間に介在させつつ、彼が唐代における史学の新たな思潮から影響を受けた事態は想像されてよい[77]。

おわりに

『史記』を初め実質的な意味での通史は古来、中国でも少なくなかった。だが、通時的に現代までの歴史を記す明確な意図を持つかで判断すると、梁の『通史』はその流れを画するものだった。唐代、多くの通史が編年体を用いて著された。歴史の全体像を捉えやすい利点、官撰の紀伝体史との差別化といった要素がそれと関わる。だが、第三節で考えた蕭穎士の例などは第一節で見た王通の『元経』と同じく経書、特に『春秋』への尊崇という側面が強い。

これに対して、『後史記』（第二節）は、表題どおり『史記』の後継者たることを強く志向する。『史記』に倣う以上、紀伝体を用いる予定だったと思われる。ただ、著者の時代に至る通史という点では、『続書』・『元経』や『歴代通典』と異なるところが無い。

王通と蕭穎士の通史には、漢への高い評価が含まれていたと思しい。彼らが生きた隋・唐と漢代が同じ統一王朝だったことが、その主因である。殊に蕭穎士が人生の全期間を過ごした盛唐は、建国以来一世紀を経た唐の最盛期であった。長期政権という事実から漢と唐を同一視する観点を唐人が持った証拠は、各方面で見出せる。(78) 漢の後継者としての盛世に生きている意識は、(時世への不満はあるにせよ) 王・蕭両人に共通のものであったろう。

王通と蕭穎士は、その通史で漢の建国を叙述の起点とした (第一節、注15、第三節、注60)。陳子昂が『後史記』で扱う時代を前漢中頃以降に設定したのは、『史記』の続編という性格上、自ずと決まったものである。しかし、それまでは太平と乱世を繰り返しながら、漢が滅びた後、衰運が止まなかったと述べる点 (第二節、注33・41) からは、漢代への尊崇を感じ取るべきだろう。

いま王通の通史撰述を宣揚した王勃及び陳子昂と蕭穎士の歴史観を既に考究され尽くした趣もあるその文学史観と比較してみれば、何が分かるだろうか。そこには、世界のあるべき姿を漢代に求める姿勢が、軌を一にして見られる。この歴史観と文学史観との同調は、偶然の一致ではあるまい。通史に見える歴史を大づかみに捉える史観は、王朝交代をも飛び越えた中国史の俯瞰を可能にする。唐代の文学者たちが南朝を通り過ぎ、漢魏まで遡る文学の復古を主張し得た背景には、こういった歴史へのアプローチが存在したと考えられる。

王勃と蕭穎士が王朝交代に関して、独特な五行の運行を唱えた事実は、それぞれ第一節・第三節 (注30・67) で見たところである。漢から唐へと一足飛びに正統性が継承されたとする王勃と漢と唐の間に梁を介在させる蕭穎士との差異は小さくない。しかし、これらは漢と唐を直接に結び付ける意図に発した点で、理念を共有する。陳子昂の場合は、第二節で論じた「大運」の観念が、それらの運行と同じ役割を果たす。歴史を「大運」という正統性が遷移する過程と見做すことで、陳子昂は漢代から南北朝、唐、武周への流れを大きく捉えたのである。彼の『史記』に対する傾倒には、思想や筆致への共感も強く関わっている。だが、司馬遷が比較的早く「大運」に着目した人物である点は、やはり最も大きな理由だったろう。

本章で取り上げた唐代の文学者は、ごくわずかに過ぎない。これだけで当時の文学と歴史学との関係において、果たして何かを明確に指摘できるか、疑問視される向きもあるだろう。しかし、例えば蕭穎士を初めとする早期の古文家の多くが史書を著し、また史学に造詣が深かったことは、早くより明らかになっている。さらには、歴史書の文体や歴史に教訓を読み取る伝統が後に古文の形式や理念に影響を与えたという指摘も存在する。(79) そのような先行研究を踏まえながら、ここで指摘したかったのが、通史と文学史の区分との関係なのである。

もとより、中国の知識人には、歴史主義の傾向が強い。非断代史などに関わらずとも、彼らは歴史の大まかな区分法を意識していたに違いない。ただ、復古的な文学史観形成の立役者と認識される陳子昂（そう見做されていく過程は前三章で論じた）や蕭穎士が共に通史の執筆を志した事実は、もっと注目されてよかろう。彼らが唱えた漢代の尊重、南朝の否定を主とした文学史観は後の時代、支配的になったがために何か自明の事柄のように語られる。だが、確立に至るまでには、数次の段階が存在したと想像される。本章で述べた王朝の枠に囚われない通史の歴史観は、その成立過程でとりわけ顕著な作用を及ぼしたのではないか。

一口に「通史」といっても唐代の場合、史学は当然として、『春秋』等を論じる経学、果ては五行説と結び付く正統論まで、様々な要素がそれと関わる。本章で触れ得た事柄は、限られた範囲に止まる。だが唐代に発現し、後世に主流となる文学史観の生成が、実は文学と異なる方面からの要請より大きく影響された事実の一端は、明らかにできたものと考える。

注

（1）『梁書』巻三「武帝紀」下
又造通史、躬製贊序、凡六百卷。

同巻四十九「文学伝上・呉均」

尋有敕召見、使撰通史、起三皇、訖齊代、均草本紀、世家功已畢、唯列傳未就。普通元年、卒、時年五十二。
（2）六〇〇巻（前注所引『梁書』「武帝紀」）、四八〇巻（『隋書』巻三十三「経籍志二・史・正史類」）、六二〇巻（注5所引『史通』「六家」）、六〇二巻（『旧唐書』巻四十六「経籍志上・乙部史録・正史」）等の諸説がある。注5所掲の『史通』「六家」に拠れば、『通史』は秦代以前までは、やはり通史である『史記』を材料に仰いだという。六〇二乃至六二〇巻と四八〇巻との差はこの『史記』（一三〇巻）を用いた部分を数えるか否かに起因するのではないか。
（3）『陳書』巻三十「顧野王伝」
又撰通史要略一百卷、國史紀傳二百卷、未就而卒。
（4）梁・張纘「中書令蕭子顯墓誌」（『芸文類聚』巻四十八「職官部四・中書令・墓誌」所引）
帝嘗顧謂君曰、我撰通史若成、衆史可廢。
（5）『史通』内篇「六家・史記家」
至梁武帝、又敕其羣臣、上自太初、下終齊室、撰成通史六百二十卷。其書自秦以上、皆以史記爲本、而別採他説、以廣異聞。而兩漢已還、則全錄當時紀傳、而上下通達、臭味相依。……況通史以降、蕪累尤深、遂使學者寧習本書、而怠窺新錄。且撰次無幾、而殘缺遽多。可謂勞而無功、述者所宜深誡也。

なお「蕪累尤深」とは『通史』以降の通史が典拠となる先行史料を用いるばかりで、独自の記事を持たない欠点を指す。次に引く記述も、『通史』が先行の劉宋・何法盛『晋中興書』を引き写しにしたため、その不体裁まで踏襲したことを指摘する。

同内篇「因習」

何法盛中興書劉隗錄、稱其議獄事具刑法志。依檢志内、了無其説。既而臧氏晉書、梁朝通史、於大連之傳、竝有斯言、志亦無文、傳仍虚述。此又不精之咎、同於玄晏也。
（6）『魏書』巻十五「昭成子孫列伝・元暉」

暉頗愛文學、招集儒士崔鴻等撰錄百家要事、以類相從、名爲科錄、凡二百七十卷、上起伏羲、迄於晉宋、凡十四代。暉疾篤、表上之。

『隋書』巻三十四「経籍志三・子・雑」

科錄二百七十卷［元暉撰］

『史通』内篇「六家・史記家」

其後元魏濟陰王暉業、又著科錄二百七十卷。其斷限亦起自上古、而終於宋年。其編次多依放通史、而取其行事尤相似者、共爲一科。故以科錄爲號。

『北史』巻十五「魏諸宗室伝・元暉」は『魏書』の引用に見える「晉宋」の「宋」を欠く。また『隋書』はもと「二百七十」を「七十」に作るが、今、標点本に従う。なお、『史通』は「(元)暉業」に作るが、「業」は衍字だろう。

（7）『史通』内篇「六家・史記家」

又呉蜀二主皆入世家、五胡及拓拔氏列於夷狄傳。大抵其體皆如史記。其所爲異者、唯無表而已。

同内篇「世家」

梁主敕撰通史、定爲呉蜀世家。持彼僭君、比諸列國、去太去甚、其得折中之規乎。

『通史』が三国の呉と蜀は天子支配下の諸侯を扱う世家に入れ（つまり魏を同時期の正統政権と認め）、実際は南方の諸王朝以上の力を持ったものもあった五胡十六国や北魏などの多くは非漢族が起こした諸政権を本紀や世家ではない列伝に入れた点は、正統・非正統、中華・夷狄の別に厳しかったことを示す。

（8）『史記』以降、魏晋南北朝期以来の通史については尾崎康一九六九、戸川芳郎一九七六〔同二〇〇二、九九～一三五頁〕参照。

（9）『帝王略論』は伝説上の聖天子から隋の文帝（在位五八一～六〇四）に至る帝王の事跡を扱い、敦煌写本と日本古写本が伝わる。同書の研究史は会田大輔二〇一一、八九～九〇頁参照。

（10）『建康実録』は建康（南京）に都を置いた呉・東晋・劉宋・南斉・梁・陳を対象として前半は編年体、後半は不完全な紀伝体を用いた通史である。張忱石一九八六参照。

（11）『通歴』は『通暦』・『通紀』とも題する。前十巻（最初の三巻を欠く）は馬総撰で太古から隋まで、後五巻は宋初の某氏撰で唐・五代の歴史を叙述する。周征松一九九二参照。

(12) ここでは、政治史を中心とする史書に含まれる通史だけを対象とした。ただ元来、王朝という世俗の枠組みに囚われにくい仏教史書の中に通史と呼べる文献が存在する。それらについては大内文雄一九九〇〔同二〇一三、一三三～一七二頁〕が参考になる。なお唐代における通史の撰述状況は瞿林東一九八五〔同二〇一五b、九一～一〇七頁〕参照。また、注64を見られたい。他に、初学者の教材として通史めいた記述が見える断片的な文献（敦煌写本などを含む）が、少しく伝わる。筆者自身のそれに関する考えの一端は、永田知之二〇一五に示す。

(13) これに関する記述は羅根沢一九五七b、九二～一一二頁に見える。

(14) 唐代の正統王朝観については饒宗頤一九七七、二五～二七頁〔同二〇〇三、五二～五六頁〕、呂博二〇一一参照。

(15) 楊炯「王勃集序」（『英華』巻六百九十九）

討論漢魏、迄于晉代、刪其詔命、爲百篇以續書。甄正樂府、取其雅奧、爲三百篇以續詩。又自晉太熙元年、至隋開皇九年平陳之歲、褒貶行事、述元經以法春秋。門人薛收竊慕、同爲元經之傳、未就而歿。君思崇祖德、光宣奥義。續薛氏之遺傳、制詩書之衆序、包舉藝文、克融前烈。……詩書之序、竝冠於篇、元經之傳、未終其業。命不與我、有涯先謝。

ここで一部を引いた文章は王勃の死後に著されたものだが、全訳（渡邉登紀氏による）が京都大学中国文学研究室二〇〇八、九一～一二七頁に見える。なお、『英華』は「包」を「危」に作るが、「唐王子安集旧序」（『王子安集』巻首）と題する同じ文章に拠って改めた。また本節で論じる王勃と楊炯の文学観については、第一章第二節も参照されたい。

(16) 王勃「續書序」（『英華』巻七百三十六）

乃喟然曰、宣尼既沒、文不在茲乎。遂約大義、刪舊章、續詩爲三百六十篇、考僞亂而脩元經、正禮樂以旌後王之失、述易讃以申先師之旨。經始漢魏、迄于有晉、擇其典物宜於敎者、續書爲百二十篇、而廣大悉備。

(17) 王通と『中説』については、吉川忠夫一九七〇、岸田知子一九七六、尹協理・魏明一九八四、駱建人一九九〇、李小成二〇〇八を参照した。

(18) 平岡武夫一九四四、三七～六二頁、同一九五一、一～九一頁は用いる資料に若干の危うさはあるものの、先駆的な研究としての意義を失わない。

(19) 陳師道『後山談叢』巻二

世傳王氏元經、薛氏傳、關子明易傳、李衛公對問、皆阮逸所著、逸以草示蘇明允、而子瞻言之。

(20) 唐・陳叔達「荅王績書」（『唐文粋』巻八十二）

乃興元經、以定眞統。……雖人倫王化、備列元經、而詠談碩議、或不可捨。

(21) 東晋の孔衍（二六八～三二〇）は『漢尚書』、『後漢尚書』、『後魏尚書』を著すと同時に『漢春秋』、『後漢春秋』、『後魏春秋』も撰述した。平岡武夫一九四四、三二～三五頁、同一九五一、八八～九一頁参照。

(22) 『異聞集』（『太平広記』巻二百三十「器玩二・王度」所引）

其年冬、兼著作郎、奉詔撰周史、欲爲蘇綽立傳。

「周史」を「國史」に作るテクストもある。

(23) 唐・顧況「戴氏広異記序」（『英華』巻七百三十七）、『崇文総目』巻三「子部・小説類下・古鑑記」参照。

(24) 小南一郎一九八八〔同二〇一四、三一～一〇〇頁〕がこの立場に基づいて「古鏡記」を分析する。

(25) （a）王績「与陳叔達重借隋紀書」（『唐文粋』巻八十二）

僕亡兄芮城、嘗典著局。大業之末、欲撰隋書、俄逢喪亂、未及終畢。僕竊不自揆、思卒餘功、收撮漂零、尚存數帙。兆自開皇之始、迄于大業之初、咸亡兄點竄之遺迹也。

（b）陳叔達「荅王績書」（同前）

了不知賢兄芮城有隋書之作、足下既圖繼就、須有考尋、謹依高旨、繕錄馳送。……是以薛記室及賢兄芮城、常悲魏周之史、各著春秋。近更研覽、眞良史也。

（c）唐・呂才「王無功文集序」（王績『王無功文集』巻首）

君又著隋書五十巻未就、君第四兄太原縣令凝續成之。

（a）の末尾の句に「點竄」とあるのは、もと「黜竄」に作るが、五巻本『王無功文集』巻四の同文（「与江公重借隋紀書」と題する）に拠って改めた。

(26) 『異聞集』（「古鏡記」）

其年秋、度出兼芮城令。

出典は注22と同じ。孫望一九五七b、五四～五七頁〔同二〇〇二、四七一～四七八頁〕は『中説』の記述も援用して、「芮城」を王度と考える。馮承基一九六五、一六九～一七〇頁〔同一九七五、一一～一六頁〕もその可能性を疑う。

(27) 『旧唐書』巻百九十二「隠逸伝・王績」

又撰隋書、未就而卒。

『新唐書』巻百九十六「隠逸伝・王績」

初、兄凝爲隋著作郎、撰隋書未成死、績續餘功、亦不能成。

新旧両唐書にもこのような記事が見えるわけだが、『新唐書』には王凝の後で、王績が『隋書』編纂を続けたとあり、「王無功文集序」（注25（c））とはその順序が逆になっている。孫望一九五七b、五六～五七頁（同二〇〇二、四七七～四七八頁）は『新唐書』が王度、王凝を混同したと論じる。

(28) 王勃「上吏部裴侍郎啓」（『英華』巻六百五十六）
自微言既絶、斯文不振。屈宋導澆源於前、枚馬張淫風於後。談人主者、以宮室苑囿爲雄、敍名流者、以沈酗驕奢爲達。故魏文用之而中國衰、宋武貴之而江東亂。雖沈謝爭騖、適足兆齊梁之危、徐庾竝馳、不能救周陳之禍。於是識其道者、卷舌而不言、明其弊者、拂衣而徑逝。潛夫昌言之論、作之而有逆於時、周公孔氏之教、存之而不行於代。天下之文、靡不壞矣。國家應千載之期、恢百王之業。

ここに一部を挙げた文章の全訳（猿渡留理氏による）が、京都大学中国文学研究室二〇〇八、六九～九〇頁に見える。

(29) 楊炯「王勃集序」
仲尼既沒、游夏光洙泗之風、屈平自沈、唐宋弘汨羅之跡。文儒於焉異術、詞賦所以殊源。逮秦氏燔書、斯文天喪、漢皇改運、此道不還。賈馬蔚興、已虧於雅頌、曹王傑起、更失於風騷。僶俛大猷、未忝前載。洎乎潘陸奮發、孫許相因、繼之以顏謝、申之以江鮑。梁魏羣材、周隋衆制、或苟求蟲篆、未盡力於丘墳、或獨徇波瀾、不尋源於禮樂。

出典は注15に同じ。「仲尼」は孔子、「游夏」はその弟子で学問に優れた子游と子夏、「屈平」は屈原、「唐宋」はその門人の唐勒と宋玉を指す。また「賈馬」は前漢の賈誼と司馬相如、「曹王」は後漢末・三国の曹植と王粲、「潘陸」は西晋の潘岳と陸機、「孫許」は東晋の孫綽と許詢、「顏謝」、「江鮑」は南朝の顔延之と謝霊運、江淹と鮑照を指す。「梁魏」・「周隋」まで、孔子や屈原が持つ創作の精神は失われていたと、南北朝・隋に至る文学を全体として否定する論旨が、引用箇所には貫かれる。

(30)『封氏聞見記』巻四「運次」
高宗時、王勃著大唐千年曆、國家土運、當承漢氏火德。上自曹魏、下至隋室、南北兩朝、咸非一統、不得承五運之次。勃言迂闊、未爲當時所許。

『旧唐書』巻百九十上「文苑伝上・王勃」

勃聰警絶衆、於推歩暦算尤精、嘗作大唐千歳暦、言唐徳靈長千年、不合承周隋短祚。其論大旨云、以土王者、五十代而一千年、金王者、四十九代而九百年、水王者、二十代而六百年、木王者、三十代而八百年、火王者、二十代而七百年。此天地之常期、符暦之數也。自黄帝至漢、竝是五運眞主。五行已遍、土運復歸、唐徳承之、宜矣。魏晉至于周隋、咸非正統、五行之沴氣也、故不可承之。大率如此。

『新唐書』巻二百一「文芸伝上・王勃」にも同様の記述があるが、そこでは書名を「唐家千歳暦」に作る。

(31)『封氏聞見記』巻四「運次」

天寶中、升平既久、上書言事者多爲詭異以希進用。有崔昌襲勃舊説、遂以上聞、玄宗納焉。下詔以唐承漢、自隋以前歴代帝王皆屛黜之、更以周漢爲二王後。是歳、禮部試天下造秀、作土徳惟新賦、則其事也。及楊國忠秉政、自以隋氏之宗、乃追貶崔昌竝當時議者、而復酅介二公焉。

『唐会要』巻二十四「二王三恪」

(天寶)九載六月六日、處士崔昌上封事、以國家合承周漢、其周隋不合爲二王後、請廢。詔下尚書省、集公卿議、昌負獨見之明、羣議不能屈。會集賢院學士衞包抗表、陳論議之夜、四星聚于尾宿、天象昭然、上心遂定。乃求殷、周、漢後爲三恪。廢韓、介、酅等公。以昌爲贊善大夫、包爲虞部員外郎。至十二年五月九日、魏、周、隋依舊爲三恪及二王後、復封韓、介、酅等公、其周漢、魏晉、齊梁帝王廟依舊制。六月九日、崔昌、衞包等皆貶官。

この他、『旧唐書』巻九「玄宗紀」下・天宝九載九月乙卯条、同十二載五月乙酉条、『冊府元亀』巻四「帝王部四・運歴」、巻百七十三「帝王部百七十三・継絶」、『新唐書』巻二百一「文芸伝上・王勃」にも関連の記事が見られる。唐を含む諸王朝の先立つ王室の子孫に対する礼遇は、平岡武夫一九七六、二二一〜二二七頁〔同一九九八、四〇七〜四一二頁〕参照。

(32) 王勃「黄帝八十一難経序」(『英華』巻七百三十五)

蓋授周易章句、及黄帝素問難經、乃知三才六甲之事、明堂玉匱之數。

この箇所の少し前に龍朔元年(六六一)という紀年が見えるので、十代の初めから王勃は暦法(「三才六甲之事」)を学んだことになる。

(33) 陳子昂「我府君有周居士文林郎陳公墓誌文」(陳集巻六)

(1)(i)青龍癸未、唐暦云微、公乃山棲絶穀、放息人事、餌雲母以怡其神。居十八年、玄圖大象、無所不達。(ii)嘗宴然坐、謂其嗣子子昂曰、吾幽觀大運、賢聖生有萌芽、時發乃茂、不可以智力圖也。氣同萬里、而遇合不同、造膝而悖。古之合者、百無一焉。嗚呼、昔堯與舜合、舜與禹合、天下得之四百餘年。湯與伊尹合、天下歸之五百年。文王與太公合、天下順之四百年。幽厲版蕩、天紀亂也。賢聖不相逢、老聃、仲尼、淪溺溷世、不能自昌。故有國者享年不永、彌四百餘年、戰國如麋、至於赤龍之興。赤龍之興四百年、天紀復亂、胡夷奔突、賢聖淪亡、至於今四百年矣、天意其將周復乎。於戲、吾老矣、汝其志之。（2）太歳己亥、年七十有四、七月七日己未、隱化於私館。……銘曰、賢者避地、邈其往兮。鳳兮鳳兮、誰能象兮。嗚呼我君、懷寶不試、孰知其深廣兮。悠悠白雲、自怡養兮。大運不齊、賢聖罔象兮。南山四君、不遭漢天子、固亦商丘之遺壤兮。

表題・本文共に『英華』巻九百六十一、『唐文粋』巻七十で文字を改めた箇所がある。なお、「吾幽觀大運」の「大運」を『唐文粋』は「太運」に作る。

(34)『史記』巻百三十「太史公自序」

太史公執遷手而泣曰、……自獲麟以來四百有餘歳、而諸侯相兼、史記放絶。今漢興、海内一統、明主賢君忠臣死義之士、余爲太史而弗論載、廢天下之史文、余甚懼焉、汝其念哉。……太史公曰、先人有言［正義：太史公、司馬遷也。先人、司馬談也］、自周公卒五百歳而有孔子。孔子卒後至於今五百歳、有能紹明世、正易傳、繼春秋、本詩書禮樂之際。意在斯乎、意在斯乎。小子何敢讓焉。

(35)『史記』巻二十七「天官書」

夫天運、三十歳一小變、百年中變、五百載大變、三大變一紀、三紀而大備、此其大數也。爲國者必貴三五。上下各千歳、然后天人之際續備。

(36)『孟子』「尽心」下

孟子曰、由堯舜至於湯、五百有餘歳。若禹、皐陶則見而知之、若湯則聞而知之。由湯至於文王、五百有餘歳。若伊尹、萊朱則見而知之、若文王則聞而知之。由文王至於孔子、五百有餘歳。若太公望、散宜生則見而知之、若孔子則聞而知之。由孔子而來、至於今、百有餘歳、去聖人之世、若此其未遠也。近聖人之居、若此其甚也。然而無有乎爾、則亦無有乎爾。

(37) 前漢・賈誼『新書』「数寧」

臣聞之、自禹以下五百歳而湯起、自湯已下五百餘年而武王起。故聖王之起、大以五百爲紀。自武王已下過五百歳矣、聖王不起、何怪矣。

前漢・揚雄『揚子法言』「五百」

或問、五百歳而聖人出、有諸。曰、堯、舜、禹、君臣也而竝、文武、周公、父子也而處。湯、孔子數百歳而生。因往以推來、雖千一不可知也。

後漢・桓譚『桓子新論』（『文選』巻三十七・劉琨「勧進表」李善注所引）

夫聖人乃千載一出、賢人君子、所想思而不可得見也。

（38）梁・元帝『金楼子』「立言」上

周公沒五百年有孔子、孔子沒五百年有太史公。五百年運、余何敢讓焉。

『大唐新語』巻四「政能」

員半千本名餘慶、與何彦先師事王義方。義方甚重之、嘗謂曰、五百年一賢、足下當之矣。改名半千。

（39）「別伝」第五段

嘗恨國史蕪雜。乃自漢孝武之後以迄唐、爲後史記。綱紀粗立、筆削未終、鍾文林府君憂。其書中廢。

第一章第三節（Ⅴ）、注52を参照されたい。

（40）唐以前の史記研究史を扱う著作に楊海峥二〇〇三がある。

（41）「感遇」十七（陳集巻一）

1幽居觀大運、2悠悠念羣生。3終古代興沒、4豪聖莫能爭。5三季淪周赧、6七雄滅秦嬴。7復聞赤精子、8提劍入咸京。9炎光既無象、10晉虜紛縦横。11堯禹道既昧、12昏虐世方行。13豈無當世雄、14天道與胡兵。15咄咄安可言、16時醉而未醒。17仲尼溺東魯、18　伯陽遁西溟。19大運自古來、20孤人胡歎哉。

第六句の「嬴」、第十句の「縦」はもと「嬴」、「蹤」に作るが、『唐文粋』巻十八に拠って改めた。なお、この詩の詳しい訳注が中尾一成二〇〇〇、四七～四〇頁に見える。

（42）『史記』巻二十七「天官書」

日月暈適、雲風、此天之客氣、其發見亦有大運。

魏・何晏「景福殿賦」（『文選』巻十一）

且許昌者、乃大運之攸戻、圖讖之所旌［李善注：春秋説題辭曰、大運在五］。

陳子昂「感遇」三十八（陳集巻一）

大運自盈縮、春秋迭來過。

同「薊丘覧古贈盧居士蔵用・鄒子」（同巻二）

大運淪三代、天人罕有窺。

森博行一九八五、二四頁〔同二〇〇二、二四頁〕参照。また、他に次の例もある。

陳子昂「為宗舎人謝物表」一（陳集巻三）

陛下又恢大運、崇號寵章。

(43) 初出は森博行一九八五、二四～二五頁だが、今その再録である同二〇〇二、二四～二五頁から引用した。

(44) 「感遇」九（陳集巻一）

赤精既迷漢、子年何救秦。

四世紀末に後秦の姚萇に殺された王嘉は、字を子年という。

(45) 森博行一九八五、四三頁の注20〔同二〇〇二、二〇～二一頁〕でも「諫政理書」（陳集巻九）で展開される隋までの王朝の興亡についての叙述や『後史記』の撰述計画から、陳子昂が「歴史的に広い視野からものをみる態度をもっていた」ことが指摘される。

(46) 「昭夷子趙氏碑」（陳集巻五）

于昭夷昔歎才位不兼、大運有數、嘗哀時命而作頌云。諸公以余從君之遊最久、故秉翰參詳、敍其頌曰、……然則大運之所來、時哉時哉。

(47) 韓理洲一九八〇a、四五頁を補訂した同一九八八、九三～九四頁の説に拠る。なお徐文茂二〇〇二、一〇八～一〇九頁は六九六年の作品とする。

(48) 東晋・謝道蘊「擬嵆中散詩」（『芸文類聚』巻八十八「木部上・松・詩」所引

時哉不我與、大運所飄颻。

李白「古風」二十五（『李太白文集』巻二）

大運有興沒、羣動爭飛奔。

同「古風」三十二（同前）

良辰竟何許、大運有淪忽。

同「登梅崗望金陵贈族姪高座寺僧中孚」（同巻十九）

時遷大運去、龍虎勢休歇。

韓愈「重雲一首李觀疾贈之」（『新刊五百家註音辯昌黎先生文集』巻一）

且況天地閒、大運自有常。

陳陶「海昌望月」（『英華』巻百五十二）

蚌蛤乘大運、含珠相對鬝。

李白の詩以降が唐代の用例だが、他に唐詩には次のような例もある。

李白「門有車馬客行」（『李太白文集』巻四）

大運且如此、蒼穹寧匪仁。

劉復「游仙」（『唐詩紀事』巻二十九）

相思千萬歲、大運浩悠悠。

ただし、前者の「大運」を『英華』巻百九十五は「天運」に、後者のそれを同巻二百二十五（作者の名を「劉綬」として収録）は「太運」に作る。

(49)　森博行一九八五、二五頁〔同二〇〇二、二五頁〕参照（李白の詩は前注に引く）。

(50)　魏・王弼『周易略例』「明彖」

故處璇璣以觀大運、則天地之動未足怪也。

『尚書』「金縢」

正義曰、以王者存亡、大運在天、有德於民、天之所與、是受命天庭也。

(51)　（a）晋・王纂受『太上洞淵神呪経』巻七「斬鬼品」

道言、大運交會、鬼兵縱泆。

（b）『元始五老赤書玉篇真文天書経』巻上

大運交、洪水四出、召蛟龍水神事。……大運交會、洪災掃天。……九九大運交、陰炁勃、陽炁。

（c）『太上霊諸天内音自然玉字』巻一「大梵隠語无量洞章玉訣」

大運啓期、琳琅自生。

（d）『無上祕要』巻六「劫運品・洞玄空洞霊章経」

十方飛天神人告太上道君曰、自周三界之中、三十二天、累經大運交周。
（e）同巻二十八「九天生神章品・上上禅善无量寿天生神章」
幽夜淪遐劫、對盡大運通。
（f）–1同巻二十九「秀楽禁上天頌」
大運冥會、萬劫蒙遷。
（f）–2同巻二十九「无上常融天頌」
熙怡不悟朝、倏欻大運廻。
（g）唐・潘師正『道門経法相承次序』巻中
大運交周、二十八天、一時混沌、猶如霧穀。

なお（b）と（c）の文を含む経典の年代は分からないが、六世紀末の『無上祕要』にも引かれるので、成立はそれ以前と考えられる。
（52）（1）前漢・哀帝「大赦改元詔」（『漢書』巻七十五「李尋伝」所引）
蓋聞尚書、五曰考終命、言大運壹終、更紀天元人元、考文正理、推曆定紀、數如甲子也。
（2）『漢書』巻八十七下「揚雄伝」下
其用自天元推一晝一夜陰陽數度律曆之紀、九九大運、與天終始。
（3）後漢・明帝「即位恩赦詔」（『後漢書』本紀二「顕宗孝明帝紀」所引）
朕承大運、繼體守文、不知稼穡之艱難、懼有廢失。
（4）後漢（・黄巾）「移書曹公」（『三国志』巻一「武帝紀」注所引『魏書』）
漢行已盡、黃家當立。天之大運、非君才力所能存也。
（5）魏・曹植「禹渡河賛」（『芸文類聚』巻十一「帝王部一・禹夏后氏・賛」所引）
予受大運、勤功恤民。
（6）魏・明帝「孝献皇帝贈冊文」（『三国志』巻三「明帝紀」注所引『献帝伝』）
自往迄今、彌歷七代、歲暨三千、而大運來復、庸命底績、纂我民主、作建皇極。
（7）東晋・紀瞻「久疾上疏」（『晋書』巻六十八「紀瞻伝」所引）

臣以凡庸、邂逅遭遇、勞無負鼎、口不商歌、横逢大運、頻煩蘷竊。
（8）東晋・簡文帝「手詔報桓温」（『世説新語』「黜免」所引）
若晉室靈長、明公便宜奉行此詔、如大運去矣、請避賢路。
（9）東晋・王珣「孝武帝哀策」（『芸文類聚』巻十三「帝王部三・晋孝武帝・策文」）
茫茫大運、靡始不終。
（10）『晋書』巻百十四「苻堅載記」下
堅曰、帝王曆數豈有常哉、惟德之所授耳。汝所以不如吾者、正病此不達變通大運。
（11）『出三蔵記集』巻十五「道安法師伝」
堅曰、非爲地不廣、民不足治也。將簡天心明大運所在耳。
（12）『宋書』巻七「前廃帝紀」
及太后崩後數日、帝夢太后謂之曰、……大運所歸、應還文帝之子。
（13）宋・謝晦「悲人道」（『宋書』巻四十四「謝晦伝」所引）
値革變之大運、遭一顧於聖皇。
（14）南斉・武帝「誅垣崇祖詔」（『南斉書』巻二十五「垣崇祖伝」所引）
大運光啓、頻煩升擢、溪壑靡厭、浸以彌廣。
（15）梁・武帝「放還罪口詔」（『梁書』巻二「武帝紀」中所引）
大運肇升、嘉慶惟始、劫賊餘口沒在臺府者、悉可蠲放。
（16）北魏・常珍奇「上魏献文帝表」（『魏書』巻六十一「畢衆敬伝・常珍奇」所引）
大運未集、遂至分崩。
（17）北魏・張淵「観象賦」（同巻九十一「術芸伝・張淵」所引）
此則冥數之大運、非治綱之失緒。
（18）北斉・魏収「為孝静帝下詔禅位」（『北斉書』巻四「文宣帝紀」所引）
靜言大運、欣於避賢、遠惟唐虞禪代之典、近想魏晉揖讓之風、其可昧興替之禮、稽神祇之望。
（19）『北史』巻五「魏本紀・西魏文帝」

既而大運未終、竟保天祿云。

（20）『隋書』巻六十三「衛玄伝」

於軍中掃地而祭高祖曰、……若社稷靈長、宜令醜徒冰碎、如或大運去矣、幸使老臣先死。

（21）同巻三十八「劉昉等伝」論

柳裘、皇甫續、盧賁、因人成事、協規不二、大運光啓、莫參樞要。

（22）同巻二十一「天文志」下

後宣武繼崩、高祖以大運代起。

（23）『続高僧伝』巻十八「隋西京禅定道場釈曇遷伝」

遷曰、……陛下臨統大運、更闡法門、無不詠歌有歸、來投聖德。

（24）隋・恭帝「上遜位唐王詔」（『大唐創業起居注』巻三所引）

當今九服崩離、三靈改卜、大運去矣、請避賢路。

（25）唐・高祖「改元大赦詔」（同前所引）

少帝知神器有適、大運去之、遜位而禪、若隋之初。

（26）『続高僧伝』巻十三「唐蒲州棲巌寺釈神素伝」

今大運忽臨、長思永別、好住努力。

（27）『釈迦方志』巻下「通局」

取其大運之極數、又顯印手之通聖云。

以上、「大運」の用例で『全上古三代秦漢三国六朝文』、『全唐文』に収録される作品の表題、作者の帰属は概ねこれら両書に従う。

（53）「修竹篇序」の原文は第一章第二節、注37に引く。なお、「趙碑」（第一章第四節参照）に「大運茫茫、天地悠悠」とある。後半は陳子昂「登幽州台歌」の「念天地之悠悠、獨愴然而涕下」（第一章第三節、注50）を踏まえる。前半も陳子昂による「大運」の頻用を意識した上での表現かもしれない。

（54）筧文生一九八六、七二〜七四頁〔同二〇〇二、五八〜六〇頁〕、宮岸雄介二〇一〇、一二六〜一三〇頁参照。

（55）稲葉一郎一九六三、五八〜五九頁〔同二〇〇六、三一二〜三一三頁〕、西脇常記一九七六、七〇〜七一頁〔同二〇〇〇、一九～二〇頁〕、参照。

(56) 平岡武夫一九七六、二三頁〔同一九九八、四〇七～四〇八頁〕、孫正軍二〇一一参照。

(57) 第三節の記述は平岡武夫一九四四、六二～六八頁、同一九五一、九二～一三九頁の啓発を受けるところが大きい。また、蕭穎士の思想については潘呂棋昌一九八三、一〇七～一四六頁参照。

(58) 「為陳正卿進続尚書表」（『英華』巻六百十）に見える。

(59) 唐・李華「三賢論」（『英華』巻七百四十四）

頴川陳晉正卿、深於詩書。

『新唐書』巻五十七「芸文志一・甲部経録・書類」

陳正卿續尚書［纂漢至唐十二代詔策、章疏、歌頌、符檄、論議成書、開元末上之。巻亡］

潘呂棋昌一九八三、六七・九六頁に拠れば、『続尚書』（散逸）の進上は開元二十七年（七三九）から同二十九年（七四一）の間のことという。

(60) 蕭穎士「贈韋司業書」（『英華』巻六百七十八）

有漢之興、舊章頓革。馬遷唱其始、班固揚其風。紀傳平分、表志區別、其文複而雜、其體漫而疏、事同擧措、言異卷秩。首末不足以振綱維、支條適足以助繁亂。於是聖明之筆削、褒貶之文廢矣。後進因循、學猶不及、竟增泛博、彌敦簡要、其迷固久、非可一二言也。僕不揆顧、嘗有志焉、思欲依魯史編年、著歴代通典。起于漢元十月、終於義寧二年、約而刪之、勒成百巻。應正數者、擧年以繫代、分土宇者、附月以表年。於左氏取其文、穀梁師其簡、公羊得其覈、綜三傳之能事、摽一字以擧凡、扶孔左而中興、黜遷固爲放命。

(61) 『歴代通典』と同じ玄宗期、裴光庭『続春秋』、韋述『唐春秋』など「春秋」を書名に含む（恐らくは編年体の）史書が編まれた。島一一九九七、四四～四六頁〔同二〇一三、一二七～一三〇頁〕参照。

(62) 李華「三賢論」（『英華』巻七百四十四）

蕭以史書爲煩、尤罪子長不編年陳事、而爲列傳、後代因之、非典訓也。將正其失、自春秋三家之後、非訓齊生人不錄、次序纘脩、以迄于今。志未就而歿。

(63) 蕭穎士「為陳正卿進続尚書表」（『英華』巻六百十）

漢臣著紀新體、互紛［一作約］於表志。其道末者、其文雜、其才淺者、其意煩。豈聖人存易簡之旨、盡芟夷之義也。

「漢臣」は漢王朝に仕えた司馬遷と班固を指しており、この一節も彼らが用いた紀伝体を批判する。

(64) 唐代中後期の通史流行については瞿林東一九八九、二五～二八頁（同二〇一五、二一～二五頁）参照。『三国典略』は南北朝末期、『大統記』は太古から元和六年（八一一）、『統史』は天地開闢から隋末までを記述の対象とした。各文献の引用から、『三国典略』を復元した杜徳橋・趙超一九九八がある。

(65) 『歴代通典』における三伝を総合させた態度、趙匡の師事という事実に新春秋学派と蕭穎士との関係を見出す議論が戸崎哲彦一九八六、一〇五～一〇六頁（同一九九〇、四五～四六頁）、副島一郎一九九五、八二頁（同二〇〇五、七二頁）、島一一九九七、四六～四九頁（同二〇一三、一三〇～一三四頁）に見える。

(66) 注60に引く書簡は「贈韋司業書」と題するが、『旧唐書』巻百二「韋述伝」に見える韋述の国子司業在任期間から、その執筆時期も七四〇年前後と推測される。潘呂棋昌一九八三、九六～九七頁は、より細かく開元二十九年（七四一）閏四月に限定する。

(67) 『新唐書』巻二百二「文芸伝中・蕭穎士」

嘗謂、仲尼作春秋、爲百王不易法、而司馬遷作本紀、書表、世家、列傳、敍事依違、失褒貶體、不足以訓。乃起漢元年訖隋義寧編年、依春秋義類爲傳百篇。在魏書高貴崩、曰、司馬昭弑帝於南闕。在梁書陳受禪、曰、陳霸先反。又自以梁枝孫、而宣帝逆取順守、故武帝得血食三紀。昔曲沃簒晉、而文公爲五伯、仲尼弗貶也。乃黜陳閏隋、以唐土德承梁火德、皆自斷、諸儒不與論也。有太原王緒者、僧辯裔孫、譔永寧公輔梁書、黜陳不帝、穎士佐之、亦著梁蕭史譜及作梁不禪陳論以發緒義例、使光明云。

(68) 魏の皇帝だった高貴郷公（在位二五四～二六〇）は、権臣の司馬昭を倒そうとして逆に殺された。司馬昭の息子が建国した晋の時代に著された『三国志』（「魏書」巻四「三少帝紀・高貴郷公髦」）は、司馬氏を憚ってその弑逆に触れない。蕭穎士はこれを良しとせず、史書で直筆したわけである。

(69) 晋の混乱を治めて強国とした君主の文公が本家を乗っ取った分家筋の子孫だということは、『春秋左氏伝』桓公二年、僖公二十四年条に見える。

(70) 『新唐書』巻五十八「芸文志二・乙部史録・雑伝記類」

王緒永寧公輔梁記十巻［緒、開元人、僧辯兄孫也。永寧卽僧辯所封］

これと注67で引いた伝記に見える「永寧公輔梁書」は異名同書か（いずれも散逸）。ともかく王緒は太原（現山西省）王氏の祖先である王僧弁が梁の柱石として活躍したのに、陳覇先に殺されたことの不当さを自著で述べたかと思われる。

(71) 李華「楊州功曹蕭穎士文集序」(『英華』巻七百一)を訳出した(原文は第二章注二七に挙げた)。

(72) 蕭穎士「贈韋司業書」

僕平生屬文、格不近俗、凡所擬議、必希古人、魏晉以來、未嘗留意。

『新唐書』「蕭穎士伝」

穎士數稱班彪、皇甫謐、張華、劉琨、潘尼能尚古、而混流俗不自振、曹植、陸機所不逮也。又言裴子野善著書。……士和字伯均、著蘭陵先生誄、蕭夫子集論、因榷歷世文章、而盛推穎士所長、以爲聞蕭氏風者、五尺童子羞稱曹陸。

出典は各々注60、67に同じ。

(73) 『梁書』巻三十「裴子野伝」

子野爲文典而速、不尚麗靡之詞、其制作多法古、與今文體異、當時或有詆訶者、及其末皆翕然重之。

南朝の文学者として梁に仕えた裴子野を唯ひとり評価するのには、さもなければ梁朝蕭氏の統治下でも優れた文学が皆無になるという蕭穎士にとって不都合な事態を避ける意味もあったかもしれない。

(74) 平岡武夫一九五一、一一七頁に拠れば天宝十載(七五一)のことである。ただし、「贈韋司業書」の執筆時期(注66)から『歴代通典』の構想は、これ以前に遡ると分かる。

(75) 蕭穎士・李華を中心とする盛・中唐の狭間に活躍した古文家同士の人間関係については林田愼之助一九七七〔同一九七九、四五三～四八三頁〕参照。

(76) 李華「三賢論」(『英華』巻七百四十四)

余兄事元魯山而友劉蕭二功曹、此三賢者可謂之達矣。……劉名儒史官之家、兄弟以學者稱。乃述詩書禮樂春秋(唐書作禮易書春秋詩)爲五説、條貫源流、備今古之變。

「余」は李華、「元魯山」は元徳秀、「劉蕭二功曹」は劉迅と蕭穎士、表題・文中に見える「三賢」は元・劉・蕭の三人を指す。また、『英華』巻九百四十四に梁粛「給事中劉公墓誌銘」、巻九百八十に李華「祭劉評事兄文」・「祭劉左丞文」を収める。「劉公」、「劉評事兄」、「劉左丞」はそれぞれ劉迥、劉貺(各々劉秩・劉迅の弟、兄)、劉秩を指す。梁粛と李華がこれらの文章を残す点からも、劉氏兄弟と古文家との交遊の存在が推測される。蕭穎士が李華らと篤く交わったこと(前注所掲文献参照)を思えば、彼が通史の撰述において劉氏父子の史学より影響を受けたという想像は決して的外れでもない。

(77) 劉秩と『政典』及び同書と『通典』との関係は金井之忠一九三九、同一九四〇、八九～一五八頁参照。また副島一郎一九九五〔同二〇〇五、六二～八〇頁〕は前例の無い制度の通史という『通典』に象徴される盛唐の新たな史学と柳宗元の文学との関係を論じて、『政典』にも言及する。

(78) 廖宜方二〇一一、一八九～二五五頁参照。

(79) 韓愈らに先立つ蕭穎士と同時代の古文家と史学の関係は謝海平一九九六b参照。

第五章　唐代「詩格」研究序説
――「詩学」成立への一過程

はじめに

南宋・厳羽《げんう》の『滄浪詩話』（十三世紀前半）といえば、数多ある中国の詩話の中でも稀な体系性と後世に与えた影響の大きさで知られる。次に引くのは、同書の中の問答である。

ある人が尋ねた、「唐詩はどうして我が（宋）朝の詩に勝るのだろうか」。（答えていわく）「唐人は詩によって人物を選抜した。従って一家を成すほどに詩を学ぶ者が多かった。我が朝の詩が、及ばないわけである」。(1)

厳羽自身の答えと思しい「一家を成すほどに詩を学ぶ者」（原文「專門之學」）という箇所に、いま注目したい。作詩をことさらに学ぶ気風の存在が唐詩を次の宋代（九六〇～一二七六）の詩歌が及び得ない高みに導いたとする説は、これに先立つ宋人の著述にも見られる。(2)本章で扱おうと考えるのは、唐人が詩を学習したとして、彼らが詩作を学んだ手段は、どのようなものかということである。もとより、過去や同時代の実作に就いて吸収する側面は大きかったろうし、師承・口伝による指導といった側面も存在したであろう。ただ、ここではそれらとは別に、唐代から五代（九〇七～九六〇）・北宋（九六〇～一一二七）に懸けて編まれ続けた「詩格」などと呼ばれる文献と作詩・作文法の習得との関わりを主題とする。

「詩格」は詩歌批評書、作詩法の指南書と目される。一九三〇年代以降に著された長篇の古典文学批評史は多く「詩格」にも触れるが、中でもそれらを資料として縦横に用い、創見に満ちた記述を残されたのは羅根沢氏である。[3] また隋代（五八一～六一八）以前より続く対偶（対句）・声律（声調・韻律）と関わる言説以外に、「詩格」自体を対象とする総論・各論も著されてきた。[4] ただ、空海（七七四～八三五）が日本に帰国してから「詩格」を用いて編んだ『文鏡秘府論』[5] や次章以下の三章で取り上げる皎然（七二〇頃～七九三以降）の詩論を除けば、それらの研究はなお手薄といえる。中でも社会制度に関わる撰述の背景をも含めた「詩格」類の研究は、現在までのところ張伯偉氏の論著など少数に止まる。[6]

本章では「詩格」の特徴を略説した後に、その流行の背景を探っていく。作詩の教本に用いられたことは概ね認められるにせよ、それらが詩歌の実作で参考に供されたことを示す唐代の記録は、いま見出せない。従って、第二節以降では周辺の資料を使って、参考書の役割を担った蓋然性を提示せざるを得ない。そういった作業を経た上で、「詩格」の位置付け、また唐人にとって文学に止まらない範囲で詩作が持った意義を考えていきたい。

第一節　唐・五代・北宋の「詩格」

まず唐・五代・北宋の「詩格」と「賦格」、「文格」を表に示す。「賦格」は賦（韻文の一種）、「文格」は恐らく四字・六字句を基調とした四六騈儷文（騈文）が主な対象の同様な文献をいう。[7] ただし、「詩格」以外は逸文さえほぼ伝わらず、三者の区分は容易でない。

先人の説に導かれて、[8] 年代に関する手掛かりの有無で（これとて不明確だが）、唐から北宋までの「詩格」などを表5-1（年代順）と表5-2（著録する文献別）に列挙した。多くは既に散逸しており、関連の記録や書目上の分類、さらには「格」・「式」[9]・「訣」など書名に共通する文字より同様の文献に属すると判断した例

表5－1　唐・五代・北宋の作詩文指南書（仮託を含め撰者などからひとまず時代を推測）

	王朝	書名	撰者名	常科	吏部試	制挙	考官	生前の極官
1	唐	筆札華梁	上官儀	627	—	—	—	宰相
2		文筆式	佚名					
3		詩格	魏文帝					
4		詩髄脳	元兢	—	—	—	—	周王府参軍
5		沈約詩格						
6		唐朝新定詩格	崔融	—	—	676	—	司礼少卿
7		評詩格	李嶠	664?	—	○	—	宰相
8		開元詩格	徐隠秦	—	—	—	—	伝未詳
9		詩格（詩中密旨）	王昌齢	727	734	—	—	江寧丞
10		詩格	王維	719?	—	—	740? 知南選事	尚書右丞
11		詩議	釈皎然					
12		詩式						
13		賦訣	范伝正	794	○	—	—	光禄卿
14		賦枢	張仲素	798	○	—	—	中書舎人
15		金鍼詩格	白居易	800	803	806	807進士、808、821制策、821覆試各考官	刑部尚書致仕太子少傅
16		文苑詩格						
17		賦要	白行簡	807	—	—	—	主客郎中
18		二南密旨	賈島	×	×	×	×	普州司倉参軍
19		大中新行詩格	王起	798	803	808	822/823/843/844知貢挙	宰相
20		賦格	紇干兪	815	—	—	838吏部試考官	河陽節度使
21		詩例	姚合	816	—	—	—	祕書監
22		賦門	浩虚舟	822	—	—	—	伝未詳
23		詩賦格	佚名					
24		炙轂子詩格	王叡	—	—	—	—	進士（受験者）
25		文章玄妙	任藩（任博）	—	—	—	—	伝未詳
26		詩点秘化術						
27		縁情手鑑詩格	李洪宣	—	—	—	—	伝未詳

28		今体詩格（国風正訣）	鄭谷	887	—	—	—	都官郎中
			黄損	922	—	—	—	（南漢）左僕射
			僧斉己（斉陸機）					
29		風騒詩格						
30		玄機分別要覧（分別六義訣）						
31		詩評	夏侯籍	—	—	—	—	西川従事
32		流類手鑑	僧虚中					
33	五代	雅道機要	徐夤	894	—	—	—	（閩）掌書記
34		文格	孫郃	897	—	—	—	左拾遺
35		文章亀鑑	王貞範	—	—	—	—	伝未詳
36		修文要訣	馮鑑	—	—	—	—	梓州射洪令
37		風騒要式	徐衍	—	—	—	—	伝未詳
38		賦格	和凝	917	—	—	933知貢挙	（後晋）宰相
39		詩中旨格	王玄	—	—	—	—	伝未詳
40		詩格要律	王夢簡	—	—	—	—	進士（受験者）
41		詩格	僧神彧（神郁）					
42		四六格						
43	北宋	処囊訣	僧保暹					直昭文館
44		詩評	僧景淳					
45		賦訣	宋祁	1025		—	—	工部尚書
46		詩苑類格	李淑	賜進士		—	1034権同知貢挙 1038知貢挙	龍図閣学士
47		続金鍼詩格	梅尭臣	賜進士		—	1057進士科小試官	都官員外郎
48		賦門魚鑰	馬偁	進士		—	—	未詳
49		賦評	呉処厚	1053		—	—	知衛州
50		律詩格	張商英	1057		—	—	尚書右僕射
51		天厨禁臠	僧覚範					
52		風騒格	闇苑	—	—	—	—	未詳

表5－2　唐・五代・北宋の作詩文指南書（時代を特定し難い文献）

	王朝	書名	撰者名	著録
1	唐？	詩式	僧辞遠	宋史芸文志（文鏡秘府論に同名の書を引く）
2		詩鑑	許文貴	同上
3		文旨	王瑜卿	同上、崇文総目、通志芸文略作王瑜
4		詩体	倪宥	同上、秘書省続編到四庫闕書目作金体律詩例
5		文章亀鑑		同上、崇文総目、新唐書芸文志同
6	晩唐五代？	詩律文格（詩格）	徐蛻	秘書省続編到四庫闕書目、宋史芸文志作徐鋭
7		騒雅式	佚名	同上、通志芸文略同
8		吟体類例	佚名	同上、通志芸文略同
9		詩林句範	佚名	同上、通志芸文略同
10		杜氏十二律詩格	佚名	同上、通志芸文略作杜氏詩律詩格
11		律詩洪範	徐三極	通志芸文略、秘書省続編到四庫闕書目作律三極

三桁乃至四桁の算用数字は西暦年、○は時期不詳の事跡、―は不明の、？は不確かな事柄を、「秀才」は進士科ではなく秀才科の出身ということを、「賜進士」は特例で進士の資格を得たことを、「知南選」は南方の官吏を考課したことを各々示す。書名に附した破線は「文格」や「賦格」と推測されること（「詩格」を兼ねる場合を除く）、太線は逸文が相当に伝わる著作[10]を、書名を枠で囲んだものは現存の作品を、撰者名の下の二重線は仏僧または出家の経験がある人物を示す。

も含まれる。文献名や人名に関して別名と思しき呼称を丸括弧内に入れたが、これらの同定も相当な推測を含む。

そもそも、「詩格」などを全体として定義することにも困難が伴う。類似の文献は、前掲の表に挙げただけに止まるものではない。隋以前にも、声律・対偶を論じた典籍は存在した（第八章「おわりに」、注78～81）。実作の参考になることをも想定した詩文の選集、また優れた詩句・章段のみを挙げた秀句集・句図（次章第五節と同「おわりに」、注100を見られたい）の類も存在する。作詩の手本になし得る点で、「詩格」とこれらに差異は無い。

本書では、例句以外に、実際の詩文作成に繋がる記述や批評を含む（逸書の場合はそう推測される）文献を「詩格」・「文格」・「賦格」などと呼ぶことにする。類似の著作でも『文筆要決』[11]、『賦譜』[12]、『帝徳録』[13]、『杜家立成雑書要略』[14]は対象外とした。また「詩格」などを集成し、原型の成立が北宋末まで遡れるかもしれない『吟窓雑録』（第九章で詳論）は表に挙げない。もちろん、これらの比定・取捨の基準が、曖昧なことは否定し難い。

ただ、今に残る乏しい資料からでも、唐初から北宋末に及ぶ約五百年間で「詩（文・賦）格」だった可能性を持つ文献が六十種ほども著されたことが確認される。逸書や近い領域の著作も考慮に入れれば、その数はさらに増えよう。例えば、次のような記述がある。

賦門魚鑰《ふもんぎょやく》十五巻　進士馬称撰。唐の蔣防《しょうぼう》から下って本朝（宋）の宋祁《そうき》ら諸家による律賦《りっぷ》（対偶・声律上の定型に意を払う辞賦）の方式を（一書に）まとめ上げた。(16)

この記述から、二つの事実が読み取れる。即ち「諸家」という以上、蔣防や宋祁（表5-1の45を見られたい）のそれ以外にも「律賦の方式」（原文「律賦格訣」）があったこと、そしてこれらの「方式」が唐宋の間で継承されたことである。「当時の人間がいま「某格」と呼ぶ著述を一体と捉えていたとは限らず、そこに一連の流れを見出す前提には問題がある」との反論が提起されるならば、この事実は有力な反証になり得るだろう。後に見るとおり、現存の「詩格」や逸文からも形式や内容の類似を発見することは、ごく容易なのである。

前掲の表5-1を見渡すと、後になるほど僧侶が「詩格」の著述に関わっていることが見て取れる。第六章以下の三章では皎然の詩論を検討するが、彼が『詩式』及び『詩議』を著したことは、その典型である。仏僧と「詩格」との関係には先行研究もあるので、(17)そちらに譲りたい。これら以外に、俗界の人間でも著名人の名が、表5-1には散見する。ただし、王維（六九九～七六一）、白居易（七七二～八四六）、賈島《かとう》（七七九～八四三）、梅尭臣《ばいぎょうしん》（一〇〇二～一〇六〇）が「詩格」を作ったという記録は、同時期の資料には見えない。

詩人としての名声ゆえに、そういった詩歌に関わる文献が彼らに仮託された可能性は高い。

しかし、表5-1には科挙で原則として毎年実施された常科（進士科・秀才科など）、さらに上級の任官試験である吏部試、皇帝の命による臨時の登用試験たる制挙の及第者、それらの考官（試験官）、また宰相など顕官の名が相当数見られる。(18) このような名士が「詩格」に関わったとされる事実は見逃せまい。科挙と「詩格」との関係は、第四節で後述する。その前に次節では、「詩格」と見做せる文献に往々にして共通する特徴を見ておきたい。

第二節　「詩格」の特徴

まず「詩格」、その中でも唐代前期のそれが持つ内容上の特徴を五つにまとめる。これらの特徴を列挙した箇所には、筆者自身の別稿(19)と重なる点がある旨を先にお断りしておく。

（ⅰ）対偶・声律など作詩上の技巧・禁忌の記述に相当な力を注ぐ。

> 第一、的名対《てきめいつい》［またの名は正名対《せいめいつい》、またの名は正対《せいつい》、またの名は切対《せっつい》］
> 天地・日月・好悪・去来・軽重・浮沈・長短・進退・方円・大小・明暗・老少・凶儜《きょうどう》（儜は弱いの意）・俯仰・壮弱（弱は若の意）・往還・清濁・南北・東西、このような類を、正対と名付ける。詩にいう、「東の畑で青い梅が生り、西の庭で緑の草が伸びる。石畳の下で花はゆっくりと散り、階《きざはし》の前に綿毛が緩やかにやって来る」(20)。

「天」と「地」など同一のカテゴリーで意味が反対の文字・語彙を配した最も明快な対句である的名対（正名対・正対）を解説した、唐・上官儀（?～六六四）*『筆札華梁《ひっさつかりょう》』（前節、表5-1の1）の逸文と思しい一節を引いた。『文鏡秘府論』での引用文に拠れば、『筆札華梁』は対句を計九種に分類していた可能性がある。また、同じ項に引く初唐に編まれた別の「詩格」である佚名『文筆式』（表5-1の2）では、より多く十三類に細分している。さらに、同書は次に掲げる「平頭《ひょうとう》」を筆頭に声律上の禁忌を十四種類も列挙する。(21)

第一、平頭

平頭詩とは、五言詩で第一字が第六字と同じ声調であってはならず、第二字は第七字と同じ声調であってはならない（ということだ）。声調を同じくするというのは、平・上・去・入の四声を同じくしてはならない（ということだ）。（これを）犯した場合、平頭を犯すという。平頭の詩にいう、

「芳時淑気清、提壺臺上傾（花の季節には和やかな空気が清々しく、壷を携えて台《うてな》の上で杯を傾ける）」。このような類が、その病《へい》（平頭という禁忌）なのである。(22)

「芳」と「提」、「時」と「壺」が同じ平声に属する文字のため、平頭を犯すことになる。韻律及び当時の漢字が持つ平・上・去・入という四つの声調に関わって詩文の作成で避けるべきとされた禁忌は、平頭を含めて八病《はっぺい》と総称される（序章第四節、注9・10）。「正名対」（注20）などの対偶と同じく、唐人にはこれらへの意識を重んじる言説が数多い。序章第四節の他にも、対句の使用を奨励する主張を、我々は第八章第五節（注57～59・62）でも見ることになる。それらの記述は、みな唐代前期の「詩格」に現れる。

（ii）名数また数称（数詞と名詞の結合）によるややお題目めいた技巧の分類が多い。

六志《りくし》〔『筆札（華梁）』もほぼ同じ〕……

第一を直言志という。

直言志とは、事物を明らかに描き、事柄を指し示して述べ、他の風趣に頼らず、別個に詠ぜられるものをいう。

そこで（直言志の例として）仮に屏風の詩を作っていう、「（屏風に描かれた）緑の葉は霜に遭っても夏の様子だし、赤い花は雪の中でも春の姿を示す。（同じく画中の）去り行く馬は足取りを進めず、近付く車も車輪を動かそうか[23]」。

題材を詩で如何に詠出するか、その方法を『文筆式』は六種に分類する。原注に拠れば、『筆札華梁』も同じ記述を含んでいたらしい。これを除く「志」の名称や説明は省略するが、『筆札華梁』だけでも「六志」の他、「八階」（作詩の状況に関わる手法を八種に分かつ）・「属対」（本節ⅰで挙げた「的名対」など九種の対句を例示）・「七種言句例」（一字句から七字句までの解説）・「文病」（声律上の禁忌八種を列挙）、「筆四病《ひっしへい》」（作文における声律上の禁忌四種）といった項が見られる。同じく『文鏡秘府論』の引用から判断すれば、『文筆式』にも同種の項が存在した。説明に用いる例句を引く点はどの「詩格」や項でも等しいが、ここでは撰者自ら相応しい詩を作っていることが興味深い。

（ⅲ）時には随分と卑近にも思える作詩法上の指導が見られる。

総て詩人は、夜の間は枕元に、灯火を置いて明るくしておく（がよい）。もし眠気が訪れたら眠るに任せ、眠りが覚めたら起き出す。（こうすれば）詩興が湧いて思いが生じ、精神は爽快で、くっきりと明らかになる。……総て詩を作る者は、みな自ら古今の詩語で優れたところを写して、（その書き付けを）随身巻子《ずいしんかんす》と名付けるが、それで苦吟を予防する。創作でもし興が乗らなければ、すぐに随身巻子を見て興を起こすものである。……紙・筆・墨はいつも携えておき、興が起こればすぐに書き止めることが肝心だ。もし紙と筆が無ければ、旅の途中だと、考えが形を取らないままになってしまいがちだ。船旅の後では、すぐにしっかり眠る必要がある。充分に眠った後は、実に（日の）光が清々しく、川や山が胸中に満ち広がり、層を成して詩興が湧いてくる。（こういった時は）仕事をすっぱり止めて、専ら情意が湧き立つのに任せるとよい。このようにして、もし（詩を）著せば、全て見事な出来栄えとなる[24]。

盛唐の高名な詩人である王昌齢が著したという『詩格』（前節、表5-1の9）は不完全にしか残らないが、唐代の「詩格」としては、高度な内容を持つ。ただ、ここに引いた個所には灯りを用意せよ、「随身巻子」（携帯ノート）を作れ、などとごく具体的な指示が見える。(25)

（iv）同時代の作品も模範的な作例として学習の対象に挙げる。

斉梁《せいりょう》調《ちょう》の詩

張謂《ちょうい》「旧友の別墅に書き付ける詩」にいう、［五言］「平子《へいし》が帰った田園の地は、園林が汝水（河南省南西部を流れる川）の堤に沿っている（後漢の張衡、字は平子、は「帰田賦」を著して隠棲の望みを述べた。ここでは旧友を彼に例える）。戸を開ければ散る花が入って来るし、窓越しに鳥の鳴き声が聞こえる。清らかな池に春の水が流れ込み、姿のくっきりした山に雨上がりの雲が浮かぶ。昼の楽しみではなお飽き足りず、月明かりを頼みにして夜に君を尋ねる(26)」。

張謂（?～七七七以降）は天宝二年（七四三）の進士で、ここに引く『詩格』の撰者とされる王昌齢（六九八頃～七五六?）より後輩である。彼の詩が引用される点は、この『詩格』に後人の手が入っている、または王昌齢に仮託された証拠となり得るかもしれない。ただ、『文鏡秘府論』に当該の逸文が見える以上、『詩格』の成立（あるいは張謂の詩の追加）は、空海が唐に滞在して文献を収集した時期（八〇四～八〇六）より遡ることになる。「斉梁調」については、第四節（注67～70）でも取り上げるが、唐人が南斉・梁（四七九～五五七）の詩歌をことさらに模倣した作風を指すらしい。従って、唐詩が模範例とされること自体は、不思議でもない。だが、それにしても時期を同じくする個別の作品を挙げて詩風の実例とすることは、「詩格」登場以前の文学批評だと類例が少ないかと思われる。

（v）異なる「詩格」で相互に模倣・踏襲、あるいは剽窃の跡が見られる。

八対　……

第一に正名［対］

古詩

「東の畑で青い梅が生り、西の庭で緑の草が伸びる。石畳の下で花はゆっくりと散り、階の前に綿毛が緩やかにやって来る」。[27]

そもそも初めて詩を学ぶ者は、まず心を静めて考えを正し、そうした後に広く（詩の対象となる）事物の実情を見渡すものだ。だから昼公《ちゅうこう》はいう、「（詩の）構想を立てるには苦心せねばならず、措辞を決めるには苦労せねばならない。（そうすれば）我が心中より得た（構想・措辞）とはいえ、天からの授かり物のようである」。[28]

前者は、魏（二二〇〜二六五）の文帝こと曹丕《そうひ》（一八七〜二二六）の『詩格』（表5-1では仮に3に置いた）と称する文献の一節である。そこに引かれる詩句が『筆札華梁』でも的名対（正名対）の実例に挙げられていたことは、既に見た（注20）。別の箇所でも、内容が一致する点からこの『詩格』が皇帝でありながら詩人としても著名な曹丕に仮託した、つまり『筆札華梁』などを剽窃したことは、まず疑い得ない（第九章「はじめに」、注2〜5）。これはいわば後人が文献の撰者名を改竄した例だが、同じ唐代に編まれた『筆札華梁』や『文筆式』で項目や内容が類似することは、iiで触れたとおりである。この他、後に引く『詩格要律』（表5-1の40）が皎然（「昼公」は字の清昼に因む呼称）の『詩式』を引用するなど、[29] 同時期における相関関係と同じく、時代を超えて影響を受けた例も相当に見られる。

若干の挙例だけで軽々に論じるのは憚られるが、以上の特徴から「詩格」に見える傾向を捉えるならば、具体性がまず挙げられる。もとより、『詩格』（注24）と次章以降で検討する『詩式』や『詩議』を典型として、「詩格」には文学理論研究の上で注目すべき抽象性を帯びた議論も、少なからず見出される。ただ、初唐期に確立した今体詩（律詩・絶句など）では、対句や声律上の禁忌に対する配慮は不可欠である。iに挙げたそれらの解説は、ごく実践的な作詩指南といえよう。[30] またiiで述べた事柄にも、注意すべき点がある。

詩には四不《しふ》（四つの「不」）がある［次の八条はみな釈皎然が述べたものだ］

意気は高いが激しくはなく、力強くとも度を越さず、感情は豊かでも（それに）溺れず、才気に優れても（思慮を）疎かにしない。[31]

詩に関する記述を各種の文献から集めた『詩人玉屑《ぎょくせつ》』（一二四四序）より、皎然の言葉を引いた一文を挙げた。続いて「四深」・「二要」・「二廃」・「四離」・「六迷」・「七至」・「七徳」の七条が、彼の『詩式』より同じ項に引用される。名数による分類（ii）が見える点は、『詩式』も他の「詩格」と異ならない。それらの各項でこの「四不」と同じく、対立する観念のいずれにも偏らず詩作すべきと説くことは、皎然の詩論が持つ特徴と思われる。[32] さて、『詩人玉屑』はこれらの引用を「口訣」と題した項に収めている。

「口訣」とは、元来は口伝えを通した秘訣を指す。仏教・道教などの信仰を初め、学術・技芸における心掛け、それを示す箴言の類がそこに含まれよう。[33] 文献に記録されて口伝ではなくなっているし、約四五〇年の時を隔てるとはいえ、『詩人玉屑』が『詩式』の「四不」などを「口訣」と称することは、これらの言葉が詩を作る上での心構えと見做されたことを示すのではないか。このことに関して思い出されるのは、『詩格要律』が「詩を初めて学ぶ者」（注28にいう「初學詩者」）を相手に作詩に関わる前提を説いた一節である。

次に、『文筆式』の一部と、「文格」の一種である『修文要訣』（前節、表5-1の36）の解題を示す。

的名対とは、「正」（真っ当）ということである。総て文章を作るには、正しく整った対偶を形作るものだ。上句（対句の前の句）に「天」を置けば、下句（後の句）に「地」を置く。……こういった類を的名対と名付ける。初学の人が文章を作るには、この対句を作って、そうした後に他の対句を学ぶものである。

偽蜀（五代期の四川にあった政権の蜀を指す）の馮鑑《ふうかん》撰。文を作る方式を様々に論じ、その誤謬を批評し、それで初学の人に教えるものだ。(34)

双方にいう「初学の人」（原文は共に「初學」）が、同程度の知識を持つ者を意味するかには、議論の余地がある。ただ、「詩格」や「文格」の類は作詩・作文の経験が豊富ではない者をも対象とし、社会でもそう認識されていたことは確かだと思われる。(35) 後人に「口訣」と見做された作詩の要諦を端的に示す言葉、iiiで挙げた詩作に関わる具体的な指示、ivで見たその「詩格」が著された時期の詩を取り上げる同時代性も、これらの文献が持つ教則本としての性質を裏付けるだろう。vで述べた相互の間での明白な踏襲は、「詩格」などと呼ばれる文献が一つの分野に属する事実と、その通俗的な性格とを離れてはあり得ないことと思われる。次節以降では、こういった指南書という意味から、さらに分析を試みたい。

第三節　唐詩と科挙との関係の一斑

「詩格」が作詩の教則本であったならば、その唐代における盛行が唐詩の隆盛と関係することは、容易に想像される。前代に比べて、詩歌がさらに盛んとなった要因は、色々と考えられよう。中でも夙に指摘されるのが、任官者を選抜する国家試験の科挙が隋に始まり、続く唐では詩作も出題された事実である。本章の冒頭で引いた『滄浪詩話』に「唐人は詩によって人物を選抜した。従って一家を成すほどに詩を学ぶ者が多かった」（「はじめに」、注1）というのは、このことを指す。これに対する反駁は古来、度々提起されてきた。例えば、試帖《しじょう》詩（科挙の課題で作成された詩）の中に秀作はほとんど残っていないから、試験制度と詩の発展とは無関係だという言説がある。[36] ただし、『滄浪詩話』や同類の議論[37]は、唐詩全体の水準が向上したと述べているのであり、この批判はいささか見当外れといえる。

科挙と唐代文学との関わりは、既に専門の研究書[38]も少なくない領域であり、本節で広く関連の事象を扱うわけにもいかない。ここでは科挙と定型の文体、中でも詩歌を中心とした韻文との関係に少しく言及するに止める。さて、唐代の科挙において、特に栄達の道と見做された進士科で「雑文」（詩文）二篇の作成が制度上に確立したのは、永隆二年（六八〇）のことであった。[39] 唐代全期間の五分の一が終わった頃であり、少なくともそれが初唐における実際の韻文撰述に影響を及ぼすには遅すぎるという反論が出るかもしれない。だが、例えば顕慶四年（六五九）に、韻文の一種である箴の執筆が課せられた記録が伝わる。[40] 制度化以前にも詩歌を含む韻文の制作が出題されていた可能性は、否定し難いのである。

また、進士科の科目は「雑文」だけではなく、その前に帖経《じょうけい》（経書の一節を示し、空白の箇所を記憶で埋めさせる）が、後に策（政策論文）が出題され、合否に占める比重も小さくはなかった。[41] だが「雑文」の作成を義務付けた永隆二年（六八〇）には、一定の成績でそれらを通過した者のみが、策の考試に進めると早くも規定されている（注39）。加えて帖経は受験者の希望により、詩の作成で代替させる、即ち「贖帖《しょくじょう》」が天宝（七四二～七五六）の初めには可能となっていた。[42] 経書を確実に暗記しなければ解答が覚束ない第一関門の帖経[43]を回避し、さらに最終関門の策に進むため、進士科を志す者が作詩の力を伸ばそうと図ったことを想像するのは容易い。これも、科挙が唐詩に与えた影響の一つだろう。

ただ唐代の制度では、原則として年に一度行われる進士科や明経科に及第しただけでは、すぐに任官できなかった。正規の官に就くためには、科目選と称される考試か、一定の期間を経て銓選《せんせん》（銓試）と呼ばれた選考を通過する必要があった。(44) 宋以降は行われないこれら（吏部が主管するので吏部試と総称）の他、皇帝の主宰に係る任用試験の制挙（制科）も実施された。そして進士科の地方試験はもとより、科目選でも詩歌や辞賦などの韻文、議・論（議論の文章）といった散文の執筆がしばしば課された。制挙においても、策以外に詩や賦の作成がまま出題された。(45) 韻文の創作がほぼ定例化した進士科に比べれば限定的だが、官界入りのより確実な方途であるこういった試験の存在も、詩文の学習を唐人に促したであろう。

なお附言しておくと、進士科で課された「雑文」の内訳は、決して固定していたわけでもない。ただし今に残る記録では、八世紀中頃より詩と賦一首ずつの作成を求められる例が多かったらしい。そのような中で、大和七年（八三三）に翌年の進士科における詩と賦の出題が停止された。だが、同九年には旧に復しており、例外的な事象に止まる。(46) 詩歌を初めとした韻文の創作が、唐代の科挙で長期に渉って重要な位置を占めたことが理解されよう。

詩歌の重要性が示される場は、実際の試験に限定されない。宋代以降のような糊名《こめい》（答案から受験者の氏名を隠すこと）を経ずに合否を判定した唐の常科では、有力者に対する請託が盛んであった。学識に乏しい者が権勢者との縁故で及第する例はさておき、自身の能力を示すべく試験委員を含む高官に詩文を持ち込む受験者も絶えなかった。このような作品を一般に「行巻《こうかん》」、試験直前に注意を促して再度贈る場合は特に「温巻」と呼ぶ。(47) 時には科挙を実施する官庁の側が評価の参考に供するため、自作の詩歌・文章を受験予定者に求めることもあった。盛唐には存在した「納省巻《のうしょうかん》」と称する当該の慣習は、五代・後周の顕徳二年（九五五）には提出させる作品の文体すら詔で詩・賦・論に定めて、なお続くに至る。(48)

大和二年（八二八）の科挙は、首都の長安ではなく、副都（東都）の洛陽で開催された。長安を発つ主任試験官を送別する席にやって来た一官僚は、後に著名な文学者となる杜牧《とぼく》（八〇三～八五二）の賦を贈る。感心する主任に、その官僚は首席で進士科に及第させてやってほしいと頼む。「首席は既に決まっている」と言う試験官に対して、官僚は「せめて第五位に」と食い下がり（二位から四位も決まっていたということか）、杜牧は及第が叶った(49)。これが事実か否かはともかく、試験の実施前、それも試験官が開催地に赴く前に及第者や順位まで決まっているという事態が起こり得ると当時の人々が考えていたことを、この逸話は示している。いずれにもせよ作品の献呈などといった事前の活動が、当時の科挙では合法的に行われていたことは疑い得まい。さらに論のような散文の他に、詩と賦（注48・49）がそこで相当な役割を果たす文体だった点も、事実と考えてよかろう。

制度や逸話を通した考証を俟つまでもなく、実は唐人自身が詩や賦の出来栄えが科挙の合否を左右すると見做していた節がある。それというのは、八世紀後半を主な活動時期とする人々が「主任試験官の（当落）判定は、まこと詩賦に懸っている」や「進士科は詩賦で人を選び取る」といった記述を残すからである(50)。さらには、次のような記録も伝わる。

その年の十月、（進士科を主管する）礼部が奏上した、「進士科の受験者には、（唐の）建国当初より、詩賦・帖経・時務策（時事に関する論文）五篇を出題してきました。中頃には（出題を）変更したこともありましたが、すぐ元に戻りました。習わしは守るものですし、（この種の問題で優れた）人を得られたことによるのでしょう(51)」。

「その年は」は、大和八年（八三四）を指す。進士科で「雑文」の作成が制度化されたのは建国から六十年以上を経た永隆二年（六八〇）であったし（出題自体はさらに遡ろうことは注40で指摘）、課題が詩歌と辞賦とに定着したのは、より遅れる（注39・46）。九世紀前半の段階で、考試を管掌する当局者さえもが、この史実を既に認識していなかったらしい。これもまた、唐代の科挙において詩や賦がどれほど重視されていたかを示そう。

かくして、進士科の受験者は詩歌の学習に従うこととなる。早く皇帝・徳宗（在位七七九～八〇五）がお忍びで長安城内の西明寺《さいみょうじ》（空海も滞在したことがある）を訪れた折、進士科の受験を予定する書生に出会って「何をしておられるか」と尋ねたところ、「詩を作っています」との答えを得たという。[52] 受験勉強の一環で、作詩を修練していたと思しい。本節を終えるに当たって、科挙と直接には関わらないが、類似の現象を今一つ挙げておきたい。

李播《りは》が蘄州《きしゅう》（現湖北省黄岡市）の知事だった折、李という書生が詩集の巻物を差し出し（て庇護を求め）た。病中の父に代わって彼と会った播の息子は「これはあなたの御作ではないでしょう」と言った。李は色を変じて「平生の苦心によるもの、間違いありませぬ」と答えた。播の息子「これは父が科挙を受験した時に（事前運動で）作ったもの、料紙すらそのままではないか」。李「偽りを申しておりました。二十年前、都の本屋において百銭で買い求めたのです」。数日もてなされた李は播に「あなた様の詩集で、（文人として）江淮《こうわい》（長江と淮水の間、現江蘇・安徽）を旅すること、はや二十年になります。できたら（その詩集の巻物を）お恵み（で私に返して）下さいませんか」と言う。播は「私にはもはや無用の物、（あなたに）差し上げよう」と答える。李は恥じる色も無く（それを）懐に入れた。播「これからどちらへ?」。李「おじである荊南《けいなん》の盧尚書《ろしょうしょ》の元へ参ります」。播「盧尚書は私のおじなのですがね」。李は慌てて「仰せのとおり、（しかしこの際は詩集と）一緒におじ上もお借りしようと思いまして」。

同工異曲の話柄が複数残るだけに、ここに大意のみを示した九世紀前半の逸話は、時代の雰囲気を幾許か示すものと思われる。[53] 李という書生（原文「李生」）は、実に二十年もの間、李播の「行巻」を元手に身過ぎ世過ぎをしてきた。あまつさえ真の作者と遂に出くわした後も、なお同じ手口で名士の間を文人面して渡り歩くために巻物の返却を求め、加えて「盧尚書」こと高官の盧弘宣《ろこうせん》を自分の親戚と偽っている。甚だ興味深いのは、この「行巻」が「詩集の巻物」（原文「詩巻」）だった点である。そこから、二つの事実が窺われる。第一に、類例は数多いにせよ「行巻」に詩歌が含まれたこと、そして科挙や「行巻」より遥かに卑近なレベルで詩作が世渡りにおける道具の一種とも化していたということがそれだ。

書生が李播に求めたように、引き立てや称揚を要人に願う行為は、一般に「干謁」と当時は呼ばれた(54)。狭義には進士科や任官により直結する吏部試・制挙の受験、広義には「行巻」を初めとする有力者への献呈、時には「干謁」の道具として詩作が唐代の知識人にとって不可欠の素養になっていたことは、本節で挙げた若干の挙例からも窺い知れるのではないか。進士科の受験者から一般的な読書人、果ては「李生」の如き人物まで、科挙を核とした制度や事象がこれら当時の人士に作詩への関心を促した事実は、やはり否定できまい。

第四節　「詩格」と科挙の関係

科挙を初めとした社会背景と唐詩の発展とがある程度の関係を持つ点は、前節で示せたかと思う。続いて本節では、「詩格」などが同様の背景と関わる可能性を論じてみたい。

李相国《しょうこく》程（相国は宰相）、王僕射《ぼくや》起（僕射は行政を司る尚書省の実質的な長官）、白少傅《しょうふ》居易兄弟（少傅は名目的な太子の補導職。「兄弟」は白居易と実弟の白行簡を併せていう）、張舎人《しゃじん》仲素（中書舎人は政策を立案する中書省の属官）は科挙試験での（答案の）辞賦が抜群で、（辞賦の）規格について述べる者は、この五人を範に仰いだ(55)。

ここに挙げた記述に見える人物のうち、張仲素（七六九頃～八一九頃）と白行簡（七七六～八二六）に「賦格」があったことは、第一節、表5-1の14と17に示したとおりである。白居易と王起（七六〇～八四七）はといえば、前者は仮託であろうが、共に「詩格」の撰者と伝えられる（同じ表5-1の15・16、19）[56]。関連する著述の有無が知られない李程（七六一頃～八三七頃）を含めて、優秀な成績や後年の栄達が原因で、その作品が及第しやすい答案の「規格」（原文「程式」）と見做されたとしても、ごく当然と思われる[57]。もちろん、彼らが科挙と関わりが深いというだけで、「詩格」と試験制度との関係を直ちに強調はできない。現に、王昌齢撰と伝える『詩格』（注24）には、以下の記述が見える。

着想が浮かばなければ、思いのままに心を楽にして、対象が現れるのを待つ。そうした上で対象によってそれ（心）を照らせば、着想はすぐにやって来るので、来たらそこで作品をものする。もし対象・着想が浮かばなければ、（詩は）作れるはずも無いのである[58]。

内心より湧き起こった思いに基づく詩作を提唱する説は、ごく真っ当な詩論ではあろう。だが、これは科挙の受験や社交などと関わる必要に迫られた即興の詩作に役立つ議論ではない。現存する「詩格」の逸文には、このような記述も往々にして見られる。ただ、ここで第一節に掲げた表5-1を、改めて確認されたい。王起らは全て進士科に及第しており、また多くが科目選や制挙をも通過している。各年における科挙の試験委員長である知貢挙《ちこうきょ》などの考官（試験官）を務めた者も含まれる[59]。科挙の受験・実施に関与した者は、当該の表から他にも見出し得る。「詩格」や同類の文献を、彼らが主体的に著すこともあったであろう。また、他者が彼らの作品をそういった文献にまとめ上げたり、単に名義を借りたりする例もあっただろう。いずれにせよ、その背景には科挙にまつわる彼らの華々しい経歴が存在した。この事実は、「詩格」などと科挙の関連を強く示唆する可能性を持つ。

さて、それでは実際の進士科において作成が課された詩文は、どのようなものだったのか。よく知られるとおり、そこでは五言十二句の律詩（各句が五字で、偶数句末で押韻）が定例とされていた。律詩（排律）である以上、冒頭と末尾の各二句（一聯）を除けば、奇数句と偶数句とで対句を構成しなければならない。詩と同じく、賦に関しても示された題に従って、なおかつその題目の文字を脚韻に用いて数百字の作品を著す必要があった。[60]

いったい試験などというものには、規格の存在が欠かせない。当然ながら、受験する側はそれに合わせて答案を作成する。このことに関しては、唐代の科挙も例外ではない。

> 近年より、（人格・学問に優れた者を取るという）本来の主旨をひどく外れて、進士（科の受験者）は声調・韻律を学んで、古今（の事柄）に無知となっている。（進士の試験で）作品を評する者は音声上の禁忌で、良否を決めて、浮薄・艶麗（な詩文）を選ぶのみで、これでは世の気風を導き天下を教化することを解せましょうか。[61]

前者は開元二十五年（七三七）に玄宗（在位七一二～七五六）が下した詔、後者は宝応二年（七六三）に賈至《かし》（七一八～七七二）が奉った意見書のそれぞれ一節である。両者共に、進士科受験者の視野が狭い学習状況を批判する。これらは、声調・韻律への配慮が、進士科の詩文における主な採点基準だったことを、逆に証明しよう。こういった外形的な規格に対する重視こそが、唐前期の「詩格」などの特徴だった点は、第二節ｉでも述べたとおりである。

第十一にいう、十一字から成る句の例

（陸機の）「文賦」にいう、「（創作において思いを潜めて心を凝らせば心中に）沈んで表れ難い言葉が、泳いでいる魚が針をくわえて奥深い淵の深みから出るようになり、浮かび上がる表現が、飛ぶ鳥のいぐるみに掛かって層をなす雲の高みから落ちるが如くなる」。下の句がいずれも十一字なのがそれである。

大韻《だいいん》は、（韻文の場合）押韻が一箇所の範囲（二句）で、同じ韻を踏む文字があってはならない（ということだ）。もし「新」字で韻を踏むならば、（押韻でない箇所に）「鄰」、「親」等の字はもう用いてはならない。詩で適うものは「運阻衡言革、時泰玉階平（巡り合わせが悪ければ普段は平静な言葉を改めることになるし、時世が安泰ならば玉衡《ぎょっこう》・泰階《たいかい》（共に天上の星の名）も安らかとなる）」で、外れるものは「新裂斉紈素、鮮潔如霜雪（新たに断ったばかりの斉の地の織物は、鮮やかで清らかなことは霜か雪のようだ）」。散文で適うものは「播尽善之英声、起則天之雄響。百代欽其美徳、万紀懐其至仁（善を尽くした英名を広め、天に則る雄々しい響きを起こす。百代に渉ってその見事な徳を敬い、万世に及んでその優れた仁を慕う）」で、外れるものは「傾家敗徳、莫不由於憍奢、興宗栄族、必也藉於高名（家を破って徳を駄目にするのは、奢り高ぶりによらぬことは無く、家門を興し一族を栄えさせるには、きっと高い名声に基づく）」[62]。

句法と韻律に関する記述を、『文筆式』（注21）から一条ずつ引用した。前者にいう「十一字から成る句」（原文「十一言句例」）とはそれぞれ「泳いでいる魚が」、「飛ぶ鳥が」などと訳した「若遊魚銜鉤而出重淵之深」、「猶翔鳥纓繳而墜曾雲之峻」を指す。これらの句は、辞賦の名篇「文賦」に見える。後者が説く「大韻」とは、例えば「新」（xīn）が韻字ならば、脚韻でない箇所に「鄰」（lín）・「親」（qīn）など韻母（主母音 in）を同じくする文字を置いて押韻の効果を減殺させる禁忌をいう。従って韻字の「雪」（xuě）に対して「裂」（liè）、「潔」（jié）を含む詩、韻文ではないが二句のうちに「家」と「奢」、「栄」と「名」という各々押韻できる文字を配する文章は、「大韻」を犯すことになる。

本章では、「詩格」を主に扱ってきた。ただ、ここでの引用で前者が辞賦の一節を例に挙げ、後者が詩の他にも散文（原文「筆」）に言及するなど、それらを「文格」や「賦格」と区別するのは、便宜的な措置でしかない。後者の例に明らかなとおり、韻律に関わる規則は押韻しない文体（駢文）にも適用された。唐代の科挙では、策などもその範疇に含まれる。

国家（北宋）は隋唐の制度を継いで、専ら辞賦で（官に就ける）人を選んでおり、従って天下の士は、みな音声上の禁忌・対偶構成といった事柄に努めて力を注ぐことになり、聖賢の奥深い考えを尋ね求める者は、百人に一人・二人といません。(63)

宋人の孫復（九九二〜一〇五七）が著したこの書簡では、辞賦を槍玉に挙げる。定型に則った作文が北宋前期でもなお唐代と同様に科挙で重視されたことは、古文家として修辞の華麗さに奔る作文を認めない孫復の不満から逆に証明される。「音声上の禁忌・対偶構成」と訳した箇所の原文は「聲病偶對」だが、ほとんど同じ言葉がやはり宋代の文献に見える。

『文章玄妙』一巻
唐の任藩《じんはん》撰。詩を作る際の音声上の禁忌・対句（原文「聲病對偶」）のような事柄を述べる。総て世に伝わる「詩格」は、（これと）概ね似通う。(64)

『文章玄妙』や撰者とされる任藩についいては、これ以外に知るところが無い。後の記述（注72）から唐末の「詩格」と考えて、第一節の表5-1ではひとまず25に置いた。同じ宋人とはいっても、ここに挙げた『直斎書録解題』を編んだ陳振孫《ちんしんそん》は、活動期間（十三世紀前半）が孫復より二百年ほど遅れる。従って、両者の記述を同列に論じるわけにもいかない。しかし、「聲病偶對」を重んじる科挙やその背景となる作詩・作文の在り方に、「聲病對偶」について述べる「詩格」との関係を見出すことは、ごく自然な考え方ではあるまいか。これまでに見てきた「詩格」の内容が、受験参考書として機能した可能性は充分に認められよう。「詩格」に限らず、唐人が関連する文献を作詩・作文に用いた具体的な様相を示す資料は、いま見出し難い。押韻を初めとして音声に関わる文字の配置に留意する詩歌・駢文を著すには、韻母（主母音）が等しい、つまり韻を踏める文字を同じ箇所に集めた韻書とその学習が、まず欠かせまい。唐代では、科挙の試験場にそれらを持ち込むことが不可能でもなかった。

試験場に持ち込まれた書籍の類を、唐人は一般に「書策」などと呼んでいたらしい。「書策」を携帯しなかった受験者が「奇才」と呼ばれた逸話もあるので、それを持つことはほぼ公然たる習慣だったと思しい。愛蔵する「法書」（書跡）を身に付けて試験を受けた人物が答案と取り違えてその書跡を提出した話柄は、出所が怪異譚だけに真偽が疑われる。ただ、答案と見紛う書跡のように相当大きな物品を持ち込めたことは、事実なのかもしれない(65)。

もちろん、「書策」の携帯は原則上、禁止されていた。しかし、その一方で乾元《けんげん》（七五八～七六〇）の初めに主任試験官が本試験の受験生が利用できるよう、参考となる書籍を試験場に備え付けた例もある。そこに含まれるのは、「五経、諸史（史書）及び切韻」だったという(66)。当時通行した韻書の『切韻《せついん》』（部分的に伝存）が詩文の作成に利用されただろうことは、想像に難くない。臆測に渉るが、事前の学習以外に、「詩格」なども「書策」として用いられたのではないか。科挙の受験に直結し得る以下のような記述も、そこには見える。

斉梁調の詩　……

何遜《かそん》の「徐主簿を追悼する詩」にいう、［五言］「世間で群を抜いた人士、人の世の透徹した賢者。畢《ひつ》（卓《たく》の酒）の池で楽しみを論じ、蔣《しょう》（詡《く》）の小道で交わりを篤くする」。またいう、「一たび学舎に別れを告げて、千年を北邙《ほくぼう》（洛陽北東の山で貴人の墓地があった）で過ごす。客の簫は楽しげに響くが、隣家の笛が傷ましさをぶり返させる」。またいう、「琴を提げて（魏の）阮籍《げんせき》の元へ行き、酒を携えて（前漢の）揚雄を探す。真っ直ぐなハスは並んで水を覆い、斜めになった柳は葉の間から風を通す[67]」。

王昌齢の『詩格』から、先に挙げた箇所（注26）の続きを引いた。これがなぜ科挙に関わるかといえば、次のような記録が伝わるためである。開成二年（八三七）の科挙に向けて、皇帝・文宗（在位八二六～八四〇）は受験者が皇族でも手加減無きようにとの詔を下した。結果的には、皇族の李肱《りこう》が首席で及第したため、主任試験官の高鍇《こうかい》は説明の奏上を行った。

詔していう、「……試験で課す賦は（他の者と同じく）規格どおりとし、詩は斉梁体格とさせるようにせよ」。……高鍇は奏上していった、「とりわけ進士（受験者）李肱の「霓裳羽衣曲《げいしょううい》」詩は、最も抜きん出ており、もはや匹敵する者もおりません。表現・韻律に優れ、（詩の）発端・結末も見事で、臣は前後数十遍ほども吟詠しましたが、何遜が生まれ変わって（詩を作って）も、これ以上ではないでしょう……[68]」。

「斉梁調」や「斉梁体（格）」が如何なる様式をいうのか、なお定論は見られない。南朝の斉や梁の詩風、または韻律とその模倣を指すことは確かだろう。そうであればこそ、斉・梁期を代表する詩人の一人である何遜（四六七？～五一八？）の作品を『詩格』が例に挙げ、「何遜が生まれ変わっても」云々という表現を用いて高鍇が「斉梁体格」の詩を褒めた理由も理解される。ただ、盛唐以降の「斉梁体」を標榜する詩歌に、ている。

明確な共通点が見られないのも事実である。[69] 因みに、何遜の三首は、唐代における律詩の形式にもほぼ適っている。

いずれにせよ、「斉梁体格」の何たるかを知らなければ、科挙で課される詩を作ることもできなかったわけである。進士科の受験者に文宗がその「斉梁体格」に則った詩を作らせるように命じた数十年前に、『詩格』は「斉梁調詩」の作例を既に示していた（第二節iv）。撰述時期が定かでない別の「詩格」も、「斉梁格」に独自の定義を下す。[70] これらは「詩格」や当時の詩風と科挙制度との関わりを暗示しようが、さらに密接な関係を示す資料も伝わる。

学士院は奏上した、「……伏して（皇帝陛下に）お願い申し上げます、（科挙実施の）担当官に、『詩格』・『賦枢《ふすう》』に基づいて進士（受験者）を考試し、役割を分担して、各々勤めに励まされんことを」。皇帝（明宗）はこれに従った。

五代・後唐の長興元年（九三〇）、科挙合格者の答案に含まれる詩文から韻律の誤りが多く見付かって、再試験を実施するという不祥事が出来した。この事態を受けて、今後こういった問題を起こさないために、中書省は学問に優れた官僚の勤務する翰林学士院に範例となる詩賦各一首を示すよう求めた。学士院は新しい作品を著すことを避けて、現にある文献に基づくべきだと意見を具申し、裁可された。ここに引くのは、その意見の一節である。[71]

そこに見える『詩格』や『賦枢』が第一節の表5-1に見える同名の文献（3・9・10、14）と同一書か否かは、知る術が無い。しかし書名から考えても、それらが「詩格」や「賦格」に属することは、まず疑い得ない。もとより、比較的安定していた時期とはいえ、当時も分裂期たる五代の真っ最中だった。従って、欽定の範例を準備する余裕が無かったという事情は、考慮に入れるべきだろう。だが、公式編纂物ではない

「詩格」などが基準に充てられるとは、それらが元来持つ科挙における詩文との近縁性を示すのではないか。唐詩の隆盛と同じく、「詩格」に関してもその盛行には、唐代に存した科挙制度の背景を考える必要があろう。

第五節　作詩・作文のマニュアル化

「音声上の禁忌・対偶構成」が科挙の合否に関わった点を、孫復が批判したことは、前節（注63）で見たとおりである。同様な言葉を用いて、陳振孫が「詩格」とは概ねそれを説くものとした記述も、既に挙げた（注64）。その一文に続けて、彼はこうも述べる。

　私はその（『文章玄妙』の）末尾にこう書き付けた、「このように詩を論じたのでは、詩というものは（世に）あり得ようか」。唐末の「詩格」は低俗で、一時代の著名人が著した論だから、後に伝わるだけである。（詩を）気高くしようとしても、（こういった文献に従っていて）それが叶おうか。(72)

瑣末な技巧を説く「詩格」に頼っていたのでは、「気高」い（原文「高尚」）詩は作れないと彼は述べる。より具体的に「詩格」の問題点を挙げる議論も、さらに早くに存在した。北宋末の蔡居厚《さいきょこう》（字は寛夫）が著した『蔡寛夫詩話』（逸文のみ残る）に、それは見える。

　唐末・五代には、世の流行りで詩名を自任する者が、多く無闇に格式を立てて、先人の詩句を取って例とし、（詩に関する）議論は群がり起こって、ひどくなると「獅子が跳ね上がる」、「悪龍が尾を振り返る」等の勢（風格）があって、人はこられを見る度に手を打（ち笑）って止まないことになる。大概はいずれも賈島（中唐の詩人で、晩唐期にその詩が流行）のような類を範に仰ぎ、それを「賈島格」（賈島の風格）というが、こと李杜についても少しも捨て置かない。李白の「女媧《じょか》（女神の名）は黄色の土を弄り、丸めて愚か者を作った。（彼らは）全世界の内に散らばり、（数多いから）塵埃のように煙っている」を、「調笑格」（滑稽な風格）と目して、冗談話の種とする。杜子美（杜甫）の「谷の中で草木に隠れた寺、林の間より見える美しい峰。（寺の）欄干はさらに上にあって、（建物の）造りはどっしりと構えている」を、「病格」と見做すが、言葉がゴツゴツして、音調もすっきりしないとするからだ。これは韓退之（韓愈）の所謂「アリが大木を動かそうとするとは、笑ってしまうほどに分を弁えない」ではあるまいか。(73)

蔡居厚が述べる「格」は、「勢」が様式を指すのと同じく、直接には詩の風格をいう。ただ、それらは晩唐以降の「詩格」に高い頻度で見られる。これらは如何にも意味の不明確な分類であり、第二節などで示したその特徴と併せて、「詩格」の通俗性を示すかもしれない。(74)だが、果たして「詩格」とは「低俗」（原文「汙下」）な「世の流行り」（同「流俗」）としてのみ解される代物なのか。李杜など今日でいう文学史の本流に在る人々や彼らの作品とは、無縁な存在だったのか。唐代中頃に目を遣れば、そうとも思えない節が見受けられる。

　それで「名残の夕焼け雲が散って綾絹を織り上げ、澄んだ長江は流れが清らかで練り絹のように見える」、「花は露に濡れて先に落ち、葉は風に吹かれて早くも散る」は、美しいことは美しいのですが、私には何か諷するものがあるのか分かりません。(75)

白居易が親友の元稹《げんじん》（七七九〜八三一）に宛てた彼の文学論としても知られる書簡より、一節を引用した。

ここに挙げた箇所には、五世紀の詩句より一聯ずつ二例が示される。

このうち前の方は、謝朓《しゃちょう》（四六四～四九九）の作品でも、佳句の誉れが高い詩句である（原文「餘霞散成綺、澄江淨如練」）。そういった秀句だということは充分に承知の上で白居易は、華麗は華麗でも寓意を含まない、内実を欠いた句だと効用論の立場から批判の辞を呈した。当該の句が得てきた評価の中では例外的な言説だろうが、実は類例が無くもない。(76)

詩にはありのままの情景（を詠うだけ）で、五色の綾絹でもそれには及ばない（ほど美しい）ものがある。このことからいってみれば、作られた情景は真の相貌には敵わず、作られた色彩は元来の自然には敵わない。例えば「池の堤には春の草が生え出し、園の柳では（先頃と）違う鳥が鳴き始めた」、こういった類（の詩が詠める者）は、いずれも名手である。中程度の力の者が（作られた情景に）もたれかかった詩、例えば「余霞《よか》散りて綺を成し、澄江《ちょうこう》静かなること練の如し」だと、これらはいずれも作られた情景で真の自然を比喩するが、力が足りず（詩の名手の域）達していないのである。(77)

この王昌齢の『詩格』では直截的な描写の句に比べて、他のものに例えて情景を表現した一段落ちる例として、謝朓の詩句が挙げられる。同じ詩句を「諷するもの」が無いと述べた白居易の書簡とは、そもそも評価の基準が異なる。ただ、表現は認めてもなお足りない点があると当該の佳句を評したことは、両者共に異ならない。いったい現存の文献から見る限り、ここで問題とする一聯を批評の俎上に載せたのは、唐代の『詩格』が最初と思われる。(78)

白居易の元稹に宛てた前掲の手紙が書かれたのが元和十年（八一五）であるのに対して（第二章「はじめに」、注11）、唐土で得た『詩格』（第八章「おわりに」、注85）等を携えて空海が帰国したのは同元年（八〇六）

のことだった。もちろん、ここから白居易による謝朓の詩句に対する評価は、『詩格』のそれより影響を受けたというわけではない。だが、「餘霞散成綺、澄江靜（淨）如練」を秀句と認めながら不足を見出す方向性を共有する点で、『詩格』の詩論と白居易の批評とは軌を一にする。「詩格」、具体的には皎然の詩論と唐代の文学理論との関係については、第八章で分析を試みる。そこでの結果やここでの例を考慮に入れれば、「詩格」などと当時の文学で主流と認識される実作や批評が無関係だとは思えない。

付け加えると、白居易が諸文献から字句を抜粋・分類したという『白氏六帖事類集《はくしりくじょうじるいしゅう》』は、先の謝朓詩の一聯（上・下句のいずれか）を四箇所に採録する。[79] 同書が通説どおり白居易の自撰か、新説の如く没後に遺稿を整理したのかは、[80] 今後の検討に俟つ。ただ、例えば「霞」に関わる典故が必要な場合、その項を見れば謝朓の詩句を検索できるなど、作詩・作文に役立つ手控えの機能を、同書は確かに持っていた。それをも踏まえて、次の逸話を見られたい。

任官候補者の沈子栄《しんしえい》は判（判決文）を二百首も暗誦していたが、（官吏選考の）試験で筆を執ることもできなかった。人に尋ねられると、彼は言った。「これも定めだ。覚えていた判に（試験問題と）同じものが無かった。一つ少し似ていたが、（中に見える）人の名前が違っていた」。翌年にも受験して、水磑《すいがい》（水力を利用した石臼）についての判が出題されたが、また書けなかった。人に尋ねられて、言った。「水磑の判は覚えていたのだが、それは藍田《らんでん》の地のもので、問題は富平《ふへい》（藍田・富平は共に現陝西省に属し、比較的近い）のものだったから、どうして書けようか」。聞いた者はみな笑った。[81]

判は事案への裁決などを示す文体で、官僚を選ぶ銓選（第三節、注44）で作成が課せられた。唐人の判は、千二百道（道は判を数える量詞）ほどが今に伝わる。それらの多くは、銓選などの答案らしく、問題と「対」

と称する解答が組になった形で残っている。「対」はいずれも、四字・六字の対句を基調にした、当時の人々が美文と考えた駢文の形式を用いる。ここに見える沈子栄（経歴未詳）は、記憶した判の例文を試験の課題に合わせて改変する能力を欠いたため、物笑いの種になってしまった。恐らく機械的に文章を暗記した[82]だけの彼に対して、白居易は『白氏六帖事類集』で利用可能な語彙をあらかじめ分類していた。韓愈（七六八〜八二四）のように、「古えは己（の内なる思い）を（外に）表現したのであり、（時代が）下って（それが）できなくなったから（他者の表現を）盗む賊になったのだ[83]」と述べる向きもあるが、古典詩文で先人の実作に範を取ることは、やはり必須であった。

過去の作品を学習するという点では、「詩格」も大きな役割を果たし得る。作詩法を解説する便法として、逸文よりも判断できるが、「詩格」は概ね詩句の実例を示すためである。次章で構造を見る『詩式』など、こういった挙例が著しく分量を増し、五百首強の作品から約二千の句を引く。これは極端な場合だが、前後の「詩格」でもその傾向は等しい。しかも多くが「平頭」（注22）や「直言志」（注23）、あるいは「斉梁調」（注26・67〜70）のような区分の下で詩句を挙げる。晩唐に至ると、「悪龍が尾を振り返る」（注73・74に引く文章では「毒龍顧尾」）など分類の定義が甚だ曖昧ながら、その手法はなお続く。

白居易が利用できる語句を整理し（注79）、沈子栄が大量の判を暗誦したこと（注81）は、唐代では詩歌・美文の作成が、既にマニュアル化されていたことを象徴する。大詩人になるか、笑話の主人公になるかは、当人の資質によろう。だが知識人ならば詩文を相応に書けるようになる、ともかくそれに向けた方法が、当時の社会には存在した。もちろん、例えば白居易と沈子栄では、知識の質量に歴然たる差があろう。ただ過去の作品を学ぶ点で、両者の方向性に相異は無い。王昌齢が著したとされる『詩格』が「古今の詩語で優れたところを写し」た「随身巻子」を作れと述べていたこと（注24）を思い返されたい。先行する文献から作詩・作文の材料を抽出しようとする『詩格』の姿勢は、白居易などとも一脈通じる。相当数の作例を分類して示す点で、他の「詩格」などもこの『詩格』の主張に適う作詩の規範となり得る。創作の技法に関する解説に加えて、有益な実例をも備えた「詩格」の類がマニュアルとして唐・五代の幅広い知識人層に使用された可能性は、想像されてよかろう。

おわりに

第五節で名を挙げた沈子栄が銓選に向けて判を覚えたのは、唐が一時的に中断した武周（六九〇～七〇五）の時期だった（注81）。科挙に関連して学習の対象とされていた文体は、この判だけではない。同じ武周の天授年間（六九〇～六九二）には、「策學」という語が存在した。進士科で課せられた策（第三節、注41）を中心とした作文法をそれは指す[84]。時期は相当に遅れるが、「学」の文字と結び付いた文学のジャンルは、これに止まらない。

年を取っても「詩学」が進んだことを自ら嬉しく思い、改めて旧作を取り上げて数聯の詩句を改める[85]。

唐末の詩人で「詩格」も著した鄭谷《ていこく》（第一節、表5-1の28）の詩から、二句を挙げた。ここにいう「詩学」（原文のまま）には、作者自身の詩人として達し得た境地の意味が相当に感じられる。少なくとも、それは後世の漢語における「詩学」、あるいは西洋の poetics と全く同義とはいいかねる。ただし、現存の文献に徴する限り、「学」に「詩」を冠した語彙の、しかも詩経学（『詩経』を研究する学問）を意味しない最も早い例が九世紀末に現れた点には、相応の意義があろう[86]。

思うに、それは中国史の大きな流れとも関わろう。唐から五代を経て宋に時代が改まることを中国の近世への移行と捉えたのは、東洋史家の湖南こと内藤虎次郎（一八六六〜一九三四）であった。後に「唐宋変革論」と呼ばれた彼の学説は、今では大方の支持を得ている。「唐宋変革論」が近世の特徴と認める指標は複数あるが、支配者たる貴族（名族）が没落し、相対的に広範な階層から出た官僚が世を動かし始めたことの持つ意味は大きい。他に文化の面では、盛唐における詩風の変革、唐の中頃に起こった古文の復興が顕著な例といえる(87)。

このうち「古文復興運動」については、陳子昂に関わって、前編でも取り上げたところである。その一方で「詩学」、即ち詩歌に関わる知識の整理も同じ時代の変化に位置付けられるべきものなのではないか。唐宋変革が起こる以前の、政治と同じく、文化の担い手という地位も貴族が占有していた時期には、作詩・作文も彼らが概ね独占していたことだろう。口伝と師承、さらに文献を通した知識の伝播はあったにせよ、貴族ではない多くの人間はそこに関わることはできなかったと思しい。南北朝以前の状況は、ほぼこのようなものだったろう。

唐代に至って、後の変革に繋がる胎動が見えてきた時、貴族と庶民（ここでは官に就く望みが皆無に近い者と定義しておく）の間に位置した人々が、より盛んに知識を求めるようになる。動機は様々であったろうが、社会の上層への進出が最たるものだったに違いない。任官にせよ、社交にせよ、この際に必要となるのが、貴族と伍するほどの教養であった。詩文を著す能力はその中の主立った要素であり、重要性を増す科挙も彼らにそれを求めていた（第三節）。

例年、進士科に及第する者は二・三十名程度で、旧来の貴族もその中で相当な数を占めた（注18所掲書参照）。しかし、中唐期には一回の科挙で首都にやって来る受験者の数は、進士科を含めて三千人に達したという証言もある。一万人以上が一度に受験した宋以降の科挙に比べれば、これは微々たる数かもしれない[88]。だが、他人の詩集で世渡りしてきたかの「李生」（注53）のような（似非）知識人まで含めれば、本試験、事前運動（注47〜49）や「干謁」（注54）など、唐代に制度・習慣の上で詩文を学ぶ人々の裾野は相当に広かったといえる。

もちろん、このような功利化だけが、唐詩の隆盛をもたらしたわけではない。しかし、詩文の範例に対する需要は、当時の社会に確かに存在した。皇帝の名で発せられる文章を著す官を務めた時期に、白居易がまとめたその「程式」（注55に引く資料にも見える語で、規格の意）は、「白樸」と呼ばれて同じ職務に当たる者らに重宝されたという[89]。彼の判も、やはり人々の手本となっていた[90]。かかる著名人の実用文を集めた範例から個人が過去の詩より選んだ「随身巻子」の類（注24）まで、実に多様なマニュアルが存在したと思われる。「詩格」は、そのような状況の中で著された。詩文の盛行と科挙を初めとするそれらを著す機会の増大、この両者が作用を及ぼし合った当時、作詩・作文の規範を求める人々の数は旧来のそれを遥かに凌いだことだろう。もちろん、唐から北宋と一口にいっても約五百年の長期に渉る。そこには様々な変容があったはずで、作詩・作文の普及も紆余曲折を経たものと思われる。ただし、「詩格」などの著述は一貫して続いていた（第一節、表5-1）。規範への需要が、詩歌に関わる知識の整理や「詩学」という概念の登場を促した事実は否定し難い。

こういった需要を背景にすると思しき「詩格」の類に『文心雕龍』などが持つ高度な体系性や一貫した主張を求めるならば、第二節でその特徴を見た如く、読者は肩透かしを食らうだろう。作詩・作文法の規範化が一方で硬直化を招き、後人の批判を招いたことも既に述べた（注72・73）。しかし如何に深遠な思想とて、基盤となるべき即物的な思惟なくしては存在し得まい。確かに多くの「詩格」は、逸文の形でのみ今日に伝わる。だが、それらの散逸は、教則本としての性質ゆえに一定の作詩能力を得た者に顧みられなくなったことにむしろ起因するだろう。空海ら留学僧という特殊な身分ながら外国人さえ含む[91]、より広範な人々に読まれていたはずの「詩(賦・文)格」こそ今日、唐代を代表するとされてきた文学理論を底層で支えていた可能性がある。近世の開始に向けて唐・五代に進行した知識の整理と規範に準拠する作詩・作文の普遍化という点で、「詩格」の存在が示すものは大きい[92]。

南宋(一一二七〜一二七六)以降、「詩格」と題する著作は少なくなる。だが、その一方で「詩法」、「詩学」などという語を表題に含む作詩法の指南書は陸続と著されていく[93]。この後世における実質的な「詩格」の後継者は、詩作の広範な普及を推し進める媒体となる。これらが多分に通俗化することは、「詩格」本来の在り方からして、当然のことだったかもしれない。しかし、今はひとまずそれらを追跡せずに、この「詩格」という形式を用いつつ、唐代の「詩学」に極めて大きな位置を占めることになった皎然の詩論の検討に移りたい。

注

(1)『滄浪詩話』「詩評」

或問、唐詩何以勝我朝。唐以詩取士、故多專門之學、我朝之詩所以不及也。

(2) 北宋・李之儀「德循詩律甚佳方幸拭目因作拙句以勉之」詩(『姑渓居士文集』巻七)

唐人好詩乃風俗、語出工夫各一家。

南宋・蔡絛『西清詩話』巻上

讀書天下難事、著功有淺深耳。唐人以詩爲專門之學、雖名世善用古事者、或未免小誤。

郭紹虞一九八三、一四七頁がこれらの記述を『滄浪詩話』の傍証に用いる(一九六一年の旧版にも見える)。なお紹熙五年(一一九四)に著された「吟窓雑録序」にも、「古人用功於詩、惟唐人爲最多、蓋其利祿之路然也」云々と同様の議論が見える。第九章、注69を見られたい。

（3）羅根沢一九五七a、一九〇～一九五頁、同一九五七b、三～四七・一八六～二二〇頁。他に古典文学批評の史的研究では郭紹虞一九三四、二七二～二八一・三八五～三九一頁、王運熙・楊明一九九四、六三～九三（楊氏執筆）、二〇三～二二一・三二七～三七七（王氏執筆）・七四一～七八八頁（楊氏執筆）が唐宋の「詩格」に関する論述に相当な紙幅を割く。

（4）唐代の「詩格」に関する比較的初期の総論として、目加田誠一九四九〔同一九八五、一三一～一四三頁〕、文献学上の分析に許清雲一九七八がある。また各論は本書後編の注で、必要に応じて取り上げる他、次注で挙げる目録を参照されたい。

（5）『文鏡秘府論』については序章でも触れたが、盧盛江二〇一三、九五〇～九七〇頁にその研究に関わる文献の目録が見える。「詩格」関連の論著を知る上でも、それは大いに役立つ。

（6）張伯偉一九九四c〔同二〇〇二b、三四六～三八六頁〕の他、主に唐・五代の「詩格」を集成した同二〇〇二aがある。これら以外に、愛甲弘志二〇〇六も「詩格」の流行に関連する社会的な背景を論じる。

（7）注3で触れた羅・郭両氏の著作では、北宋・李淑の『制朴』、唐・劉邃の『応求類』のような公用文や科挙の答案に関わると思しき文例集を、「詩格」・「文格」や「賦格」と共に挙げる。だが試験に関係した使用など「詩格」等と性格が似通いつつも、私的な詩文の応酬と直結しない点が異なるし、また批評を含んだかも不分明なので、本章では対象としない。

（8）注3に挙げた羅・郭両氏の業績、次々注所掲の論著、特に逸文がほとんど伝わらない文献に関しては張伯偉一九九四a〔同二〇〇二a、五七〇～五七八頁〕参照。

（9）『礼記』「緇衣」

言有物而行有格〔鄭玄注：格、舊法也〕。

『詩』小雅「楚茨」

如幾如式〔毛傳：式、法也〕。

北斉・顔之推『顔氏家訓』「文章」

陸平原多爲死人自歎之言、詩格既無此例、又乖製作本意。

『礼記』や『詩』の注釈から、「格」及び「式」には「法」（のり、掟）の意があると分かる。また『顔氏家訓』の「詩格」は詩歌の範例を指すが、作詩の法を記した文献としての「詩格」に通じる意味も持つだろう。

（10）書名不詳の残片で表5から除外した敦煌文献～三〇一一背面を含めて、ほとんどの著作の逸文が張伯偉二〇〇二aに、

『詩苑類格』のそれは卞東波二〇〇五〔同二〇一三、三〜二三頁〕に集成される。また張伯偉一九九四b〔同二〇〇〇a、一一〜二五頁〕参照。

(11) 日本にのみ古写本を伝える『文筆要決』は、助辞の使用法を専ら扱う点で、「詩格」などと一線を画する。『文筆要訣』については王利器一九八九〔同一九九一〕、張伯偉二〇〇二a、五四〇〜五四八頁、同書と内容を同じくする『文鏡秘府論』北巻「論対属・句端」については三迫初男一九六五参照。

(12) 日本古写本の『文筆要決』と同じ巻子に見える佚名『賦譜』も、中国で流伝した形跡は無い。同書については中沢希男一九六八、Bokenkamp. Stephen Robert. 1980、柏夷一九九二、詹杭倫・李立信・廖國棟二〇〇五、三七〜九八頁などの研究がある。

(13) 『文鏡秘府論』北巻に収める『帝徳録』(駢文の例句集)については興膳宏一九九三b、同一九九三c、同二〇〇八b、四〇八〜四二一頁参照。ただ、同書は帝王の徳を称える文章だけに記述を限定しており、ここでは「文格」などに含めないことにした。張伯偉二〇〇〇bは、前々注からこの注までに触れた三種の文献などを作文指南書と見做して性質を論じる。

(14) 『杜家立成雑書要略』は書簡の例文集だが、文例だけを挙げて解説などは附さない。筆者の同書に関する見解は、永田知之二〇〇九に示した(先行研究もそこに挙げる)。用途が限られているため、これも本章では「文格」とは見做さない。

(15) 張健二〇〇四、一五六〜一六一頁に拠れば、表5-1の52に見える闔苑(一〇六六〜一一二〇以降)は北宋・政和七年(一一一七)に『風騒格』を著したという。

(16) 南宋・陳振孫『直斎書録解題』巻二十二「文史類」
賦門魚鑰十五巻　進士馬稱撰。編集唐蔣防而下至本朝宋祁諸家律賦格訣。
『宋史』巻二百八「芸文志七・集類・別集類」に蔣防の『賦集』一巻が著録される。あるいは、ここにいう彼の「律賦格訣」と関係するのかもしれない。なお蔣防は中唐期、九世紀前半に活動した人物で、詩文に長じた。

(17) 仏学と「詩格」などの関係は張伯偉二〇〇四、六六〜七〇頁、同一九九一〔同二〇〇八、一五〜四八頁〕、蕭麗華二〇一〇〔同二〇一二、六九〜九七頁〕参照。

(18) これらの経歴は個人の伝記や年譜などを参考にする以外、孟二冬二〇〇三に拠った。

(19) 永田知之二〇一〇、特に一二八〜一三〇頁を見られたい。当該の文章では、「詩格」と書簡の手引きである「書儀」を比較して論じた。

(20) 唐・上官儀『筆札華梁』(『文鏡秘府論』東巻「二十九種対」所引)
第一、的名對［又名正名對、又名正對、又名切對］……

或曰、天地、日月、好悪、去來、輕重、浮沈、長短、進退、方圓、大小、明暗、老少、凶儜、俯仰、壯弱、往還、清濁、南北、東西、如此之類、名正對。詩曰、東圃靑梅發、西園綠草開。砌下花徐去、階前絮緩來。

『文鏡秘府論』に引用される「詩格」の逸文は、ここに挙げる一節を含めて、必ずしも出所が明記されるわけではない。それらの出典に関して、本書では興膳宏一九八六ａ（『文鏡秘府論』の底本としても同書を用いる）、張伯偉二〇〇二ａの考証に多く依拠する。なお、引用される詩の撰者・表題は、いま知られない。

(21) 張伯偉二〇〇二ａ、五四～九七頁に『筆札華梁』と『文筆式』の解題と校訂した録文を収める。また『文筆式』の専論には羅根沢一九三五、盧盛江二〇〇三がある他、盧盛江二〇一三、一八二～二一〇頁にも分析が見える。

(22) 『文筆式』(『文鏡秘府論』西巻「文二十八種病」所引)
第一、平頭　平頭詩者、五言詩第一字不得與第六字同聲、第二字不得與第七字同聲。同聲者、不得同平上去入四聲。犯者名爲犯平頭。平頭詩曰、芳時淑氣清、提壺臺上傾。如此之類、是其病也。

(23) 『文筆式』(『文鏡秘府論』地巻「論体勢等」所引)
六志［筆札略同］……一曰直言志　直言志者、謂的申物體、指事而言、不籍餘風、別論其詠。卽假作屛風詩曰、綠葉霜中夏、紅花雪裏春。去馬不移迹、來車豈動輪。

(24) 王昌齡『詩格』(『文鏡秘府論』南巻「論文意」所引)
凡詩人、夜間牀頭、明置一盞燈。若睡來任睡、睡覺卽起。興發意生、精神清爽、了了明白。……凡作詩之人、皆自抄古今詩語精妙之處、名爲隨身卷子、以防苦思。作文興若不來、卽須看隨身卷子以發興也。……紙筆墨常須隨身、興來卽錄。若無紙筆、羇旅之間、意多草草。舟行之後、卽須安眠。眠足之後、固多清景、江山滿懷、合而生興。須屛絕事務、專任情興。因此、若有製作、皆奇逸。

『詩格』及び関連する『詩中密旨』の解題・録文を張伯偉二〇〇二ａ、一四五～二〇〇頁に収める。なお『詩格』の内容を全般的に分析した論著に中沢希男一九七七、呉鳳梅一九七九、興膳宏一九八六ｂ〔同二〇〇八ａ、四一四～四三六頁〕、陳必正二〇〇九がある他、盧盛江二〇一三、二一〇～二二二頁にも分析が見える。

(25) 創作に関する精神活力涵養論について、『詩格』が『文心雕龍』「養気」・「神思」両篇に想を得たという指摘を含め、これらの具体的な指示に関しては興膳宏一九八六b、三〇二〜三〇五頁、同一九八八、二八〜二九頁、同一九八五、七四八〜七四九頁〔同二〇〇八a、四三〇〜四三三・五六〜五八・四五一頁〕に詳しい。

(26) 王昌齢『詩格』(『文鏡秘府論』天巻「調声」所引)

齊梁調詩　張謂題故人別業詩曰、［五言］平子歸田處、園林接汝濆。落花開戸入、啼鳥隔窗聞。池淨流春水、山明斂霽雲。晝遊仍不厭、乘月夜尋君。

(27) 伝魏・文帝『詩格』(『吟窓雑録』巻一)

八對　……正名一　古詩　東圃青梅發、西園緑草開。砌下花徐去、階前絮緩來。

魏・文帝の作と伝える『詩格』の解題と録文は、張伯偉二〇〇二a、九八〜一〇九頁に収められる。

(28) 王夢簡『詩格要律』(『吟窓雑録』巻十五)

夫初學詩者、先須澄心端思、然後遍覽物情。所以晝公云、放意須險、定句須難。雖取由我衷、而得若神授。

『吟窓雑録』は書名を「詩要格律」に作るが、『直斎書録解題』巻二十二「文史類」の著録に従って改めた。なお『吟窓雑録』では「遍」の前に「詠」字を置くが、衍字と考えて削除した。張伯偉二〇〇二a、四七三〜四八五頁に収める解題と録文を参照。王夢簡については未詳、『詩格要律』に引く詩句から、五代・宋初の人かと思われる。

(29) 『詩式』巻一「序」

其作用也、放意須險、定句須難、雖取由我衷、而得若神表。

前注に引く『詩格要律』とは異なり、最後の文字を「表」に作る。

(30) 初唐の「詩格」にとりわけ顕著なこれらの特徴について、古くは王夢鷗一九七七に詳しい。

(31) 南宋・魏慶之『詩人玉屑』巻五「口訣」

四不［下八條竝釋皎然述］

氣高而不怒、力勁而不犯、情多而不暗、才贍而不疎

(32) 『詩式』巻一「四不」

氣高而不怒、怒則失於風流。力勁而不露、露則傷於斤斧。情多而不暗、暗則蹶於拙鈍。才贍而不疎、疎則損於筋脈。

これと比較すれば、前注に挙げた『詩人玉屑』における引用が、作詩に関して一方向に偏った際の弊害を説く箇所を省略すること、またそこでの「力勁而不犯」が現行の『詩式』では「力勁而不露」(この場合は「筆力はあるが作為の跡を露わ

にしない」という意）に作ることが分かる。なお「四深」から「七徳」までの各条は、やはり『詩式』巻一に見える。また「四不」などに示される極端を避ける皎然の詩論は、仏教の「中道」の概念を持ち込んだものだという指摘がある。林田愼之助一九九八、一〇〇四～一〇〇七頁〔二〇〇一、二一六～二二〇頁〕参照。

（33）唐・陸羽『茶経』巻上「三之造」

茶之否臧、存於口訣。

皎然と同時代人で親交もあった陸羽は、茶の良否を知る秘訣は口頭で伝授するものと述べる。あるいは、皎然自身にも前注の「四不」など句形も整って読誦にも便利な言葉を作詩の「口訣」と捉える意識があったのかもしれない。

（34）『文筆式』（『文鏡秘府論』東巻「二十九種対」所引）

的名對者、正也。凡作文章、正正相對。上句安天、下句安地。……如此之類、名爲的名對。初學作文章、須作此對、然後學餘對也。

南宋・晁公武『郡斎読書志』巻二十「集部・文史類・修文要訣一巻」

僞蜀馮鑑撰。雜論爲文體式、評其謬誤、以訓初學云。

（35）初学者を含む人々の作詩・作文の指南として著されたことを示唆する記述は、「詩格」などそれ自体に幾つか見られる。本文で引いたもの以外に、それらの例は張伯偉二〇〇四、七〇頁〔同二〇〇八、二一～二二頁〕に挙げられる。また、『文鏡秘府論』中の空海自身による文章にも、「詩格」などを詩文作成の手引きと捉える意識が表れる。序章第三節、注5を見られたい。

（36）明・陳全之『蓬窓日録』巻八「詩談」二

胡子原學嘗與予論詩曰、人有恒言曰、唐以詩取士、故詩盛、今代以經義選擧、故詩衰、此論非也。詩之盛衰、係於人之才與學、不因上之選取也。……況唐人所取五言八韻之律、今所傳省題詩、多不工。今傳世者、非省題詩也。

明・王世貞「芸苑卮言」四（『弇州山人四部稿』巻百四十七）

人謂唐以詩取士故詩獨工、非也。凡省試詩類鮮佳者、如錢起湘靈之詩、億不得一、李肱霓裳之製、萬不得一。

「省題試」・「省試詩」は、地方の予備試験を通過した者が受験する中央における進士科の試験で作成を課された詩歌を指す。なお、この二種と同様の資料は夙に胡才甫一九三七、一五四頁にも引用される。

（37）洪邁「黄御史集序」（『唐黄先生文集』巻首）

唐興三百年、氣運升降、其間而詩文因之。自晉陽擧義、開館宮西、以延文學、竟用詞賦取士。士以操觚顯者無慮數百家、大都始沿江左頽習、競於絺繪、耽披靡而乏氣骨。

楊万里「黄御史集序」（『誠斎集』巻七十九）

詩至唐而盛、至晩唐而工。蓋當時以此設科而取士、士皆爭竭其心思而爲之、故其工後無及焉。時之所尚、而患無其才者、非也。

劉克荘「李耘子詩巻」（『後村先生大全集』巻九十九）

唐世以賦詩設科、然去取予奪一決於詩、故唐人詩工而賦拙。湘靈鼓瑟、精衛塡海之類、雖小小皆含意義、有王回、曾鞏之不能道。本朝亦以詩賦設科、然去取予奪一決於賦、故本朝賦工而詩拙。今之律賦、往往造微入神、溫飛卿、季義山之徒、未必能髣髴也。

全て南宋人によるこれらの文章も、唐詩の隆盛と科挙における作詩の出題との関連を述べる。最後の文章は、詩と賦のいずれに重点を置くか、唐と宋では採点の方針が異なる点を指摘する。賦がどれほど重視されたかはさておき、宋代の科挙で作詩に置かれた比重は唐代ほどではなかったらしい。以上の資料三種は張健二〇一二、五二三頁に引用される。

(38) 全体的に論じた著作に村上哲見二〇〇〇、傅璇琮二〇〇三b、高木重俊二〇〇九、小説との関わりを扱う研究書に兪鋼二〇〇四などがある。

(39) 「條流明経進士詔」（『唐大詔令集』巻百六「政事・貢挙」）

自今已後、考功試人、明経每經帖試、錄十帖得六已上者、進士試雜文兩首、識文律者、然後竝令試策。……［永隆二年八月］。

『通典』巻十五「選挙三・歴代制下［大唐］」、『唐会要』巻七十五「貢挙上・帖経條例」、『冊府元亀』巻六百三十九「貢挙部・條制」にも同じ詔を含む記事が見える。

(40) 南宋・王応麟『玉海』巻二百三「辞学指南・表」

唐顯慶四年進士試關內父老迎駕表。

同巻二百三「辞学指南・箴」

唐進士亦或試箴［顯慶四年試貢士箴。……］。

(41) 唐代の科挙での策に関する制度・歴史を扱う研究書に、陳飛二〇〇二がある。

(42) 唐・封演『封氏聞見記』巻三「貢挙」
天寶初、達奚珣、李巖相次知貢擧、進士文名高而帖落者、時或試詩放過、謂之贖帖。
唐・温庭筠『乾𦠆子』（『太平広記』巻百七十九「貢挙二・閻済美」所引）
某具前白主司曰、某早留心章句、不工帖書、必恐不及格。主司曰、可不知禮闈故事、亦許詩贖。某致詞後、紛紛去留。某又遽前白主司曰、侍郎開奬勸之路、許作詩贖帖、未見題出。主司曰、賦天津橋望洛城殘雪詩。某只作得二十字、某詩曰、……。已聞主司催約詩甚急、日勢又晩。某告主司、天寒水凍、書不成字。便聞主司處分、得句見在將來。主司一覽所納、稱賞再三、遂唱過。
また中唐の呂温に「河南府試贖帖賦得郷飲酒」と題する詩（『呂和叔文集』巻二）があり、地方（この場合は河南府）での予備試験でも贖帖が行われていたと分かる。

(43) 中唐以降の進士科は「雑文」、帖経、策の順に試験が実施されるようになった。傅璇琮二〇〇三b、一七二～一七三頁参照。この変化に伴って、詩文の作成は、まず突破すべき対象として事前の学習でより重視されるようになったのではないか。

(44) 唐代では、文教を司る礼部が科挙の常科（進士科など）を主催した一方で、文官の人事は吏部が管掌した。官僚は一定の官等に達するか、下位でも特別な職位を務めた場合は、吏部が実施する銓選を経ずとも次の官職に就けた。言い換えれば、初任の者が銓選や科目選その他の方途で官界入りを図る他、官職に在った者も下級官僚である限り、任期が終われば、銓選などを通過して次の官を得るまで、官界を離れることになった。当時の銓選（判、即ち事案への対処法の執筆が主な課題となった）と文学の関係は、王勛成二〇〇一に詳しい。

(45) 地方予備試験、吏部試・制挙での詩や賦の出題は各々傅璇琮二〇〇三b、五七～五八頁、五〇一～五〇二頁、一四七～一四八頁参照。

(46) 傅璇琮二〇〇三b、一六九～一七一・三九五～三九六頁参照。

(47) 唐代の「行巻」などと文学との関係は、程千帆一九八〇〔同二〇〇〇、一～八七頁〕を参照されたい。

(48) 『旧唐書』巻九十二「韋安石伝・子陟」
後爲禮部侍郎、陟好接後輩、尤鑒于文、雖辭人後生、靡不諳練。曩者主司取與、皆以一場之善、登其科目、不盡其才。陟先責舊文、仍令擧人自通所工詩筆、先試一日、知其所長、然後依常式考覈、片善無遺、美聲盈路。

『冊府元亀』巻六百四十二「貢挙部・條制」四

（顯徳二年）五月、翰林學士尚書禮部侍郎知貢擧竇儀上言、……其進士請今後省巻限納五巻已上、於中須有詩、賦、論各一巻、餘外雜文、歌篇竝許同納、祇不得有神道碑、志文之類。……詔竝從之。

前者で進士科などを主管する礼部侍郎（文教を司る礼部の次官）として韋陟が受験者に求めたという「詩筆」は詩歌と散文を指す。

(49) 五代・王定保『唐摭言』巻六「公薦［門生薦座主師友相薦附］・呉武陵薦杜紫微」

崔郾侍郎、既拜命於東都試擧人、三署公卿皆祖於長樂傳舍、冠蓋之盛、罕有加也。時呉武陵任太學博士、策蹇而至。郾聞其來、微訝之、乃離席與言。武陵曰、侍郎以峻德偉望、爲明天子選才俊、武陵敢不薄施塵露。向者偶見太學生十數輩、揚眉抵掌、讀一卷文書、就而觀之、乃進士杜牧阿房宮賦。若其人、眞王佐才也、侍郎官重、必恐未暇披覽。於是搢笏、朗宣一遍、郾大奇之。武陵曰、請侍郎與狀頭。郾曰、已有人。曰、不得已卽第五人。郾未遑對、武陵曰、不爾、卽請還此賦。郾應聲曰、敬依所教。既卽席、白諸公曰、適呉太學以第五人見惠。或曰、爲誰。曰、杜牧。衆中有以牧不拘細行間之者。郾曰、已許呉君矣。牧雖屠沽、不能易也。

(50) 『通典』巻十七「選挙五・雜議論中」

洋州刺史趙匡擧選議曰、……進士者時共貴之、主司褒貶、實在詩賦、務求巧麗、以此爲賢、不唯無益於用、實亦妨其正習、不唯撓其淳和、實又長其佻思。

唐・柳冕「柳福州書」（『權載之文集』巻四十一）

進士以詩賦取人、不先理道、明經以墨義考試、不本儒意、選以書判殿最、不尊人物。

(51) 『唐会要』巻七十六「貢挙中・進士」

其年十月、禮部奏、進士擧人、自國初以來、試詩賦、帖經、時務策五道。中間或蹔改更、旋卽仍舊。蓋以成格可守、所取得人故也。

『冊府元亀』巻六百四十一「貢挙部・條制三」にも、同じ上奏文が引かれる。

(52) 唐・盧言『盧氏小説』（『太平広記』巻百八十「貢挙三・宋済」所引）

唐徳宗微行、一日夏中至西明寺。時宋濟在僧院過夏、上忽入濟院。方在窗下、犢鼻葛巾抄書。……上又問曰、作何事業、兼問姓行。濟云、姓宋第五、應進士擧。又曰、所業何。曰、作詩。

(53) 『大唐新語』（『太平広記』巻二百六十一「嗤鄙四・李秀才」）

唐郎中李播典蘄州日、有李生稱擧子來謁。會播有疾病、子弟見之。覽所投詩卷、咸播之詩也。既退、呈于播、驚曰、此昔應擧時所行卷也、唯易其名矣。明日遣其子邀李生、從容詰之曰、奉大人咨問、此卷莫非秀才有製乎。李生聞語、色已變曰、是吾平生苦心所著、非謬也。子又曰、此是大人文戰時卷也、兼牋翰未更、却請秀才不妄言。遽曰、某向來誠爲誑耳。二十年前、實於京輦書肆中、以百錢贖得。殊不知是賢尊郎中佳製、下情不勝恐悚。子復聞於播、笑曰、此蓋無能之輩耳、亦何怪乎。饑窮若是、實可哀也。遂沾以生餼、令子延食於書齋。數日後、辭他適、遺之縑繪。是日播方引見、李生拜謝前事畢。又云、某執郎中盛卷、遊於江淮間、已二十載矣。今欲希見惠、可乎、所貴光揚旅寓。播曰、此乃某昔歲未成事所懷之者、今日老爲郡牧、無用處、便奉獻可矣。亦無愧色、旋置袖中。播又曰、秀才今擬何之。生云、將往江陵、謁表丈盧尚書耳。播曰、賢表丈任何官。曰、見爲荊南節度使。播曰、名何也。對曰、名弘宣。播拍手大笑曰、秀才又錯也。荊門盧尚書、是某親表丈。生慙悸失次、乃復進曰、誠君郎中之言、則幷荊南表丈、一時曲取。於是再拜而走出、播歎曰、世上有如此人耶。蘄間悉話爲笑端。

文中に見える李播や盧弘宣（「盧尚書」）の地方官在任時期（九世紀中頃）から考えて、この逸話の出所が『大唐新語』（八〇七序）という点には疑問もあるが、もと「新」や「新語」に作ったのを改めた北京燕山出版社会校本に従う。岑仲勉一九四八a、二八八頁〔同二〇〇四c、七八三頁〕は南唐・尉遅枢『南楚新聞』を出所と述べる。なお『唐詩紀事』巻四十七「李播」にも、同じエピソードが見える。同種の話柄は、傅璇琮二〇〇三b、二八三〜二八五頁に列挙される。

(54) 唐代の「干謁」と文学とを主題とする研究書に王佺二〇一一がある。

(55) 『因話録』巻三「商部」下

李相国程、王僕射起、白少傅居易兄弟、張舎人仲素爲場中詞賦之最、言程式者、宗此五人。

引用に先立つ箇所に拠ると、これは元和年間（八〇六〜八二〇）以降の事跡をいう。

(56) 元稹「白氏長慶集序」（『元氏長慶集』巻五十一）

禮部侍郎高郢始用經藝爲進退、樂天一擧擢上第。明年、拔萃甲科。由是性習相近遠、求玄珠、斬白蛇等賦、及百道判、新進士競相傳於京師矣。

白居易「与元九書」（『白氏文集』巻二十八）

日者又聞親友閒説、禮吏部擧選人、多以僕私試賦判傳爲準的。

白居易（楽天）が進士科や書判抜萃科（吏部試の一種）に及第した際にその賦及び判が進士科受験者の間に広まり、また彼が科挙受験に向けて著した賦の習作が後に科挙受験者の手本となった、即ち前注に引く資料に見えるような事態の存在は、これら親友の元稹や本人の記述からも明らかである。なお判についてては注44・82・90を見られたい。

(57) 王起らの作品が科挙における辞賦の「程式」に仰がれた事実とその「賦格」などとの関連は、早く王夢鷗一九八三〔同一九八七、一八九～二〇三頁〕に分析が見える。また、前々注に引く文章に見える「程式」については愛甲弘志二〇〇六、五～七頁参照。

(58) 『詩格』(『文鏡秘府論』南巻「論文意」所引)

思若不來、卽須放情却寬之、令境生。然後以境照之、思則便來、來卽作文。如其境思不來、不可作也。

(59) 李程は貞元十二年(七九六)に進士科と吏部試の博学宏辞科を首席で通過、元和十二年(八一七)には知貢挙を務めている。孟二冬二〇〇三、五八五・五八八・七五八頁参照。

(60) 進士科で執筆が求められた詩賦については、傅璇琮二〇〇三b、一七三～一七八頁参照。また唐代の科挙試験で作られた詩や賦を扱う研究書に王兆鵬二〇〇四、鄭曉霞二〇〇六、王士祥二〇一二などがある。

(61) 『冊府元亀』巻六百三十九「貢挙部・條制」

(開元)二十五年正月、詔曰、致理興化、必在得賢、強識博聞、可以從政、且今之明經、進士、則古之考廉、秀才。近日以來、殊乖本意、進士以聲韻爲學、多昧古今、明經以帖誦爲功、罕窮旨趣、安得爲敦本復古、經明行修。

『旧唐書』巻百十九「楊綰伝」

尚書左丞(賈)至議曰、……考文者以聲病爲是非、唯擇浮艷、豈能知移風易俗化天下之事乎。

部分的に訳した『冊府元亀』に引く詔は、『唐会要』巻七十五「貢挙上・帖経條例」にも見えるが、そこでは「正月」を「二月」に、「聲韻」を「聲律」に作る。

(62) 『文筆式』(『文鏡秘府論』東巻「筆札七種言句例」所引)

十一曰十一言句例　文賦云、沈辭怫悦、若遊魚銜鉤而出重淵之深、浮藻聯翩、猶翔鳥纓繳而墜曾雲之峻。下句皆十一字是也。

同(同西巻「文筆十病得失」所引)

大韻、一韻以上、不得同於韻字。如以新字爲韻、勿復用鄰、親等字。詩得者、運阻衡言革、時泰玉階平。失者、新裂齊紈素、鮮潔如霜雪。筆得者、播盡善之英聲、起則天之雄響。百代欽其美德、萬紀懷其至仁。失者、傾家敗德、莫不由於憍奢、興宗榮族、必也藉於高名。

「文賦」は『文選』巻十七、「運阻衡言革」云々は梁・任昉「出郡伝舎哭范僕射」（『文選』巻二十三）、「新裂齊紈素」云々は伝前漢・班婕妤「怨歌行」（同巻二十七）に見える。後の引用に挙がる文章の出所は、共に分からない。

（63）北宋・孫復「寄范天章書」一（『聖宋文選』巻九）

國家踵隋唐之制、專以辭賦取人、故天下之士、皆奔走致力于聲病偶對之閒、探索聖賢之閫奥者、百無一二。

乾隆四十年雨山堂刊本『孫明復先生小集』、文淵閣四庫全書本『孫明復小集』は「于聲病偶對」を「於聲病對偶」に作る。

（64）『直斎書録解題』巻二十二「文史類」

文章玄妙一巻　唐任藩撰。言作詩聲病對偶之類。凡世所傳詩格、大率相似。

（65）唐・李肇『唐国史補』巻下「叙進士科挙」

造請權要、謂之關節。……挾藏入試、謂之書策。

『乾𦠆子』（『太平広記』巻二百六十一「嗤鄙四・梅権衡」所引）

唐梅權衡、呉人也。入試不持書策、人皆謂奇才。

唐・李綽『尚書談録』（『太平広記』巻三百四十五「鬼三十・郭承嘏」所引）

郭承嘏、嘗寶惜法書一巻、每攜隨身。初應擧、就雜文試、寫畢、夜猶早、緘置篋中。及納試、而誤納所寶書帖。却歸鋪、于燭籠下取書帖觀覽、則程試宛在篋中。計無所出、來往于棘闈門外、見一老吏。詢其試事、具以實告。吏曰、某能換之、然某家貧、居興道里。倘換得、願以錢三萬見酬。承嘏許之、逡巡、齎程試入、而書帖出、授承嘏。明日歸親仁里、自以錢送詣興道里。欵問久之、吏家人出、以姓氏質之。對曰、主父死三日、力貧未辦周身之具。承嘏驚歎久之、方知棘闈所見、乃鬼也、遂以錢贈其家。

『唐国史補』から引いた最初の一文にいう「關節」は、第三節で触れた科挙の実施前に行われる各種の請託を指す。なお「書策」に関しては、傅璇琮二〇〇三b、一〇〇〜一〇四頁を参照した。

（66）『旧唐書』巻百二十六「李揆伝」

乾元初、兼禮部侍郎。揆嘗以主司取士、多不考實、徒峻其隄防、索其書策、殊未知藝不至者、文史之囿亦不能摛詞、深昧求賢之意也。其試進士文章、請於庭中設五經、諸史及切韻本於床、而引貢士謂之曰、大國選士、但務得才、經籍在此、請恣尋檢。由是數月之閒、美聲上聞、未及畢事、遷中書侍郎、平章事、集賢殿崇文館大學士、修國史。

(67) 王昌齢『詩格』(『文鏡秘府論』天巻「調声」所引)

何遜傷徐主簿詩曰、[五言] 世上逸羣士、人間徹總賢。畢池論賞託、蔣逕篤周旋。又曰、一旦辭東序、千秋送北邙。客簫雖有樂、鄰笛遂還傷。又曰、提琴就阮籍、載酒覓揚雄。直荷行罩水、斜柳細牽風。

なお何遜の詩は三首とも、他の文献には見られない。文字の誤りが疑われる箇所も校勘できないので、訳文も仮のものである。

(68) 南宋・計有功『唐詩紀事』巻五十二「李肱」

肱開成二年試霓裳羽衣曲詩也。是年(開成元年)秋、帝命高鍇復司貢籍、詔曰、夫宗子維城、本枝百代、封爵所宜、無令廢絶。常年宗正寺解送人、恐有浮薄、以忝科名、在卿精揀藝能、勿妨賢路。所試賦則准常規、詩則依齊梁體格。……高鍇奏曰、……就中進士李肱霓裳羽衣曲詩一首、最爲迥出、更無其比。詞韻既好、去就又全、臣前後吟詠近三五十遍、雖使何遜復生、亦不能過、兼是宗枝、臣與狀頭第一人、以奬其能。

本文では、必要な箇所のみ訳出した。『雲谿友議』巻上「古製興」(『太平広記』巻百八十一「貢挙四・李肱」にも引く)の類話とは、内容がやや異なる。

(69) 盛唐の岑参(「斉梁調詩」に言及した『詩格』の撰者とされる王昌齢とも親交があった)に「夜過盤豆隔河望永楽寄閨中効斉梁体」(『岑嘉州詩』巻三)があるのを孤立的な例として、他の「斉梁」に倣うことを明示する現存の詩は、全て唐代後期に作られた。もちろん、「斉梁」や「斉梁体」といった語を含む詩題や注記が、作者自身によるかはなお検討を要する。ただ中唐の劉禹錫・白居易、晩唐の李商隠・温庭筠・皮日休・貫休らの詩集に総計二十首弱の該当する作品が残る点は、唐代の、それも著名な詩人の間でも「斉梁調」の流行していた事実を示唆する。なお律詩が完成した後の定型で調べてみると、それらは古詩よりは韻律上の規則に適うが、律詩ほどには遵守しない作品、または表現や措辞が斉・梁の詩を志向する詩歌と、大雑把には見做せるようである。唐詩の中の「斉梁体(格)」、「斉梁調」を専ら扱う論文に鈴木修次一九七九、加藤聰二〇〇一、杜曉勤二〇一一がある。

(70) 白居易『金鍼詩格』「詩有斉梁格」(『吟窓雑録』巻十八上)

四平頭　謂四句皆用平字入是也。

兩平頭　謂第一句第三句用平字入是也。

梅堯臣『続金鍼詩格』「詩有斉梁格」(同巻十八下)

四平頭格　曲江感春詩：江頭日暖花正開、江東行客心悠哉。高陽酒徒半凋落、終南山色空崔嵬。
雙側雙平格　釣翁詩：八月九月蘆花飛、南溪老翁垂釣歸。秋山入簾翠滴滴、野艇依檻雲依依。
兩平頭格　鳳凰臺詩：鳳凰臺上鳳凰遊、鳳去臺空江自流。呉時花草埋幽徑、晉代衣冠成古丘。

『金鍼詩格』と『続金鍼詩格』は、共に詩人として令名高い白居易及び梅尭臣に仮託された文献と考えられる。両種の「詩格」については船津富彦一九五五a〔同一九八六、六七～七三頁〕、金子眞也一九八五参照。解題と録文が張伯偉二〇〇二a、三四八～三六〇・五一八～五三四頁に収められる。第一節の表5-1では、便宜的にやはり白居易の手に成ると伝える『文苑詩格』と同じく彼らが生きた中唐、北宋に当たる時期に置いた（同表15・16、47）。「斉梁格」とは、四句もしくは二句が連続して、平声の文字から始まることだという説は、これより遡る例が知られない。

(71)『冊府元亀』巻六百四十二「貢挙部・條制四」
（長興元年）十二月、毎年貢擧人所試詩賦、多不依體式、中書奏請下翰林院、命學士撰詩賦各一首、下貢院以爲擧人模式。學士院奏、伏以體物縁情、文士各推其工拙、掄材較藝、詞場素有其規程。凡務策名、合遵常式。況聖君御宇、奥學盈朝、儻令明示其規模、或慮衆貽其臧否。歴代作者、垂範相傳、將期絶彼微瑕、未若擧其舊制。伏乞下所司依詩格、賦樞考試進士、庶令職分、互展恪勤。從之。

本文では、最後の二文を訳出した。なお、羅根沢一九五七b、一八六～一八八頁、張伯偉一九九四c、六六頁〔同二〇〇二a、一三頁〕にこの長興元年の事跡を通した科挙と「詩格」などの関係についての分析が見える。

(72)『直斎書録解題』巻二十二「文史類・文章玄妙一巻」
余嘗書其末云、論詩而若此、豈復有詩矣。唐末詩格汙下、其一時名人著論、傳後乃爾。欲求高尚、豈可得哉。

(73) 蔡居厚『蔡寛夫詩話』（『苕渓漁隠叢話』前集巻五十五「宋朝雑記」下所引）
唐末五代、俗流以詩自名者、多好妄立格法、取前人詩句爲例、議論鋒出、甚有師子跳擲、毒龍顧尾等勢、覽之毎使人拊掌不已。大抵皆宗賈島輩、謂之賈島格、而於李杜特不少假借。李白女媧弄黄土、摶作愚下人。散在六合閒、濛濛若埃塵、目曰調笑格、以爲談笑之資。杜子美冉冉谷中寺、娟娟林外峰。欄干更上處、結締坐來重、目爲病格、以言語突兀、聲勢蹇澁。此豈韓退之所謂蚍蜉撼大木、可笑不自量者邪。

李白の詩句は「上雲楽」（『李太白文集』巻二）、杜甫のそれは「恵義寺送王少尹赴成都」（『草堂詩箋』巻四十）に見える（引用とそれぞれの詩集とでは異同がある）。また、韓愈の言葉は、「調張籍」（『新刊五百家註音辯昌黎先生文集』巻五）にいう李杜の偉大さを理解できない者を嘲笑する句をそのまま用いる。なお、李白の詩句は皎然の『詩式』に引かれて「以爲談笑之資」と称される。第八章、注41を見られたい。

(74) 唐・釈斉己『風騒旨格』「詩有十勢」(『吟窓雑録』巻十一)

獅子返擲勢　詩曰、離情遍芳草、無處不萋萋。……毒龍顧尾勢　詩曰、可能有事開心後、得似無人識面時。

前注の引用に見える「師子跳擲、毒龍顧尾等勢」は、これらを指すのであろう。唐前期の「詩格」が具体的な作詩法を説くのに比べて、晩唐以降のそれらにはこういった「勢」や「格」など抽象的な概念が頻出する。また詩の風格を定義も無く分類する点もその特徴で、『風騒旨格』にはこの「詩有十勢」以外に、「詩有二十式」や甚だしきに至っては「詩有四十門」という項目さえ見られる。張伯偉一九九四c、六六~七〇頁(同二〇〇二a、一九~三八頁)、同二〇〇二a、三九七~四一六頁参照。なお「可能有事開心後」の「開」を斉己「寄湘幕王重書記」(『白蓮集』巻七)では「闕」に作る。

(75) 白居易「与元九書」(『白氏文集』巻二十八)

然則餘霞散成綺、澄江淨如練、離花先委露、別葉乍辭風之什、麗則麗矣、吾不知其所諷焉。

引用される詩句は、順に南斉・謝朓「晩登三山還望京邑」(『文選』巻二十七)、劉宋・鮑照「翫月城西門解中」(同巻三十)に見える。ただし、『文選』では「淨」を「靜」に作る。

(76) 李白「金陵城西楼月下吟」(『李太白文集』巻七)

解道澄江淨如練、令人長[一作還]憶謝玄暉。

韋荘「(序)」(『又玄集』巻首)

謝玄暉文集盈編、止誦澄江之句、曹子建詩名冠古、唯吟清夜之篇。

前者は盛唐(白居易より前)の詩歌が謝朓の件の句を踏まえた詩句であり、後者は晩唐(白居易より後)にそれが謝朓の最も著名な句と考えられていたと示唆する記述である。

(77) 王昌齢『詩格』(『文鏡秘府論』南巻「論文意」)

詩有天然物色、以五綵比之而不及。由是言之、假物不如眞象、假色不如天然。如池塘生春草、園柳變鳴禽。如此之例、皆爲高手。中手倚傍者、如餘霞散成綺、澄江淨如練。此皆假物色比象、力弱不堪也。

『文鏡秘府論』の諸本は「如池塘生春草」から「皆爲高手」を欠くが、底本の説に従って『文筆眼心抄』(『文鏡秘府論』の簡略版で、やはり空海の手に成る)より補った。「池塘生春草」以下の二句は、劉宋・謝霊運「登池上楼」(『文選』巻二十二）に見える。ここに引く『詩格』の前半については、第八章第五節iii、注75も参照されたい。なお、次に挙げる『吟窓雑録』に引く『詩格』でも、謝朓（字は玄暉）のこの詩が「高手」よりは落ちる「綺手」（美しい詩の作り手）の作品とされる。

『詩格』「詩有六貴例」（『吟窓雑録』巻五）

直意二　劉公幹詩：豈不罹凝寒、松柏有本性。又詩：方塘含白水、中有鳧與雁。此高手也。謝玄暉詩：餘霞散成綺、澄江靜如練。此綺手也。

(78) 伝王昌齢『詩中密旨』「詩有九格」（『吟窓雑録』巻六）

句中比物成語意格七　詩曰、餘霞散成綺、澄江靜如練、是也。

皎然『詩議』（『文鏡秘府論』地巻「論体勢等・十四例」所引）

十一　立比成之例　詩曰、餘霞散成綺、澄江淨如練。

同『詩式』巻一「池塘生春草、明月照積雪」

又晩登三山還望京邑：白日麗飛甍、參差皆可見。餘霞散成綺、澄江靜如練。喧鳥覆春洲、雜英滿芳甸［靜也］。

『文苑詩格』「語窮意遠」（『吟窓雑録』巻四）

爲詩須精搜、不得語剩而智窮、須令語盡而意遠。古詩云、餘霞散成綺、澄江靜如練。……此語盡意未窮也。

最初の二条は、直喩で一句の中にまとまった意味を成す詩句の例として、当該の一聯を挙げる。次の『詩式』による引用は、同書の格付けとして最高位の第一格に、謝朓の詩句を置く。格付けと末尾の「靜也」などという批評については、次章第三節と第四節（注31）を見られたい。『文苑詩格』の解題と録文を、張伯偉二〇〇二a、三六一～三六九頁に収める。白居易に仮託される同書を除けば、全て唐代中頃（白居易より先立つ時代）の「詩格」に見える。

(79)『白氏六帖事類集』巻一「霞」

成綺［餘霞散成綺］

同巻二「江」

如練［澄江靜如練］

同巻二「練」

澄江［靜如練］

同巻二「綺」

餘霞［散成綺、謝朓詩］

『白氏六帖事類集』は一旦成った後も増補が続けられ、刊本によって差異があるとはいえ、このように過去の典籍で用いられる語句をここに見える「霞」など約千八百の項目に分類する。唐初の『北堂書鈔』以来、現存する他の「類書」も作詩・作文の助けとなる側面を持つが、個人の手控えとして編まれたという点で、『白氏六帖事類集』はその中でも注目に値する。創作に役立つ用語集という意味で同書を分析した先駆的な業績に花房英樹一九四九がある。

(80) この新説は陳翀二〇一〇、一七〜一八頁で提起されたが、それを承けた研究に神鷹徳治二〇一二、大渕貴之二〇一一（同二〇一四、一四四〜二〇四頁）がある。ただ、仮に白居易没後の成立だとしても、『白氏六帖事類集』が彼の残した資料に基づくこと、現行の三十巻本やその原型が作詩・作文に格好な分類式の語彙集（注79参照）だったことは疑い得ない。

(81) 唐・張鷟『朝野僉載』（『太平広記』巻二百五十八「嗤鄙一・沈子栄」所引）

周天官選人沈子榮誦判二百道、試日不下筆。人問之、榮曰、無非命也。今日誦判、無一相當。有一道頗同、人名又別。至來年選、判水磑、又不下筆。人問之、曰、我誦水磑、乃是藍田、今問富平、如何下筆。聞者莫不撫掌焉。

唐代では寺院などを含む荘園主が、隷下の農民に碾磑とも呼ばれる水磑（小麦の脱穀・製粉に用いる）を経営させた。その使用をめぐって、しばしば起こった水利権などに関わる争いが社会問題と化していたため、紛争に決着を付けさせる判の執筆が試験の課題にもなり得た。現に、佚名「磑分利不平判」（『英華』巻五百四十三）と題する磑（臼）に関わる利益の分配に係る争論を裁く判も伝わる。

(82) 現存する唐代の判は、科挙における個別の実作が大多数を占める。ただ、例外的に張鷟（七世紀後半から八世紀前半）『龍筋鳳髄判』、敦煌文献P二五九三・P三八一三・P二七五四、白居易『百道判』のような答案ではない複数の判をまとめた文献自体やそれが存在したという事実も知られる。このうち、『百道判』は科目選の受験勉強で白居易の著した習作を収めていた（注56）。これらは、いずれも判の執筆に関して知識人の学習の対象となっていたらしい。中でも張鷟が生きた時代は、注81に引く逸話に見える武周の時代に当たっており、判の例文集の登場がそこまで遡ることの証拠となる。唐代の判については瀧川政次郎一九四一a、同一九四一b、市原亨吉一九六三、大野仁一九九三a、『龍筋鳳髄判』に関しては瀧川政次郎一九四〇、敦煌文献中の判については池田温一九七八といった比較的早い研究がある。なお白居易の判に関しては、注90も見られたい。判を主題とした研究所に譚淑娟二〇一四がある。

(83)　韓愈「南陽樊紹述墓誌銘」(『新刊五百家註音辯昌黎先生文集』巻三十四)
惟古於詞必己出、降而不能乃剽賊。
(84)　『旧唐書』巻百一「薛登伝」
天授中、爲左補闕、時選擧頗濫、謙光上疏曰、……於是後生之徒、復相放效、因陋就寡、赴速邀時、緝綴小文、名之策學、不以指實爲本、而以浮虚爲貴。

薛登(元の名は謙光)のいう「策學」やその指南書については、井上進二〇〇二、八七～九一頁などを参照。なお、そこには科挙における習慣・礼法の参考書に関する記述も見える。因みに、白居易は「策林序」(『白氏文集』巻四十五)で制挙の受験に向けて著した策(同巻四十五から巻四十八に収められる)を、後に自ら『策林』四巻にまとめたと述べる。謝思煒一九九五(同一九九七、一〇五～一二三頁)、付興林二〇〇七、一一一～一九二頁参照。
(85)　唐・鄭谷「中年」(『鄭守愚文集』巻下)
漠漠秦雲淡淡天、新年景象入中年。情多最恨花無語、愁破方知酒有權。苔色滿墻尋故地、雨聲一夜憶春田。衰遲自喜添詩學、更把前題改數聯。

本文では、最後の二句だけを訳出した。
(86)　注85に挙げた鄭谷の詩に「詩学」の語が現れることに注意すべき旨の指摘が、加藤国安二〇〇八、一二八～一二九頁に見える。鄭谷の生没年は詳らかでないが、八五一年頃の誕生という通説に従えば、「中年」(おおよそ三十歳を指す)という言葉が見えるので、この詩は八八〇年頃に作られたと考えられる。
(87)　宋以降を近世と捉える学説は、内藤虎次郎一九二二(同一九六九a、一一一～一一九頁)、同一九四七、一～一八頁(同一九六九c、三四七～三五九頁)で最初に示される。文学を含む学術・文化の変容は、それぞれの最後の一段で扱われる。また「唐宋変革論」がどう発展し、受容されたかについての分析として、近年では宋代史から見た論著が存在するが、別に詳しい専論として妹尾達彦二〇〇七がある。
(88)　『通典』巻十五「選挙三・歴代制下［大唐］」
其進士、大抵千人得第者百一二、明經倍之、得第者十一二。

この記述には誇張が多少あるかもしれないが、時期によって異なるとはいえ、続く晩唐期に毎年の科挙受験者が一千人に上ったことは事実と思われる。村上哲見二〇〇〇、一二五～一三五頁参照。

（89）元稹「酬楽天余思不尽加為六韻之作」（『元氏長慶集』巻二十二）元詩駁雑眞難辨、白樸流傳用轉新［樂天於翰林中書、取書詔批答詞等、撰爲程式、禁中號曰白樸。毎有新入學士求訪、寶重過於六典也］。

「翰林中書」は翰林院と中書省を指すが、白居易はそれらで詔などの起草を司る翰林学士や中書舎人を務めたことがある。なお、南宋・王楙『野客叢書』巻三十「白樸」に拠れば、『白樸』は北宋末・南宋初まで現存していたという。

（90）白居易の判を集めた『百道判』の存在は、注56に引く資料に見える。今日、『白氏文集』巻四十九・五十に収められる判が『百道判』という表題で単行したものと思われる。白居易の判を扱う専論に大野仁一九九三ｂがある。また、彼の判に関しては付興林二〇〇七、二九～一一一頁にもまとまった記述が見える。先行研究も、これら両者を参照されたい。

（91）日本・円仁『入唐新求聖教目録』

詩賦格一巻

承和十四年（八四七）に唐から日本に戻った円仁が持ち帰ったこの文献については、撰者・時期共に分からない（第一節の表5-1では仮に23に置いた）。空海が『文鏡秘府論』の編纂に用いた諸文献と同じく、日本人でもこのように入手できたことも、「詩格」などが唐代に広く普及していた事実を示唆する。

（92）唐代の詩学における規範化の問題は、張伯偉二〇〇六を参照した。なお、当時の初学者に向けた古典上の知識の整理については、永田知之二〇〇八で少しく論じたことがある。

（93）宋以降の「詩格」については、張伯偉一九九四ｃ、六八～七〇頁［二〇〇二ａ、三八～四三頁］参照。なお続く元代には詩話などに比べて、「詩格」に類する文献が盛んに著された。それらは多く張健二〇〇一に集成されるが、同種の文献が変わらず盛行した様が窺われる。

第六章　皎然『詩式』の構造
――摘句と品第

はじめに

唐の詩僧である皎然《こうねん》は『詩式』と題した詩論書を今に残している。唐代に書かれた詩論の著作が、同じ皎然の手に成る『詩議』をも含め、概ね断片でのみ残存する中に在って、同書は全五巻という相当な分量を、今日に伝える。一般に「詩格」と呼ばれる詩歌評論・作詩法指南書は元来、対偶（対句）・声律（声調・韻律）に関わる技法（定型・禁忌）に記述の重点を置いていた。(1)皎然の『詩議』も、その例に漏れない。これに対して『詩式』の場合は、詩歌の内容にまで踏み込んだ発言が、全篇を通して数多く見られる。

また、後続の「詩格」は、『詩式』と特徴を共有したり、同書より明確な影響を受けたりしている。それらは、大きく次の二点に要約される。

一、『詩式』以降、晩唐・五代（九〇七～九六〇）・北宋（九六〇～一一二七）に著された「詩格」には、皎然と同じ仏僧を著者とする作品が幾つか見られる。

二、後続の詩論を中心とした諸文献は時に『詩式』の一部を引用し、また「勢」・「境」など同書が重視した詩学上の観念を示す用語をも踏襲する。(2)

先述の如く、『詩式』に前後する唐人の「詩格」は完本を残さない。適当な比較対象が無いため、同書を唐代の文学理論史上に位置付けるのは容易ではない。だが、ややもすれば卑近な方向に流れがちな「詩格」の中に在って傑出しているその内容と分量、また、一や二に記したとおり、書き手の立場、記述の重点双方から「詩格」の歴史において転換点となっている事実を考えれば、同書の分析は唐宋の詩学研究に不可欠の作業だと考えられる。

『詩式』は詩論の叙述と秀句の列挙という二つの部分から成り立っている。第三節以降で詳論するが、同書における詩句の挙例は詩作品から概ね一部のみを引用し、さらにそれを格付けするという特徴を持つ。この「摘句」と「品第」が『詩式』の中に占める意味は小さくない。本章では、これら両者に焦点を絞りながら、同書の構造を考えてみたい。

第一節　皎然の経歴

本論へと入る前に、まずは皎然の生涯について、概略を一瞥しておく。彼の生涯にまつわる以下の記述は、主として賈晋華氏の考証(3)に依拠する。

皎然（七二〇頃生）、俗姓は謝氏、字を清昼《せいちゅう》という。湖州長城（現浙江省）の人で、原籍は陳郡陽夏（現河南省周口市）、南朝の大詩人である謝霊運《しゃれいうん》（三八五～四三三）十世の子孫を称した（実際は霊運と高祖父を同じくする謝弘微から見て九世の孫、劉宋の詩人である謝荘は八世の祖）(4)。仕官を志した時期もあったが、二十代半ばで仏門に入る(5)。天宝（七四二～七五六）後期には各地を漫遊するも、至徳（七五六～七五八）以後は湖州に落ち着いた。安史の乱（七五五～七六三）を挟んだこの時期、盛んに官僚・名士、文人墨客と交わる。殊に大暦八年から十二年（七七三～七七七）に懸けて、湖州刺史（州知事）であった顔真卿を中心に開かれた詩会や真卿を主編者に仰ぐ大型の類書『韻海鏡源』編纂をめぐる一連の交流は名高い。貞元九年（七九三）以降の数年間に没、享年七十余。

皎然の文名は、生前より夙に高く、中でも大暦から貞元（七六六〜八〇五）に懸けては、大いに盛名を博した。貞元八年（七九二）正月、時の皇帝・徳宗は彼の文集を筆写させて、宮中の図書所蔵機関たる集賢院に収めさせたほどである。別集『昼上人集』(6)十巻（昼上人は字の清昼に因んだ別称。巻一から巻七までに詩、巻八・巻九に文章、巻十に聯句を収録）が現存し、他の諸書に見える作品も含めて、五百首弱の詩が伝わる。『詩式』が完成したのは、第五節でも述べるが、貞元五年（七八九）の五月以降、即ち皎然が最晩年を迎えてからであった。相当な詩名を得ていた自信によるのか、自らの見識を誇り、過去の批評家なにするものぞ、といった口吻は同書の中にしばしば見られる。

また鍾嶸は詩人ではないのだから（その鑑識眼は当てにならず、従って彼の批評を）無闇に取り沙汰して後人の耳目を塞いだりしてよいものか。(7)

梁・鍾嶸（四七一？〜五一八？）は、現存する最古の詩論書にして後世の詩歌批評に多大な影響を及ぼした『詩品』を著しながら実作では全く成果を上げていない（彼の詩は一首も現存しない）。これは、その彼に皎然が浴びせた揶揄の言葉である。実作者にして詩論家を兼ねる我が身への自負を、ここから看取するべきだろう。

それでは、後世の人々は皎然をどのように批評したのだろうか。彼の詩作に対する評価のうち、南宋・葉《しょう》夢得《ぼうとく》（号は石林居士）の言を次に挙げておく。

（彼ら詩を作る仏僧の）中では最も皎然が抜きん出ており、だから独りその詩十巻が現存するのだが、それとてもひどく他者を乗り越えているというわけではない。(8)

葉夢得は唐中葉の詩僧は名が知られていても、作品が伝わらず、それより時代の遅れる晩唐の貫休（八三二〜九一二）*と斉己《せいき》（八六四〜九三七？）は詩歌が残っていても、（完成度は）いうに足りぬと述べる。引用はそれに続く箇所である。要は皎然を唐代に輩出した詩僧の第一人者とするのは可、俗人を含む詩人全体の中で高い評価を与えるのは不可、というのが彼の結論であろう。(9)

『詩式』中の詩歌理論と皎然の実作とは如何に関係するか、前者は後者の中に生かされているか否か、それは興味深い問題である。しかし、本章以降の三章では彼の詩作品について、後世からも一定の評価を得ていた事実だけを、念頭に置くに止めたい。実作と理論の関係は、甚だ悩ましい問題である。深入りすれば、先に引いた「鍾嶸は詩人ではないのだから」（注7に引く原文では「鍾生既非詩人」）という言葉のような、詩作の技量を理由に鍾嶸の批評を最初から否定した皎然の偏狭さに我々も陥りかねない。

皎然の詩文にも、その文学観を読み解く上で、魅力的な材料が含まれている。しかし、本章から第八章における考察の主題はあくまでも『詩式』等に見える彼の詩歌理論に在る。必要に応じて傍証に用いるとしても、ひとまずその実作は分析の埒外に置くこととする。

第二節　『詩式』の流伝

『詩式』の版本は各種叢書所収の一巻本（五巻本のうち巻一の大部分を収録）(10)、光緒十八年（一八九二）集成の清・陸心源輯『十万巻楼叢書』三編に収める五巻本の二系統に分かれる。後者は清・盧文弨《ろぶんしょう》（一七一七〜一七九五）*旧蔵鈔本（陸心源を経由して、日本の静嘉堂文庫が現に蔵する）(11)に基づいて刊刻され、今日ではこれが流布している。静嘉堂文庫蔵本以外では中国国家図書館（旧北京図書館）にも五巻本『詩式』の明鈔本が一種、清鈔本が二種蔵される。張少康氏の紹介に拠れば、このうち明鈔本は明末清初の大蔵書家として著名な毛晋《もうしん》（一五九九～一六五九）による校本、[12]清鈔本は一種が明・嘉靖六年（一五二七）の跋を有し、もう一種は清・顧士栄（一六八九～一七五一）旧蔵本（北京図書館に入る前は鉄琴銅剣楼に蔵せられていた）[13]である。張氏によると、十万巻楼叢書本を含めたこれら各種五巻本の間にも異同は存するが、その構成は大筋で共通しているという。[14]

なお、五代・宋の「詩格」・詩話、筆記、僧の伝記には『詩式』の内容を引く文献がある。ただ、それらはほとんどが現行本巻一の引用である。これらに対して、明代（一三六八～一六四四）後期の随筆『四友斎叢説』は巻二以降を含むより広い範囲からその記述を引いており、遅くとも十六世紀後半には五巻本『詩式』の流布していた状況が想像される。

この他に南宋・陳応行編『吟窓雑録』（各種詩法関係文献のダイジェスト集）[15]巻八・九・十にも『詩式』が引かれる。同書巻七は、同じく皎然が撰した「詩格」の一種『詩議』の「評論」と「中序」を収録する。この中にも、現行本『詩式』と一致する文章が見える。『四友斎叢説』の序文が書かれた隆慶三年（一五六九）以前に成った諸文献の引用も含めて、これら各種『詩式』の内容を、表6-1に整理してみた。[16]

吟窓本『詩式』と同『詩議』が相補って、現行の五巻本『詩式』とほぼ同じ内容を形作る様が見て取れよう。[17]『詩議』の原本は既に亡逸し、『詩式』との関係も不明ながら、早く日本・空海『文鏡秘府論』でも数箇所に渉って引用されている。[18]興膳宏氏はこれらを根拠に「現行の五巻本『詩式』は、本来の『詩式』と『詩議』を合わせて、皎然の「中序」や宋代の各書目にいうところの五巻本の形態に再編したものかも知れぬ」[19]と指摘しておられる。

張伯偉氏は諸本を勘案の上で、『詩式』を初めとした「詩格」類の原文を再構成された。[20]本書では『詩

表6－1　『詩式』各本及び『詩議』の内容

巻	番号	五巻本	一巻本	吟窓本詩式	同詩議	諸文献の引用
一	0	序	—	0	—	要律＊、叢説＊
	1	明勢	1	1	—	
	2	明作用	2	2	—	
	3	明四声	3	3	—	
	4	詩有四不	4	4	—	類格△、玉屑△、氷川b△
	5	詩有四深	5	5	—	類格、鄭、玉屑、氷川b
	6	詩有二要	6	6	—	鄭、類格、玉屑、叢説、氷川b
	7	詩有二廃	7	7	—	類格、玉屑、氷川b
	8	詩有四離	8	8	—	鄭、類格、玉屑、氷川b
	9	詩有六迷	9	9	—	鄭、類格、玉屑、氷川b
	10	詩有七至	10	10	—	類格、玉屑、氷川b
	11	詩有七徳	11	11	—	類格、玉屑、氷川b
	12	詩有五格	12	12	—	
	13	李少卿並古詩十九首	13	—	4	
	14	鄴中集	14	—	5	
	15	文章宗旨	15	—	6	
	16	用事	16	—	7	
	17	語似用事義非用事	17	—	8	
	18	取境	18	—	9	叢説
	19	重意詩例	19	—	10a	
	a	二重意	—	—	10b	
	b	三重意	—	—	10c	
	c	四重意	—	—	10d	要式△
	20	跌宕格二品	20	—	11	紀事、氷川a△
	21	淈沒格一品	21	—	12	紀事、氷川a
	22	調笑格一品	22	—	13	蔡△、紀事、氷川a△
	23	対句不対句	23	—	—	
	24	三不同：語、意、勢	24	—	14	類格△、能改△、竹荘△、叢説
	a	偸語詩例	24a	—	14a	類格、能改、紀事、竹荘
	b	偸意詩例	24b	—	14b	類格、能改、紀事、竹荘
	c	偸勢詩例	24c	—	14c	類格、能改、紀事、竹荘
	25	品藻	25	—	15	
	a	百葉芙蓉菡萏照水例	—	—	15a	
	b	龍行虎歩気逸情格例	—	—	15b	
	c	寒松病枝風擺半折例	—	—	15c	
	26	辯体有一十九字	26	13	—	旨格、学范
	27	中序	—	—	16	宋伝、叢説＊
	28	団扇二篇	—	—	17	

	29	不用事第一格	—	14	—	
	30	王仲宣七哀	—	—	18	
二	31	評曰古人於上格	—	—	19	
	32	作用事第二格	—	15	—	
	33	三良詩	—	—	20	
	34	西北有浮雲	—	—	21	
	35	池塘生春草、明月照積雪	—	—	22	冷斎＊、叢説△
	36	律詩	—	16	—	
三	37	論盧蔵用陳子昂集序	—	—	23	叢説
	38	直用事第三格	—	17	-	叢説＊
四	39	斉梁詩	—	—	24	叢説
	40	有事無事第四格	—	18	—	叢説＊
五	41	夫詩人造極之旨	—	—	—	
	42	復古通変体	—	—	—	
	43	有事無事情格俱下第五格	—	19	—	叢説＊
	44	立意総評	—	—	—	
逸文		(不見於諸本)				『竹荘詩話』巻一「品題」

算用数字は五巻本、一巻本、吟窓本詩式、同詩議各内部での順序を示す（—は未収を表す)。
略称・記号一覧
要式：五代・徐衍『風騒要式』「君臣門」(『吟窓雑録』巻十)
旨格：五代・王玄『詩中旨格』(同巻十四)
要律：五代・王夢簡『詩格要律』「擬皎然十九字体」(同巻十五)
鄭：北宋・鄭文宝「答友人潘子喬論詩書」(『竹荘詩話』巻一「講論」)
宋伝：北宋・賛寧『宋高僧伝』巻二十九「唐湖州杼山皎然伝」
類格：北宋・李淑『詩苑類格』
蔡：北宋・蔡居厚『蔡寛夫詩話』(『苕渓漁隠叢話』前集巻五十五)
冷斎：北宋・恵洪覚範『冷斎夜話』巻三「池塘生春草」
能改：南宋・呉曾『能改斉漫録』巻十「詩有奪胎換骨詩有三偸」
紀事：南宋・計有功『唐詩紀事』巻七十三「僧皎然」
竹荘：南宋・何汶『竹荘詩話』巻一「講論」
玉屑：南宋・魏慶之『詩人玉屑』巻五「口訣」
学范：明・趙謙『学范』巻下「辯体有一十九字」
氷川 a、氷川 b: 明・梁橋『氷川詩式』巻八「唐僧皎然詩式」、巻九「学詩要法上」
叢説：明・何良俊『四友斎叢説』巻二十四「詩一」
△：五巻本に比べて、その内容の半分から三分の二程度を引用
＊：五巻本に比べて、その内容のごく一部（例句のみの場合を含む）を引用
『詩苑類格』の出典は次のとおり（「：」以下は五巻本の対応箇所)
『類説』巻五十一、『記纂淵海』巻百六十九： 4 ～11、24、24a、24b、24c
『詩人玉屑』巻五「口訣」: 24、24a、24b、24c
※南宋以降については、字句の異同等によって先行文献の転引ではないと判断される場合のみ記載する。南宋末の『全唐詩話』（実は『唐詩紀事』の内容を踏襲）巻六「皎然」、明代中葉の『文式』巻上「辨体一十九字」、『芸苑卮言』巻一・巻四、『四溟詩話』巻四にも、『詩式』の引用・言及が見える。ただし、いずれも孫引きの可能性が高いので省略した。

式』の底本として、五巻本に依拠したそれを用いる。『詩式』五巻本の流伝を文献上で遡り得るのは明後期、具体的にいえば清鈔本所載の跋文が著された嘉靖年間（一五二二〜一五六六）の初めまでと思しい(21)。宋元の刊本・鈔本を欠く『詩式』の分析には、テクストの不安定さを絶えず念頭に置く必要があろう。現行本『詩式』各項の排列、詩句の選択がどれだけ原型どおりか分からないからである。

第三節　『詩式』の構成と評価の基準

『詩式』は、皎然自身の詩論と古今の作品から選ばれた例句の列挙という二つの部分から構成される。前者にも、過去の詩への批評が少なからず見える。例句は巻一「不用事第一格」、巻二「作用事第二格［亦見前評。有不用事而措意不高］」、巻三「直用事第三格［其中亦有不用事、格稍弱、貶為第三］」、巻四「有事無事第四格［於第三格稍下、故居第四］」、巻五「有事無事情格倶下第五格［情格倶下可知］」(22)（［　］内は原注）の五段階に分類される（特別な場合を除いて各自、第幾格と略称）。

格の数字が多いほど、その句に対する評価は低い。ここにいう「事」はひとまず典故と同義に解せよう。皎然は詩歌批評において「意」、「格」、「情」と同時に「事」を重視する。典故使用の有無、手法と表現力が批評の基準だったと思われる。例句を選択し、それぞれの格に位置付ける過程を、皎然自身は『詩式』の中で次のように解説する。

古人は上格をまた三等に分け、上上逸品などという階級を置いた。いま私の評はそれと異なり、「格」と「情」が共に高くさえあれば、上上品とし、上格をこのうえ三つに分けたりはしない。また典故を持つ語句があってもそれを露骨に用いていなければ、その努力を評価して、上格に入れるものとする。また三字の固有名詞で、その言葉に頼って句を成すものもあるが、それは甚だ努力に乏しい。例えば襄陽の孟浩然の詩に「雲夢沢に水気が立ち上り、岳陽城（から見える洞庭湖）では波が揺らぐ」とある。天地開闢以来、「雲夢沢」・「岳陽城」は存在した。孟浩然ほどの才を持ちながら、「氣蒸」・「波撼」の四字を加えただけでは、何の誇れる働きがあって、上流に入ることを望めようか。「情」と「格」が極めて高ければ、落とすわけにもいかぬ。それらがやや落ちれば、高等からは外し、後の世の戒めとさせてもらう。こうすれば、詩人の奥義には、名手でなくしてその神髄に触れようもあるまい。また立派な建築物を詠んだ句は、壮観さに味はあろうが、労多くして情には乏しい、つまり含蓄の情が無いのだ。「直用事第三格」の中に入れ、第二格に置くわけにはいかぬ、表現の努力が無いからだ。(23)

幾つかの評価対象を格付けする際に、上中下の三階級を設けるのは、最も単純な手法の一つであろう。そこから一歩進んで、各階級をさらに三分し、全体を九つに分ける方法も、中国では古くから行われてきた。この「品第法」と『詩式』の関係は第六節で詳述する。皎然は、自らの批評がこれら対象物を三の倍数から成るランクに格付けする手法とは違うと述べる。即ち「格」と「情」が共に「高」い詩句は「上上品」（第一格）に、「事」が「有」ってもその「事」を直截に「用」いていなければ「上格」（第二格）に、「情格」が少し落ちれば「高等」（上位二格、つまり第一格と第二格）の「外」に置く、と宣言する。彼にとって「五格」とは「上上」、「上」、「中」、「下」、「下下」と換言できるものであった。

孟浩然（六八九〜七四〇）は盛唐の人、同じ時代に生きた他の詩人に比べて、皎然は彼を高く買っていた。(24)その孟浩然も「岳陽楼」詩（『孟浩然詩集』巻上）に見える「氣蒸雲夢澤、波撼岳陽城」の一聯では、三文字の地名、つまり「雲夢澤」と「岳陽城」（共に現湖北省）に名詞と動詞から成る二字、即ち「氣蒸」及び「波撼」を加える安易な句作りを示す。如何に典故らしい典故を用いぬにせよ、「情」と「格」を重視する皎然にとって、これらの句は到底「上流」（五格のうち）に入れられる代物ではなかった。事実、第一格から第五格の例句中には、この「岳陽楼」詩の句は挙がっていない。

なお、「岳陽楼」詩は所謂「唐写本唐人選唐詩」にも収録される。[25] この敦煌文献は天宝十二載（七五三）から順宗の即位（八〇五）以前、即ち概ね皎然の後半生と重なる時期に書写されたと思われる。[26] 盛・中唐の交代期に編纂された選集に採られる事実より、「岳陽楼」詩は世評の高い作品だったと推測される。皎然がそれを知りつつ敢えてこの詩を批判したならば、そこから容易く世間一般の批評に雷同しない、彼の挑戦的な姿勢を看取するべきかもしれない。同時に、これは如何に全体として優れた詩人でも部分に問題があれば採らない、即ち作者ではなく詩句を主体とする『詩式』の批評態度を示していよう。このことは、第四節で詳述したい。

第一格の「事を用い」ない（「不用事」）という呼称だけ見れば、皎然は如何にも典故の排除だけを標榜するかのように思われる。しかし、第二格以降の呼称や原注などをも考慮に入れれば、彼が「格」（格調）、「情」（情趣）、「意」（心意）も充分に重んじていたと分かる。

さて、『詩式』における評論と例句の両部分は、截然と区別されるわけではない。第一格の例句は29「不用事第一格」より巻一の末尾まで存在するが、その中間には30「王仲宣七哀」（算用数字は第二節の表6-1を見られたい）のような皎然の詩論が挿入されている。[27]

テクストの系譜、著者の伝記といった分野を除いて、『詩式』の研究は従来、同書を構成する詩歌理論・批評及び例句の列挙という二つの側面より進められてきた。しかし、その主眼はあくまでも皎然の文学観が直接に表れる前者、即ち評論の方に置かれる。『詩式』に見える詩句の選択・引用法、また皎然が著述の際に用いた材料の吟味などは、なお未開拓の感が強い。[28] 本章や次章・次々章では、こういった事柄を『詩式』

の議論を考察する糸口にしたい。

ここで、例句の資料的な価値について、附言しておく。第二節の表6-1にも明らかな如く、宋以前の文献が『詩式』から引用するのは、概ねその詩論に限られる。それだけに明以降のテクストに見える詩句の挙例がどの程度信用できるかという疑問も出てこよう。その疑いは、もっともである。だが、一方で皎然が数多くの詩歌を批評していた事実を示す記述が、斉己の詩に見える。(29) これは、『詩式』で例句を五つの格にランク付けしたことを指すのではないか。そうだとすれば、斉己が生きた晩唐・五代の頃、確かに詩句の挙例を伴う『詩式』が流布していたわけである。

さらにいえば、南宋期に編まれた『吟窓雑録』が収める『詩式』に例句の列挙が含まれることは、第二節の表6-1からも見て取れる。また、宋代以前の伝世文献でいえば、『詩式』の挙例だけで後世に伝わった詩句が後に発見された敦煌写本に含まれていた事例も、現に存在する。(30) 即ち、秀句の挙例は後世の附加などでは決してなく、正しく唐代に淵源するといわざるを得ない。従って、『詩式』に見える大量の例句は皎然自身の選択によっており、分析対象としての価値を充分に持つ。こう考えるのが妥当であろう。

もちろん、そうはいっても現行本『詩式』が含む例句やその句数が皎然の原著と寸分違わぬということはあり得ない。長い流伝の過程で詩句の誤脱や混入といった現象は、往々にして起こったと考えられる。本章では次節以降、かかる問題に留意しつつ、あまりに瑣末な点へ立ち入ること無く、例句の列挙について分析を進める。少なくとも『詩式』における詩歌批評の大まかな傾向を知る上で、それは有益な作業であるはずだ。その成果を通して、また評論部分に考察を加えれば、『詩式』の研究に新たな展望が開けるものと考える。

第四節　例句の引用法

まず、巻一「不用事第一格」冒頭の二条を例に挙げる。これは第一格の最初たると共に、『詩式』における挙例部分全体の始まりでもある。

漢班婕妤詩：「出入君懷袖、動搖微風發。常恐秋節至、涼飈奪炎熱」［情也］。
蘇子卿詩：「黃鵠一遠別、千里顧徘徊」［思也］。

前者は、前漢・班婕妤《はんしょうよ》（前一世紀後半・後一世紀初）の作という「怨歌行」（『文選』巻二十七）全十句より第五句から第八句までの四句を引用する。詩句の後に附された「情」字は、皎然が秀句と考える当該詩句への端的な感想を示す。全部で十九あるこの種の文字を施して例句に評価を下す手法は、第一・第二の両格だけで見られる。これら各字の定義は、『詩式』巻一「辯体有一十九字」[31]に見える。例えば、この「情」については「縁景不盡曰情」とある。「対象に託して尽きせぬ（思いを詠む）のが情だ」ということだろうか。「あなたの袖を出入りして、動けばそよ風が起こる。常々恐いのは秋がやって来て、涼しい風が暑さに取って代わること」。皇帝・成帝（在位前三三〜前七）の寵愛を失った妃の班婕妤が、夏には重宝されつつ、秋には用済みとされる団扇に己が身を重ねて詠じたとされる「尽きせぬ思い」を、皎然は「情」の一字で表現したのである。

興膳宏氏は文字に意味付けした上で、批評用語とするこの手法に書論、中でも『詩式』より十五年ほど先立って書かれた唐・竇蒙《とうもう》「字格」との関連を想定しておられる[32]。「字格」は竇蒙の弟の竇臮《とうき》が著した「述書賦」末尾の附録である[33]。『詩式』の「辯体有一十九字」と同様、そこでも文字を定義付けする。試みに同じ文字に対する両者の定義を挙げておく。

高［超然出衆曰高］

高［風韻朗暢曰高］

前者は「字格」、後者は「辯体有一十九字」から引用した。「字格」は、書風の表現に用いる九十種の文字に各々意味を与える。そのほとんどは、ここに見える「超然出衆」と同じく四字による定義である。この点は、十九字のうち「高」を含む十六種までを四字句で意味付ける「辯体有一十九字」も特徴を共有する。興膳氏はここから「字格」が『詩式』に直接影響を及ぼしたかはともかく、一つの大きな時代精神の下に、書法と詩歌という二つの表現様式を通底する考え方が働いていた可能性を指摘される。ほぼ同時期の「字格」と「辯体有一十九字」の類似を見るにつけ、説得力のある見解といえる。書法を初めとした他分野の芸術批評と『詩式』との関連は、第六節で詳しく考えたい。

なお、一まとめの例句は概ね一字で総括されるが、例外もある。巻一「不用事第一格」より、その例を挙げておく。

「古詩」：「行行重行行、與君生別離。相去萬餘里、各在天一涯。道路阻且長、會面安可期。胡馬嘶北風、越鳥巣南枝。相去日已遠、衣帶日已緩。浮雲蔽白日、遊子不顧返」［貞也。思也］。

二字による批評の例を引いた。帰らぬ夫を「思」って待ち続ける女性の「貞」なる姿を描くこの詩を評するのに、いずれか一字では不充分だと皎然は考えたのであろうか。引用された詩句は、『文選』巻二十の「古詩十九首」一に見える。同詩は十六句より成り、ここには第十二句までを挙げる。一箇所で一首の詩からまとめて引かれる句数は、二句を最低の単位として様々である。

再び、本節初めに掲げた第一格の冒頭に戻ろう。前漢の班婕妤と蘇武（字は子卿）の詩に続いて、後漢・蔡邕《さいよう》（字は伯喈）の作品が見える。

蔡伯喈詩：「靑靑河畔草、綿綿思遠道」。又：「客從遠方來、遺我雙鯉魚。呼兒烹鯉魚、中有尺素書」〔情也〕。又：「客從遠方來、橘柚垂華實」〔意也〕。

ここに引くのは「飲馬長城窟行」（『玉台新詠』巻一。『文選』巻二十七では無名氏の作）で、「靑靑河畔草」云々はその第一・二句、「客從遠方來」から「中有尺素書」までの四句は同じ詩の第十三句から第十六句に当たる。『詩式』の中で、この作品の詩句が見えるのは、実はここだけではない。巻二「作用事第二格」にも、次の引用が見られる。

蔡伯喈詩：「枯桑知天風、海水知天寒。入門各自媚、誰肯相爲言」〔怨也〕。

第一格にも見えた「飲馬長城窟行」の第九句から第十二句である。比較の便を考えて、次に『文選』から同じ詩の全文を挙げておく。

靑靑河邊草、緜緜思遠道。遠道不可思、夙昔夢見之。夢見在我傍、忽覺在佗鄉。佗鄉各異縣、輾轉不可見。枯桑知天風、海水知天寒。入門各自媚、誰肯相爲言。客從遠方來、遺我雙鯉魚。呼兒烹鯉魚、中有尺素書。長跪讀素書、書上竟何如。上有加餐食、下有長相憶。

実線部が第一格、点線部が第二格に採られた詩句である。同一作品の句が部分によって、異なる格に配されている。それぞれが第一格、第二格に置かれた理由は判然としない。ただ、このような例は、『詩式』の中で他にも複数存在する。一首の詩を二つの格に分断する、考え方によっては不体裁な事態をも皎然は辞していないのである。これは、彼が詩全体ではなく、個々の詩句を中心に例句を選択した証拠だとはいえまいか。

ここで、通常は評価する句だけを抜き出す形を取る『詩式』が一首の詩全てを引用したと思われる場合について述べておく。中森健二氏によれば、同書全体で詩を完全な形で引くことが「四三人五八例」もあるという。[34] 五百首強の詩作品を批評の俎上に載せているので、一割程度が全詩を引いたことになる。だが、筆者の私見はこれと異なる。

中森氏は上古より唐・五代に作られた全ての詩を網羅することを意図した総集[35]に収める作品と『詩式』所引の詩句を比較して、このような結論に達せられたと思しい。しかし、これらの総集はあくまでも二次的な編纂物に過ぎず、原典に逐一当たった場合は、自ずと異なる結論が得られる。『詩式』中の全例句について出典を明らかにした、表6-2を参照されたい。[36]

この表の中で、全詩を引くかに見える作品の詩題に四種類の記号を附した。それぞれの意味は、次のとおりである。

※：『詩式』以前の文献及び宋代の総集、古い形を残す版本が存する別集に見えず、ここに引く詩句だけしか残っていないもの。このうち第三格81、第四格130、第五格77は、句の間に「又」字が見え（例えば第三格81には「江總「衡陽春日」：「春心久徂謝、……」。又：「碣石風煙動、……」とある）、『詩式』自体が一首全部を採ったわけではない旨を明示する。

△：『詩式』の例句と史書・類書、洪邁原輯本『万首唐人絶句』所収のその詩の句数が一致するもの。

○：『詩式』所引の例句と『文苑英華』、『楽府詩集』が収めるその詩の句数が一致するもの。

表6－2　『詩式』に見える例句の選録状況・第一格

no	王朝	作者	詩題	文	玉	主な出典	句
1	前漢	班婕妤	詩〔怨歌行〕	27	1		4
2	?	蘇武	詩（二）	29	－	初18	2
3	後漢	蔡邕	詩〔飲馬長城窟行〕→二7	27	1	楽38	6
4	?		詩（異なった詩の句を誤って結合）	－	－	詩品上・古詩	2
5	漢？	不詳	古詩（八）	29	1	楽74	4
6			古詩（三）	29	－		4
7			古詩（十八）	29	1		4
8			古詩（七）	29	－		4
9			古詩（五）	29	1		2
10			古詩（四）	29	－		4
11			古詩（一）	29	1		12
12			古詩（十三）	29	－	楽61	4
13			古詩（十二）	29	1		8
14	魏	王粲	七哀（一）	23	－		2
15			従軍行（四）	27	－	楽32	4
16		曹植	雑詩（三）	29	2		4
17			贈徐幹	24	－		4
18		曹操	短歌行	27	－	楽30	8
19	西晋	左思	詠史（五）	21	－		4
20			詠史（三）	21	－		4
21		陸機	擬明月何皎皎	30	－	陸6	4
22	東晋	郭璞	遊仙（二）	21	－		6
23			遊仙（六）→二28	21	－		4
24	魏	阮籍	詠懐（十六）〔文選作十二〕	23	－	阮嗣宗集下	4
25	西晋	陸機	緩声歌	28	3	陸6、楽65	2
26	宋	謝霊運	述祖徳（一）	19	－		4
27			石門新営所住	30	－		6
28			入華子崗是麻源第三谷	26	－	類6	2
29		陶淵明	飲酒（五）〔雑詩一〕	30	－	陶3	4
30	南斉	謝朓	冬緒羈懐示蕭諮議虞田曹劉江二常侍	－	－	謝3、類26	2
31			郡中高斎閒坐答呂法曹	26	－	謝3	4
32	梁	呉均	贈柳秘書	－	－	英247	2
33			贈桂陽生	－	－	英247	2

34		江淹	擬班婕妤詠団扇◎	31	5	江４	10
35			擬休上人怨別	31	5	江４	6

同・第二格

no	王朝	作者	詩題	文	玉	主な出典	句
1	戦国	太子丹	送荊軻〔易水歌〕◎	28	−	戦国策燕策３、史記86	2
2	前漢	高祖	大風歌◎	28	−	史記８、漢書１下	3
3		李陵	詩〔与蘇武一〕	29	−	類29	4
4			詩〔与蘇武二〕≒三１	29	−	類29、初18	4
5		蘇武	詩（三）	29	1	類29	4
6	後漢	張衡	四愁詩（三）	29	9	類35	2
7		蔡邕	詩〔飲馬長城窟行〕→一３	27	1	類41、楽38、蔡外集	4
8	漢？	不詳	古詩（十一）	29	−	類27	4
9			古詩（十）	29	1	燭・七月、類４、初４	4
10			古詩（十五）→三４	29	−		4
11			古詩（十六）	29	1		6
12			古詩（三）	29	−	書148	4
13	魏	王粲	詠史	21	−		2
14		曹植	三良詩	21	−		4
15			贈丁儀王粲	24	−		2
16		文帝	詩〔雑詩二〕	29	−	編珠１、御８、事２	6
17	西晋	陸機	日出東南隅行	28	3	編２、書106、類41	6
18			従梁陳作	26	−	陸５、初10	4
19			園葵（一）	29	−	陸５、類82	2
20	魏	阮籍	詠懐（十一）〔文選作十七〕	23	−	阮嗣宗集下	6
21			詠懐（八）〔文選作十四〕	23	−	阮嗣宗集下	4
22		嵆康	幽憤	23	−	嵆康集１、晋書49	4
23	西晋	潘岳	悼亡（一）	23	2		2
24		傅咸	贈何劭王済	25	−	初12	4
25	魏	嵆康	贈秀才入軍（十五）	24	−	嵆康集１	4
26	西晋	王康琚	反招隠	22	−		4
27	東晋	郭璞	遊仙（三）	21	−		2
28			遊仙（六）→一23	21	−		2
29	西晋	傅玄	雑詩（一）	29	−		4
30		張協	雑詩（二）	29	−		8
31		左思	招隠詩（一）	22	−	類36	4
32			招隠詩（二）	22	−		2

33		潘尼	贈河陽	24	−	類50	4
34		陸機	塘上行	28	3	類41、楽35、陸 6	8
35		左思	詠史（八）	21	−	初18	4
36		張華	情詩（三）	29	2		2
37		陸機	贈弟士龍	24	−	陸 5 、陸士龍文集 5	2
38			於承明作与弟士龍	24	−	陸 5	2
39	宋	謝霊運	登池上楼	22	−	類28、詩品中・謝恵連	6
40		謝恵連	七夕	30	3	類 4 、初 4	4
41			楼上望月	22	−		2
42		陶淵明	飲酒（八）	−	−	陶 3	4
43		謝霊運	還旧園作呈顔范二中書	25	−		10
44		謝瞻	詠張子房	21	−	類38	6
45		謝霊運	詠魏太子	30	−		4
46		陶淵明	擬古（八）	−	−	陶 4	8
47			詠荊軻	−	−	陶 4	16
48		謝霊運	従遊京口北固応詔	22	−	秘・地巻	10
49		陶淵明	挽歌（三）	28	−	陶 4 、初14、楽27	4
50			読山海経（一）	30	−	陶 4	8
51			始作鎮軍参軍経曲阿	26	−	陶 3	4
52			雑詩〔飲酒七〕	30	−	陶 3 、類65	4
53			飲酒（二十）	−	−	陶 3	8
54		謝霊運	南楼中望所遲客	30	−		4
55			石壁精舎還湖中作	22	−		4
56			過始寧墅	26	−		4
57			七里瀬	26	−	類27	2
58		鮑照	擬古（三）	31	−	鮑 4	6
59			出自薊北門行	28	−	鮑 3 、類41、楽61	6
60			升天行	28	−	鮑 3 、類42、楽63	8
61			代〔陸平原〕君子有所思行	31	−	鮑 3 、類41、楽61	12
62			学劉公幹体（三）	31	−	鮑 4 、類 2 、初 2	4
63			結客少年場行	28	−	鮑 3 、類41、楽66	4
64			白頭吟	28	4	鮑 3 、類41、楽41	4
65			西城廨中望月	30	4	鮑 7 、類 1	4
66			東門行	28	−	鮑 3 、類41、楽37	6
67			代京洛篇	−	4	鮑 3 、初18、楽39	2
68	南斉	謝朓	発新林贈西府同僚	26	−	謝 3 、類31	10
69			別范零陵	20	−	謝 3 、類29、初18	4

70			晩登三山還望京邑	27	−	謝３、類27、秘・南巻	6
71			銅雀台	23	−	謝２、類34、楽31	4
72			直中書省	30	−	謝３、初11、万13	6
73			和伏武昌登孫権…→三32	30	−	謝４	8
74			游東田	22	−	謝３、類28	2
75			和王著作八公山	30	−	謝４	4
76			酬王晋安	26	−	謝３	4
77			懐故人	−	−	謝３、類21/29	4
78			和人省中	−	−	謝４、秘・南巻	4
79	梁	江淹	登廬山香爐峰	22	−	江３、類７、廬山記４	6
80			擬袁太尉従駕	31	−	江４	8
81			擬潘黄門述哀	31	−	江４	2
82			擬魏文帝遊宴	31	−	江４、楽36	4
83		何遜	銅雀台	−	−	類34、英204、何２	4
84			与親友夜別	−	−	類29、英286、何１	2
85			新安夜別	−	−	類29、何１	4
86			見征人※	−	−	何１	8
87		劉孝威	行行遊且猟	╳	−	類42、英195、楽67	2
88			詠竹		−	類89、初28、英325	4
89		呉均	贈別新林	−	−	英286	8
90			重贈周承	−	−	類31	2
91			酬周参軍	−	−	英240	6
92			胡無人行	−	−	英196、楽40	4
93			主人池前鶴	−	−	類90、英328	2
94			入関詠	−	−	楽21	6
95		朱超	贈王僧辯	╳	−	英247	6
96		江淹	擬古別離	31	5	江４、類29、楽71	4
97			望荊山	27	−	江３、類７	2
98			擬謝臨川遊山	31	−	江４	2
99			擬顔特進侍宴	31	−	江４	4
100			擬陳思王贈友	31	−	江４	2
101			擬劉文学感遇	31	−	江４	4
102		柳惲	江南曲	−	5	類42、英201、楽26	2
103			横吹曲〔隴頭水〕	−	−	英198、楽21（車轂）	4
104			又〔従武帝登景陽楼詩〕	−	−	梁書21、南史38	2
105			又〔擣衣詩二〕	−	−	梁書21、南史38、類67	2
106	陳	徐陵	登古城南応令※	╳			8

107	隋	煬帝	飲馬長城窟行			英209、楽38	4
108			冬日乾陽殿受朝			初14、英311、雑39	4
109	唐	宋之問	晦日幸昆明池応制			宋２、英176、雑９	6
110			入崖口寄李適			宋１、英249、粋16上	8
111			大薦福寺応制			宋２、英178、紀11	6
112			早発韶州			宋２、英290	4
113			梁王挽歌			宋２、英310	4
114		沈佺期	楽安郡主満月侍宴応制			英169、雑41	4
115			答寧処州書			英241	4
116			驩州作▲				2
117			従幸故青門応制			英178	6
118		李嶠	奉和皇帝上礼撫事述懐			英167	4
119			登州城南楼寄遠			英289	2
120		楊師道	詠雨贈上官侍郎			英190	4
121		孟浩然	彭蠡湖中望廬山			孟上、分	6
122			登鹿門山懐古			孟上、紀23、分	4
123		杜審言	送李大夫撫巡河東途臨汾晋			英296、紀６	8
124		閻朝隠	奉和送金城公主			英176	4
125		王維	送晁監還日本			王５、英268	4

同・第三格

no	王朝	作者	詩題	文	玉	主な出典	句
1	前漢	李陵	与蘇武詩（二） ≒二４	29	－	類29	2
2			与蘇武詩（三）	29	－	類29、初18	4
3	漢？	不詳	古詩（十四）	29	－	類40	6
4			古詩（十五）→二10	29	－		2
5	梁？	不詳	古歌詩	－	9	類43、初19、楽85	4
6	漢？	不詳	古詩（十九）	29	1	類29	2
7	西晋	棗拠	雑詩	29	－		4
8		陸機	斉謳行	28	－	陸６、楽64	6
9		潘岳	河陽県行	26	－		2
10	東晋	殷仲文	桓公九井作	22	－		4
11	劉宋	鮑照	擬古詩（二）	31	－	鮑４、類26	2
12	西晋	石崇	昭君詩	27	2	類42、楽29	2
13		陸機	猛虎行	28	－	陸６、類41、楽31	4
14			為顧彦先贈婦（二）	24	3	陸５	4
15	宋	陶淵明	飲酒（九）	－	－	陶３	6

16			擬古（九）	−	−	陶４	6
17		顔延之	和謝秘監	26	−	初12	4
18		陶淵明	帰園田居（三）	−	−	陶２	4
19			和謝郭二主簿（一）	−	−	陶２	6
20			擬挽歌（二）	−	−	陶４、楽27	4
21		鮑照	放歌行	28	−	鮑３（三・29と同じ詩）	2
22			東門行	28	−	鮑３、類41、楽37	2
23		顔延之	三月三日侍遊曲阿後湖作	22	−	類４	2
24			秋胡詩（一）	21	4	楽36	4
25		謝霊運	経湖中	22	−		2
26		顔延之	登巴陵城楼	27	−	類28	2
27		鮑照	還都道中作	27	−	鮑５	2
28			苦熱行	28	−	鮑３、類41、楽65	6
29			放歌行	28	−	楽38（三・21と同じ詩）	4
30	梁	沈約	新安江水見底別京邑	27	−	類８、英162	4
31	南斉	謝朓	怨情	30	4	謝４	4
32			和伏武昌登…→二73	30	−	謝４	2
33			郡中登望	30	−	謝３、類６	6
34			休沐重還道中作	27	−	謝３、類27、初20	4
35	梁	江淹	擬孫廷尉雜述	31	−	江４	4
36			擬謝光禄郊遊	31	−	江４	4
37	陳	徐陵	関山月（二）	╳	╳	英198、楽23	4
38	梁	徐悱妻	答外（一）		6	類18	4
39	宋	呉邁遠	代佳人答	−	4	英202、楽72	4
40	梁	何遜	度五湖	−	−	何２、類27	2
41			贈魚司馬	−	5	何２、類31、英247	2
42			詠舞	−	5	何１、類42、初15	4
43			詠倡婦	−	5	何１、類32	4
44			贈従兄	−	−	何１	4
45			答朱記室	−	−	何２	4
46		劉孝標	還石頭城	╳	−	類28、英289	4
47		呉均	酬別	−	−	英266	6
48			辺城将（一）	−	−	類59、英300	6
49			古意（一）	−	−	類59、英205	4
50			九江詠懐（一）	−	−	類26	4
51		簡文帝	漢商山賽神	╳	−	類38、英320	4
52		庾肩吾	侍宴九日応令		−	類４、初４、英173	6

53			奉和山亭納涼応令		−	類５、英179	6
54			奉使北徐州参承御		−	英296	4
55			陪駕終南山		−	庾子山集３、類７、英159	6
56			石崇金谷妓◎		10		4
57			奉和望月応制		−	類１、初１、英152	2
58		江淹	擬殷東陽興矚	31	−	江４	6
59	宋	王僧達	答顔延年	26	−		4
60	陳	張正見	門有車馬客行			英195、楽40	4
61			傷周侍読			英302	6
62			重陽殿詩			英311	10
63		劉删	詠蟬△			類97、初30	4
64		何胥	傷章将軍			英302	6
65	唐	庾抱一	詠史得韓非※				4
66		孔紹安	別徐永元秀才			英286	4
67	?	劉蕚才	述懐※				4
68	陳	陰鏗	賦石			類６、初５、英161	6
69	唐	李君武	詠泥※				8
70	北斉	顔之推	詠懐〔古意一〕			類26	2
71	北周	庾信	〔擬〕詠懐（十七）			庾子山集３、庾開府集上	6
72	隋	虞世基	和越公出塞			英197、楽21	4
73		煬帝	歩虚辞			楽78	2
74		賀若弼	遺源雄△			隋書52、北史68	4
75		盧思道	斉文〔宣〕帝挽歌※				4
76	陳	江総	行新営登玉帳山応令※				4
77	隋	李孝貞	陪汎玄洲苑応令※				4
78		周若水	別江令公※				4
79	北斉	蕭慤	〔奉和〕元日			初４、英172、雑１	2
80	隋	虞世基	奉和望海応詔			初６、英162	4
81	陳	江総	衡陽春日※				6
82	唐	太宗	過旧宅馬上作（一）			英174	2
83			帝京篇（十）			英192、紀１	8
84			傷遼東戦亡			冊府元亀141念良臣	8
85			還陜述懐※				10
86		宋之問	御幸三会寺応令			宋２、英178、紀11	4
87			端州別王侍御			宋２、英286	2
88			衡山県			宋２、英290	2
89			明河篇			宋１、初１、英331	6

90			則天挽歌※			4
91			鄧国太夫人挽歌※			4
92			漢江宴別		宋２、初７、英286/290	4
93		沈佺期	古鏡		珠英集４（S.2717）	6
94			早朝		英190、紀11	4
95		陳子昂	別崔司議		陳２、英267、粋15上	2
96	隋	岑徳潤	詠魚○		類96、英330	4
97	唐	閻朝隠	奉和登驪山応制※			4
98			三日侍宴		英172、雑16	2
99		崔融	則天挽歌（二）		紀８	6
100			伝張光禄是王子晋後身		英227、紀８	4
101		崔顥	別人〔贈盧八象〕		P.3619、唐詩品彙63	2
102		章玄同	流所贈張錫△		万首唐人絶句99	4
103		陳子昂	西還答喬補闕		陳２、英289、粋15下	4
104		王昌齢	述情▲			2
105			放歌行		英203、粋12、楽38	6
106			長歌行		英203、楽30	4
107		張九齢	早発蒲津関応制		曲２、英170	4
108			経孔子旧宅応制		曲２、英171	4
109			贈澧陽韋明府○		曲２、英250	8
110			啓綦毋学士		曲２	4
111			酬宋使君作		曲２、英241、紀22	4
112			和蘇侍郎小園夕霽寄諸弟		曲２	4
113			秋晩登南楼望月		曲３、英312	6
114			出予章郡次廬山		曲４、英160	8
115		陳子昂	感寓（二十六）		陳１、粋18、紀８	4
116		王維	送別		王５	6
117			休仮還旧業便使		王６、英296、紀26	4
118			冬日游覧		王５	4
119		祖詠	蘭峰頂上張九皋郎中		英171/250、紀20	4
120		銭起	〔題温処士林園〕		銭６、英232/317	2
121			和范郎中宿直晩翫新池		銭７	2
122		杜甫	哀江頭		杜工部集１	12
123		祖詠	賦得終南山残雪◎		英155、粋16上、紀20	4
124		朱放	和蕭郎中遊蘭若※			4
125		僧霊一	送冽寺主之京迎禅和尚		英220	2
126		銭起	新昌里言懐△		銭４、万首唐人絶句99	4

127			送王相公		銭６、英271、紀30	6
128		韓翃	送王相公赴范陽		英272、紀30	4
129		劉長卿	山鸜鵒歌		劉随州文集10	2

同・第四格

no	王朝	作者	詩題	主な出典	句
1	梁	沈約	冬至後至丞相第…	文30、類34、雑39	4
2		呉均	代婦答妾※		4
3		徐摛	詠筆	類58、初21	4
4		朱超	舟中望月	初１、英152	4
5			詠城上烏○	類92、初30、楽28	4
6		庾肩吾	望月	類１、初１、英152	4
7	北周	庾信	寒園作	庾子山集４、庾開府集上	4
8	梁	何遜	学古贈邱永嘉	何１	4
9			学古	何１	6
10			早行	何２	4
11			早朝車中聴望	何２、家・文章、類39、英190	4
12			詠扇	何１、類69、初25	6
13		沈君悠	詠落葉※		4
14		庾肩吾	賦詩得簷燕応令	類92、英329	4
15		朱超	送別	類29、英266	2
16	北周	庾信	北園新霽	庾子山集３、庾開府集上、英179	2
17			贈酒	庾子山集４、庾開府集上、類72	2
18	梁	呉均	〔和蕭子顕〕古意（三）	玉６、類32	4
19			贈柳惲（三）	玉６	4
20	陳	周弘正	入関	類６、初７	6
21		陰鏗	登百花亭懐荊楚	類28、英315	4
22		洪偃法師	北湖遊望	詩人玉屑４風騒句法五言金鱗躍浪	2
23		張正見	賦得日中市朝満	類65、初24	4
24			山園閨怨	類32	2
25			従籍田（二）	類39、英179	4
26		陰鏗	詠雪裏梅	類86、初28	2
27		沈炯	長安少年行	初19、英194、楽66	2
28	北斉	趙儒宗	詠亀	類96、初30、英330	4
29	北周	王褒	関山月	初１、英198、御４、楽23	4
30	隋	煬帝	塞外行	英198（王貞白「擬塞外征行」）	2
31		尹式	別宋常侍	英266	6

32	陳	江総	秋日昆明池	類９、初７、英164	2
33			秋日登広川南楼	類28、英311	8
34	隋	劉臻	詠辺枯柳	英326	4
35		虞世基	詠栖鵲※		4
36			零落桐○	英324	4
37			昆明織女石	初７、英164	2
38			述懐※		4
39		明余慶	詠死烏△	初30	4
40		李巨仁	詠鏡	初25	4
41		岑徳潤	詠塵※		4
42	梁	江淹	詠古※		4
43	隋	孫万寿	詠庭中枯樹	英326	4
44		魏彦	詠雛燕※		4
45	北周	庾信	詠鏡	庾子山集５、類70、初25	4
46			麟趾殿校書	初12、英240/311、能改斎漫録６	2
47			寄王琳△	庾子山集６、庾開府集下、類29	4
48	陳	孔範	和陳主詠鏡△	初25	4
49	隋	柳正言	詠挑灯杖※		4
50		盧思道	従軍行	英199、楽32	2
51		明余慶	従軍行	英199、楽32	4
52	唐	李百薬	昆明池	英164	4
53	北斉	蕭慤	閑斎叙望▲		2
54	隋	王冑	悲秋雲	初３、英158/179	2
55		薛道衡	春閨怨〔昔昔塩〕	英287、楽79、隋唐嘉話上	2
56	北周	王褒	凌雲台	英192、楽75	2
57			贈周処士	類36、英230	4
58	陳	陳昭	経孟嘗君墓	英306	2
59	隋	胡師耽	初秋独坐▲		2
60	陳	許倪	破扇△	類69	4
61	？	黄叔度	看王儀同拝※		4
62	陳	伏道和	従軍五更転（三）	類59、楽33	2
63	隋	尹式	送晋熙公	英266	8
64	北斉	蕭慤	尋盧黄門▲		2
65	隋	虞世基	初渡江○	英162	4
66		王眘	七夕	類４、初４、英158	4
67	唐	宋之問	渡漢江○	宋２、英162	4
68			入龍州	宋２、英290	2

69		謁二妃廟※		4
70		初発荊府贈崔長史	唐丞相曲江張文献公集 3	6
71		贈厳侍御※		4
72		至韶州謁能禅師	宋 1 、英219	12
73		題梧州陳司馬山斎	宋 2 、英290/317	4
74	沈佺期	春日昆明池侍宴	英176	4
75		春雨応制※		4
76		送司馬二侍郎北征	英299	2
77		禁省嘆獄中無燕	沈佺期詩集 3 、 6	4
78		題銅柱〔初達驩州一〕	英289	6
79		〔被試〕出塞	楽21	4
80	褚亮	禁苑餞別応令	英179、紀 4	4
81	孫逖	餞許評事摂御史巡南軍	英268	4
82		遊廬山▲		2
83	陳子昂	詠燕昭王	陳 2 、英301	4
84	賀朝	宿雲門寺	英314	2
85	喬知之	疲駿篇	英344	2
86	董思恭	昭君怨（二）	英204、楽29、紀 3	2
87	崔国輔	古意〔怨詞二〕◎	河岳英霊集下、紀15	4
88	孔徳韶	経太華山	初 5 、英159	2
89	庾抱一	駿馬	英209	4
90	孔紹安	詠葉○	英327, 万首唐人絶句99（孔徳韶）	4
91	郭元振	昭君怨（三）◎	捜玉小集、英204、楽29	4
92	弘執恭	秋池一株蓮○	英322、万首唐人絶句99（郭恭）	4
93	杜淹	詠闘鶏応秦王教	大唐新語 8 、英179/206	2
94	綦毋潜	題高峰院	英234、紀20	2
95	徐伯薬	賦得班去趙姫昇▲		2
96	包融	詠阮公嘯堂	英313	2
97	裴延	隔壁聞妓奏楽△	類42（蕭琳）、万首唐人絶句99	4
98	孔徳韶	照鏡見白髪▲		2
99	孔紹安	詠石榴○	初28、旧唐書190上、英322	4
100	張九齢	望月	曲 5 、英152	2
101	王泠然	迴山寺▲		2
102	杜審言	早春遊望	英241、能改斎漫録11	2
103	長孫無忌	灞橋待李将軍△	万首唐人絶句99	4
104	張九齢	湘中言懐	曲 4	8
105		西山祈雨是日輒応	英153、粋16上	12

106			従駕潼関△	曲２、万首唐人絶句83	4
107		李嶠	従駕出都	英171/249	4
108		宋之問	則天挽歌▲		2
109			楊将軍挽歌※		4
110			別杜審言	英267	4
111		王維	隴頭吟	王１、英198、粋12、楽21	6
112			従蓬萊道中遇雨	王２、英174	4
113			田家	王４、英319	6
114			積雨輞川荘作	王４、英319	2
115			早春行	王１	4
116			勅賜百官桜桃	王２、英326	4
117			和晋公扈後	王２、英171/242	6
118			早朝	王２、英190	4
119			送劉司直赴安西	王５、英299	4
120			送李太守赴上洛	王５、英268	4
121			漢江臨岘	王５、英162	4
122			題李山人壁	王５、英231	6
123			被黜済州	王６	4
124		奚賈	詩▲		2
125			又▲		2
126			又▲		2
127		常建	弔王将軍墓	英303、粋15下、紀31	2
128			五度渓仙人得道処	常建詩集２、唐詩品彙11	2
129		祖詠	帰汝墳荘別盧象	英286、万首唐人絶句99	4
130			渡淮河寄武平一※		6
131			寄王長史△	万首唐人絶句99	4
132			宿李明府客堂	英217、万首唐人絶句99	4
133			登薊邱	国秀集下	4
134			長楽駅留別盧象裴総	英286、紀20、万首唐人絶句99	4
135		銭起	空宗寺哭玄上人	銭４、英305	4
136			贈閣下閻〔裴〕舎人	銭８、英253、紀30	4
137			湘霊鼓瑟	銭４、英184、雲谿友議・賢君鑑	4
138			駕避狄歳送韓雲卿○	銭４、英287	8
139			宿畢侍御宅	英217	4
140		厳維	代宗挽歌▲		2
141		皇甫冉	早春登徐州城	皇甫３、英243	4
142			寄李侍御	皇甫５、英315	2
143		祖迥	懐欧陽山人厳秀才▲		2

同・第五格

no	王朝	作者	詩題	主な出典	句
1	宋	孝武帝	客行楽〔估客楽〕◎	玉10、楽48（釈宝月）	4
2	漢？	不詳	古絶句（四）◎	玉10	4
3	晋		秋歌（十七）◎	玉10、楽44	4
4			歓聞歌◎	玉10、楽45	4
5	南斉		銭塘蘇小小歌◎	玉10、楽85	4
6	梁	呉興妖神	贈謝府君覧◎	玉10、御718霊怪、万首唐人絶句99	4
7		范静妻	映水曲◎	玉10、楽77	4
8		簡文帝	還城南作◎	玉10	4
9		沈約	襄陽白銅鞮歌（一）◎	玉10、類43、英201、楽48	4
10			望秋月	玉９、英151	4
11		何遜	七夕	玉５、何１、英158	4
12			嘲劉郎中	玉５、何２	4
13			詠雪	何１、英154、類２、初２	4
14		徐陵	紫騮馬	英209、楽24	4
15		劉孝綽	百舌鳥	類92、英329	2
16		劉緩	詠蘼花※		4
17		庾肩吾	春夜応令	英179	4
18		戴暠	従軍行	類41、英199、楽32	2
19	陳	張正見	度関山	英198、楽27	2
20		孔瓊	賦得名都一何綺	類61、初24	2
21		僧恵標	詠水（二）	類８、初６、英163	2
22		張正見	夜聞砧▲		2
23		洪偃法師	山亭野望	続高僧伝７（『詩式』との異同大）	4
24	北周	王褒	度河北	初５、英163	2
25	隋	陸季覧	詠桐○	英324	4
26		岑徳潤	詠灰	類80（『詩式』との異同大）	6
27	唐	李百薬	春眺※		4
28	隋	魏彦深	寒宵傷嘆▲		2
29	陳	江総	貽孔中丞	英247	2
30	唐	宋之問	在荊州重赴嶺南※		4
31		薛曜	送道士入天台※		4
32		王泠然	詠八陣図送皇甫冉▲		2
33		盧照鄰	相如琴台	英313	2
34		張説	釋奠	張説之文集５、英168	2
35		孟浩然	九日同諸公登峴山	孟下、雑34	6

36		上官儀	従駕閶山馬上※		4
37		許圉師	詠牛応制※		4
38		陳述	詠美人照鏡※		6
39		張文恭	佳人照鏡△	万首唐人絶句99	4
40		裴延	詠翦花△	万首唐人絶句99	4
41		張若虚	春江花月夜	楽47	2
42	周？	唐怡	述懐△	万首唐人絶句99	4
43	唐	陳子昂	題徐著作壁△	陳２、万首唐人絶句88	4
44		李嶠	送別	英267	2
45		褚亮	贈杜侍御▲		2
46		袁暉	長門怨	楽42	4
47		沈如筠	閨怨（一）△	万首唐人絶句99	4
48			閨怨（二）△	万首唐人絶句99	4
49		鄭愔	哭郎著作	英302、紀11	4
50		沈千運	古歌△	万首唐人絶句99	4
51		孟雲卿	古挽歌	英211、楽27、紀25	4
52		包融	送別	英243、紀24	2
53		沈千運	汝墳示弟妹	紀22	2
54		銭起	送王諫議之東京	銭６	4
55			題玉山村叟屋壁	銭６、英319、紀30	4
56			和李舎人温泉宮扈従	銭８、英171	4
57			送王相公使范陽	銭７、英271	6
58			憶山中旧遊	銭６	4
59		皇甫冉	和袁郎中破賊後経剡…	皇甫４、英243、会稽掇英総集４	4
60			送王司直	皇甫６、英272、万首唐人絶句88	2
61			遊法華寺	皇甫４	2
62			送権五兄弟	皇甫３、英272、紀27	6
63			寄李補闕▲		2
64			送王相公使范陽	英272	2
65		厳維	九日宴相里使君江亭	雑34	2
66			夏日送皇甫拾遺帰朝※		4
67			献歳喜皇甫侍御至△	万首唐人絶句27	4
68			和皇甫大夫夏日…	英236	4
69			張侍御孩子三月▲		2
70		張南史	送李使君貶柳州▲		2
71		李嘉祐	少年行※		4
72			自蘇台至望亭駅…	英298、紀26/50	4

73		薛業	客舎寄柳博士	英252、粋15下、紀28	4
74		徐凝	京都還汴口作▲		2
75		(徐凝？)	観競渡※		4
76		朱長文	宿僧房▲		2
77		楊(湯)衡	答崔銭二補闕※		4
78		楊凌	▲		2
79		鄭昈	落花※		8
80		李嘉祐	江上曲	楽77	4

通行の詩題、もしくは『詩式』が省略した部分を〔　〕内に補った。王朝・作者は概ね『詩式』に従う。「文」、「玉」、「主な出典」に見える算用数字等はその詩を収める巻次・篇名等を、「句」は『詩式』が採録する句数を、斜線は『文選』等の選録対象外であることを示す。

出典の略号一覧（五十音順）

英：『文苑英華』、王：『王右丞文集』、何：『何水部集』、家：『顔氏家訓』、楽：『楽府詩集』、紀：『唐詩紀事』、御：『太平御覧』、玉：趙均刻本『玉台新詠』、曲：『曲江集』、蔡：『蔡中郎集』、燭：『玉燭宝典』、江：『江文通文集』、皇甫：『唐皇甫冉詩集』、雑：『古今歳時雑詠』、事：『事類賦注』、謝：『謝宣城詩集』、書：『北堂書鈔』、粋：『唐文粋』、銭：『銭考功集』、宋：『宋之問集』、陳：『陳伯玉文集』、陶：『陶淵明集』、万：『錦繡万花谷』、秘：『文鏡秘府論』、分：『分門纂類唐歌詩』、鮑：『鮑氏集』、孟：『孟浩然集』、文：『文選』、陸：『陸士衡文集』、類：『芸文類聚』、P.、S.：敦煌文献

「→二７」等はそれが「→」の後の詩句（この場合は第二格７）と同じ詩から採録されることを、「≒三２」等はその詩句が一部重複して「≒」の後（この例では第三格２）にも採られていることを示す。なお、出典に関して、所謂「唐人選唐詩」に収録される分は、第八章第二節、表８−２に掲出するので、ここでは概ね省略した。

◎：『詩式』に先立つ『文選』、『玉台新詠』や現存する唐人選唐詩『河岳英霊集』、『捜玉小集』に照らして全詩を採っていると分かるもの。

なお、参考までに先行文献に見えず、かつ『詩式』にも二句しか引かれておらず独立した詩篇たり得ない断句には▲を附しておいた。

※は後世に編まれた総集、別集が収める作品と句数は一致している。だが、逆にそれらの文献が『詩式』を原拠にして、当該の詩を収載した可能性が高いので、もちろん全詩を引いているとは断定できない。△の史書や類書は、必要な部分のみを引く場合が多い。従って、これもまた詩全体とは断じ得ない。『万首唐人絶句』は皎然より遥か後代、十二世紀末の文献であるし、絶句でない作品から無理に四句だけを切り取って採録する[37]など、資料としての信憑性

に難がある。それに比べれば、○の『文苑英華』や『楽府詩集』は、素性も確かであろう。しかし、この両種とても宋代の編纂物であるに過ぎない。

こうして見てくると、確実に一首全体を引くと考えられるのは、◎を附した作品、第一格から第五格まで、合計十六例でしかない。中森氏の統計に比べれば四分の一強であり、ほとんどは四句以下の引用、即ち元来が短い詩ばかりとなる。しかも、その多くは第五格（1〜9）という高からぬ位置に集中する。因みに○印の作品は十一例で、これも第一・第二両格には見えない。また第三格109と第四格138が八句を引くのを除けば、全て四句のみの挙例である。もちろん、※を附した詩句が独立した作品ではないとも言い切れない。だが、将来的により多くの句数をもって収録する資料が発見される可能性もある[38]わけだから、確かな◎印の作品とは峻別せねばなるまい。

諸本間の異同、あるいは第三節の末尾で触れた伝写過程での脱誤・混入という可能性を思えば、これらの数値が皎然の原著そのままだとは到底いえない。しかし、少許の誤差は伴うにせよ、ここに示した『詩式』の選句に関する統計結果は大筋で動かないと思われる。それというのは、この安易に全詩を採らぬ態度には本節の前半で「飲馬長城窟行」を例として述べた同じ詩から得た例句を部分により、二つの格に分けて配する先述の手法（表6-2で表題に→、≒を附す作品、上位三格に五組が見える）と相通じるものがあるからだ。あくまでも自らの眼鏡に適う詩句のみを採り、相応しいと信じる格に置く点で、これら両者は共に皎然が吟味を重ねて選句した、その表れといえよう。

今まで見てきたとおり、『詩式』における挙例の主眼は詩句自体に在って、作品には無いらしい。作品はおろか、それを著した作者など問題にもされていない節がある。文学上の評価からはいささか外れる側面もあるが、参考となる例を挙げておく。

表6－3　『詩式』における謝霊運詩の選録状況

格	no	詩題	文	句	格内合計詩句数
第一格	26	述祖徳〔詩二首・一〕	19	4	
	27	石門新営所住〔四面高山迴渓石瀬脩竹茂林詩〕	30	6	
	28	入華子崗是麻源第三谷	26	2	（3首）12句
第二格	39	登池上楼	22	6	
	43	還旧園作呈顔范二中書	25	10	
	45	〔擬魏太子鄴中集詩八首・〕詠魏太子	30	4	
	48	従遊京口北固応詔	23	10	
	54	南楼中望所遅客	30	4	
	55	石壁精舎還湖中作	22	4	
	56	過始寧墅	26	4	
	57	七里瀬	26	2	（8首）44句
第三格	25	〔於南山往北山〕経湖中〔瞻眺〕	22	2	（1首） 2句
全格合計詩句数					（12首）58句

『文選』に拠って〔　〕内に詩題の省略部分を補った。「no」の数字は表6－2に合わせてある。
「文」、「句」の算用数字は『文選』の収載巻次、『詩式』がその詩から引用する句数を示す。

唐太宗「過舊宅馬上作」:「一朝辭此地、四海遂爲家」。

巻三「不用事第三格」は、ここに挙げた一聯を初め、唐の第二代皇帝・太宗（在位六二六～六四九）の詩から合わせて四首一八句を引用する。「唐太宗」などと、唐人が廟号に王朝名を冠した形で、唐代の皇帝を呼ぶとは考え難い。従って、この部分には後人の筆が加わっていると思しい。だが、そこに見える挙例そのものが皎然自身による可能性は充分にある。そうだとすれば、これは唐朝治下に在って、唐の皇帝が著した詩歌を選句の対象としつつ、全体の中位である第三格に置く、不敬と取られかねない行為といえる。この選句は、皎然が作者の名に囚われることが無かったという一証左になるのではないか。

今一つ、類似の例を挙げる。第一節で既述のとおり、皎然は謝霊運十世の子孫である（第一節、注4）。この偉大な詩人であった祖先に対する尊崇の念は、『詩式』や『詩議』の随処に散見する。[39] 謝霊運の作品より採った例句の扱いを、表6-3に示しておく。

『詩式』は五格全体で、延べ二百人近い作者の五百首を超える詩から、約二千の句を引用する。うち謝霊運一人の詩から、上位三格に引かれる十二首五八句という数を多いと見るか、少ないと見るかは、意見の分かれるところだろう。ただ、極端に大量の詩句を全て第一格に置くといった偏狭さはそこに見られない。そして、盛・中唐の交代期に彼の詩へ向けて普通に行われていた評価[40]を考えれば、これは決して度外れた厚遇というわけでもなかった。次に、その一例を挙げておく。

> 漢魏（の詩人）には曹植・劉楨《りゅうてい》がおり、共に天から与えられた縦横の才によって精神を高く持ち、経書・史書に依存し切らず、傑出した文学を作り上げた。この後、互いに模倣し合い、長い時を経て、有識者も浮薄になり、花や草を文学の題材とし、古え振りは失われた。（漢魏から唐に至る）中頃には鮑照・謝霊運がいて、奔放さをもって相続き、（彼らの）長所・短所共に世に廣まった。晋・宋・斉・梁に至り、（詩は）一切が駄目になってしまった。[41]

王昌齢（六九八頃～七五六?）が著したとされる『詩格』（「詩格」の一種）の一節と考えられる文章である。王昌齢は盛唐の著名な詩人で、『詩格』が実際に彼の著作か否かには議論もあるにせよ当時、大いに流行した詩論書であったことは疑いない。[42] 同じ劉宋の鮑照と共に「一切が駄目になってしまった」（原文「皆悉頽毀」）「晉宋齊梁」の詩人としては、ただ二人だけ、短所を指摘されつつも名が挙げられた点に、この頃における謝霊運への評価の高さが窺われる。世間一般のこういった認識を考え合わせれば、皎然の謝霊運評が露骨な身贔屓に堕していなかったことが分かろう。

『詩式』が作品全体ではなく、個別の句を評価の主体としていたことは、滅多に一首の詩から全句を採録はせず、また同じ詩を別の格に分けて置いたりする点からも明らかである。さらにいえば、作者の社会的地位、あるいはかなり特殊な場合ながら、皎然自身との血縁関係とて、例句の選択・階級付けに絶対の影響を及ぼしはしない。太宗と謝霊運の詩に対する扱いが、それを物語っている。

本節での分析で詩人より作品、詩より句を重視する皎然の姿勢が明らかになったかと思う。次節では「摘句」並びにそれを使用した「秀句集」等と皎然の詩論との関係を考えてみる。

第五節　秀句集、総集との関係

さて、そもそも詩歌における「摘句」（句を摘む）とは、ある詩からその詩句を部分的に抜き出す行為を指す。春秋時代（前七七〇～前四〇三）から始まる摘句の歴史に関しては、先行研究もあるので(43)、ここで深く立ち入りはしない。一つ触れておきたいのは、摘句を文学批評の一手法たらしめた思潮が魏晋期、既に明確な形を取っていたということである。西晋・陸機（二六一～三〇三）が自らの経験に基づき、創作の機微を語った「文賦」中の「一篇の警策(44)」なる比喩がその早い例といえる。そこで陸機は文中の要所で全体を引き締める効果を発揮する言葉を、速度を上げるため馬へとくれる「警策」（ムチ）に例えている。この「警策」は文中で他の句より抜きん出た存在、即ち「秀句」と言い換えて、差し支えあるまい(45)。

秀句重視の背景には、全ての字句に均一な働きを求めず、特定の句に大きな意味を持たせる、そういった考え方がある。南朝期（四二〇～五八九）を通じて、この秀句に対する重視は受け継がれていく。同じ時代に個々の詩文を完全な形で収める「選本」（選集）と共に、こういった句のみを集めた「秀句集」が多く編纂されたことは、その表れだろう[46]。『詩式』の成立も、唐代にまで続く秀句の重視、秀句集の流行という風潮と関わりがあった。

巻一「中序」には、『詩式』撰述の経緯が記される。それに拠れば貞元（七八五～八〇五）初年、既に著されつつあった同書の内容を不満とした皎然は、未完のまま原稿を放置していたという。貞元五年（七八九）、湖州長史（長史は地方官の一）の李洪と出会った皎然は、その勧めで『詩式』の執筆を再開する。やはり湖州在住の呉季徳なる人物[47]の助力を得て、彼は『詩式』を五巻にまとめ上げた[48]。

『詩式』撰述の動機は、他にも色々と考えられるが、その中でも既存の秀句集や総集に対する著者の不満は大きな比重を占めていたようだ。ここで関連する箇所を『詩式』から挙げておく。

> むかし我が唐の協律郎の呉兢《ごきょう》と越地方の僧の玄監は秀句を集めたが、二人は「天機」（本節の後半で触れる）にもとより乏しく、選録も精密ではなく、浮ついた言葉を多く採り、無知な者を惑わしている。とりわけ無学者をして（秀句集中の句から）言葉を盗（って自らの詩とす）る安易さへと引き入れることは、賊徒に武器を貸して盗賊に食糧を贈るのと何も異ならず、詩歌による教化に役立たない。
>
> 評にいう、古来の詩集は、（その選詩が）多くは公平でないし、あるいは公平にしても（評価基準が）明らかでない。今（この『詩式』）はそうではなく、二・三人の詩人（協力者を指すか）と数多い作品（評価）の基準を掲げ、（詩歌を）見渡してこれを明らかにし、おおかた遺漏は無かろう[49]。

前者の冒頭に見える一句（原文「疇昔國朝協律郎呉兢與越僧玄監集秀句」）に関しては複数の解釈が可能である。次に、三つの考え方を挙げておく。

一、文字どおり「呉兢と玄監」と読み、呉兢が玄監と秀句集を共編したとする[50]。

二、やはり「呉兢と玄監」と読んで、呉兢と玄監にそれぞれ別個の秀句集があったと捉える。

三、「呉」は「元」の誤りだとして、元兢と玄監各自の秀句集を批判していると考える。(51)

三の考え方が存在するのは、『貞観政要』で著名な歴史家の呉兢（六七〇～七四九）には秀句集を編纂したり、協律郎の官に就いたりしたという記録が残らず、その一方で元兢《げんきょう》（字は思敬か）、元鑑《げんかん》（玄監）は各々『古今詩人秀句』、『続古今詩人秀句』の編者(52)として名を残しているからである。両書はいずれも散逸したが、前者の著述方針を想像させる手掛かりが今に伝わる。『詩式』より一世紀以上、先行する「古今詩人秀句後序(53)」がそれである。次に、大意を掲げておく。

近世、詞華集を編む者は多い。だが『文選』とて作品の選択に誤りが無くはない。王融の「霜の気配が孟津（現河南省洛陽市にある渡し場）に下り」、「飛んで行った鳥も日暮には帰ることを知っているが」は名句なのに採らないのは、不適切だ。『玉台』、丘遅《きゅうち》『抄集』も選録が妥当ではないが、これらは作品の全文を収めるもので、秀句集とは異なる。秀句集としては我が唐の褚亮《ちょりょう》ら奉勅撰の『古文章巧言語』一巻がある。しかし王粲「七哀詩」一、陸機「尸郷亭詩」、潘岳「悼亡詩」、徐幹「室思詩」を収めない。また謝朓「冬序羇懐」詩の「風に吹かれる草には霜も留まらず、氷の張った池はみな月のように明るい」を選んで、「寒々しい灯火が夜明けの夢を照らし、曇り無き鏡の中に朝方の髪を見て寂しく思う」を落としている。私（元兢）は龍朔元年（六六一）、本書（『古今詩人秀句』）の編集を思い立った。材料収集上の困難から、十年を経ても、わずか二巻を完成させられなかった。いま『芳林要覧』の編纂に携わり、諸家の文集について、人と論ずる便宜を得た。嘗て（『芳林要覧』の）共編者たちは謝朓の「宋記室の省中に和す」詩では「立ち並ぶ木々は遠くにくっきりと見え、雲や霞は光を受けて輝く」の句が一番だと称した。私は言った、「それも見事な句だ。しかし夕暮に遠くを望めば、中程度以下の人でも、偶然にこれくらいの句ならば得られもしよう。ただし同じ詩の「日暮に鳥は飛んで巣に帰るが、憂いは果てしなく迫ってくる」は夕日が光を傾ければ、それにつれて視界も閉ざされ、鳥が巣に帰って行くと、憂いも共に飛んで来る、こうした思いを描き出しており、何と素晴らしいことか」。皆は私に同意して、さらに詳しい考えを求めた。答えていわく「作詩では情緒が第一、直截な描写が根本、（情緒を託する）自然の事物や、修辞の美しさがそれに次ぐ。さらに個性の強さを加味し、流麗さで潤いを持たせ、写実の手法を窮めて、躍動感で展開させる。事と理が満ち足り、言葉と音調が共に伸びやかである、このうち一つでもあれば、漏れ落ちは無い」。前漢より唐初まで、詩人四百人の作から秀句をここに採った。世の文学愛好家に本書を伝え、詩の分かる者にこれを贈る、それだけが私の願いだ[54]。

元兢によれば、南朝後期の詩歌選本、『文選』、梁・丘遅（四六四〜五〇八）『抄集』（逸書）、『玉台新詠』の作品選録には当を失した側面が見られるという。しかし、これらは一首の詩全体を収める選集である。元兢がこの文章で攻撃の矛先を向けているのは、むしろ初唐の褚亮（五六〇〜六四七）らが著した秀句集『古文章巧言語』（いま仮に書名を指すと解しておく）の方だった。『古文章巧言語』が王粲（一七七〜二一七）らの名篇を載せないこと、また謝朓（四六四〜四九九）の「冬緒羇懐」詩の第五・六句「風草不留霜、冰池共明月」を採りつつ、同じ詩の第三・四句「寒燈耿宵夢、清鏡悲華髪」を採らないことを、元兢は不服としている。さらには『芳林要覧』（勅撰の総集、逸書）の共編者が同じ謝朓「和宋記室省中」詩の第三・四句「行樹澄遠陰、雲霞成異色」を高く買うのに対して、その第一・二句「落日飛鳥還、憂來不可極」の方が優れると反駁もする。こういった不満こそが、彼を秀句集の撰述に駆り立てた要因であろう。

元兢が詩論に一家言を持っていたことは、この文章から分かる。彼のここで言及した詩句が『文選』、『玉台新詠』、『古文章巧言語』、『詩式』でどう扱われているかを、表6-4にまとめてみた。

選本と秀句集の違い、また材料の乏しさから、どれほどのことがいえるかは分からない。ただ、表6-4に挙げた十例中、1・3・5・7・8・9・10と七つまでで元兢と『詩式』の意見が一致するのは、注目さ

表6－4　『文選』、『玉台新詠』、褚亮、元兢、『詩式』の詩歌批評

作者	詩題・句／文献、評者	文選	玉台	褚亮	元兢	詩式	
王融	古意二・1	×	4	－	○	巻四「斉梁詩」	1
	同一・1	×	4	－	○	×	2
王粲	七哀詩一	23	×	×	○	第一格	3
陸機	尸郷亭詩	×	×	×	○	×	4
潘岳	悼亡詩	23	×	×	○	第二格、巻五「立意総評」	5
徐幹	室思	×	1	×	○	×	6
謝朓	冬序羈懐・5、6	×	×	○	×	×	7
	同・3、4	×	×	×	○	第二格	8
	和宋記室省中・3、4	×	×	－	△	第二格	9
	同・1、2	×	×	－	○	第二格	10

○：採録乃至好意的評価（『文選』など文献の場合は採録箇所の巻次・表題を示す）
△：一応の評価
×：不採録乃至否定的評価
－：不詳乃至言及無し
詩題は概ね通行のものによる。

れる。しかも7以外はいずれも元兢が好意的乃至一応の評価を下した句を採録し（詩論部分である「斉梁詩」での言及を含む）、それも概ね上位二格に置く。さらにいえば、『古文章巧言語』と元兢が意見を異にする六例（3～8）では、4と6を除いて、『詩式』は元兢の方と態度を同じくしている。

もとより、元兢の詩論と『詩式』の選句がかなりの確率で同調するのは、両者が当該の詩句を高く評価する当時一般の文学思潮から別個に影響を受けていたからかもしれない。しかし、これだけの一致を前にすると『詩式』が元兢の選句を参照した可能性も無視できまい。「協律郎呉兢與越僧玄監」（注49）をどう読むかには、先に挙げたとおり、三つの解釈がある。ただ、仮にそのうちの三（「呉兢」を「元兢」と読み替える）が正しいにせよ、『詩式』は『古今詩人秀句』を完全に排斥しているのではな

く、批判はしつつも詩句の選択においては、かえって元兢のそれと共通する部分が大きかったのではないか。

南朝・初唐の秀句集が一切伝存しない今日に在って、他の秀句集から『詩式』がより大きな影響を受けた可能性も排除できない。しかし、現存の資料に徴する限りでは、皎然が『古今詩人秀句』を参照したという事態は充分に考えられる。

さて、『詩式』によって選句の材料とされたことが秀句集以上に確実な文献が存在する。それは、『文選』である。表6-4の中だけでも『文選』と『詩式』の選録は、2から7まで六例が共通する。もっとも、そのうち実際に『詩式』が『文選』収載作品から例句を採る、つまり積極的な一致を見るのは、3と5の二つのみである。これだけでは両者の関係も明確にはならない。『詩式』が採る詩句の出処を明示した第四節の表6-2が、その欠を補うだろう。

『文選』未採録の詩篇から第一格に句を採るのは、表6-2の番号でいうと4・30・32・33の四例しかない。第一格に採られるのは全て漢から梁までの詩、即ち『文選』が選録の対象にした時代と完全に重なる。第二・第三格も梁代以前の作品（各々105、59まで分布）について、『文選』収載の詩歌から詩句を多く採る傾向は、第一格に等しい。例外は、ほとんどが呉均（四六九〜五二〇）や何遜（四六七?〜五一八?）ら『文選』では完全に黙殺される、[55]あるいは陶淵明（三六五〜四二七）のような扱いの小さい詩人の作品である。

陶淵明の場合は南北朝末・唐代以降に声価が上昇していったわけだから、これは『文選』の時代と後世における評価の乖離と解釈できよう。一方で、何遜と呉均の文名は、元来高かったのである。『詩議』や『昼上人集』にも、彼らへの言及が見える。[56]この例に限れば、彼らをひとかどの詩人と扱う皎然の方が、むしろ文学批評の主流に近かったといえる。

さて、表6-2には『文選』以外にも格を問わず『玉台新詠』や『芸文類聚』、『初学記』に引く詩が多く見える。選句については、散逸した文献も含め選本・類書に対する『詩式』の依存度は甚だ高いと思われる。皎然が『文選』などの総集に依拠して例句を採る詩歌を選んだとすれば、それはなぜか。理由の一端を示す文章を、次に挙げる。

いま撰述した『詩式』は、（詩句を）列ねて（それらを）品第し、五つの分類により互い（の良否）は明らかで、詩は（美しく）響き立っている。（詩歌の）嗜好が偏った者を正しい気性に立ち返らせ、努力の浅い者に（作詩の奥義へと）前にたどり着く望みを持たせて、世間より埋もれた才能（の持ち主）を無くさせる（ことが撰述の目的だ）。ちょうど呉興の西山におり、とりわけ詩集が少ないので、古今の名手も、漏れ落ちが無いというわけにはいかない。（資料の）博捜を俟って、引き続き改めて編集し、これを読む者にこの思いを知悉せたいと願っている。(57)

長安や洛陽に比べて僻地の呉興（湖州）では、選句をするにも、皎然の手元には「詩集」（別集を中心とした詩歌を収録する文献を指していよう）が不足していた事実が、ここから知られる。この一節より例句を選ぶ際に、彼が個々の別集ではなく、総集に頼らざるを得なかったのではないかという想像が可能になる。(58)だが、手元の別集不足だけが『文選』などに採録される作品を多く採った理由だろうか。ここでそのような疑いを抱かせる事例を、一つ挙げておこう。第四節の表6-3が示すとおり、謝霊運の詩から『詩式』が採った例句は、全て『文選』収載の作品を出典とする。寥々百首強しか見られぬ今日と異なって、『謝霊運集』十五巻乃至十九巻が存在した唐代に、(59)彼の詩はまだかなりの量が残っていた。それにも関わらず、こうなのだ。

確かに、謝霊運は『文選』に入集する詩数では、最多を誇る詩人である。皎然が意図せずとも、『詩式』

と『文選』の採る彼の詩が重複するのは、むしろ当然だったかもしれない。ただ謝霊運について、選集には見えない作品をも熟知していたはずの皎然が、『文選』収載の詩だけから選句している事実は見逃せまい。そこには単なる材料不足といった物理的なものとは別の、より『詩式』撰述の根幹に関わる要因があったと思われる。

周知の如く、『文選』は中国の現存する最も古い詩文の総集であり、後世の文学に絶大な影響を与えた。同書の文学に占める地位は初唐より著しく上昇し、中でも李善（?～六八九）らによる注釈の集大成はそれを象徴する出来事だった(60)。唐代に『文選』が盛行していたことを示す記述はすぐにでも幾つか拾い出せるのだが、今そのうちの一例を挙げておく。

開元十年（七二二）、宰相の張説《ちょうえつ》、徐堅・賀知章に命じて『文選』に未収録の作品をまとめさせた。徐堅はまず詩・賦を『文府』に集めたが、他の文体（の選録）は未完に終わった(61)。

『文府』（逸書）という総集の撰述にまつわる記録である。注意すべきは、ここで過去の文学作品を『文選』に収録されるか否かで区分する点だろう。『文選』所収の詩文は人口に膾炙しているはずだから、もはや『文府』に入れないということらしい。初・盛唐期に『擬文選』・『続文選』（共に逸書）など、『文選』の続篇が編まれた事実と併せて、同書の詩歌選録が当時の総集編纂に対して影響を及ぼしていた、これは証左となろう。

元来、『文選』は三十巻（のち六十巻に再編、うち詩は巻十九から巻三十一までの十三巻を占め、漢以前から梁代まで六十人強の作品四百数十首を収める）もの分量をもつ選本である。それだけに、「深い考えから発した内容が、修辞を凝らした表現でまとめ上げられ」た作を採るという選録方針めいたものが、全書を通じて一貫しているとは考え難い(62)。しかし、そこに含まれる作品が初・盛唐期を通じて、南朝以前の文学における本流と見做されれるようになったのは確かである。『文選』の地位が向上し、同書に魏晋南朝文学の精華が存すると考えられ始めたこの時代に、皎然もその風潮に接していたことは想像に難くない。

謝霊運の詩を典型として、『文選』に見える作品から『詩式』が例句を多く採った事実は、皎然自身が南朝詩歌の主流はその中に在ると考える文学観を受容していたことを示すのではないか。もとより、それは彼が南朝の文学に対して肯定的な眼差しを有したという前提があってこその事象である。この意味で、漢魏の文章への回帰をまず標榜する、いわゆる古文家と皎然とが必ずしも相容れぬ主張を持っていた点は、容易に首肯されるだろう（第七章第二・第三節、第八章第四節も見られたい）。

『詩式』が『文選』等を少なからず利用しただろう原因は他にも幾つか考えられる。次に挙げる二つは、その中でも重要だと思われる。

第一に、文献として『詩式』の持つ性格が考えられる。「詩格」や「詩式」とは詩の手本・模範という意味を帯びた用語である。皎然自身が、自著の『詩式』に対して、文学批評書・理論書たると同時に、詩作の指南書でもあるとの意識を抱いていた。例句の合間に挿入される詩論中の随処で実際の作詩について叙述を展開することが、彼の意識を示している。

さらにいえば、第一節で触れた『詩品』の撰者である鍾嶸を「詩人ではないのだから」として、その批評を問題にすらしない態度（第一節、注7）も、これと無関係ではあるまい。皎然の心中において批評と実作とが分かち難く結び付いていたことは、かかる諸点から明らかだろう。この意味で、「天機」という言葉が『詩式』の中にしばしば見られるのは、注目に値する。呉（元）兢と玄監を「「天機」にもとより乏しく」（原文「天機素少」）と評して彼らの秀句集を批判した部分（注49）は、本節でも既に引いたところだが、それ以外にも次の三条（四例）が見出される。

いま両漢（前・後漢）以降、我が唐朝に至るまで、名篇・麗句を、（古今の詩人）合わせて若干名（の詩歌から採集した本書を）、名付けて『詩式』といい、「天機」の無い者でも（これを見ることで）容易く「天機」を（自らに）もたらせるようにした。

後世の才子は、「天機」が高くなかったので、梁・沈約（が提唱した音律上）の煩瑣な規則に惑わされて、無知から尻馬に乗り、迷って（正道に）立ち返れない[63]。

「天機」に乏しい後人らが、無理に詩を古風にして、逆に意気沮喪としてしまった。

「天機」が高くなかったり、乏しかったりすると詩歌が駄目になるなど、好ましくない結果を招くと皎然はいう。この「天機」の概念を創作論に初めて持ち込んだのは、陸機の「文賦」だったと思われる。創作の過程でインスピレーションが得られるのは、「天機」が鋭くなった時だと、そこでは表現する[64]。「天機」という語彙は、創作論の枠を超えれば、漢以前にも使われていた。「文賦」に附す『文選』李善注がうち二例を引いている。次にごく簡略ではあるが、その大意を示しておく。

気持ちの伸びやかでない者は、（真人とは異なって）欲が深いから、その「天機」は浅い。

夔《き》（一本足の怪獣）がムカデに「私は一本の足で飛び跳ねて進むが、それすらままにならぬ。君は無数の足を使いこなすが、どうしてだね」。ムカデは「私も「天機」を動かしているだけで、どうしてこうなるかは分からない」と答えた。ムカデは蛇に「私は多くの足で進むが、足の無い君に敵わない、どうしてだろう」。蛇は「「天機」に動かされてこうなっているだけ、私に足はいらないということさ[65]」。

共に無為自然を宗とする『荘子』に見える寓言である。後者の夔らによる問答に従えば、足の本数やそれが決定する歩行法、即ち生来有している特性が「天機」と呼ばれるらしい。「文賦」に見える「天機」が鋭敏である際には、思いが豊かだというのも、本来は存在しつつも普段は明らかでない天然自然の自己が現出して、人間の内なる思念が湧き出す状態を指すと思しい。

注意すべきは、この「天機」がいつも一定の状態に保たれるわけではないということである。前掲『荘子』の第一条では「眞人」（道を体得した者）に比べ、凡人は欲が深いから「天機」が浅くなると指摘する。言い換えると、欲の如き後天的な要素に左右されなければ、万人はそれなりに等しい「天機」を持つものと考えられる。『詩式』が前掲の「序」（注63）で「「天機」の無い者でも容易く「天機」をもたらせるようにした」と述べるのは、誰しもが本来は天然自然の正しい「天機」を有するという考え方に立つからだろう。『詩式』以外の文章でも、皎然は「天機」の語を用いている。

その（敢えて仏像を建立するという）行動には作為（の気味）も見えるが、（彼の）働きは虚心からなされたものなので、人の「天機」に触れて、並外れた福があると分からせた。[66]

僧・道遵（七一四〜七八四）の遺徳を偲んで著した文章である。迷える衆生を救うために仏像・仏塔を修する道遵の行為が、人々の「天機」に触れたと表現される。それを呼び起こして（仏法に従えば）大きな福を得られると教えることが彼の目的だった、と皎然はいう。僧侶の道遵を追悼すべく著されたため、全体的に仏教の気味が濃い文章となっている。従って、ここでの「天機」は人みな持つ「仏性」の如き、少なくともその要素を含むものと考えるべきだろう。

『詩式』の「天機」重視は、『荘子』や「文賦」（注64・65）に見られる生地のままの自己という古来の意味だけではなく、そこに仏教的な意味をも見出していてこその態度ではなかったか。そして、それは凡人にも会得可能な一種の悟りだと思われる。絶対的な天才だけが、作詩を能くするわけではない。作詩法指南書の性格を持つ『詩式』の撰述という行為自体も、皎然がそのような見解を有したことを示すと思われる。仏僧である彼が当然持っていたはずの「仏性」という概念は、その中で大きく作用したのではないか。かく単純な指摘のみで済ませるべき事柄でもないが、ここでは一言申し添えておくに止める(67)。

本題に戻ろう。詩論書は往々にして例句を評価の定まった、比較的古い作品から採る。世に広く知られた詩を実例として論述を進めた方が、読者に論旨がよりすんなりと伝わるからである。皎然が想定した『詩式』の読者は、もとより作詩経験が皆無の初学者ではあるまい。しかし、その一方で「とりわけ無学者をして言葉を盗る安易さへと引き入れる」、つまり秀句集の挙例を用いて詩句を作る輩を出してしまった、という本節で先に引いた彼の言葉（注49）を思い起こす必要があろう。

皎然が呉（元）兢や玄監の選詩を批判したこの箇所は、当時の名句を集めた文献が読者にとって自作に用いる表現の範例集たる機能を果たしていたと逆の側面から教えてくれる。大量の例句を含む点から見て、『詩式』の読者として作詩の技量を高めようとする「努力の浅い者」（注57の引用にいう「功淺者」）も、皎然の視野には入っていたろう。これと各所に散見する記述、殊に「天機」を覚醒可能とする主張を合わせて考えれば、先行の総集、中でも広く普及していた『文選』所載の作品を多く例句に採ったのは奇異なことでもない。

『文選』を初めとした総集を用いただろう第二の理由に、やや矛盾して聞こえるかもしれないが、詩自体の選択は皎然にとって最重要課題ではなかったことが想像される。即ち、『詩式』の独自性はあくまでも選句で打ち出すべきだ、と皎然はそう考えたのではないか。彼が選詩を疎かにしたというわけでは、決してない。だが、選句をこそ腕の振るいどころと捉えたため、結果的に著名作品を多く含む総集に基づく形となった可能性は高いだろう。

今に伝わらぬ文献がなお数多く存在した中唐の前期に、皎然が何に依拠して選詩・選句を進めたか、それを具体的に示すことは難しい。しかし、選録作品の分析を通じて、その内容がとりわけ上位の格において『文選』などとよく重なる点は、本節で理解された。

手元の別集不足、『詩式』が持つ作詩法指南書としての性格も必然的に既存の総集などへの依存度を高めたであろう点は、容易に推測される。謝霊運詩の事例に象徴されるとおり、『文選』に多くを負う事実は、『詩式』が同書の含む（と信じられていた）文学観を受容した、即ち当時の趨勢に従ったことをまずは示していよう。だが、それは見方によれば個別の詩から選句する際、そこで発揮される鑑識眼に皎然が抱いた自負の表れとも解釈できる。

本節前半で挙げた秀句集や総集に対する皎然の批判は、それらの選録基準に向けたものであった。詩句・詩篇を集めて示す評価の手法を否定したわけでは毛頭ない。むしろ本節で述べた事柄より見て、『詩式』は先行するその種の文献から大きな示唆を受けたと思しい。

第四節で見た如く、『詩式』が一首の詩を収載することは甚だ少なく、同じ作品が部分によって異なる格に割られる場合さえあった。かかる諸点も勘案すれば、『詩式』は総集より南朝・初唐の秀句集の方に連なる詩論書だったといえる。摘句という営為は同書を支える一本の重要な柱であった、前節と本節で論じた内容よりひとまずこの結論が導き出せよう。

第六節　『詩式』と品第法

『詩式』の詩句挙例が『古今詩人秀句』、『文選』といった先行の文献を参考にしたことは、第五節で明らかになった。ただ、『詩式』にはそれらの秀句集や総集とは一線を画する点も見られる。それは引用詩句を「品第」、つまり格付けすることに他ならない。南朝以前の品第と詩歌・書法・絵画などの芸術を対象とした批評の関係は、興膳宏氏が夙に詳しく論じておられる(68)。本節では、その成果に依拠しながら、摘句と共に本章で『詩式』を支える今一本の柱に位置付けようとする品第について考えたい。

複数の評価対象を格付けする批評方法、それを「品第法」という。周知のとおり、中国における品第法の歴史は古く、南朝期には大いに流行し始める。官吏登用に直結する人物鑑定(69)から囲碁の如き遊芸の腕前に至るまで、その使用範囲は広い。芸術批評の分野も、次に挙げる劉宋・虞龢《ぐか》の文章が示すとおり、決して例外ではなかった。

書は同じ一巻の中でも、きっと優劣があります。今ここでは一巻の中で、好いものを初めに置き、下のものを次に、中くらいのものを最後にしました。人が書物を読む際、最初は集中力もありますが、中頃にはだるくなり、そのままずっと進んで、中くらいのものに出会えば、喜んでじっと鑑賞し、巻の終わるのを覚えません。また「旧書目」は帙（の順序）が秩序立っておらず、多くの帙に第一から第十（等）まで（の書跡）が含まれており、抜け落ち散らばっており、巻や帙の品級が異なって（一つにされて）いました。いま巻や帙の所在を書き記して、目録と対応させ、（ある巻帙から次のそれに）渉って収納されるにせよ、結果として誤りや混乱が無いようにしました(70)。

虞龢たちが明帝（在位四六五〜四七二）の旨を奉じて、宮中に蔵せられる書跡の名品を鑑定した報告書が、この「論書表」（「書を論ずる表」）である(71)。二王＊（王羲之・献之父子）は別格として、それ以外の人物の手に成る書跡を、虞龢らは三種に分類したという。彼らのこの作業は、鑑定の他に実際の書跡を表装して、巻子に仕上げることをも含んでいた。ここでは、人間の習性に基づいて、一巻中の排列にも意を凝らし、巻の中頃に見逃しても惜しくない「下のもの」（原文「下者」）を置いた、と述べている。

これより先、同じ宋・孝武帝（在位四五三〜四六四）の治世下で徐爰《じょえん》が宮中所蔵の書跡を整理した際に編んだのが、前掲「論書表」の引用部分に見える「旧書目」である。虞龢たちの作業には、それに対する補正の意味もあった。徐爰と虞龢の法書目録は、共に現存しない。だが、五世紀後半には全体を「第一」から「第十」の十等級に分かったり、「好いもの」（「好者」）、「中くらいもの」（「中者」）、「下のもの」に三分したりする品第が存在したことは、「論書表」から読み取れるはずだ。

いま品第法を芸術批評に利用した文献で、各品級の内容が比較的明確に分かる例を、次の表6–5に年代順で列挙した。『詩式』が個別の詩句に着目するのを除けば、評価の単位、つまり品第の対象は、いずれも作品を生み出す主体（画家・詩人・書家）である。同じ芸術とはいえ、絵画・詩歌・書法という三分野に渉り、時代も広範囲に及ぶので、一概には論じられない。しかし、五世紀から十一世紀までに品第法を用いた芸術批評書の著され続けた様子が、ここより見て取れるだろう。

表6–5所掲の文献で、後世に絶大な影響を与えたのは『詩品』である。時代こそ南斉（四七九〜五〇二）・謝赫《しゃかく》の『古画品録』[72]に遅れるが、幾つかの点で同書は後続の批評書に模倣されることとなる。次に引く評価対象を選択する方針は、その典型といえよう。

> 一つの品級の中では、概ね時代により前後を決め、優劣で順番は付けない。また人が死んで、その文への評価も定まるのであり、故に批評を下した者には、生存者を含まない。[73]

生者を排除して、同一品級の中で個々人の間に明確な形で優劣を論じないのは、この種の批評書では定例となった。[74]『詩式』も、それぞれの格の中ではほぼ詩人の時代順に例句を排列する（第四節、表6–2を見られ

表6－5　南朝から北宋に至る芸術批評書の品第

書名	分野	品第の内容（評価の高い順）	級
古画品録	絵画	第一品、第二品、第三品、第四品、第五品、第六品	6
詩品	詩歌	上品、中品、下品	3
書品	書法	上〔上中下〕、中〔上中下〕、下〔上中下〕	9
書後品	書法	逸品、上品〔上中下〕、中品〔上中下〕、下品〔上中下〕	10
画後品[1]	絵画	上品〔一中下〕、中品〔上中下〕、下品〔上中下〕	9
書断	書法	神品、妙品、能品	3
書估	書法	上估、中估、下估、第一等、第二等、第三等、第四等、第五等	8
書議	書法	十七人の書家を三つの書体ごとに各8～9位まで順位を付ける	－
画断[2]	絵画	神品〔上中下〕、妙品〔上中下〕、能品〔上中下〕	9
詩式	詩歌	第一格、第二格、第三格、第四格、第五格	5
唐朝名画録	絵画	神品〔上中下〕、妙品〔上中下〕、能品〔上中下〕、逸品	10
歴代名画記	絵画	上品〔上中下〕、中品〔上中下〕、下品〔上中下〕	9
琉璃堂墨客図	詩歌	詩仙、詩夫（天？）子、詩宰相、詩大夫	4
琉璃台詩人図	詩歌	詩仙、詩天子、詩宰相、詩舎人、詩進士、詩客	6
詩人主客圖	詩歌	主、上入室、入室、升堂、及門	5
益州名画録	絵画	逸格、神格〔上中下〕、妙格〔上中下〕、能格〔上中下〕	10
五代名画補遺	絵画	神品、妙品、能品	3
聖朝名画評	絵画	神品〔上中下〕、妙品〔上中下〕、能品〔上中下〕	9
続書断	書法	神品、妙品、能品	3

〔　〕はその品級をさらに細分することを示す（例えば上〔上中下〕なら上之上、上之中、上之下ということになる）。「級」の項の算用数字はその批評書に見える品級の合計を示す。

[1]李嗣真『画後品』は逸書なので、品第の内容は『歴代名畫記』に見える引用文より推測した。李嗣真の畫論やその品第については島田修二郎一九五七〔同一九九三、四〇三～四一六頁〕を参照したが、そこでは九品の上に逸品を置いていた可能性に言及する。

[2]『唐朝名画録』巻首「序」

以張懷瓘畫品斷神、妙、能三品、定其等格、上、中、下又分爲三。

『画断』（画品断）は逸書だが、この『唐朝名画録』の撰者である朱景玄自身の序文によって、その品第の内容は推測される。

たい）。第一節で見た「鍾嶸は詩人ではないのだから（詩が分からない）」云々（第一節、注7）以外にも、「鍾嶸は「華やかで豊か」と評しているが、彼の詩論もここに至って、後は見るまでもない[75]」と『詩品』を批判した言葉を皎然は残している。ただし、詩歌批評に品第を導入したのは、何といっても『詩品』が最初である[76]。漢から梁に至る百二十余人の詩人を上中下三つの品級に区分した同書が、先秦より唐に及ぶ詩人の詩句を五つの格に排列する『詩式』に与えた影響[77]は、形式の類似から考えても小さくはなかっただろう。

表6-5でいえば、梁・庾肩吾《ゆけんご》（四八七～五五一）『書品』（『法書要録』巻二）までが、南朝期の批評書である。その後の『書後品』（同巻三）から『詩人主客図』までは、唐人によって著された。ここに挙がる十二もの書名を前にすると、品第法は唐代でもなお芸術批評の有力な手段だったと考えられる。皎然もこういった伝統の影響下に在ったと考えるのが、ごく自然であろう[78]。ただし、一方で品第法が九世紀中頃、つまり皎然の晩年からさほど遠くない時代に批評の形式として、確かに崩壊を迎えつつあった現象も忘れてはなるまい。それが始まったのは、次に引く記述が扱う絵画の領域だった。

> ある人が言った、「むかし張懐瓘《ちょうかいかん》は『書估《しょこ》』を作って、書の等級を甚だ詳細に論じた。君はなぜ古くからの名画を品定めして『画估《がこ》』を作らないのだね」。私は言った、「書と画は道が異なるから、混ぜこぜにしてはならない。書は字数で値段もいえるが、画には値踏みの基準が無い。まして漢・三国の名跡は当世もはや見られない。今の人は古きを尊んで新しきを賤しみ、詳かに鑑定できる者は稀だ。（古えの名跡の）伝存がうまくいって、実物がまだ存在していれば、国家の大変な宝物となっていたであろう[79]」。

「私」は、『歴代名画記』の撰者である張彦遠《ちょうげんえん》自身（八一五?～八七六?）をいう。作者の直筆原稿を必要としない詩歌批評と異なり、書画の世界ではあくまでも真跡を評価対象にせねばならない。だが、時代と共にそれが失われていくのも、また宿命だった。殊に安史の乱（七五五〜七六三）による破壊を経た中唐以降に、漢・三国（前二〇六〜後二八〇）の名跡が見られなくなったという事態の発生は、容易に理解される。

古い絵画が消失した以上、新しい作品をどう位置付けるか、比較のしようが無くなり、結果的に品第は困難となる。現に『歴代名画記』は巻四から巻十までに画家三百七十余人の伝記を録しつつ、品級付けがなされたのは、そのうち百名余に過ぎない。しかも、これらは先行する画論書のそれを引き継いだだけであり、張彦遠が品第に積極的でなかったことを、かえって示していよう。(80)

もとより表6-5所掲の文献が著される一方で、品第法を用いない批評書も、早くから存在していた。(81)皎然と同時代においては、「述書賦」（第四節、注33）がその代表格であろう。(82)第四節でも言及したこの作品は、先秦より唐代に至る書家三百人近くを論評している。対象となる時代は『書断』のそれと同じだが、格付けは行われず書論・批評を賦の本文で、書家の伝記を注で語る形式を取る。

品第が不徹底な『歴代名画記』、それに先立つ非品第式の「述書賦」は唐人が批評手法としての品第に限界を感じていた証拠となる。だが、品第に新機軸を打ち出そうとする動きも、他方には存在した。

表6-5に挙げた『詩人主客図』が唐末の張為《ちょうい》によって撰述されたことは、その一例だろう。張為は同書で唐代の詩人八十余名を詩風から五つに分類して、各々に「主」（代表者）一人を置き、以下「上入室」・「入室」・「升堂」・「及門」の四つの品級に各人を位置付けた上で、それぞれの詩句若干を摘録した。(83)品第と摘句に流派による詩人の分類という要素を加えた新たな試みではあったが、後世の評価は芳しくない。明人が残した批評にはこうある。

張為の『主客図』は、構成が迂遠で、全く噴飯物だ。その批評には、自らの考えもあるにせよ、主客という言い方を始めただけで、鍾嶸が「源は某某に出ている」といったのと、時代こそ異なれ過ちを同じくする。

張為の『主客図』一巻は、妄りに流派を分けて、誤りは全く甚だしい。(84)

南宋・陳振孫（十三世紀）は『詩人主客図』について「近世の詩派の説は、ほとんどがここから出ている」と意義を認めながら、「要は妥当でないものがある」と評している。(85)『詩人主客図』が一旦失われ、現行本は『唐詩紀事』等から復原された輯本でしかないという事実からも、その文学批評史に占める決して高からぬ地位は推して知るべきだろう。結局、『詩人主客図』も芸術批評における品第法の衰勢を挽回できなかったのである。

品第法が危機に瀕し始めた時代に在って、皎然は如何にこの手法を駆使して詩歌を批評したか。『詩式』と他の品第式批評書との最大の相違は、やはり評価の単位が作品の一部か作家かという点に在る。そして、これはその文学史観といった大きな事柄とも関わってこよう。しかし、この問題については次章で論じるとして、ここでは皎然たちが品第法という枠組みに有効性を回復させるべく、どのようにそれを変質させていったかを考える。まず、品級の呼称による品第基準の明確化について述べてみたい。

後世の『詩品』に対する批判は、多く品第の不適切を論じた意見に集約される。具体的には、（某詩人は）「なぜこの品に置かれたのか分からない」、「別の品に置くべき」ということである。(86)芸術批評が結局は個々人の主観による以上、こういった批判を受けるのもやむを得ない。鍾嶸自身が、次のようにいっている。(87)

この三品級の高下は、決まったものというわけではなく、変更の余地はあるのであって、それについては理解ある方々に（格付けをより良くしていただけるように）お願いする。

いま彼を中品に置けば力不足だと思われ、下品に落とすと役不足の憾みがある。（春秋・魯の卿で上席の）季氏と

（同じく下位の）孟氏の間（即ち中品が適当）だろうか。

『詩品』以後の品第による批評書もこの点は一長一短で、明確な品級付けの理由（万人を納得させるものなどありはすまいが）はどれにも見当たらない。大体、表6-5にも見えるとおり、張懐瓘（八世紀）など一人で品第法を用いた書論を三種類も撰述している。書法史の記述と書家の伝を含み各人の技量を主体とした『書断』（『法書要録』巻七・八・九）、書跡の価値（恐らくは当時の美術品取引において通行した金銭的な相場）で品評を行う『書估』（同巻四）、両書に比べれば対象を絞り個々人で順位付けする『書議』（同巻四）。基準は異なるし、各書の成立には相当の時間差も存するが、同一人が重複する対象を扱いながら、これだけ異なった品第が可能なわけである。格付けの理由が不安定たらざるを得ないのも、当然だろう。

ただ、張懐瓘は品第法による芸術批評に新たな要素を残してもいる。その一つが品級の呼称である。「神品」・「妙品」・「能品」（表6-5）という用語は、現存の文献に徴する限り、彼の『書断』・『画断』（後者は「神品」等の各々をさらに三分した）に登場するのが、最初だと思しい。上中下、あるいは一二三……、といった単純に高下のみを示す言葉ではなく、「神」・「妙」・「能」というある種の価値を伴う文字が、これ以後は品級名に用いられ始めた。[88]「ここで神妙能というのは、上中下の呼び名をいったのであって、聖神の神、道妙の妙、賢能の能などではない」[89]と評する向きもあるが、それはこれらの呼称が定型化した後の話であり、本来は何らかの価値判断がそこには存したはずだ。

具体的な呼称以外にも、品級の名前に意味を持たせた『書断』の手法は、後続の批評書に影響を及ぼした。一つ例を挙げよう。[90]

その（神・妙・能の）枠組みの外で通常の法に囚われない者がある、別に逸品を設けて、優劣を示す。

『書断』より三十年早い『書後品』において、「逸品」は単に九品を超える全体の最高位でしかなかった。それが『書断』から一世紀以上遅れる『唐朝名画録』では神・妙・能の諸品には分類できない規格外の芸術家（画人）を置く品級と、撰者自らが定義付けする。[91] 神・妙・能、そして逸の定義とて結局は曖昧である。しかし、盛唐から晩唐に懸けて品級名自体に意味を附与する動きが起こっていたこと、これは『書断』や『唐朝名画録』の例より確かに見て取れる。名称においてではないが、各品級に置く対象の定義付けは早く人物鑑定にその萌芽を見ており、唐代に至って芸術の領域でもそれが顕現したといえよう。[92]

さて、皎然もかかる風潮を敏感に受け止めていたと考えられる。それというのは、新たな品級名であり、かつ芸術上の観念でもあったこの「逸」なる文字が『詩式』の詩論中に頻出するからである。「古人は上格をまた三等に分け、上上逸品などという階級を置いた」という彼の言葉は第三節（注23）で見たところだ。他にも、次のような例が見られる。

古今の「逸格」（といえる最も優れた詩）は、みな（叙述の躍動感が）極致に達している。[93]

これ以外にも第四節で取り上げた「辯体有一十九字」（注31）で「逸［體格閒放曰逸］」という定義を『詩式』は示している。十九字の中で「高」に続く第二字として挙げられる点からも、皎然の「逸」という風格への評価は低くないと思われる。そうだとすれば、『詩式』の品級名はどうであろうか。第三節で挙げた五格の呼称を思い出していただきたい。それは「不用事第一格」、「作用事第二格［亦見前評。有不用事而措意不高］」、「直用事第三格［其中亦有不用事、格稍弱、貶為第三］」、「有事無事第四格［於第三格稍下、故居第四］」、「有事無事情格俱下第五格［情格俱下可知］」というものだった。

最も短くても「事を用い」ないとあり、他は原注と共に説明文と見紛うほどの長さを持つ。品級名及びその注が、そこに置かれる対象物の定義も兼ねる。これは『書断』などと同様に、否、むしろ「神品」等よりよほど細かく品級の内容を規定するといってよい。

こういった品級名を、皎然は意識的に創出したと考えられる。「古来の詩集は、（その選詩が）多くは公平でないし、あるいは公平にしても（評価基準が）明らかでない」と批判して、『詩式』では「数多い作品（評価）の基準を掲げ」たという言葉（前節、注49）からそれは窺い知れよう。品第を用いた批評は、何らかの基準が存在するという前提の下で初めて成立する。ただ、芸術の分野では、絶対的な指標を持たないその特徴も相俟って、方向性を明確に打ち出すことは少ない。品級名という見やすい場所に評価の原則を示した『詩式』は、稀有な例といえる。

もとより、五格の名称に見える「事」の有無や「情」・「格」の高下なども、結局は主観に属する事柄でしかない。ただ、同時代において、品級の名は数字や上中下、またそれらより具体性を帯びつつ神・妙・能、逸といった単独の、なお抽象的な文字で表されるのが普通だった。その中で注を附した文章のような『詩式』の品級名は、品第法に付きまとう評価基準の曖昧さを打破するという意味で、大いに異彩を放つ。

品級名による品第基準の明確化と並んで既存の品第法に『詩式』が附加した新しい要素として、選句理由の提示が次に挙げられる。そもそも、芸術家を品第する際、その作風や人柄、あるいは伝記事実に幾許かのコメントを附すことは、品第式の批評で珍しくもない。しかし、多くの批評書はある芸術家を対象となる母集団から採録する、または採録せぬ理由をごく稀にしか語らない。鍾嶸が格付けにおける苦衷を明かしたこと（注87）は、本節で先に述べたところだが、それは例外である。読者に示されるのは通常、品第した後の結果に止まる。『詩式』による批評の単位は人間ではなく詩句だが、この点でも他書と趣を異にする。挙例の間に挟まれた詩論の一つに、こういう。

評にいう、仲宣の詩にこうある、「城門を出ても見えるものは無く、白い骨が平野を覆っているだけだ。道行く飢えた婦人が、（戦火から逃げ切れぬと）抱いていた子供を草むらに棄てた。振り返って泣き叫ぶ声を聞いても、涙を拭って独り戻ろうとはしない。「我が身の死に場所すら分からぬのに、どうして二人で助かることができましょう」。馬を走らせ（彼女たちを）置いて去ったのは、この言葉を耳にするに忍びなかったからだ」。これらは（直接）見聞したことであるため、悲しみが言葉に表れている。「南にある灞陵《はりょう》の岸辺に登り、振り返って長安を望み見る」に至ると、思いはもはや極まり、言葉を見ても（単純に）悲しんではいない。全篇の工夫は、ここに集中しており、古今の詩人が嘆賞して止まない。末句に「南にある灞陵の岸辺に登り」、「（優れた統治者を思った昔の）下泉の人の気持ちが分かって」というのは、死者は帰らず、何をもって彼らを偲ぼうかということであり、故に「心が奥底まで痛む」と嘆くのだ。沈約はいった、「経書・史書（書物や学問）に依存せず、胸のうちを素直に出す」。（これぞ）詩を知る者だと認められる。このような類は、全て上上の逸品なのだ(94)。

ここに引く「七哀詩」一は、漢末の争乱で荒れ果てた長安から脱出した王粲（字は仲宣）がその折の実体験を詠った作品といわれる。『文選』巻二十三から、この詩の後半部を次に引用しておく。

出門無所見、白骨蔽平原。路有飢婦人、抱子棄草閒。顧聞號泣聲、揮涕獨不還。未知身死處、何能兩相完。驅馬棄之去、不忍聽此言。南登霸陵岸、迴首望長安。悟彼下泉人、喟然傷心肝。

悲惨な状況の中、その婦人は泣き声も無視して、子供を草の中へ置き去りにする。二人一緒に生きるのは無理だという、その言葉を聞くに忍びず、詩の語り手は馬を駆り立ち去って行く。ここまでが、語り手の目と耳を通した情景の描写である。これに対して、後の四句は語り手自身の行動と感慨を叙述する。

灞（覇）陵は長安の近郊に位置する前漢の名君である文帝（在位前一八〇〜一五七）の陵墓だが、その岸辺者に思いを馳せているのだろう。

から王粲は、後ろ髪引かれる思いで、長安を振り返る。「下泉」（泉下と同時に『詩』曹風「下泉」の詩を指す）の句と合わせて、文帝が象徴する太平の御代に生きた過去の、そして現に続く乱世に命を落とした現代の死者に思いを馳せているのだろう。

「王仲宣七哀」と題するこの条に梁・沈約（四四一～五一三）の言葉として引かれる「経書・史書（書物や学問）に依存せず、胸のうちを素直に出す」（原文「不傍經史、直擧胸臆」）という二句は、南朝の文学論として名高い「宋書謝霊運伝論」（『宋書』巻六十七、『文選』巻五十）では、もと「直擧胸情、非傍詩史」に作る。これは「七哀詩」一などの詩句が「詩（歌発展）史」の流れに沿うかはさておき、その胸中を表出する態度は認め得るとの意である。『詩式』は「詩史」を「經史」とする。当時そう作る『宋書』や『文選』があったのか、皎然自身による作為なのか、それは分かりかねる。しかし、「経書・史書に依存せず」云々という言葉をもって、「南登灞陵岸」の一聯、即ち行動・心情の直叙である詩句を好意的に評価する彼の態度は、典故を（そのままには）用いない（「不用事」）詩句を最高位の第一格に置く選録の基準と軌を一にするものだろう。

注目すべきは、皎然の評価が「出門無所見」以下の十句と「南登灞陵岸」以下の二句に格差を付けている点だろう。そして、実際に「南登灞陵岸、迴首望長安」の二句を第一格に挙げるだけで、それ以外は五格のうちで例句とはなっていないのである。(95) なお、この一聯を例に挙げた箇所には、「悲也」の評語が附される。皎然は『詩式』のこれとは別の項で、「（詩情が）極めて悲しげなことが悲だ」と定義する。(96) 同じ悲嘆の表現でも悲しみが直線的に溢れ出した句より、表面上は感傷を抑えながら、思いが極まった様を示す句を良しとする皎然の主張が「王仲宣七哀」条からは見て取れよう。だが、考え方によれば、これは「七哀詩」一から「南登灞陵岸」云々を（例句に）採る理由、他の詩句を採らない理由の表明ともいえる。

紙幅の都合もあって、『詩式』全体を通じても、こういった記述はそう多くない。約五百首の詩から二千ほどの句を採るだけに、一々の詩句について採録の理由を解説するのは、物理的に不可能である。だが、第三節で言及した孟浩然「岳陽楼」への批判が同詩を五格の中に採らない説明になっている（注23）など、これら以外にも類似の例は見られる。むしろ、全例句にコメントできないことが自明であったからこそ、時に挿入される詩論へ相当な力を傾注して、自らの選句における態度を代表させたというべきなのかもしれない。ごく少数の例外とはいえ、他の品第式の批評が対象の採録理由を明確にしない中で、こうした措置は確かに異例だった。この点は、実のところ摘句という形式と大きく関わろう。

評価基準の明確化と選録理由の提示、この両者は表裏一体の関係に在る。これらは作者、あるいはジャンル（書論は小篆・章草等の書体ごとに、画論は山水・人物等の画題ごとに品第する例が往々にしてあり、一人の芸術家が分野によって複数の品級に見える事態も起こり得る）よりもごく小さな詩句を品第の対象とするからこそ可能であったと考えられる。通常の品第式批評書では芸術家、少なくともその一面を捉えることが建前となっている。だが、作品や時期で異なる芸術性を総体として評価する基準など設けられるものだろうか。通常の、つまり長くもない記述で、その全体像を概括するのは、困難といわざるを得ない。

これに対して、詩句を批評の單位、即ち品第の対象としたことで、皎然は曲がりなりにも「事」・「情」・「格」といった概念で評価の基準を総括してみせた。かかる意味において、『詩式』の中で摘句と品第という両要素は、不可分の関係に在ると考えなければなるまい。さらにいえば、それら『詩式』の挙例部分を形作る構成要素はその詩歌理論とも密接に関わっている。本節で見た「王仲宣七哀」（注94）で高く評価された「七哀詩」一の句が第一格に位置付けられているのは、皎然の詩論と挙例とが見事に対応した好例といえる。

ここでは多くを論じるわけにもいかないが、殊に挙例とその間に置く詩論とにこの対応関係は著しい。『詩式』において構造は理論を離れて存し得ないし、逆もまたそのとおりだといえる。本章で、摘句及び品第という構成要素を通して同書の分析を試みた所以である。

おわりに

第六節までで『詩式』の挙例部分に関する構造は、ほぼ明らかにできたと思われる。本章を終えるに当たって、皎然が品第と摘句をそこで用いた意味を少し探ってみたい。まず、南宋初めの詩話類編（既存の詩話を項目別に再編集）の序文が伝える逸話を見ておく。

> 昔ある詩人が神・聖・工・巧の四（つの）品（級）に古今の詩句を分類していた。その（詩歌の句を格付けした）論説を作って半山老人に献じた。半山老人はそれを取りつつ、見もしないで、すぐ尋ねた、「杜甫の「勲功を立てようとして（成らず老いを覚えて）度々鏡を見、出処を思って（意に任せず）独り楼に寄り掛かる」の句はどの品に入るのかね？」。相手は答えられなかった。そこで（相手の論に引っ掛けて）その書を突き返して言った、「鼎の中から肉一切れを食べたら、後は分かるのだろう？」[97]。

この文章は、『苕《ちょう》渓《けい》漁《ぎょ》隠《いん》叢《そう》話《わ》』の編者である胡仔《こし》（一一一〇～一一七〇）自身の手に成る。そこから宰相にして、文化界の重鎮でもあった北宋・王安石（号は半山老人）が、杜甫「江上」詩（『杜工部集』巻一）に見える「動業頻看鏡、行藏獨倚樓」の句を即座に分類できなかった詩人を詩句（肉一切れ）で詩（鼎の料理）が分かるのだろう、と突き放した逸話を引いてみた。ここでは、「神聖工巧」の「四品」に詩句を分類することが、批判の対象とされる。胡仔に先立って宋・阮閲《げんえつ》（十一・十二世紀）も過去の詩話を摘録・排列した『詩話総亀』を編んでいる。阮閲はそこで「忠義」や「諷諭」といった主題ごとに詩歌に関する逸話を引用した。

これに対して、胡仔は『苕渓漁隠叢話』で主人公となる詩人別に詩話が載せる彼らの話柄を収めた。

その理由は、評者の主観によってどうにでも匙加減できる安易な分類式の詩歌批評法を胡仔が批判していた点に在る。「神聖工巧」に詩句を分けた某詩人の逸話を否定的な文脈において引くのも、彼より見てこのように安直な分類は、詩歌批評にそぐわない手法だったことによる。胡仔が主に問題視したのは、詩歌の安易な分類だった。ただし、「神聖工巧」の四文字が持つ意味から考えて、これは分類たると同時に一種の品第でもあったと解するのが妥当だ。(98)

今一つ、好ましくない行為と目されるのは、「摘句」であろう。一部の詩句にばかり目を取られたのでは、詩の全体が見えなくなってしまうという主張が、言外より感じられる。

この『詩式』ばりの品第法と秀句の挙例を用いた論説が退けられた逸話が幾分かの史実、少なくとも時代の雰囲気を伝えるとしたら、それは何か。思うに、その背景には北宋後期、王安石（一〇二一～一〇八六）のような第一級の人物を初めとして多くの知識人が品第と摘句はもはや詩歌批評の手段として力を失ったものと感じていた現象があったのだろう。第六節の表6-5にも明らかな如く、北宋でも黄休復『益州名画録』、劉道醇《りゅうどうじゅん》『五代名画補遺』、『聖朝名画評』、朱長文『続書断』（『墨池編』巻九・十）といった品第法を用いた書画双方の批評書が著される。しかし、その反面で「今もう品級を決めはしない」とわざわざ撰者自らが巻頭で宣言した画論書が象徴するとおり、品第による芸術批評は南宋以降には益々下火となる。(99)先に見た唐代において品第式の批評が衰えゆく過程を思えば、これは当然の帰結だったといえよう。

それでは、摘句の方はどうだろうか。この手法を用いて作られる秀句集は唐末以降、少なくとも詩歌批評史の表面には出てこなくなる。形式の類似からいえば、所謂「句図」は宋代でも少なからず著された。それらは作者・詩体・主題・詩風といった要素に基づいて詩歌を排列する点で各々特徴を持つにせよ、いずれも

第六節で触れた『詩人主客図』、『琉璃堂墨客図』、『琉璃台詩人図』（表6-5、注83）の流れを汲んでいる。[100]だが、これら多くの秀句を列挙した文献が決して文学批評の本流に位置しなかった事実は、周知のとおりである。

確かに、品第は対象物複数の間に優劣を付けるには有効な手法である。しかし、同時に単純な格付けは、きめ細かさを求める芸術批評にそもそも相応しい形式といえるであろうか。また摘句は最も原始的な評価の手法だが、作品から一部を切り出して提示するのみで、後は読者の解釈に委ねるとあっては、厳密な意味における批評法としての有効性を疑問視されても止むを得ない。

品第と摘句の盛衰とは、逆に唐宋間における批評という営みの変質を示していよう。即ち、単純な格付けや挙例から具体的な叙述を主とした評論へ向かう過程がそこに見られる。敢えて付け加えれば、これは「詩話」の登場と関係がある。北宋中期に欧陽脩（一〇〇七～一〇七二）の『六一詩話』撰述によって生まれたこのジャンルに「詩格」は詩学文献としての主流の地位を譲り渡したのである。南宋以降も「詩格」は著され続けるが、それが持つ意味は従来と異なる。つまり高尚な著述とされる詩話と簡便な批評書である「詩格」との間で分業が見られるようになった。本章の範囲を逸脱してしまうが、大雑把にはこう展望できるものと筆者は考える。

詩歌関連の随筆にして詩論をも含む詩話は、その性格上、体系化を志向しない。南宋・厳羽（十三世紀）『滄浪詩話』のような例外を除いて、興味の趣くまま、関心のある作者や作品・詩句を具体的に論じれば事足りるといえよう。この点で、先行する文学批評書である『文心雕龍』や『詩品』が南朝期にしては整然たる体系を備えていたのとは、大きく異なっている。これと対照的に、「詩格」は教則本の性格を有するためもあってか、体系性を持たざるを得ない。具体的にいえば、第四節で見た「辯体有一十九字」（注31）のように風格や作詩技術を類型化したり、前代の詩句を引いて実作の範例に供したりする点がそれに当たる。詩話の場合は詩歌を多く引用しても、そこには「詩格」ほどの網羅性は存しない。先秦から唐代までの秀句を摘録して、品第する『詩式』は、その意味で「詩格」の極点に達したといえる。この摘句と品第によって『詩式』の挙例部分が成る事実は、単に構造的な面ではなく、句を挙げ格付けする批評形式は充分に有効だという同書の詩学認識の点から解釈されるべきだろう。さらにいえば、それは中唐前期における批評の在り方と大いに関係してくる。

秀句集はともかく、皎然が見ていたことの確実な品第式批評書は、『詩式』でも二度言及される鍾嶸の『詩品』だけである（第一節、注7、第六節、注75）。出版や印刷が未発達な当時において書籍が伝播する速度を考えれば、張懐瓘の著作など時代が近い文献ほど、彼が目睹していた可能性は低くなる。それだけに、前節の表6-5所掲の各批評書と『詩式』との間に影響関係を想定することには、なお慎重でありたい。しかし、逸書を含めてこの種の著述が多数存在したことは間違いあるまい。意識すると否とを問わず、皎然がそれらより全く影響を受けなかったとも思えない。

品第法が衰えつつも、なお命脈を保っていたのが唐という時代だった。その中で、皎然は第六節で指摘した品級名による評価基準の明確化、選句理由の部分的な提示という新たな要素を品第式批評に追加した。前者は既に書法や絵画の世界で表れていた「神品」などという品級を更に細かく定義したものである。これに対して、後者は「詩格」というジャンルが本来持ち、『詩式』においてさらに比重を増した詩歌理論の側面を取り込んで成ったといえよう。逆にいえば、皎然は「詩格」と称される領域に品第を持ち込んだことになる。先行する「詩格」にも対偶・声律を論じる必要上、例句の列挙は既に存在した。『詩式』は詩歌の内面へ主題を改めながら、本格的な詩句の格付けを展開させるためにも、この挙例を大幅に拡充させた。

『詩式』の挙例部分に対する品第法の導入は、詩句に明確な評価を下すという点で、皎然にとって意味があったかと思われる。もちろん、これは彼が批評形式としての品第と摘句が衰退しながらも一定の勢力を保っていた唐代中期の人間だったからこその事象だった。しかし、第六節に挙げた『詩人主客図』への酷評（注84）、先に見た王安石の「神聖工巧」という分類に対する反応（注97）、これらは続く時代における品第と摘句の衰退を示す。『詩式』は品第に別の要素を加えたが、結局それも品第法や秀句の挙例による詩歌批評に新しい一頁を開くことは無かった。そもそも例句の列挙を含まない一巻本のみ普及し、また唐・五代・宋を通じて詩論の部分ばかりが諸種の文献に引かれた（詩句を列ねた部分が引用にそぐわないのは確かだが）事実（第二節、表6-1、注10）がそれを象徴していよう。第六節に引いた「王仲宣七哀」条（注94）など宋代の詩話にあったとしても違和感の無い記述は『詩式』に多く見える。かかる意味で、『詩式』は詩話の先蹤でもあった。同書の中で後世の詩論に大きな影響を及ぼしたのは、やはり直截的な詩学理論の方だったのだ。

ただし、それはあくまでも結果に過ぎない。『詩式』が「詩格」（詩論と摘句の要素を含む）を経《たていと》に、品第を緯《よこいと》として両者の複合で成る点は本章より明らかである。そこに雑駁の感を覚えるとすれば、同じ形の批評書が後に出なかったためであり、その無意味さを示すのではない。

これら「詩格」と品第法の融合という恐らく前例も無かった試みは、皎然が新たな詩歌批評の形式を模索していた表れではないか。繰り返していえば、唐から宋に懸けては、「詩格」の隆盛とその卑俗化、個別の批評法として品第・摘句が有した意味の減退などといった時代背景があった。孤立した詩論書として単独に扱うのではなく、それら批評史の大きな流れを把握して初めて、我々は『詩式』がなぜかかる構造を取ったのか理解できるのである。

注

（1）張伯偉一九九四c、六三〜六六頁〔同二〇〇二a、五〜一三頁〕参照。また、前章第二節も見られたい。
（2）『詩式』が後世の詩格に及ぼした影響については張伯偉一九九一、五九〜七五頁〔同二〇〇八、二六〜四八頁〕、同二〇〇二a、一三〜一八頁が参考になる。
（3）賈晋華一九九二cを参照。
（4）彼の祖先については賈晋華一九九二a、同一九九二c、二〜八頁参照。
（5）賈晋華一九九〇、一〇八頁、同一九九二c、一〇〜一二頁参照。
（6）四部叢刊に影宋精鈔本の影印を収める。同書所収の詩文について、本書ではこの四部叢刊本を底本とする。なお底本は異なるが、序文と巻一の訳注に乾源俊二〇一四がある。
（7）『詩式』巻二「池塘生春草、明月照積雪」
　鍾嶸の『詩品』における謝霊運詩評価に反発する文脈の中で、皎然はとりわけ厳しい口調を用いている。

且鍾生既非詩人、安可輒議、徒欲聾瞽後來耳目。
（8）葉夢得『石林詩話』巻中
中閒惟皎然最爲傑出、故其詩十卷獨全、亦無甚過人者。
（9）馬端臨『文献通考』巻二百四十三「経籍考七十・集〔詩集〕」
皎然杼山集十卷　……石林葉氏曰、……其詩十卷、尚行於世、無甚令人喜者、以爲優於唐詩僧、可也。

　厳羽『滄浪詩話』「詩評」

釋皎然之詩、在唐諸僧之上。

　南宋人による前注の引用と通じる批評を二条挙げた。前者にいう「石林葉氏」は葉夢得を指すと思われるが、現存する彼の著作にこの言葉は見えない。ただ、『呉興備志』巻二十七「瑣徴」一は『石林詩話』（葉夢得の著書）を出典として、当該の箇所を引用する。
（10）『詩式』の一巻本は、明代では『続百川学海』、『唐宋叢書』、『説郛』（宛委山堂重刊本）、『古今詩話』、清代では『学海類編』、『詩触』、（何文煥）『歴代詩話』、『談芸珠叢』、『詩法萃編』に収められる。他に日本人によって出版された『杼山集』（『唐三高僧詩集』）附録、明和三年京都秋田屋伊兵衛刊本、『蛍雪軒叢書』所収本が存在する。

(11) この鈔本は『皕宋楼蔵書志』巻百十八「集部・詩文評類」、『静嘉堂秘籍志』巻四十九「集部・詩文評類」、静嘉堂文庫一九三〇、八四九頁に著録される。

(12) 明鈔本は四庫全書存目叢書一九九七、一七〜五三頁に影印が収められる。その冒頭に清・毛奇齢の「毛古愚蔵」、清・周永年の「濟南周氏籍書閣印」の印記が見える。

(13) 『鉄琴銅剣楼蔵書目録』巻二十四「集部六・詩文評類」
詩式五巻［舊鈔本］　唐釋皎然撰并序。此書見直齋書録。邑人顧文寧藏本［巻首有臣榮之印、文寧二朱記］。

(14) 明清鈔本『詩式』については張少康一九九四、一三三〜一三四頁〔同一九九九、二六一〜二六三頁〕に詳しい。なお、北京図書館一九八七、二八七九頁にこの三種の鈔本が、『北京図書館善本書目』巻八「集部下・詩文評類」にはうち清鈔本二種が著録される。また『中国古籍善本書目』巻二十九「集部十一・詩文評類」には北京（現中国国家）図書館所蔵本に加えて、南京図書館に蔵する清鈔本の存在が記される。

(15) 『吟窓雑録』に関しては張伯偉一九九五〔同二〇〇〇a、二六〜四六頁〕、張少康一九九五〔同一九九九、二八八〜三四二頁〕参照。また第九章を見られたい。なお同書について、本書では北京（現中国国家）図書館に残る明鈔本のマイクロフィルムに基づく影印本（中華書局、一九九七年）に拠る。明代の『古詩紀』、『格致叢書』、『詩評密諦』、『鍾伯敬先生硃評詞府霊蛇二集』、『唐音癸籤』、清代の『詩学指南』に見える皎然の詩論は『吟窓雑録』所載のそれに基づくと考えられる。

(16) 興膳宏一九九五a、七〇頁〔同二〇〇八b、二二九頁〕の表に諸文献の引用を補って作成した。

(17) 現行本『詩式』と『詩議』の間に存する文献学的な問題については船津富彦一九五六、同一九五五b、同一九五二〔同一九八六、七〜六五頁〕、許清雲一九八八、五三〜六七頁参照。

(18) 空海が唐に留学したのは、八世紀末に没した皎然の死から約十年後のことであり、この留学期間中に『詩議』を入手したのかもしれない。興膳宏一九八六a、一一二八頁〔興膳二〇〇八b、四〇一頁〕を参照。その意味で『文鏡秘府論』が引用する『詩議』の文献学上の信憑性は高い。なお張伯偉二〇〇二a、二〇一〜二一九頁に『詩議』の解題及び校訂された原文を収める。また、同書については盧盛江二〇〇九、同二〇一三、二二二二〜二二三四・六一一〜六四八・七七〇〜七八九頁に分析が見える。

(19) 「現行の」以下、鉤括弧内は興膳宏一九九五a、六九〜七〇頁〔同二〇〇八b、二三〇頁〕から引用した。

(20) 張伯偉二〇〇二a、『詩式』の解題及び録文はその二二〇〜三四七頁に収める。

(21) 傅增湘一九八三、一五七二頁
唐釋晝公杼山集十卷、詩式五卷、呉城藏書家向未聞有此二本。予今嘉靖閒得文集於鬻書生龐佑、得詩式於陸元大隱君、三年之間爲合璧矣。……東呉閶門柳僉大中識歳月於穹窿山房之三遠齋中、時嘉靖六年四月望後八日也。

清鈔本の一種に見える跋のうち、最も早い文章を引いた。ここに見える陸元大は蘇州の書賈(『夷白斎詩話』)で、彼が嘉靖期に先立つ正徳十四年(一五一九)に刊刻した『李翰林集』が現存する。
(22) 『詩式』巻一「詩有五格」にも、これら五つの格の名称は見えるが、やや文字が異なる。例えば、「不用事第一格」に「已見評中」という注を附したり、第二格に見える原注の「前評」を「評中」に作ったりしている。「評中」や「前評」は、第一・第二の両格だけ十九種の文字をもって詩の風格を評していることを指していよう。注31を見られたい。
(23) 『詩式』巻二「評曰古人於上格」
評曰、古人於上格分三品等、有上上逸品。今此評不同、但以格情並高、可稱上上品、不合分三。又雖有事非用事、若論其功、合入上格。又有三字物名之句、仗語而成、用功殊少。如襄陽孟浩然云、氣蒸雲夢澤、波撼岳陽城。自天地二氣初分、即有此六字。假孟生之才、加其四字、何功可伐、即欲索入上流邪。若情格極高、則不可屈。若稍下、吾請 降之於高等之外、以懲後濫。如此、則詩人堂奥非好手安扃其樞哉。又宮闕之句、或壯觀可嘉、雖有功而情少、謂無含蓄之情也。宜入直用事中、不入第二格、無作用故也。
(24) 皎然と部分的にでも人生が重なる詩人で第二格に詩句を挙げられるのは孟浩然(二首十句)、王維(一首四句)のみである(彼らに先立つ唐の詩人は六人で計十四首六六句)。なお第一格は梁以前の詩が対象なので、第二格に詩句を採られれば、唐人としては『詩式』において最高の評価を受けたことになる。第四節、表6-2の第二格を参照されたい。
(25) P二五六七に「洞庭湖作」と題して、皎然が批判した一聯を含むこの詩の前四句を収める。ただし、「波撼」の「撼」を「動」に作る。
(26) この年代は徐俊二〇〇〇、四二～四三頁の推定による。
(27) これについては、中森健二二〇〇〇、二二四～二二五頁の表1及び二三〇～二三二頁参照。
(28) 主に中国語圏における皎然の詩学に関する論著の回顧・整理としては、余翔・林国良二〇一一、甘生統二〇一二、一～一六、二三三～二四七頁が比較的新しい。そこに挙がる研究の多くに比べて、例句の列挙にも考察の及んでいる論文として、興膳宏一九九五a、同一九九七〔同二〇〇八b、二二七～二六五頁〕、中森健二二〇〇〇などがある。また赤井益久二〇〇八にも、『詩式』の分析に関して本書後編に通じると思しき問題意識が見られる。

(29)『白蓮集』巻四「寄南徐劉員外」二
書公評衆製、姚監選諸文。

同巻八「寄呉拾遺」

新作將誰推重輕、皎然評裡見權衡。

「晝公」は皎然（字は清昼）を指す。「姚監選諸文」は姚合（官は祕書監）が唐人選唐詩の一種である『極玄集』を撰したことをいう。

(30) 巻三「直用事第三格」に沈佺期「古鏡」詩からの例句を引く。宋の文献にこの詩は見えず、明清の別集・総集は『詩式』に基づいて、同じ句を収めるのみである。その一方でＳ二七一七『珠英集』には、『詩式』所引の詩句を含む詩篇を載せる。

(31) 高・逸・貞・忠・節・志・気・情・思・徳・誡・閑・達・悲・怨・意・力・静・遠の十九字。五代・王玄『詩中旨格』「擬皎然十九字体」（『吟窓雑録』巻十四）にも同じ文字が、同じ順番で見える。従って、十九字の内容と順序とは、後世における伝写の過程でそうなったのではなく、皎然自身の原著どおりだった可能性が少なからずある。詩の風格を十九という半端な種類に分かつ背景には、本格的な五言詩の開祖として著名で、また『詩式』もそこから多くの例句を採る「古詩十九首」（『文選』巻二十九）に対する意識があったのかもしれない。

(32) 興膳宏一九九七、七～一〇頁〔同二〇〇八ｂ、二五〇～二五三頁〕が両者の関連について指摘する。

(33)「述書賦」は『法書要録』巻五・六に収められ、「字格」はその最後に附されている。

(34) 中森健二二〇〇〇、二三三頁。

(35) 逯欽立一九八三や清代の『全唐詩』がこれに当たる。

(36)『詩式』巻二「西北有浮雲」
魏文帝詩：「西北有浮雲、亭亭如車蓋。惜哉時不遇、適與飄風會。吹我東南行、行行至呉會」［意也］。
本文でいう「全詩を引くかに見える」とは『詩式』の挙例と他の現存文献とを比較して両者に収める句数が一致することを指す。ここに挙げたとおり、第二格の例句として六句を引く「雑詩」一は、『文選』巻二十九に八句から成る形で収録される。この場合、本来は『詩式』も全八句を採っていたが後に末尾の二句を欠いた、あるいは皎然自身が当該の詩は六句で構成されると信じていたという可能性も想像できなくはない。ただし、いずれも確証は無いので、「全詩を引くかに見える」例には含まない。

(37) 現に表6-2の第四格132・134の詩は他の文献にはそれぞれ八句、十句から成る形で収められるが、『万首唐人絶句』はこれらより四句のみ切り取って絶句として採録している。

(38) 例えば、注30で言及した「古鏡」(表6-2第三格93)は元来、『詩式』に見える六句しか知られなかったが、のち敦煌文献の發見によって、全体で十六句から成ることが分かった。

(39) 『詩式』巻一「文章宗旨」、巻二「池塘生春草、明月照積雪」、『詩議』(『文鏡秘府論』南巻「論文意」所引)に謝霊運の名が見える。中でも『詩議』、「文章宗旨」には、謝霊運を古今第一の詩人と捉えるかのような評言が見られる。

(40) 唐人の謝霊運観は、伊藤正文一九五九、二五〜三一頁(同二〇〇二、五一〇〜五一七頁)が多くの材料を元に分析している。

(41) 『詩格』(『文鏡秘府論』南巻「論文意」所引)

漢魏有曹植、劉楨、皆氣高出於天縱、不傍經史、卓然爲文。從此之後、遞相祖述、經綸百代、識人虚薄、屬文於花草、失其古焉。中有鮑照謝康樂、縱逸相繼、成敗兼行。至晉宋齊梁、皆悉頽毀。

(42) 『詩格』の成立・流行についての専論に、李珍華・傅璇琮一九八八(傅一九九九、一五一〜一八〇頁)がある。同書は空海自身が唐土から将来した文献であり(第八章「おわりに」、注85)、皎然も『詩式』でその説を引くから(同「はじめに」、注5)、遅くとも八世紀末には成立していた。なお第五章第二節、注24も見られたい。

(43) 「摘句」という詩歌の批評法、それにより成立した「秀句集」というジャンルについては張伯偉一九九〇(同二〇〇〇a、二三五〜二四八頁)、それを増補した同二〇〇二b、三二六〜三四五頁、馬歌東二〇〇三(同二〇一一、二〇五〜二二七頁)に詳しい。また、関連の研究書に周慶華一九九三がある。

(44) 陸機「文賦」(『文選』巻十七)

或文繁理當、而意不指適。極無兩致、盡不可益。立片言而居要、乃一篇之警策。雖衆辭之有條、必待茲而效績。亮功多而累寡、故取足而不易。

張少康二〇〇二、一五四頁の注8がこれに関する諸家の解釈を集めていて、参考になる。

(45) 『文心雕龍』「隱秀」

隱也者、文外之重旨者也、秀也者、篇中之獨拔者也。隱以複意爲工、秀以卓絶爲巧、斯乃舊章之懿績、才情之嘉會也。

なお「警策」はそれだけ摘出したのでは、大した名句でもないが、文脈の中に置いてこそ、全体の有機性を高める句だという理解が銭鍾書一九七九、一一九六～一一九八頁に見えており、傾聴に値する議論だと思う。『詩式』は一首の詩歌から例句を最大で十六句まとめて引く場合もあり、また過半数が四句で一例を成しており、よりすぐりの詩句に必ずしも拘泥しているわけではないようだ。この点は、後世の句図が通常一聯（二句）をもって秀句を引くのと異なる。『詩式』の採録詩句数は中森健二二〇〇〇、二三三頁の表5に拠った。

(46) 魏晋期に始まる秀句重視、秀句集編纂の沿革については、興膳宏一九九三〔同一九九五b、七一～九六頁〕に詳しい。

(47) 呉季徳は諱が憑で、季徳は字と思われる。皎然が呉憑に贈った詩が残っている。賈晋華一九九二c、一三五頁参照。

(48) 『詩式』の撰述に至る経緯は賈晋華一九九二c、一三四～一三五頁の他、第八章「はじめに」、注7を見られたい。

(49) 『詩式』巻一「重意詩例」

疇昔國朝協律郎呉兢與越僧玄監集秀句、二子天機素少、選又不精、多採浮淺之言、以誘蒙俗。特入瞽夫偸語之便、何異借賊兵而資盜糧、無益於詩教矣。

同巻一「品藻」

評曰、古來詩集、多亦不公、或雖公而不鑑。今則不然。與二三作者縣衡於衆製之表、覽而鑑之、庶無遺矣。

(50) 羅根沢一九五七b、二七～二八頁は、呉兢と元鑑（玄監）が『続古今詩人秀句』（注52参照）を共編したと解する。

(51) 王利器一九八三、三五六頁の注5、李壮鷹二〇〇三、四四頁の校7、周維徳一九九三、二六頁の注5が、この立場から「呉兢」を「元兢」に読み替える。

(52) 『日本国見在書目録』「卅　總集家」

古今詩人秀句二〔元思敬撰歟〕

『旧唐書』巻百九十上「文苑伝上・元思敬」

元思敬者、總章中爲協律郎、預修芳林要覽、又撰詩人秀句兩巻、傳於世。

『新唐書』巻六十「芸文志四・丁部集録・総集類」

元思敬詩人秀句二巻

同巻六十「芸文志四・丁部集録・文史類」

元兢古今詩人秀句二巻

『宋史』巻二百九「芸文志八・文史類」
僧元鑑續古今詩人秀句二巻
『崇文総目』（銭東垣等集釈本）巻五「集部・文史類」
古今詩文秀句二巻　元兢編　續古詩人秀句二巻　僧元鑑編
玄と元は通用し（元は宋代の避諱による玄の代用字）、監と鑑はいずれかが誤字だろうから、玄監と元鑑は同一人物と考えられる。また『崇文総目』に見える「古今詩文秀句」、「續古詩人秀句」は、そこに附す秦鑑の按語が指摘するようにそれぞれ「古今詩人秀句」、「續古今詩人秀句」の誤りである。

(53) 典拠である『文鏡秘府論』は従来知られていた諸本共にこの文章をどこから引用したか、明示しない。内藤虎次郎一九一二、一〇五～一〇六頁（同一九六九b、七五頁）が『古今詩人秀句』の序だろうと推測し、小西甚一一九四八、四二～四三頁の詳しい考証を経て、概ねその同定が認められてきた。今日では六地蔵寺本『文鏡秘府論』に見える該当箇所の眉注に「元兢古今詩人秀句後序曰」とあることから、これが元兢『古今詩人秀句』の「後序」だと立証できる。六地蔵寺一九八四、四六一頁に当該の眉注を含む箇所が影印されている。なお元兢とその著述については、早くに中澤希男一九六五が著されている。また、盧盛江二〇一三、六九〇～六九六頁にも「後序」に関する分析が見える。

(54) 元兢「古今詩人秀句後序」（『文鏡秘府論』南巻「論文意」所引）
或曰、晩代銓文者多矣。至如梁昭明太子蕭統與劉孝綽等、撰集文選、自謂畢乎天地、懸諸日月。然於取捨、非無舛謬。方因秀句、且以五言論之。至如王中書霜氣下孟津及遊禽暮知返、前篇則使氣飛動、後篇則縁情宛密、可謂五言之警策、六義之眉首。棄而不紀、未見其得。及乎徐陵玉臺、僻而不雅、丘遲抄集、略而無當。此乃詳擇全文、勒成一部者、比夫秀句、措意異焉。似秀句者、抑有其例。皇朝學士褚亮、貞觀中、奉勅與諸學士撰古文章巧言語、以爲一卷。至如王粲灞岸、陸機尸鄉、潘岳悼亡、徐幹室思、竝有巧句、互稱奇作、咸所不錄、他皆效此。諸如此類、難以勝言。借如謝吏部冬序羇懷、褚乃選其風草不留霜、冰池共明月、遺其寒燈耿宵夢、清鏡悲曉髮。若悟此旨、而言於文、每思寒燈耿宵夢、令人中夜安寢、不覺驚魂、若見清鏡悲曉髮、每暑月鬱陶、不覺霜雪入鬢。而乃捨此取彼、何不通之甚哉。褚公文章之士也。雖未連衡兩謝、實所結駟二虞、豈於此篇、咫歩千里。良以箕畢殊好、風雨異宜者耳。余以龍朔元年、爲周王府參軍。時東閣已建、與文學劉禕之、典籤范履冰、期竟撰成此錄。王家書既多缺、私室集更難求、所以遂歴十年、未終兩卷。今剪芳林要覽、討論諸集、人欲天從、果諧宿志。常與諸學士覽小謝詩、見和宋記室省中、詮其秀句、諸人咸以謝行樹澄遠陰、雲霞成異色爲最。余曰、諸君之議非也。何則、行樹澄遠陰、雲霞成異色、誠爲得矣、抑絶唱也。夫夕望者、莫不鎔想煙霞、錬情林岫、然後暢其清調、發以綺詞。俯行樹之遠陰、瞰雲霞之異色、中人已下、偶可得之。但未若落日飛鳥還、憂來不可極之妙者也。觀夫落日飛鳥還、憂來不可極、謂捫心罕屬、而擧目增思、結意惟人、而緣情寄鳥。落日低照、即隨望斷、暮禽還集、則憂共飛來。美哉玄暉、何思之若是也。諸君所言、竊所未取。於是咸服、咨余所詳。余於是以情緒爲先、直置爲本、以物色留後、綺錯爲末。助之以質氣、潤之以流華、窮之以形似、開之以振躍。或事理俱愜、詞調雙擧。有一於此、罔或孑遺。時歷十代、人將四百、自古詩爲始、至上官儀爲終。刊定已詳、繕寫斯畢。實欲傳之好事、冀寄之知音。若斯而已、若斯而已矣。

『隋書』巻三十五「経籍志四・集・総集」注、『新唐書』巻六十「芸文志四・丁部集録・総集類」は共に丘遅『集鈔』四十巻を著録しており、ここの引用に見える「丘遅抄集」はその書名を誤倒したものと思われる。なお、この文章には底本に附す興膳宏氏の翻訳の他、京都大学中国文学研究室二〇〇八、一八八～二〇三頁に収める板倉明里氏の訳注がある。

(55) これについては清水凱夫一九七六、二一三～二一五頁、同一九九四、四四～五〇頁〔同一九九九、一五七～一六〇、三七六～三八四頁〕参照。このような分析の対象となっている点からも分かるように、彼らは梁初の詩壇では声望の高い文人だった。中でも何遜は盛唐期においても、相当な評価を受けていた。伊藤正文一九五九、三八～三九頁〔同二〇〇二、五二六～五二七頁〕参照。

(56) 『詩議』（『文鏡秘府論』南巻「論文意」所引）

何水部雖謂格柔、而多清勁、或常態未剪、有逸對可嘉、風範波瀾、去謝遠矣。

皎然等「四言講古文聯句」（『昼上人集』巻十）

呉均頗勁、失於典裁［晝］。竟乏波瀾、徒工邊塞［晝］。

前者では、部分的に「謝」（謝朓）を超えると何遜（官は水部員外郎）を賞賛している。後者はこれだけ見れば短所の指摘に過ぎないが、他の名立たる文学者と並べて彼に言及した点は一面、皎然（「晝」はその字「清昼」の略称）の呉均に対する高評価を窺わせる。なお、呉均は『詩式』の執筆協力者だった呉季徳（注47）の祖先で、皎然とは同郷の詩人である。しかしこの種の特殊な縁故だけが、その詩句を採録した理由ではあるまい。

(57) 『詩式』巻五「夫詩人造極之旨」

今所撰詩式、列爲等第、五門互顯、風韻鏗鏘。使偏嗜者歸于正氣、功淺者企而可及、則天下無遺才矣。時在呉興西山、殊少詩集、古今敏手、不無闕遺。俟乎博求、續更編次、冀覽之者悉此意焉。

(58) もちろん、別集から選句した場合も、少なからずあったろう。例えば『昼上人集』巻六に「五言読張曲江集」という詩が見える。これは皎然が張九齢の別集、即ち『曲江集』を読んでいたことを示す。

(59) 『隋書』巻三十五「経籍志四・集・別集」

宋臨川内史謝靈運集十九巻〔梁二十巻、録一巻〕

『旧唐書』巻四十七「経籍志下・丁部集録・別集類」

謝靈運集十五巻

『旧唐書』「経籍志」は開元期に成った『群書四部録』を編者の一人が簡略化した『古今書録』に基づく。宮中の蔵書という特殊な文庫の目録だが、盛唐期に十五巻から成る謝霊運の集があったことは疑い得ない。この中には文章も含まれていたはずだが、詩も多くを占めていただろう。

(60) 隋唐における文選学の沿革、李善注・五臣注等の注釈撰述を始めとするその盛行を全体として捉えた研究書に汪習波二〇〇五がある。

(61) 『文府』の編纂に関する諸書の記事をまとめて、大意を記した。『文府』や次に挙げる『擬文選』・『続文選』については陳尚君一九九二、九七頁〔同一九九七、一九九～二〇〇頁〕参照。

(62) 梁・昭明太子の「事出於沈思、義歸乎翰藻」(『文選』巻首「文選序」)という言葉は、長く『文選』全体の選録基準を象徴すると考えられてきた。実際の作品選択についてのまとまった考察としては清水凱夫一九八四、同一九九二、同一九八三〔同一九九九、一七一～二五三頁〕がある。

(63) 『詩式』巻一「序」

今從兩漢已降、至於我唐、名篇麗句、凡若千人、命曰詩式、使無天機者坐致天機。

同巻一「明四声」

後之才子、天機不高、爲沈生弊法所媚、懵然隨流、溺而不返。

同巻五「復古通変体〔所謂通於変也〕」

後輩若乏天機、強傚復古、反令思擾神沮。

なお、「天機」という言葉こそ用いないが、『詩式』によって詩歌の正しい在り方を人々に理解させたいとする希望は、注57に引いた巻五「夫詩人造極之旨」の一節にも見える。

(64)「文賦」(『文選』巻十七)
若夫應感之會、通塞之紀、來不可遏、去不可止。藏若景滅、行猶響起。方天機之駿利、夫何紛而不理。思風發於胸臆、言泉流於脣齒。紛威蕤以馺遝、唯毫素之所擬。文徽徽以溢目、音泠泠而盈耳。

(65)『荘子』内篇「大宗師」
古之眞人、其寢不夢、其覺无憂、其食不甘、其息深深。眞人之息以踵、衆人之息以喉。屈服者、其嗌言若哇。其耆欲深者、其天機淺。

同外篇「秋水」
夔謂蚿曰、吾以一足跉踔而行、予无如矣。今子之使萬足、獨奈何。蚿曰、不然。子不見夫唾者乎。噴則大者如珠、小者如霧、雜而下者不可勝數也。今予動吾天機、而不知其所以然。蚿謂蛇曰、吾以衆足行、而不及子之無足、何也。蛇曰、夫天機之所動、何可易邪。吾安用足哉。

(66)「蘇州支硎山報恩寺法華院故大和尚碑序」(『昼上人集』巻九)
跡雖有作、功乃無爲、接人天機、使有殊常之福。

(67)『詩式』における「天機」の概念については、劉衛林二〇〇四が仏教との関係から分析を加えている。

(68)興膳宏一九七九〔同二〇〇八a、三一六～三四一頁〕に見える。

(69)後漢に著された『漢書』巻二十「古今人表」が、先秦の著名人を上上・上中・上下・中上・中中・中下・下上・下中・下下の九階級に格付けする。さらに純粋な品第ではないが、魏の『人物志』「九徴」では、人間を聖人・兼材・偏材・依似・間雑の五つの傾向に分類している。また任官候補者を時の政府が一品から九品に位置付けて、これがその後の官界における昇進を左右する魏晋南北朝期の「九品官人法」については贅言するまでもない。

(70)一品から九品という九つの品級より成る当代棋人番付表の如き文献が、複数存在した。興膳宏一九七九、一二二頁〔同二〇〇八a、三二二頁〕参照。

(71)「論書表」(『法書要録』巻二)
凡書雖同在一卷、要有優劣。今此一卷之中、以好者在首、下者次之、中者最後。所以然者、人之看書、必鋭於開卷、懈怠於將半、既而略進、次遇中品、賞悦留連、不覺終卷也。又舊書目帙無次第、諸帙中各有第一至於第十、脱落散亂、卷帙殊等。今各題其卷帙所在、與目相應、雖相涉入、終無雜謬。

なお、「論書表」と品第法との関係については谷口鉄雄一九六六〔同一九七三、一一五〜一三四頁〕参照。その冒頭部で指摘されているが、王僧虔『論書』（『法書要録』巻一）「王珉」条に『書旧品』という書名が見えており、南斉の初めには書法について品第を用いた文献が著されていた事実が窺われる。

(72)『古画品録』（一名『画品』）は現行本では六つの品級を設けるが、元来は三乃至四品等だった可能性があるなど、テクストに混乱が見えており、後世の品第法による批評書に与えた影響も明確にはし難い。これについては、中村茂夫一九六四、六五〜一三五頁〔同一九六五、一三九〜二一〇頁〕を参考にした。なお、注74も参照されたい。

(73)『詩品』中「序」

序曰、一品之中、略以世代爲先後、不以優劣爲詮次。又其人既往、其文克定、今所寓言、不錄存者。

(74) これに対して、先行する『古画品録』は表向き六品だが実際は各画人をより細かく個人としてランク付けし、またその中にはわずかだが同書撰述の時点における生存者を含んでいた。興膳宏一九七九、一二六〜一二七頁〔同二〇〇八a、三三〇〜三三二頁〕参照。後世この種の批評書で通例となるのは『詩品』の方針であり、その影響力の大きさが窺われる。

(75)『詩式』巻二「西北有浮雲」

鍾嶸所評華美體贍、鍾子一節至此、其餘不足觀矣。

皎然から見て覇気が無い魏・文帝「雑詩」二（『文選』巻二十九）を鍾嶸が『詩品』中「魏文帝詩」で褒めたのに反発している。

(76)『詩品』以前で、全篇に渉って品第を用いた文学批評の著作が存在したという記録は、現存しない。鍾嶸自身も『詩品』巻首「序」で作者・作品間に優劣を決した総集・批評書の無い状況に不満を覚えたが、品第法による詩歌批評書撰述を考えていた梁・劉絵が死亡したため、彼がその志を継いだという意味のことを述べる。興膳宏一九七九、一一九・一二五頁〔同二〇〇八a、三一六〜三一七・三二八頁〕参照。

(77) 例えば、『詩式』巻一で「序」の他に「中序」を設けるのは、『詩品』が各巻に序を置くことに倣ったらしい。だが、これは『詩品』の構造を皎然が誤解したためである。張伯偉一九九九、一六三頁参照。

(78) 表6-5に見える『書後品』と『画後品』は共に李嗣真の手に成る。彼には他にも『詩品』（『書後品』「序」と『新唐書』巻六十「芸文志四・丁部集録・総集類・文史類」に見える。逸書）という著作があったらしく、書名より品第法を用いた詩歌批評書だったと思われる。これら諸書の存在から早くも初唐の李嗣真が相互横断的に詩書画の三分野で品第によって批評を行うことに抵抗感を覚えなかったと分かる。興膳宏一九七九、一三一頁〔同二〇〇八a、三三八～三三九頁〕を参照。また盛唐の張懐瓘も書画双方の分野で『書断』、『書估』、『書議』と『画断』を著している。それだけに、同時代の皎然が書法・絵画といった隣接する諸芸術より詩歌批評の方法について啓発された可能性は無視できない。

(79)『歴代名画記』巻二「論名価品第」

或曰、昔張懐瓘作書估、論其等級甚詳。君曷不詮定自古名畫爲畫估焉。張子曰、書畫道殊、不可渾詰。書即約字以言價、畫則無涯以定名。況漢魏三國、名蹤已絶於代。今人貴耳賤目、罕能詳鑑。若傳授不昧、其物猶存、則爲有國有家之重寶。

(80)『歴代名画記』とそれに先立つ画論書の品第との関係は、高橋善太郎一九六三を参照。

(81)早くは『文心雕龍』が品第（相互比較）の要素を避けた上で、文学批評を展開している。竹田晃一九八五、同一九八六を参照。

(82)大野修作一九九八〔同二〇〇一、四五～六九頁〕が既に品第法の崩壊などを通して、「述書賦」を論じている。

(83)『詩人主客図』の全体に関する専論に王夢鷗一九八五〔同一九八七、二〇四～二一五頁〕、楊明一九九三〔同二〇〇五、二七三～二八五頁〕、陳才智二〇〇二〔同二〇〇七、五八～九九頁〕がある。なお、やはり表6-5に掲げた『琉璃堂墨客図』と『琉璃台詩人図』については、第三章第一節、注22を見られたい。

(84)明・胡応麟『詩藪』外編巻三「唐・上」

張爲主客圖、義例迂僻、良堪噴飯。然其所詮、亦自有意、特創爲主客之説、與鍾嶸謂源出某某者、同一謬悠耳。

明・胡震亨『唐音癸籤』巻三十二「集録三・唐人詩話」

張爲主客一圖、妄分流派、謬僻尤甚。

なお前者の「與鍾嶸謂源出某某者」は『詩品』が批評の対象とした詩人の約三分の一について、「（A）其源出B」、「（A）祖襲B」、「（A）憲章B」（BはAに先立つ人物）と各人の間に鍾嶸が想定した師承・影響に関してコメントすることを指す。

(85)『直斎書録解題』巻二十二「集部・文史類」

唐詩主客圖一巻　唐張爲撰。……近世詩派之説、殆出於此。要有不然者。

「唐詩主客圖」は『詩人主客図』の別名である。

(86)張伯偉一九九九、一九七～二三九頁が、『詩品』に対する後世の批評を多数集めている。中でも品第が妥当ではないといって、その非を鳴らす意見が少なくない。

(87)『詩品』中「序」

至斯三品升降、差非定制、方申變裁、請寄知者爾。

同中「晋司空張華詩」

今置之中品疑弱、處之下科恨少、在季孟之閒矣。

(88) 人物鑑定の世界では既に「漢書古今人表」がその九階級のうち上上・上中・上下・下下の四つを各々聖人・仁人・智人・愚人と定義付けており、また『人物志』「九徴」も「聖人」等の意味を有する分類の呼称を用いている。注69を参照されたい。

(89)『続書断』上「品書論」

此謂神妙能者、以言乎上中下之號而已、豈所謂聖神之神、道妙之妙、賢能之能哉。

(90) 朱景玄「序」(『唐朝名画録』巻首)

其格外有不拘常法、又有逸品、以表其優劣也。

(91) 唐宋の品第と「逸品」や「逸格」との関係は島田修二郎一九五一〔同一九九三、三〜四四頁〕、中田勇次郎一九七八、六〜九頁〔同一九八四、三一五〜三一九頁〕参照。なお、「逸」と形容される規格外の風格を持つ芸術は、先行の作品と比較する術が無い。これも、品第式の批評を衰えさせる原因だった。大野修作一九九八、三一四〜三一五頁〔同二〇〇一、四八〜四九頁〕参照。

(92)『南史』巻七十六「隠逸伝下・阮孝緒」

乃著高隱傳、上自炎皇、終于天監末、斟酌分爲三品。言行超逸、名氏弗傳、爲上篇。始終不耗、姓名可錄、爲中篇。挂冠人世、栖心塵表、爲下篇。

『北夢瑣言』(『太平広記』巻二百「文章三・韓定辞」所引)

韓曰、昔梁元帝爲湘東王時、好學著書、常記錄忠臣義士及文章之美者。筆有三品、或以金銀雕飾、或用斑竹爲管。忠孝全者用金管書之、德行清粹者用銀筆書之、文章贍麗者以斑竹書之。故湘東之譽、振於江表。

前者に拠れば、梁・阮孝緒は『高隠伝』の中で隠者を隠逸の徹底度により三段階に分けたと知られる。興膳宏一九七九、一三二頁〔同二〇〇八a、三四〇頁〕を参照。後者は筆記(随筆)の記事でもあり、直接には品第とは関わらないが、梁・元帝は忠臣義士らの伝記(『金楼子』「著書」に見える『忠臣伝』を指すか)を著す際に、彼らを三段階に分けて、執筆に用いる筆に差を付けたという。このような品級自体の定義付け（なお明確な指標ではないが）は、『詩品』などには見られない。

（93）『詩式』巻一「明勢」
古今逸格、皆造其極妙矣。

なお次注に引く「王仲宣七哀」にも「上上逸品」という言葉が見える。

（94）『詩式』巻一「王仲宣七哀」
評曰、仲宣詩云、出門無所見、白骨蔽平原。路有饑婦人、抱子棄草間。顧聞號泣聲、揮涕獨不還。未知身死處、何能兩相完。驅馬棄之去、不忍聽此言。此中事在耳目、故傷見乎辭。及至南登灞陵岸、回首望長安。察思則已極、覽辭則不傷。一篇之功、併在於此、使今古作者味之無厭。末句因南登灞陵岸、悟彼下泉人、蓋逝者不返、吾將何親、故有傷心肝之歎。沈約云、不傍經史、直舉胸臆。吾許其知詩者也。如此之流、皆名爲上上逸品者矣。

「直舉胸臆」の「舉」は諸本いずれも「率」に作るが、底本が「宋書謝霊運傳論」に拠って改めたのに従う。

（95）前注に引く「王仲宣七哀」で評価された「悟彼下泉人」が例句に挙げられぬ理由は、分からない。強いて穿鑿すれば、それはこの句が『毛詩』曹風「下泉」の典故を用いるため「不傍經史、直舉胸臆」に適わないからだろうか。もちろん、流伝の過程における単純な脱誤の可能性もある。なお「不傍經史」や「直舉胸臆」という特徴を持つ詩文を肯定的に捉える視点は『詩格』（注41）、及び『詩式』より少し遅れる次の文章に見える。
唐・呂温「道州刺史庁後記」（『呂和叔文集』巻十）
賢二千石河南元結、字次山、自作道州刺史廳事記、既彰善而不黨、亦指惡而不誣。直舉胸臆、用爲鑑戒、昭昭吏師、長在屋壁。

（96）『詩式』巻一「辯体有一十九字」
傷甚曰悲。

「辯体有一十九字」では、多くの文字が四字句で意味付けられる。そのため脱文も疑われるが、諸本いずれも「傷甚」という二字に作っており異同は無い。

（97）胡仔「序苕渓漁隠叢話」（『苕渓漁隠叢話』前集巻首）
昔有詩客、嘗以神聖工巧四品分類古今詩句、爲説以獻半山老人。半山老人得之、未及觀、遽問客曰、如老杜勳業頻看鏡、行藏獨倚樓之句、當入何品。客無以對。遂以其説還之曰、嘗鼎一臠、他可知矣。

(98) 『黄帝八十一難経』「神聖工巧」

六十一難曰、經言望而知之者謂之神、聞而知之者謂之聖、問而知之者謂之工、切脉而知之者謂之巧。

患者を望み見る、その声を聞く、問診する、脈を取る、どの診察行為によって病気を把握できるか、その各段階をここでは「神聖工巧」と表現している。即ち、これは「神」を最高位とする四つの品級から成る品第だったと考えてよい。

(99) 郭若虚「図画見聞誌序」(『図画見聞誌』巻首)

亦嘗覧諸家畫記、多陳品第。今之作者、各有所長。或少也嫩而老也壯、或始也勤而終也怠。今則不復定品、唯筆其可紀之能、可談之事。

もちろん品第式の芸術批評は南宋以降も続いていく。それについては、張伯偉一九九九、一七〇〜一七三頁参照。ただ、『詩品』のように影響が大きい批評書は出なくなった。

(100) 書名だけ残る逸書を除けば、宋以前の句図は概ね『吟窓雑録』に残本のみを止める。唐宋の秀句集から句図への流れについては、凌郁之二〇〇〇、張海鷗二〇〇七が参考になる。

第七章　皎然の文学史観
――「今人」も「古えに及」ぶ

はじめに

前章でその構造を論じた結果を踏まえて、本章では『詩式』などに見える皎然の文学史観(1)を分析の対象とする。前章の「おわりに」で述べた如く、『詩式』を構成する諸要素のうち、単純な「摘句」と「品第」は中唐期、批評の手法としては衰退の時を迎えていた。中唐の前期において、皎然はこれら両者を融合させ、『詩式』の詩句挙例部分を形作り、自らの詩歌批評を示してみせた。皎然はなぜ「摘句」や「品第」という手法を選んだのか、またそれらは如何なる効果を『詩式』にもたらしたか。時代的な背景を除いて、この問題に前章ではあまり触れるところが無かった。本章では、まずここから論述を始めたいと思う。『詩式』が現存する品第式批評書と決定的に異なるのは、前章第六節の表6-5に示したとおり、評価の単位が作者ではなく、また作品ですらなく、個々の詩句だった点である。詩句に批評対象を絞ったことの影響は、『詩式』にどのような形で表れたか。

孟氏（孟浩然《もうこうねん》）ほどの才を持ちながら、（地名に叙景の）四字を加えただけで、何の誇れる働きがあって、上流（五格のうち）に入ることを望めようか。

前章の第三節（注23）にも引いた『詩式』巻二「評曰古人於上格」の一節から大意を掲げた。そこでも述べたことだが、唐代の詩人として、孟浩然（六八九～七四〇）は『詩式』で最も高い評価を受けている。その孟浩然が作ったとはいえ、このように平凡な詩句では、五つの格に位置付けた例句の中に入れるわけにはいかない。皎然のこういった口吻が、ここから感じられる。既存の品第式批評書では、かかる批評はあり得ない。一方である芸術家を評価しながら、他方でその作品中の特定箇所を批判することは難しいからである。例えば『詩品』のような詩人を一個の単位とした批評書では、その人物の作品全体の平均的な完成度に基づいて、評価を下さなければならない。確かに、肯定的な評価の中に若干の批判を含ませることも可能だろう。しかし評価するにせよ、批判するにせよ総体的な方向は決定付けられる。それが『詩式』の場合だと、ある詩歌中に何聯かでも秀句が存在すれば、批評の対象となり得るわけである。(2)

これは当然といえば、当然なことでもあろう。だが、その意味は決して小さくない。「摘句」により細密化された対象に、「品第」で明確な評価を下す。こういった形式は、『詩式』以前はもちろんのこと、同書以降にも類例を見出し難い。もとより、古典的な「摘句」と「品第」が宋代には批評手段としての意義を疑われていたことは、前章「おわりに」で引用した王安石の逸話（注97）よりも明らかである。だが、後世の見方はいま措くとして、対象の細密化は、やはり批評史の流れにおいて、一種の進歩と称し得よう。さらにいえば、それは「詩格」（摘句の要素を内包する）に品第を取り込めばこそ可能な現象だった。次節以下では、この評価対象の細密化を念頭に置いて、『詩式』の文学史観が如何なるものだったかを具体的に見ていく。

一口に「文学史観」といっても、意味するところは小さくない。本章ではそのうち「古」と「今」、あるいはそれら両者の関わり(3)に主題を限定して、考察を進めていく。なお本章は従前多かった記述の表層だけ捉え、皎然を単に「通変」（第二節で触れる）を重んじた、即ち反復古的な詩論家と短絡的に断じる立場を取らない。あくまでも、詩論と挙例という『詩式』全体の構造を踏まえて、同時代の文学思潮も考慮しながら、この問題を考えたい。

第一節　今人が古えに及ぶ可能性

まず、詩歌における「古」と「今」の両者について、皎然がどう述べたかを見ておく。次に引く二条は、やはり皎然が著した詩論書『詩議』の逸文である。同書は『詩式』が曲がりなりにも数種のテクストを伝える（前章第二節）のに対して、完本は残らず、断片の形でのみ今に伝わる（前章第二節、注18を見られたい）。

ある人いわく、「今の人（の詩）が古《いにし》え（の人）に及ばないのは、対偶（対句）に腐心するからだ」。私（皎然）が思うに、そうではない[4]。

引用の後で経書が編まれた時代、つまり古代にも対偶（原文「儷詞」）はあったとある人（同「或」）の説に反駁する（次章「はじめに」を見られたい）。否定の対象は、あくまでも古代に対句は無かったとする主張である。しかし、前提を一蹴した以上、結果的に「今の人が古えに及」ぶ、即ち現代人も古人ほどの作を著せるとの見解も成立するわけで、皎然の詩論が拠る基本的な立場が窺われる（本章の副題もこれに基づく）。また、彼はこうもいう。

（詩）人ごとに論じれば、康楽《こうらく》公は独歩の資質によって、頽廃した風気を振い起こした。沈《しん》建昌は評した、「霊均《れいきん》以来、（これほどの詩人は）一人だけだ」。この後、江寧侯は温雅で明朗、鮑《ほう》参軍は華麗で気力に満ち、「雑体」詩・「従軍」詩は、ほとんど過去の詩を凌駕している。惜しむらくは放縦なまでに勢い盛んで、姿形に欠ける（点がある）。宣城公は情趣がさっぱりとし、言葉には潤いがあって内容は精緻で、優雅で勝れた詩句に至っては、しばしば図抜けている。何《か》水部は格調が柔らかだが、清冽な強さがみなぎり、平凡な様は排し切れていないが、褒めるに足る対句があり、詩風の幅広さでは、謝朓《しゃちょう》を遥かに引き離す。柳惲《りゅううん》・王融・江総の三名では、江は筋道立っていて清らか、王は清らかで華麗、柳は雅やかで格調高い。私の考えでは、柳呉興は文名が何遜《かそん》に劣るが、格調は何の上だ。この間の（時代の）諸（詩）人は、時折ちょっとした詩句が、古人に匹敵したりもするが、全体的には（康楽侯と）同列というわけには行かない[5]。

宣城公（謝朓）・江寧侯（誰を指すか未詳）・鮑参軍（鮑照）・何水部（何遜）や柳惲（「柳呉興」も彼を指す）・王融・江総たち南朝、具体的には五・六世紀の詩人をそれぞれの作風に基づいて評した一節である。「沈建昌」以下の一文は、やはり南朝の沈約（封爵は建昌県侯）「宋書謝霊運伝論」を踏まえて、遠祖である「康楽公」こと謝霊運（皎然との親族関係は前章第一節、注4を見られたい）を「霊均」（前四・三世紀の大文学者と目される屈原）以降第一の詩人に位置付けようとする[6]。

この中で注目すべきは、鮑照にまつわる「「雑体」詩・「従軍」詩は、ほとんど過去の詩を凌駕している」と末尾に見える「この間の諸人は、時折ちょっとした詩句が、古人に匹敵したりもするが、全体的には同列というわけには行かない」（原文「雑體、從軍、殆淩前古」・「中閒諸子、時有片言隻句、縱敵於古人、而體不足齒」）の二箇所である。「雑體、従軍」が具体的に鮑照のどの詩を指すか、それは詳らかでない。しかし、皎然がそれらを南朝に先立つ時代の作品にも勝ると評していることは、疑いを容れない。

後者では、南朝の二線級詩人がつまるところ謝霊運ら同時代の代表的な詩人と同列には論じられないと断じつつ、その「片言隻句」は「古人」に及ぶことを認める点が興味深い。個々の詩句を品第の対象とする『詩式』の批評方針は、小さな単位ごとであれば、二流詩人でもそれ以前の文学者に敵い得るという、ここでの主張と相通じる。

本節に挙げた記述より、皎然は下降史観を無条件には信奉しない文学思潮の持ち主であったと推測される。ここでいう「下降史観」とは、後世の人間は一般論として古人に劣るという考え方を指す。附言しておくと、後述（第四節）のとおり、皎然も当時の詩壇が好ましくない状況にあると認識していた。「古」は彼にとってもあくまで理想なのであり、同時代の詩歌をそこまで高めていく上で、そのために一方的な文学上の下降史観に修正の必要を感じた、このことは次節以降の論述より理解されると思う。ただ、そうではあっても『詩議』が少なくとも部分的には、「今人」が「古」に及び得る可能性を示したことは断言して差し支えない。次に、『詩式』中の類似の言説を見ていく。

第二節　下降的文学史観への異論——陳子昂と盧藏用をめぐって

下降的な論調の強い文学史観を批判すると思しい記述は、『詩式』の中の随処に見える。

評にいう、盧黄門の序は賈誼・司馬遷を「礼楽を規範に仰いで、老成練達した人の風格を持っていた」と評し、長卿・子雲を「古えの聖賢の意に基づく作品が、浮ついた言葉に流れた」と責める。また（こうも）いう、「道が失われて五百年にして陳君が出たのだ」。私はこれについて論じさせてもらおう、司馬子長の自序にいう、「周公が没して五百年で孔子が出た。孔子が没して五百年で司馬公が出た」。そののち年月は遥か（に経ち）、（現れた詩文の）書き手は限りない。文章についていえば、東漢に班（固）・張（衡）・崔《さい》（駰《いん》）・蔡《さい》（邕《よう》）がおり、詩だけを論じれば、魏に曹植・劉楨・三傅がおり、晋に潘岳・陸機・阮籍・盧諶《ろしん》がおり、（南朝の）宋に謝康楽・陶淵明・鮑明遠がおり、斉に謝吏部《りぶ》がおり、梁に柳文暢《ぶんちょう》・呉叔 庠《しゅくしょう》がおり、書き手は入り乱れ、相次いで史書に（記事が）あり、どうして五百（年に一度）という名を陳君にのみ帰せられようか。蔵用は子昂のために一尺の網を張って、満天（ほどの大きさ）の屋根を覆い、上は曹植・劉楨を隠し、下は康楽を捨てようとするが、どうして（そのように）でき

るだろうか。(7)

「盧黄門」云々とある引用には、後で触れることにする。さて、後漢や魏晋に優れた文学者（後漢の班固から西晋の盧諶までは詩文で名高い）が輩出したことは、いうに及ばない。続く南朝にも謝康楽（謝霊運）・陶淵明・鮑明遠（鮑照）、謝吏部（謝朓）、柳文暢（柳惲）・呉叔庠（呉均）ら文学史上に屹立する人物が存在したという主張は、前節で見た『詩議』の見解（注5）とも相通じる。より内容の新しい詩歌を評価する意見は、他の箇所にも見える。

また復と変の二つの方途では、復が度を越すのは問題だ。詩人は（これを）膏肓の病と呼ぶが、どうして治せるだろうか。大乗仏教を学びながら、仏性は本来備わるとの教えでは、全ての物象がみな真実なのを全く理解せず、（自己の外に悟りを求め）思い惑ってしまうようなものだ。そもそも変は微妙（な段階）に至れば、（量が）度を越して問題無い。仮に程良さを失わねば、何を咎めたりしようか。例えば陳子昂（の詩に）は復が多くて変が少なく、沈宋《しんそう》は復が少なくて変が多い。現今の詩人（について）は、挙げ尽くすこともできない。私には復・変の道は、文学だけではないと分かる。（時代に伴って新しくなることは）儒教では権であり、文学では変であり、仏道では方便だ。天与の才に乏しい後人らが、無理に詩を古風にして、逆に意気沮喪としてしまった。何故か。そもそも剣術に巧みではないのに、干将・大阿（古代の名剣）の柄を取って揮おうとすれば、きっと手を傷付ける心配があるので、これには心しなければならないのだ。(8)

この前に「（詩の）作り手は復と変の道を知らなければならない。古えに戻ることを復といい、（一つの在り様に）止まらないことを変という」とある。だが、作詩上の「復」と「変」双方を重んじる必要を指摘しながら、続けて述べるのは「復」に偏重した弊害ばかりである（第八章第四節、注47）。引用の冒頭でも、過度の「復」を戒める一方で、条件付きだが「変」は度を過ごしても構わないと説く。ここで、こういった主張の拠り所とされるのが、「仏性は本来備わる」という「性起《しょうき》」（法性縁起、真性縁起）の観念である。華厳思想に基づくそれを理解する力など、筆者は到底持ち合わせない。ただ、所謂「六十華厳経」で普賢菩薩は、如来の心が「性起」（端的には出現の意）する様を言い表す中で、こうも述べる。

仏弟子よ、如来の智慧、形を持たぬ智慧、捉われ無き智慧は、衆生の体の中に具備する。だが愚鈍な衆生は的外れな考えで、理解もせず見もせず、信じる心も起こさない。(9)

この直前には、「かの三千大千世界にも等しい（大量の）経巻は、芥子粒一つの中にあるが、あらゆる芥子粒が皆そうで（中に偉大な教えを内包して）ある」とも述べる。華厳第二祖の唐・智儼《ちごん》（六〇二～六六八）は『華厳経』の注釈で「性起」を「性というのは本来的なるもの、起というのは現に心中にあるということだ」と解する。(10) 人は元来「仏性」を持つと述べる経典は、他にも存しよう。しかし、『華厳経』の場合は「性起」の語や「衆生」自身に「智慧」が備わるなどといった言葉や智儼の解釈より考えて、本来性がより強いと思われる。即ち、現実を虚無と捉える（「空観」）のでもなければ、修行等で悟りの心を覚醒させるのでもなく、人の心を含む現象世界に遍く「真」は存在するというのである。(11)

そもそも、『詩式』のこの条の題目である「復古通変体［所謂通於変也］」にいう「通変」の語は、『易』に淵源を持つ。(12)『文心雕龍』「通変」はそれに基づいて、文学における伝統の継承を「通」、革新を「変」と規定した。だが、皎然が述べる「通変」は、必ずしもそうではない。彼にとっての「通変」とは、「復古」と対を成す一個の観念であった。

つまり「復古」が古典の模倣、そこへの回帰ならば、「通変」は変革、実質上は「変」の一字に等しい。

さらに（どの程度の深さかは疑問ながら）「性起」説を奉じる以上、現前の万象こそが真理であり、敢えて「古えに復する」必要は無いということにもなる。結果的に、「変」は「儒」でいう「権」（「仮《かり》」、便宜の意で、権変の「権」）、「仏道」での「方便」と肩を並べる価値を持つわけである。これを弁えずに我が天性を埋没させ、無理に復古すればどうなるか。その結果は思考・精神を萎えさせて、拙い腕前で名剣を扱おうとする、正に生兵法は大怪我の基というところだ。この文脈に続いて、皎然は初唐の詩人として「沈宋」（沈佺期《しんせんき》・宋《そう》之問《しもん》）を「変」の代表格と捉える。「変」への重視から考えて、彼が両名の詩を高く買うことは容易に推測される。それを裏付ける記述が、『詩式』の中に見える。

評にいう、楼煩《ろうはん》（弓馬に長けた北方の非漢族）が鵰《わし》を射れば、百発百中なのは、正格の律詩作品において破題（第一・二句）で、主題をしっかり捉える詩人が名手であるようなものだ。唐朝においては、宋員外之問・沈給事佺期が、恐らく律詩の模範たり得る。ただ矢でいえば無駄には放たれず（百発百中なように）、情趣は豊か、思いは遥かで、言葉が華麗なのを良しとし、典故使用・格調の高下は論じない、宋の詩にいう、「大海と見紛う（昆明）池に日は沈み、（庭園の土は太古の）劫火でできた灰と知る」。沈の詩にいう、「（皇女の産後一箇月を祝う宴席での）歌声は（王族の繁栄を詠んだ『詩』の）「麟之趾」に適い、管楽の音に引かれて鳳の雛がやって来る」。凡そこの類は、総て詩人（中）における鵰の射手だが、もし曹劉に時代を（現在まで）下って来て律詩を作り、（沈宋の）二人と遣り合わせたら、どちらが勝つか知れたものではない。(13)

沈宋らの主導で完成した詩形の律詩を論じる以上、こういった内容となるのは当然かもしれない。しかし、八世紀初頭の詩壇を彩った二人を三世紀前半の令名高い詩人である「曹劉」（曹植・劉楨）と時を超えて対決させれば、勝負の帰趨は分からないとまで皎然はいう。彼の沈宋に対する高い評価と「下降史観」に因われない態度を、これは示すだろう。

先の「復古通変体」条に戻るとしよう。沈宋と正反対に「復が多く変が少な」いといわれたのが、二人と同時代人で本節冒頭の引用にも見えた陳子昂（六五九〜七〇〇）だった。彼に向けた『詩式』の評価は、必然的にさほど高くなかったかに思える。皎然とも交遊があった高官で書法をもって名高い顔真卿《がんしんけい》（七〇九〜七八五）[14]も、陳子昂への言及をいまに伝える。

> 漢魏より後、正しい道が段々と失われ、（南朝の）梁・陳以降に（修辞に偏重した）宮体《きゅうたい》詩が興った。（文学者は）末節の流行を追い掛け、かくて後学の徒の笑い種となった。そこで沈隠侯は謝康楽を論じて、「霊均以来、これほどの文学は見られなかった」といい、盧黄門は陳拾遺のために序を作って、「道が失われて五百年にして陳君が世に出た」といった。（これでは謝霊運や陳子昂が文学の）頽れる波を押し戻したようだが、害は無い勇み足にせよ、その論旨を推し量れば、でたらめに過ぎまいか。何故か。（文学の）正邪は（作る）人次第であり、治と乱（いずれの要素が色濃く表れるか）は世間（の風気）によるからだ。亡国の音楽は、どうして遥か昔の時代だけのものだろうか。純正な皇帝の教化は、なぜ当今の時代だけのものであろうか。そうではあるまい[15]。

この文章は、孫逖《そんてき》（六九六〜七六一）の文集に附す序として書かれた。孫逖（諡は文）は、顔真卿の進士科及第時の試験官であった。ここでは省略したが、末尾の記述より永泰元年（七六五）八月に書かれたと思われる。いつの時代にも優れた文学、劣った文学が登場し得るというのが、その論旨である。皎然と顔真卿の残したこれら陳子昂（孫逖集序にいう「陳拾遺」、「陳君」）への否定的な論評は、当時の文学界で如何なる意味を持ったのか。明末、十七世紀前半の詩論家は、「盧黄門」以来の唐人が陳子昂を多く賞賛する中、顔真卿にだけ「異論」があり、皎然もその説を『詩式』に取り入れたと述べている[16]。本節の冒頭に引く『詩式』、いま挙げた孫逖集の序と明人の指摘にいう「盧黄門」は盧蔵用を指す。

友人である盧蔵用（官は黄門侍郎）の賞揚（第一章で詳論）も大きく関わり、唐代において陳子昂は文学上の高い声価を得ていた。確かに、数多ある唐人の陳子昂に向けた好意的な言及（第二・三章で主題とした）に比べて、現存する資料の範囲内では、顔真卿と皎然のそれだけが方向を異にする。本節の最初に挙げた『詩式』の引用に続く一節に、こうある。

また子昂の「感寓」三十首は、阮公の「詠懐」に由来するが、「詠懐」の作品には、匹敵し難い。子昂の詩にいう、「遥か遠くに遊んだ穆王《ぼくおう》は、白雲の向こうで（西王母と）再会をしかと誓った。（穆王に仕える）宮女は（顧みられずに）怨嗟を募らせ、宮城は（この美人たちで）満たされている」。（これが）どうして阮公の「楚の地には優れた人物は多いが、朝の雲（の化身たる美女）との淫蕩を（宋玉は王に）勧めた。赤い花が散らす芳香に誘われるように、高蔡（の地）で（蔡の霊侯は美女を）追い求めた。一たび（知らぬ間に捕まる）スズメのように（歓楽に耽って破局を迎え）哀れまれることになれば、誰もが涙を落とさずにはいられない」に敵おうか。（盧蔵用の陳子昂を絶賛する）この序がもし亡びなければ、千年の後に、識者がいて、笑われないで済むものか。(17)

皎然は陳子昂「感遇（寓）三十八首」二十六（陳集巻一）に見える二聯は、阮籍（「阮公」）「詠懐詩十七首」十七（『文選』巻二十三）の六句には及ばないと断じる。そこに挙がった詩句は、共に王と仙女（「感遇」は周・穆王と西王母、後者は楚の懐王と高唐神女）の交感を描く。「感寓」のどこが「詠懐」に及ばないのか、具体的には分かりかねる。敢えて忖度すれば、同じ題材を扱っても、陳子昂にはオリジナリティが無いと皎然はいいたいのだろうか。皎然が陳子昂を個別の詩に即して論じた記述は、実はこの一節しか伝わらない。『詩式』の中では、他の箇所にも陳子昂の詩は見えるが、それらは全て詩句の挙例である。(18)

そのうち、「感寓」（「感遇」二十六）より引く詩句が、阮籍「詠懐」十七のそれに及ばないと皎然が評したこと（注17）は、既に見た。確かに『詩式』は前者を第三格に置きながら（注18）、後者を第二格に位置付ける[19]。ただし、両者に差を付けつつも、例句を採る点から、皎然の陳子昂詩に対する一定の評価は窺われよう。もとより、陳の作品から採られた例句は下位三格に集中しており、格付けはそう高いものではない。しかし、『詩議』の挙例[20]と併せて六首二十句という引用の量を思えば、「復」の気味が濃いことに辟易しても、決してその詩歌を完全に否定したわけではなかろう。それでは、彼が批判したものは何だったのか。注意すべきは、『詩式』のこの条の「盧蔵用の陳子昂集序を論ず」という表題であろう。

亡びなければ千年の後にまで誇りを残すとは甚だ手厳しい言葉だが、そこで批判の対象とされたのは、あくまでも「この序」（原文「此序」）、即ち陳集巻首に置く盧蔵用の「陳伯玉文集序」（本書でいう「盧序」）であると分かる。顔真卿が著した孫逖集の序（注15）も仔細に見れば、陳子昂の作品自体ではなく、同じ文章を批判することが分かる（注17）。第一章第二節で扱った「盧序」（皎然と顔真卿が引いた箇所はその注22に掲出）の主旨をかいつまんで述べれば、①魏晋まで文学は正しい姿を保ったのに、②南朝の宋以降、それは地を払ってしまったが、③初唐の陳子昂によってその状況は一新された、となろう。皎然らは、こういった文学史の把握に疑問を呈した。陳子昂を賞揚する目的あってのことにせよ、南朝の文学を「道」が失われたと称して全否定することは、到底許されないという。

評にいう、そもそも五言（詩）の道は、ただただ巧みにしてひたすら心を凝らすものだ。論者は斉・梁（の詩）を否定し去ろうとするが、その趣旨が分からない。もし時代（に伴い状況が悪くなるという考え方）によれば、道は（今）ほとんど滅びている。詩人はこの（私の）説を採らない。どうしてか。例えば謝吏部の詩に「大いなる長江は昼も夜も流れ、旅人の心では悲しみがまだ尽きない」、柳文暢の詩に「（宮中の）太液池は青く波立ち、長楊宮では高い樹が秋めいている」、王元長の詩に「孟津では霜の気配が漂い、函谷では秋風が吹き渡る」という。（これらの詩句は）どうして建安（年間の詩）より劣ろうか。もし建安（時期）は典故を用いず、斉・梁は典故を用いる、（これで）優劣を決めるならば、やはりいわせてもらおう。例えば王筠《おういん》の詩に「王粲《おうさん》は（楼上より）幅の広い道を見下ろし、潘岳は黄河に向かって行く」、庾肩吾《ゆけんご》の詩に「秦王は大海を目にし、魏の皇帝はつむじ風の後を追う」、沈約の詩に「（月光の下）たかどので夫を思う妻の憂いは深く、（魏の鄴都《ぎょうと》にあった）西園では優れた才人を楽しむ」という。（これらの）格調は弱いが、気骨はやはり正しい。遥か（昔の）建安（の作品）と比べれば、様態が変わったとはいえるが、道が失われたとはいえない。(21)

後世ほど一方的に「道」の質が低下するのならば、当今（唐代を指す）では「道」は皆無に近いだろう。斉・梁（南朝後期）の詩を貶し、結果として「道」が存しない現在において、技巧の進歩を重んじる五言詩に「道」を云々する「論者」の態度は、皎然によれば不可解なものとなる。以下、謝朓（吏部）・柳惲（文暢）・王融（元長）・王筠・庾肩吾及び沈約の作品より彼が価値を認める詩句を列挙する。彼らは、いずれも斉梁期に活躍した詩人だが、「様態」（原文「體」）が変わっただけで、その作品は過去の詩にも劣らないという。

この一段と本節に掲げた『詩式』の引用（注7・8・17）とを総合して考えれば、次のようなことがいえる。即ち、皎然の批判とは文学上の「道」（精神性）という観念を持ち出して後漢末期、建安年間（一九六～二二〇）に活躍した曹植・劉楨や南朝の大詩人である謝霊運の作品を初めとした魏晋南北朝数百年の詩歌を完全に無視して、無批判に復古を良しとする盧蔵用らの文学論に矛先を向けたものだった、と。しからば皎然、あるいは顔真卿のこういった下降的文学史観に対する異論の提起は、どこから起こったのか、また何故それらは陳子昂賞揚への批判という形を取ったのか。もう一つ、『詩式』の記述を引いておく。

いま批評する対象は時代の新旧を問わず、唐朝建国以降で、官爵は無いが人知れず咲く花（のように埋もれた名句）がある者は、泉下のうちより取り上げて、（前後）両漢の諸公と（同じ）列に並べて（評し）、口達者な者の（詩の）様態が変わって道も失われたという議論は、ここで絶えさせる。[22]

時期の先後や地位の高下に関係無く『詩式』の挙例では純粋に詩句の巧拙に従って、唐の詩人でも漢代の者と同格に置く場合があるという、皎然の批評方針を表明した一節である。この中で殊に興味深いのは、文末の「口達者な者」（原文「攻言之子」）への批判である。後の時代ほど詩歌は衰えゆくとする見解を根絶させる、これは『詩式』の執筆における彼の宣言と解される。「道も失われた」と主張する「口達者な者」は、前掲の引用（注21）でいえば「斉・梁を否定し去」った（原文「降殺齊梁」）した「論者」が、それに当たろう。「口達者な者」や「論者」が誰を指すか、それは詳らかにし難い。ただ、度重ねて措定している以上、漠然と伝統的な復古思潮を指すのではなく、やはりそういった者たちは実在した、少なくとも皎然の意識中に存在したと考えるのが妥当だ。そして、その地位に擬するのに最も適切な集団こそ、盛・中唐の狭間に活動した古文家かそれに近い人々と思われる。

唐代の古文家が、多く南朝の文学を下降の一途に在ったと概括していたことは、第二章（「はじめに」、第三節）や第三章（第一節）で多くの資料を用いて確認した。確かに、彼らが本領とするのは文章であって、詩歌ではない。さらにその復古的な文論は、中唐はもとよりそれに先立つこの時期、一世を風靡する体のものではなかった。しかし、後世に繋がるという点で所謂「古文復興運動」の開始は、皎然たちの活動と時期（八世紀後半）を同じくする。新しい復古思想の指導者及び追随者は当時、一定の勢力を形成していたと思しい。支配的でないにせよ、その主張は詩文の垣根を越えて喧しい存在となっていたのではないか。[23]『詩式』の記述は、復古的文学観が皎然から見て無視し難かったことを推測させる。そうだとすれば復古的な文学論にしばしば見える陳子昂への崇拝にも近い扱いが、皎然の詩論で批判の対象となったことにも合点が行く。節を改めて、この問題を考えたい。

第三節　「盧序」に対する批判の背景

前節では、皎然が復古的な文学史観に異を唱える様子を見てきた。仮に彼が詩歌史を概観した記述を残せば、それはどのようなものだったろうか。彼自身の著作には、断片的な叙述しか見られない。だが、他者が著した次の文章は、その代替物といわぬまでも参考にはなるだろう。

詩は（『詩』の）国風（地域ごとの歌謡）と大・小雅（雅楽）の道が止み、二百年経って『楚辞』の作り手らが現れた。（そこに収める作品の）趣旨は愁いに満ち、文辞は優美だが、亡国の楚の乱れた（時代の）国風といえようか。西漢の李陵・蘇武に至って、初めて五言詩の形式が完成し、（それは）国風に由来し、『楚辞』の諸篇の流れを承け、従って遠く別れることへの憂い・悲しみを多く含む。梁の昭明（太子）が撰述した『文選』は、「古詩十九首」を収めるが、（作者の）姓名は失われている。その言葉を見ると、恐らく東漢の世で（著された）、李（陵・）蘇（武）の流れ（を汲む作品）である。建安年間に及んで、王仲宣・曹子建が詩の気風を鼓吹した。晋の世に陸士衡・潘安仁がその流れを盛り上げた。王（粲・）曹（植）は気概に優れ、潘（岳・）陸（機）は（修辞の）華麗さに長けた。気概に優れたのは、（洛陽・長安の）二つの都が混乱して魏の太祖が武力による功業を上げた時だ。その文化が興り滅ぶ事跡を見るにつけ、（秀でた）人物をどうして隠せようか、人物をどうして隠せようか。宋の高祖は桓玄を平定し、江南を安定させた。文帝が（その）事業を継いで、五十年間、江南は平和だった。魏・晋の文学は、盛んに再び興った。康楽侯の謝霊運は江南（の文学界）では抜きん出ており、潘・陸を見下ろすほどだった。その表現は明らかで華麗、その気概は図抜けて伸びやかだった。風や雷を川や山で駆り立て、晴れや曇り（の天候）を水際で変化させる（ほどだった）。霞と雲はために薄暗くなり、光と大気はそれで晴れ渡った。真に江南文壇の英傑、五言詩の華麗典雅な（模範となる）者である。斉の時代に及んで、宣城太守の謝玄暉はまたその言葉の調子を会得し、気品と風格は豊かであったが、康楽ほどではなかった。梁・陳以降、（詩の）書き手は絶えなかったが、五言詩の道は、情感を盛り込むに相応しいものではなくなった。唐朝の呉興の僧侶たる釈皎然、字は清昼、は康楽の十世の孫である。『詩』の書き手の奥深い意趣を得て、祖先の（詩の）精華を伝える。江南の詩人で、（彼を）模範とせぬ者は無い。（その詩は）極めて抒情的にして艶麗なので、言葉は潤いに満ちている。（また）古えを手本として（新しい）形を統べて、清新で剛健な調子を尊んだ。奥深い道理を明らかにして、真理と深く合致するが、（凡人には）やはり思い量ることができない。貞元壬申の年、私が呉興の刺史となった翌年、集賢殿御書《ぎょしょ》院はその文集を求めるよう命じた。私はそこで（皎然の作品を）集めてそれを編纂し、詩文五四六首を得て、十巻に分かち、宮中の書庫に納めることになった。上人は私が詩を著して前代の詩を評論していたことから、そこで私に集の序を（書くよう）任された。辞退したがやむを得ず、（詩の）変化をあらまし記した。上人の性質は清々しく温和で、生来より端正にして純粋で、内に万物をみな空とする思いを秘め、外では（衆生を救いに導く）方便（の道）を開く。（仏の教えたる）見事な言葉は文字で説かれ、悟った心は禅定・智慧に安らぎ、正しく仏門の（苦海における）慈しみの渡し、智慧の灯りである。私など俗世に遊ぶものでは、どうして帰依の入口を叩くことができようか。謝氏は代々詩人であり、（皎然の作詩はその伝統を受け継ぐもので）仏書にいわゆる煩悩の残滓などではない。(24)

貞元七年（七九一）の秋以降、刺史（知事）として赴任した于頔《うてき》（?～八一八）は、湖州（古名は呉興）で最晩年の日々を送る皎然と親しく交わった。翌八年（壬申）、朝命により彼は皎然の詩文集を編んで、宮中の書籍収蔵機関でもある集賢殿御書院に送った。[25]引用したのは、それに附された序の全文である。その全体は、大きく二段に分かれる。前段は『詩』に続く『楚辞』をも含む詩歌史の回顧で、「唐朝の呉興の僧侶たる釈皎然」に始まる後段は皎然の文学に対する賞賛、十巻から成る集の編纂や同書の序文執筆に関わる経緯を記す。于頔は高官だから、これは下僚などの代筆という可能性もあるが、いまそれは問うまい。

さて、皎然の依頼で書かれた以上、何ほどかは彼の詩論を汲んだ文章だと想像される。例えば、前段冒頭近くにある西漢（前漢）の李陵・蘇武と「古詩十九首」を五言詩の開祖とする説は、当時の常識であろう。しかし「古詩十九首」（『文選』巻二十九）に関する記述は、『詩式』にも見える（次章第五節とその注73）。もとより、彼ら二人を五言詩の開祖とする説は、当時の常識であろう。しかし「古詩十九首」（現在も著作年代に定論は無い）を言葉（原文「詞」）より東漢（後漢）の作品と断じた論者は、皎然と于頔をもって嚆矢とする。この点からも、前者の意見が後者に影響した可能性は否定できない。

前段の後半部で謝霊運（康楽）と謝朓（玄暉）を高く買うのは、皎然の家系が彼らと同じく陽夏謝氏に属する（第六章第一節、注4）ことにもよる。だが、唐代の下降的文学史観では軽視されがちな南朝前期の代表的な詩人に対する目配りは、先に見た皎然の主張（第一節、注5、前節、注7・21）と相通じていよう。続く梁・陳以降の詩には、やや評価が厳しい。しかし、この時代の文学を無視するか、酷評するかのみの復古的な文学論に比べて、よほど温情ある扱いといえる。

興味深いのは、前段の半ばで王粲（仲宣）・曹植（子建）と陸機（士衡）・潘岳（安仁）が二つの都（洛陽と長安）が混乱し魏の武帝（曹操）が活躍した後漢末期、また西晋の武帝（司馬炎）より後、五胡（五種の非漢族）が中原に入った争乱前後に見事な詩を著したと敢えて述べる点だろう。南北朝の数百年に及ぶ分裂期を、政治・文化の双方で統一期に比べて低く捉えるのは、第四章で扱った通史と関わる文学者が典型だが、唐代の復古主義者にまま見られた傾向である。魏晋以降にも優れた文学が現れたという当然の事実を認め難くする、この歴史観にこだわらなかったことは、于頔が南朝の秀でた「人物をどうして隠せようか」（原文の「人焉廋哉」は『論語』「為政」の語）とまでいって評価できた理由の一つと思しい。

　皎然と于頔が過去の詩歌史について、各時代に目配りを怠らない点など極めて類似する見解をもっていたことは、これで明らかだろう。さて、それではこの皎然の集の序は、下降的文学史観とは全く無縁に成立したのだろうか。これがそう簡単でもないのである。例えば、注24にも挙げた冒頭の表現（原文「詩自風雅道息、二百餘年而騒人作」）が「盧序」前段（第一章第二節、注18）の一節（「孔子歿二百歳而騒人作」）と無関係に著されたとは思い難い。当該の序文を皎然が批判したことは、前節で既に述べた。語彙・表現の類似だけには止まらない。そもそも、于頔は詩歌の歴史に漢・魏晋、宋斉、唐（皎然）と三つの盛時を設定している。文学史の三区分法といえば、古くは先にも名を挙げた「宋書謝霊運伝論」（出典は第一節、注6参照）が思い出される。「謝霊運伝論」は、長期に渉る詩歌の歴史を隆盛・衰退・復興の三段階で概括する議論であった。

　五世紀末に表れたこの種の三区分法（第一章第二節及びその注33・34で触れる）を盛んに用いたのは、前節の末尾で「論者」、「口達者な者」（注21・22）の候補に挙げた早期の古文家や周囲の人物だった。八世紀中盤から後半を主な活動期間とした蕭穎士・李華・独孤及、李舟・梁肅が、[26] そうである。多少の時期的な差異は見えても、彼らは概ね文学史を漢代・南北朝・唐代に三分した。各々が、隆盛期・衰退期・復興期に当たろう。そして、これこそが特徴的なのだが、彼らの文論は例外無く、このうち第三期における文学復興の先駆者として陳子昂の名を賛辞と共に挙げる（第二章第三節で論及）。彼らが用いる三区分は遠く「謝霊運伝論」に由来するが、より直接には第一章第二節で詳述し、前節でも触れた「盧序」のそれを踏襲したものといえる。

　再び、皎然の集の序に立ち戻ろう。その文学史の区分法自体は、古文家の主張と異ならない。問題は、内容の方である。そこでは歴史上、一貫して詩歌は盛んであり続けたとの説が展開される。同じ時代の文学史を扱っても、両者はその様相を著しく異にする。古文家が二つの山（隆盛、復興）の間に谷（衰退）を置くのに対して、于頔は三つの台地が連なる形でそれを描いてみせた。

彼の文学史観にも、「谷」が全く無いわけではない。まず、東晋末がそうである。後の劉宋初期を「魏・晋の文学は、盛んに再び興った」（原文「魏晋文章、鬱然復興」）という以上、その評価は高くあるまいが、期間はごく短い。また梁・陳以降への評価も低いが、対象は五言詩に限られる。古文家が南朝の文学全体を認めないのに比べれば、この「谷」は深刻な意味を持つものではない。于頔が表面上でもこのような詩歌史の構図を用いた理由は、よく分からない。ただ、復古的な文論への意識的な挑戦だったにせよ、無意識にかく叙述したのみにせよ、一つだけ確かなことがいえる。それはこういった文学史の区分法が、八世紀末にも甚だ大きな力を有した事実である。

前節で見たとおり、皎然や顔真卿が陳子昂を貶すかのような言辞を用いた（注7・17、15）理由は、もはや明らかだろう。彼らの反復古的な文学史観は、ある時代に衰退期などとレッテルを貼る考え方と必然的に衝突せざるを得ない。この根強い時期区分法を打ち崩すべく、彼らは同時期のそれに基づく（恐らくは早期古文家らの）文論が直接、範を仰ぐのは「盧序」の説と考え、そこまで遡って反駁する形を選んだと思しい。否定的に見える評価の理由は、陳子昂が「盧序」の主人公で、それが当時の文壇で注目されていた点にこそ在る。

もちろん、皎然には南朝を代表する詩人で遠祖たる謝霊運の地位を保つ、顔真卿には序文（第二節、注15）を捧げた孫逖を称えるために各時代の文学を認める、といった文学と直接関わらない事情もあった。しかし、各々異なる目的をも有しつつ、彼らが揃って否定の要を感じた事実は、陳子昂尊重論を通じた当時の復古的な文学思潮の高揚を示す点で、かえって興味深く思われる。

第四節　「横のマンネリズム」に対する否定

皎然が下降的文学史観を無批判に支持しない詩論の持ち主だったことを、前節までに論じてきた。本節ではその結果を踏まえて、彼自身が生きた唐代の詩歌をどう捉えていたかを考えたい。彼の唐詩観を知る上で、『詩式』中の例句を列挙した部分は、格好の指標になる。現在の人間も過去の著名な詩人に及び得ることを皎然が肯定する以上、唐代の詩歌はそこで相当に高く評価されているのか。

「五格」では、漢魏の詩は絶対数において少ないが、格においては上位を占め、晋宋の詩がそれに次ぐ傾向にある。他方、斉梁から隋に至る詩と唐の詩は、数においては漢魏・晋宋を圧倒しながら、上位の格に関しては、遥かにそれらよりも劣勢である。

皎然の詩人評価は、全般に古えに高い傾向があり、斉梁以後の六朝詩に対してはかなり厳しく、また著者にとっての近代であるはずの唐に対しては、我々の予想からすれば意外にも低い。(27)

時代ごとに『詩式』が何首の詩歌をどの格に位置付けたか、実地に調査・整理した上での所説から引用した。流伝の過程で訛誤はあったにせよ、唐の建国（六一八）より既に一世紀半以上を閲しながら、第一格に唐詩どころか陳・北朝・隋の作品すら採らない現行本『詩式』を前にすれば、この結論は首肯できる。当代の詩に可能性を見出す詩論と矛盾するかのようなこの詩句選録は、何を表すのか。第一に、どれほど復古主義に異を唱えたにせよ、当時の知識人である以上、皎然もその束縛より完全に自由ではなかったという事情が考えられる。

第二に詩論書乃至は作詩法指南書としての性格上、既に声価が定まり、知名度の高い詩を採って読者への訴求力を増そうと彼が目論んだ可能性も無視できない。また第三に近い時代の作品ほど文献が未整理で、中央から程遠い地に在った皎然の手元に利用できる詩集などの材料が無かったという物理的な要因の存在も想像される（前章第五節、注57の引用参照）。

これらの諸点や作品個々の完成度以外に、そもそもある種の唐詩は皎然の美的感覚に照らして採録できない、また上位の格に置けない理由があった。中でも同時代の作品について、彼はこう述べる。具体的な対象は、彼が四・五十代だと推測される時期の詩歌である。

> 大暦年間、（著名な）詩人は多く江南にいた。（そういった者である）皇《こう》甫《ほ》冉《ぜん》・厳維・張継・劉長卿《りゅうちょうけい》・李嘉祐・朱放は、「青山」・「白雲」・「春風」・「芳草」（といった言葉）ばかりを自分たちの専売特許（のよう）にして（詩を作って）いた。私の思うに詩歌の道が初めて失われたのは、正にこの時であった。どうして（その）責めを斉・梁の書き手に負わせられようか。今に至るも余波はなお（詩人の姿勢に）染み込んでおり、後輩らは模倣して、（この流れに）溺れる者が多い(28)。

大暦期（七六六～七七九）に地方勤務や行旅で江南（原文「江外」）に在った詩人が、「青山」等の自然に関する語彙を詩歌で頻用したことが述べられる。第二節で引用した斉・梁の詩が持つ価値を力説する一段（注21）の後に、これは見える。それまで唐詩にあまり詠まれなかった長江以南の山水は、俄に脚光を浴び始める。過去に蓄積が無い題材だけに、各詩人の間で類似の用語を使う現象が見られたことであろう。

「道」が「失われ」た（原文「道喪」）などと称して南朝の文学衰退を想定する歴史観を皎然が頑なに拒んだことは、既に見てきた（前節、注7・21・22）。その彼が「詩歌の道が初めて失われた」（原文「詩道初喪」）と述べているのである。斉・梁の詩人ならぬ唐人が犯した過ち（しかもそれは「今に至るも」影響があった）に対する認識は深刻だと知れよう。

ここで直接、批判の対象となっているのは、大暦年間に江南で作られた山水詩であった。だが、事はより大きな『詩式』の詩歌史把握とも関わろう。古人の学習に偏して、その垣根を脱し得ない傾向を「縦のマンネリズム」と呼んでおこう。皎然が作詩においてこれを忌避した点は、前節までに論じた事柄より明らかである。それと同時に、同じ時期の詩人が相互に似た題材・修辞を用いて、千篇一律と化した詩を量産する状況にも彼は批判的だった。同時代人が互いの模倣に終始する「横のマンネリズム」も、彼の厳に忌むところであった。先に引いた記述もそれを示そう。唐代の詩壇に「横のマンネリズム」が広まっていたという記事は、複数伝存する。皎然が提起した大暦期に近接する時代の例を、一つだけ挙げておく。

近世（隋の）煬帝が初めて進士科を置き、当時は策文を課するのみでした。（唐の）高宗朝に至り、劉思立《りゅうしりつ》が考功員外郎となって、進士（の課題）に韻文を、明経（のそれ）に経書の穴埋めをも加えるようにと奏上しました。これより弊害を積み、段々と世の常になりました。（だから士人は）幼くして学問を始める際、いずれも当代の詩を誦するだけ、長じて教養を広げるにせよ、諸家の文集（の範囲）を超えはしないのです。(29)

宝応二年（七六三）六月に、科挙の主管を業務の一つとする礼部侍郎（文教を司る礼部の次官）の楊綰《ようわん》（？～七七七）が奉った上奏文から引用した。ここで彼は職務上の立場から、科挙に関する弊害を指摘している。(30)対象となるのは、経学を試験範囲とする明経科とより詩文に重点を置く進士科という、その主要な二つの科目である。もと策（政策論文）を主な試験課題とした科挙において、永隆二年（六八〇）に詩文の作成が制度化されたことは、第五章第三節、注39を見られたい。凡そ芸術その他の諸分野を通じて、今様振りを求める傾向はいつの時代も異なるまい。さらに制度面での新たな推進力を得て「当代の詩を誦する」、つまり試験に及第するため同時代の作品が学習・模倣された結果、誰もが代わり映えのしない詩歌を著すようになる。そういった乃至それに近い事態の生起を、この上奏文は示唆していよう。

明経・進士両科を廃して、古代の推薦制を復活した上で官人を採ろうとまで提案した古典主義者の楊綰から見て、これは好ましい状況ではなかった。そして、それは皎然にとっても同じだったと思しい。当時において、皎然は確かに革新的な詩論家であった。しかし、これは『詩式』が同じ時期の詩歌を優遇して採り、上位に置くことを意味するわけでは、決してない。本節の最初で述べたとおり、実際はその逆である。ただ、「今人」も「古えに及」ぶ（注4）と考えていたにせよ、当の詩句が彼自身の意に適わなければ、同書に選録するわけには行かなかった。一見、反復古的な言説と背馳するかのような同時期の作品への高くない扱いは、むしろ彼の時代に関わらない、純粋な詩歌批評への志向を示すかと思われる。

縦（通時的）・横（共時的）のいずれにせよ、皎然にとってマンネリズムは排されるべきものでしかなかったのである。その意味において、『詩式』は「古えに高い傾向があ」る「詩人評価」がまず前提だという他の詩論とは一線を画している。前節までに見た皎然の主張に従えば、同時代人といえども高く評価され得る資格はやはり充分にあった。次節でその可能性を検討してみる。

第五節　「横のマンネリズム」からの脱却

皎然が反復古的な詩論を打ち出しながら、当時の詩歌に、少なくとも部分的に不満を覚えていたことは、前節で述べたとおりである。しからば、彼は詩壇に瀰漫する気風に絶望していたかといえば、それはそうでもないようだ。

大暦の末年、（これら）諸氏は方向を改めたが、先の過ちが分かったからだろう。例えば皇甫冉「王宰相の雪を楽しむ詩に唱和する」詩に「（皮衣を着て、冠は着けずに雪見酒を楽しむ姿は）連なる軍営に角笛が響き、あわてて（北方の）桑乾河で戦うようだ」、厳維「代宗皇帝への挽歌」に「波は渤海で止み、雲は大風に吹き分けられる」、劉長卿「山の八哥鳥の歌」に「（ハッカチョウは）白い雲から遠く離れて弱々しく飛び、白い露が光る枝に捕まって住処とする」、李嘉祐「若者の歌」に「金のくつわ飾りを揺らめかせた白馬（に乗る若者）には、お付きの者が数多い。その身は（辺境を鎮める）将軍の麾下に在り、家郷は（山西・河北を流れる）滹陀の河にほど近い」、張継「鏡を詠む」に「漢の地を照らす月（のような鏡）は時に連れて見ることも稀となり、辺境の塵（のように鏡に付く埃）は年と共に積もる」、朱放の詩に「あの雲の彼方の（世俗を離れた）人を好んで、やって来ては谷底（の水）を汲む」。（これらの詩を作った）以上の諸氏は、南朝の張正見《ちょうせいけん》・何胥《かしょ》・徐摛《じょち》・王筠に比べても、私としては咎める点は無い。[31]

前節で引いた大暦期の山水詩を通して、「横のマンネリズム」を指摘した記述（注28）に続く一段を引用した。そこで批判の対象だった詩人が、ここでは個別の作品を挙げて軒並み評価される。[32]「先の過ち」（原文「前非」）を知った後に作られたとされるそれらは、南朝（張正見らは梁・陳、六世紀に活躍）の詩人にも比肩し得ると、皎然は述べる。

最初にいう「大暦の末年」に「諸氏」が「方向を改めた」（原文「改轍」）とは、何を指すのか。ここに見える作品は、先にこの前段で批判されていた詩歌と異なり直接、山水を詠うわけではない。その点では前節で触れた自然の描写に熱中して、結果的に皆が同じ方向へと進む弊害（注28）は免れていよう。だが現存作品に徴する限り、大暦の前・後期で彼らの使う題材や詩風が劇的に変化したという事実を疑問視する向きもある。[33]従って、皎然の真意はしかとつかみかねるのだが、いまそれは措いておくとしよう。確かなのは、代宗（在位七六六～七七九）の治世と共に大暦の元号が終わった後、「横のマンネリズム」を排除した、自らがかくあるべきと考える詩歌が現れたと皎然が認識していたことだろう。

先行作品の蓄積が多くなった後世ほど、「縦のマンネリズム」に陥りやすいことは、言うまでもない。また、唐代に作詩人口の増大したことが「横のマンネリズム」を誘発していたという事実も、充分に想像される。さらに我々の感覚ではそう見えずとも、今日では散逸した詩歌をも知っていた皎然の目には、マンネリズムの蔓延はより深刻に映ったかと思われる。このような状況下で、どうすれば新味のある詩を書けると、彼は考えていたのか。

評にいう、「不同」はさておき、（逆に）ここに三つの「同」がある。三つの「同」のうち、語を偸《ぬす》むのが最も愚かな賊だ。漢は律令を制定したが、その（言葉泥棒の）罪を（法に）書かなかったのはどうしたことか。酇侯《さんこう》が（皇帝の）補佐に忙しく、（民間の）詩歌を集める暇が無くて、浅学非才（の者）に、大っぴらに（前人の詩語を）掠め取らせることとなったに違いない。もし拙僧に一言で判決を下させれば、この連中は刑罰を逃れることはできない。その次（に悪質なの）は意を偸むことだ。（人を）欺くことはできても、情として赦せないし、（これを）一律に無罪とすれば、『詩』の教えはどこに存するのか。その次は勢を偸むことだ。才を巡らせ思いを凝らせば、（偸んだ）形跡も無いかのようだ。このような詩人は（孟嘗君《もうしょうくん》のために）宮中より白狐の皮衣を偸んだ手練れに当たる者であって、私も（その）優秀さを愛でて、目こぼしする（ものだ）。

語を偸む詩の例

例えば陳の後主「隋の時代になって宴席に侍る　詔を受けて作る」詩にいう、「日と月は天子の徳を輝かせる」。（これは）傅長虞《ふちょうぐ》「何劭《かしょう》・王済に贈る」詩の「日と月は天の道を輝かせる」を取り入れる。上の三字は語が同じで、下の二字は意味が同じだ。

意を偸む詩の例

例えば沈佺期「蘇味道《そみどう》に返歌する」詩の「（宮中の）小さな池では残暑も治まり、高い樹には早朝の涼しさが戻る」は柳惲「武帝に従って景陽楼に登る」詩の「（宮中の）太液池は青く波立ち、長楊宮では高い樹が秋めいている」を取り入れる。

勢を偸む詩の例

例えば王昌齢「独り遊ぶ」詩の「手に（釣り上げた）二尾のコイを提げて、千里を飛ぶガンを目で追う。その気ままに飛ぶ様子で、この（コイが）災いに遭って気の毒だと気付く」は嵆康《けいこう》「秀才が軍に入るのを送る」詩の「帰り行くコウガンを目で追い、手は五絃（の琴）を奏でる。我が暮らしに満足し、心は玄妙に遊ばせる」を取り入れる。[34]

蕭何《しょうか》（封爵は酇侯、前漢の初代宰相）は剽竊の罪を（彼が定めた『九章律』に）法制化できなかったが、私ならば詩歌の「語を偸む」輩を見逃しはしない。こうユーモアを交えて、皎然は詩における「偸」について、さらに「偸意《とうい》」と「偸勢《とうせい》」を続けて挙げる。このうち、露骨な修辞の模倣である「偸語《とうご》」が完全に否定されることは、皎然の詩論に照らして当然だった。例となる陳の後主と傅咸《ふかん》（字は長虞）の詩句は「日月光天徳」、「日月光太清」と輝かせる対象のみが異なる。「大っぴらに掠め取」る（原文「公行劫掠」）典型例といえよう。

次に見える「偸意」は、詩の内容を真似ることと思われる。沈佺期と柳惲の作品は高い樹（原文「高樹」）の共通を除いても、宮中の高所に登って秋景色を望む様を詠う主題・表現で、前者は後者の枠を出ない。これは「偸語」に比べて、明らかな形は取らないが、やはり完全には許容し難いと皎然は考えている。もし一様に名誉回復・減刑措置ということになれば、「『詩』の教え」（原文「詩教」）はどうなるか、この言葉がそれを示していよう。

これらと異なる扱いを受けるのが、続く「偸勢」である。王昌齢と嵆康の詩は飛び行く鳥を見送る姿とそれが心に与える作用、つまり「語」と「意」とを共有する。だが、両者には顕著な差異も含まれる。それは後者で作者が兄の嵆喜《けいき》（秀才）との別離による寂寥から立ち直った自得の心境を詠むのに対して、前者では魚、さらには詩人自身の不自由な様に思いを致す点である。「偸勢」を一概には否定しない皎然の意図を付度すれば、そう考えられる。

「勢」とはこの場合、「語」と「意」も含み得る詩歌の構成、調子を指すと思われる。言い換えれば、「勢を偸む」とは詩の構成要素を同じくしながら、盛り込まれる情趣が異なることを指すと考えられる。「偸」は、決して負の方向性だけをもって捉えられるのではない。『詩式』のこの一節は、皎然のそういった見解を示すと思しい。「才を巡らせ思いを凝ら」す（原文「才巧意精」）形で「勢を偸」めれば、それは、むしろ「白狐の皮衣」（原文「白皮裘」）を入手した狗盗の輩（『史記』巻七十五「孟嘗君列伝」）のように、泥棒の名人と認められる。その成功例は、罪過を見逃すどころか、積極的な評価にさえ値するという。

もとより、安易に「偸」むよりは「偸」まぬ方が望ましかろう。[35]だが、三つの「詩の例」について見た結果、皎然は前代の作品を学習すること自体を否定したのではなく、前人と全く没交渉の作詩（中国の古典詩でそれは不可能だろうが）を推賞したわけでもないとひとまず理解される。周到な構想の上に立ち、しかもその形跡を残さず、かつ単なる模倣に堕せずして、新味のある詩を著す。当然といえばそれまでだが、彼の反復古とは、実はかく穏当な形で総括できそうである。これは、後世の「換骨奪胎」[36]論とも一脈相通じるかもしれない。

大暦期の詩人は、江南での山水詩を典型として「横のマンネリズム」の悪弊に陥ってしまった（前節、注28）。皎然の言葉を借りれば、それは「偸」であり、恐らくは「偸語」と「偸意」が多くを占めたのだろう。

だが、彼らはそこから脱却した（本節、注31）。少なくとも皎然はそう捉えた。『詩式』はその間の詳細を特に述べてはいない。推測に渉るが、それは彼らが「偸」ならぬ、既存の作品に寄り掛からない詩を著すようになったと判断したためではなかったか。否、これは公平な論評とはいえないが、皎然はそう信じたかったのではあるまいか。よりによって同時期の詩歌が沈滞していたとあっては、時代を問わず名篇が登場し得るとしたその詩学が根底から覆りかねない。その意味において、「大暦の末年」に「諸氏」が「方向を改めた」という主張は、絶対に必要だったと思われる。こういった事情の存在も念頭に置きながら、詩歌における「古」に対する皎然の捉え方を今少し考えたい。

第六節　古えに敵するを以て上と為す

本章では、皎然の文学史観を検証してきた。今の詩人は、「古」とどう相対するべきか。最後に、『詩議』と『詩式』の関連する議論を一条ずつ（後の条は二段に分けて）見ておく。

そもそも詩というのは、古え（の作）に匹敵すれば見事なものだが、古えを写すことを立派だとするわけではない。衆人に先んじた構想を立て、多くの才人が及ばぬ表現を駆使すれば、独創とはなろうが、耳や目で（歴代の詩歌に）接していないと、結局は襲用の憂いが生じる。（古い詩の）全篇を引いたり、（その）一句を挿入したりして、古人が作った二字・三字（の熟語）を頼みにするのは、麗しい玉を瓦や石に混ぜ、香り高いヨロイグサを枯れた蘭（の合間）に植える（ような）もので、たとえ（出来が）良くても、他人の（美しい）眉目（を借りたの）であって、自身の手柄ではないのである。まして（作品の出来が）良くなければ（話にならない）[37]。

「古えに匹敵すれば見事」（原文「以敵古爲上」）とは、今人も古えに及び得るという皎然の詩論を最もよく象徴した言葉だろう。故に、意図して「古人」の詩を全体もしくは部分的にそのまま自作へ取り込むことは、峻烈に批判される。好首尾でも他人の力頼み、悪くすれば論外なのである。ただし、それに先立ち「構想を立て」、「表現を駆使す」ること（原文「立意」、「放詞」）が共に「独創」なのは良いが、知らずに古人の作を「襲用」（原文は注43に引く『詩式』にも見える「倚傍」で、もたれ掛かるの意）してしまい、陳腐な詩を著す危険性に警鐘を鳴らしてもいる。この点は、皎然が複眼的な詩論家だったことを示す。

評にいう、前代に（作詩について絶対的な）古人（など）は存在せず、（詩は）我が思いからのみ生まれる。江・鮑・何・柳をも（目下の）後輩扱いにし、その（詩の）間に偶々似たものがあれば、（それは）精神上の一致で（偶然）そうなったのである。その例といえば、「遥かなる牽牛の星、白く輝く天の川のほとりの女」「（妻は）桑が枯れたので（冬の）風の強さに気付いたが、（遠くの夫は）砂漠の水が凍るので空が寒くなったと気付いていよう」。また「黄河の水は東へと流れるが、（河沿いにある）洛陽の（独り暮らす）女の名は莫愁」「別れ際に河のほとりで冠の長い紐を洗えば、（水の流れに誘われて君を思う心が）遥か果てずに続く」「（丸い形から男女の和合を象徴する団扇に）描かれるのは秦王の娘が、（夫と共に）鸞《おおとり》に乗って霧や霞に向かう様（それに引き換え私ときては）」、鮑照の「蘗《きはだ》（ミカン科の落葉高木）を切って糸を黄色に染めるが、（糸は）乱れて手の付けようも無い（男女の仲もまた然り）」、呉均の「鵷雛《えんすう》（鳳凰などと同じ霊鳥）はもし天に昇ったら、（私に）代わって明月に挨拶しておくれ」。また「古詩」の「遠来の客人があって、私に二尾のコイを下さった。童子に言い付けてコイを煮ようとしたら、（腹の中）に一尺の白絹に書かれた手紙が入っていた」。また「門口に馬車に乗った客があって、その言うには「古里からやって来た。君が長らく戻らず、足を長江や湘水に濡らして留まっているのが気掛かりで」と」、柳惲の「白い浮草を中洲で取れば、江南の春に日は暮れる。洞庭湖（現湖南省にある湖）で帰り行く旅人を送り、（洞庭湖に注ぐ）瀟湘

（の川）で古馴染みに出会う」の類がそれである。[38]

冒頭に見える言葉は詩歌における個性重視の宣言、続く「江鮑何柳」（江淹《こうえん》・鮑照・何遜・柳惲）たち南朝の名立たる詩人を目下の者の如く見做すとは、彼らに負けないほどの気構えをもって作詩に取り組むことをいうものか。そうだとすれば、これも「今人が古えに及」ぶことの肯定といえる。さて、「遥かなる牽牛の星」以下の三聯は男女が別れ別れの状態にあることを、次の一聯は人の旅立ちを見送る様子を描いている。いずれもごく古い時期の作[39]という詩に見える。その一方で「描かれるのは秦王の娘が」（江淹の詩）、「蘗《きはだ》を切って糸を黄色に染めるが」で始まる聯は、男に棄てられた女性を題材とした詩歌より引かれ、続く詩句[40]も眼前にいない者に贈られた作品の一部である。即ちこれらは前四聯と南朝の後三聯とで時代こそ分かれるが、別離を詠う点で異なるところが無い。この後の「古詩」（漢代）などの例句（二つ目の聯は西晋の陸機の作[41]）も、同様に主題（邂逅と離別）を共有する。

　これらの諸例を通じて皎然がいいたかった事柄、それは過去の作品とモチーフを同じくするにしても、努力次第で個性を充分に備えた詩は作り得るということだろう。ここに引く詩句は、より新しいものも含めて概ね『詩式』中の挙例部分、それも比較的高い格に見えており[42]、彼がその独自性を認めていたと分かる。期せずして古人と同じ修辞・情趣を用いたにせよ、そこにオリジナリティを認められれば、その詩は高く評価されてしかるべきというのが皎然の主張だった。『詩式』のこの条で、彼は続けて次のように述べる。

　詩人は（他の詩との）差異化に意を凝らして、（他の作品に）寄り掛かることが無いようにし、それができる者は（別の詩からの）束縛より解かれ（て自然に詩を作れ）る。（それより詩の）格が劣るもののことは、さらにこれを論じねばならない。例えば潘岳「悼亡詩」の「（妻を失った悲しみが）幸いにも弱まる時があれば、荘子が鉢を打ったようなことでもできるだろう」は、情感の極みであり、(典故に)頼りはするが、私に否やは無い。(これが)例えば「明るい月(の光)が綾模様の透かし窓に差し込むと、おぼろげに香り草にも似た(妻の)姿が思われる」だと、(潘岳の詩に)及ばない[43]。

「格が劣るもののことは」云々とは、前段にいう「精神上の一致」(注38の引用にいう「神會」)より落ちる、古典の利用が明らかな詩歌について、なお一言すべきということだろう。指摘のとおり「悼亡詩」の句は、故事を「頼」った(原文「有依倚」)ものである[44]。典故をそのままに用いないことを重んじる『詩式』の方針(前章第三節冒頭で言及)からして、これは望ましくないかに思える。だが、ここでは、この点が不問に付される。

その一方で、「悼亡詩」の模倣作に見える「明るい月が綾模様の透かし窓に差し込むと」以下の詩句には、本歌に敵わないと否定的である[45]。「神會」による一致は別格だが、字面をなぞるだけの模倣と典故の使用は明白でも「情感の極み」(注43に引く原文では「思之極」)を伝える表現とを、皎然は峻別して後者により高い価値を見出した[46]。このことも、彼の詩論において、評価基準が決して一面的ではなかったと教えている。後世になるほど倣うべき作品が増える以上、前代の作と同条件で論じるべく、典故使用への対応をより柔軟に、また積極的に評価する必要性があると彼自身、意識していたらしい(第二節、注13・21)。

作詩の上で陥りやすいマンネリズムの悪弊は、どうすれば避けられるのか。陳腐さの克服に限らず、皎然が具体的な方策を示す例はあまり無い。結局は弛まず経験を積んで自ら悟るしかない。それはここで挙げる「差異化に意を凝らして、寄り掛かることが無い」(原文「意立變化、無有倚傍」)詩人だけが、他者に依存せず自己一流の詩を作れるということだろう。

二段に分けて挙げたこの「立意総評」条は、現行本『詩式』の末尾に置かれる。この配列や「総評」の語を含む項目名が原著どおりならば、この条は皎然の詩学中で一種の総論めいた位置を占めると思われる。詩人、あるいは作詩という行為における「今」と「古」の矛盾無き両立、それこそ彼の詩論が最終的に到達した一つの理想だったと考えられようか。

おわりに

以上を要するに、皎然は同時代の詩人らに望みを絶ったわけではなかった。もし、そうならば、『詩式』や『詩議』といった詩論書を著すことも無かったろう。これは復古的な文学論の持ち主にも、同じことがいえる。彼らとて、一旦衰えた文学が再び自身やその先駆者によって復興されるという主張を言揚げする以上、同じ時期の詩文を見限ってなどはいない。

反復古的な詩論を唱える皎然にとって、それはなおさらだった。従って、彼が『詩式』の中で唐詩を多く上位の格に置かなかった（第四節、注27）原因は、その文学史観に在るわけではない。むしろ、近い時代の詩歌を古人のそれと並べて批評の俎上へ載せた事実にこそ、着目するべきだろう。

第四節で述べたとおり、大暦期の江南で作られた山水詩に漂う「横のマンネリズム」を彼は容認できなかった。楊綰は、同じものを科挙の及第を希求する士人の詩に見出した（以上、注28・29）。この事実から、詩歌の没個性化は当時、知識人の間に広く認識されていた傾向だったと考えられる。マンネリズムを打破するには、ごく大雑把にいって二つの方途がある。古典の学習と主体的な創作、実際には二者択一ではなくその併用が欠かせない。「偸勢」の容認（第五節、注34）などを典型として、皎然が後者の重視だけで割り切れるほどに単純な詩歌観の所有者でなかったことは、これまでに論じてきたところより理解されよう。

第五節に引いた『詩式』の一段（注31）で、江南の山水詩人は以前と全く違う詩を作るようになったと皎然は述べていた。思うにそこには彼の詩論、即ち第一・二節で見た「今人」も「古えに及」ぶ可能性を認め、下降的文学史観に反対する主張が関わる。全時代の文学に価値を発見しようとする姿勢は、当然だが同時期の詩歌をも認めさせることになる。結果として、彼は同時代の詩（ひいてはその先行き）に明るい見通しを示すに至った。

本章の起点は『詩式』がなぜ「摘句」と「品第」より成るかという疑問だが、今までに述べた事柄は、その答えの一端ともなろう。詩句を単位とした格付けとは結局、安易には復古へ偏しない詩歌史の把握に最も適応する形式だった。皎然自身がどこまでこれに意識的であったか、それは詳らかでない。しかし、声価がなお定まらない今人の作品も、この手法であれば評者が考える秀句のみを選び、比較的容易に詩評の対象となし得る。(47)

第六章や本章の注釈（13・19・21・35・42・45）で、筆者は繰り返し『詩式』の詩論に対して挙例で詩句がどう扱われるかを取り上げてきた。それら両者が多くの場合、同じ方向性を持つことは、各所で指摘したとおりである。やはり、同書の構造と詩歌観は、表裏一体を成していたと考えねばなるまい。摘句という形式と各時代の詩歌を無下に否定しない皎然の文学史観との関係は、その極めて顕著な例証と捉えるべきではないか。

注

（1）　概説書を含め『詩式』に関する論考はその意義に言及する。本章では特に林田愼之助一九九八（同二〇〇一、二一〇〜二三三頁）を参照した。

（2）　中森健二二〇〇〇、二三五〜二三六頁に指摘がある。

（3）この問題を専ら扱う論文に申建中一九九二、孟二冬・耿琴一九九五、芦立一郎二〇〇三がある。本章の内容は、これらの先行研究に多くを負っている。

（4）『文鏡秘府論』南巻「論文意」
或云、今人所以不及古者、病於儷詞。予曰、不然。

『文鏡秘府論』は出所を示さないが、『吟窓雑録』巻七に見える同内容の文章より、これは『詩議』の逸文と思われる。

（5）『文鏡秘府論』南巻「論文意」
論人、則康樂公秉獨善之資、振頽靡之俗。沈建昌評、自靈均已來、一人而已。此後、江寧侯溫而朗。鮑參軍麗而氣多、雜體、從軍、殆淩前古。恨其縱捨盤薄、體貌猶少。宣城公情致蕭散、詞澤義精、至於雅句殊章、往往驚絶。何水部雖謂格柔、而多清勁、或常態未剪、有逸對可嘉、風範波瀾、去謝遠矣。柳惲、王融、江總三子、江則理而清、王則清而麗、柳則雅而高。予知柳吳興名屈於何、格居於何。中間諸子、時有片言隻句、縱敵於古人、而體不足齒。

『文鏡秘府論』は出所を示さないが、『吟窓雑録』巻七の引用から、『詩議』の逸文だと分かる。なお「柳吳興」こと柳惲の詩名は同時代の何遜（「何」）に劣るとした一般の批評に対して、皎然は彼の格調は何遜に勝ると異論を提起している。柳惲の詩から『詩式』は第二格に四首十句、第四格に一首四句を例句に採っており、皎然も自覚する当時の、あるいは今日にも続く通念と乖離した高い評価は、ここの記述と通底する。

（6）沈約「宋書謝霊運伝論」（『文選』巻五十）
自靈均以來、多歷年代、雖文體稍精、而此秘未覩。

元来これは屈原（字は霊均）を代表とする『楚辞』に作品を収められた者を初め誰も知らなかった韻律の「秘」を発見したと沈約自らが誇っている言葉だが、皎然は曲解して謝霊運への賛辞に捉えたと見える。なお『宋書』巻六十七は同じ文章の「多」から「而」の十字を欠く（標点本は『文選』に拠って補う）。

（7）『詩式』巻三「論盧藏用陳子昂集序」
評曰、盧黃門序評賈誼、司馬遷憲章禮樂、有老成之風、讓長卿、子雲王公大人之言、溺於流辭。又云、道喪五百年而有陳君乎。予因請論之曰、司馬子長自序云、周公卒五百歲而有孔子、孔子卒五百歲而有司馬公。邇來年代既遙、作者無限。若論筆語、則東漢有班張崔蔡、若但論詩、則魏有曹劉三傅、晉有潘岳、陸機、阮籍、盧諶、宋有謝康樂、陶淵明、鮑明遠、齊有謝吏部、梁有柳文暢、吳叔庠、作者紛紜、繼在青史、如何五百之數獨歸於陳君乎。藏用欲爲子昂張一尺之羅、蓋彌天之宇、上掩曹劉、下遺康樂、安可得耶。

「司馬子長自序云」以下の一文は前漢・司馬遷（字は子長）『史記』巻百三十「太史公自序」に基づき、周公や孔子ら傑出した人物が数百年間隔でも絶えずに現れ続けることをいう。ただし「而有司馬公」（「司馬公」は司馬遷を指すか）は皎然による改変、第四章第二節、その注34を見られたい。また「三傳」は未詳、『四友斎叢説』巻二十四「詩」一の引用では、「三」を「王」に作るが、誰を指すかは分からない。

（8）『詩式』巻五「復古通変体［所謂通於変也］」

又復變二門、復忌太過。詩人呼爲膏肓之疾、安可治也。如釋氏頓敎、學者有沈性之失、殊不知性起之法、萬象皆眞。夫變若造微、不忌太過。苟不失正、亦何咎哉。如陳子昂復多而變少、沈宋復少而變多。今代作者、不能盡擧。吾始知復變之道、豈惟文章乎。在儒爲權、在文爲變、在道爲方便。後輩若乏天機、強傚復古、反令思擾神沮。何則。夫不工劍術、而欲彈撫干將、大阿之鋏、必有傷手之患、宜其誡之哉。

（9）東晋・佛陀跋陀羅訳『大方広仏華厳経』巻三十五「宝王如来性起品三十二之三」

佛子、如來智慧、無相智慧、無礙智慧、具足在於衆生身中。但愚癡衆生顚倒想覆、不知不見、不生信心。

同じ経典の異なる翻訳、即ち西晋・竺法護訳『仏説如来興顕経』、唐・実叉難陀訳『大方広仏華厳経』（八十華厳経）「如来出現品」では、「性起」の語を用いない。なお、チベット語訳を底本に漢訳等も参照した「性起品」の日本語訳を高崎直道一九八〇に収めるが、ここに挙げた箇所の訳文はその二五五～二五六頁に見える。

（10）『大方広仏華厳経』巻三十五「宝王如来性起品三十二之三」

彼三千大千世界等經卷在一微塵內、一切微塵亦復如是。

智儼『大方広仏華厳経捜玄分斉通智方軌』（一名『捜玄記』）巻四下

性者體、起者現在心地耳。

（11）インド仏教も視野に入れて「性起」を考察した論文に高崎直道一九六〇〔同二〇一〇、三八九～四四三頁〕がある。また皎然が述べる「性起」については、赤井益久一九九一、一一～一二頁〔同二〇〇四、五一九～五二〇頁〕を参照した。

（12）『周易』「繋辞上伝」

極數知來之謂占、通變之謂事、陰陽不測之謂神。……參伍以變、錯綜其數、通其變、遂成天下之文、極其數、遂定天下之象。……是故闔戸謂之坤、闢戸謂之乾。一闔一闢謂之變、往來不窮謂之通。……是故法象莫大乎天地、變通莫大乎四時、縣象著明莫大乎日月、崇高莫大乎富貴。是故形而上者謂之道、形而下者謂之器。化而裁之謂之變、推而行之謂之通。

同「繫辞下伝」

神農氏沒、黃帝、堯舜氏作、通其變、使民不倦、神而化之、使民宜之。易窮則變、變則通、通則久。

(13) 『詩式』巻二「律詩」

評曰、樓煩射鵰、百發百中、如詩人正律破題之作、亦以取中爲高手。洎有唐以來、宋員外之問、沈給事佺期、蓋有律詩之龜鑒也。但在矢不虛發、情多、興遠、語麗爲上、不問用事格之高下、宋詩曰、象溟看落景、燒劫辨沈灰。沈詩曰、詠歌麟趾合、簫管鳳雛來。凡此之流、盡是詩家射鵰之手。假使曹劉降格來作律詩、與二子竝驅、未知孰勝。

「格」(風格)と共に「用事」(典故使用法)は『詩式』が最も重視する詩歌批評の基準だが、ここでは沈宋による新詩体確立の功を重んじてか重要性が後退している。この点については、注21も参照されたい。なお引用される詩句は順に宋之問「奉和晦日幸昆明池応制」(『英華』巻百七十六)、沈佺期「歳夜安楽郡主満月侍宴応制」(同巻百六十九)の中に見え、『詩式』巻二「律詩」では第二格に例句としても引かれる。

(14) この交遊は大暦八年(七七三)から十二年(七七七)に懸けてのこと、『詩式』の完成(次章「はじめに」、注7)に十年以上先立つ。賈晋華一九九二c、五七~九四頁参照。

(15) 顔真卿「尚書刑部侍郎贈尚書右僕射孫逖文公集序」(『顏魯公文集』巻十二)

漢魏已還、雅道微缺、梁陳斯降、宮體聿興、既馳騁於末流、遂受嗤於後學。是以沈隱侯之論謝康樂也、乃云靈均已來、此未及覩、盧黃門之序陳拾遺也、而云道喪五百歳而得陳君、若激昂頽波、雖無害於過正、榷其中論、不亦傷於厚誣。何則。雅鄭在人、理亂由俗。桑閒濮上、胡爲乎綿古之時。正始皇風、奚獨乎凡今之代。蓋不然矣。

「沈隠侯」こと沈約(諡は隠)の文章から引く「此未及覩」は『唐文粋』巻九十二も同じだが、『英華』巻七百二と「宋書謝霊運伝論」は共に「此秘未覩」に作る。当該の句を本来の意味を外して謝霊運への賞賛と解する点で、この一節と注5に引いた皎然『詩議』とは共通しており、何らかの関連も想像される。なお、ここに引いた文章の日本語による訳注(成田健太郎氏による)が京都大学中国文学研究室二〇〇八、二五六~二七二頁に収められる。

(16) 明・胡震亨『唐音癸籤』巻五「評彙」一

唐人推重子昂、自盧黃門後、不一而足。如杜子美則云、有才繼騷雅、名與日月懸、韓退之則云、國朝盛文章、子昂始高蹈。獨顏眞卿有異論[……]、僧皎然采而著之詩式。

「……」で示した省略箇所で、孫逖集の序（前注）から一節を引用する。なお杜甫（子美）と韓愈（退之）の陳子昂への贊辞については、第二章、注24と注1を見られたい。

（17）『詩式』巻三「論盧藏用陳子昂集序」

又子昂感寓三十首、出自阮公詠懐、詠懐之作、難以爲儔。子昂詩曰、荒哉穆天子、好與白雲期。宮女多怨曠、層城蔽蛾眉。曷若阮公三楚多秀士、朝雲進荒淫。朱華振芬芳、高蔡相追尋。一爲黄雀哀、涕下誰能禁。此序或未湮淪、千載之下、當有識者、得無撫掌乎。

（18）『詩式』巻三「直用事第三格［其中亦有不用事、格稍弱、貶為第三］」

陳子昂「別崔司議」：「故人洞庭去、楊柳春風生」。……

陳子昂「西還答喬補闕」：「葳蕤蒼梧鳳、嘹唳白露蟬。羽翰本相匹、結交何獨全」。……

陳子昂「感寓」：「荒哉穆天子、好與白雲期。宮女多怨曠、層城蔽蛾眉」。

同巻四「有事無事第四格［於第三格情格稍下、故居第四］」

陳子昂「詠燕昭王」：「南登碣石坂、遙望黄金臺。丘陵盡喬木、昭王安在哉」。

同巻五「有事無事情格倶下第五格［情格倶下可知］」

陳子昂「題徐著作壁」：「白雲蒼梧來、氛氲萬里色。聞君太平代、栖泊靈臺側」。

ここに見える詩の通行している表題は順に「送客」、「西還至散関答喬補闕［知之］」、「感遇」二十六、「薊丘覧古贈盧居士蔵用六首・燕昭王」、「古意題徐令壁」で、「感遇」が陳集巻一に収録されるのを除けば、他は全て巻二に収める。

（19）『詩式』巻二「西北有浮雲」

阮嗣宗「詠懐」：「三楚多秀士、朝雲進荒淫。朱華振芬芳、高蔡相追尋。一爲黄雀哀、涕下誰能禁」［意也］。

阮籍（字は嗣宗）のこの詩は第二格に見えるが、末尾の「意」はこの句に対する皎然の端的な評価を示す。

（20）『詩議』「詩対有六格」（『吟窓雑録』巻七）

類對體　詩曰、離堂思琴瑟、別路繞山川。又宋員外詩（缺）、以早潮偶故人、非類爲類是也。

「離堂思琴瑟」以下の一聯は、陳子昂「春夜送別友人二首」一（陳集巻二）に見える。なお、『文鏡秘府論』東巻「論対・二十九種対」にも同内容の文章を引くが、『詩議』という書名を出さず、また「類對體」を「異類對」に作る。

（21）『詩式』巻四「斉梁詩」

評曰、夫五言之道、惟工惟精。論者雖欲降殺齊梁、未知其旨。若據時代、道喪幾之矣。詩人不用此論。何也。如謝吏部詩大江流日夜、客心悲未央。柳文暢詩太液滄波起、長楊高樹秋。王元長詩霜氣下孟津、秋風度函谷。亦何減於建安。若建安不用事、齊梁用事、以定優劣、亦請論之。如王筠詩王生臨廣陌、潘子赴黃河。庾肩吾詩秦王觀大海、魏帝逐飄風。沈約詩高樓切思婦、西園游上才。格雖弱、氣猶正。遠比建安、可言體變、不可言道喪。

ここに引かれる詩句のうち、謝朓「発新林贈西府同僚」（『文選』巻二十六は「暫使下都夜発新林至京邑贈西府同僚」と題する）、柳惲「又」（『梁書』巻二十一「柳惲伝」）は『詩式』巻二「池塘生春草、明月照積雪」に引かれて、第二格に位置付けられる。なおこの条で皎然は、南斉や梁の詩人が典故を用いたことに対して比較的寛容な態度を示す。典故の使用を決して良しとしない本来の自説をやや抑えたこの評価の背景には、南朝を含むどの時代にも優れた詩歌が現れ得るという彼の根本的な詩歌観を示す意図があったと思しい。類似の行論は、注13に引く記述にも見える。

(22)　『詩式』巻二「評曰古人於上格」

今所評不論時代近遠、從國朝以降、其中無爵命有幽芳可采者、拔出於九泉之中、與兩漢諸公竝列、使攻言之子體變道喪之談、於茲絕矣。

(23)　盛・中唐の狭間には復古思潮の色濃い詩論も著されていた。李白、李陽氷、殷璠、杜確にその例が見える。うち李陽冰「草堂集序」（『李太白文集』巻一）は、「盧序」を引用する。古文家の文論との関わりを含め、乾源俊二〇〇二、四二～六〇頁参照。

(24)　唐・于頔「呉昼上人集序」（『昼上人集』巻首）

詩自風雅道息、二百餘年而騷人作。其旨愁思、其文婉麗、亡楚之變風歟。至西漢李陵、蘇武、始全爲五言詩體、源於風、流於騷、故多憂傷離遠之情。梁昭明所撰文選、錄古詩十九首、亡其名氏。觀其詞、蓋東漢之世、亦李蘇之流也。洎建安中、王仲宣、曹子建鼓其風。晉世陸士衡、潘安仁揚其波。王曹以氣勝、潘陸以文尚。氣勝者、魏祖興武功於二京已覆。文尚者、晉武亡帝圖於五胡肇亂。觀其人文興亡之蹟、人焉廋哉、人焉廋哉。宋高祖平桓玄、定江表。文帝繼業、五十年間、江左寧謐。魏晉文章、鬱然復興。康樂侯謝靈運獨步江南、俯視潘陸。其文炳而麗、其氣逸而暢。驅風雷於江山、變晴昏於洲渚。煙雲以之慘淡、景氣爲其澄霽。信江表之文英、五言之麗則者也。迨于齊世、宣城守謝玄暉亦得其詞調、涵於氣格、不侔康樂矣。梁陳已降、雖作者不絕、而五言之道、不勝其情矣。有唐呉興開士釋皎然、字清晝、卽康樂之十世孫。得詩人之奧旨、傳乃祖之菁華。江南詞人、莫不楷範。極於緣情綺靡、故詞多芳澤。師古興制、故律尚清壯。其或發明玄理、則深契眞如、又不可得而思議也。貞元壬申歳、余分刺呉興之明年、集賢殿御書院有命徴其文集。余遂採而編之、得詩筆五百四十六首、分爲十巻、納於延閣書府。上人以余嘗著詩述論前代之詩、遂託余以集序。辭不獲已、略志其變。上人之植性清和、稟質端懿、中秘空寂、外開方便。妙言説於文字、了心境於定慧、又釋門之慈航智炬也。余游方之内者、何足以扣玄關。謝氏世爲詩人、豈佛書所謂習氣云爾。

『英華』巻七百十二は同じ文章を「呉興昼公集序」と題し、「晉武亡帝圖」を「晉武圖帝業」に作る。また『昼上人集』はその後の「人焉廋哉」を二箇所共に「人焉痩哉」と、「景象爲其澄霽」を「景氣爲其澄霽」と作るが、『英華』と『杼山集』巻首「杼山集序」に従って改めた。なお、『英華』と『杼山集』で脱落を補った文字がある。この序の日本語による訳注（浅見洋二・乾源俊両氏による）を乾源俊二〇一四、三〜一〇頁に収める他、于頔の文学論を専ら扱う論文として乾源俊二〇一三があり、ここでも特に参照した。

（25）皎然と于頔の関係は賈晋華一九九二c、一四〇〜一四三頁参照。

（26）このうち、李華と梁肅は皎然と交わりがあった。賈晋華一九九二c、七九・一一〇〜一一二頁参照。それだけに、皎然自身が彼らの復古的な文論を知悉していた可能性は無視できない。

（27）興膳宏一九九七、四・三頁〔同二〇〇八b、二四六〜二四七・二四五〜二四六頁〕。「五格」に引かれる詩篇の分布状況を示した表が、同一九九七、四頁〔同二四六頁〕に掲出される。なお、中森健二二〇〇〇、二二四〜二二五頁表1は、より細かく各朝代の格ごとの例句数を整理するが、唐詩は全体の約三分の一を占める。前章第四節、表6-2も参照されたい。

（28）『詩式』巻四「斉梁詩」

大暦中、詞人多在江外。皇甫冉、嚴維、張繼、劉長卿、李嘉祐、朱放、竊占青山、白雲、春風、芳草以爲己有。吾知詩道初喪、正在於此。何得推過齊梁作者。迄今餘波尚寖、後生相傚、沒溺者多。

十万巻楼叢書本『詩式』は「張繼」を「張繼素」に作るが、底本の説に従って改める。

（29）『旧唐書』巻百十九「楊綰伝」

近煬帝始置進士之科、當時猶試策而已。至高宗朝、劉思立爲考功員外郎、又奏進士加雜文、明經塡帖、從此積弊、浸轉成俗。幼能就學、皆誦當代之詩、長而博文、不越諸家之集。

（30）楊綰らが提起した中唐の科挙改革論、その背景及び意義は畑純生一九九九参照。

（31）『詩式』巻四「斉梁詩」

大暦末年、諸公改轍、蓋知前非也。如皇甫冉和王相公玩雪詩連營鼓角動、忽似戰桑乾。嚴維代宗挽歌波從少海息、雲自大風開。劉長卿山鷓鴣歌青雲杳杳無力飛、白露蒼蒼抱枝宿。李嘉祐少年行白馬撼金珂、紛紛侍從多。身居驃騎幕、家近滹沱河。張繼詠鏡漢月經時掩、胡塵與歳深。朱放詩愛彼雲外人、來取澗底泉。已上諸公、方於南朝張正見、何胥、徐摛、王筠、吾無閒然矣。

「張繼」を十万巻楼叢書本『詩式』は「張繼素」に作るが、底本の説に従って改めた。「詠鏡」詩はここに二句引かれるのみで、他の文献には見えない。

(32) 前注の引用に挙げられる劉長卿と朱放の詩句は『詩式』巻三「直用事第三格〔其中亦有不用事、格稍弱、貶為第三〕」に、嚴維のそれは巻四「有事無事第四格〔於第三格情格稍下、故居第四〕」に、李嘉祐のそれは巻五「有事無事情格倶下第五格〔情格倶下可知〕」に各々第三格、第四格、第五格の例句として見える。

(33) 賈晋華一九八四参照。また江南で活動した当時の詩人（注28の引用に見える朱放を含む）と皎然の詩論との関係は、趙昌平一九八四〔同一九九七、一三一～一五九頁〕に詳しい。

(34)『詩式』巻一「三不同：語、意、勢」

評曰、不同可知矣、此則有三同。三同之中、偸語最爲鈍賊。如漢定律令、厥罪不書。應爲鄷侯務在匡佐、不暇采詩、致使弱手蕪才、公行劫掠。若許貧道片言可折、此輩無處逃刑。其次偸意。事雖可罔、情不可原、若欲一例平反、詩教何設。其次偸勢。才巧意精、若無朕跡。蓋詩人閫域之中偸狐白裘之手、吾亦賞俊、從其漏網。

偸語詩例

如陳後主入隋侍宴應詔詩云、日月光天德。取傅長虞贈何劭王濟詩日月光太清。上三字語同、下二字義同。

偸意詩例

如沈佺期酬蘇味道詩小池殘暑退、高樹早涼歸。取柳惲從武帝登景陽樓詩太液滄波起、長楊高樹秋。

偸勢詩例

如王昌齡獨遊詩手攜雙鯉魚、目送千里雁。悟彼飛有適、嗟此罹憂患。取嵇康送秀才入軍詩目送歸鴻、手揮五絃。俯仰自得、遊心太玄。

(35) 前注の引用に見える西晋・傅咸、梁・柳惲、魏・嵇康の「偸」まれた句（それぞれ出所は『文選』巻二十五、『梁書』巻二十一「柳惲伝」、『文選』巻二十五）は『詩式』巻二「西北有浮雲」、「池塘生春草、明月照積雪」で第二格に位置付けられる。その一方で「偸」んだ側である陳・後主、唐・沈佺期、唐・王昌齢のそれ（各々『南史』巻十「陳本紀」上、『国秀集』巻上、『唐文粋』巻十六下）は例句に採られていない。

(36) 北宋・釈恵洪『冷斎夜話』巻一「換骨脱胎法」
山谷云、詩意無窮、而人之才有限。以有限之才、追無窮之意、雖淵明、少陵不得工也。然不易其意而造其語、謂之換骨法、規模其意形容之、謂之脱胎法。

　北宋有数の詩人である黄庭堅（号は山谷）の説として、前人の詩に見える発想そのままで修辞を新たに練る手法が「換骨法」、発想を手本とする手法が「脱胎法」と称される。なお、『能改斎漫録』巻十「詩有脱胎換骨詩有三偸」に、この「換骨脱胎」と注34に挙げた「三偸」を結び付けた議論が見える。

(37) 『詩議』（『文鏡秘府論』南巻「論文意」所引）
又云、凡詩者、惟以敵古爲上、不以寫古爲能。立意於衆人之先、放詞於羣才之表、獨創雖取、使耳目不接、終患倚傍之手。或引全章、或插一句、以古人相黏二字、三字爲力、厠麗玉於瓦石、殖芳芷於敗蘭、縱善、亦他人之眉目、非己之功也。況不善乎。

(38) 『詩式』巻五「立意総評」
評曰、前無古人、獨生我思。驅江鮑何柳爲後輩、於其間或偶然中者、豈非神會而得也。其例曰、迢迢牽牛星、皎皎河漢女。枯桑知天風、海水知天寒。又河中之水向東流、洛陽女兒名莫愁。臨河濯長纓、念別悵悠悠。晝作秦王女、乘鸞向煙霧。鮑照剉蘖染黃絲、棼亂不可治。吳均鵷雛若上天、寄聲向明月。又古詩客從遠方來、遺我雙鯉魚。呼童烹鯉魚、中有尺素書。又門有車馬客、駕言發故鄉。念君久不歸、濡跡滯江湘。柳惲汀洲采白蘋、日落江南春。洞庭送歸客、瀟湘逢故人之例是也。

　冒頭近くに「江鮑何柳」とあるが、通常は「何劉」などといって劉孝綽と併称される何遜と並べるなど、注5に引く『詩議』と同じく、柳惲に対する高評価がここにも見られる。

(39) 順に「古詩十九首」十（『文選』巻二十九）、「飲馬長城窟行」（『文選』巻二十七では古辞、『玉台新詠』巻一では蔡邕の作とする）、「歌辞二首」二（『玉台新詠』巻九）、伝前漢・李陵「与蘇武三首」二（『文選』巻二十九）で概ね漢代以前の作品とされる（『楽府詩集』巻八十五は「歌辞」二を「河中之水歌」と題して、梁・武帝の作とする）。

(40) これらは梁・江淹「雑体詩三十首・班婕妤［詠扇］」（『文選』巻三十一）、劉宋・鮑照「行路難四首」二（『玉台新詠』巻九）、梁・呉均「贈柳秘書」（『英華』巻二百四十七）からの引用だが、『玉台新詠』等とは異同がある。

（41）　順に「飲馬長城窟行」（前々注参照）、陸機「門有車馬客行」（『文選』巻二十八）、柳惲「江南曲」（『玉台新詠』巻五）から引用する。

（42）　「枯桑知天風」の聯と李陵の句は巻二「作用事第二格［亦見前評。有不用事而措意不高、黜入第二格］」、柳惲の前二句は巻二「池塘生春草、明月照積雪」で第二格の、「客從遠方來」以下の四聯は巻一「不用事第一格」で、「班婕妤［詠扇］」と呉均の詩句は巻一「王仲宣七哀」で第一格の扱いを受ける。

（43）　『詩式』巻五「立意総評」

詩人意立變化、無有倚傍、得之者懸解其間。若論降格、更須評之。如潘岳悼亡詩庶幾有時衰、莊缶猶可擊。思之極也。雖有依倚、吾無恨焉。如明月入綺窗、髣髴想蕙質、斯不及矣。

（44）　潘岳の詩は「悼亡詩三首」一（『文選』巻二十三）、妻に先立たれた荘子が鉢を叩いて歌い、全く悲しくないかの如く振舞ったという逸話が『荘子』外篇「至楽」に見える。

（45）　潘岳「悼亡詩三首」二（『文選』巻二十三）

歳寒無與同、朗月何朧朧。……獨無李氏靈、髣髴覩爾容。

皎然は彼が引用する江淹「雑体詩三十首・潘黄門［悼亡］岳」（『文選』巻三十一）の「明月入綺窗、髣髴想蕙質」という一聯がこの潘岳の詩の一節を模しただけと考えるのだろう。

（46）　ただし、注43の引用に見える潘岳の詩句は『詩式』巻二「西北有浮雲」に、江淹が彼の作品を模した詩句は巻二「池塘生春草、明月照積雪」に選録され、挙例では同じ第二格に置かれる。なお、皎然は模擬詩自体を否定はしない。第八章第四節を見られたい。

（47）　現に『詩式』巻四「斉梁詩」（注28・31）に見える皇甫冉ら皎然の同時代人や友人が、詩論部分のみならず、挙例部分にも第三格以下とはいえ、詩句を採られている。中森健二二〇〇〇、二三六頁がこの点を指摘する。もちろん、これらの例句が『詩式』流伝の過程における混入という可能性は考慮せねばならない。しかし、少なくとも詩論の部分では全く同時期の詩人も取り上げるわけで、皎然の詩評が当時においてやや特異だった点、またそれが示す一種の革新性は認める必要がある。

第八章　皎然の詩論と唐代の文学論

――同じものと違うもの

はじめに

皎然の散逸した詩論書『詩議』の断片には、作詩に関する他者の意見を引いた後、それに反駁した上で自説を展開する記述が、まま見受けられる。次に挙げる三条はその例に当たる。

ある人いわく、「今の人（の詩）が古《いにし》え（の人）に及ばないのは、対偶（対句）に腐心するからだ」。私（皎然）が思うに、そうではない［まず現代人の考えを正し、併せて劉氏を批判する］。六経《りくけい》（経書）の時代にも対偶はあり、（漢の）揚雄・司馬相如《しょうじょ》・張衡・蔡邕《さいよう》から初めて盛んになった。「雲は龍に随い、風は虎に随う（龍や虎と共に起こる）」は、立派な対句ではないか。ただ古人は言葉を後回しにし、内容を優先した。内容によって修辞を形作り、修辞が内容を支配はせず、偶々対句なら対句、偶々散句（非対句）なら散句にした。無理にそうしても、小細工の跡が見えてしまう。だから対句も自然さを失わないし、散句も文の作りに害を及ぼさない。これが古人の手法である(1)。

ある人いわく、「詩に苦吟は無用、苦吟すれば自然さが無くなる」と。全くそうではない。苦しみから発想を引き出し、現象外に奇抜さを得て、生気ある句を形作り、奥深い思いを写し出すのが当然だ。珍奇なる宝玉は、必ず（採りに行くのが大変な）黒龍の顎の下から出る、ましてや文学は玄妙にして変幻自在なのだから（苦労は当然）。ただ作品の完成後は、如何にも容易げで、すんなりと思い付かれたようであるのが大事だ。「歩み行きまた歩み行き、君と生きながらに別れ別れとなる」、これは容易げに見えて、得難い句の例である(2)。

ある人が「古詩」を評して、「句はさておき、中身は立派だが、古人に両立は難しかった」と。私が思うに、そうではない。趣《おもむき》が完全で形が正しく、潤いがあって淑やかで味わい深い、これがその長所だ。さらにこれを論じさせてもらおう。冬の松と白い雲は天与の全き資質である。コブだらけの木もまた天与の全き資質である。詩に例えると、正しくとも姿に秀でていなければ、コブだらけの木（と同じ）なのだ。『易』に「明らかな彩があって健やか」というが、これは（剛健な上に）美を兼ねるということではなかろうか。古人いわく、「（作品において内実と文飾を）完備するのは曹植・王粲《おうさん》だけ、一方のみなのが左思・劉楨《りゅうてい》だ。張衡は優雅さを得、嵆康《けいこう》は潤いを含み、張協は清らかさを凝らし、張華は華麗さを振るったが、（両者を）兼ね備えた者は少ない」。（曹植らが生きた三国・西晋すらかくの如し）まして斉・梁の後は、正しい歌声が段々と弱まり、人（の資質）も古えには及ばない。誰かが衰えた（文学の）風潮を奮い起こしてくれれば、あるいは今のこのような議論よりはましなことだろうが。[3]

「古えに対句無し」、「詩に苦吟は無用」、「句は拙くとも内容は立派であり得る」といった説を一旦提起した後で、皎然は一々「そうではない」（原文「不然」）に始まる否定の言葉を連ねる。次に引く『詩式』でも、彼はこの手法を用いている。

　ある人いわく、「詩は飾り立てずに、泥臭いままにするものだ。趣が正しく、天真さが保てれば、それで上出来といえる」と。私が思うに、そうではない。無塩《むえん》（古えの醜女）は容姿には欠けていたが徳はあった、（しかし）文王の（后・）太姒《たいじ》が容姿に優れ徳も備えていたのにどうして敵うだろうか。またいわく、「苦吟は無用、苦吟すれば自然の生地が失われる」と。これもまたそうではない。そもそも虎穴に入らずして、何で虎児を得られようか。（詩を）構想する時はとことん悩み苦しみ、それでこそ見事な句も出てくる。詩篇が成った後、その有様をみて、なおざりで考え無しに（その句が）得られたようであってこそ、それが名手なのだ。時に（苦しまずして）心は静かで精神は盛ん、佳句は縦横（に湧き出し）、止められぬようで、まるで神助みたいなこともある。（だが）さもなければ、（普通は）先に熟慮を重ねてこそ、精神が盛んになり（立派な句を）得られるのだ。[4]

『詩議』、『詩式』で「そうではない」と述べて認めない「ある人」（原文「或」、「有人」）が、それぞれ具体的に誰（乃至どのような詩論）を指すか、今にわかには分からない。これに対して、『詩式』には皎然が唐代の詩論家を次のように名指しで批判する箇所も見える。

古今の詩の中には、一句で思いを表すものもあれば、何句かで情を明らかにするものもある。王昌齢《おうしょうれい》いわく、「日が昇ると働き、日が沈むと休む」（は句ごとの意味が明瞭）。（彼は）一句で思いを表す方が上等だというのだが、全くそうだというわけではない。[5]

続けて個別の例を挙げ、自己の詩論を繰り広げるが、ここでは省略に従う。要するに詩の様態・表現は作品により様々だから、一句ごとに独立して一つの意味を成すのと、数句で一個の感情を示すのに優劣は無い、と皎然はいいたいのである。ここに引く王昌齢（六九八頃～七五六？）の言葉は、その著作とされる『詩格』に見える。[6] また時には「不然」という言葉で、これらとは逆に皎然自身の考え方が否定される場合も、彼の著述の中に見える。

貞元《ていげん》年間（七八五～八〇五）初め、詩が禅の妨げになると考えた皎然は、筆硯に向かって「私とお前たちと、互いに苦労を掛け合ったが、数十年の間、とうとう得るものが無かったな」と一人ごちた末、『詩式』の撰述を止めてしまう。貞元五年（七八九）五月、皎然が住む湖州（現浙江省）の地方官に着任した李洪は、皎然から『詩式』の完成放棄と隠遁の志を聞き、それに対して「そうではない」（原文はやはり「不然」）と答える。『詩式』の稿本を一見した李洪は過去の著名な詩論書もこれには及ばぬと賛嘆して、執筆の続行を勧めた。

この時、李洪は皎然に「小乗の偏見を真似て、(隠遁の)宿願を(詩論書未完成の)言い訳にして何とされるか」と意見した。結果的にそれが『詩式』の成立を促すことになったという。(7) 僧侶は仏道修行に専念すべし、との社会通念を乗り越えて、皎然が『詩式』の執筆を再開するためには李洪の「不然」という言葉、あるいはそう勧められた一段の経緯を創出する手続きが必要だった。(8) もとより他者の意見を並べるだけ並べた後、それに反駁する形は古来、常用の修辞法である。眼前の論敵を相手取った議論と異なり、一方の主張を述べ続けられるこの手法は、その人物の説を読者に強く印象付け、それが正しいかの如く見せる効果を持つ。しかし、皎然がこれを度々用いた理由は、そこにのみ在るわけではなかろう。

あまりにも自明の事柄に属するのだが、現状に向けた何かしらの不満は、人を著述に駆り立てる最大の動機となる。既成の詩論に対する異議申し立ての欲求は、『詩式』と『詩議』執筆の原動力であり、前述の「不然」がそこに散見する原因だったと思われる。他方、皎然と先行の詩論が見方を共有する事例も少なくない。従来さほど取り上げられなかった、彼とそれら、中でも同時代の文学理論・批評との関連の解明を試みたい。受容するにせよ、反発するにせよ、彼が他の理論・批評より影響を受けたことは否定できない。比較・対照という着実な手法を通して、彼の見解が唐代の文学論に占めた位相を知るのが、本章の目的となる。

以下、順に『詩式』に見える詩歌(第一・第二節)、詩人(第三節)、詩論(第四節)とトピックを大きくしていく。それらを分析した結果を踏まえながら、最終的にこの「はじめに」の内容に立ち戻った上で、皎然の詩論が持つ一種の傾向を考えたい(第五節、「おわりに」)。

第一節　『詩式』の選詩と当時の世評I――「擅場」の詩を例として

（安史の乱平定の大功労者である郭子儀の長男）郭曖《かくあい》は、昇平公主（代宗皇帝の娘）の夫だった。彼は盛んに文士を集め、宴席で詩を作らせていた。公主は帷に隠れて、それを見ていた。李端が宴もたけなわで詩を作り、（その中の）「荀令《じゅんれい》」・「何郎《かろう》」の（語を含む）句を、皆は素晴らしいと褒めた。ある者が「前もって用意していたのであろう」と言った。端は「押韻の文字をお決め下さい（即興の詩だと証明してみせようとの意）」と言った。銭起が言った、「私の姓（「銭」）を韻字にして下さい」。（李端は）「金埒《きんらつ》」・「銅山」の（語を含む）句（詩）を作ってのけた。郭曖は（李端に）名馬・金帛で手厚く贈り物をした。この集まりでは端が「擅場《せんじょう》」、王相公《おうしょうこう》が幽州を鎮めに赴いた際は韓翃《かんこう》が「擅場」、劉相《りゅうしょう》が江淮巡察に行った時は銭起が「擅場」だった。(9)

「王相公」（相公・相は宰相の意）こと王縉《おうしん》（王維の弟）は、幽州（現北京市）の駐留軍を鎮撫するため、大暦三年（七六八）七月に同地へ赴いた。(10) また「劉相」は永泰二年（七六六）頃、長江・淮水流域を巡察した劉《りゅう》晏《あん》を指す。(11) 王縉や劉晏を見送る宴席で韓翃、銭起がそれぞれ「擅場」、即ち「場を擅《ほしいまま》にした」という。「擅場」という語の解釈には、なお議論の余地もあるが、李端の例から類推すれば、集団で同じテーマの下、詩を詠んだ際に最も優れた作品を著したと認められることを指すらしい。(12)

さて、『詩式』は詩論と古今に及ぶ詩句の列挙から成る詩論書である。その挙例部分に、銭・韓両名が王縉や劉晏を送別した作品から採った詩句が見える。次に、それを挙げておく。

又（銭起）「送王（劉）相公」:「擁傳星還去、過池鳳不留。惟知飲冰節、稍淺別家愁。落葉淮邊雨、孤峯海上秋」。

韓翃「送王相公赴范陽」:「不改周南化、仍分趙北憂。雙旌過易水、千騎入幽州」（『詩式』巻三「直用事第三格［其

表8−1　劉晏・王縉を送別する詩からの『詩式』における選句状況

対象／作者	銭起	韓翃	皇甫冉	皇甫曾	備考
劉晏	第三格＊	／	／	／	＊は「擅場」
王縉	第五格	第三格＊	第五格	不採録 a)	

a）皇甫曾の詩は「送王相公赴幽州」と題して、『衆妙集』に収められる。

中亦不用事、格稍弱、貶為第三」）

又（錢起）「送王相公使范陽」：「受脤仍調鼎、爲霖更洗兵。幕開丞相閣、旗總貳師營」「去鎮關河靜、歸看日月明」。……

又（皇甫冉）「送王相公使范陽」：「遮虜關山靜、防秋鼓角雄」（同巻五「有事無事情格倶下第五格［情格倶下可知］」）(13)

これら劉晏・王縉を送別する詩とそれに対する皎然の評価、先に挙げた作者周囲の批評をまとめたのが、表8-1である。「擅場」とされた二首の詩句は第三格に見えるが、他の作品からの例句は第五格に止まっている様子が看取される（李端の詩は『詩式』に見えない）。

第一格に唐詩は採られず、また第二格中でも皎然と在世時が重なる人物の詩はごく稀である（第六章第三節、注24参照）。銭起（七一〇?～七八二?）ら彼と同時期の詩人については、第三格に句を選ばれるのが、『詩式』ではほぼ最高の評価だと考えて差し支えあるまい。同時代における批評を、「当時の世評」(14)と呼ぶことにしよう。ここに挙げたわずか数例から、議論を始めることには、確かに危うさが伴う。だが、これらの詩に対する『詩式』の格付けと当時の世評がこう一致したからには、両者に何らかの繋がりを想定する誘惑に駆られる。

李端・銭起・韓翃は、いずれも大暦年間（七六六～七七九）に詩才で「貴顕の遊楽の場に出入り」して、「名を都下に馳せ」た「大暦十才子」に数えられる詩人である(15)。郭曖・王縉・劉晏ら権勢者を囲む華やかな宴席で、彼らの作る本節で触れた詩歌が世に広く喧伝されたことは、想像に難くない。この頃、首都の長安から遥か遠い浙江の湖州に住んでいたとはいえ、唐代中国の情報伝播力を過度に低く見積もらない限り、銭起・韓翃の詩作並びにそれらの博した好評が皎然の耳にまで届くこと自体、不可能だったとはいえない(16)。

かかる世間の評判に同意して、『詩式』は「擅場」の詩を第三格に、それ以外を第五格に置いたのだろうか。次節でも、同書の選句・品第と当時の世評との関係を続けて考えたい。

第二節　『詩式』の選詩と当時の世評II——試帖詩を例として

（銭徽の）父の起は、天宝十載に進士に及第した。……（進士科及第前に）嘗て月夜に旅籠で独り詩を吟じていたが、ふと人が庭で、「曲が終わって人は散じ、長江の川面に青い峰々が映じる」と吟じるのを聞いた。起は驚き、裾を端折って見てみたが、何も見えず、物の怪だと思いながら、この十字を記憶に留めた。起が（科挙）進士科を受験した年、（主任試験官の）李暐《りい》は「湘霊鼓瑟《しょうれいこしつ》」の題目で詩を（受験者に）作らせた。起がそこで物の怪の歌の十字を（詩の）締め括りの二句にしたところ、暐は大いにこれを褒め、絶唱とまで称した。（起は）この年に及第して、初任官は秘書省校書郎だった(17)。

祖詠が（進士科を受験した際、その題目で）作るように命じられた「雪が霽《は》れて終南（長安近郊の山）を望む」詩は、六十字から成るように決められていた。（だが詠は）四句まで出来上がると（それをもう）提出したので、主任試験官がこれを難詰すると、（彼は）答えた、「思いが尽きたのです(18)」。

進士科の試験で課される詩（試帖詩）は五言十二句の排律、即ち六十字から成るのを通例とした。それをもう詩趣が果てたからと、祖詠は四句で提出してしまった。これに対して、銭起は「物の怪」（原文「鬼怪」）

の句（「曲終人不見、江上數峯青」）を巧みに自作へ織り込んで、及第を得たと伝えられる。試帖詩には制約（題目・詩体・韻字、制限時間）が多く、名作は滅多に出ないという（第五章第三節、注36）。その中で銭起と祖詠の作品は佳篇の誉れが高く（後者は制約を無視するが）、作者の高名も手伝い、広く世に知られ、前者など（恐らく）怪異譚としての尾鰭まで付くに至ったのだろう。この二首からも『詩式』は例句を選録する。

祖詠「賦得終南山残雪」：「終南陰嶺秀、積雪浮雲端。林表明霽色、城中增暮寒」（巻三「直用事第三格［其中亦有不用事、格稍弱、貶為第三］」）

又（銭起）「湘靈鼓瑟」[19]：「流水傳湘浦、悲風過洞庭。曲終人不見、江上數峰青」（巻四「有事無事第四格［於第三格情格稍下、故居第四］」）

字数不足の変わり種と及第を果たした詩篇という違いはある。だが、これら共に著名な詩人の試帖詩という点で差異は無い。士人が立身出世を願い、合格に血道を上げた科挙試験は、（受験と直接の関係が無い皎然のような僧侶なども恐らく含めて）知識人共通の関心事だった。受験者の詩作にまつわるエピソードが今日、相当に残っている事実も、それを証明する。

先に挙げた銭起の詩は天宝十載（七五一）、祖詠のそれは開元十二年（七二四）以前に作られた[20]。ただでさえ注目度の高い試帖詩の中で、これら出色の作が速やかに伝播したことは、充分に想像できる。殊に前者の制作時、皎然は三十歳前後であり、ほぼ時差無しにその内容、当時における世評の高さを知ったとしても不思議は無い。中でも後に「鬼怪」の作とまでいわれた「曲終人不見、江上數峰青」を含む四句をそこから選んでいるのは、世上に行われていた（だろう）この一聯に対する評価[21]を、彼がそのまま受容したからではないか。

前節で見た「擅場」の詩といい、本節に挙げた試帖詩といい、『詩式』に選録された理由を当時の世評にのみ求めるならば、それは皎然の独自性を無視した暴論の謗りを免れまい。確かに、彼が自らの批評眼に強い自負を持ったことは、著作の端々に感じられる。だがそうではあるにせよ、世評との関係を等閑視してよいものだろうか。『詩式』と唐人選唐詩（唐人による唐詩の選集）や他の選集に共通して見える詩を示した表8-2を掲げておく。

「no.」の算用数字は第六章第四節の表6-2と共通で、それぞれの格で例句が置かれた順を示す。◎は『詩式』以前の唐人選唐詩（唐人による唐詩の選集）などに見えるもの、○は以後の唐人選唐詩には見えるもの（唐人のその詩に対する評価の例として、◎には及ばないが価値はあると考える）、△は『王荊公唐百家詩選』の中で、散逸した『英霊間気集』という唐代の選集に収録されていたというもの[22]、×は『王荊公唐百家詩選』所収作品で、△に属する詩を除いたものを指す。

『詩式』が例句を採る唐詩は、二百首弱を数える。これに対して、あくまでも現存または内容が推定可能な選集だけの統計結果だが、表8-2で◎を附す初・盛唐の選集に収める作品は、二・87、五・18は作者が共に南朝・梁の人、五・42の唐怡も北周人の疑いが濃厚なのを除けば[23]、三一首となり、その約六分の一を占める。皎然以後の唐人選唐詩に含まれる（ともかく唐人により評価されていたことは確かな）○印の詩歌（九首、うち四・55は薛道衡、即ち唐人ではなく隋人の作だが）も合わせれば、五分の一程度と比率は更に上昇する。

断っておくと、これは決して皎然が唐人選唐詩に依存して、選句したといっているわけではない。ただ、これらの選集に見える事実は、その詩がある程度は唐人の意識に上っていたことを示す。もとより、唐人選唐詩には編者の知友や同郷人の詩歌にだけ対象を絞ったものもあるし、そうではなくても選詩の基準は文献ごとに異なる。それだけに、現存の唐人選唐詩から編纂当時の最大公約数めいた文学観を抽出することは、

表8－2　『詩式』に収める詩歌の唐人選唐詩などにおける選録状況

格	no.	作者名	詩題	選集名（数字・上中下は巻次）	
二	87	劉孝威	行行遊且猟	続（類要12）(24)	◎
	109	宋之問	晦日幸昆明池応制	景（推定）	◎
	111		大薦福寺応制	景（推定）	◎
	122	孟浩然	登鹿門山懐古	王1	△
	123	杜審言	送李大夫撫巡河東途臨汾晋	撫（推定）	◎
	124	閻朝隠	奉和送金城公主〔適西蕃〕	景（推定）	◎
	125	王維	送〔秘書〕晁監還日本	極、又上（「還」、共作「帰」）	○
三	86	宋之問	御幸三会寺応令	景（推定）	◎
	89		明河篇	捜	◎
	93	沈佺期	古鏡	珠4（S.2717）	◎
	97	閻朝隠	奉和登驪山応制	景（推定）	◎
	105	王昌齢	放歌行	王5	×
	106		長歌行	河下、王5	◎
	111	張九齢	酬宋使君作	国上（作「奉酬宋大使鼎」）	◎
	117	王維	休仮還旧業便使	王1（署盧象詩）	△
	119	祖詠	蘭峰頂上張九皐郎中	極（作「蘭峰贈張九皐」）	○
	123		賦得終南山残雪	河下（作「終南望余雪作」）	◎
	127	銭起	送王〔劉〕相公	中上（作「奉送劉相公催転運」）	◎
	128	韓翃	送王相公赴范陽	中上（作「奉送王相公赴幽州」）	◎
四	55	薛道衡	春閨怨〔昔昔塩〕	才1（署劉長卿、作「別宕子怨」）	○
	73	宋之問	題梧州陳司馬山斎	又上（作「題梧州司馬山斎」）	○
	84	賀朝	宿雲門寺	国中（作「宿香山閣」）	◎
	86	董思恭	昭君怨（二）〔奉試昭君〕	国上、王（後村詩話続集1）	◎
	87	崔国輔	古意〔怨詞二、雑言〕	河下、又上、才1	◎
	91	郭元振	昭君怨（三）〔詠王昭君三〕	捜	◎
	94	綦毋潜	題高峰院	河下（作「題霊隠寺山頂院」）	◎
	96	包融	詠阮公嘯堂	丹（吟窓雑録24）	◎

	100	張九齢	望月	又上（作「望月懐遠」）	○
	111	王維	隴頭吟	河上、才1	◎
	123		被黜済州	河上（作「初出済州別城中故人」）	◎
	127	常建	弔〔吊〕王将軍墓	河上、写、又上、才1、王4	◎
	132	祖詠	宿李明府客堂	河下（作「宿陳留李少府庁作」）	◎
	133		登荊邱	国下（作「望荊門」）	◎
	134		長楽駅留別盧象裴総	極（作「留別盧象」）	○
	136	銭起	贈閣下閻〔裴〕舎人	中上、才8、選11(25)、王8	◎
	139		宿畢侍御宅	中上、又上	◎
五	18	戴暠	従軍行	続（類要36）	◎
	35	孟浩然	九日同諸公登峴山	写（P.2567）	◎
	42	唐怡	述懐	玉（唐音統籤825、全唐詩773）	◎
	51	孟雲卿	古〔楽府〕挽歌	篋、王6	◎
	52	包融	送別〔送国子張主簿〕	丹（吟窓雑録24）	◎
	53	沈千運	汝墳示弟妹〔感懐弟妹〕	篋、王6	◎
	56	銭起	和李舎人温泉宮扈従	王8	×
	59	皇甫冉	和袁郎中破賊後經剡上太尉	中上、王10（「上太尉」、共作「中山水」）	◎
	60		送王司直	御（作「送客」）、王9	○
	62		〔途中〕送権五〔三〕兄弟	極（作「途中送権曙二兄」）	○
	64		送王相公赴范陽	中上（作「送王相公使幽州」）	◎
	72	李嘉祐	自蘇台至望亭駅人家尽空寄舎弟	王6	×

唐人選唐詩及びそれに準じるもの（概ね時代順(26)）と表中の略称
撫：唐・欠名『存撫集』（佚）、珠：唐・崔融『珠英学士集』（残）
景：唐・武平一『景龍文館記』（佚）、続：『続文選』（佚）、丹：唐・殷璠『丹陽集』（佚）、
河：唐・殷璠『河岳英霊集』、国：唐・芮挺章『国秀集』、
捜：宋・佚名『捜玉小集』（唐人撰『捜玉集』の簡略版？）、篋：唐・元結『篋中集』、
玉：唐・李康成『玉台後集』（佚）、中：唐・高仲武『中興間気集』
（以上が『詩式』以前の選集乃至それに基づくもの）、写：唐写本唐人選唐詩（P.2567）、
御：唐・令狐楚『御覧詩』、極：唐・姚合『極玄集』、選：唐・顧陶『唐詩類選』（佚）、
又：唐・韋荘『又玄集』、才：前蜀・韋縠『才調集』、王：北宋・王安石『王荊公唐百家詩選』

全く容易ではない(27)。

しかし、少なくとも選集所収の詩が一定水準の知名度に恵まれていたとはいえるのではないか。同時代を生き、等しく詩歌批評に携わった皎然がそれらの編者とそういった共通の基盤に立って同じ作品から選句するに至った可能性は、充分に考えられる。『詩式』は同時期の詩からも、秀句を選ぶ。その過程は後人が形の整った詩集を用いて選句するのとは違う様子を呈していたと思われる。当該詩人の集が編纂されていないか、あるいは編纂されていてもまだ流布していないという事態は往々にしてあっただろう。口伝えによる詩歌の普及がそういった材料不足を補う役目を果たしていたとは、容易に想像される。これら口伝えには銭起や祖詠の場合に見られた詩の制作に関する佳話も往々にして附随したと思われる。

中でも「擅場」及び関連する詩のうち三首と祖詠の試帖詩（表8-2の三・123、127、128、五・64）が『中興間気集』などに見える事実は、皎然が選句に際して、佳話（創作かもしれないが）をも含め、当時の世評を意識した傍証となるのではないか。「はじめに」で見たとおり、『詩式』撰述の根底には既存の詩論への異議申し立ての意思が存在した。しかしその一方で、選詩（銭起の詩では特に評判が高かったらしい「鬼怪」の句を採るという選句も）、それも唐詩の場合は、皎然とて必ずしも時代の風潮から孤立していなかったと考えられる。

以上二節に渉って『詩式』の選詩と当時の世評を比較した結果、明らかになったことは同時代の風潮と皎然の詩歌批評が「同じ」一面をもつ事実だった。これに対して、続く二節では、両者がむしろ「違う」側面をも有する点を論じたい。

第三節　杜甫に対する評価

石林《せきりん》葉《しょう》氏《し》がいう、……その（皎然の）「詩評」を見てみると、老杜を貶したりもしている。例えば「高三十五書記を送る」詩（の最初の四句）に「崆峒《こうどう》では小麦が熟したろうが、暫くは天子の軍を休ませていただきたい。君から主将に尋ねてくれたまえ、領土を押し広げようと（して無駄な戦を）する必要がどこにあろうかと」とあるのを論じて（送別という）主題を第四句より前に（まだ）示さぬ、と考える。（これにより）その見識（の低さ）が分かる。(28)

「石林葉氏」は南宋の葉夢得《しょうぼうとく》（一〇七七～一一四八）、号は石林、を指そうが、ここに引くその言葉は現存する彼の著作には見えない。(29)それを引く『文献通考』の成立時（一三一七）には何かの書籍で伝わっていたのだろう。挙げられる杜甫（老杜）の作品（『杜工部集』巻一）は、親友の高適《こうせき》（排行は三十五）が辺境の将の属官（書記）として赴任するのを送った詩である。「崆峒」（現甘粛省武威市）は、高適の任地近くにある山の名をいう。

「詩評」の原文が残らない(30)ので、確かなことはいいかねる。だが、この引用に拠れば、皎然が高適を送った杜甫の詩に見える最初の四句に負の、少なくとも奇異なものとしての評価を与えていた、と捉えた葉夢得はそこに批判の矛先を向けたと考えられる。友人を送別する詩なのに、第五句以降でようやく本題へと入る手法をめぐって、皎然と葉夢得は見解を異にする。両者の相違は、表題と詩の中身との関係はどうあるべきか、という点に存しよう。

詩題に対する過度の拘泥を戒めた「著題《ちゃくだい》」（「著」は「着」に同じ、「つける」の意）論は、唐末・五代（九〇七～九六〇）を経て、北宋（九六〇～一一二七）においては珍しくなくなる。しかし、唐代では逆に詩の表題と内容は通常、乖離しない方が望ましいとされていた[31]。冒頭部早々よりずばりとテーマに切り込む詩を良しとする唐人の議論を、次に挙げておく。

「三句を直樹して第四句に入りて作る勢」は、やはり題目の他に景物（描写）の三句を樹《た》てて、その後で意（を述べ）に入ることだ。また第四・第五句にまで景物（描写）を樹てた後に意に入ることもあるが、だが恐らく回りくどくてあまり良くあるまい[32]。

つまり主題と直接に関わりの無い景物を描く句を連ねるのは、初めの三句までで打ち止めにせよ、ということである。この説を唱える王昌齢『詩格』が続けて第四句から本題に入る例として挙げた詩は、三八句より成る。杜甫が高適を送った作品はその詩より短い（三二句）が、題目と関わらない二聯に始まって、しかもそれは別れの土地や送られる者が赴く辺地の描写ですらなく、作者個人の主張に過ぎない。功名に心を奪われた出征軍人へ、真正面から非戦平和思想を説くような行為の是非はさておいても、全体の八分の一に当たる冒頭の四句をそういった事柄に費やすのに、（『詩格』の説から類推すると）唐人ならば普通は違和感を覚えたのだろう。その意味では、皎然も唐代詩学の忠実な信奉者の一人だったといえる。だが、ここから彼が杜甫を「貶」す（原文「貶駁」）ばかりだったと考えるのは正しくない。

杜甫「哀江頭」：「杜陵野老呑聲哭、春日潛行曲江曲。江頭宮殿鎖千門、細柳新蒲爲誰緑」。又「輦前才人帯弓箭、白馬嚼嚙黄金勒。翻身向天仰射雲、一箭正墜雙飛翼。明眸皓齒今何在、血汚游魂歸不得。清渭東流劍閣深、去住彼此無消息」（『詩式』巻三「直用事第三格［其中亦不用事、格稍弱、貶為第三］」）

ここに挙げたとおり、『詩式』は「哀江頭」詩から十二句を引用する[33]。皎然が杜甫の詩を例句に引くのは、この一箇所のみながら、そこにはわずか一例と軽視できないものがある。なぜならば、そもそも杜詩を文学批評の俎上へ載せたのが、現存の文献に徴する限りでは、皎然が最初らしいからだ。これ以前の杜甫に関する記述は、彼と接触を持った者による贈答詩・唱和詩ばかりであった。即ち、個別の友誼に基づく詩歌しか残っていないのである。[34]

杜甫が没して（七七〇）間も無い頃の、樊晃《はんこう》という人物の証言に拠れば、杜詩は当時「江漢の南」（長江・漢水以南）に行われ、（杜甫が晩年に南方を流浪して北へ帰らず、湖南で亡くなったためもあり）「東人」（北方人）には知られずにいたし、また「江左の詞人」（江南の詩人）に「傳誦」されたのも、「戯題劇論」（戯れに書き付け激しく論じる）の詩歌だけだった。それを惜しんで、樊晃は『杜工部小集』（散逸）と題する選集を編んだという。ただその意図は、やはり「江左」に（より正統的な）杜甫の詩を普及させる点に在った。[35]

至徳（七五六～七五八）以後は皎然もやはり長江以南、現浙江の湖州に居を定めていた。従って、彼が北方在住者に比べて、より多く杜詩と接する機会を持っていたとしても、特に不思議ではない。だが、同時代の現存する唐詩選本に全く詩が採られず、面識も無かっただろう杜甫の詩を皎然は自著に引いた。それだけに当時の詩歌批評家として、彼は異例の存在だった。[36]次にその「江頭に哀しむ」詩の大意を見てみる（下線部は『詩式』に採録せず）。

> 私（杜甫）は声を呑んで哭き、春の日に密やか曲江《きょっこう》の隈へ行く。川辺の宮殿は無数の門を閉ざしているが、柳糸も蒲の新芽は誰のために緑に萌えるのか。憶えば昔（天子の）御旗が南苑に下った折、苑中の全てが華やいでいた。後宮で君のご寵愛第一の方は、御車に同乗して天子のお側に侍っておられた。先払いの女官は弓矢を帯び、白馬は黄金のくつわを噛んでいた。彼女らが身を翻らせて仰むけに雲を射れば、一矢で狙いどおりに夫婦の鳥が墜ちてきた。あの美女は今どこにおられるのか、血塗れの彷徨える魂は帰ることもできない。渭水は東へ流れるが蜀の地は

奥深く、あちらとこちらで消息は途絶えた。人は情ゆえに涙が胸を潤し、川辺の様子を見れば思いは尽き果てない。
黄昏時に反乱軍の騎兵が立てる塵が街に満ち、城の南に行こうとしながら南も北も分からなくなった。(37)

安史の乱が勃発し、皇帝・玄宗（在位七一二～七五六）とその周囲のみが逃れた（七五六）長安で、都に入った反乱軍によって禁足中の杜甫が詠んだ詩である。逃避行の途次で楊貴妃（七一九～七五六）は、非業の最期を遂げた。「血塗れの彷徨える魂」（原文「血汚游魂」）と化した彼女と四川へ奔った玄宗とでは互いに「消息」があろうはずも無かった。大反乱を境に激変した長安城東南隅の景勝地である曲江東南の「南苑」（芙蓉苑）を、この詩は舞台とする。玄宗が行幸した過去と人影まばらな現在との対比を基調に、唐の盛時が回顧される。

詩全体は首尾一貫、タイトルどおり杜甫が「江《かわ》の頭《ほとり》に哀しむ」構成を取る。もとより、「著題」だけがこの詩を第三格に採った理由ではあるまい。だが、高適を送った詩に比べて、表題と内容が冒頭より乖離を見せない点で、それは皎然の眼鏡に適う条件を備えていた。

生前ほぼ無名だった杜甫は、韓愈（七六八～八二四）、白居易（七七二～八四六）や元稹《げんじん》（七七九～八三一）たちの賞揚で詩人としての価値を認められ始めた。北宋の王安石（一〇二一～一〇八六）らの賞賛に至って、後世の「詩聖」という呼称へ繋がる流れは確立した。(38)次に、杜甫に対するその種の高い評価の中でも早く中唐期に元稹が著した一文を挙げておく。

近年ではただ詩人杜甫の「悲陳陶《ひちんとう》」・「哀江頭」・「兵車行《へいしゃこう》」・「麗人行《れいじんこう》」等は、共に歌行《かこう》だが、概ねみな題材に即した佳篇で、（古楽府題に）依拠していない。私は若い時に友人の楽天・李公垂らと、これが正しいと思って、古題に擬した詩は作らなくなった。(39)

原注から、元和十二年（八一七）に書かれた文章と分かる。「歌行」が属する「楽府《がふ》」は歌謡に発する詩のジャンルだが、唐代では「古楽府題」（古題）という古い曲名（曲調）に合わせて作られるのが常だった。元稹・白居易（楽天）・李紳（字は公垂）はそのような単なる替え歌に飽き足りぬ思いを抱き、新たな表題で社会諷刺を込めた楽府を作ろうとする動きを進めていた。ここに引いた文章に見える杜詩四首は権勢者の横暴、それに苦しむ民衆、戦争の悲惨を描いた詩として知られる。「題材に即した佳篇」（原文「即事名篇」）とは、それらの詩に共通するリアルな描写、ひいてはそこから溢れ出す真情を指しての評価だろう。

元稹とは異なり、皎然は『詩式』で「哀江頭」詩から例句を引くのみで、特段の評語を施さない。従って、上は元稹を感じ入らせ、下は十七・十八世紀の『唐詩選』（巻二）、『唐詩三百首』（巻四）のような初学者向きの選集にまで入るなど、歴代を通じて杜詩中の名篇と認識されてきたこの作品を、彼がどうして『詩式』に採ったのか、それは明らかでない。[40]

だが、もしこの詩が持つ情感胸に迫る点に皎然が注目したならば、元稹と一脈通じることになる。さらにいえば、中唐を代表する詩人と部分的にもせよ重なる批評眼を彼が有したと考え得るかもしれない。何よりもなお顧みる者の稀な杜甫の詩に彼が目を留めたという点自体が、実に興味深い。「詩評」で「高三十五書記を送る」詩を貶したのも（注28）、批判であると同時に杜詩を文学批評の対象とした意味では、一種の肯定的な評価だといえる。それをも併せて、たかだか一首に言及し、もう一首を摘録しているだけ、と軽視はできまい。

ここで『詩式』による盛唐詩人への認識に関して、少し触れておきたい。一般に盛唐詩の大家と目される、例えば「李杜高岑」のうち、杜甫に関しては、少数でも先述の如く時代の枠を飛び越えた評価を下している。これに対して他の三人については李白に少し言及するだけで、高適（七〇〇?～七六五）と岑参《しんじん》（七一[41]

五～七七〇）の名は一度も登場しない。
皎然が盛唐時期で高く評価する詩人は、「王孟」、つまり王維（六九九～七六一）と孟浩然（六八九～七四〇）である（第六章第三節、注24）。通常この二人は、皎然が遠祖と称して絶大な尊敬を捧げた（第六章第一節、注4、第四節、注39）山水詩の大家である謝霊運（三八五～四三三）の流れを汲む自然詩人として知られる。皎然自らも「私は文学について、修養（と関わるもの）以外を、作る場合もあるが、（その）意図は（己が）情性を満たし、雲・泉（のような自然）を楽しむ点に在る」[42]と述べており、現に山水関連の詩を多く残す。彼が王維や孟浩然の詩を高く買う理由もかかる自然の愛好と関わるかもしれないが、今その断定は差し控えておく。

第四節　古文家と皎然――「復」と「変」

まず、盛唐期を舞台とする逸話の大意を挙げておく。

自作の「含元殿賦」に蕭穎士《しょうえいし》が下した「魏・何晏《かあん》の「景福殿賦」より上、後漢・王延寿の「霊光殿賦」より下」という評語を不満に思った李華は、「古戦場を祭る文」を著して、それを書いた紙をくすべて汚し古物のように見せ掛け、仏書（収納用）の閣に入れておいた。穎士と仏書を見ていた際、これを偶々見付けたかの如く装って華は尋ねた。「この文はどうですか？」、穎士「良いですね」。華「今の文章家だと、誰がこれに及びましょうか？」、穎士「君がまあ思いを凝らせば、及べるでしょう」。華は愕然とした[43]。

李華（七一五頃～七七四頃）が紙を「くすべて汚」す（原文「熏汙」）という手の込んだ細工までしたのは、蕭穎士（七一七～七五九頃）が相手を見て文章の評価を決めると勘繰ったためである。しかし、自身の作品に匿名性を附与することだけが目的ならば、色々と方法は他にもある。古いと見せ掛けるという手段を敢えて選んだのは、決して偶然とも思えない。

この蕭穎士と李華をめぐる話柄を載せる『旧唐書』の成立は両者が没してから約二世紀も後（九四五）のこと（第三章第三節、注39）、従ってその真偽のほどは定かでない。(44) ただし、このエピソードが事実だった場合はなぜわざわざ記録されるに至ったか、もし虚構だったならばどうして彼らが主人公であるのか、我々はまず理由を考えるべきだろう。そもそも蕭穎士と李華は、「蕭李」と併称される盛唐の名文家だった（『唐国史補』巻下「叙著名諸公」）。

この逸話の主眼は、他者の評価に容易く承服せず小細工まで弄する李華の剛愎さ、そして彼さえ恐れ入らせた蕭穎士の鑑識眼に在る。だが、そこには蕭李の文学観が含む雰囲気をも感じ取るべきではないか。韓愈・柳宗元（七七三〜八一九）に先立つ古文の首唱者としても、二人は名高い（第二章第三節）。古文家の理想とした文章は、彼ら各自で異なるが、中心は駢文盛行以前のより古い文章だった。これらの事柄を念頭に置いて、先に見た蕭李の遣り取りを読み直せば、そこには自ずと別の意味が浮かんでこよう。自作を古い物に紛れ込ませるという行為に隠されるのは、何か。それは古いことに一種の価値を見出す、少なくとも一目で現代人の作品と分かる文章(45)を良しとはしない、そういった文学上の思潮だと思われる。

李華による偽装、古い文章として彼の作品を評価する蕭穎士の口吻が事実ならば、それは正に両人の文学作品に示される古え振り、さらにはその表現に際して最も有力な手法となる古人の模擬・模倣という行為に価値を見る姿勢の表れであろう。また、創作であったにせよ後人、恐らくは同じ唐人が蕭李ら古文の先駆者が有した文学観を側面から切り取ったものといえまいか。これと対照的に、皎然ならば古人が著したと見紛う文学作品(46)など歯牙にもかけなかったのではなかろうか。次に引く彼の言葉を見ると、そう考えざるを得ない。

評にいう、（詩の）作り手は復・変の道を知らなければならない。古えに戻ることを復といい、（一つの在り様に）止まらないことを変という。もし復ばかりで変じなければ、模倣の中に落ち込み、その様は駑馬と名馬が同じ馬小屋にいて、造父《ぞうほ》（昔の名御者）でなければ区別できないようなものだ。復・変の手法を知るのも、やはり詩人でいう造父である。この模倣（に陥った作品）の類を古人の詩文集の中に置いて、もし未熟者にそれを見させれば（見分けが付かずに）目が眩み、（春秋時代の）宋人が燕石《えんせき》を粗玉（磨く前の宝石）と思ったのと何が異なろう、周の旅人にカラカラと笑われずに済もうか。(47)

「宋人」以下の部分は、『闕子』の逸話に基づく。同書の逸文に大略こうある。「宋の愚人が手に入れた燕石を宝と思っていた。周からの旅人がそれを見たがった。宋人の父が七日の潔斎をした末に、大変な儀礼を整えて披露に及ぶと、周の旅人は笑って言った、それはただの燕石で瓦と異ならない(48)」。作詩には「復・変の道」があるといいながら、ここで皎然が述べるのは「復」、即ち「古えに戻る」（原文「反古」）方向に偏った時の弊害だけである。彼が重んじるのは「変」、つまり「止まらない」（「不滞」）ことの方だった。対象こそ詩歌・文章と異なるが、それは蕭李の逸話に読み取れる文学観と真っ向より対立するかに見える。

中国古典文学の世界で、これほど独自性や文学の変容を重んじる議論は、少なくとも唐代以前においては、ごく少数派に属していよう。こう主張できた背景には、皎然が士人よりも儒教思想からやや自由な仏僧だったという事情が、やはり大きく介在していたのかもしれない。それでは皎然は古文作家が古え振りを得るために重視した模擬・模倣という手段をも否定したのかというと、事はそう簡単ではない。古人の作品に擬した、乃至は「挽歌」など既存の形式を意識した詩歌から『詩式』が採る例句をまとめた、表8-3を見られたい。

『詩式』は全体で隋（五八一〜六一八）以前の詩三百首強から例句を採録する。表8-3に拠れば、うち二九首が模擬詩・擬古詩である。二百首程度を採る唐詩では、一首（表8-3の四・87）しか見えない。この落差には古い時代ほど作品が残存し難いため、模擬・擬古の詩も自ずと採ることになるという事情が関わるかもしれない。だが、隋以前の作品中、一割近くに達する点から考えて、皎然が偏狭に模擬や擬古をも否定したわけでないことは理解される。次に、皎然が模擬をどう捉えていたか、梁・江淹《こうえん》（四四四〜五〇五）の例を通して考えたい。

江文通「擬班婕妤詠團扇」:「紈扇如圓月、出自機中素。畫作秦王女、乘鸞向煙霧。彩色世所重、雖新不代故。切愁涼風至、吹我玉階樹。君子恩未畢、零落在中路」［意也。思也］（『詩式』巻一「王仲宣七哀」）

ここで問題としたいのは江淹（字は文通）の連作模擬詩「雑体詩」三十首（『文選』巻三十一）中の「班婕妤［詠扇］」で、皎然はその詩をこう引用した。一方で、『詩式』は次に引くこの詩の本歌からも同じ第一格（巻一「不用事第一格」）に詩句を採録する（例句は下線部）。

新裂齊紈素、皎潔如霜雪。裁爲合歡扇、團團似明月。出入君懷袖、動搖微風發。常恐秋節至、涼風奪炎熱。棄捐篋笥中、恩情中道絶。（『文選』巻二十七「怨歌行」）

棄てられた女性が、団扇となって愛しい男（嘗て班婕妤を愛した前漢の成帝を意識する）の側に在ることを夢想しつつ、秋の寒さが忍び寄ればまた顧みられなくなると憂える、これが班婕妤《はんしょうよ》（前一世紀後半・後一世紀初）に仮託されたこの作品の概略である。江淹による擬作は、同じモチーフを概ね踏襲している。皎然はその本歌から四句を採るのに対して、模擬詩の方は全篇（十句）を引用した。一首の詩より全体を引くことが稀な（第一格ではこれが唯一）『詩式』（第六章第四節で言及）に在って、これは江淹の詩に対する高い評価を示

表8－3　『詩式』が例句を採録する模擬詩・擬古詩

格	no.	王朝	作者名	詩題	文選	主な出典（数字は巻次）	句
一	21	西晋	陸機	擬明月何皎皎	30	陸士衡文集6	4
	34	梁	江淹	擬班婕妤詠団扇◎	31	玉5、江4	10
	35			擬休上人怨別	31	玉5、江4	6
二	45	宋	謝霊運	〔擬…鄴中集〕詠魏太子	30		4
	46		陶淵明	擬古（八）	—	陶淵明集4	8
	49			〔擬〕挽歌（三）	28	陶淵明集4、初学記14	4
	58		鮑照	擬古（三）	31	鮑氏集4	6
	61			代〔陸平原〕君子有所思行	31	鮑氏集3、楽府詩集61	12
	62			学劉公幹体（三）	31	鮑氏集4、初学記2	4
	80	梁	江淹	擬袁太尉従駕	31	江4	8
	81			擬潘黄門述哀	31	江4	2
	82			擬魏文帝遊宴	31	江4、楽府詩集36	4
	96			擬古別離	31	玉5、楽府詩集71	4
	98			擬謝臨川遊山	31	江4	2
	99			擬顔特進侍宴	31	江4	4
	100			擬陳思王贈友	31	江4	2
	101			擬劉文学感偶	31	江4	4
三	11	宋	鮑照	擬古詩（二）	31	鮑氏集4、芸文類聚26	2
	16		陶淵明	擬古（九）	—	陶淵明集4	6
	20			擬挽歌（二）	—	陶淵明集4、楽府詩集27	4
	35	梁	江淹	擬孫廷尉雑述	31	江4	4
	36			擬謝光禄郊遊	31	江4	4
	49		呉均	古意（一）	—	芸文類聚59、英華205	4
	58		江淹	擬殷東陽興矚	31	江4	6
	70	北斉	顔之推	詠懐〔古意一〕		芸文類聚26	2
	71	北周	庾信	〔擬〕詠懐（十七）		庾子山集3、庾開府集上	6
四	8	梁	何遜	学古贈邱永嘉	—	何水部集1	4

	9			学古	—	何水部集1	6
	18		呉均	〔和蕭洗馬子顯〕古意（三）	—	玉6、芸文類聚32	4
	87	唐	崔国輔	古意〔怨詞二〕◎	×	唐文粋12、楽府詩集42	4

文献の略称　玉：趙均刻本『玉台新詠』　江：『江文通文集』
「no.」の数字は第六章第四節の表6－2と合わせてある。「詩題」でその作品が模擬・擬古の詩であることを表す文字に下線を附した。「文選」の数字はその詩を収載する巻次（—は未収、×は時代が『文選』の対象外であること）を表す。
「句」の数字は『詩式』がその詩から採録する句数を、◎は全句を採録するものを示す。
＊楽府は古題を用いただけで、本歌との関係が稀薄な場合も多いので、ここでは除外した。

す。
皎然は何故オリジナルと同等以上の評価を擬作に与えたのか。もし、江淹の「雑体詩・班婕妤［詠扇］」が「怨歌行」をそつなく模倣できているという一点だけに、その理由が在るとすれば、それは先に見た「復」より「変」を重んじる彼の詩論（第七章第二節、注8も見られたい）と相反しかねない。次に引く『詩式』の一節は、この間の事情を知る手掛かりとなるだろう。

評にいう、江は象徴に託して思いを表し、班は表題どおりそのままに書く。例えば「あなたの袖を出入りして、動けばそよ風が起こる。常々恐いのは秋がやって来て、涼しい風が暑さに取って代わること」に至っては、趣は婉曲で言葉は理に沿い、貞婦の操がある。ただこの二聯だけは、（江淹の詩を）圧するに足る。江君の詩にいう、「描かれるのは秦王の娘が、鸞《おおとり》に乗って霧や霞に向かう様」。興趣は（心の）中より生じ、（典故を用いても）故事が無い（かのようだ）。もし佳人の手に（この団扇を）玩ばせれば、鸞に乗るという情趣は、飄然としてこの上無くなる。（春秋期の）夏姫《かき》の如き淫蕩（な女性）でも、自ずと情欲を忘れ行いを改めよう。私が思うに江君（のこの詩）は情趣が奥深くて修辞は麗しく、これを班氏（の詩）に比べても、やはり価値は劣らないはずだ[49]。

秦の繆公《ぼくこう》の娘である弄玉《ろうぎょく》が鳳凰（鸞と同類）に乗って夫と仲良く昇仙した説話は、『列仙伝』に見える[50]。江淹の擬作は、団扇の絵柄にこの弄玉が天に昇り行く様が描かれていたと設定する。団扇だけでも、丸い形から男女の円満さを象徴できる。弄玉の故事を用いることで、江淹は「団扇」が持つその象徴性を高めて二重にしながら、典故の使用を覚えさせなかった。そこに皎然は、本歌から採録した四句（「出入君懐袖、……涼風奪炎熱」）をも超える価値を見出したらしい。『詩式』の中でこれと関わる事柄を論じた箇所は、他にも見られる。

評にいう、（詩の）含意が二重以上だと、みな言外の情意となる。もし康楽公《こうらくこう》（謝霊運）のような名手に出会い、（その作品が）読まれれば、情趣は明らかになるが、（それは）字面に表れはしない、これぞ詩の道の極致である。もしこの道を儒家に（おいて）尊重するならば、六経の筆頭に位置する。道家で尊べば、衆妙の門（即ち道）に存する。釈家に照らせば、仏教の深奥に達している（言外の情意は儒道仏三教の最重要な典籍・徳目にも匹敵する）。ただ無駄に斧を揮って（木の）本質を駄目にし、（良質な琴を作れず）それで（琴の名手）伯牙を嘆息させるのが心配だ。……一重意（とは何か）：例えば宋玉がいう、「美しく輝く美人が、袂を上げて日を遮って思う方を望むようです」。二重意：曹子建はいう、「高い台に寂しげな風が吹き寄せ、朝の日が北の林を照らす」。王維がいう、「秋風は誠に寂寞として、食客は孟嘗君の屋敷を去った」。王昌齢がいう、「別れを悲しむと猿が外で鳴き、空は寂しげで桂水は長く流れ行く」。三重意：古詩にいう、「漂う雲は輝く日を覆い、旅人は振り返ろうとしない」。四重意：「古詩」にいう、「歩み行きまた歩み行き、君と生きながらに別れ別れとなる」。宋玉「九辯《きゅうべん》」にいう、「痛み悲しんでは遠い旅路で、山に登り水に臨んで帰ろうとする者を見送るような気分だ(51)」。

全体として皎然が詩は直線的に対象を詠むだけでなく、何重かの含蓄を持つべきだと考えていたことが、この文章より理解される。ここでの挙例のうち、宋玉の作品は騒賦（序と本文）だから、『詩式』の選録対象とはならない。その他の詩歌はといえば、「二重意」の作を『詩式』は例句に採録しない。だが「三重意」、「四重意」の句はいずれも巻一「不用事第一格」に置かれており、高い評価が窺われる。重層構造めいた含意が見えるのは、江淹の詩もこれらの諸作に等しい。しかし、異なる箇所も存する。それは典故使用の有無である。後に挙げた宋玉らの作品では、王維の詩に「孟嘗（君）」の称号があるだけで、「一重意」から「四重意」まで、全く典故が見えない。その一方で、江淹の作品は弄玉の故事を用い、含蓄を醸し出す。「事を用い」ない「第一格」がこの詩を含むのは、あるいは矛盾かもしれない。

ただ、「言外の情意」（原文「文外之旨」）という詩歌の表層を超えた含蓄をも重視する以上、それを表現できた江淹の詩が賞賛されるのは、実は自然だった。前掲の批評でも「故事は無い（かのようだ）」（注49）というとおり、典故もさりげなく用いられるため、ここではそれへの高評価を妨げない。皎然の品第は、一面でごく柔軟なものだったわけである。[52]

さて、江淹の模倣作に『詩式』が「情也。意也」と評語を附すことは既に見た。一方で、班婕妤の作には「情也」とだけある。この両字が批評に用いられるのは珍しくもない。普通、「情」は情緒的な、「意」は意識的なものを指すが、皎然による詳しい定義も見ておこう。

『詩式』（十九種の文字で詩句を評する手法は第六章第四節、注31参照）は、即ち「対象に託して尽きせぬ（思いを詠む）のが情だ」という。団扇に託して思いを詠む点では、「怨歌行」も江淹の詩も「情」字をもって評するに相応しい。他方で、同じ箇所には「言葉遣いが（たゆたって）留まるのが意だ」[53]ともある。江淹の模擬詩を評する際、「情」字だけでは同作品の象徴的な手法はともかく、その表現の技法を言い尽くせないと考えて、皎然は「意」字をも加えたのだろうか。多くの場合で、第一格と第二格の詩句に一字だけの評語を附す『詩式』に在って、二文字で批評したこと自体が、この詩に対する彼の高い評価を示す。

古人の詩を模擬した作においてすら、なお皎然がオリジナリティを要求していたであろうことは、以上で理解できた。先に見た一節（注49）以外では、彼が同じ問題を具体的に論じた文章は残らない。また、そこに見える詩学上の主張とて、必ずしも暢達とはいえまい。

だが、八世紀後半という時代を考えれば、詩句に即して、本歌と擬作を比較したこの一文は独特な存在である。いずれにもせよ作詩での「変」とは、時代ごとに改まる形式・風格を単に追い求めるだけではなく、古えを学ぶ、即ち「復」の中に新機軸を打ち出すことと皎然は考えたのではないか。先述のとおり、『詩式』は隋以前の模擬・擬古の詩二九首から例句を採る。そのうち、江淹「雑体詩」中の作品は第一格から第三格までで十三首を占める（表8-3）。これは「雑体詩」の模擬が、殊に自らの詩論に適うものと皎然が捉えたためであろう。

誤解を避けるために、ここで附言しておく。本節の前半で蕭李に関する逸話を紹介した際に、古文家が「古いことに一種の価値を見出」したと述べた。しかし、それは彼らが文学上の没個性を主張したという意味では全くない。確かに復古の旗印を掲げた者やその亜流の著作は、模擬・模倣を通じてしばしば陳腐に堕してしまう。だが、同時に古文家が千篇一律な（と彼らの考える）文章に向けた異議として、南北朝・初唐を飛び越えてより古い文学へ回帰しようと唱えた史実は忘れてなるまい。それは、決して単純な復古主義ではなかった。

他方、皎然は詩歌のマンネリズムを打破するため、「復」ではなく「変」に詩論の主眼を置いた（前章第二節）。一方は復古、もう一方は「変」と、スローガンは正反対かに見える。だが、病んでいると感じた当時の文学のために出された処方箋だった点で両者の主張に差異は無い。

今一つ、付け加えておく。李華の門人に彼と併称されもする独孤及《どくこきゅう》（七二五～七七七）がいる。独孤及の弟子は、韓愈の才能を見出した梁粛《りょうしゅく》（七五三～七九三）である。(54) 皎然自身、実はこの李華・梁粛と交わりを持っていた。(55) 古文派の驍将二人との交遊（どれほどの深さかは疑問ながら）を通して、彼が受けた影響の有無、その内容は資料不足のためもあって明確ではない。もとより、『詩式』の「変」に対する重視は、伝統的な復古論を意識した上での主張である。ただ、李華らによって勃興しつつあった盛唐の新たな復古論胚胎を皎然が知悉していて、それが彼の詩論に影響したという想像も、決して不可能ではない。主張の上で一見相反するかのような両者の関係は、今後さらに注目されてよい。

第五節　皎然による批判の矛先

これまで、皎然の詩学が文学をめぐる唐代の言説と「同じ」である、また反対に「違う」側面を見せた現象を見渡してきた。本節では、それらの結果を勘案した上で、『詩式』及び『詩議』の詩論に見えるある種の方向性を探ってみようと思う。最初に「はじめに」では詳かではないとした「ある人」(「或」、「有人」)の詩論が果たしてどのようなものだったか、また、皎然が何故それらを「そうではない」(原文「不然」)としたのかについて考えたい。

(ⅰ)「古えに対偶無し」、「詩に対偶は必ずしも必要無い」(「はじめに」、注1『詩議』)

現存する唐代以前の詩論に、見出し難い主張である。むしろ、『文心雕龍』「麗辞」以来、対句の効用や必要性を説く文章の方こそ枚挙に遑ない。「詩格」に範囲を限っても、例は多い。

だから梁朝の湘東王の「詩評」にいう、「詩を作りながら対句になっていないならば、(それは)獣の鳴き声なのであって、詩だとはいわない(56)」。

およそ文章を作るならば、全て対偶であるべきだ。……文章においては、全て対偶であるべきだ。対偶でないものは一・二箇所ならあってもよい。もし対にならないのを基調にしたならば、もはや文章ではない［もし対でないものばかりならば、話し言葉と異なるところが無くなる(57)］。

文章・詩賦を作るには、全て対偶が必要であり、片足・片目の（ような）状態にしてはならない(58)。

総て文章は対句になっていなければならない(59)。

ここに挙げた元帝（五〇八～五五四）、上官儀*（六〇七?～六六四）、崔融*（六五三～七〇六）の詩論から『詩格』に至るまで、詩歌には対句が必須とする論者・論著の例には事欠かない。だが、文学を離れて史学にまで目を遣ると、次のような意見も初唐末には存在した。

梁朝の末より、小手先の修辞が盛んになった［太清以後をいう］。平頭《ひょうとう》・上尾《じょうび》は、当時最も嫌われ、対句・（四字句・六字句が基調の）駢儷体が、世間で持て囃された(60)。

史論書『史通』（七一〇序）より梁末期の太清年間（五四七～五四九）から対句・駢儷体（原文「對語儷辭」）が流行し始めた事実を指摘する一節を引用した。この傾向は南北朝で共有された上に、歴史記述にまで影響を及ぼす。『史通』は先に引いた部分に続いて、史書中の対句に固執した表現を若干挙げる。撰者の劉知幾《りゅうちき》はその箇所に自注を施して、こう述べる。

これらは全て簡潔ではなく、無駄に文字を積み重ねて文章としており、いずれも音声・対偶（への拘泥）に趨ることによる弊害である。（無闇と）音声を滑らかにしたり、言葉に対偶を使おうとしたりして、それらによる害悪、その類のものは甚だ多い(61)。

ここで劉知幾が批判したのは、史実を曲げてまで「對語儷辭」を用いようとする歴史叙述であって、それ以外の詩歌・文章は評価の対象外とされる。しかし、文学評論とはやや領域を殊にするとはいえ、過度に対偶へと偏した文章表現の手法を快しとしない向きが、早く初唐期に存在した事実を、『史通』のこの一節は示している。劉知幾と同時期か数十年遅れる崔融や『詩格』の詩歌対句必須論（注58・59）は、先に見たところである。これらも逆にいうと『史通』に見えるこのような不要論の存在を踏まえた発言だったのかもしれない。後の古文家の文章論では、対句などの頻用は当然のように否定されていく（序章第四節、注8・9）。

それでは当時の詩壇に対句必須論と不必要論が併存していた（両者の勢力差がどの程度だったかはいま論じない。ただ、対偶を重んじる今体詩も発展する中に在って後者が前者に全く敵わなかったのは間違い無い）と想定した上で、皎然が前者に与したと考えてよいかといえば、事はそう単純ではあるまい。確かに『詩式』には、「上の句がふと単独で（孤立して）発せられると、その意味は不完全であり、加えて下の句を助けとすることで（上の句の意味を）満たせて初めて事足りる」[62]と対句の効用を説く一節も存在はする。だが、皎然には「はじめに」（注1）で見たとおり、「古人は」「偶々対句なら対句、偶々散句（非対句）なら散句」にしたというような主張も見受けられる。『詩式』においても、彼はこう述べる。

評にいう、鄴中《ぎょうちゅう》（建安）七子（や周囲の詩人では陳）王が最も優れる。劉楨は言葉が生硬に過ぎるが、陳王は中庸を得ており、（その詩は）対句に固執せず、偶々そうならば対句となるが、言葉は興趣に見合っており、調子は情趣に基づいて起こり、それとは巧まずして、気骨と格調は自ずと高く、「（古詩）十九首」と軌を一にする。[63]

後漢末の建安年間（一九六～二二〇）はもとより、一般に隋以前では最大の詩人と目された曹植（一九二～二三二）、封爵は陳王、の詩も「対句に固執せず」（原文「不拘對屬」）と評する辺り、皎然の対句観がその使用を原則とする崔融や『詩格』のそれ（注58・59）と同日に論じられないことは明らかだろう。もとより、ここに引く彼の詩論が対象とするのは、今体詩の出現前に生きた「古人」だった。大筋では、皎然も対句の意識的な使用を唱える。その彼が「今人」が作っても散句が多い詩歌に、同じ寛容さで対応したかは疑わしい。

だが、それにしても全体の中で幾分か散句を交えることに理解を示しながら、他方で「対にならないのを基調にしたならば、もはや文章ではない」と述べる上官儀（?）の意見（注57）など（もっとも彼らとて実作の経験から詩文の全篇を対句で埋め尽くすことなど不自然と知っていたろうが）と比べて、皎然の対句観は相当に柔軟だった。対句必須論と不必要論の間で、皎然は後者を批判、前者により接近しながら、総体として文章は「全て対偶であるべきだ」（注57）という偏狭さに陥らない独自の路線を歩もうとしたと考えてよかろう。

（ii）「詩に苦吟は無用」（「はじめに」、注2『詩議』・注4『詩式』）

この問題に関しては、『詩格』に見えたという次の一文が、短いながら参考になる。

およそ文章はみな難しくはなく、また苦労（しても の）するものでもない。[64]

そもそも原文で『詩議』（「はじめに」、注2）が「苦思」、ここに引く『詩格』が「辛苦」と呼んだ労苦を伴う創作、苦吟といった行為が盛唐以前に真正面から論じられることは、まず無かった。無論、度外れた苦心惨憺の末に、文学作品が生み出されるという逸話も、確かに古くより幾つかは伝わっている。だが、それらはいずれも詩ではなく、文章に関わるものである。詩歌が文学の最も重要な一ジャンルとなった三世紀以降も、確実な文献に拠る限り事は然り、その意味で真っ向から見解が対立するように見えはしても、ようやく萌芽しかけた作詩にまつわる生みの苦しみという観念に言及した点で、『詩格』と皎然のこの論は興味深い。[65]しからば、『詩格』は詩を作る過程における努力の排除を主張しているのか。否、実際は、むしろその逆だといえる。次に、同じ『詩格』から「およそ文章は」云々に続く一節を引く。

そもそも文学の創作には、あれこれと意を立ててみることだ。左に右に色々と試し、苦心して知恵を絞り、必ずや我が身を忘れて、（何かに）拘束されてはならない。[66]

こう主張した上で、『詩格』には詩の着想が得られない場合は無理をせず、詩心が起こるのを待つがよいとある。作詩における無闇な苦心を減らすために、『詩格』は複数の方法を提案もしている。睡眠の充足を初めとするそれらには、第五章第二節（注24・25）で既に言及した。

そういった実際的な苦吟の防止法を見るにつけ、『詩格』に見える「苦労するものではない」（注64にいう「不辛苦」）とは、様々に想を巡らせて詩を作ることを否定したものでは決してなく、非効率的な創作への没入を戒めた言葉と思えてくる。もし、皎然がいう当時の世に行われていた苦吟無用論が『詩格』、それもこの一節やいま見られない類似する言説の言葉尻を捕らえたものとすれば、その批判はいささか短絡に過ぎるとの謗りを免れまい。

しかし、所謂「苦吟」に価値を認めた点で、『詩議』（「はじめに」、注2）・『詩式』（「はじめに」、注4）が現存文献のうち成立が特に早いということは見逃してはならない。「郊寒島痩」として賈島（七七九～八四三）と共に苦吟派の代表めいた扱いを受ける孟郊（七五一～八一四）[67]は、皎然と入れ代わるかのように詩壇での活動を始める。また、中・晩唐期に至って俄に苦吟を価値的な事柄として詠み込む詩が現れる。[68]これらの事実と皎然の苦吟尊重が文学史上、関連を持つか否か、持つとしてどう関わるかは、ここでは触れられないが、なお探求を俟つ課題だろう。

（iii）「句は拙くとも内容は立派であり得る」（「はじめに」、注3『詩議』・注4『詩式』）

『詩議』の「句はさておき、中身は立派」という言葉は、直接には「古詩」[69]を評して発せられている。次に、皎然以前で「古詩」を一連の作品として批評した文章を掲げる。

「古詩」のうち佳麗なものは、枚叔《ばいしゅく》（前漢の文人枚乗、字は叔）の作といわれるが、「孤竹《こちく》」の一篇は、傅毅《ふき》（後漢の学者・文人）の詩だ。修辞から推し量ると、両漢の作品だろうか。その言葉の作りを見てみると、率直ながら野鄙ではなく、まつわり付くかのようにして事物に言寄せ、懇ろにして抒情は切実で、誠に五言詩の筆頭格である。(70)その（「古詩」の）型は（『詩経』の）国風に由来する。（中でも）陸機が模擬の対象とした十四首は、表現が穏やかにして華麗で、内容は悲愴で深遠だ。(71)

西暦五〇〇年前後に相次いで書かれた劉勰『文心雕龍』と鍾嶸『詩品』は、中国古典文学における批評書として双璧を成す。ここに引いたとおり、両書が「古詩」に下した評価は、共に極めて高い。しかし、両者の間には、実は決定的な差異も見られる。後者が手放しに近い筆致で、表現・内容の双方から「古詩」（の代表作）を礼賛したのに対して、前者はその文体を「率直ながら野鄙ではな」い（原文「直而不野」）と批評するに止まる。「懇ろにして抒情は切実」（「怊悵切情」）という褒辞が対象とするのも、あくまで詩の思想でしかない。また「両漢」（前・後漢）の作品という年代の推定も、「古詩」の修辞を古めかしいと感じた上でのものと思われる。それでは、ここで皎然の「古詩十九首」に対する評価を見ておこう。

「古詩」は事物に事寄せた諷刺を宗としており、率直だが俗でなく、華麗であっても汚れず、格調は高いが言葉は穏やかで、言葉は身近だが内容は深遠だ。情趣は言外にたゆたい、象徴によって表出され、力技ではないので、言葉と調和して、自然さがある。(72)

「（古詩）十九首」は言葉が細やかで情理は明らか、婉曲なのに文意ははっきりし、（李陵・蘇武ら前漢人の詩に比べて）初めてはっきりと作詩に意を用いている。恐らく東漢（後漢）の作風だ。また例えば「一本きりの竹が柔らかく垂れ下がる」、「青々とした川辺の草」は、傅毅、蔡邕《さいよう》（傅毅と同じく後漢の文人・学者）の作品だ。ここ（作風）から考えれば、漢のものだということは明らかである。(73)

「はじめに」で見た「趣が完全で形が正しく、潤いがあって淑やかで味わい深い」（「はじめに」、注3の「旨全體貞、潤婉而興深」）という『詩議』の言葉と同様、皎然の「古詩」に対する高い評価がここにも示される。また、『詩式』は「古詩」を「東漢」の作品と断じる。文体による年代の比定は前掲の『文心雕龍』「明詩」（注70）に等しい。だが、皎然は前漢より向上した後漢の修辞を積極的に認めて、こう称したと思しい。(74) 結局、「古詩十九首」の表現と内容双方に賛辞を呈した点も考えれば、『詩式』の見解は『詩品』（注71）の方に近い。

さて、皎然は「古詩」への批評から出発し、一般論としての「句は拙くとも内容は立派であり得る」という表現軽視、内容（または素材、天真さ）偏重ともいうべき詩論を批判した。その様子は「はじめに」で既に見たとおりだが、確かにこの当時かかる言説は存在していた。

> 詩にはありのままの情景（を詠うだけ）で、五色の綾絹でもそれには及ばない（ほど美しい）ものがある。このことからいってみれば、作られた情景は真の相貌には敵わず、作られた色彩は元来の自然には敵わない。(75)

ここに引いた『詩格』は、別に作詩における彫琢の必要性を否定したわけではない。確かに、世にはなまじ修飾など必要としない「ありのままの情景」（原文「天然物色」）も存在はしよう。(76) しかし、作り物が天然の素材に敵わないと言い切ってしまったならば、どうなるだろうか。あくまでも特殊な例だが、それでは文飾や修辞を用いる余地が無くなる。『詩議』（「はじめに」、注3）や『詩式』（「はじめに」、注4）に見える「句は拙くとも内容は立派であり得る」、「詩は泥臭いままにせよ」という表現の軽視に繋がる詩論は、これと同じ系統に属したのではないか。

厳密にいうと、この種の議論には二つの層が存在する。まず作品の表現（修辞・用語などの外面）と内容

（思想・題材などの内面）が第一層、さらに前者のうち荒削りのままに事物・感情を詠み込む表出法と彫琢を凝らしたそれが第二層で各々対照を成す。現代の感覚からすると、密接に関わりながら微妙に異なる問題として、両者は別個に論じられるべきだろう。だが八世紀に著された『詩議』、『詩式』や『詩格』では、なお未分化の状態だったらしい。

従って、ここではこれらを渾然一体として扱うことにしよう。いったい、中国の古典美学理論は、内容と表現いずれにも偏重せず、両者の間に均衡を取ることを理想にしてきた。[77]『文心雕龍』が各々について専ら論じる「情采」・「風骨」両篇を設けたのは、その象徴ともなる。皎然の詩学もこの例に漏れず、表現と内容の双方を重視していた。表現手法が未発達な漢代に作られた「古詩」の修辞を思想と同程度に評価した『詩議』の一節（「はじめに」、注3）は見たところ詩語の彫琢に対して批評基準のハードルを低くしたかのように思えるかもしれない。だが、これは後漢の詩歌としては「古詩」が充分に技巧を駆使したと及第点を与えているのであり、時代の制約を配慮した上での肯定的な評価と考えるべきだろう。

その背後に読み取れるのは、むしろ「外面と内面共に優れてこそ名作たり得る」、ひいては「名作である以上、外面と内面共に優れているはずだ」という彼の信条である。それこそが、このような詩歌の内容・表現双方への目配りを怠らない議論を展開させたのではないか。

以上の分析を踏まえて、ここで皎然の詩論に見える傾向をまとめておく。第一に、作詩における表現技法の重視が挙げられる。『詩議』や『詩式』が攻撃対象としたのは対句不必要論、「苦吟」無用論といった、実態はさておき一見したところ作詩上の彫琢を否定するかのような言説だった。対偶や「苦吟」が必ずしも詩歌の芸術的完成度を高めるわけではないが、作品の思想同様、修辞（外貌）も重視する立場からいえば、それらに意を用いるのは当然だった。

そして第二に、詩歌批評における柔軟性が考えられる。「Aであれば必ずA」という教条的な立場を、『詩議』や『詩式』は取らない。このAに入るのは「古え振り（の風格）」だったり、「（詩の）中身」だったりする。だが、この種の主張をなす者はどうかするとAと相対した概念（例えば後者なら詩の外貌）を軽視しがちである。これに対して、皎然は対偶を重んじるに当たっても、「偶々対句なら対句、偶々散句なら散句」（「はじめに」、注1）と配慮を忘れない。

『詩式』には一応整ったテクストが存在し、『詩議』は相当量の逸文を伝える。従って、皎然の詩学ばかり注目されるが、実際は他の散逸した「詩格」に類似の柔軟性が見えた可能性は否定できない。だが、それにしても杜詩への着目（第三節）、模擬詩に対する本歌をも超える評価（第四節）などといった皎然の批評態度は、本節で見た特徴が無ければ、あり得なかっただろう。やはり、当時において、彼の詩論は一種突出した存在だったと考えられる。

おわりに

皎然の詩論が時代を同じくする他の文学論と関係を持ったという推測を、本章ではこれまで提示してきた。第一節と第二節での推測が正しければ、彼は当時の世評（選集への採録、作詩にまつわる佳話）から影響を受けた可能性がある。また、第四節で言及した古文家らの復古的な文章論に皎然は直に触れていたかもしれない。それらとは別に、『詩式』や『詩議』自体が属する「詩格」というジャンルとの関わりも、当然ながら深かったと想像される。

沈約《しんやく》・劉善経《りゅうぜんけい》の後、王昌齢・皎然・崔融・元兢まで、盛んに四声を論じて、（創作上の）禁忌をあれこれ言い立て、書物は文箱から溢れ、書帙は車に満ちた。貧乏書生は、書写して回るのも諦め、勉強好きの子供は、どうしたらよいか分からなくなった。

周顒《しゅうぎょう》・沈約以降、元兢・崔融まで、四声譜（平・上・去・入四声の配置を扱う文献）の論議が盛んに起こり、（創作上の）禁忌の名が争って生まれた。各々が（作詩の）細則を作り、めいめいが欠点を論じて、無駄に修辞の華美を競い、無闇と規格にこだわり、（音声上の）神秘的な感応は深く閉ざされ、技巧に流れた欠陥が繁多になった[78]。

空海がその編著『文鏡秘府論』に自ら記した文章を引いた。彼の在唐は中国側の元号だと貞元二十年（八〇四）七月より元和元年（八〇六）八月までで（序章）、皎然の死からわずか十年程度のことだった。従って、皎然が在世中の状況も、空海の見聞とはそう異なるまい。

『詩式』や『詩議』が書かれた中唐の前期に南斉・周顒（?～四九一以降）『四声切韻』[79]、梁・沈約（四四一～五一三）『四声譜』[80]、隋・劉善経『四声指帰』[81]といった詩文における声調に基づいた文字の配置を説く文献や唐・元兢（七世紀）『詩髄脳』[82]、崔融『唐朝新定詩格』（前節、注58）を初めとする「詩格」が、それこそ汗牛充棟もただならなかったことが、実際にその様子を体験した空海のこの記述からよく分かる。それではその中でも、特に皎然の意識下に在ったのは、どの詩論書だったのか。私見によれば、それは本章でも度々名前を挙げた『詩格』であったろう。彼が『詩格』の説を撰者とされる王昌齢の名を挙げて批判したことは、「はじめに」（注5）で既に見た[83]。第五節の（i）、（ii）、（iii）でそれぞれ論じたように詩歌対句必須論、「苦吟」無用論、内容（素材）偏重論という皎然が好まなかった詩論の全て（に通じるかと思われる記述）が『詩格』の逸文（注59・64・75）に見出される。彼が『詩格』の言説に反発して、それを補正しようとした蓋然性は高い[84]。

確かに、唐代の「詩格」が概ね『文鏡秘府論』などに引かれる形でしか伝わらない今日に在って、軽々に両者の関係を論じるわけにはいかない。『詩格』の断片が比較的多く残っているため、『詩式』や『詩議』がそれに対して批判を投げ掛けているよう見えるだけで、実際は苦吟無用や内容偏重といった議論がいま残らない文献に含まれていた可能性は充分にある。だが一方で、我々は次に引用する帰国後の空海が残した言葉を見逃してはなるまい。

王昌齢『詩格』一巻。これは唐にいた折、（ある）詩人のところで、偶々手に入れた書物です。昔からの「詩格」等については、数人の著書もありますが、最近の知識人は心よりこの格（『詩格』）を愛しております。[85]

盛唐の高名な詩人である王昌齢が撰者とされるためもあってか、『詩格』が「詩格」の中で大いに流行していた消息をこの文章は伝えてくれる。そうかといって、『詩式』や『詩議』が直接に『詩格』の詩論を批判の対象としていたか、やはり断言は差し控えねばなるまい。だが、「最近の知識人」（原文「近代才子」）が「心より愛し」た（「切愛」）この詩論書の説が当時の詩壇で大きな勢力を持っていたことは、容易に想像される。そして、それらには第五節（ⅰ）（注56～58）で見た『詩格』以外の詩論の説とも共通する面があった。当時の主流派ともいうべき詩論に対して、皎然は以上に見てきたとおり、全くひるむこと無く論評を加え、自己一流の詩学を打ち立てようとした。このような態度は、「はじめに」で提起した他者の説を「そうではない」（「不然」）と否定する点から、最も顕著に見て取れる。

本章では具体的な事例を通して、皎然の言説が唐代における他の文学論とどう関わるかを考えた。確かに、その中には「同じ」側面を示す例もあった。だが、別の文学論との乖離をも辞さない彼の態度や従来は対偶や声律を初めとする技巧に記述の重点を置いていた「詩格」が『詩式』以降、専ら詩の内容に筆を費や[86]

し始めた事実をも考慮すれば、「不然」の精神が彼の詩論や唐代詩学の確立・変容に果たした役割は、やはり大きかったと思われる。

注

（1）『詩議』（『文鏡秘府論』南巻「論文意」所引）

或云、今人所以不及古者、病於儷詞。予曰、不然［先正時人、兼非劉氏］。六經時有儷詞。揚馬張蔡之徒始盛。雲從龍、風從虎、非儷耶。但古人後於語、先於意。因意成語、語不使意、偶對則對、偶散則散。若力爲之、則見斤斧之跡。故有對不失渾成、縱散不關造作、此古手也。

原注の「劉氏」は未詳（注60・61も見られたい）、「雲從龍、風從龍」は『周易』乾「文言伝」の一節を引用する。なお『吟窓雑録』巻七「評論」にも『詩議』のこの箇所を引くが、文字に異同がある。前章注4も参照されたい。

（2）『詩議』（同前注）

或曰、詩不要苦思、苦思則喪於天眞。此甚不然。固須繹慮於險中、採奇於象外、狀飛動之句、寫冥奥之思。夫希世之珠、必出驪龍之頷、況通幽含變之文哉。但貴成章以後、有其易貌、若不思而得也。行行重行行、與君生別離、此似易而難到之例也。

「行行重行行」の一聯は、「古詩十九首」一（『文選』巻二十九）に見える。

（3）『詩議』（同前注）

又有人評古詩、不取其句、但多其意、而古人難能。予曰、不然。旨全體貞、潤婉而興深、此其所長也。請復論之。曰、夫寒松白雲、天全之質也。散木擁腫、亦天全之質也。比之於詩、雖正而不秀、其擁腫之林。易曰、文明健、豈非兼文美哉。古人云、具體唯子建、仲宣、偏善則太沖、公幹。平子得其雅、叔夜含其潤、茂先凝其清、景陽振其麗、鮮能兼通。況當齊梁之後、正聲寖微、人不逮古、振頽波者、或賢於今論矣。

「其擁腫之林」の「林」は「材」の誤りと考えて、本文では訳出した。なお「文明健」は『周易』同人「彖伝」を、「古人云」以下「鮮能兼通」までは『文心雕龍』「明詩」の一部を踏まえる（ただし本来の意味とは違う文脈で用いている）。「子建」以下、曹植などの著名な文学者を字で呼ぶが、本文では姓名の形で訳出した。

（4）『詩式』巻一「取境」

評曰、或云、詩不假脩飾、任其醜朴。但風韻正、天眞全、卽名上等。予曰、不然。無鹽闕容而有德、曷若文王太姒有容而有德乎。又云、不要苦思、苦思則喪自然之質。此亦不然。夫不入虎穴、焉得虎子。取境之時、須至難至險、始見奇句。成篇之後、觀其氣貌、有似等閒不思而得、此高手也。有時意靜神王、佳句縱橫、若不可遏、宛如神助。不然、蓋由先積精思、因神王而得乎。

（5）『詩式』巻二「池塘生春草、明月照積雪」

古今詩中、或一句見意、或多句顯情。王昌齡云、日出而作、日入而息。謂一句見意爲上、事殊不爾。

（6）『詩格』（『文鏡秘府論』南巻「論文意」所引）

古詩云、日出而作、日入而息。鑿井而飲、耕田而食、當句皆了也。……古文格高、一句見意、則股肱良哉、是也。

「日出而作」以下四句は、『帝王世紀』（『芸文類聚』巻十一「帝王部一・帝堯陶唐氏」所引）に見える所謂「撃壌歌」を引用する。

（7）『詩式』巻一「中序」

敍曰、貞元初、予與二三子居東溪草堂、每相謂曰、世事喧喧、非禪者之意。假使有宣尼之博識、胥臣之多聞、終朝目前、矜道侈義、適足以擾我眞性。豈若孤松片雲、禪坐相對、無言而道合、至靜而性同哉。吾將深入杼峯、與松雲爲侶。所著詩式及諸文筆、併寢而不紀。因顧筆硯而言曰、我疲爾役、爾困我愚。數十年間、了無所得。況你是外物、何累於我哉。住既無心、去亦無我。予將放爾、各還其性。使物自物、不關於予、豈不樂乎。遂命弟子黜焉。至五年夏五月、會前御史中丞李公洪自河北負譴遇恩、再移爲湖州長史、初與相見、未交一言、恍然神合。予素知公精於佛理、因請益焉。先問宗源、次及心印。公笑而後答、溫兮其言、使寒叢之欲榮、儼兮其容、若春冰之將釋。予於是受辭而退。他日言及詩式、予具陳以夙昔之志。公曰、不然。因命門人檢出草本。一覽而歎曰、早歲曾見沈約品藻、惠休翰林、庾信詩箴、三子之論、殊不及此。奈何學小乘褊見、以夙志爲辭邪。再三顧予、敢不唯命。……勒成五卷、粲然可觀矣。

（8）皎然が『詩式』の撰述に迷いを覚えたことを含めて、中唐の僧侶における詩禅間の矛盾については、傍島史奈二〇〇六が参考になる。

（9）唐・李肇『唐国史補』巻上「李端詩擅場」

郭曖、昇平公主駙馬也。盛集文士、卽席賦詩、公主帷而觀之。李端中宴詩成、有荀令何郞之句、衆稱妙絕、或謂宿搆。端曰、願賦一韻。銭起曰、請以起姓爲韻。復有金埒銅山之句、曖大出名馬金帛遺之。是會也、端擅場。送王相公之鎭幽朔、韓翃擅場。送劉相之巡江淮、銭起擅場。

『太平広記』巻百九十八「文章一・李端」に引く『国史補』に拠って、「王相公」等が誰を指すか確定できる。同じ話柄は十一世紀中頃までの文献に限っても、『旧唐書』巻百六十三「李虞仲伝」、『冊府元亀』巻八百四十一「総録部・文章五」、『南部新書』戊、『新唐書』巻二百三「文芸伝下・盧綸」に見える。

(10)『旧唐書』巻十一「代宗紀」

(大暦三年七月)乙亥、王縉赴鎭州。

同巻百十八「王縉伝」

大暦三年、幽州節度使李懐仙死、以縉領幽州、盧龍節度。縉赴鎭而還、委政於燕將朱希彩。

「代宗紀」の「鎭」の後には「幽」を補うべきだろう。

(11)傅璇琮二〇〇三a、四六〇~四六一頁、王定璋一九九二、一九九頁の説に拠る。謝海平一九八六、一一〇頁(同一九九六a、七六~七八頁)、斉濤・馬新一九九八、二九五~二九六頁は、劉晏の出使を広徳元年(七六三)に定める。

(12)元・辛文房『唐才子伝』巻四「銭起」

凡唐人燕集祖送、必探題分韻賦詩、於衆中推一人擅場。

ここでは宴会・送別の席で題目・韻字を決めて皆で詩を作った際、一人を「擅場」(最優秀者)とするのが唐代普遍の習慣であったように記す。だが、そこに挙がっているのは、注9に引いた『唐国史補』にも見える銭起と李端の例のみであり、一般化するには疑いも残る。なお、明・胡応麟『詩藪』外編巻四「唐下」、日本・三浦梅園『詩轍』巻六「雑記・擅場」も『唐才子伝』の説を踏襲する。

(13)ここに採られた四首の詩の表題をそれぞれ最も早い出典に従って挙げておく。丸括弧内の漢数字は、句数(『詩式』に選ばれた箇所/全体)を意味する。

銭起:『中興間気集』巻上「奉送劉相公催転運」(六/十二)

韓翃:同巻上「奉送王相公赴幽州」(四/十二)

銭起:『英華』巻二百七十一「送王相公赴(集作帰)范陽」(六/十六)

皇甫冉:『中興間気集』巻上「送王相公赴幽州」(二/十二)

なお、『詩式』巻三は銭起の詩をもと「送王相公」に作るが、『中興間気集』に拠れば、「王」は「劉」の誤りとなる。

(14) もっとも岑仲勉一九四七b、二四五〜二四七頁〔同二〇〇四c、六八四〜六八六頁〕に拠れば、注9に引く『唐国史補』が書かれたのは大和年間（八二七〜八三五）のことで、李端らが活躍した大暦期より六十年ほど遅れる。

(15) 『旧唐書』巻百六十八「銭徽伝」

大暦中、（銭起）與韓翃、李端輩十人、俱以能詩、出入貴遊之門、時號十才子、形於圖畫。

同巻百六十三「李虞仲伝」

大暦中、（李端）與韓翃、銭起、盧綸等文詠唱和、馳名都下、號大暦十才子。

「十才子」に誰を入れるか、『新唐書』巻二百三「文芸伝下・盧綸」、北宋・江休復『江鄰幾雑誌』等で意見は分かれるが、李端・銭起・韓翃はどの説にも入っている。

(16) 因みに『詩式』には登場しないが、「擅場」の逸話で主人公となっている李端と皎然には、建中（七八〇〜七八三）より貞元二年（七八六）の頃、交遊があった。賈晋華一九九二c、一二九頁参照。また同郷（共に本籍は湖州）の誼みもあって、銭起の活躍は、皎然にとって耳に親しいものだったかもしれない。

(17) 『旧唐書』巻百六十八「銭徽伝」

父起、天寶十年登進士第。……嘗客舍月夜獨吟、遽聞人吟於庭曰、曲終人不見、江上數峯青。起愕然、攝衣視之、無所見矣、以爲鬼怪、而志其一十字。起就試之年、李暐所試湘靈鼓瑟詩題中有青字、起卽以鬼謠十字爲落句、暐深嘉之、稱爲絶唱。是歳登第、釋褐秘書省校書郎。

「湘靈鼓瑟」は『楚辞』「遠遊」に見える言葉だが、進士科で課せられる詩は概ね律詩で題目中の文字を韻字とする。通常、律詩で押韻できるのは平声の文字で、この場合は「湘」と「霊」だけだった。銭起は嘗て聞いた「曲終人不見、江上數峯青」の「青」字が「霊」と同じ韻に属するのを利用して、この二句を末尾の一聯にそのまま用いたのである。なお、この記述の類話が『古今詩話』（『詩話総亀』前集巻四十八「鬼神門」等所引）、『唐詩紀事』巻三十「銭起」、『唐才子伝』巻四「銭起」に見える。

(18) 北宋・銭易『南部新書』乙

祖詠試雪霽望終南詩、限六十字成。至四句納、主司詰之、對曰、意盡。

(19) 『詩式』より古い文献では、『河岳英霊集』巻下が「終南望余雪作」と題して、祖詠の詩を収める。また、銭起の詩（全十二句）は『英華』巻百八十四に『詩式』と同じ題目で収められ、作者名の下に「天寶十載」という注が見える。

(20) 傅璇琮二〇〇三、四四八～四四九頁は、銭起の進士科及第を天宝九載（七五〇）と考証するが。ここでは注17で触れた諸資料や前注に挙げた『英華』に拠って、旧説に従う。また『直斎書録解題』巻十九「集部・詩集類上・祖詠集」、『唐才子伝』巻一「祖詠」に拠れば、祖詠は開元十二年の進士だという。

(21) 皎然以後のことになるが、九世紀後半の『雲谿友議』巻中「賢君鑑」に拠ると、大中十二年（八五八）、皇帝・宣宗の下問を受けた李潘が、同じ文字を繰り返し用いた試帖詩の例として即座に「湘霊鼓瑟」を挙げており（第十一句の「曲終人不見」以外に、第四句にも「不」字が見える）、この詩の唐代における知名度の高さが窺える。

(22) 南宋・厳羽『滄浪詩話』「考証」

王荊公百家詩選、蓋本於唐人英靈間氣集、其初明皇、德宗、薛稷、劉希夷、韋述之詩、無少增損、次序亦同、孟浩然且增其數、儲光羲後、方是荊公自去取。

「英靈間氣集」は『河岳英霊集』、『中興間気集』のこととも考えられるが、現存する二種の選集は明皇（玄宗）らの詩を収めないので、これらを参考に王安石が『王荊公唐百家詩選』を十一世紀に編んだという意味は理解できない。ここでは『英霊間気集』乃至それに類する表題の唐人選唐詩が嘗て存在して、それが『王荊公唐百家詩選』の前三巻（巻四に儲光羲の詩を収める）の祖型になったと考えておく。程千帆一九八〇、五八～六〇頁〔同二〇〇〇、五七～五九頁〕参照。

(23) 『続高僧伝』巻二「隋東都上林園翻経館沙門釈彦琮伝」、巻十九「唐終南山紫蓋沙門釈法蔵伝」に北周の朝臣として、唐怡の名が見える。

(24) 初唐の孟利貞と盛唐の卜長福は、共に『続文選』と題する選集を編んだが、北宋の類書『類要』に見えるそれが、いずれの引用かは定かでない。唐雯二〇一二、二四一～二四二頁参照。

(25) 『和漢朗詠集』正安本裏書に拠る。三木雅博二〇〇五、七三頁参照。

(26) 各種の選集に関わる年代と収録作品（逸書に関してはその推定）については卞孝萱一九八四〔同二〇一〇b、一〇六～一一七頁〕、陳尚君一九八六a、同一九八六b、同一九九二、一〇五頁〔同一九九七、二一五頁〕、傅璇琮・陳尚君・徐俊二〇一四、徐俊二〇〇〇、賈晋華二〇〇一、一八一～二九四頁を参照した。

(27) 輯佚されたものを含めて、現存する唐人選唐詩の研究書に呂玉華二〇〇四、呂光華二〇〇五、孫桂平二〇一二がある。

(28) 元・馬端臨『文献通考』巻二百四十三「経籍考七十・集（詩集）」

皎然杼山集十巻……石林葉氏曰……観其詩評、亦貶駁老杜、如論送高三十五書記詩云、崆峒小麥熟、且願休王師。請君問主将、安用窮荒為。以為四句已前不見題、則其所知、可見矣。

(29) 明初の『永楽大典』巻九百七「二支・詩［諸家詩目三・釈皎然詩］」に引く『文献通考』も、前注に挙げたものと全く等しい。なお、同じ文章が『呉興備志』巻二十七「瑣徴」一でも引用されるが、出典は『石林詩話』（葉夢得の著作）とされる。

(30) 『唐国史補』巻下「二文僧首出」

呉僧皎然、亦名晝、盛工篇什、著詩評三巻、及卒、徳宗降使取其遺文。

『新唐書』巻六十「芸文志四・丁部集録・文史類」

詩評三巻［僧皎然］

『宋祕書省続編到四庫闕書目』巻一「集類・別集」

僧皎然詩評一巻

『宋史』巻二百九「芸文志・集類・文史類」

僧皎然詩式五巻　又詩評一巻

この『詩評』は現存せず、『詩式』や『詩議』との関係も詳らかではない。葉夢得が触れる「詩評」も書名なのか、「詩の批評」という普通名詞なのか定かではない。

(31) 著題論をめぐる唐宋両時代における詩学の差異については、浅見洋二二〇〇〇（同二〇〇八、三五八〜三八一頁）を参照。なお、著題論は主に詠物（題詠）の作を対象とするが、浅見氏の論文一五五頁（同三六五頁）にも「詠物詩に限られず語られる」というとおり、それ以外の詩にもある程度は当てはめられると思う。

(32) 『詩格』（『文鏡秘府論』地巻「論体勢等・十七勢」所引）

直樹三句第四句入作勢者、亦有題目外直樹景物三句、然後即入其意。亦有第四第五句直樹景物後入其意、然恐爛不佳也。

この「勢」は様式、スタイルというのに近いであろう。『詩格』は十七種の勢を挙げるが、それを扱う論文に中森健二一九九七がある。

(33) 『詩式』は全体で延べ五百首強の詩から例句を引用する。一首の詩から十二句を引用するのは「哀江頭」の場合を含めてわずか四例（0.8％）、それ以上の句数としては十六句が一例（0.2％）しか無い（四句を引く例が過半数を占める）。もちろん、第三格に置く点も考慮すべきだが、ここから皎然のこの詩に対する高評価が窺われる。中森健二二〇〇〇、二三三頁の表5参照。

(34) 華文軒一九六四、一~六頁に該当する詩を収める。うち銭起の詩は、その注記にもいうとおり実は彼の曽孫の銭珝の作である可能性が高い。また戎昱の詩は『英華』巻百六十六、巻二百九十一に張九齢「耒陽谿夜上(行)」として収録されており、杜甫とは無関係だと考えられる。

(35) 唐・樊晃「杜工部小集序」(清・銭謙益『銭注杜詩』附録)
屬契闊湮阨、東歸江陵、緣湘沅而不返、痛矣夫。文集六十卷、行于江漢之南。常蓄東游之志、竟不就。屬時方用武、斯文將墜。故不爲東人之所知。江左詞人所傳誦者、皆君之戲題劇論耳。曾不知君有大雅之作、當今一人而已。今採其遺文、凡二百九十篇。各以志類、分爲六卷、且行於江左。

賈晋華一九九二c、五三頁は皎然がこの樊晃による杜詩の選集を目にした可能性を指摘する。

(36) 韓愈『順宗実録』巻五(『新刊五百家註音辯昌黎先生文集』外集巻十)
(永貞元年八月)壬寅、……(王)叔文、越州人、以碁入東宮。……常吟杜甫題諸葛亮廟詩末句云、出師未用身先死、長使英雄涙滿襟。因歔欷流涕、聞者咸竊笑之。

周りで聞いている者はもとより、囲碁の技量で立身したとされる似非知識人の王叔文ですら杜甫「蜀相」詩(『杜工部集』巻十一、「出師」以下の二句はそれからの引用)を知っていたという。これが杜甫の死からわずか三五年後(八〇五)の出来事だった点を考えれば、文学批評の対象ではなかったにせよ、皎然の同時代にも杜詩の普及が知識人の間で進行しつつあった事実は否定できない。川合康三一九九一、九七頁〔同一九九九、二一~二二頁〕参照。

(37) 「哀江頭」(『杜工部集』巻一)
憶昔霓旌下南苑、苑中萬物生顏色。昭陽殿裏第一人、同輦隨君侍君側。……人生有情涙沾臆、江水(一作草)江花豈終極。黄昏胡騎塵滿城、欲往城南忘南北。

本文中に挙げた『詩式』中の引用に見えない箇所(「細柳新蒲爲誰緑」と「輦前才人帶弓箭」の間、「去住彼此無消息」の後)を引いた。『詩式』に見える箇所でも、『杜工部集』とは少し異同がある。

(38) 黒川洋一一九七〇〔同一九七七、二三五~二八〇頁〕、蔡振念二〇〇二を参照した。
つまり北宋末・南宋初の葉夢得にとって、杜甫の声価はほぼ確立したものだった。彼が「送高三十五書記」に対する皎然の

「貶駁」へ過敏に反応したのは（注28）、杜詩ならばほぼ名作とする当時の風潮に影響されていたためでもあったろう。

(39) 元稹「楽府古題序［丁酉］」（『元氏長慶集』巻二十三）

近代唯詩人杜甫悲陳陶、哀江頭、兵車、麗人等、凡所歌行、率皆卽事名篇、無復倚旁。予少時與友人樂天、李公垂輩、謂是爲當、遂不復擬賦古題。

(40) 例えば北宋・蘇轍『欒城三集』巻八「詩病五事」二、南宋・張戒『歳寒堂詩話』巻上に「哀江頭」詩に対する高い評価が見える。

(41) 『詩式』巻一「調笑格一品・戯俗」

評曰、漢書云匡鼎來［音梨］、解人頤、蓋説詩也。此一品非雅作、足以爲談笑之資矣。李白上雲樂女媧弄黃土、摶作愚下人。散在六合閒、濛濛若沙塵。

「女媧」以下の四句を「上雲楽」（『李太白文集』巻三）から引用するが、例句の中に李白の詩は見えない。なお「詩格」としては五代・王夢簡『詩格要律』「大古意門」（『吟窓雑録』巻十五）に（「大」は衍字か）、別に『琉璃堂墨客図』「詩宰相李白」（同巻十六）にも同じ詩句が引かれる。

(42) 皎然「贈李舍人使君書」（『昼上人集』巻九）

又書於文章、理心之外、或有所作、意在適情性、樂雲泉。

「書」は皎然（字は清昼）の自称だが、賈晋華一九九二c、一〇一～一〇二頁はこの書簡を建中元年（七八〇）、中書舎人、虢州刺史の李紓に宛てて書かれたとする。

(43) 『旧唐書』巻百九十下「文苑伝下・李華」

華善屬文、與蘭陵蕭穎士友善。華進士時、著含元殿賦萬餘言、穎士見而賞之、曰、景福之上、靈光之下。華文體溫麗、少宏傑之氣、穎士詞鋒俊發、華自以所業過之、疑其誣詞。乃爲祭古戰場文、熏汙之如故物、置於佛書之閣。華與穎士因閲佛書得之、華謂之曰、此文何如。穎士曰、可矣。華曰、當代秉筆者、誰及於此。穎士曰、君稍精思、便可及此。華愕然。

(44) ただし、唐代の同時代史料が『旧唐書』の中に利用されているのは言うまでもない。前注に引く文章のうち、蕭穎士が「含元殿賦」を「景福之上、靈光之下」と評した話は『唐国史補』（成立年代は注14参照）巻上「李華含元賦」にも同じ内容が見える。従って、それに続く「祭古戰場文」にまつわる逸話も唐代、既に存在した蓋然性は、充分にある。また唐朝官撰の史料の原型を伝えるとされる『冊府元亀』巻八百四十「総録部九十・文章四」に同じ話柄が見えることも、この想像の正しさを裏付けるかもしれない。

(45)「含元殿賦」(『英華』巻四十八、『唐文粋』巻一)と共に蕭李の遺り取りに登場する「祭古戦場文」(『英華』巻千、『唐文粋』巻三十三下は「祭」を「弔」に作る)は四字・六字句は頻用するが、対句はそう多く見えず、駢文からは距離の大きい文章といえる。

(46)『滄浪詩話』「詩法」

詩之是非不必争、試以己詩置之古人詩中、與識者觀之而不能辨、則眞古人矣。

この引用を典型として「(詩人Aの作品を)昔の詩人Bの詩集の中に混ぜても見分けが付かない」といった表現が、後世でも褒め言葉とされる場合がある。これは没個性の勧めではないが、次注に引く『詩式』に見える「以此相似一類、置於古集之中」以下の一文はそれと歴然たる差がある。

(47)『詩式』巻五「復古通変体[所謂通於変也]」

評曰、作者須知復變之道。反古曰復、不滯曰變。若惟復不變、則陷於相似之格、其狀如駑驥同廏、非造父不能辨。能知復變之手、亦詩人之造父也。以此相似一類、置於古集之中、能使弱手視之眩目、何異宋人以燕石爲玉璞、豈知周客嚧嗍而笑哉。

(48)『漢書』巻三十「芸文志・諸子略・縦横家」

闕子一篇

『闕子』(『後漢書』列伝三十八「応奉伝・応劭」注所引)

宋之愚人得燕石梧臺之東、歸而藏之、以爲大寶。周客聞而觀之、主人父齋七日、端冕之衣、釁之以特牲、革匱十重、緹巾十襲。客見之、俛而掩口盧胡而笑曰、此燕石也、與瓦甓不殊。

(49)『詩式』巻一「団扇二篇」

評曰、江則假象見意、班則貌題直書。至如出入君懷袖、動搖微風發。常恐秋節至、涼飈奪炎熱、旨婉詞正、有潔婦之節。但此兩對、亦足以拚映。江生詩曰、畫作秦王女、乘鸞向煙霧。興生於中、無有古事。假使佳人玩之在手、乘鸞之意、飄然莫偕。雖蕩如夏姫、自忘情改節。吾許江生情遠辭麗、方之班女、亦未可減價。

(50)『文選』巻三十一「班婕妤[詠扇]」李善注

列仙傳曰、簫史者、秦繆公時人、善吹簫。繆公有女、字弄玉、好之、公遂以妻焉。一旦皆隨鳳凰飛去。

(51)『詩式』巻一「重意詩例」

評曰、兩重意已上、皆文外之旨。若遇高手如康樂公、覽而察之、但見情性、不覩文字、蓋詩道之極也。向使此道尊之於儒、則冠六經之首。貴之於道、則居衆妙之門。精之於釋、則徹空王之奧。但恐徒揮其斤而無其質、故伯牙所以歎息也。……一重意。如宋玉云、晰兮若姣姫、揚袂鄣日而望所思。二重意。曹子建云、高臺多悲風、朝日照北林。王維云、秋風正蕭索、客散孟嘗門。王昌齡云、別意猨鳴外、天寒桂水長。三重意。古詩云、浮雲蔽白日、游子不顧返。四重意。古詩云、行行重行行、與君生別離。宋玉九辯云、憭慄兮若在遠行、登山臨水兮送將歸。

宋玉の句は「高唐賦」（『文選』巻十九）に、曹植の詩句は「雜詩六首」一（同巻二十九）に、王維の詩句は「送岐州源長史帰」（『王右丞文集』巻五）に、王昌齡の詩句は「送譚八之桂林」（『万首唐人絶句』巻八十六）に、「浮雲蔽白日」云々、「行行重行行」云々は「古詩十九首」一（『文選』巻二十九）に、「憭慄兮若在遠行」云々は『楚辞』「九辯」一にそれぞれ見える。なお、曹植の詩の『文選』李善注にこうある。

新語曰、高臺、喩京師。悲風、言教令。朝日、喩君之明。照北林、言狹、比喩小人。

つまり、この句は単なる描写ではなく、言外に朝廷への批判を含むということである。そこで皎然は、これを「二重意」の例に挙げたかと思われる。王維たちの詩句にも何らかの含意はあろうが、彼の解釈がどうだったかは詳らかではない。牽強附会に陥ることを恐れて、ここでは穿鑿しないでおく。

(52)　第六章以降では、皎然のいう「用事」を典故の使用という意味に概ね解してきた。これは大筋で問題無い解釈だが、ここに挙げた模擬詩をも高く買う態度から、そこには例外もあると思われる。例えば『詩式』巻一「語似用事義非用事」など項目名のみでも典故使用全てを「用事」と捉えたわけではなく、それを品第の絶対的な指標にしたわけでもないと示す形跡を、皎然は残してもいる。他に、第六章第三節、注23に挙げた巻二「評曰古人於上格」の引用も見られたい。この問題を専ら扱う論文に、齊益壽一九九三がある。

(53)　『詩式』巻一「辯体有一十九字」

情［縁景不盡曰情］。……意［立言盤泊曰意］。

詩は余情を含み、表層上のそれを超えた意味（注51に引く文章の「文外之旨」とは異なる点もあるが）を込めるべきという言説は、次に引く唐末の例を初めとして、この後も枚挙に遑ない。

司空図「与李生論詩書」（『英華』巻六百八十一）

噫、近而不浮、遠而不盡、然後可以言韻外之致耳。

（54）古文家同士の人間関係は林田愼之助一九七七（同一九七九、四五三～四八三頁）、特にその唐代古文運動形成過程人脈図を参照。

（55）賈晋華一九九二c、七九・一一〇～一一二頁に拠れば李華とは大暦九年（七七四）以前より、梁肅とは建中三年（七八二）以前から交遊が存在した。従って、『詩式』の成立に先立って、皎然に彼らより文学上の影響を受けていた可能性がある。『詩式』の成立時期については注7を見られたい。

（56）『詩格』（『文鏡秘府論』南巻「論文意」所引）

故梁朝湘東王詩評曰、作詩不對、本是吼文、不名爲詩。

「湘東王」は梁・元帝が即位する前の封爵である。「詩評」は元帝が著した詩論（書）と思われるが、これ以外に逸文も残らず未詳、歴代の書目も元帝を撰者とする『詩評』を著録しない。

（57）『筆札華梁』（『文鏡秘府論』北巻「論対属」所引）

凡爲文章、皆須對屬。……在於文章、皆須對屬。其不對者、止得一處二處有之。若以不對爲常、則非復文章［若常不對、則與俗之言無異］。

この文章が誰に帰属するかについては、なお定論を見ない。ここでは小西甚一一九五一、一六八～一六九頁の唐・佚名『文筆式』から唐・上官儀『筆札華梁』を間接的に引用したという説に従う。なお、第五章第二節、注21も見られたい。

（58）『唐朝新定詩格』（『文鏡秘府論』東巻「論対・二十九種対」所引）

或曰、夫爲文章詩賦、皆須對屬、不得令有跛眇者。

『唐朝新定詩格』については、張伯偉二〇〇二a、一二七～一三八頁を参照。

（59）『詩格』（同南巻「論文意」所引）

凡文章不得不對。

（60）唐・劉知幾『史通』外篇「雜説下・諸史」

自梁室云季、雕蟲道長［謂太清已後］。平頭上尾、尤忌於時、對語儷辭、盛行於俗。

「平頭」・「上尾」は所謂「四声八病」における八病、即ち今体詩・駢文で避けるべきとされた音声に関わる文字配列の禁忌である。注1所掲『詩議』の原注にいう「劉氏」とは、これと次注に引く対句批判の主張から考えて、劉知幾を指す可能性も皆無ではない。ここに記して一説に備える。

（61）『史通』外篇「雑説下・諸史」注
此皆語非簡要、而徒積字成文、竝由趨聲對之爲患也。或聲從流靡、或語須偶對。此之爲害、其流甚多。
（62）『詩式』巻一「対句不対句」
評曰、上句偶然孤發、其意未全、更資下句引之方了。
（63）『詩式』巻二「鄴中集」
評曰、鄴中七子、陳王最高。劉楨辭氣偏、王得其中、不拘對屬、偶或有之、語與興驅、勢逐情起、不由作意、氣格自高、與十九首其流一也。

「劉楨」の「楨」を諸本は「即」や「郎」に、また「王」を「正」に作る。ここでは底本と『歴代詩話』本に従って、「楨」、「王」で解した。
（64）『詩格』（『文鏡秘府論』南巻「論文意」所引）
凡文章皆不難、又不辛苦。
（65）唐代の苦吟については岡田充博氏による一連の論考がある。ここでは特に同一九八九、同一九八〇を参照した。また、唐代後期の苦吟に関する研究書に李建崑二〇〇五がある。
（66）『詩格』（同注64）
夫作文章、但多立意。令左穿右穴、苦心竭智、必須忘身、不可拘束。
なお、次のようなほぼ同意の文章もあるが、やはり『詩格』からの引用かもしれない。
『文鏡秘府論』天巻「調声」
最要立文、多用其意。須令左穿右穴、不可拘撿。作語不得辛苦、須整理其道格。
（67）晩年の皎然と三十代の孟郊（両者は同じ湖州の人）は詩の贈答（前者は後者が科挙受験に赴く際に、五十首もの送別詩を著した）、詩会への参加を通して相当に親しかった。後に、孟郊はその詩で皎然との交遊を回想している。賈晋華一九九二c、一二四～一二六・一三〇～一三二頁、齋藤茂二〇〇二〔同二〇〇八、五四～七五頁〕参照。李建崑一九九二、一〇八～一一〇頁〔同二〇〇七、五〇～五二頁〕、蕭占鵬一九八九〔同一九九九、五六～七四頁〕に皎然の詩論と孟郊の詩風との関連が示唆される。
（68）岡田充博一九八〇、二七八～二七九頁、王運熙・楊明一九九四、七五八～七六一頁（当該箇所は楊氏が執筆）がこの種の詩歌を数多く集める。

(69)「古詩」といえば、後世では一般に「古詩十九首」（『文選』巻二十九）を指すが、本来はより多くの作品が存在したとされる（『詩品』上「古詩」に拠れば約六十首あったらしい）。従って、次注以降に引く『文心雕龍』・『詩品』と『詩議』にいう「古詩」が各々異なる可能性には留意せねばならない。もっとも、古来これらの作品の代表格とされてきた十九首が主な批評対象であることは否定できまい。

(70) 梁・劉勰『文心雕龍』「明詩」

又古詩佳麗、或稱枚叔、其孤竹一篇、則傅毅之詞、比采而推、兩漢之作乎。觀其結體散文、直而不野、婉轉附物、怊悵切情、實五言之冠冕也。

「古詩十九首」の作者は不明だが、『玉台新詠』巻一はうち九首を前漢・枚乗「雜詩」として収録する。「孤竹一篇」は「古詩十九首」八で、同巻一「古詩八首」にも含まれる「冉冉孤生竹」で始まる一首を指す。

(71) 梁・鍾嶸『詩品』上「古詩」

其體源出於國風。陸機所擬十四首、文溫以麗、意悲而遠。

「陸機所擬十四首」は『文選』巻三十に収める陸機「擬古詩」（いま十二首を存す）を指す。このうち「蘭若生朝陽」の句で始まる一首を除いて、他の作品は全て「古詩十九首」のいずれかに基づく。

(72)『詩議』（『文鏡秘府論』南巻「論文意」所引）

古詩以諷興爲宗、直而不俗、麗而不朽、格高而詞溫、語近而意遠。情浮於語、偶象則發、不以力制、故皆合於語、而生自然。

次注に引く『詩式』の一節に比べて、「以諷興爲宗」というなど「古詩」の内容のみに注目して、表現は必ずしも認めないように見える。だが「詞溫」、「語近」は表現の穏健さや平易さを指しており、肯定的な評価と受け取るべきだろう。

(73)『詩式』巻一「李少卿並古詩十九首」

十九首辭精義炳、婉而成章、始見作用之功。蓋東漢之文體。又如冉冉孤生竹、靑靑河畔草、傅毅、蔡邕所作。以此而論、爲漢明矣。

諸本の「辭精義炳」、「蓋漢之文體」を底本が『歷代詩話』本に拠って「辭義精炳」、「蓋東漢之文體」と改めたのに従う。「婉而成章」の一句は、『春秋左氏伝』成公十四年に見える春秋の筆法に対する評語にこのままの形で現れる。杜預の注にいう。

婉、曲也。謂屈曲其辭、有所辟諱、以示大順、而成篇章。

後には文学批評で頻出の語となり、さほど重厚でもなくなるが、もと経書への賛辞として、なお重みを持つ言葉だろう。また、「冉冉孤生竹」については注70を見られたい。「青青河畔草」は『文選』に収録する「古詩十九首」二（『玉台新詠』巻一に収める枚乗「雑詩九首」にも含まれる）を指す。

(74)『詩式』巻一「李少卿並古詩十九首」

其五言、周時已見濫觴、及乎成篇、則始於李陵、蘇武。二子天予眞性、發言自高、未有作用。

前注に引く『詩式』の一節に先立つ箇所を挙げた。前漢の李陵と蘇武の詩は天真さに任せて作られたのだという主張が見える。「作用」（この場合は意図的な表現の努力か）が無いか有るか、それこそ皎然にとって詩歌の作風を前漢と後漢に分ける指標だったらしい。

(75)『詩格』（『文鏡秘府論』南巻「論文意」所引）

詩有天然物色、以五綵比之而不及。由是言之、假物不如眞象、假色不如天然。

なお注4に挙げる『詩式』に「或云」、「又云」として見える作詩上の「脩飾」や「苦思」を否定する見解は、「盛唐時代の『質』を重んずる思想を極端に誇張したもので、恐らく盛唐時代に此の如き主張を為す一派が存在したであらう。而してそれは道家的思想の傾向に属する。……然るに皎然が之を一蹴し去つて、修辞の備はらんことを求めた中庸論は理想的ではあるが、やがて其れは漸く修辞主義の復活しかけて来た傾向を示して居るものと解せられる」という説がある。青木正兒一九三五、五六～五七頁〔同一九六九、六〇～六一頁〕参照。

(76)「古風五十九首」其三十五（『李太白文集』巻二）

一曲斐然子、雕蟲喪天眞。

「経乱離後天恩流夜郎憶旧遊書懐贈江夏韋太守良宰〔江夏岳陽〕」（同巻十）

覽君荊山作、江鮑堪動色。清水出芙蓉、天然去雕飾。

『詩格』の撰者とされる王昌齢と同時代人の李白が作った詩から、共に引用した。前者では、作詩上の「雕蟲」（小手先の彫琢）が「天眞」（天然の真実・真情）を損なうと述べる。また、後者の「天然」とは究極には「荊山」を詩に詠んだ韋良宰（李白がこの詩を贈った相手）自身の美質をも褒めた言葉だろうが、下手な「雕飾」（彫琢）などその前には無力とし か思えない「荊山」の自然美、所謂「物色」（情景）をまず指していよう。ありのままの「物色」へのこういった重視は盛唐の山水詩発展・山水画勃興の動きとも関わるかもしれない。

（77）『論語』「雍也」

子曰、質勝文則野、文勝質則史。文質彬彬、然後君子。

質・文に同等の注意を払うことを説く孔子の言葉が後世に及ぼした影響は大きい。

『詩議』（『文鏡秘府論』南巻「論文意」所引）

夫詩工創心、以情爲地、以興爲經、然後淸音韻其風律、麗句增其文彩。如楊林積翠之下、翹楚幽花、時時開發。乃知斯文、味益深矣。

「情」（心情）と「興」（感興）を基本として、「風律」（韻律）と「文彩」（修辞）を加える作詩法を唱える皎然のこの議論も、質・文を共に重視する思想の流れを汲むだろう。

（78）『文鏡秘府論』天巻「序」

沈侯劉善之後、王皎崔元之前、盛談四聲、爭吐病犯、黃卷溢篋、緗帙滿車。貧而樂道者、望絶訪寫、童而好學者、取決無由。

同西巻「論病・序」

顒約已降、兢融以往、聲譜之論鬱起、病犯之名爭興。家製格式、人談疾累、徒競文華、空事拘檢、靈感沈秘、彫弊寔繁。

（79）『南史』巻三十四「周朗伝・族孫顒」

始著四聲切韻行於時。

（80）『四声譜』（『四声論』）に関する記事は『文鏡秘府論』天巻「調四声譜」・「四声論」、『梁書』巻十三「沈約伝」、『隋書』巻三十二「経籍志一・経・小学」、日本・安然『悉曇蔵』巻二に見える。

（81）『四声指帰』に関しては興膳宏一九八六a、一一二三～一一二四頁〔同二〇〇八b、三九六～三九七頁〕、盧盛江二〇〇一、同二〇一三、四四五～四五〇頁を参照。また、潘重規一九六二が逸文を『文鏡秘府論』より集めている。

（82）張伯偉二〇〇二a、一一二～一一三頁に『詩髄脳』の解題と逸文を収める。また元兢の韻律論については、盧盛江二〇〇一三、三三一～三四四頁に分析が見える。

（83）『詩格』の撰者は一般に王昌齢とされるが、これには疑問もある。李珍華・傅璇琮一九八八〔傅一九九九、一五一～一八〇頁〕参照。ただ王昌齢撰述説が仮託であったにせよ、『文鏡秘府論』にその名が見えるからには『詩格』が中唐以前、即ち皎然以前の文献だということは疑いを容れない。

（84）『詩格』を皎然が肯定的に受容した例もある。王夢鷗一九八四、二八六～二八七、三〇一～三〇二頁、許清雲一九八七、二五五～二五六頁〔同一九八八、三三～三七頁〕参照。

（85）空海「書劉希夷集献納表」（『遍照発揮性霊集』巻四）
王昌齢詩格一巻。此是在唐之日、於作者邊、偶得此書。古詩格等、雖有數家、近代才子、切愛此格。

末尾に日本・弘仁二年（八一一）六月二十七日の日付を記す。『高野雑筆集』も、この文章を収める。

（86）『詩議』（『文鏡秘府論』南巻「論文意」所引）
或者隨流、風雅泯絶、八病雙拈、載發文蠹、遂有古律之別。

「八病」（序章第四節、本章注60でも言及）などが「文」をむしばんで、古詩・律詩の別を生じさせたと非難する（ここでは省略したが、この後にそれぞれで起こった弊害を述べる）。音声上の禁忌に対する過度の拘泥への批判は『詩式』にも見られるし（序章第五節、注14、第六章第五節、注63）、後続の「詩格」ではそういった方面の記述自体が稀になる。もっとも、そこには皎然の時代にこれらの禁忌がもはや複雑化しようも無い段階に入っていたという事情も考えられる（現に『詩格』もこの問題にはあまり触れない）。ともかくここに引いた個所も、従前の「詩格」と『詩議』との差異を示す一例となろう。

第九章　『吟窓雑録』小考

——詩学文献としての性格を探る試み

はじめに

中国古典詩史上、「詩格」や類似する作詩・作文の参考書が多く著されたのは、南北朝から宋代に懸けて（四三九～一二七六）のことであった。中でも唐・五代（六一八～九六〇）は「詩格」の最盛期だったといえる。北宋（九六〇～一一二七）以降の「詩話」が随筆の形を取るのに対して、第五章で論じたとおり、「詩格」は作詩法指南めいた記述を少なからず含む。初学者をも対象としたことは、その盛行に一役買ったものと推察される。ただ、一方で指南書としての性格が、それらへの評価を低くさせた側面は否定できない。現に北宋以前の「詩格」がほぼ例外無く完本を今に伝えない原因の一つは、ここに在るといえよう。

現在見られる唐・五代の「詩格」は、諸書に引かれた逸文がほとんどである。殊に多くの引用を含むのが日本・空海（七七四～八三五）の『文鏡秘府論《ぶんきょうひふろん》』、そしてここで考察の対象とする『吟窓雑録《ぎんそうざつろく》』[1]だ。『文鏡秘府論』が編者である空海の知名度も手伝い、今日まで数多の研究者に分析されてきたことは、今更いうまでもない。他方、南宋（一一二七～一二七六）期に編まれた『吟窓雑録』はといえば、後述する要因もあって、ごく一部を除き、注目されることの無い文献であった。

「詩格」自体やそれを用いた研究は、以前に比べれば盛んになってきている。大作家（例えば韓愈ら）が書簡や序跋で時として漏らす文学論の考察が、従来は唐代の文学批評研究における主流であった。南朝後期、共に五世紀末から六世紀初頭の『文心雕龍《ぶんしんちょうりゅう》』や『詩品《しひん》』には比すべくも無いが、ともかく批評専門の書といえる「詩格」への注目は、従前の研究に見える偏向を是正するものだといえる。

だが、唐宋の「詩格」を扱うにしても、出典となる資料の性質を把握できていなければ、研究そのものの信憑性に疑問を抱かれることともなる。本章ではこの状況に一石を投じるべく、『吟窓雑録』が持つ性格、なぜ現在見られる形式で同書が刊行されたか、それについて主に同書の編者とされる陳応行とその周囲から考えてみたい。

第一節　『吟窓雑録』について

まず、『吟窓雑録』の内容に関して、最も端的と思しき後世の四庫全書《しこぜんしょ》編纂官（四庫全書の完成は一七八二年）による評価を見ておく。次に挙げるのは、その大意である。

> 吟窓雑録五十巻　旧本は状元陳応行《ちんおうこう》撰と題する。巻首に紹興《しょうこう》五年重陽後一日の浩然子《こうぜんし》の序があり、序の末尾に「嘉靖戊申孟夏崇文書堂家蔵宋本刊」の文字は見えるが、恐らく偽書である。初めの方に諸家の詩話を列するが、鍾《しょう》嶸《こう》『詩品』には原拠があるものの、内容を削ってしまっている。その他の李嶠《りきょう》らの詩論書は、おおむね仮託で、一人の手に成ったようだ。冒頭の魏・文帝『詩格』一巻が、盛んに律詩を論じて、六朝（南朝）以降の詩句を引くなど、批判するに足りない。(2)

最後の一文が述べるのは、『吟窓雑録』が収める魏・文帝『詩格』に「倶不対例《ぐふついれい》」と題して、「嘗て若かった頃は」云々という詩句などを引く事実である。(3) この句は梁・沈約《しんやく》「范安成を見送る詩（別范安成詩）」（『文選』巻二十）に見える。

文帝、即ち曹丕《そうひ》（一八七～二二六）が『詩格』という書物を著したところで、そこに沈約（四四一～五一三）の詩が引かれるはずも無い。「魏文帝詩格」の来歴を確認もせず、『吟窓雑録』の中に採録した編者の不注意に対しては、このような批判も当然と思われる。ただ、四庫館臣は知る由も無かったが、次の如き記述が存在する。

総不対対《そうふついつい》とは例えば「嘗て若かった頃は、別れても先に会うことは当たり前だと思った。……」といったものだ。(4)

『文鏡秘府論』の一節を引いた。同書は空海が唐に留学した折、手に入れた文学批評書（多くは「詩格」等の詩論）を独自の見識で分類・配列した文献である。先述のとおり、北宋以前の「詩格」は大部分が散逸した。一八八〇年代に至って来日した中国人が『文鏡秘府論』の存在を知るに及び（「はじめに」、注1所掲論著参照）、その中に本国で夙に亡んだ詩論書の保存されていたことが、驚きをもって迎えられたわけだ。

ただし、唐・五代期に著された「詩格」の内容は、必ずしも中国において跡を絶ったわけではない。「倶不対例」、「総不対対」と表題こそ異なるが、『吟窓雑録』と『文鏡秘府論』は共に外見こそ対句ではないが内容が対偶を形作る例として、沈約の同じ詩篇を挙げる。南宋期に成立し、明以降のテクストしか残らない前者と日本人の編纂に関わる後者、互いに影響を与え合うはずも無い両書には、この他にも一致する内容が多い。これは何を意味するのか。

それは『吟窓雑録』が持つ資料としての価値、具体的にいえば同書も間違い無く唐代に通行していた「詩格」の内容を（書名等に問題はあるが）後世に伝える事実だろう。(5) 四庫全書の編纂段階において偽書扱いされた同書ではあるが、『文鏡秘府論』との比較によって、その中に収める「詩格」の逸文が初・盛唐にまで遡り得ると担保されたわけだ。

さらにいえば『吟窓雑録』には『文鏡秘府論』には見えない「詩格」の逸文も、少なからず含まれる。空海の入唐（八〇四～八〇六）より後、つまり中唐後期以降の「詩格」については同書の引用を頼る他ない。(6) その意味で三十種近い唐宋の詩学文献を（かなり杜撰かつ節略した形ながら）収載する『吟窓雑録』の価値は絶大なものがある。(7)

第二節 『吟窓雑録』の編者とテクスト

さて、そもそもこの『吟窓雑録』は編者がはっきりしていない。張伯偉氏が整理されたとおり、編者乃至関係者とされる人物として、次の人々が存在する。

（1）蔡伝《さいでん》(8)　（2）蔡傅《さいふ》(9)　（3）浩然子(10)
（4）陳永康《ちんえいこう》(11)　（5）陳応行(12)　（6）陳学士(13)

蔡伝の名は、注8や注14に挙げた複数の典籍に散見する。恐らく、「蔡傅」（注9参照）は「蔡伝（傳）」の誤りだろう。「浩然子」は、ひとまず措くとしよう。「陳永康」、「陳応行」と「陳学士」の全て乃至いずれか二つは、同一人物を指すのかもしれない。後二者は共に現存する『吟窓雑録』に見えるのだから、その蓋然性は高い。

現行本に名を残すほどだから（注12）、陳応行が『吟窓雑録』の出版と何らかの関わりを持つ（敢えて編纂したとはいわない）と見ても問題あるまい。ただ、彼に関しては後に考えるものとし、先にそれとは別の関係者と思しき蔡伝について見ておこう。

蔡伝（一〇六六～？）、貫籍（本籍）は莆田《ほでん》（現福建省）、北宋の文人・書家として知られる蔡襄《さいじょう》（一〇一二～一〇六七）、字は君謨《くんぼ》、官は端明殿学士、の孫である。通判南京《なんけい》留守司公事を経て、四三歳で大観二年（一一〇八）に致仕した。[14] 没年は不明だが、あるいは南宋（一一二七～）初年まで生きていたのかもしれない。

蔡伝（傳）の著作として『莆陽比事《ほようひじ》』と『仙渓志《せんけいし》』（注8、14所引）は「吟窗雜錄二十卷」を、『直斎書録解題』（注9）は「吟窗雜錄三十卷」を挙げる。ここで『吟窓雑録』のテクストについて整理しておく。各巻頭の表題は、いずれも「陳學士吟窗雜錄」である。

（a）明・嘉靖《かせい》（戊申）二十七年（一五四八）刊本

巻首の浩然子「吟窓雑録序」に続けて「嘉靖戊申孟夏吉旦崇文書堂家藏宋刊本」とある。半葉十二行二十字、「崇文書堂」については、いま知るところが無い。「吟窓雑録序」第七葉（末葉）の下象鼻に「秀一刊」とあるが、この人名に関しても情報は得られない。

（b）明・嘉靖（辛酉）四十年（一五六一）刊本

同じく浩然子「吟窓雑録序」の後に「嘉靖辛酉孟夏吉旦金陵書坊家藏宋本重刊」とある。[15]

（a）、（b）の内容は全く等しい。（b）は（a）に見える「嘉靖戊申……」の文字を「嘉靖辛酉」云々と彫り改めただけで、実際は同版だろう。[16]（a）、（b）を併せて、本章では「嘉靖本」と呼んでおく。なお、「嘉靖本」の影印は既に二種存在する。[17]

（c）日本・文政九年（一八二六）江戸昌平坂学問所刊本（官板）

最終冊最終葉最終行に「文政九年刊」とある。内閣文庫が二本を所蔵する（共に昌平坂学問所旧蔵）。[18]

底本は嘉靖本と考えられるが、板木は夙に焼失した。[19]

（d）明鈔本（台北・故宮博物院所蔵）

旧北平図書館、台北・旧中央図書館旧蔵。行数・字数から嘉靖本と同じ系統と思われる。[20]

（a）から（d）まで四種共に明以降の刊本・鈔本で、より古い宋元のテクストは現存しない。これも文献として『吟窓雑録』を扱いにくく、また評価を難しくする一因かもしれない。なお全て五十巻本で、二十巻や三十巻より成るテクストは発見されていない。[21] あるいは蔡伝（蔡傳）が二（三）十巻本を編集し、後に陳応行が五十巻に増補したのだろうか。[22]

蔡伝については、また第七節で触れる。次節以降では、『吟窓雑録』の編者として今一人その名前が挙がっている陳応行に関して見ていく。

第三節　特奏名状元陳応行

先行研究によれば、陳応行自身の文章は、次の四篇が現存する。[23]

Ⅰ「于《う》湖《こ》先《せん》生《せい》雅《が》詞《し》序《じょ》」[24]
Ⅱ『禹《う》貢《こう》山《さん》川《せん》地《ち》理《り》図《ず》』「跋」[25]
Ⅲ『演《えん》繁《ばん》露《ろ》』「跋」[26]
Ⅳ『潜《せん》虚《きょ》』「跋」[27]

みな陳応行が刊行に関わった他者の著作に附す序跋である。Ⅰの最後に見える署名から、陳応行は字（号）

を季陸《きりく》といい、建安（現福建省建甌《けんおう》市）の出身だと分かる（注24参照）。

またⅡ・Ⅲ・Ⅳの末尾には例外無く「迪功郎充泉州州學教授陳應行」と官職（位階を示す寄禄官「迪功郎《てきこうろう》」と地方官学教官という実際の職務を示す「泉州州學教授」）を附した姓名が見える（注25〜27）。建安といい、勤務地の泉州といい、共に当時の福建路（現福建省）に属する。陳応行は福建と縁の深い人物であった、まずこれだけはいえるだろう。

　陳応行という人物を考える際に事を難しくするのは、『吟窓雑録』の各処（注12・13）に残る「状元陳應行」、「陳學士」の語である。「状元《じょうげん》」は言うまでもなく科挙の最終試験である殿試の首席及第者を指す。本節で先に見たとおり、陳応行は泉州州学教授の官に在った。あるいは「學士」とは、この州学教授を重々しく称したものかもしれない。

　問題は「状元」の方である。知識人羨望の的たる状元について目立った伝記資料が存在しないのは、確かに不自然であろう。史料を博捜しても、陳応行の首席及第を裏付ける記録を見出せなかった過去の論者が「状元」は真実ではないと考えたのは、このような認識に基づいてもいよう[28]。後述する如く、売らんかなという営利を目的に「状元」なる呼称を『吟窓雑録』の出版者が用いた側面があることは否定できない[29]。しかし、その肩書きは完全な詐称というわけではなかった。

　それというのは、既知の宋代科挙関係資料に見えなかった陳応行は、明代（一三六八〜一六四四）初めに編纂を開始した文献に、科挙及第者として姓名を登場させるからである。彼が「淳熙《じゅんき》二年」の「特奏名《とくそうめい》」で首位（「第一人」）の及第であったことは、彼の郷里である福建（注24）を対象とした地志（地方史）の記述で、いずれも異なるところが無い[30]。宋代の科挙制度や「特奏名」については、専門の論著が既に存在する。ここでは、それらのうちの若干に基づいて、そのごく簡単な概略を記すに止める[31]。

「特奏名」とは、若くはなく、かつ不合格を重ねてきた受験者に進士の資格を与える、いわば救済措置であり、またそれによる科挙及第者を指す。時代ごとに変遷はあるが南宋期には年四十以上で皇帝主宰の御試《ぎょし》に六度、省試《しょうし》（科挙の一段階。首都で実施）ならば八度、五十歳以上で御試に四度、省試ならば五度落第した者は、通常「特奏名」に該当した。

淳熙二年（一一七五）、「省試の経験はあるが八度落第して年四十以上、五度落第して年五十以上の者は、特に殿試（科挙の最終試験）を受験の上、「特奏名」として進士を授ける」旨の詔が出ている。陳応行は同年の「特奏名」中、殿試を首席で通過したわけである。今までの詩学研究者がこの事実を多く見逃したのは、進士とは正規（正奏名《せいそうめい》）の及第者と決めてかかり、また後世の文献を排して概ね宋代の記録のみ調査したことによろう。[32]

特奏名進士の扱いは、正規の合格者に比べれば、低く抑えられていた。そうはいっても、その「第一人」（首席及第者）が時に「諸州教授」に任官するなど、一定の待遇が保障された点は、当時の文献にも明記される。[33]及第後わずか五年、淳熙七年（一一八〇）の時点で陳応行が泉州州学教授の任に在った（注26参照）事実は、かかる制度にも合致する。

因みに同年の進士は及第後、皇帝・孝宗《こうそう》（在位一一六二～一一八九）自らが主催する射術の御試に（恐らくは志願者のみ）参加して、成績が良ければ恩典を、他にも褒賞を与えられた。陳応行がそれに加わったか、加わったとして結果はどうであったか、それは定かではない。[34]

第四節　出版人陳応行

前節では、地志の利用によって、陳応行が淳熙二年（一一七五）に「特奏名」として首席及第を果たしたという、従来ほぼ見落とされていた事実を指摘することができた。即ち、「状元」の語は根も葉も無い全くの虚偽ではなかったという点が理解された。彼が「特奏名」で進士の資格を得た、このことは他にも何かを意味するだろうか。「特奏名」であるということ、それは裏返していえば及第に至るまで、幾度も落第を重ねており、また進士となった時点で相当な年齢に達していた、その証拠と見做し得る。

ここで前節に名を挙げた陳応行の序跋、そこで触れた「特奏名」進士の事実と少許の資料から彼の事跡をまとめておく。誕生と省試受験開始の年は、「特奏名」の条件が（i）及第時の年齢が五十歳以上で落第五度、（ii）同じく四十歳以上で落第八度の仮定に基づく。

靖康《せいこう》元年（一一二六）丙午　陳応行、遅くともこの年に誕生。（i）
紹興六年（一一三六）丙辰　陳応行、遅くともこの年に誕生。（ii）
　二十四年（一一五四）甲戌　陳応行、遅くともこの年に省試の受験を開始。（ii）
隆興《りゅうこう》元年（一一六三）癸未　陳応行、遅くともこの年に省試の受験を開始。（i）
乾道《けんどう》六年（一一七〇）庚寅　冬、張孝祥《ちょうこうしょう》（一一三二〜）没。[35]
　七年（一一七一）辛卯　陳応行、「于湖先生雅詞序」（十一月朔日付）を著す。この少し前に、湖北・湖南一帯（「荊湖間」）に遊んで張孝祥『于湖集』を得る。[24]
淳熙二年（一一七五）乙未　陳応行、「特奏名」進士に首席で及第。（前節参照）

七年（一一八〇）庚子　程大昌、湖州で『演繁露』の序（正月付）を著す。[36]
夏、陳応行が州学教授として泉州に赴任。(26)
八年（一一八一）辛丑　陳応行、『禹貢山川地理図』跋（正月二十日付）を執筆。(25)
陳応行、『演繁露』の跋（九月一日付）を著す。[37] (26)
九年（一一八二）壬寅　司馬伋《しばきゅう》、知事として泉州に赴任。(27)
陳応行、『潜虚』の跋（十月一日付）を著す。(27)
※(24)～(27)は注24以下所掲の序跋のいずれに基づいて時期を比定したかを示す。

陳応行は建安の人で、後に泉州の州学教授を務めている。建安と泉州は共に福建である。福建は宋代以降、出版業の盛んな土地だった。泉州では官庁による刊刻も多かったという。彼が同地に在って、書籍の刊行と関係したことへの言及も、既に存在する。[38] ここでは、陳応行が関わった出版事業には如何なる特徴があるか、まずそれを見ておこう。

一、『于湖先生雅詞』（注24）
北宋の名立たる文学者たちにも、それぞれ不得手な文体があったことを冒頭に指摘して序文を附す。前年の冬に没した（もはや新たな作品は生産されない）張孝祥の詞集を刊行する準備を、早くも翌年十一月には終えていたことになる。甚だ手回しが良いと思われる。出版の構想が先で、張孝祥の死は偶然だった可能性も排除できない。だが生前より令名の高い詞（韻文の一種）の作り手の集を刊行する行為には、やはり営利の意図が見出せよう。

二、『禹貢山川地理図』（『禹貢論』二巻、『後論』一巻、『山川地理図』二巻、注25）

これも淳熙七年（一一八〇）の夏に泉州へ赴任しながら、翌年正月には刊行の準備を終える素早さだった。[39] 陳応行も述べるとおり、同書の内容は程大昌（一一二三～一一九五）が『尚書』「禹貢」を孝宗へ進講した内容に基づく。だが、その実態は「お聞きになった天子を感じ入らせ奉」る（注25に引く原文では「上動天聴」）というようなものとは程遠かったらしい。

実際には、程大昌の「禹貢」進講は、奇説と取られかねない内容のためか孝宗の容れるところとはならず、彼が泉州へ出されたことも半ば懲罰的な意味を含むかと想像される。[40] 陳応行が彭椿年《ほうちんねん》（注25で引く文章にいう「編修彭公」、程大昌と同年の進士）から原稿を得て、二人でその出版に動いたのは、彼を慰めるためだったのかもしれない。あるいは、逆に程大昌自身が（無言の）圧力をもって、周囲に出版させたのかもしれない。しからば、宮廷で容れられなかった自説の適否を世に問おうという意図が読み取れよう。

三、『演繁露』・『攷古編《こうこへん》』（注26）

これらも程大昌が著した考証随筆集である。跋文の日付だけ比べれば、『禹貢山川地理図』から満九箇月（この年は閏三月が存在）も経っていない。陳応行は州学に在って、矢継ぎ早に出版事業を進めていたことになる。稿本を提供した丁大声《ていだいせい》（叔聞《しゅくぶん》）は程大昌の女婿（「倩」）だった。陳応行と「同年の進士」である以上（注26）、彼も淳熙二年（一一七五）の及第者だったと分かる。[41]

四、『潜虚』（注27）

程大昌の後任である司馬伋の曽祖父で宰相まで務めた司馬光（一〇一九～一〇八六）が著した占術の書という。出版に至る直接の動機は、他のテクストへの不満に在るが、やはり新知事の着任早々事業に着手したと思われる。

陳応行が携わった四度の出版事業から、どのような特徴が見て取れるだろうか。第一に、契機と思しき出来事（張孝祥の死、陳応行自身や司馬伋の泉州赴任）から出版までの期間が短い。第二に、良好な売れ行きが期待できる作品（詞をもって鳴る張孝祥の詞集や著名人の程大昌や歴史的人物たる司馬光の著書）を選んでいる。第三に、著者の友人や親族から稿本や善本を得て刊行に用いている。(42) これらは正しく営利出版の常道といえよう。実のところ、陳応行は専門の出版業者、乃至その道の相当な玄人だったのではなかろうか。

宋代の出版について概括する能力など、もとより筆者の持ち合わせるところではない。ただ、先学の説に従ってここで必要な側面だけを取り上げれば、①本格的な出版業者は既に存在していたが、個人が道楽で書籍を刊刻することなど、まだまだ夢のまた夢だった。②官庁による出版、つまり「官刻」が出版全体に占める比率は高く、また地方官庁による刊行物（郡斎本《ぐんさいぼん》）もそこには多く含まれる。これらは、南宋期出版界が持つ特徴である。(43)

陳応行は先述のとおり「特奏名」進士だから、科挙及第までに長い冬の時代を経ている。その間、省試を受験するため首都の臨安（現浙江省杭州市）に何度も上京したのか、既に居を移していたのか、それは分からない。だが、いずれにせよ無官の時期を過ごす資力は必要だったはずである。営利事業としての出版に、この頃の彼が携わった可能性は大きい。

張孝祥の詞集を刊刻したのは、その一例だろう。彼の詞に感じ入ったからといって、出版を志すなど、陳応行が置かれた境遇や社会背景を考えれば、まずありそうも無い話だ。また進士及第の後、泉州へ赴任して出版した程大昌や司馬光の著作は「郡斎本」といえる。知事やその祖先の著書を刊行する背景には、上司の意を迎える目的も見え隠れしている。

しかし、刊刻に至る手際の良さや底本の選択を考えると、何かそこには昔取った杵柄、即ち無官の時期に携わっていた営利出版の経験を生かしたような気味が感じられる。逆に陳応行の周囲からいえば、その手腕を買って刊刻の実務を任せた、ということになろうか。

先にも述べたように、福建は出版の盛んな土地柄だった。中でも南宋期の泉州における官刻本は現物や刊行の記録が少なからず現存する。刊刻の盛行を可能にした要因の一つに泉州が当時世界最大の交易港で、莫大な経済力を持つ都市だった点が挙げられる。(44)

『禹貢山川地理図』の跋で、陳応行が述べていたことを思い起こされたい。同書は提挙《ていきょ》福建路市舶《しはく》として泉州の海上貿易を統括する彭椿年(45)から「公帑十五餘萬」を得て出版された（注25）。「公帑《こうど》」とは福建路市舶司の公費であろう。泉州（州学）のそれだけではなく、程大昌個人の著作を出版するために、市舶司の公金まで支出されたというのだ。(46)

また泉州州学は宝元《ほうげん》二年（一〇三九）の創建、福建路の州学では最も老舗の部類に入る。(47)一四〇年以上の歴史をもつ州学として、刊刻の伝統や経済的な基盤もそこにはあったろう。このような好条件の中で、陳応行は官刻に従事していた。しかし、それとても採算を度外視した行為ではなかったかもしれない。否、むしろ立派な営利事業だった可能性がある。実は陳応行の泉州在任時、朱熹《しゅき》（朱子）が知台州《ちだいしゅう》（知事）の唐仲《とうちゅう》友《ゆう》を私的な郡斎本売却の廉で弾劾した記録が残っている。この罪状が果たして本当に存在したか否か、それは措くとしても、公の事業である官刻で地方官が利益を上げる事態は充分にあり得たといえる。(48)

陳応行が泉州で主宰した刊刻も、彼自身にとって営利を伴う行為だったのかもしれない。その場合は昔取った杵柄ではなく、彼は官人で出版業者をも兼ねていたことになる。

第五節　編集者・校訂者陳応行

これまでに見たのは、陳応行が他者の著作を刊刻した記録だった。この他、彼については、自ら著作をものした、というより『吟窓雑録』と同様に編纂した形跡も伝わる。

一、『読史明辨《どくしめいべん》（辯）』・『読史明辨続集』（共に散逸）(49)

『郡斎読書志』（注49）にいう「伊川」以下の「十二先生」（程頤《ていい》・劉安世・楊時・陳瓘《ちんかん》・張載・劉子翬《りゅうしき》・張九成・胡宏《ここう》・呂祖謙・張栻《ちょうしょく》・陳傅良《ちんふりょう》・胡寅《こいん》）(50)の「史論」をまとめた文献だったらしい。大雑把にいえば、彼らはいずれも道学（宋代に始まった天の理を重んじる儒教の新たな教説で、朱子学もそこに含まれる）の徒である。

二、『杜詩六帖《としりくじょう》』（逸）(51)

「白氏の部立てによって、杜詩の言葉を分類した」という（注51）。「白氏の部立て」とは、唐の白居易（七七二〜八四六）が編んだとされる類書『白氏《はくし》六帖事類集』（第五章第五節、注79・80）におけるそれを指す。陳応行の『杜詩六帖』は、杜甫の詩句を項目ごとに配列した類書だったと思われる。

『読史明弁』といい、『杜詩六帖』といい、膨大かつ元は未分類の原書を利用者の便宜を考えて再編成したと思しい。しかも、対象は当時の世に令名高かっただろう著名な道学者の議論と杜甫の詩歌だった。やはり、ここにも営利出版の気配を看取するべきではないか。

ここで、陳応行が専門の出版業者と関わりを持っていた証拠に触れておく。(52)南宋の万巻堂《ばんかんどう》が刊行した経書の一種『春秋穀梁《こくりょう》伝』に見える記述が、それである。注52に示した如く、そこには四人の「國學進士」と併せて、校勘に従事した人物として陳応行の名が挙げられる。校訂者の中には余仁仲《よじんちゅう》という名も見えるが、彼こそこの万巻堂の主人だった。

万巻堂といえば、南宋期の福建でも（校訂・刊刻が）比較的良質な書肆だったことで知られる。ただ、書肆である以上は坊刻、即ち営利が目的だった事実は動かし難い(53)。

余仁仲の活動年代から、この『穀梁伝』に見える「癸丑」とは紹熙《しょうき》四年（一一九三）を指すと考えられる。『潜虚』を陳応行が泉州で刊行してより十一年後に当たる（前節参照）。「奉議郎簽書武安軍節度判官廳公事陳應行參校」（注52）の一行は陳応行が当時、泉州州学教授の任を離れて武安軍《ぶあんぐん》、即ち潭州《たんしゅう》（現湖南省長沙市）に異動していたことを、まず示す。その一方で『穀梁伝』の刊行時期より分かるのは、進士及第から既に十八年を経たにも関わらず、彼と出版、それも坊刻との縁が切れていなかった事実だろう。

余仁仲と陳応行は、共に建安の人である。この種の地縁はあったにしても、明らかに陳応行は坊刻本の校訂に関わっていた。もちろん単なる名義貸しかもしれない。ただ「國學進士」（中央にある官立学校の国子監《こくしかん》での科挙受験者）よりは上位だが、さほど位階の高くもない彼からなぜ敢えて名前を借りたのか。それは、やはり彼が出版人だったためではないか(54)。

序跋などといった書籍の現物に附されるため、比較的残りやすい資料のみ眺めてみても、ある人物の全体像は見えてこない。前節で述べたところに対しては、そのような反論も起こり得よう。だが、本節で見た権威ある文献を簡便にした、言い換えれば商業出版の対象となり得る著作（『読史明弁』と『杜詩六帖』）を編纂し、坊刻本（『春秋穀梁伝』）の校訂に関係した事実を考え合わせれば、陳応行が出版人だった疑いは相当濃厚である。

知識人が出版に関わる、これは宋代以降普遍的に見られる現象といえる(55)。専門の業者ではなかったとしても、陳応行は出版と極めて縁の深い人物だと考えるのが自然であろう。

第六節　福建の知識人（文学批評家）陳応行

陳応行の事跡が南宋・兪成《ゆせい》の随筆『蛍雪叢説《けいせつそうせつ》』にも見えることは、既に指摘されている。(56) いま同書と他の資料を用いて彼の後半生について整理すれば、以下のようになる。

淳熙十一年（一一八四）甲辰　陳舜申《ちんしゅんしん》、進士に及第。これ以前に陳応行が福州州学（?）で「問屯田」の題で策を課し、陳舜申を最も評価。（四）

紹熙四年（一一九三）癸丑　八月、陳応行が関わった『春秋穀梁伝』の再校が終了、当時の官は奉議郎簽書武安軍節度判官庁公事。（注52）

紹熙五年（一一九四）甲寅　「吟窓雑録序」（九月十日付）が著される。（注69）

慶元《けいげん》四年（一一九八）戊午　八月、蔡元定が流謫の途上で逝去。陳応行、これ以前に武夷で朱熹に会う。（五）

慶元六年（一二〇〇）庚申　八月、兪成が『蛍雪叢説』の序を著す。(57)

※（四）、（五）は本節に引く『蛍雪叢説』のどの条に基づいて時期を比定したかを示す。

まずは、『蛍雪叢説』より陳応行（季陸）が登場する各条の表題と要点を挙げておく。

（一）「声律・対偶・仮借・用字」(58)

兪成に向かって、陳応行が「高皇《こうこう》（前漢の高祖）」と「小白《しょうはく》（斉の桓公）」を対偶の例に挙げたと記される。両者は共に人名で、「高」（gāo）と「小」（xiǎo）は品詞が共通で、韻母（主母音 ao）も類似し、「皇」（huáng）は「黄」（huáng）に通じるので、色彩名として「白」とカテゴリーを同じくする。従って、対句を構成するということらしい。

（二）「孟子を解す」[59]

賈挺《かてい》は[60]『孟子』「梁恵王《りょうけいおう》」下の一節を解釈するに当たって、杜詩の句を用いたという。ここで陳応行がそれに賛意を表したことは、彼が杜甫の詩歌を素材とする『杜詩六帖』を編纂した事実（注51）を想起させる。

（三）「詞賦の破題を評論す」[61]

科挙において作成を課された辞賦（韻文の一種）の破題（冒頭部）に関わるエピソードが列挙される。その中に、陳応行が兪成に語った南唐（九三七〜九七五）の陳元裕《ちんげんゆう》が科挙試験を主宰した際の逸話が見える。

（四）「賦は一字を以て工拙を見《あらわ》す」[62]

陳応行は、福州（現福建省）で科挙受験者を対象に予備試験を行っていた。「福州において考査」（原文「在福州考較」）したという表現から、彼が泉州以外に同地でも教官の任に在ったらしいと分かる。考査の対象者の一人だった陳舜申は連江（現福建省）の人で、淳熙十一年（一一八四）の進士である。[63] つまり、彼が福州で陳応行の課した屯田政策に関する策（時事問題への意見を記す論文）を著したのは、それ以前のことになる。

総じていえば、（二）から（四）はいずれも作文・作詩に関わる事柄を述べている。（二）を除けば、その他はみな科挙における試帖（試験課題）の作に関する内容を含んでいた。わずかな記述から、軽々に何かをいうことは憚かられる。だが、敢えて推測すれば陳応行なる人物が文学について一家言を持っていた、少なくともいささかの心得があった、そう本人が自負していたこと（知識人である以上、当然なのだが）、この程度は推測可能かもしれない。さらにいえば、韻律・対句や文学上の故事には特に知識を有したと見える。

従来全く指摘されていないことだが、『蛍雪叢説』には、陳応行の名がもう一条見える。

（五）「陰陽に溺す」[64]

張体仁《ちょうたいじん》（詹《せん》体仁ともいう）・劉炳《りゅうへい》（字は韜仲《とうちゅう》）及び周明仲《しゅうめいちゅう》（字は居晦《きょかい》）が同席する中で、陳応行は武夷《ぶい》在住（現福建省武夷山市）の朱熹（晦翁《かいおう》）を前に蔡元定《さいげんてい》（字は季通《きつう》）の風水愛好に否定的な言を投げ掛けた。これについて、朱熹は「その言葉は蔡君には知らせられないな」（原文「此説不可與蔡丈知」）と評している。座中の和やかな雰囲気（原文に「坐客皆笑」とある）から考えて、朱熹の友人である蔡が慶元四年（一一九八）、流刑になる中で没した悲傷事より前のことと推測される。朱熹にとって、張は門人、劉と周の両名は弟子筋に当たる。彼らは、みな朱子学の創業者である朱熹の人脈に含まれていた(65)。

陳応行と朱熹の接触、この事実は前者が後者周辺に形成されていた人間関係と何らかの接点を持っていたことを示唆する。官人かつ出版人だったと思われる以上は当然ともいえるが、陳応行も当時の知識人社会の中で孤立した存在ではなかったのである。彼が身を置いていた、乃至関係を持っていたのは、朱熹を中心とした相当に有力な人間集団であった。このことは、少なくとも武夷と自身の貫籍である建安を含む現福建省の北部で、陳応行が一定の知名度を持つ名士の如き存在としての地位を有したことを示すのかもしれない。

なお『蛍雪叢説』の撰者である兪成は東陽（現浙江省）の人、同書の序によれば四十歳までは科挙及第を志していた（注57）。陳応行以外にその「門弟」と自称するほどに程大昌とも関係があったらしく、それは『演繁露』刊行にまで遡る(66)。

第七節　『吟窓雑録』刊行の背景

前節までの分析を承けて、蔡伝（第二節参照）と陳応行が『吟窓雑録』に関わった意味を考えておこう。人物と書籍が「関わった」というこの表現からは、二つの事態が想定される。

一、実際にその人物が文献の編纂・刊行に携わり、名を冠して世間に公表される。
二、特段の貢献は無いが、名のみ冠する（本人が承知の上か否かを問わない）。

蔡伝が『吟窓雑録』に関わった意味については、先行研究にも簡単に触れたものがある。即ち、福建で出版業が盛んであったこと、それと関連して当時の詩論書も少なからず福建人の手に成ること、蔡襄（蔡伝の祖父）以来、彼の一族が郷里の莆田（福建）では「詩によって一家が著名」（第二節、注8所引の『莆陽比事』に「以詩名家」とある）だったこと、これらの理由から『吟窓雑録』が蔡伝の名に仮託されたのだろう、と。(67) 仮に二（三）十巻本『吟窓雑録』が、蔡伝自身の編纂に係るとしても、このような詩学文献の成立には、福建という土地が持つ文化的な背景は無視できまい。その場合においても、ここに挙げた説は妥当な見解だと思われる。

それでは、陳応行の方はどうだろうか。周辺資料にだけ『吟窓雑録』への関与が記される蔡伝に比べて、彼の場合は宋本に依拠したと称する明版に名前が見え、つまり物的証拠が残る以上、同書との関係はより濃厚といえる。科挙試験にも関わる州学の教授を務め、「特奏名」とはいえ「状元」と強弁できぬわけでもなく（第三節）、「出版人」で（第四・五節）、「福建の知識人（文学批評家）」（前節）だった人物が『吟窓雑録』という「詩格」を収めた書物に関わるとは如何なることか。端的にいえば、問題はこう整理し得る。

『吟窓雑録』の巻首に置く浩然子の序は、紹熙五年（一一九四）九月に書かれた（注69）。陳応行が校勘に関わった（「參校」）『春秋穀梁伝』は同四年（一一九三）仲秋に再校（「重校」）を終えている（注52）。従って、この時点で彼は恐らく生存していただろう。序文を著した浩然子とは何者か、陳応行と果たして同一人物なのか否か、(68) それは全く分からない。また同種の文章の常として、形どおりの表現も多く、編纂・刊行の真相をどれほど伝えているか疑問である。だが、次のような部分は幾分か参考となし得よう。

詩歌の歴史は長いが、宗とすべき詩人は稀だ。ほとんどの者は見るに足る成果を上げられない。詩が難しいのではなく、詩を作る方法が難しいのだ。作詩には「十難」・「十易」・「十戒」・「十貴」・「十病」・「十不可」があり、詩を学ぶ者の手掛かりとなる。唐人は詩に力を注いだが、それは富と地位を得る方途だったからだ。当時の逸話から分かるように、唐代には進士の試験に詩が課されていた。それで一人が千首も一万首も詩を作ったのだ。だが（唐詩の）体裁・調子は（多く）低くて弱々しく、縦横自在とはいかなかった。私は暇な折、魏の文帝から、江南への移動（南宋の建国）までの、総て詩人の規格・要領として人々のためになるものを編集し、上下数千年間に及ぶこの類（の文献）を、手ずから校正し、合わせて五十巻とした。分類・配列し、筋道立て、名付けて『吟窓雑録』という。私が編んだ本書は、弾琴・囲碁の教本と同じである。詩を学ぼうと思う者は、（ここに見える作詩の方法を）打ち捨てられようか。(69)

ごく簡単に要旨のみを提示した。規格・要領や弾琴・囲碁の書と同類（原文「格式綱領」・「琴譜、棊式之類」）たることを意図して編纂された以上、『吟窓雑録』は作詩の教則本という性格を色濃く持つと考えられる。序文の中には「十難」など作詩上の要諦や禁忌（原文「學詩者關鍵」）を説く段も見え、これらも詩歌作者の手引めいた性格を示すといえる。

詩歌（実作と批評を含む）は、当時の知識人にとって、必須の教養であった。任意科目とはいえ、科挙試験でも詩賦の作成が課題の一つになっていた。浩然子の序が唐代の進士科で課された詩歌に触れていたことは、先に見たところだ。唐・五代の「詩格」を集成した同書は、作詩のマニュアルとして実地に用いられたと思われる。この際、意味を持つのが『吟窓雑録』に見える陳応行の肩書き、「状元」だったのではないか。南宋期に編まれ古い版本や記録が残る「状元」の称を含んだ書名を、その撰者と併せて挙げておく。

一、張九成『張状元孟子伝』(70)
二、王十朋《おうじっぽう》『王状元集百家注東坡先生詩』、『王状元集百家注編年杜陵詩史』、『宋王状元標目集注唐文類』（佚）、『王状元八詩六帖』（残）(71)
三、許尚《きょしょう》『許状元節序故事』（佚）(72)
四、徐子光《じょしこう》『標題徐状元補注蒙求』(73)
五、陸唐老《りくとうろう》『陸状元集百家註資治通鑑詳節』(74)

このうち一（孟子の伝記）と二（著名な文学者の詩文集など）の撰者とされる張（一〇九二～一一五九）と王（一一一二～一一七一）は、それぞれ紹興二年（一一三二）、二十七年（一一五七）の正奏名における首席の進士、正真正銘の「状元」である。その一方で、三（歳時記？）・四（啓蒙書）の編者という二人が状元と呼ばれる理由は共に分からない。

興味深いのは、五（歴史書『資治通鑑』の簡略版）の編者という陸唐老である。彼も正奏名進士ではなく、太学（中央にある官立学校）の考試において成績が優秀だったというに過ぎない。だが、その「両優釈褐《りょうゆうしゃっかつ》」なる成績優秀者は「釈褐状元」とも称されていた(75)。この事実は、必ずしも進士科（正奏名）だけではなく、陳応行の如き傍流の試験における上位合格者も「状元」と呼ばれた可能性を示唆する。

一から五の他にも、『林公省元集註資治通鑑詳節』(76)という文献が伝わる。また南宋末、臨安の書肆「陳解元書籍舗」（経営者は「陳解元」こと陳起(77)）も出版史上、夙に知られた存在である。「状元」に対して、「省元《しょうげん》」と「解元《かいげん》」は科挙における途中段階の試験、即ち各々首都、地方で実施する「省試」、「解試《かいし》」の首席及第者を指す。撰者乃至はそう銘打たれる人物の関与が不分明なこういった文献等に見える科挙の上位及第者を示す呼称は、出版者が想定する読者（知識人）の心に訴え掛けるための宣伝文句と考えるべきだろう。『吟窓雑録』に見える「陳状元」と「陳學士」[78]の語も、これらと同様に捉えられるのではなかろうか。序文と内容から、同書が作詩の参考書としての性格を持つだろうことは既に推測したところである。科挙受験者を初めとした読書人に訴求力を有する「状元」や「学士」という肩書きを記すのも、この推測が正しいことを裏付ける証拠となり得よう[79]。

「特奏名」の首席及第者たる陳応行が「状元」を称するのは、完全なものではないにせよ詐称の誹りは免れまい。これが宣伝の辞であることと考え合わせれば、宋版『吟窓雑録』が坊刻本だった事実は疑いを容れない。このような半ば虚偽の肩書きが官庁主導の官刻本や利潤を追求せぬ富裕な個人による私刻（家刻）本に見られるはずが無いからである。

そもそも「状元陳応行」と記すからといって、『吟窓雑録』を「正奏名」の首席及第者が編纂したと考える者は、どれほどいただろうか。天下の知識人が注目する科挙で第一位の成績を獲得した人物に関わる情報は、広くかつ速やかに喧伝されたであろう。少なくとも全国的に多くの人々を（騙して）当該の書籍を購入（普及）させることは難しかろう。出版者の側も、「状元」の呼称にそこまでの期待を抱いていなかったのではないか。

思うに、これは前節で提起した陳応行が「福建の知識人（文学批評家）」だった可能性と関わろう。朱熹を含む福建在住知識人集団の中で、彼は何らかの地位を占めていた。また「泉州州學教授」を務め、あるいは福州でも教官の任に在ったと思しい（注64・62）。つまり、彼は福建の文壇・学界での著名人だったのである。『吟窓雑録』はこういった立場を利用して（販売を目論んだ）、いうなれば地域密着型の出版物だったのではないか。

蔡伝といい、陳応行といい、福建と縁が深い人物である[80]。彼らの名声は局地的なものに過ぎなかったろうが、仮に『吟窓雑録』が福建で刊刻されたとすれば、それでも一定の売れ行きは見込めたのではないか。殊に陳応行は現行（五十巻）本の序が著された時点では、まだ生きていた可能性が高く、地方の著名人たるの地位は失っていなかったろう。彼を「状元」と呼んで、その文章と称する作品を模範に挙げる南宋の書簡文例集も、今に伝わる。当該の文献の編者である丁昇之《ていしょうし》（伝未詳）も、武夷（現福建省）の出身だった[81]。

陳応行が実際に『吟窓雑録』の編纂・刊刻に参画していたか、今それは明らかでない。だが、もし仮託でも同書が蔡伝と同じくその知名度が通用する範囲、即ちまず福建を対象とした出版物であった、こう考えることで彼の名が用いられた点への疑問は氷解する。現に、蔡伝の名を冠した三十巻本『吟窓雑録』には、「麻沙《まさ》」で作られた版本が存在した（第二節、注9）。建陽（現福建省建陽市）の麻沙鎮は宋代から明代まで坊刻の出版が最も盛んで、「麻沙本」はそこに含まれる粗悪な刊本の代名詞ともなっている[82]。陳応行と関わる五十巻本もやはり福建で刊刻され、その際に少しでも購買層側の気を引くため強弁して「状元」の呼称を持ち出した、真相はこの程度のものではなかったたか。

おわりに

現に通行している明本『吟窓雑録』の祖本である宋版が坊刻本だったことは、何を意味するのか。まず校訂の杜撰さが挙げられる。もとより坊刻本だからといって、全てが粗悪というわけではない。だが、営利出版である以上、官刻本ほどの手間は掛けられない。今本に見える校勘の不備は、明代の翻刻者のみならず、宋版自体にも責めがあると思われる。

次に節略の激しさが考えられる。蔡伝の名を附した三十巻本にして、既に「省略されて不完全」だったという（第二節、注9所掲の文章にいう「節略不全」）。作詩教則本としての性格を多分に持ち、坊刻本だった五十巻本の場合も、その傾向が強いことは想像に難くない。

節略が方針を有したとすれば、それは実際の詩作に役立つ技巧（対句・韻律等）・要諦・禁忌、佳句の挙例などを残す方向に在ったと考えられる。「詩格」の原本がほぼ伝わらぬ以上、確認は不可能だが、もしその中に実作から遊離した批評があったとしても、高踏的な雰囲気を演出するために幾分かは採録したにせよ、多くは省かれてしまったと思しい。

さらにいえば、このようなものとは別に意図せざる節略もあったはずだ。即ち、編纂に際して用いられた「詩格」自体が既に端本だった可能性も無視できない。坊刻本は、底本の選択に無頓着でありがちな傾向を持つ。同じ「詩格」に対して、『吟窓雑録』は明らかに『文鏡秘府論』より激しい節略を加えていた（第一節、注3・4参照）。また、今本に少しく目を通せば、その杜撰さは歴然としている。かかる現象の背景に坊刻本の性格が関係していたこと、これは研究上で留意すべき事柄であろう。他方、坊刻本なるが故に貴重な事実が伝わりもする。

陳応行を「状元」と称するのは彼が「特奏名」の首席及第者であるための、いわば誇大広告だった。これはその生存中(83)、あるいは少し後の時代の福建でも彼自身の知名度と相俟って相応に知られた事実であったらしい(84)。明代には存在しないこの「特奏名」制度が反映されていることは、明本『吟窓雑録』が確かに宋版の流れを汲んでいる裏付けとなり得る（明人が敢えてかくも細かい事跡を探り出して宣伝文句に用いたとは思えないから）。営利出版という性格上、唐・五代の「詩格」が含んだ内容を全面的に伝えているか極めて疑問なのだが、その一方で現行本の資料的な信頼性はある程度担保されたといえる。

「詩格」を後世に伝えた『吟窓雑録』の功績は、古典文学批評、またはその研究史上において小さくないものがある。(85) ただ、同書により取捨選択された本文が定着したため、本来は存在したかもしれない「詩格」の別の側面が失われてしまった可能性は否めない。

本章では、編者（乃至そう称される人物）や出版といった側面から、『吟窓雑録』について考察を試みた。同書が詩学文献として持つ性格は、それらによって大きく規定される。今後はここでの結果をも踏まえつつ、「詩格」の内容に渉る分析をさらに進めていきたい。

注

(1) 盧盛江二〇一三、一〜三五頁参照。

(2) 『四庫全書総目提要』巻百九十七「集部五十・詩文評類存目」

吟窗雜録五十卷［編修勵守謙家藏本］　舊本題狀元陳應行編。前有紹興五年重陽後一日浩然子序、序末有嘉靖戊申孟夏崇文書堂家藏宋本刊字、蓋僞書也。前列諸家詩話、惟鍾嶸詩品爲有據、而刪削失眞。其餘如李嶠、王昌齡、皎然、賈島、齊已、白居易、李商隱諸家之書、率出依託、鄙倍如出一手。而開卷魏文帝詩格一卷、乃盛論律詩、所引皆六朝以後之句、尤不足排斥、可心勞日拙者矣。

冒頭近くの「紹興」は「紹熙」の誤り、注69を見られたい。清代に勅命で編まれた四庫全書は典籍約三五〇〇種の提要（解題）と定本、約六八〇〇種の提要を収める大叢書だが、『吟窓雑録』については提要のみが作成された。「四庫全書館」と呼ばれる機構でそれに携わった者の数は多く、提要の執筆者は特定できないので、ここでは編纂官乃至館臣と呼んでおく。なお、翁方綱による『吟窓雑録』の提要（手稿）が現存するが、ここに引用した刊本のそれとは相当に異なる。翁方綱二〇〇〇、九一六〜九一八葉参照。

(3) 魏・文帝『詩格』（『吟窓雑録』巻一）

倶不對例　古詩、平生年少日、分首易前期。及爾同衰暮、無復別離時。勿言一樽酒、明日難重持。夢中不識路、何以慰相思。

（4）『文鏡秘府論』東巻「二十九種対」
第廿九　總不對對　如平生少年日、分手易前期。及爾同衰暮、非復別離時。勿言一罇酒、明日難共持。夢中不識路、何以慰相思。此總不對之詩如此作者、最爲佳妙。

（5）『文鏡秘府論』が「総不対対」の典拠とした文献については諸説あるが、初唐の「詩格」とする見解が有力である。小西甚一一九五一、一八五～一八六頁、興膳宏一九八六a、三六五～三六六頁、張伯偉二〇〇二a、七七頁参照。

（6）張伯偉一九九五、一六九～一七〇頁〔同二〇〇〇a、三八頁〕
後人想要了解這種声病的範囲、限制的寛窄及其変化、固然可以利用《文鏡秘府論》、但其材料僅限于初、盛唐、而《吟窓雑録》所収的諸詩格、不僅有可与《文鏡秘府論》所引諸家之説相印証者、而且還包括了以後的文献。

張伯偉一九九五〔同二〇〇〇a、二六～四六頁〕は、数少ない『吟窓雑録』に関する専論であり、本章もこれに多くを負う。

（7）張伯偉二〇〇二aは唐五代・北宋の「詩格」を集成した画期的業績だが、逸文収集に最も多く利用した資料は、やはり『文鏡秘府論』と『吟窓雑録』の両書である。なお現行の『吟窓雑録』が収める詩学文献は、収録順に魏・文帝『詩格』、梁・鍾嶸『詩品』、唐・賈島『二南密旨』、白居易『文苑詩格』、王昌齢『詩格』、『詩中密旨』、李嶠『評詩格』、僧皎然『詩議』、同『詩式』、李宏宣『縁情手鑑詩格』、徐衍『風騒要式』、僧斉己『風騒旨格』、僧文（神）或『詩格』、僧保暹『処嚢訣』一巻、釈虚中『流類手鑑』、僧□淳『詩評』、李商隠輯『梁詞人麗句』、王玄『詩中旨格』、王叡『（炙轂子）詩格』、王夢簡『詩要格（格要）律』、佚名『琉璃堂墨客図』、徐寅『雅道機要』、白居易『金針詩格』、梅尭臣『続金針詩格』、佚名『詩評』、陳応行『歴代吟譜』（宋・太宗『御撰句図』、佚名『続句図』、孔道輔『孔中丞句図』等を含む）。これは『直斎書録解題』の注記に見える蔡伝編の三十巻本『吟窓雑録』の内容とは、特に『歴代吟譜』より後についてかなり出入りがある。

（8）南宋・李俊甫『莆陽比事』巻三「以詩名家、有文行世」注
蔡傳城南集二十卷、吟窗雜錄二十卷〔襄之孫、官至朝散大夫〕。……蔡傳雜文及時政議十卷。

（9）南宋・陳振孫『直斎書録解題』巻二十二「集部・文史類」
吟窗雜録三十卷　莆田蔡傳撰。君謨之孫也。取諸家詩格、詩評之類集成之、又爲吟譜、凡魏晉而下能詩之人、皆略具其本末、總爲此書。麻沙嘗有刻本、節略不全。

（10）「吟窓雑録序」（『吟窓雑録』巻首）末尾

紹熙五禩重陽後一日、浩然子序。

なお、『八閩通誌』巻六十五「人物・建寧府・儒林・宋」に潘殖（号は浩然子）という人物の伝記が見える。ただし、彼は大観年間（一一〇七～一一一〇）に官人候補として推挙されており、紹熙五年（一一九四）に「吟窓雑録序」を著した浩然子と同一人物ではなかろう。王夢鷗一九七七、三四頁参照。

（11）南宋・魏慶之『詩人玉屑』巻五「口訣」

十難［下四條竝陳永康吟窗雜錄序］……

同巻十「体用」

十不可　一曰高不可言高、……［陳永康吟窗錄序］。

「下四條」、即ち「十難」、「十易」、「十戒」、「十貴」及び「十不可」は注69参照。

（12）『吟窓雑録』巻首「門類」、「目録上」、「目録中」、「目録下」という題目の下に「状元陳應行編」とある。

（13）『吟窓雑録』各巻の冒頭、末尾に「陳學士吟窗雜録巻（之）幾」とある。これと前注に挙げた特徴は、本書で底本に用いる明鈔本（注20）以外にも、現存の諸テクストに多かれ少なかれ共通する。

（14）南宋・黄巖孫『仙渓志』巻四「宋人物」

（蔡）傳字永翁。端明公之孫、旬之子也。端明薨、朝廷錄其子孫、以公守將作監簿。時公方二歳、太令人劉氏提攜訓誘。至於知書、而乃心獨善自負。自六經子史、左氏春秋、六朝五史之書、傳記小説、陰陽律呂之學、皆務貫穿。或謂公材氣秀發、盍與擧子俱前決勝。公曰、科擧事吾豈薄而少之、顧脩學好古、實事是求者與等爾。矧吾夙孤、可復一日去親戚哉。卒不遊場屋、而學行逾力。歴通判南京留守司公事。時年甫四十三、官朝奉、上章乞致仕。卽日理裝、奉親以歸。有城南詩集二十卷、吟窗雜錄二十卷、雜文及時政議十卷。官至朝請郎、累贈金紫光祿大夫。子櫄、樞。

北宋・欧陽脩「端明殿学士蔡公墓誌銘」（『欧陽文忠公集』巻三十五）

公諱襄、字君謨、興化郡仙遊人也。……明年（治平四年）八月某日、以疾卒于家、享年五十有六。……天子新卽位、未及識公、而聞其名久也、爲之惻然、特贈吏部侍郎、官其子旻爲秘書省正字、孫傳［一作傳］及弟之子均、皆守將作監主簿、而優以賻卹。

（15）国立公文書館内閣文庫蔵本（紅葉山文庫旧蔵）に拠る。傅増湘が蔵したこの版本は巻末に「金陵三山街陳守泉刊行」の一行が見えるという。傅増湘一九八三、一五七七頁参照。

（16）王夢鷗一九七七、三三頁参照。
（17）続修四庫全書二〇〇二、一四三～四四六頁に（a）の影印を収める。四庫全書存目叢書一九九七、二三一～五三三頁にも嘉靖本の影印を収めるが、欠落した序と巻首、巻一から巻五を鈔本で補うので、（a）と（b）のいずれを用いたのか定かではない。
（18）最終册以外の末葉に一本は「文政丙戌」、もう一本は「安政底本」という朱印が見える。
（19）内野五郎三（皎亭）手記『官板書目』「集」

吟窗雑録　五十巻　十册　宋陳應行　文化《ママ》九年

ここで依拠した京都大学人文科学研究所附属東アジア人文情報学研究センター蔵本には、この欄外に「弘化三年焼失版」という印が捺される。京都大学附属図書館所蔵の官板『吟窓雑録』は刊年のあるべき末冊最終葉末行が墨丁になっている。弘化三年（一八四六）の板木焼失を承けて、また安政年間（一八五四～一八六〇）に再刻されたものか（前注参照）。
（20）『吟窓雑録』の底本として、本書では北京（現国家）図書館に残る明鈔本のマイクロフィルムに基づく影印本を用いた。なお、国家図書館はもう一種の明鈔本を蔵する。張伯偉一九九五、一七三頁〔同二〇〇〇a、四五～四六頁〕参照。
（21）『故宮善本書目』「天禄琳琅録外書目・明本集部」

吟窗雑録二十巻六册　宋陳應行編　明嘉靖間刻本

この本はいま台北の故宮博物院が所蔵する（国立故宮博物院一九八三、一二三八頁参照）。ただし、筆者が実地に調査した結果、当該の刊本は元来より二十巻なのではなく、巻十一から巻四十までを失った嘉靖本の残欠と分かった（「巻四十一」以降の「四」字を塗抹したり、蔵書印を捺したりして、足本であるように偽装している）。なお、同書は清室善後委員会一九二五、五五頁に拠れば北京故宮昭仁殿の旧蔵書で、早く一九二五年の時点で端本（六册二十巻）だった。同書の閲覧に際して、台北・故宮博物院図書文献館善本室に御高配を賜った。ここに記して謝意を表する。
（22）張少康一九九五、三〇頁〔同一九九九、二九一頁〕に、現行五十巻本の巻三十までは蔡伝の原本、巻三十一以降は陳応行の増補という説が見える。
（23）張伯偉二〇〇〇a、二八頁、李春梅二〇〇四。
（24）「于湖先生雅詞序」（南宋・張孝祥『于湖先生長短句』巻首）

蘇明允不工於詩、歐陽永叔不工於賦、曾子固短於韻語、黄魯直短於散語、蘇子瞻詞如詩、秦少游詩如詞、才之難全也、豈前輩猶不免耶。紫微張公孝祥、姓字風雷於一世、辭彩日星於羣因。其出入皇王、縱横禮樂、固已見於萬言之陛對、其判花視草、演綵爲綸、固已形於尺一之詔書、至於託物寄情、弄翰戲墨、融取樂府之遺意、鑄爲毫端之妙詞、前無古人、後無來者、散落人間、今不知其幾也。比遊荊湖間、得公于湖集、所作長短句凡數百篇、讀之泠然灑然、眞非煙火食人辭語。予雖不及識荊、然其瀟散出塵之姿、自在如神之筆、邁往凌雲之氣、猶可以想見也。使天假之年、被之聲歌、薦之郊廟、當其英莖韶護閒作而遞奏、非特如是而已。一日鳳鳥去、千年梁木摧、予深爲公惜也。于湖者、公之別號也。昔陳季常晦其名、自稱爲龍丘子、嘗作無愁可解、東坡爲之序引、世之不知者遂以龍丘爲東坡之號、予故表而出之。乾道辛仲冬朔日、建安陳應行季陸序。

(25)　南宋・程大昌『禹貢山川地理図』巻末

閤學尚書程公囊在經筵、進黑水之説上動天聽。因以禹貢爲論爲圖、啓沃帝心、且以東漸西、被敎曁朔南、爲惓惓之忠、盡在於此。嗚呼大哉、言乎其本、藏之祕館、天下學者欲見而不可得。歳在庚子、公以法從出守溫陵、而編修彭公提舶於此、與公有同舍之舊、得其副本。應行一日摳衣彭公之門、質款之餘、出示書一編曰、此程公所進禹貢論圖也、子見之乎。因再拜以請、而三復其説。見其議論宏博、引證詳明、皆先儒之所未及。乃請於公願刊之郡庠、以與學者共之。公曰、是吾志也。乃出公帑十五餘萬、以佐其費。復請公序、以冠其首。凡所畫之圖、以青爲水者、今以黑色與水波別之。以黃爲河者、今以雙黑線別之。古今州道、郡縣疆界、皆畫以紅者、今以單黑線別之。舊説未安、皆識之以雌黄者、今以雙路斷線別之。斯文一傳、使學者觀帝王之疆理、見宇宙之寥廓。感慨今昔、皆有勒功燕然之心、則閲此書者、豈小補哉。淳熙辛丑上元後五日迪功郎充泉州州學教授陳應行謹跋。

直學林冠英　陳　儻
學錄王伯修　石起山
學正林元鎭
校勘掌膳王沖遠

古逸叢書三編本（陳応行刊本の影印）で判読不能な文字は指海第一集本で補った。

(26)　程大昌『演繁露』巻末

閤學尚書程公博極羣書、古今之事無不稽考。其所以辨疑解惑、以示後學者、無一字無來處。應行庚子夏分敎溫陵、始得其禹貢圖論。時獲請益、而公方究心郡政、不能奉客盡叩。閒與其倩丁敎授叔聞游、丁蓋同年進士也、最相善。公之好學、不以寒暑晝夜易其志。裁決之餘、卽研核古事、未嘗去手。因力求其所得於公者、久之、乃出其所錄二書、曰攷古編、曰演繁露。迺密請以歸、披讀展玩、曠若發蒙。始歎曰、人之有疑不決者、得其書、豈不大有開明乎。卽亟命繕寫鋟木、以傳與天下之疑者著龜、亦一快也。淳熙辛丑季秋朔日、迪功郎充泉州州學教授陳應行謹跋。

(27) 北宋・司馬光『潜虚』巻末「跋」
右司馬文正公潛虛、應行嘗恨建陽書肆所刊、脱略至多、幾不可讀。及得邵武本、雖校正無差、而繇辭多闕。淳熙九歲、文正公曾孫待制侍郎出守溫陵。應行備數芹頖、獲忝門下士之列、親得公家傳善本。繇辭悉備、復以張氏發微論附之。應行再拜以請曰、願廣其傳、以惠學者。公曰、是吾志也。遂以邵武舊本參稽互考刻之郡庠、使人人得見全書、抑何幸耶。淳熙壬寅孟冬朔日、迪功郎充泉州州學教授陳應行謹跋。

(28) 王夢鷗氏は『宋史』・『続資治通鑑長編』・『宋会要輯稿』・『歴代鼎甲録』・『高科考』を調べてみたが、次席・三席及第者まで範囲を拡大しても陳応行の名は見当たらず、『宋中興学士院題名』を検索しても陳応行、陳永康という学士が見付からなかったという。また、『吟窓雑録』の杜撰な内容から、浩然子・陳永康は状元でもなければ、学士でもあるまいと断じておられる。王夢鷗一九七七、三四〜三五頁参照。当時の王氏が目睹し得なかった『宋会要輯稿』の一節に陳応行の名が現れることは、次々注を見られたい。

(29) 清・瞿鏞『鉄琴銅剣楼蔵書目録』巻二十四「集部六・詩文評類」
吟窗雜録五十卷［影鈔宋本］　此書舊爲蔡君謨孫名傳者所輯。凡前人論詩諸書、都爲一編。本三十卷、見直齋錄。是本題状元陳應行編、有自序、乃宋末麻沙本、竄易姓氏、重編卷第、以眩人也。

(30) 『寰宇通志』巻四十八「建寧府・科甲」
……陳應行［俱建安人］……徐應龍［浦城人。俱宋淳熙二年詹騤榜進士］
『八閩通誌』巻四十九「選挙・科第・建寧府・宋」
淳熙二年［乙未］詹騤榜　……特奏名　陳應行［第一人、建安人。寰宇志以爲是年進士］
『(弘治) 建寧府志』巻二十一「選挙・進士・宋」
淳熙二年乙未詹騤榜　……特奏名　陳應行［第一人、建安人］
『(嘉靖) 建寧府志』巻十五「選挙上・進士・宋」
淳熙二年乙未詹騤榜　……特奏名　陳應行［第一人、建安人。寰宇志以爲是年進士］
『閩書』巻九十二「英旧志［縉紳］・建寧府・建安県一・宋科第」

淳煕二年乙未　……特奏名　陳應行［第一人］

なお残欠ながら、宋代の史料にも次の記述が見える。

『宋会要輯稿補編』「殿試」

（淳煕二年）三月十八日、上御集英殿試禮部奏名、特奏名進士。……特奏名進士陳應行已下五百八十七人、賜同進士出身、同學究出身、登仕郎、將仕郎、上下州文學、諸州助教。

ただし、これでは陳応行の貫籍が分からない。本章の原型となった論文の脱稿後、目睹し得た傅璇琮二〇〇九、一〇一一頁もこの記述及び『（弘治）建寧府志』等の地方志によって、陳応行を淳煕二年の特奏名首席及第者とする。しかし、特奏名と明記しないが、建安出身の陳應行がこの年、進士となったことを伝える文献としては、『寰宇通志』が最も早いと思しい。また Hartman, Charles. 2003: 209–210は『（嘉靖）建寧府志』を利用して陳応行が淳煕二年の特奏名進士であることを指摘する。Hartman 氏の論文は『吟窓雑録』について多方面から論じており、本章と併せて参照されたい。ただ、同氏は陳応行が「状元」と称される点には関心を払われない。

（31）荒木敏一一九五〇〔同一九六九、二八九～三〇二頁〕、張希清一九八九、同二〇〇四、一六四～一六七・二〇〇～二〇四頁に依拠した。

（32）羅国威二〇〇六、四一七頁も陳応行の特奏名首席及第という事実を指摘するが、典據はより遅い「雍正《福建通志》巻三四」のみを挙げる。

（33）南宋・李心伝『建炎以来朝野雑記』甲集巻十三「特奏名試」

故事、恩試第一人賜進士出身、除諸州教授、第二人同出身。

（34）淳煕二年の「特奏名」については張希清二〇〇三、三九六～三九七頁所掲の各史料参照。

（35）南宋・陸世良「宣城張氏信譜伝」（『于湖居士文集』巻末「附録」）

庚寅冬、疾復作、遂卒。

（36）程大昌「自序」（『演繁露』巻首）

淳煕庚子正月、新安程大昌泰之寓呉興書。

呉興（湖州）に在った程大昌（字は泰之）は、この後、泉州に知事として赴任した。

（37）程覃「跋」（『演繁露続集』巻末）

先君文簡公嘗著演繁露一書、泉南郡博士刊于泮宮。

程覃は程大昌（謚は文簡）の息子で、彼のこの記述からも「泉南郡博士」（泉州州学教授）、即ち陳応行が『演繁露』を刊行したと分かる。

(38) 前近代の福建における出版業については謝水順・李珽一九九七が詳しい。南宋期泉州の官庁主導による刊刻事業はその一四六～一五三頁参照。そこには陳応行への言及も見える。

(39) 彭椿年「程尚書禹貢論図序」（『禹貢山川地理図』巻首）

郡博士陳君應行請以其著刻木郡庠、布之學者。而求予文爲表、予不容辭、故爲之書。淳熙辛丑孟春既望、承議郎提擧福建路市舶彭椿年序。

この記述も注25所掲の跋に見える「淳熙辛丑上元後五日」という記述の真実性を裏付ける。

(40) 元・周密『斉東野語』巻一「孝宗聖政」

程泰之以天官兼經筵、進講禹貢、闕文疑義、疏説甚詳、且多引外國幽奥地理。上頗厭之、宣諭宰執云、六經斷簡、闕疑可也、何必強爲之説。且地理既非親歷、雖聖賢有所不知、朕殊不曉其説。想其治銓曹亦如此也。既而補外。

(41) 南宋・周必大「龍図閣学士宣奉大夫贈特進程公大昌神道碑」（『平園続稿』巻二十三）

三女、適承直郎監行在文思院都門鄭汝正［別本作止］、次適奉議郎新知湖州武康縣丁大聲、季早亡。

元・徐碩『嘉禾志』巻十五「宋登科題名」

淳熙二年詹騤榜　……丁大聲……。

(42) 南宋・朱熹「書張氏所刻潜虚図後」（『晦庵先生朱文公文集』巻八十一）

近得泉州季思侍郎所刻、則首尾完具、遂無一字之闕。始復驚異、以爲世果自有完書、而疑［范］炳文語或不可信。……因亟以書扣季思、此本果家世之舊傳否耶。則報曰得之某人耳。……淳熙丙申十一月丁卯、朱熹謹書。

これに拠れば、陳応行が司馬伋（季思）から得た『潜虚』は家伝の善本ではなかったことになる。そうと知りつつ伝本の稀な同書の完本と銘打って刊刻したならば、営利行為の気味はさらに濃くなる。なお、文末に「淳熙丙申」、即ち三年（一一七六）とあるが、これは諸資料の示す司馬伋の泉州在任時期だけでなく、朱熹自身の次の記述とも矛盾を来す。

同「資治通鑑挙要暦序」（同巻七十六）

清源郡舊刻溫國文正公之書、有文集及資治通鑑舉要曆、皆八十卷。……淳熙壬寅、公之曾孫龍圖閣待制伋來領郡事、始至而視諸故府、則文集者亦已漫滅而不可讀矣。乃用家本讎正、移之別板、且將次及擧要之書而未遑也。

「清源郡」は泉州、「淳熙壬寅」は淳熙九年（一一八二）を指す。先の丙申は誤りか。市來津由彦二〇〇八、二〇二・二〇五頁参照。

(43) 宋代の出版について、本章は井上進二〇〇二、一〇六～一七五頁に多くを負う。
(44) この方面の最も先駆的な著作が桑原隲藏一九三五（同一九六八、一～二四一頁）である点は贅言を要さない。
(45) 南宋・陳耆卿『嘉定赤城志』巻三十三「人物門・本朝・仕進・進士科」
紹興二十七年王十朋榜　……彭椿年［黄巖人、字大老、龜年之弟。歷國子監主簿、編修官、提擧福建市舶、知處州、太常丞、吏部郎中、國子司業、江東轉運副使、終右文殿修撰。……］
(46) 『禹貢山川地理圖』に見える地圖は木版によるものとしては世界的に見ても極めて早い部類に属する。丁瑜一九八五参照。かかる複雑な印刷を可能にした背景には、潤沢な資金、刊刻技術の高さ、陳応行の出版者としての技量が存在するといえるかもしれない。
(47) 周愚文一九九六、四二〇頁。周氏の著書は宋代の州県学を幅広く論じており、州学教授などの実態についても参考になる。だが、州県学による出版には何も触れない。
(48) 弾劾の経緯は東景南二〇〇一四、淳熙九年（一一八二）条に詳しい。また井上進二〇〇二、一五九～一六一頁に出版史の側面よりするこの事件の分析が見える。
(49) 『宋史』巻二百三「芸文志二・史類・史鈔類」
陳應行讀史明辨二十四卷　又讀史明辨續集五卷
『郡斎読書志』読書附志巻上「史評類」
讀史明辯三十卷
右伊川、元城、龜山、了齋、横渠、屏山、横浦、五峯、東萊、南軒、止齋、致堂十二先生史論也。
(50) 淳熙九年、中和堂（泉州州治に所在）は胡寅の史論書『読史管見』八十巻を刊行した。謝水順・李珽一九九七、一四八～一四九頁参照。前節で見たとおり、この時期は陳応行も泉州で州学教授として勤務していた。同書と『読史明弁』刊行には関係があろうか。
(51) 『直斎書録解題』巻十四「子部・類書類」

杜詩六帖十八卷　建安陳應行季陵撰。用白氏門類、編類杜詩語。
他の資料が「季陸」とするのに対して、ここでは陳応行の字を「季陵」と記す。

(52)『春秋穀梁伝』巻末

國學進士余　仁仲　校正
國學進士劉　子庚　同校
國學進士陳　幾　同校
國學進士張　甫　同校
奉議郎簽書武安軍節度判官廳公事陳應行參校

余氏萬巻堂藏書記　癸丑仲秋重校訖

枠で囲んだ箇所は木記（版元の商標）を示す。なお、南宋では文官の位階は四十階より成っていたが、「奉議郎」はその上から第二四階に位置しており、同じく第三五階の迪功郎だった泉州勤務時（注25～27）に比べて陳応行は昇進したといえる。また、実際の職務である簽書節度判官は、知州・通判（州の正副知事）に次ぐ行政官に当たる。彼が「簽判」とも略されるこの官に在ったことは、注81も参照されたい。

(53) 万巻堂については、謝水順・李珽一九九七、八八～八九頁、井上進二〇〇二、一一六・一五四頁、Chia, Lucille. 2002: 87–91参照。

(54) 余仁仲「識語」（万巻堂刊本『春秋公羊伝解詁』巻首）
公羊、穀梁二書、書肆苦無善本。謹以家藏監本及江浙諸處官本參校、頗加釐正。……紹熙辛亥孟冬朔日、建安余仁仲敬書。

余仁仲は「江浙諸處官本」、即ち江蘇・浙江で官庁が出版した刊本を自らが『公羊伝』や『穀梁伝』を刊行する際、校勘に利用した旨をここで述べる。その過程で、陳応行が彼に便宜を与えたという想像は可能かもしれない。

(55) 陳榮捷二〇〇七、八五～八六頁に拠れば、同時代の朱熹も営利出版に関与した。福建在住という背景はあっても、彼ほどの知識人が刊刻に関わったことは示唆的だろう。

(56) 許清雲一九八八、五八頁の注4、李春梅二〇〇四。

(57)『蛍雪叢説』巻首

余自四十以後、便不出應擧。……慶元庚申八月望日、東陽兪成元德漫錄。

ただし、同書にはこれ以降の記事も見えるので、成立はなお遅れよう。李裕民二〇〇五、二七三～二七四頁参照。

(58)『螢雪叢説』巻下「声律対偶仮借用字」

天子居丹扆、廷臣獻六箴、此省題詩也。白髮不愁身外事、六么且聽醉中詞、此律詩也。二公之所以對者、見之於詩、無非借數而已。周以宗強賦、故蒼籙之興起、始諸姫而阜康。東門種瓜詩、靑門無外事、尺地足生涯。二公之所以對者、見於賦詩、無非借數與器而已。詩史以皇眷對紫宸、曲詞以淸風對紅雨。或以靑州從事對烏有先生、或以披綿黃雀對通印子魚。因朱耶之板蕩、致赤子之流離。談笑有鴻儒、來往無白丁。皆老於文學、而見於駢四儷六之間者、自然假借使得好、不知膾炙幾千萬口也。嘗記陳季陸應行先生擧以作賦之法、用高皇對小白。

最後の文の「以」を百川学海本は「似」に作るが、儒学警悟本に拠って改めた。

(59)同巻下「解孟子」

陳季陸常推賈挺才好、先生非惟筆力過人、又且講授不雷同、且如説孟子、引得杜詩爲證、極是明白。若解文王爲臺爲沼、而民歡樂之、正是丈人屋上烏、人好烏亦好。桀紂瑤臺瓊室、正是君看牆頭桃樹花、盡是行人眼中血。夫以烏本是可惡之物、而反喜之、桃花本是可喜之物、反惡是何也。蓋由人情所感而然爾、靈臺瑤臺、亦莫不然。

冒頭の「陳季陸」はもと「陳季陞」に作るが、儒学警悟本に従って改めた。

(60)『寰宇通志』巻四十八「建寧府・科甲」

……賈挺……陳雲翼〔俱甌寧人〕……李秩〔松溪人。俱紹興十五年劉章榜進士〕

(61)『螢雪叢説』巻下「評論詞賦破題」

嘗見兪憑老叔敍擧似外公暨中大陶天之曆數在舜躬賦破題云、神聖相授、天人會同、何謳歌不之堯子、蓋曆數在於舜躬。又見陳季陸先生談及陳元裕嘗主文衡、出大椿八千歲爲春秋賦。滿場破題、皆閣筆焉。遂自作云、物數有極、椿齡獨長、以歲歷八千之久、成春秋二序之常。又見蔡曼卿稱賞上舍熊元用節十四歲作君人成天地之化賦破云、物產於地、形鍾自天、賴君人之有作、成化功之未全。三賦四柱、皆出人意表、眞所謂作賦手也。嘗聞張從道鳳先生論文、有及向之省試賦題、出天子聽朔於南門之外、滿場皆曰、詣南門而聽焉。惟魁者以詣爲出、便見得在外意也。當時父子同試、尚留隱情。及至揭榜、方知父魁子亞。而問之何不見誨、父曰、不解有兩魁也。東坡以、詩賦一字見工拙、即此可知。

最初と最後の文の「叔敍」、「一字」はもと「叔叔」、「一序」に作るが、儒学警悟本に拠って改めた。

(62) 同巻下「賦以一字見工拙」
囊者呉叔經郛在湖南漕試、以本經詩義取解魁。次名陳尹賦文帝前席賈生。破題云、文帝好問、賈生力陳、忘其勢之前席、重所言之過人。叔經先生改勢字作分、陳大欽服。内有打花格云、金蓮燭煥、煌煌漢天子之儀、玉漏聲沈、纚纚洛陽人之語。試官已喜此一聯。又陳季陸在福州考較、出皇極統三徳五事賦。魁者破題云、極有所會、理無或遺、統三徳與五事、貫一中於百爲。季陸先生極喜闢初兩句、只嫌第四句不是貫百爲於一中、似乎倒置、改貫字作寓、較有意思。尤喜陳舜申三策、第三道策題問屯田、乃先生撰也。最是荅得工夫、此皆二公之警誨也。

州学での定期考査については、周愚文一九九六、一七七～一七八頁に記述がある。

(63) 南宋・欠名『南宋館閣続録』巻八「官聯二・秘書郎・嘉定以後五十人」
陳舜申［字宋謨、福州連江人、淳熙十一年衞涇榜進士出身、治詩賦。二年二月除、八月爲著作佐郎］
また、南宋・梁克家『淳熙三山志』巻三十「人物類五・科名・本朝・淳熙十一年甲辰衛涇榜」参照。

(64) 『蛍雪叢説』巻上「溺於陰陽」
陳季陸嘗挽劉韜仲諸公同往武夷訪晦翁朱先生。偶張體仁與焉。會宴之次、朱張忘形、交談風水曰、如是而爲笏山、如是而爲靴山。稱賞蔡季通無已。季陸遂難云、蔡丈不知世代攻於陰陽、方始學此。晦翁又從而褒譽之、乃祖乃父、明於龍脈、季通尤精。季陸復辨之曰、據某所見、嘗反此説。若儒者世家、故能成效。若日者世家、便不足取信於人、何者。公卿宰相、皆自其門而出、他人何望焉。周居晦應聲曰、他家也出官、出巡官。陳嘗譬如燒金煉銀之術、父可傳之於子、子可傳之於孫、孫何必教外人。古者人皇氏世人有九頭、已無定形、未有百官。已有許多山、了不知何者爲笏山、何者爲靴山。坐客皆笑。晦翁搖指向季陸道、此説不可與蔡丈知。僕親聞是語、故紀之以爲溺於陰陽者之戒。

(65) 朱熹と蔡・張（詹）・劉・周各人との関係は束景南二〇一四の該当各条を参照。なお、朱熹は紹熙五年（一一九四）五月に知州（知事）として潭州に来任し、同年八月に離任している。この間の事跡は同二〇一四、一一一六～一一三六頁を見られたい。陳応行はその前年八月の時点で潭州（武安軍）の属官を務めている（注52）。彼が翌年まで在職していたとすれば、朱熹とは一時期、上司・下僚の関係に在ったことになる。ただし朱熹が離任直前に中央へ奉った文書「文公潭州牒州学備准指揮」（『紹熙州県釈奠儀図』）に見える潭州の属官のうち、陳応行が務めた「簽書武安軍節度判官廳公事」の任に当時在ったのは、「連」という姓の人物である。

(66) 『演繁露』巻末

右書承命刊布久矣。方次纂成倫類、其可負先生之托哉。謹用鋟板、以廣程氏先生之學、使學者由其言、而得其書、蓋自陳公廣文之用心、茲所以兩全其美也。門弟兪成故識諸巻末。

「程氏先生」は程大昌、「陳公廣文」は陳応行を指す（「廣文」は官学の教官）。

(67) 張伯偉一九九五、一六六頁〔同二〇〇〇a、二八〜二九頁〕参照。

(68) 洪業一九四〇、lvii.〔同一九八一、三二四頁〕は杜詩の注者である陳浩然が陳応行と同一人ではないかというが、陳の杜詩注釈については元豊五年（一〇八二）の序が伝わっており、本章第四・六節で考証した彼の活動年代から見て、この説は成立しない。黒川洋一一九七〇、一一一頁〔同一一九七七、二七九頁〕参照。なお、『淳熙三山志』巻二十七「人物類二・科名・本朝」にも政和二年（一一一二）の進士として陳浩然の名が見える。

(69) 「吟窓雑録序」（『吟窓雑録』巻首）

……國朝龍興、首稱西崑體。自歐蘇一變、長篇短軸、膾炙人口。然必至於魯直、秤程輕重、清新脱灑、遂爲江西一派之宗。至今言詩者、必推魯直焉。嗚虖、上極唐虞、下底今日、爭裂錦繡、以高視一世者、何可勝數。登於詩壇者、不越數百人。其餘躑躅不進、湮滅無聞者、奚翅千萬。非詩之難也、知所以爲詩者難也。何謂難、詩有十難、不可不知也。……十難之外、復有十易、不可不戒也。……十易之外、復有十戒、不可不謹也。……十戒之外、復有十貴、不可不審也。……十貴之外、復有十病、不可不箴也。……十病之外、復有十不可、尤不宜犯也。……此學詩者之關鍵也。古人用功於詩、惟唐人爲最多、蓋其利祿之路然也。余觀徐凝與張祜爭解魁、惟於白樂天席上詠詩、以程其能否而已。李肱試羽衣霓裳曲、遂以牓元及第、則知唐之試進士、雜以詩詞。是以一人作者多至萬首、少亦千篇。盈緗累軸、充棟汗牛、輩之前代、獨爲最盛。然格調卑弱、如李杜者鮮矣。庸非得喪、有以芥蔕其胸次、遂不得縱逸如前作歟。余於暇日、編集魏文帝以來、至于渡江以前、凡詩人作爲格式綱領以淑諸人者、上下數千載間所類者、親手校正、聚爲五十卷。臚分鱗次、具有條理、目曰吟窗雜錄。……余編此集、是亦琴譜、棊式之類也。有意於學詩者、其可捨旃。紹熙五禩重陽後一日、浩然子序。

(70) 四部叢刊三編に呉県潘氏滂憙斎蔵宋刊本の影印を収める。

(71) これらが王十朋の手に成るか否かは、説が分かれる。それを含め、「王状元本」については甲斐雄一二〇〇八、何沢棠二〇〇九参照。そこには、王氏（知泉州の経験がある）の名声と相俟って、「状元」の冠辞が刊行地の福建では殊に価値を有したとの論が見える。正奏名・特奏名の差は大きいが福建（泉州）と縁が深い「状元」という点で、この見方は陳応行の名を附す出版物にも幾分かは当てはまろうか。

（72）『宋史』巻二百五「芸文志四・子類・農家類」
許状元節序故事十二巻［許尚編］

元・陳世隆輯『宋詩拾遺』巻十二「許尚」

隆按、尚、字爵莫考、自號和光老人。所著有華亭百咏、今所存者止此而已。

『（正徳）松江府志』巻十八「寺観上・華亭叢林・広化漏沢院・院記」

……淳熙己亥正月望日、和光老人許尚撰幷書篆。

許尚に関する情報は少ないが、これらの記述より「淳熙己亥」、即ち六年（一一七九）に健在だったことは分かる。

（73）足利学校遺蹟図書館に蔵する江戸時代初期の同書写本に「嘉熙己亥上元重刊于聚德堂」との書き込みが見える。長澤規矩也一九七三、八六頁参照。これが信用できれば、「嘉熙己亥」、即ち三年（一二三九）には徐子光（伝未詳）を「徐状元」と称する『蒙求』が刊行されていたことになる。

（74）静嘉堂文庫一九九二a、七七～七九頁、同一九九二b、二三～二四頁に各々南宋中期建安蔡氏家塾刊本の解題、書影が見える。また中砂明徳二〇一二、三一五～三二一頁参照。

（75）南宋・潜説友『咸淳臨安志』巻六十一「人物二・国朝進士表」
（淳熙）十六年［己酉］……陸唐老［兩優釋褐］
『宋會要輯稿』「崇儒一之四三・太學」
（淳熙六年）十月九日、詔太學兩優釋褐之人、與依状元體例、先與外任一次、然後授以職事官。以給事中王希昌言、天子臨軒策天下之士、取其尤異者一人、曰状元。舍法選擧、有司考校、取其兩優者一人、曰釋褐状元。
太学内舎生（太学に在籍する学生の一種）が考試を優等で通過した後、より上級である上舎生の試験に参加し、また優等ならば「兩優釋褐」、「釋褐状元」と呼ばれ、一般の科挙及第者に比しても優遇され、任官できたという。『建炎以来朝野雑記』甲集巻十三「釈褐状元恩例」、『朝野類要』巻二「挙業・釈褐」、李裕民二〇〇五、六〇頁参照。

（76）全一〇四巻のうち七九巻が残る宋刊本を、上海図書館が所蔵する。内容は元刊本『陸状元集百家註資治通鑑詳節』（注74）に近いという。上海図書館二〇一〇、二一七～二二〇頁参照。なお同書の残本一巻が李盛鐸一九八五、一〇〇頁に著録される（北京大学図書館現蔵）。「省元林公」が誰を指すかは分からない。

（77）陳起（十三世紀前半に活動）については深澤一幸一九八四、黄韻靜二〇〇六参照。

(78) 南宋・葉紹翁「贈陳宗之」(『靖逸小集』)

中有武林陳學士、吟詩消遣一生愁。

「武林」(臨安)に住む無官の書肆である陳起(字は宗之)を「陳學士」と呼ぶ以上、官に在った陳応行を同様に称することも奇異ではない。

(79) 出版を含む南宋期の各分野における状元重視の風潮は、金文京二〇〇二参照。

(80) なお蔡伝の祖父の蔡襄と息子の蔡襄は、共に知泉州を務めた。李之亮二〇〇一、八七〜八八・九五頁参照。時期こそ異なれ、やはり泉州勤務の経験がある陳応行と『吟窓雑録』の刊行はこれらの事実とも関係するか。

(81) 宋刊本が残る『婚礼新編』二十巻のうち前十巻は宋代の著名人による婚礼関係の書簡を集めて、実用の参考に供する。同書巻之一に「陳状元[季陸]作」と注記する「荅求親」、巻之三に「陳簽判[季陸代劉娶王]」と注記する「定婚」、「又」、「又(陳送蔡)」、巻之六至七に「陳簽判[季陸]」と注記する「姑舅」、巻之八、巻之十にいずれも「陳簽判[季陸娶劉氏]」と注記する「契旧」、「再娶」と題した手紙文を収める。「季陸」は陳応行の字、「簽判」は彼が就いた「簽書節度判官」の地位を指す(注52)。これらの書信の出所や真偽、真作だとして彼の実生活を反映するかは不明だが、他にも『婚礼新編』には南宋期の福建人の文章が少なからず収められる。同書については山本孝子二〇一四参照。なお同書の成立年代は判然としないが、柳建鈺二〇一四、九八頁は紹熙年間(一一九〇〜一一九四)に刊行されたとする。それが正しければ、陳応行の活動時期とも重なる。

(82) 「麻沙本」や建陽(陳応行の貫籍である建安の北隣)の出版業ついては謝水順・李珽一九九七、六五〜一三〇頁、井上進二〇〇二、一一四〜一一六頁、Chia, Lucille. 2002に詳しい。福建、殊に建陽の出版と実用書(日用類書等)や学術(朱子学)との関係は清水茂一九九七、七一五〜七一八頁(同二〇〇三、九五〜九八頁)、金文京二〇〇五b、五〇〜五一頁参照。

(83) 南宋・費袞『梁谿漫志』巻十「王虚中」

王虚中名日休、龍舒人。早爲太學諸生、傳注經子數十萬言、然不利於場屋。晩以特奏名廷試、不用條對式、但如科擧答策、坐是竟不得官。獨好佛、著淨土文、直指西方淨土、慧辯了然、觀者起敬。或自力、或勸人裒金、走建安、刊淨土文板踰二十副、願力洪深。修行尤精苦、諷誦禮拜、夜以繼晝。館於廬陵某通守家、一日、謁通守謂之曰、某去矣、以後事累公。通守愕然。虚中乃著白衫詣佛堂、合掌念佛、頃之、立化於植木矣。傾城縱觀、累日不能遏。通守亦明眼人、乃命具棺、指虚中謂人曰、先生平時照了諸妄、坐臥自如、今請先生臥。卽擧而入棺。予舊見建安陳應行季陸道此、後訪南北山雲遊諸僧、欲問其歳月幷通守姓名、漫無知者、記其大略如此。

　王日休という人物が「特奏名」の受験に失敗した後、仏書を著述・刊行した事跡がここに語られる。末尾の一文に拠れば、『梁谿漫志』の撰者である費袞は、陳応行に彼の情報を聞いたという。Hartman, Charles. 2003: 209参照。金文京二〇〇五a、六五七～六五八・六八〇～六八一頁は『（嘉靖）建寧府志』（注30所引）より陳応行が「特奏名」の「状元」であると示した上で、同じく科挙で落第を重ねた者として陳が王のことを熟知しており、また陳が出版に関わった可能性を指摘する。本章と併せて、是非とも就いて見られたい。

（84）南宋・陳元靚『博聞録』巻一注（『篆隷文体』巻末所引）

皇朝特奏状元陳應行云、此秦傳國寶璽也。其文曰受命于天、既壽永昌。乃予家舊藏碑本、比之他刻者、特有典刑意。其爲唐内府堂璽寶詔所摹勒之本也。此璽文乃建安劉氏舊藏向巨源所傳摹本也。雖篆畫體勢與夫刑制巨狹似有不同、然皆原自秦、姑兩存之。別有蔡平仲所摹及僧夢瑛倣篆之本文與此異、然惡其無據、故不復錄入。此刻乃秦璽、背篆其文曰受天之命、皇帝受昌。按集古印格云、璽之摹石在畢景儒家、筆法玄妙淳古、無過於此。雖龍飛鳳翥、不足以擬其勢、實摹印之祖也。

　今は伝わらない『博聞録』（遅くとも一二二〇年代前半に成立）を著した陳元靚も、福建の人であった。この逸文では陳応行を「皇朝特奏状元」と記しており、「特奏名」の「状元」が一種の権威ある呼称となっている。ともかく、やや後の時代においても陳応行の言説や事跡が福建では幾許か知られていた点が、ここより理解される。金文京二〇〇五a、六八一頁。なお『博聞録』や陳元靚については宮紀子二〇〇四、三四～三六頁〔同二〇〇六、五三七～五三九頁〕、金文京二〇〇五bに詳しい。

（85）清・王士禛『漁洋詩話』巻下

今世俗所傳吟窗雜錄、最紕繆可笑。如第一卷詩格、曰魏文帝撰、而有雙聲、疊韻、迴文之類。豈建安之代、已先有沈約四聲及璿璣圖詩耶。

　杜撰を嘲笑するこの記述も、『吟窓雑録』がある程度は普及していた事実を示そう。また、同書は『珠評詞府霊蛇』『詩学指南』など明清期に編まれた詩学文献集成の藍本となっており、その内容が間接的ながら知識人に影響を与えた可能性が予想される。張伯偉一九九五、一六八～一六九頁〔同二〇〇〇a、三五～三六頁〕参照。

終　章

九章に渉って、陳子昂に関わる言説と皎然の詩論を中心に、唐代と前後の文学論、関連の事象を見てきた。最後に、その結果から当該時期の文学理論について何がいえるかを考えてみたい。前編では陳子昂、というより正確には唐代における彼の賞揚者が復古的な文章論を提起し続けた事実が、まず明らかになった。復古的な理論で名高い当時の文学者は、この中に少なからず網羅される。ここでもやはり、代表格の韓愈（七六八〜八二四）に登場してもらおう。

いわく「これこそ私のいう道であり、先に述べた老子や仏の道ではないのである。尭はこれを舜に伝え、舜はこれを禹に伝え、禹はそこで湯《とう》にこれを伝え、湯はそこで文王・武王・周公にこれを伝え、文王・武王・周公はこれを孔子に伝え、孔子はこれを孟軻《もうか》（孟子）に伝えた。軻が死ぬと、それは伝えられなくなってしまった。荀（荀子）と揚（揚雄）は、（その一部を）選んだが精密ではなく、議論も詳細ではなかった。周公以前は、（道を伝える者の）身分が高くて君主だったので、そのこと（道）を実行した。周公以後は、身分が低くて臣下だったので、（道を実行できない分）言説が長く伝えられた」。（質問者）「それではどうすればよいのか?」。いわく「（道教・仏教を）封じなければ（道は）広まらないし、止めなければ実行されない。その者（出家者）を（還俗させて一般の）民とし、その（仏教・道教の）書物を焚いて、その住居（寺院）を民家とし、古えの王の道を明らかにして彼らを導き、やもめ・後家・孤児・子供の無い老人・不治の病人（障害者）の暮らしを助ければ、それは（道の実現に）ほぼ近いものだろう（1）」。

免税の特権を持ち、莫大な財産を擁して、営利事業に携わる宗教勢力の影で、広がる貧富の格差に対する韓愈の憤りは、ひとまず措くとしよう。彼がここで主張するのは、尭・舜や夏《か》の禹、殷（商）の湯、周の文王・武王や周公ら古えの聖天子やそれに準じる統治者、そして孔子・孟子といった聖人の「道」を回復させて、人々を救うことであった。そのためには、「古えの王の道を明らかに」する（原文「明先王之道」）必要がある。韓愈にとって、自身が学んだ古えの言葉を用いる「古文」の提唱は、古えの道の宣揚を意味した（序章第四節、注8）。

従って道は聖人によって文を（世に）示し、聖人は文によって道を明らかにし、（それで道は）遍く行き渡って滞らず、毎日用いても乏しくならないと分かる。(2)

「道を明らかに」するという概念は、韓愈の独創というわけではない。文学論でも早くはここに挙げた劉勰《りゅうきょう》（五・六世紀）『文心雕龍』の、先に引いた韓愈の文章と同じく「原道」と題する篇に見える。もっとも、この「文」には文章と同時に「あや」（模様・修飾・文彩）の意も含まれる。劉勰のいう「文によって道を明らかにし」（原文「因文以明道」）の「道」が韓愈の求めたほどに純一（排他的）なものかは、検討の余地もある。これが韓愈の門人で女婿でもある李漢になると、師の説に沿う「道」と「文」との関わりを提起するようになる。

文とは、道を究める道具である。道をよく理解しないで、これ（文）に習熟できようか。(3)

ここに至って、「文」は「道を究める」（原文「貫道」）手段としての地位を与えられる。韓愈の集の序でいわれる以上、この「道」が彼の希求したものであることは疑い得ない。

さらに時代が下ると、北宋・周敦頤《しゅうとんい》（一〇一七〜一〇七三）に「文は道を載せるもの」という発言が見られる。(4)「文」と「道」は不可分の存在だが、前者は後者を載せる車、つまり媒体としての地位に置かれる。周敦頤は後世より新たな儒学「道学」（朱子学はその一派）の開祖として仰がれる人物であり、その「道」が儒教のそれであることは、言を俟たない。この点は、仏教・道教の影響を排除することを唱えた韓愈も、全く等しい。唐宋間において、「文」は儒者の尊ぶ古えの聖人の「道」と密接に結合し、そこへの回帰が求められていく。

いま思想史や文学史の上で常識化した事柄を、敢えてたどり直してみた。この前提に基づきつつ、韓愈らの視点に立って陳子昂という人物に目を遣れば、どうなるだろうか。現代の文学史家が研究の材料とする詩文はさておき、陳子昂に本格的な哲学・文学論として受容されてきた文章は存在しない。後人が注目したのは、彼自身の作品ではなく、他者によって形成された陳子昂像の方であり、そこで大きな役割を果たしたのが、親友の盧蔵用であった。

第一章で論じたとおり、その文学は古えへの回帰を目指すものと規定されるし（「盧序」）、かつ王道・覇道を成し遂げる大要を論じるものと賞揚された（「別伝」）。これは韓愈らが考える「道」と「文」、そして「古」の理想的な在り方にごく近い。実際に先輩古文家の影響を受けた彼らを初めとする中唐の、例えば白居易（七七二〜八四六）なども含む文学者が陳子昂を肯定的に評価した様子は、第二章で検討することができた。晩唐・北宋初めを経て十一世紀中頃には、陳子昂はそういった従来ほどの高い評価を受けなくなる。唐代には敬意の対象だった陳子昂を尊ぶべき理由が宋人には乏しかったことに、それはよる。第三章で述べたことに付け加えれば、この現象は「古文復興運動」の完結と時期を同じくする。陳子昂が当該の運動において文学復興の偶像とされた事実を、この評価の変容は逆に証明しよう。

陳子昂自身の評価は、文学上の成就にほぼ見合うものになったとはいえ、彼をも利用して形作られた言説は、長く影響力を持ち続ける。例えば「古」を尊重する一環として、漢と唐との間に横たわる時代（特に南北朝、中でも後期）の文学を一概に評価しない議論は、その典型である。通常は文学史観の問題として処理されるこういった見解には、唐王朝を同じく統一安定期を現出させた漢王朝の後継者と見做す背景、数百年単位で歴史を大づかみにする視座が存在した。第四章では、陳子昂も関わった通史の撰述を通して、この様相を分析してみた。

さて、先学が喝破するとおり、前近代の中国人は「過去の生活は、常に現在の生活よりも、価値あるものと」いう意識の持ち主であり続けたように思われる。現に、「古」を尊重する記述は、唐代を俟たずとも、それこそ枚挙に遑ない。むしろ「古」に対する度を越した賛美を批判する言説の方が、古くはその間で異彩を放って見えた(5)。ただ、仮にそうだとすれば、韓愈たちが繰り返し復古を主張した理由は、どこに在るか。もちろん、実際に彼らの考える「道」が明らかになっていなかったのが、主な要因であろう。だが、そこには再び先学の言葉を借りれば、「古代を尊重し、現代を否定する思想が有力」となる「方向に一定したのは、宋以後のことであって、」「南北朝を中心として、上は後漢から唐初へかけての時代にあっては、こうした思想はむしろ弱められた」事情を見なければならない(6)。文学も、例外ではなかった。

いったい手押し車は天子の（豪華な）車の祖先だが、天子の車には手押し車の質朴さがあるだろうか。厚い氷は水の集積から成るが、水の集積には厚い氷の冷たさなど無い。（これは）どのようなわけか。思うに（それは車造りという）事柄を継いで華麗さを増し、（水の）本性を変えて冷たさを加えたからだ。事物がそうなのだから、文学も

そうであるはずだ。(文学は)時代に連れて変化し、(その様子は)言葉では尽くし難い。(7)

『文選』は詩文を対象とした、現存する中国最古の詞華集である。ここでは編纂を命じた昭明太子こと蕭統《しょうとう》(五〇一~五三一)が著した同書の序文から一部を挙げた。解釈は色々とあるだろうが、蕭統が文学の発展を肯定的に捉えたことは確かであろう。これは、「過去の生活は、常に現在の生活よりも、価値あるものと」いう古来の思潮(注6)と決して等しくはない。彼の考える発展がそうだったかはともかく、中国の文学は華麗な修辞、調和した音声を追求する美文の時代へとさらに突き進み、同じ傾向は唐代にも受け継がれていく。

かくて、これに反発する古文家の取るべき方向も決まることになる。思想上は古えの聖人の道に立ち返るため、文学上は修辞主義が横行する前に戻るため、遠い過去を肯定し、近い過去を否定することになる。その遠い過去が漢代(前二〇六~後二二〇)であり、近い過去が南朝(四二〇~五八九)及び北朝・隋(四三九~六一八)、また唐(六一八~九〇七)のある部分であった。魏・晋(二二〇~四二〇)をいずれに含めるかなど細部に異同はあるが、文学史を隆盛期・衰退期・復興期に三分して把握する例を、我々は前編で少なからず見てきた。こういった史観には、近い時代より遠い時代に価値を見出す通念と矛盾しないと同時に、現在を近い過去の弊風から復興する時期と規定して、そこに意義を見出せる利点があった。

このような文学史観は、五代(九〇七~九六〇)・北宋(九六〇~一一二七)を経て、前近代の中国ではごく普遍的となる。唐と同じく統一王朝の北宋において、唐宋の連続性を認めれば、本気で「現代を否定」するかはともかく、遠い「古代を尊重」して、南北朝という分裂期への眼差しは厳しくなる。ただでさえ古い文献が亡びる中で、宋人がこういった復古主義者の史観を選択した結果として、それと相容れない近い過去を肯定する、さらに進んで古人を乗り越えるように説く文学観を示す唐代の資料が失われたことは、想像に難くない。

曹植も先輩面を止めるし、張芝《ちょうし》も子孫（格下）ということになる。

杜甫のこの詩には、魏・曹植（一九二～二三二）と後漢・張芝（?～一九〇以降）の名が見える。古今に冠絶する詩人と書家も「先輩」（原文「前輩」）でいられず、「子孫」（後身）の立場に降るという古人の超越を述べるかの如きこの一聯の前に、実は次の詩句が見える。

（あなたの）草書は何と誠に古風なもので、詩の興趣には魂が籠められている。[8]

詩を贈られた対象の張彪が得意とした草書を「古」であると称し、その彼を褒めるために杜甫は古人をも超えるという表現を用いたのである。これは到底、「古」の超越を説く文脈とはいえない。

諸君、前代の曲を奏でるのは止めて、新たに作り直された「楊柳枝《ようりゅうし》」が歌われるのを聞きたまえ。
君、古い歌・古い曲を聞くのは止めよ、新たに作り直された「楊柳枝」を耳にしよう。[9]

劉禹錫《りゅううしゃく》（七七二～八四二）と白居易が唱和したこれらの詩は、「楊柳枝」と題する当時の新曲を主題とする。昔の作品など鑑賞するのは止めて、新しい作品を楽しもうと誘う呼び掛けも、感覚的かつ娯楽性の高い音楽という芸術ならではのことである。これに近い例が、文学に関してどれほどあるだろうか。いずれにせよ、ここに引いたのは詩歌、即ち断片的な記述でしかない。彼らのいう「古」も遠く漢代まで遡るといったものではあるまい。ただ、著名人の確実な詩文にこだわらなければ、次のような文章も見出される。

文学の誕生は、気を動かすことに始まる。気は心に生じ、心は言葉に表れ、耳に聞こえ、目に見え、紙に記録される。思いは通常の認識世界を超えて、古人を足元に見据え、天と海を胸中に取り込まねばならない。詩人の心遣いは、こうでなくてはならない[10]。

王昌齢《おうしょうれい》（六九八頃〜七五六?）が著したとされるが、疑義もある『詩格』（第八章「おわりに」、注83）から引用した。精神より発する、創作の過程が語られる。注目したいのは、「古人を足元に見据え」（原文「望古人於格下」）という一句である。もちろん、これは第一義的には、より古い創作論を踏まえて[11]、古今の万象に思いを馳せた精神状態で、作詩を進めることをいう。だがそうではあっても、「古人を格下に望む」というのは、先人を凌ぐ気構えを説く側面を持つのではないか。それというのも『詩格』と同じジャンルの書で、南朝の有力詩人「をも後輩扱いに」せよと作詩の心構えを述べた唐代の理論家がいたからである。「前代に（作詩について絶対的な）古人（など）は存在せず、（詩は）我が思いからのみ生まれ」、「詩というのは、古え（の作）に匹敵すれば見事なものだが、古えを写すことを立派だとするわけではない」とも、彼は述べる（第七章第六節、注37・38）。後編の主題に「詩格」を取り上げて、中でも本編とここに引く記述が伝わる皎然に着目したのは、復古主義者と一見相対するその主張が一因である。この意味で、彼が韓愈の批判する仏門に属していたことは興味深い[12]。

南北朝期以来の流れを承けた唐代では、詩文における対偶・声律の探求が、極めて盛んであった。考試自体だけではなく事前運動なども含めた科挙をめぐる事象は、作詩・作文法の知識化を促した。その中でマニュアルとして、「詩格」が発展を遂げる様子を第五節で略述した。続く第六章と第七章では、皎然が著した『詩式』の構造、彼の文学史観を各々主題とする。句単位を評価の対象とした『詩式』が、声価の確立しない近い時代の詩歌でも、能く批評の俎上に載せた事実は、同書の構造と皎然の詩歌史観との密接な関係を示す。第六章・第七章での分析結果を踏まえて、第八章ではその詩論と他の文学論との関わりを検討した。同時期の世評との関係、古文家の文論との相違はもとより、他の「詩格」との差も明らかになった。

第六章の「おわりに」で摘句と品第が詩歌を批評する手法の本流から外れた事実と併せて、「詩格」が「詩学文献としての主流の地位を詩話に譲り渡した」と述べた。ただし、これは「詩格」が北宋より後、姿を消したことを意味するのではない。実際はむしろ逆なのであり、「詩格」とは題さないにせよ、作詩・作文人口の増加に伴って、類似のマニュアルは少なからず世間に現れ続ける。唐・五代・北宋の「詩格」を多く含む『吟窓雑録』が南宋期（一二二七〜一二七六）に刊行されたことは、その一例であろう。第九章で見たとおり、営利の気味が濃い同書の出版を通じて、過去の「詩格」もなお享受されていたことが窺える。

盛・中唐の交代期を生きた古文家は形式に拘泥して、内容をなおざりにした（と彼らが思う）当時の文学に飽き足りず、それらを乗り越えるために復古を唱えた（第二章第三節）。これに対して、既存の作品から自由になれず、千篇一律と化した詩壇の現状を皎然が嘆いたことは、第七章第四節などで論じたところである。この嘆きが、彼に反復古的な詩論を展開させた最も大きな原因の一つと想像される。相反する文学観を持つかに見える両者が、同じ時期に理想の文学が存在しないと揃って述べる。これは、どう解釈されるべきか。皎然が論じる詩歌、古文家のいう「文章」（文学）などと対象の差として片付けられるものだろうか。

思うに、古文家と皎然は同じ事象に対して、是正の必要を感じたのではないか。その正されるべき点とは、詩文の没個性化と考えられる。復古主義者や皎然の持説を離れて、この頃の文学をめぐる状況を見渡せば、それは果たしてどのようなものだったか。通時的・共時的双方の意味で、マンネリズムの横行は彼らのいうとおりだと思われる。もっとも、歴代を通じて、それはありふれた事態である。大抵の知識人は疑問を抱かず、世の潮流に従い、時に古風、また今様にと何のこだわりも無く、自らに必須の教養として詩文を著していたであろう。「詩格」などによる作詩のマニュアル化も、こういった傾向と密接に関わる。

その中に在って、古文家と皎然は敢えて異議を申し立てた。彼らは詩文の有様を考察して、前者は「今」、後者は「古」の要素が過多であると結論を出した。そこで各々が持つ理想と相容れない要素に着目して、それの流行を誇張交じりに言い立てた観のあることは想像されてよい。第八章第四節の末尾でも触れたが、この点で早期の古文家と皎然の主張とに、実は大きな逕庭は無い。在るべからざる姿の文学を正すために選択する方途が、異なっただけといえる。

芸術諸分野での「古」と「今」の綱引きという現象は、歴史上で無数に演じられてきた。唐代の文学における両者のせめぎ合いがその中で特別な意味を持つとすれば、それは何か。初唐以前にも両者の相剋は存在しただろうが、資料上の制約もあって、実状は詳らかではない。盛唐以降の同様な事象は、最も早い顕著な例といえる。なぜ顕著かといえば、そこでの復古主義者が「古文復興運動」という中国古典文学史上で最大とされる潮流の担い手だったことによる。盧蔵用の形成した陳子昂像が、「復古」の開祖に祭り上げられる過程は、第一章・第二章で詳述した。第七章第二節で取り上げた皎然たちのこの偶像化への批判は些細なようで、彼らと復古主義者の軌跡が確かに交わっていたことを示す点で大きな意味を持つ。

古文家が目に見える形での勝者となったため、文学研究でも彼らの視点に立つ傾向が、嘗ては強かった。それに従えば、「今」へと趨った人々が幅を利かせる中で、古文家らは文学の復興に苦闘した、という文学史の見取り図が提起される。このような視座に立つならば、「今」に趨る側についても分析する必要はあろうが、それは資料不足の名目で等閑に附されてきた。表面には出にくい作詩法や具体的な批評の詳細を知るためにも、辛うじて残った「詩格」などの指南書が持つ意義は、極めて大きい。それのみならず、こういった単線的な概括に複線的な視座を導入する意味でも、皎然らの詩論は貴重なよすがとなってくれる。

その主題に合わせて、山林・日月・風光をありのままに捉えて、詩に詠み上げていく。（それは）水面に（映った）日や月を見るようなもので、文中で描かれるのは（水中の）映像、自然は実像で、対象物を明瞭に表し出す必要がある。

詩を作るには（心を）窮め尽くす必要があり、言葉が余っているのに詩興が途切れてはならず、言葉が終わっても詩情は続く必要がある。……また古詩（にいう）、「前に清らかな井戸があって、水に月がくっきりと映る」。これが言葉は終わっても詩情が尽きないというものである。

従ってその（盛唐詩の）絶妙な点は、透き通った煌めきで、捉えどころも無い。（それは）空間の音響、物の姿における色彩、水面の月、鏡に映る像のようなもので、言葉は終わっても詩情は限り無くたゆたう。(13)

順に『詩格』、白居易の名に仮託した晩唐・五代の『文苑詩格』（第五章第五節、注78）、『滄浪詩話』（十三世紀前半）の一節を引いた。『詩格』で実像に対する映像の例だった「水中の月」が、『文苑詩格』では尽きない詩情を漂わせるという詩句に見える。それが『滄浪詩話』に至って、捉えどころの無い、詩情の尽きせぬ詩歌の比喩に用いられる。もちろん、「水中の月」は仏典に頻出する言葉で、(14)これらが直接の関係を持つとは立証し難い。ただ、「詩格」と通底する叙述が、詩話の中で出色の作とされる『滄浪詩話』の、しかも最も名高い記述に見えるのは、注目に値する。「詩格」でなされた議論は、このように連綿と後世に受け継がれてゆく。皎然の見解を含めて、「詩格」が後の詩論に与えた影響は実に大きい。(15)

古来の権威ある通念として力を及ぼす復古主義を主線としながら、「詩格」などの実践的な創作論・批評が絡んで、唐代の文学理論は想像以上の多様性を有した。両極に位置するかに見える文学論を取り上げることで、このような図式を描ける可能性を示そうとした本書が所期の成果を収め得たかには、心許無い点もある。しかし、両者を併せて論じた試みは、従前の研究をいささか補正する側面を持つと信じている。「古」と「今」を基調にした文学論が軌跡を交えた跡を不明瞭にでも残す例は、嘗て無かった。「古文復興運動」との関連も含めて、盛・中唐の交代期に起きた両者の相関が文学史的に意義深いと総括される所以である。

注

（1）韓愈「原道」（『新刊五百家註音辯昌黎先生文集』巻十一）
曰、斯吾所謂道也、非向所謂老與佛之道也。堯以是傳之舜、舜以是傳之禹、禹以是傳之湯、湯以是傳之文武、周公、文武、周公傳之孔子、孔子傳之孟軻。軻之死、不得其傳焉。荀與揚也、擇焉而不精、語焉而不詳。由周公而上、上而爲君、故其事行、由周公而下、下而爲臣、故其説長。然則如之何其可也。曰、不塞不流、不止不行。人其人、火其書、廬其居、明先王之道以道之、鰥寡孤獨廢疾者、有養也、其亦庶乎其可也。

（2）『文心雕龍』「原道」
故知道沿聖以垂文、聖因文以明道、旁通而無滯、日用而不匱。

（3）唐・李漢「文集序」（『新刊五百家註音辯昌黎先生文集』序伝碑記）
文者、貫道之器也。不深於斯道、有至焉者不也。

（4）周敦頤『通書』「文辞」
文所以載道也。輪轅飾而人弗庸、徒飾也、況虚車乎。

（5）後漢・王充『論衡』「斉世」、東晋・葛洪『抱朴子』内篇「鈞世」が思想史上で注目されるのは、そこに見える昔と今の「世をひとしくする」（これらの「斉」・「鈞」は「均」と同意）種の見解が、当時は珍しかったためである。殊に、後者は内篇「尚博」でも同様の意見を示すが、その際に「古」を賞賛する説に続けて、それへの反論を展開する論法を取る。これは既存の詩論を引いた上で、反駁を繰り広げる皎然の手法（第八章「はじめに」、注1～4）と通じる。両者に共通する有力な思潮への対抗姿勢が、自由に批判を加えられる似通った方法を選ばせることになったのかもしれない。

（6）この段の記述は、多く吉川幸次郎一九四二〔同一九六八、二五〇～二六二頁〕に拠る。鉤括弧内の引用は同一九四二、七八一・七八九頁〔同一九六八、二五〇・二五六頁〕に見える。

（7）梁・蕭統「文選序」（『文選』巻首）
若夫椎［直追］輪爲大輅［音路］之始、大輅寧有椎輪之質、增冰爲積水所成、積水曾［作能］微增冰之凛［力錦］。何哉。蓋踵［音腫］其事而增華、變其本而加厲、物既有之、文亦宜然。隨時變改、難可詳悉。

（8）杜甫「寄張十二山人彪」（『杜工部集』巻十）
草書何太古［一云應甚苦］、詩興不無神。曹植休前輩、張芝更後身。
最後の句の解釈には諸説あるが、ひとまず本文に提示した方向で考えておく。

（9）劉禹錫「楊柳枝詞九首」一（『劉夢得文集』巻二十七）
請君莫奏前朝曲、聽唱新翻楊柳枝。
白居易「楊柳枝詞八首」一（『白氏文集』巻六十四）
古歌舊曲君休聽、聽取新翻楊柳枝

（10）『詩格』（『文鏡秘府論』南巻「論文意」所引）
夫文章興作、先動氣、氣生乎心、心發乎言、聞於耳、見於目、錄於紙。意須出萬人之境、望古人於格下、攢天海於方寸。詩人用心、當於此也。

（11）西晋・陸機「文賦」（『文選』巻十七）
觀古今於須臾、撫四海於一瞬。
『文心雕龍』「神思」
故寂然凝慮、思接千載、悄焉動容、視通萬里。

（12）盛・中唐の交代期、皎然を代表格として、俄に活動が注目されるようになった「詩僧」と呼ばれる作詩に携わる仏僧については市原亨吉一九五八、蔣寅二〇〇七、二九四～三四四頁、査明昊二〇〇八、王秀林二〇〇八参照。また、仏僧が仏学以外に励むことを可能にした隋唐期における戒律の変容に関しては、曹仕邦一九九四、一～一三頁に分析が見える。

（13）『詩格』（『文鏡秘府論』南巻「論文意」所引）
會其題目、山林、日月、風景爲眞、以歌詠之。猶如水中見日月、文章是景、物色是本、照之須了見其象也。

『文苑詩格』「語窮意遠」（『吟窓雑録』巻四）

爲詩須精搜、不得語剩而智窮、須令語盡而意遠。……又古詩：前有寒泉井、了然水中月。此語盡意未窮也。

南宋・厳羽『滄浪詩話』「詩辯」

故其妙處、透徹玲瓏、不可湊泊、如空中之音、相中之色、水中之月、鏡中之象、言有盡而意無窮。

『文苑詩格』に引く「古詩」の二句は現存の文献では、ここにしか見えず詳しくは分からない。なお厳羽に先立つ詩話に次のようにあって、『滄浪詩話』への影響も想像される。

南宋・姜夔『白石詩説』

語貴含蓄。東坡云、言有盡而意無窮者、天下之至言也。
（14）後秦・鳩摩羅什訳『大智度論』巻六「初品中・十喩釈論」
解了諸法如幻、如焰、如水中月、如虚空、如響、如揵闥婆城、如夢、如影、如鏡中像、如化。
（15）「風格」と称して詩風を分類・総括すること、「意」や「境」、「景」と「情」などといった詩学上の観念を用いることは、唐代に創始された詩歌批評の手法といえる。これらを扱う研究書に黄美鈴二〇〇九、蕭水順一九九三、黄景進二〇〇四がある。その中で皎然の詩論や「詩格」が果たした役割は大きく、後世に継承された側面も少なくない。また赤井益久二〇〇六〔同二〇一四、二四六～二六一頁〕も、この問題を論じる。

参考文献一覧

同じ人物による論著は発表年の古い順に配列。論文などについては雑誌・単行本の掲載頁を記す。

和文（著者・編者名五十音順）

愛甲弘志二〇〇六「中晩唐五代の詩格の背景について」『（京都女子大学）人文論叢』第五四号、一～三二頁

会田大輔二〇一一「日本における『帝王略論』の受容について—金沢文庫本を中心に—」神鷹徳治・静永健編『旧抄本の世界　漢籍受容のタイムカプセル』（アジア遊学一四〇）（勉誠出版）八九～九八頁

青木正児一九三五『支那思想　文学思想（上）』（岩波講座　東洋思潮第一二回配本）（岩波書店）

——一九六九『青木正児全集』第一巻（春秋社）

赤井益久一九九一「中唐の「意境説」をめぐって」『國學院雑誌』第九二巻第四号、一～一五頁

——二〇〇四『中唐詩壇の研究』（東洋学叢書）（創文社）

——二〇〇六「唐釈皎然の詩論について—中国詩学「景情交融」の主題に即して—」松浦友久博士追悼記念中国古典文学論集刊行会『松浦友久博士追悼記念中国古典文学論集』（研文出版）五七〇～五八六頁

――二〇〇八「例句集としての『詩式』を考えてみる」『中唐文学会報』第一五号、九三～九八頁
秋月観暎一九八七秋月観暎編『道教と宗教文化』（平河出版社）
浅見洋二二〇〇〇「標題の詩学―沈約、王昌齢、司空図、そして宋代の「著題」論を結ぶもの―」村上哲見先生古稀記念論文集刊行委員会編『中国文人の思考と表現』（汲古書院）一四九～一六八頁
――二〇〇八『中国の詩学認識―中世から近世への転換―』（創文社）
芦立一郎二〇〇三「詩式と復古」『山形大学紀要（人文科学）』第一五巻第二号、一八四～一七〇頁（逆頁）
荒木敏一一九五〇「北宋時代に於ける殿試の試題と其の変遷」羽田博士還暦記念会編『羽田博士頌寿記念東洋史論叢』（東洋史研究会）三七～四八頁
――一九六九『宋代科挙制度研究』（東洋史研究叢刊之二二）（東洋史研究会）
安東俊六一九六七「陳子昂の「感遇詩」を支える思想について」『中国文芸座談会ノート』第一六号、一～一五頁
――一九六八「陳子昂の詩論と作品」『九州中国学会報』第一四巻、四七～六二頁
――一九九六『杜甫研究』（風間書房）
池田温一九七八「敦煌本判集三種」末松保和博士古稀記念会編『古代東アジア史論集』下巻（吉川弘文館）四一九～四六二頁
市川任三一九六八「初学記成立考」『城南漢学』第一〇号、一二三～一三五頁
市來津由彦二〇〇八「朱熹『朱文公文集』跋文訳注稿（六）」『東洋古典学研究』第二六集、一八七～二〇五頁

市原亨吉一九五八「中唐初期における江左の詩僧について」『東方学報（京都）』第二八冊、二一九～二四八頁
――一九六三「唐代の「判」について」『東方学報（京都）』第三三冊、一一九～一九八頁
伊藤正文一九五九「盛唐詩人と前代の詩人（下）―盛唐に於ける文学論の一面―」『中国文学報』第一〇冊、一七～五一頁
――一九六一「捜玉小集について」『中国文学報』第一五冊、七四～一〇一頁
――一九六二「杜甫と元結「篋中集」の詩人たち」『中国文学報』第一七冊、一二三～一四七頁
――二〇〇二『建安詩人とその伝統』（東洋学叢書）（創文社）
稲葉一郎一九六三「史通浅説―唐代史官の史学理論―」『東洋史研究』第二二巻第二号、二八～六〇頁
――二〇〇六『中国史学史の研究』（東洋史研究叢刊之七〇）（京都大学学術出版会）
乾源俊二〇〇一「唐初の正史における文学史記述」『高知大国文』第三二号、八二～九七頁
――二〇〇二「初盛唐期における復古文学史観の形成過程」川合康三二〇〇二b、二九～六〇頁
――二〇一三「于頔「杼山集序」覚書」『（大谷大学）文芸論叢』第八〇号、一四一～一六五頁
――二〇一四乾源俊主編『詩僧皎然集注』（汲古書院）
井上進二〇〇二『中国出版文化史―書物世界と知の風景―』（名古屋大学出版会）
今枝二郎一九八七「司馬承禎について」秋月観暎一九八七、一七〇～一八九頁
植木久行一九八七「唐都青竜寺詩初探」秋月観暎一九八七、二二五～二四四頁
上田武二〇〇七『陶淵明像の生成　どのように伝記は作られたか』（茨城キリスト教大学言語文化研究所叢書）（笠間書院）

大渕貴之二〇一一「伝世過程における白氏六帖の部立て増修―『芸文類聚』『初学記』による山部門目の増修を中心として―」白居易研究会編集『白居易研究年報』第一二号（勉誠出版）二一三～二三四頁
――二〇一四『唐代勅撰類書初探』（研文出版）
小川環樹一九七五小川環樹編『唐代の詩人―その伝記―』（大修館書店）
小野四平一九九一a「唐代古文の源流―開元・天宝期を中心に―」『宮城教育大学紀要』第二五巻第一分冊（人文科学・社会科学）二八六～二四九頁（逆頁）
――一九九一b「梁粛から柳宗元へ―「唐代古文の源流」補説―」『集刊東洋学』第六六号、八三～一〇一頁
――一九九五『韓愈と柳宗元―唐代古文研究序説―』（汲古書院）
大内文雄一九九〇「中国仏教における通史の意識―歴代三宝記と帝王年代録―」『仏教史学研究』第三三巻第二号、一～三二頁
――二〇一三『南北朝隋唐期仏教史研究』（法蔵館）
大野修作一九九八「『述書賦』の性格―中唐期の書論―」松本肇・川合康三一九九八、三一一～三三五頁
――二〇〇一『書論と中国文学』（研文出版）
大野仁一九九三a「唐代の判文」滋賀秀三編『中国法制史―基本資料の研究』（東京大学出版会）二六三～二八〇頁
――一九九三b「白居易の判」太田次男他編集『白居易研究講座　第二巻　白居易の文学と人生Ⅱ』（勉誠社）三二一～三三〇頁
岡田充博一九八〇「中晩唐期に見られる詩文学への没頭的風潮について―詩人達の文学的自覚の問題を中

心としてー」『名古屋大学文学部研究論集』LXXVI（文学二六）二八四〜二五八頁（逆頁）
――――一九八九「《苦吟》前史ー初盛唐期の詩人達をめぐってー」『横浜国立大学人文紀要　第二類　語学・文学』第三六輯、一〇五〜一一八頁
尾崎康一九六九「通史の成立まで」『斯道文庫論集』第七輯、二九一〜三二二頁
甲斐雄一二〇〇八「「王状元」と福建ー南宋文人王十朋と『王状元集百家注東坡先生詩』の注釈者たちー」『中国文学論集』第三七号、六一〜七五頁
筧文生一九八一「張説の散文についてー唐代古文の源流ー」立命館大学人文学会一九八一、二三九〜二五二頁
――――一九八六「陳子昂の散文評価をめぐって」故神田喜一郎博士追悼中国学論集刊行会編『神田喜一郎博士追悼中国学論集』（二玄社）六六〜八一頁
――――二〇〇二『唐宋文学論考』（東洋学叢書）（創文社）
加藤国安二〇〇八「鄭谷「聊か子美の愁に同じ」論」『名古屋大学中国語学文学論集』第二〇輯、一二一〜一四二頁
加藤聰二〇〇一「唐代の斉梁体・斉梁格詩」『中国研究集刊』成号（第二八号）一一五〜一二九頁
金井之忠一九三九「劉秩遺説考」『文化』第六巻第一号、三五〜四八頁
――――一九四〇『唐代の史学思想』（教養文庫）（弘文堂書房）
金子修一二〇〇九「唐代詔勅文中の則天武后の評価について」『東洋史研究』第六八巻第二号、二一九〜二四九頁
金子眞也一九八五「『金針詩格』と『続金針詩格』」『中国語学』第二三二号、八〇〜八九頁

釜谷武志二〇〇〇「中国における文学史観の誕生」神戸大学文学部編集『五十周年記念論集』（『紀要』第二七号）（神戸大学文学部）五七七～五九六頁
神鷹徳治二〇一二「解題」神鷹徳治・山口謠司解題『白氏六帖事類集（三）』（古典研究会叢書　漢籍之部第四二巻）（汲古書院）三八五～四〇二頁
神塚淑子一九八二「司馬承禎『坐忘論』について―唐代道教における修養論―」『（東京大学東洋文化研究所）東洋文化』六二、二一三～二四二頁
川合康三一九九一「唐代文学」興膳宏編『中国文学を学ぶ人のために』（世界思想社）七八～一〇四頁
――一九九八a「唐代文学史の形成―新旧唐書の文学観の対比を手がかりに―」松本肇・川合康三一九九八、二七～五一頁
――一九九八b「唐代における文学史的思考（上）」『京都大学文学部研究紀要』第三七号、一～四四頁
――一九九九『終南山の変容―中唐文学論集』（研文出版）
――二〇〇二a「今、なぜ文学史か―序にかえて―」川合康三二〇〇二b、三～二七頁
――二〇〇二b川合康三編『中国の文学史観』（創文社）
河内昭円一九九七「李華年譜稿」『大谷大学真宗総合研究所研究紀要』第一四号、一～三三頁
神田喜一郎一九七二「梁肅年譜」東方学会編輯『東方学会創立二十五周年記念・東方学論集』（東方学会）二五九～二七四頁
――一九八三『神田喜一郎全集』第二巻（同朋舎出版）
岸田知子一九七六「文中子中説―成立についての思想史的考察―」木村英一博士頌寿記念会一九七六、四

六一～四七五頁
稀代麻也子二〇〇二「『宋書』謝霊運伝について―沈約『宋書』における表現者称揚の方法―」林田愼之助博士古稀記念論集編集委員会編『中国読書人の政治と文学』（創文社）一六六～一八四頁
――――二〇〇四『『宋書』のなかの沈約―生きるということ―』（汲古書院）
木村英一博士頌寿記念会一九七六木村英一博士頌寿記念会編『中国哲学史の展望と摸索』（創文社）
京都大学中国文学研究室二〇〇八京都大学中国文学研究室編『唐代の文論』（研文出版）
金程宇二〇一一「詩学と絵画―日中の唐代詩学文献『琉璃堂墨客図』をめぐって―」『学林』第五三・五四号、三一五～三四二頁
金文京二〇〇五a「南宋における儒仏道三教合一思想と出版―王日休「龍舒浄土文」と「速成法」を例として―」麥谷邦夫編『三教交渉論叢』（京都大学人文科学研究所）六五三～六八四頁
――――二〇〇五b「『事林広記』の編者、陳元靚について」『汲古』第四七号、四六～五一頁
楠山春樹一九七二「老子河上公注の成立」『早稲田大学大学院文学研究科紀要』第一八輯、一九～三四頁
――――一九七九『老子伝説の研究』（東洋学叢書）（創文社）
黑川洋一一九七〇「中唐より北宋末に至る杜甫の発見について」『四天王寺女子大学紀要』第三号、八一～一一二頁
――――一九七七『杜甫の研究』（東洋学叢書）（創文社）
桑原隲藏一九三五『唐宋時代に於けるアラブ人の支那通商の概況、殊に宋末の提挙市舶西域人蒲寿庚の事蹟』（岩波書店）
――――一九六八『桑原隲藏全集　第五巻　蒲寿庚の事蹟　考史遊記』（岩波書店）

胡山林一九九九「「方外十友」について」『中国文学論集』第二八号、一九～三四頁
小西甚一一九四八『文鏡祕府論考　研究篇』上（大八洲出版）
――一九五一『文鏡祕府論考　研究篇』下（大日本雄辯会講談社）
小南一郎一九八八「王度「古鏡記」をめぐって―太原王氏の伝承―」『東方学報（京都）』第六〇冊、一五九～一九七頁
――二〇一四『唐代伝奇小説論』（岩波書店）
興膳宏一九七九「詩品と書画論」『日本中国学会報』第三一集、一一九～一三三頁
――一九八〇「『宋書』謝霊運伝論をめぐって」『東方学』第五九輯、四四～六一頁
――一九八五「『文鏡秘府論』における『文心雕龍』の反映」古田敬一教授退官記念事業会『古田教授退官記念中国文学語学論集』（古田敬一教授退官記念事業会）七三六～七五〇頁
――一九八六a興膳宏訳注『弘法大師空海全集』第五巻（筑摩書房）
――一九八六b「王昌齢の創作論」岡村繁教授退官記念論集刊行会編『中国詩人論　岡村繁教授退官記念論集』（汲古書院）二八七～三〇七頁
――一九八八「文学理論史上から見た「文賦」」『未名』第七号、一二三～一三八頁
――一九九三a「《文芸学会公開講演会・講演筆録》日中秀句考」『（大谷大学）文芸論叢』第四〇号、三九～五六頁
――一九九三b「中国中世の美文読本―「帝徳録」について」『文体論研究』三九号、五～一〇頁
――一九九五a「皎然詩式の構造と理論」『中国文学報』第五〇冊、六八～八〇頁
――一九九五b『異域の眼―中国文化散策』（筑摩書房）二四六頁

―――一九九七「唐代詩論の展開における皎然詩式」『中国文学報』第五五冊、一～二〇頁
―――二〇〇〇興膳宏編『六朝詩人伝』（大修館書店）
―――二〇〇八a『新版中国の文学理論』（中国文学理論研究集成一）（清文堂出版）
―――二〇〇八b『中国文学理論の展開』（中国文学理論研究集成二）（清文堂出版）
小島浩之二〇〇〇「唐の玄宗―その歴史像の形成―」『古代文化』第五二巻第八号、六四～七〇頁
齋藤茂二〇〇二「孟郊と皎然」『集刊東洋学』第八七号、四二～五六頁
―――二〇〇八『孟郊研究』（汲古書院）
島一一九九七「中唐春秋学の形成」『東方学』第九三輯、四四～五八頁
―――二〇一三『唐代思想史論集』（中国芸文研究会）
島田修二郎一九五一「逸品画風について」『美術研究』第一六一号、二〇～四六頁
―――一九五七「李嗣真の画論書」神田博士還暦記念会編集『神田博士還暦記念書誌学論集』（平凡社）三八一～三九六頁
―――一九九三『中国絵画史研究』（島田修二郎著作集二）（中央公論美術出版）
清水茂一九九七「印刷術の普及と宋代の学問」東方学会編『東方学会創立五十周年記念東方学論集』（東方学会）七〇七～七一九頁
清水凱夫一九七六「文選編纂の周辺」『立命館文学』第三七七・三七八号、二〇七～二二七頁
―――一九八三「昭明太子「文選序」考」『学林』第二号、七五～九〇頁
―――一九八四「「文選」編纂の目的と選録基準」『学林』第四号、一～二六頁
―――一九九二「『文選』編纂に見られる文学観―「頌」・「上書」の選録を中心として―」『立命館文

学』第五二六号、三七一～三八七頁
――一九九四「顧農氏の反論に答え、併せて「新文選学」の課題と方法を論ず」『立命館文学』第五三七号、四一～七五頁
――一九九九『新文選学―『文選』の新研究―』(研文出版)
周雲喬二〇〇〇「唐代における茘枝の詩について」興膳教授退官記念中国文学論集編集委員会編『興膳教授退官記念中国文学論集』(汲古書院)三六八～三八二頁
末岡実一九八八「唐代「道統説」小考―韓愈を中心として―」『北海道大学文学部紀要』三六ノ一、二九～五四頁
鈴木修次一九七九「斉梁格・斉梁体について」加賀博士退官記念論集刊行会『加賀博士退官記念中国文史哲学論集』(講談社)四三三～四五三頁
鈴木虎雄二〇〇七鈴木虎雄著、興膳宏校補『駢文史序説』(研文出版)、旧版は鈴木虎雄『駢文史序説』(京都大学文学部研究室、一九六一年)
静嘉堂文庫一九三〇静嘉堂文庫編纂『静嘉堂文庫漢籍分類目録』(静嘉堂文庫)
――一九九二a靜嘉堂文庫編纂『静嘉堂文庫宋元版図録』図版篇(静嘉堂文庫)
――一九九二b靜嘉堂文庫編纂『静嘉堂文庫宋元版図録』解題篇(静嘉堂文庫)
妹尾達彦二〇〇七「世界史の時期区分と唐宋変革論」『(中央大学文学部)紀要』第二一六号(史学第五二号)一九～六八頁
副島一郎一九九三「宋人の見た柳宗元」『中国文学報』第四七冊、一〇三～一四五頁
――一九九五「『通典』の史学と柳宗元」『日本中国学会報』第四七集、七五～八九頁

――――二〇〇四「宋初の古文と士風―張詠を中心として―」『橄欖』vol.12、三九～六六頁
傍島史奈二〇〇六「詩禅間の矛盾と詩僧―皎然にみえる解決―」『中唐文学会報』第一三号、一四～三三頁
高木重俊一九八六「宋之問論（上）」『北海道教育大学紀要（第一部A）』第三七巻第一号、一～一六頁
――――一九九四「初唐詩人を巡る人々　Ⅱ　裴行倹―文芸と器識の問題を中心に―」『北海道教育大学紀要（第一部A）』第四四巻第二号、四七～六二頁
――――一九九五a「官人としての陳子昂―その上書を中心として」『中国文化―研究と教育―』一九九五（漢文学会会報五三号）一四～三一頁
――――一九九五b「陳子昂論―兼済と独善の間で―」『（北海道教育大学）人文論究』第六〇号、一三～三五頁
――――二〇〇五『初唐文学論』（研文出版）
――――二〇〇九『唐代科挙の文学世界』（研文選書一〇二）（研文出版）
高木正一一九六八「陳子昂と詩の革新」吉川教授退官記念事業会編『吉川博士退休記念中国文学論集』（筑摩書房）三五三～三七二頁
――――一九九九『六朝唐詩論考』（東洋学叢書）（創文社）
高崎直道一九六〇「華厳教学と如来蔵思想―インドにおける「性起」思想の展開―」中村元編『華厳思想』（法蔵館）二七七～三三二頁
――――一九八〇高崎直道訳『大乗仏典　第十二巻　如来蔵系経典』（中央公論社）、旧版は同（同、一九七五年）

――二〇一〇『高崎直道著作集　第六巻　如来蔵思想・仏性論Ⅰ』（春秋社）五四七頁
高橋善太郎一九六三「歴代名画記以前の画論画史の品第論―図画見聞誌に現われた郭若虚の画論（中）―」『（愛知県立女子大学・愛知県立女子短期大学）紀要』第一三輯、一～二八頁
瀧川政次郎一九四〇「龍筋鳳髄判について」『社会経済史学』第一〇巻第八号、一～二八頁
――一九四一ａ「文苑英華の判について（上）」『東洋学報』第二八巻第一号、一～三五頁
――一九四一ｂ「文苑英華の判について（下）」『東洋学報』第二八巻第二号、二二一～四五頁
竹田晃一九八六「品第と相互比較からの脱却―劉勰の文学評論の出発点―」伊藤漱平教授退官記念中国学論集刊行委員会編『伊藤漱平教授退官記念中国学論集』（汲古書院）三〇五～三二六頁
谷口鉄雄一九六六「書の品等論の成立について―虞龢の『論書表』を中心に―」『美学（季刊）』第六四号、一～九頁
――一九七三『東洋美術論考』（中央公論美術出版）
東方学研究論集刊行会二〇一四東方学研究論集刊行会編集『高田時雄教授退職記念東方学研究論集［日英文分冊］』（東方学研究論集刊行会）
戸川芳郎一九七六「帝紀と生成論」木村英一博士頌寿記念会一九七六、三四七～三八〇頁
――二〇〇二『漢代の学術と文化』（研文出版）
戸崎哲彦一九八六「中唐の新春秋学派について―その家系・著作・弟子を中心に―」『彦根論叢』第二四〇号、八七～一一〇頁
――一九九〇『唐代中期の文学と思想―柳宗元とその周辺―』（滋賀大学経済学部研究叢書第一八号）（滋賀大学経済学部）

内藤虎次郎一九一二『弘法大師の文芸』（六大新報社）
――一九二二「概括的唐宋時代観」『歴史と地理』第九巻第五号、一～一二頁
――一九四七『中国近世史』（弘文堂書房）
――一九六九a『内藤湖南全集』第八巻（筑摩書房）
――一九六九b『内藤湖南全集』第九巻（筑摩書房）
――一九六九c『内藤湖南全集』第一〇巻（筑摩書房）
中尾一成二〇〇〇「陳子昂「感遇詩」訳注（二）」『新生新語』第四号、七〇～二九頁（逆頁）
中澤希男一九六五「唐元兢著作考」『東洋文化』復刊第一一号（通刊第二四五号）一八～二九頁
――一九六八「賦譜校箋」『群馬大学教育学部紀要（人文・社会科学編）』第一七巻、二一七～二三三頁
――一九七七「王昌齢詩格考」二松學舍大学編集『二松學舍大学論集（昭和五十二年十月十日）』中国文学編（二松學舍大学）三三三～三五八頁
長澤規矩也一九七三長澤規矩也編『足利学校善本図録』（足利学校遺蹟図書館後援会）
中砂明徳二〇一二『中国近世の福建人　士大夫と出版人』（名古屋大学出版会）
中田勇次郎一九七八「逸格の芸術」『大手前女子大学論集』第一二号、一～一六頁
――一九八四『中田勇次郎著作集　心花室集』第一巻（二玄社）
永田知之二〇〇八「『文場秀句』小考――「蒙書」と類書と作詩文指南書の間」『敦煌写本研究年報』第二号、一一一～一三四頁
――二〇〇九「『杜家立成雑書要略』初探――敦煌書儀等との比較を通して」『敦煌写本研究年報』第三

号、三七～五七頁
――二〇一〇「書儀と詩格―変容する詩文のマニュアルとして」『敦煌写本研究年報』第四号、一一九～一四〇頁
――二〇一三「琉璃堂墨客図覚書―「句図」・詩人番付と日本伝存資料」『敦煌写本研究年報』第七号、九一～一一二頁
――二〇一四「『唐詩類選』雑考―類書と唐人選唐詩―」東方学研究論集刊行会二〇一四、一五三～一六三頁
――二〇一五「『文場秀句』補説―『敦煌秘笈』羽〇七二と『和漢朗詠集私注』」『敦煌写本研究年報』第九号、五七～七一頁
中村茂夫一九六四「斉梁時代の芸術思想―劉勰『文心雕龍』と、謝赫『画品』とをめぐって」『(京都女子大学)人文論叢』第九号、二三～一三五頁
――一九六五『中国画論の展開　晋唐宋元篇』(中山文華堂)
中森健二一九九七「王昌齢『詩格』考―「十七勢」について―」『高知大国文』第二七号、三二～五八頁
――二〇〇〇「唐皎然『詩式』考」立命館大学人文学会編『筧・松本教授退職記念中国文学論集』(『立命館文学』第五六三号)(立命館大学人文学会)二二三～二三七頁
西脇常記一九七六「劉知幾の歴史意識」『文明』第一六号、五五～七八頁
――二〇〇〇『唐代の思想と文化』(東洋学叢書)(創文社)
長谷部剛二〇一一「唐代における杜甫詩集の集成と流伝(一)」『関西大学文学論集』第六〇巻第四号、二一～四四頁

畑純生一九九九「中唐の選挙改革論―楊綰・賈至・沈既済・趙匡の議論―」『東洋史苑』第五四号、一～三八頁
花房英樹一九四九「白氏六帖に就いて」『漢文学紀要』第三冊、二八～四五頁
――一九六〇『白氏文集の批判的研究』（中村印刷出版部）
花房英樹・前川幸雄一九七七『元稹研究』（彙文堂書店）
林田愼之助一九七七「唐代古文運動の形成過程」『日本中国学会報』第二九集、一〇六～一二三頁
――一九七九『中国中世文学評論史』（東洋学叢書）（創文社）
――一九九八「唐僧皎然の詩論」日本中国学会創立五十年記念論文集編集小委員会編『日本中国学会創立五十年記念論文集』（汲古書院）九九九～一〇一八頁
――二〇〇一『中国文学　その心の風景』（創文社）
平岡武夫一九四四「尚書を続ける人人（中世篇）」『東方学報（京都）』第一四冊第三分、一五～六九頁
――一九五一『経書の伝統』（岩波書店）
――一九七六「二王の後―白氏文集を読む―」小尾博士退休記念論文集編集委員会編『小尾博士退休記念中国文学論集』（第一学習社）一～三〇頁
――一九九八『白居易―生涯と歳時記』（朋友叢書）（朋友書店）
深澤一幸一九八四「陳起「芸居乙稿」を読む」梅原郁編『中国近世の都市と文化』（京都大学人文科学研究所）一五三～一九八頁
福永光司一九七七「墨子の思想と道教―中国古代思想における有神論の系譜―」吉岡義豊博士還暦記念論集刊行会編集『吉岡博士還暦記念道教研究論集―道教の思想と文化―』（国書刊行会）一九～四一頁

――――一九八七『道教思想史研究』（岩波書店）
船津富彦一九五二「詩式校勘記」『東洋文学研究』第一号、八六～九七頁
――――一九五五ａ「金針詩格についての疑い」『東洋文学研究』第三号、八八～九三頁
――――一九五五ｂ「今本詩式についての疑」『日本中国学会報』第七集、六九～七七頁
――――一九五六「皎然の詩論とその原典批判（その二）」『東洋文学研究』第四号、一一二～一二五頁
――――一九八六『唐宋文学論』（汲古書院）
古川末喜一九七九ａ「選挙論からみた隋唐国家形成期の文学思想」『九州中国学会報』第二二巻、二六～三七頁
――――一九七九ｂ「初唐四傑の文学思想」『中国文学論集』第八号、一～二七頁
――――一九八〇「初唐歴史家の文学思想―太宗期編纂の前代史文苑伝序を中心に―」『中国文学論集』第九号、九～二九頁
――――一九八一「続・初唐歴史家の文学思想」『中国文学論集』第一〇号、一九～三九頁
――――一九八四ａ「六朝文学評論史上における声律論の展開―劉勰、鍾嶸を中心に―」『島根大学法文学部紀要・文学科編』第七号―Ｉ、三一～六七頁
――――一九八四ｂ「六朝文学評論史上における声律論の形成―沈約の四声応用説に至るまで―」『中国文学論集』第一三号、八二～一一一頁
――――一九九五「『文鏡秘府論』にみる四声律と平仄律」『（佐賀大学教養部）研究紀要』第二七巻、一三～二八頁
――――二〇〇三『初唐の文学思想と韻律論』（知泉書館）

古田敬一一九八二『中国文学における対句と対句論』(風間書房)
増田清秀一九五二「郭茂倩の楽府詩集編纂」『東方学』第三輯、六一～六九頁
――――一九七五『楽府の歴史的研究』(東洋学叢書)(創文社)
松本肇一九九一「柳宗元の文学論」『筑波中国文化論叢』一〇、一～三八頁
――――二〇〇〇『柳宗元研究』(東洋学叢書)(創文社)
松本肇・川合康三一九九八松本肇・川合康三編『中唐文学の視角』(創文社)
三木雅博二〇〇五「中国晩唐期の唐代詩受容と平安中期の佳句選―顧陶撰『唐詩類選』と『千載佳句』『和漢朗詠集』―」『国語と国文学』第八二巻第五号、六五～七六頁
三迫初男一九六五「文鏡秘府論の句端の説」『中国中世文学研究』第四号、一九～三三頁
道上克哉一九八一「陳子昂の交友関係―方外の十友をめぐって―」立命館大学人文学会一九八一、二一九～二三八頁
道坂昭廣二〇〇三「王楊盧駱の並称について」『京都大学総合人間学部紀要』第一〇巻、七五～八六頁
宮紀子二〇〇四「「混一彊理歴代国都之図」への道―十四世紀四明地方の「知」の行方―」藤井譲治・杉山正明・金田章裕編『絵図・地図からみた世界像』(京都大学大学院文学研究科二一世紀COEプログラム「グローバル化時代の多元的人文学の拠点形成」「十五・十六・十七世紀成立の絵図・地図と世界観」中間報告書)(京都大学大学院文学研究科)三～一一三頁
――――二〇〇六『モンゴル時代の出版文化』(名古屋大学出版会)
宮岸雄介二〇一〇「唐初における古文作家と駢儷文作家の古典観―陳子昂と劉知幾の後世評からの一考察―」『明治学院大学教養教育センター紀要カルチュール』第四巻第一号、一二一～一三六頁

村上哲見二〇〇〇『科挙の話　試験制度と文人官僚』（講談社学術文庫一四二六）（講談社）、旧版は同（講談社現代新書五九二）（講談社、一九八〇年）
目加田誠一九四九「詩格及び詩境について」『（九州文学会）文学研究』第三八輯、一〇七～一一九頁
――一九八五『中国文学論考　目加田誠著作集　第四巻』（龍渓書舎）
森博行一九八五「陳子昂「感遇」詩三十八首の世界」『中国文学報』第三六冊、一五～四六頁
――二〇〇二『詩人と涙―唐宋詩詞論―』（現代図書）
矢島玄亮一九八四『日本国見在書目録―集証と研究―』（汲古書院）
山本孝子二〇一四「『婚礼新編』巻之一所収「書儀」初探」東方学研究論集刊行会二〇一四、二八二～二九三頁
横山弘一九七六「『歳時雑詠』初探」『山辺道』第二〇号（中村忠行教授華甲記念）一二二～一六一頁
吉川幸次郎一九四二「支那に於ける古代尊重の思想」『支那学　第一〇巻　特別号　小島本田二博士還暦記念』七八一～七九七頁
――一九六八『吉川幸次郎全集』第二巻（筑摩書房）
吉川忠夫一九七〇「文中子考―とくに東皐子を手がかりとして―」『史林』第五三巻第二号、八七～一二〇頁
――二〇〇〇「唐代巴蜀における仏教と道教」吉川忠夫編『唐代の宗教』（朋友書店）一三三～一五七頁
立命館大学人文学会一九八一立命館大学人文学会編『白川靜博士古稀記念中国文史論集』（『立命館文学』第四三〇・四三一・四三二号）（立命館大学人文学会）

六地蔵寺一九八四六地蔵寺編纂、月本雅幸解題『文鏡祕府論』（六地蔵寺善本叢刊第七巻）（汲古書院）
和田英信一九九七「「古」と「今」の文学史─中国の文学史的思考─」『日本中国学会報』第四九集、二二四～二四八頁
───一九九九「中国の文学史的思考─『漢書』芸文志詩賦略、そして『宋書』謝霊運伝論─」『お茶の水女子大学人文科学紀要』第五二巻、三三～四七頁
───二〇一二『中国古典文学の思考様式』（研文出版）

中文（著者・編者名拼音順）

柏夷一九九二柏夷（Stephen Robert Bokenkamp）著、厳寿徵訳「《賦譜》略述」銭伯城主編『中華文史論叢』第四九輯（上海古籍出版社）一四九～一六四頁
北京図書館一九八七北京図書館編『北京図書館古籍善本書目』（書目文献出版社）
北京図書館金石組一九八九北京図書館金石組編『北京図書館蔵中国歴代石刻拓本匯編』第二〇冊（中州古籍出版社）
卞東波二〇〇五「李淑《詩苑類格》輯考」蔣寅・張伯偉主編『中国詩学』第一〇輯（人民文学出版社）一～一五頁
───二〇一三『宋代詩話与詩学文献研究』（南京大学中国詩学研究中心専刊・第二輯）（中華書局）
卞孝萱一九八〇『元稹年譜』（斉魯書社）
───一九八三「《唐詩類選》是第一部尊杜選本」『学林漫録』八集（中華書局）一一二～一一一頁
───一九八四「殷璠《丹陽集》輯校」『文史』第二三輯、三一一～三一五頁

――一九八六「《琉璃堂墨客図》残本考釈」『唐代文史論叢』（山西人民出版社）一八七～一九二頁
――二〇一〇a『卞孝萱文集』第一巻（鳳凰出版社）
――二〇一〇b『卞孝萱文集』第二巻（鳳凰出版社）
蔡振念二〇〇二『杜詩唐宋接受史』（五南図書出版公司）
曹仕邦一九九四『中国沙門外学的研究―漢末至五代』（中華仏学研究所論叢二）（東初出版社）
岑仲勉一九四六「陳子昂及其文集之事蹟」『輔仁学誌』第一四巻第一・第二合期、一四九～一七三頁
――一九四七a「唐集質疑」『国立中央研究院歴史語言研究所集刊』第九本、一～八二頁
――一九四七b「跋唐摭言（学津本）」『国立中央研究院歴史語言研究所集刊』第九本、二四三～二六四頁
――一九四八a「跋歴史語言研究所所蔵明末談刻及道光三讓本太平広記」『国立中央研究院歴史語言研究所集刊』第一二本、二八三～二九二頁
――一九四八b「翰林学士壁記注補」『国立中央研究院歴史語言研究所集刊』第一五本、四九～二二三頁
――一九五七『隋唐史』（高等教育出版社）
――二〇〇四a『唐人行第録（外三種）』（岑仲勉著作集五）（中華書局）
――二〇〇四b『郎官石柱題名新考訂（外三種）』（岑仲勉著作集七）（中華書局）
――二〇〇四c『岑仲勉史学論文集』（岑仲勉著作集一四）（中華書局）
陳必正二〇〇九『王昌齢詩論研究』（古典詩歌研究彙刊第五輯第八冊）（花木蘭文化出版社）
陳才智二〇〇二「《主客図》与元白詩派的成立」蔣寅・張伯偉主編『中国詩学』第七輯（人民文学出版社）

一一九～一三四頁
――二〇〇七『元白詩派研究』（中国社会科学院文学研究所学術文庫）（社会科学文献出版社）
陳翀二〇一〇「新校《白居易伝》及《白氏文集》佚文匯考―以日本中世古文献為中心」『文学遺産』二〇一〇年第六期、九～一九頁
陳飛二〇〇二『唐代試策考述』（中華書局）
陳榮捷二〇〇七『朱子新探索』（陳榮捷朱子系列叢書）（華東師範大学出版社）、旧版は同（台湾学生書局、一九八八年）
陳尚君一九八六a「李康成《玉台後集》輯目」中国唐代文学学会・西北大学中文系主辦『唐代文学論叢』総第七輯（陝西人民出版社）三四四～三五〇頁
――一九八六b「殷璠《丹陽集》輯考」中国唐代文学学会・西北大学中文系主辦『唐代文学論叢』総第八輯（陝西人民出版社）一六九～一九〇頁
――一九九二「唐人編選詩歌総集叙録」施議対・蔣寅主編『中国詩学』第二輯（南京大学出版社）八九～一〇九頁
――一九九七『唐代文学叢考』（唐研究基金会叢書）（中国社会科学出版社）
陳曦鐘一九八七「皎然詩論版本小議」『中国文学論集』第一六号、一～一〇頁
陳寅恪一九三九「劉復愚遺文中年月及其不祀祖問題」『国立中央研究院歴史語言研究所集刊』第八本第一分、一～一四頁
――二〇〇一『金明館叢稿初編』（生活・読書・新知三聯書店）
陳友琴一九六二陳友琴編『古典文学研究資料彙編』白居易巻（中華書局）

陳祖言一九八四『張説年譜』（中文大学出版社）
程千帆一九八〇『唐代進士行巻与文学』（上海古籍出版社）
――――二〇〇〇『程千帆全集』第八巻（河北教育出版社）
赤井益久二〇一四范建明訳『中唐文人之文芸及世界』（日本唐代文学研究十家）（中華書局）
鄧友民一九九二鄧友民主編『青龍寺』（香港大道文化有限公司、一九九二年）
丁瑜一九八五「宋刻珍本《禹貢論》《山川地理図》及其作者程大昌簡論」『文献』一九八五年第三期、七四～七七頁
杜徳橋・趙超一九九八（唐）丘悦撰、杜徳橋（Glen Dudbridge）・趙超輯校『三国典略輯校』（滄海叢刊史地類）（東大図書公司）
杜暁勤一九九六「従家学淵源看陳子昂的人格精神和詩歌創作」『文学遺産』一九九六年第六期、五一～六〇頁
――――二〇〇九『斉梁詩歌向盛唐詩歌的嬗変』（北京大学出版社）
――――二〇一一「盛唐〝斉梁体〟詩及相関問題考論」『北京大学学報（哲学社会科学版）』二〇一一年第二期、六二～七二頁
法蔵敦煌西域文献二〇〇二a上海古籍出版社・法国国家図書館編『法蔵敦煌西域文献』二四（敦煌吐魯番文献集成）（上海古籍出版社）
――――二〇〇二b上海古籍出版社・法国国家図書館編『法蔵敦煌西域文献』二六（敦煌吐魯番文献集成）（上海古籍出版社）
馮承基一九六五「古鏡記著成之時代及其有関問題」『国立台湾大学文史哲学報』第一四期、一五九～一七

二頁
――一九七五『小説后言』（縄武論学集）（長安出版社）
付興林二〇〇七『白居易散文研究』（中国社会科学博士論文文庫）（中国社会科学出版社）
傅璇琮一九九九『唐詩論学叢稿』（京華出版社）
――二〇〇〇a傅璇琮主編『唐才子伝校箋（第一冊）』（中華書局）、旧版は同（同、一九八七年）
――二〇〇〇b傅璇琮主編『唐才子伝校箋（第五冊）』（中華書局）、旧版は同（同、一九九五年）
――二〇〇三a『唐代詩人叢考』（中華学術精品）（中華書局）、旧版は同（同、一九八〇年）
――二〇〇三b『唐代科挙与文学』（陝西人民出版社）、旧版は同（唐代文学研究叢書）（同、一九八六年）
――二〇〇九傅璇琮主編『宋登科記考』（江蘇教育出版社）
傅璇琮・陳尚君・徐俊二〇一四傅璇琮・陳尚君・徐俊編『唐人選唐詩新編（増訂本）』（中華書局）、旧版は傅璇琮編撰『唐人選唐詩新編』（唐詩研究集成）（陝西人民教育出版社、一九九六年）
傅増湘一九八三『蔵園群書経眼録』（中華書局）
副島一郎二〇〇五王宜瑗訳『気与士風―唐宋古文的進程与背景』（日本宋学研究六人集）（上海古籍出版社）
甘生統二〇一二『皎然詩学淵源考論』（人民出版社）
郭紹虞一九三四『中国文学批評史』上冊（大学叢書）（商務印書館）
――一九八三厳羽著、郭紹虞校釈『滄浪詩話校釈』（中国古典文学理論批評専著選輯）（人民文学出版社）、旧版は同（同、一九六一年）

国立故宮博物院一九八三国立故宮博物院編輯『国立故宮博物院善本旧籍総目』（国立故宮博物院）
韓理洲一九八〇a「陳子昂詩文編年補正」『四川大学学報（哲学社会科学版）』一九八〇年第三期、四一～四八頁
――一九八〇b「陳子昂生卒年考辨」、『西北師範大学学報（人文社会科学版）』一九八〇年第四期、六八～七五・二〇頁
――一九八二a「歴代陳子昂《感遇》詩研究述評」『人文襍志』一九八二年第二期、一〇八～一一四頁
――一九八二b「歴代陳子昂評価述評」《社会科学戦線》編輯部編『古典文学論叢』第三輯（斉魯書社）、二八七～三一八頁
――一九八八『陳子昂研究』（上海古籍出版社）
韓理洲・劉玉珠一九八四「陳子昂研究資料選」『文学遺産』一九八四年第二期、一四二～一五六頁
何寄澎二〇一一『北宋的古文運動』（中華学術叢書）（上海古籍出版社）、旧版は同（幼獅文化事業公司、一九九二年）
何沢棠二〇〇九「《王状元集百家注分類東坡先生詩》考論」『中国典籍与文化』二〇〇九年第四期、七六～八三頁
洪業一九四〇「杜詩引得序」引得編纂処編『杜詩引得』第一冊（哈仏燕京学社）i-lxxxvi.
――一九八一『洪業論学集』（中華書局）
胡才甫一九三七胡才甫箋注『滄浪詩話箋注』（中華書局）
胡大浚・張春雯一九九六「梁粛年譜稿（上）」『甘粛社会科学』一九九六年第六期、四八～五一頁
胡可先一九九〇「唐人書中所見杜甫詩輯目」『杜甫研究学刊』一九九〇年第四期、三四～三九頁

――一九九三「《唐詩類選》選杜詩発微」『杜甫研究学刊』一九九三年第二期、三四～三九頁
――二〇〇一「論〝呉富体〟的特徴和影響」『江海学刊』二〇〇一年第三期、一五八～一六二頁
――二〇〇二「呉富体考論」傅璇琮主編『唐代文学研究』第九輯（広西師範大学出版社）一一二九～一四〇頁
――二〇〇三a『杜甫詩学引論』（安徽大学出版社）
――二〇〇三b『政治興変与唐詩演化』（中国社会科学出版社）
華文軒一九六四華文軒編『古典文学研究資料彙編』杜甫巻・上編・唐宋之部（中華書局）九九六頁
黄建輝二〇〇八「従〝終南捷径〟看唐宋両代隠逸観―兼論盧蔵用的隠居成敗」『漳州師範学院学報（哲学社会科学版）』二〇〇八年第一期、七五～七七頁
黄景進二〇〇四『意境論的形成：唐代意境論研究』（中国文学批評術語叢刊）（台湾学生書局）
黄美鈴二〇〇九『唐代詩評中風格論之研究』（古典詩歌研究彙刊第五輯第九冊）（花木蘭文化出版社）、旧版は同（文史哲学集成六七）（文史哲出版社、一九八二年）
黄永武一九八一黄永武主編『敦煌宝蔵』第一九冊（新文豊出版公司）
――一九八二黄永武主編『敦煌宝蔵』第二四冊（新文豊出版公司）
黄韻靜二〇〇六『南宋出版家陳起研究』（古典文献研究輯刊二編第二冊）（花木蘭文化出版社）
賈晋華一九八四「皎然論大暦江南詩人辨析」《文学評論叢刊》編輯部編『文学評論叢刊　古典文学専号』第二二輯（古典文学専号）、一三五～一五八頁
――一九九〇「皎然出家時間及仏門宗系考述」『厦門大学学報（哲学社会科学版）』一九九〇年第一期、一〇八～一一〇頁

――一九九二a「皎然非謝霊運裔孫考辨」『江海学刊』一九九二年第二期、一六九～一七〇頁
――一九九二b「蜀文化与陳子昂、李白」中国唐代文学学会・西北大学中文系・広西師範大学出版社主編『唐代文学研究』第三輯（広西師範大学出版社）一六二～一八五頁
――一九九二c『皎然年譜』（廈門大学出版社）
――二〇〇一『唐代集会総集与詩人群研究』（北京大学出版社）
蒋寅二〇〇七『大暦詩人研究』（北京大学出版社）、旧版は同（中国社会科学院青年学者文庫）（中華書局、一九九五年）
金程宇二〇一二「詩学与絵画—中日所在唐代詩学文献《琉璃堂墨客図》新探」『文芸研究』二〇一二年第七期、五二～六〇頁
金文京二〇〇二「南戯中的婚変故事和南宋状元文化」《中華戯曲》編輯部編『中華戯曲』第二七輯（文化芸術出版社）、六四～七三頁
金子修一二〇〇八「関於唐朝詔勅中則天武后之評価」黄寛重主編『基調与変奏：七至二十世紀的中国　第三冊　政治　外交　軍事』（国立政治大学歴史学系・中国史学会（日本）・中央研究院歴史語言研究所）二九～四〇頁
酈健行一九九五「《本事詩》中李白論詩一段文字可信性的考察」茆家培・李子龍主編『謝朓与李白研究』（人民文学出版社）三三七～三五二頁
――二〇〇二『詩賦合論稿』（江蘇古籍出版社）
李春梅二〇〇四「陳応行」曹棗荘主編『中国文学家大辞典』宋代巻（中華書局）四八九頁
李福標二〇一一『皮陸年譜』（中山大学学術叢書）（中山大学出版社）

李建崑一九九二「皎然与呉中詩人之往来関係考」中国古典文学研究会主編『古典文学』第一二集（台湾学生書局）九一～一一四頁
――二〇〇五『中晩唐苦吟詩人研究』（秀威資訊科技公司）
――二〇〇七『敏求論詩叢稿』（秀威資訊科技公司）
李盛鐸一九八五張玉範整理『木犀軒蔵書題記及書録』（北京大学出版社）
李小成二〇〇八『文中子考論』（上海古籍出版社）
李一飛一九九四「《因話録》作者趙璘的生卒与仕履」『文献』一九九四年第四期、二七八～二八〇頁
李裕民二〇〇五『四庫提要訂誤（増訂本）』（中華書局）
李遠国一九九一「墨家与道教」『孔子研究』一九九一年第四期、一九～二六頁
李珍華・傅璇琮一九八八「談王昌齢的《詩格》――一部有争議的書」『文学遺産』一九八八年第六期、八五～九七頁
李之亮二〇〇一『宋福建路郡守年表』（巴蜀書社）
李壮鷹二〇〇三皎然著、李壮鷹校注『詩式校注』（中国古典文学理論批評専著選輯）（人民文学出版社）、旧版は同（斉魯書社、一九八六年）
廖宜方二〇一一『唐代的歴史記憶』（国立台湾大学叢刊一四〇）（国立台湾大学出版中心）
凌朝棟二〇〇五『文苑英華研究』（上海古籍出版社）
凌郁之二〇〇〇「句図論考」『文学遺産』二〇〇〇年第五期、四一～四九頁
劉石一九八八「陳子昂新論」『文学評論』一九八八年第二期、一三一～一三七頁
――一九九四「文学価値与文学史価値的不平衡性――陳子昂評価的一箇新角度」『文学遺産』一九九四年第

二期、三三一～三八頁
――二〇〇三『有高楼雑稿』（新清華文叢）（商務印書館）
劉衛林二〇〇四「皎然天機説与中晩唐詩論的禅玄互補」劉楚華主編『唐代文学与宗教』（香港浸会大学人文中国学術叢書）（中華書局（香港））二三五～二五八頁
劉真倫二〇〇四『韓愈集宋元伝本研究』（唐研究基金会叢書）（中国社会科学出版社）
――二〇一〇「皇甫湜行年考」《古籍研究》編輯部編輯『古籍研究』二〇〇九巻・上下（安徽大学出版社）三九一～四〇一頁
柳建鈺二〇一四「国図蔵孤本文献《婚礼新編》初探」『蘭台世界』二〇一四年第一期、九八～九九頁
盧盛江二〇〇三「《文筆式》年代考」『文史』二〇〇三年第一輯（総第六二輯）一〇二～一一一頁
――二〇〇九「皎然《詩議》考」『南開学報（哲学社会科学版）』二〇〇九年第四期、九六～一〇七頁
――二〇一一「《四声指帰》与唐前声病説」『北京大学学報（哲学社会科学版）』二〇一一年第二期、七三～八二頁
――二〇一三『文鏡秘府論研究』（人民文学出版社）
逯欽立一九八三逯欽立輯校『先秦漢魏晋南北朝詩』（中華書局）
呂博二〇一二「唐代徳運之争与正統問題―以〝二王三恪〟為線索」『中国史研究』二〇一二年第四期、一一五～一四一頁
呂光華二〇〇五『今存十種唐人選唐詩考』（古典文献研究輯刊初編第三四冊）（花木蘭文化工作坊）
呂玉華二〇〇四『唐人選唐詩述論』（文史哲大系一八一）（文津出版社）
羅根沢一九三五「文筆式甄微」『国立中山大学文史学研究所月刊』第三巻第三期、八三～九〇頁

――一九五七a『中国文学批評史』一（古典文学出版社）、後半部の旧版は『魏晋六朝文学批評史』（中央大学文学叢書）（商務印書館、一九四三年）
――一九五七b『中国文学批評史』二（古典文学出版社）、旧版は『隋唐文学批評史』（中央大学文学叢書）（商務印書館、一九四三年）、『晩唐五代文学批評史』（中央大学文学叢書）（商務印書館、一九四五年）
羅国威二〇〇六羅国威校点「陳応行」曹棗荘・劉琳主編『全宋文』第二七四冊（上海辞書出版社・安徽教育出版社）四一七～四一九頁
羅立剛二〇〇五『史統、道統、文統―論唐宋時期文学観念的転変』（東方出版中心）
羅聯添一九七四「独孤及考証」『大陸雑誌』第四八巻第三期、二一～四二頁
――一九八六『唐代詩文六家年譜』（学海出版社）
羅庸一九三六「陳子昂年譜」『国立北京大学国学季刊』第五巻第二号、八五～一一七頁
駱建人一九九〇『文中子研究』（台湾商務印書館）
馬歌東二〇〇三「中日秀句文化淵源考論―以唐詩的秀句伝承及其域外影響為中心」『陝西師範大学学報（哲学社会科学版）』二〇〇三年第二期、八三～九一頁
――二〇一一『日本漢詩溯源比較研究』（長安文化与中国文学研究）（商務印書館）、旧版は同（中国社会科学出版社、二〇〇四年）
馬其昶一九八七韓愈撰、馬其昶校注、馬茂元整理『韓昌黎文集校注』（上海古籍出版社）、旧版は馬通伯（馬其昶）校注『韓昌黎文集校注』（古典文学出版社、一九五七年）
孟二冬二〇〇三〔清〕徐松撰、孟二冬補正『登科記考補正』（北京燕山出版社）

孟二冬・耿琴一九九五「皎然〝復古通変〟論」『安徽師大学報（哲学社会科学版）』一九九五年第一期、八六～九一頁
潘重規一九六二「隋劉善経四声指帰定本箋」『新亜書院学術年刊』第四期、三〇七～三二五頁
潘呂棋昌一九八三『蕭穎士研究』（文史哲学集成九九）（文史哲出版社）
裴斐・劉善良一九九四裴斐・劉善良編『李白資料彙編』金元明清之部（古典文学研究資料彙編）（中華書局）
彭慶生一九八一彭慶生注釈『陳子昂詩注』（四川人民出版社）
亓婷婷一九九一「陳子昂評価問題析論」『国文学報』第二〇期、一四五～一七二頁
斉濤・馬新一九九八『劉晏 楊炎評伝』（中国思想家評伝叢書六四）（南京大学出版社）
齊益壽一九九三「皎然《詩式》論用事初探」王叔岷先生八十寿慶論文集編輯委員会編『王叔岷先生八十寿慶論文集』（大安出版社）九一一～九三〇頁
銭鍾書二〇〇一『管錐編（三）』（銭鍾書集）（生活・読書・新知三聯書店）、旧版は『管錐編』（中華書局、一九七九年）
銭仲聯一九八四韓愈撰、銭仲聯集釈『韓昌黎詩繫年集釈』（中国古典文学叢書）（上海古籍出版社）、旧版は同（古典文学出版社、一九五七年）
清室善後委員会一九二五清室善後委員会編『故宮物品点査報告　第一編第三冊　昭仁殿弘徳殿端凝殿』（故宮叢刊）（清室善後委員会）
清水茂二〇〇三蔡毅訳『清水茂漢学論集』（世界漢学論叢）（中華書局）
屈守元・常思春一九九六屈守元・常思春主編『韓愈全集校注』（四川大学出版社）

瞿林東一九八五「唐代史家的通史撰述―兼論中国史学発展中的一個転折―」『北京師範大学学報（社会科学版）』一九八五年第三期、二〇～二九頁

――――一九八九「中唐史学発展的幾種趨勢」『史学月刊』一九八九年第一期、二三～三〇頁

――――二〇一五『唐代史学論稿（増訂本）』（高等教育出版社）、旧版は『唐代史学論稿』（北京師範大学出版社、一九八九年）

饒宗頤一九七七『中国史学上之正統論―中国史学観念探討之一―』（龍門書店）

――――二〇〇三《饒宗頤二十世紀学術文集》編輯委員会主編『饒宗頤二十世紀学術文集』第八冊（新文豊出版公司）

栄新江一九九四『英国図書館蔵敦煌漢文非仏教文献残巻目録（S六九八一―S一三六二四）』（香港敦煌吐魯番研究中心叢刊之四）（新文豊出版公司）

上海図書館二〇一〇上海図書館編『上海図書館蔵宋本図録』（上海古籍出版社）

申建中一九九二「評皎然的〝復古通変〟説」『内蒙古師大学報（哲学社会科学版）』一九九二年第三期、六一～七〇頁

施子愉一九五七「柳宗元年譜」『武漢大学人文科学学報』一九五七年第一期、九一～一五四頁

――――一九五八『柳宗元年譜』（湖北人民出版社）

束景南二〇一四『朱熹年譜長編（増訂本）』（華東師範大学出版社）、旧版は『朱熹年譜長編』（同、二〇〇一年）

四庫全書存目叢書一九九七四庫全書存目叢書編纂委員会編纂『四庫全書存目叢書』集部四一五（荘厳文化事業公司）

孫桂平二〇一二『唐人選唐詩研究』（集美大学大学院行健学術叢書）（中国社会科学出版社）
孫望一九三八「篋中集作者事輯」『金陵大学金陵学報』第八巻第一・二期合刊、三七～六六頁
――一九五七a『元次山年譜』（古典文学出版社）
――一九五七b「王度考〔上〕」『学術月刊』一九五七年第三期、五三～五八頁
――二〇〇二『孫望選集』（随園文庫）（南京師範大学出版社）
孫望・郁賢皓一九九四孫望・郁賢皓主編『唐代文選』（江蘇古籍出版社）
孫正軍二〇一二「二王三恪所見周唐革命」『中国史研究』二〇一二年第四期、九七～一一三頁
湯華泉一九九六「范攄二考」『文献』一九九六年第一期、二四五～二四九頁
――二〇〇八『唐宋文学文献研究叢稿』（安徽大学出版社）
唐雯二〇一二『晏殊《類要》研究』（中古中国知識・信仰・制度研究書系）（上海古籍出版社）
陶敏・傅璇琮二〇一二『新編唐五代文学編年史』【初盛唐巻】（遼海出版社）、旧版は『唐五代文学編年史』【初盛唐巻】（同、一九九八年）
陶敏・李一飛・傅璇琮二〇一二『新編唐五代文学編年史』【中唐巻】（遼海出版社）、旧版は『唐五代文学編年史』【中唐巻】（同、一九九八年）
陶敏・易淑瓊二〇〇一沈佺期・宋之問撰、陶敏・易淑瓊校注『沈佺期宋之問集校注』（中国古典文学基本叢書）（中華書局）
汪習波二〇〇五『隋唐文選学研究』（上海古籍出版社）
王定璋一九九二王定璋校注『銭起詩集校注』（両浙作家文叢）（浙江古籍出版社）
王歓二〇〇八「〝隠〟与〝仕〟的交織―論盧蔵用的思想」『武夷学院学報』第二七巻第一期、八七～八九頁

王利器一九八三弘法大師原撰、王利器校注『文鏡秘府論校注』（中国社会科学出版社）
――一九八九「杜正倫《文筆要決》校箋」北京大学中国中古史研究中心編『紀念陳寅恪先生誕辰百年学術論文集』（北京大学出版社）七五～九四頁
――一九九一『文筆要決校箋』（貫雅文化事業公司）
王夢鷗一九七七『初唐詩学著述考』（台湾商務印書館）
――一九八三「晩唐挙業与詩賦格様」『東方雑誌』復刊第一六巻第九期、五〇～五五頁
――一九八四『古典文学論探索』（正中書局）
――一九八五「唐「詩人主客図」試析」『中央日報』三月二一日・二八日
――一九八七『伝統文学論衡』（文化叢書六九）（時報文化出版企業公司）
――一九八九「唐詩人孟雲卿生平試探」『輔仁学誌（文学院之部）』第一八期、三一～四六頁
王佺二〇一一『唐代干謁与文学』（中華書局）
王士祥二〇一二『唐代試賦研究』（文史哲研究叢刊）（上海古籍出版社）
王秀林二〇〇八『晩唐五代詩僧群体研究』（華林博士文庫八）（中華書局）
王勛成二〇〇一『唐代銓選与文学』（中華書局）
王運熙一九五七「陳子昂和他的作品」文学遺産増刊編輯部編『文学遺産増刊』四輯（作家出版社）九二～一二一頁
――二〇一二『王運熙文集』二（上海古籍出版社）
王運熙・楊明一九九四『隋唐五代文学批評史』（中国文学批評通史之三）（上海古籍出版社）
王兆鵬二〇〇四『唐代科挙考試詩賦用韻研究』（斉魯書社）

魏詩盈一九九九「陳子昂文学史評価析論」（国立清華大学中国文学系碩士論文）
翁方綱二〇〇〇『翁方綱纂四庫提要稿』（上海科学技術文献出版社）
呉鳳梅一九七九「王昌齢詩格之研究」（国立政治大学国文学研究所碩士論文）
呉其昱一九六六「燉煌本故陳子昂集残巻研究（附影印燉煌本）」香港大学中文系主編『香港大学五十週年紀念論文集』第二冊（香港大学中文系）二四一～三〇三頁
呉文治一九六四呉文治編『古典文学研究資料彙編』柳宗元巻（中華書局）
――一九八三呉文治編『韓愈資料彙編』（古典文学研究資料彙編）（中華書局）
呉在慶・傅璇琮二〇一二『新編唐五代文学編年史』【晩唐巻】（遼海出版社）、旧版は『唐五代文学編年史』【晩唐巻】（同、一九九八年）
浯渓文物管理処二〇〇九浯渓文物管理処編『湖湘碑刻二　浯渓巻』（湖湘文庫（乙編））（湖南美術出版社）
蕭麗華二〇一〇「全唐五代僧人詩格的詩学意義」『台大仏学研究』第二〇期、九九～一二九頁
――二〇一二『「文字禅」詩学的発展軌跡』（典範集成・文学七）（新文豊出版公司）
蕭水順一九九三『従鍾嶸詩品到司空詩品』（文史哲学集成二七五）（文史哲出版社）
蕭偉韜二〇一一『元和五大詩人年譜合訂辨正』（学苑出版社）
蕭占鵬一九八九「皎然詩論与韓孟詩派詩歌思想」『文学遺産』一九八九年第四期、三八～四五頁
――一九九九『韓孟詩派研究』（南開博士論叢）（南開大学出版社）
蕭占鵬・李勃洋二〇〇三（唐）沈亜之著、蕭占鵬・李勃洋校注『沈下賢集校注』（南開大学出版社）
謝海平一九八六「銭起事蹟及其詩繫年考述」『中華学苑』第三四期、八三～一八九頁
――一九九六a『唐代文学家及文献研究』（麗文文化事業公司）

――一九九六b「浅論唐代早期古文家的史学素養」王夢鷗教授九秩寿慶論文集編輯委員会『王夢鷗教授九秩寿慶論文集』（国立政治大学中国文学系）三九九〜四一三頁

謝水順・李埏一九九七『福建古代刻書』（福建文化叢書）（福建人民出版社）

謝思煒一九九五「明刻本《白氏策林》考証」『北京師範大学学報（社会科学版）』一九九五年第三期、三二〜四〇頁

――一九九七『白居易集綜論』（唐研究基金会叢書）（中国社会科学出版社）

興膳宏一九九三c「《帝徳録》以及駢文創作理論管窺」『中国文哲研究通訊』第三巻・第四期、一三〜二〇頁

徐規二〇〇三『王禹偁事迹著作編年』（浙大学術精品文叢）（商務印書館）、旧版は同（中国社会科学出版社、一九八二年）

徐俊一九九二「敦煌本《珠英集》考補」『文献』一九九二年第四期、一七〜二五頁

――二〇〇〇徐俊纂輯『敦煌詩集残巻輯考』（中華書局）

徐文茂二〇〇二『陳子昂論考』（上海古籍出版社）

許連軍二〇〇七『皎然《詩式》研究』（中華文史新刊）（中華書局）

許清雲一九七八「現存唐人詩格著述初探」（東呉大学中国文学研究所碩士論文）

――一九八四『皎然詩式輯校新編』（文史哲学集成九六）（文史哲出版社）

――一九八七「皎然詩式的寫作背景和理論淵源」『銘伝学報』第二四期、二四三〜二五九頁

――一九八八『皎然詩式研究』（文史哲学集成一八〇）（文史哲出版社）

続修四庫全書二〇〇二《続修四庫全書》編纂委員会編『続修四庫全書』一六九四（上海古籍出版社）

嚴耕望一九五六『唐僕尚丞郎表』（中央研究院歴史語言研究所専刊之三六）（中央研究院歴史語言研究所）
楊海崢二〇〇三『漢唐《史記》研究論稿』（中国典籍与文化研究叢書第一輯）（斉魯書社）
楊明一九九三「浅論張為的《詩人主客図》」『文学遺産』一九九三年第五期、五一～五七頁
――二〇〇五『漢唐文学辨思録』（上海古籍出版社）
尹協理・魏明一九八四『王通論』（中国社会科学出版社）
英蔵敦煌文献一九九四中国社会科学院歴史研究所・中国敦煌吐魯番学会敦煌古文献編輯委員会・英国国家図書館・倫敦大学亜非学院編『英蔵敦煌文献（漢文仏経以外部份）』第一〇巻（四川人民出版社）
――一九九五中国社会科学院歴史研究所・中国敦煌吐魯番学会敦煌古文献編輯委員会・英国国家図書館・倫敦大学亜非学院編『英蔵敦煌文献（漢文仏経以外部份）』第一二巻（四川人民出版社）
余翔・林国良二〇一一「二一世紀初皎然研究綜述」『貴州社会科学』二〇一一年第一〇期、一〇三～一〇七頁
兪鋼二〇〇四『唐代文言小説与科挙制度』（上海古籍出版社）
岳珍一九八九「陳子昂集版本考述」『四川図書館学報』一九八九年第三期、六一～六七・七二頁
――二〇〇二「宋詩話《筆墨間録》輯考」『文献』二〇〇二年第四期、一〇六～一一六頁
――二〇一〇『音楽与文献論集』（華中科技大学出版社）
査明昊二〇〇八『転型中的唐五代詩僧群体』（上海青年出版人学術叢書）（華東師範大学出版社）
詹杭倫・李立信・廖國棟二〇〇五『唐宋賦学新探』（万巻楼図書公司）
張伯偉一九九〇「摘句論」『文学評論』一九九〇年第三期、一二八～一三四頁
――一九九一「略論仏学対晩唐五代詩格的影響」銭伯城主編『中華文史論叢』第四八輯（上海古籍出版

社）五七～七七頁
――一九九四ａ「全唐五代詩文賦格存目考」南京大学古典文献研究所『古典文献研究（一九九一～一九九二）』（南京大学出版社）八〇～八七頁
――一九九四ｂ「唐五代詩格叢考」『文献』一九九四年第三期、四六～六一頁
――一九九四ｃ「古代文論中的詩格論」『文芸理論研究』一九九四年第四期、六二～七一頁
――一九九五「論《吟窓雑録》」『中国文化』第一二期、一六五～一七四頁
――一九九九『鍾嶸詩品研究』（南京大学学術文庫）（南京大学出版社）、旧版は同（当代国学叢刊）（同、一九九三年）
――二〇〇〇ａ『中国詩学研究』（遼海出版社）
――二〇〇〇ｂ「唐代文章論略説」『漳州師範学院学報（哲学社会科学版）』二〇〇〇年第二期、二五～三二頁
――二〇〇二ａ『全唐五代詩格彙考』（江蘇古籍出版社）、旧版は『全唐五代詩格校考』（唐詩研究集成）（陝西人民教育出版社、一九九六年）
――二〇〇二ｂ『中国古代文学批評方法研究』（中華書局）
――二〇〇四「仏経科判与初唐文学理論」『文学遺産』二〇〇四年第一期、六〇～七〇頁
――二〇〇六「論唐代的規範詩学」『中国社会科学』二〇〇六年第四期、一六七～一七七頁
――二〇〇八『禅与詩学（増訂版）』（中国古典文学研究叢書）（人民文学出版社）、旧版は『禅与詩学』（同、一九九二年）
張忱石一九八六「点校説明」（唐）許嵩撰、張忱石点校『建康実録』（中華書局）一～三三頁

張海鷗二〇〇七「従秀句到句図」『文学評論』二〇〇七年第五期、一二四～一三一頁
張健二〇〇一張健編著『元代詩法校考』（文学論叢）（北京大学出版社）
――二〇〇四「魏慶之及《詩人玉屑》考」香港浸会大学《人文中国学報》編輯委員会編『人文中国学報』第一〇期（上海古籍出版社）一二三～一六七頁
――二〇一二〔宋〕厳羽著、張健校箋『滄浪詩話校箋』（中国古代文学批評要籍叢書）（上海古籍出版社）
張少康二〇〇二陸機著、張少康集釈『文賦集釈』（中国古典文学理論批評専著選輯）（人民文学出版社）、旧版は同（上海古籍出版社、一九八四年）
――一九九四「皎然《詩式》版本新議」袁行霈主編『国学研究』第二巻（北京大学出版社）一三一～一四二頁
――一九九五「関於〈吟窓雑録〉及其版本問題（附校記）」『中国文学報』第五一冊、二八～六八頁
――一九九九『夕秀集』（華文出版社）
張希清一九八九「論宋代科挙中的特奏名」鄧広銘・漆俠等主編『宋史研究論文集　一九八七年年会編刊』（河北教育出版社）七七～九三頁
――二〇〇三張希清・陳高華・宋徳金主編『中国考試史文献集成　第三巻（宋）第四巻（遼金元）』（高等教育出版社）
――二〇〇四陳高華・宋徳金・張希清主編『中国考試通史　巻二【宋遼金元】』（首都師範大学出版社）
張錫厚一九九四「敦煌本《故陳子昂集》補説」『敦煌学輯刊』一九九四年第二期、三〇～四一頁
――一九九五『敦煌本唐集研究』（敦煌叢刊二集四）（新文豊出版公司）
張心澂一九五七『偽書通考（修訂本）』（商務印書館）

張永欽・侯志明一九八三「点校説明」李冗、張読撰、張永欽・侯志明点校『独異志・宣室志』（中華書局）
趙昌平一九八四「〝呉中詩派〟与中唐詩歌」『中国社会科学』一九八四年第四期、一九一〜二一二頁
――一九九七『趙昌平自選集』（跨世紀学人文存）（広西師範大学出版社）
鄭暁霞二〇〇六『唐代科挙詩研究』（上海市社会科学博士文庫）（復旦大学出版社）
鍾慧玲一九七五「皎然詩論之研究」（国立政治大学中国文学研究所碩士論文）
周本淳一九八七「〝前不見古人〟句非陳子昂首創」『江海学刊（文史哲版）』一九八七年第二期、六一〜六二頁
周慶華一九九三『詩話摘句批評研究』（文史哲学術叢刊二）（文史哲出版社）
周紹良一九九二周紹良主編、趙超副主編『唐代墓誌彙編』（上海古籍出版社）
周維徳一九九三（唐）皎然著、周維徳校注『詩式校注』（浙江古籍出版社）
周愚文一九九六『宋代的州県学』（人文社会科学叢書）（国立編訳館）
周征松一九九二「点校説明」馬総撰、周征松点校『通歴』（山西人民出版社）一〜六頁
祝尚書二〇一二『北宋古文運動発展史』（博雅文学論叢）（北京大学出版社）、旧版は同（宋代文化研究叢書第一輯）（巴蜀書社、一九九五年）
竹田晃一九八五李慶訳「脱出〝品評〟和〝相互比較〟的窠臼―劉勰文学評論的出発点」朱東潤・李俊民・羅竹風主編『中華文史論叢』一九八五年第二輯（総第三四輯）（上海古籍出版社）四七〜五五頁

英文（著者名アルファベット順）

Bokenkamp, Stephen Robert. 1980 'The Ledger on the Rhapsody: Studies in the Art of the T'ang Fu,'

Diss. University of California, Berkeley, 1980.

Chan, Tim W. 2001 'The "*Ganyu*" of *Chen Ziang*: Questions on the Formation of a Poetic Genre', *T'oung-Pao* 87 (2001): 14–42.

Chia, Lucille. 2002 (賈晉洙) *Printing Profit: The Commercial Jianyang, Fujian (11th–17th Centuries)*. Cambridge (Massachusetts) and London: Harvard University Press, 2002.

Hartman, Charles. 2003 'The *Yinchuang zalu* 吟窓雑録, Miscellaneous Notes from the Singing Window: A Song Dynasty Primer of Poetic Composition.' Recarving the Dragon: Understanding Chinese Poetics Ed. Olga Lemová. Prague: The Karolinum Press, 2003. 205–237.

Owen, Stephen. 2007 'A Tang Version of Du Fu: The Tangshi Leixuan', *T'ang Studies* 25 (2007): 57–90.

あとがき

本書は二〇〇八年三月二四日、京都大学大学院文学研究科での審査を経て、博士（文学）を授与された学位論文に大幅な補訂を加えて成ったものである。主査の任に当たられた同研究科の川合康三（現京都大学名誉教授）、副査を務めて下さった平田昌司（中国語学中国文学専修教授）、宇佐美文理（中国哲学史専修教授）の三先生に改めてお礼を申し上げたい。それと同時に試問の場やその後に頂戴したご教示・ご助言を活かし切れなかった点をお詫びする。次に、本書を形作る各章の原題などを示しておく。

序　章　書き下ろし
第一章　「詩人と伝記作者――盧蔵用が抱いた文学観と陳子昂の形象化――」『中国文学報』第六四冊、二〇〇二年
第二章　「先達の姿――唐人の意識下に於ける陳子昂――」『中唐文学会報』第八号、二〇〇一年
第三章　書き下ろし
第四章　書き下ろし（二〇〇〇年六月二四日、京都大学中国文学会第十五回例会で口頭発表）
第五章　書き下ろし
第六章　「摘句と品第――皎然『詩式』の構造――」『東方学報（京都）』第八二冊、二〇〇八年

第七章　「今人も古に及ぶ――皎然の文学史観――」『中唐文学会報』第一五号、二〇〇八年
第八章　「相同相異――皎然《詩式》与唐代的文学理論」日本京都大学人文科学研究所主編『日本東方学』第一輯、中華書局、二〇〇七年（中国語）
第九章　「『吟窓雑録』小考――詩学文献としての性格を探る試み――」『東方学報（京都）』第八五冊、二〇一〇年
終　章　書き下ろし

第五章と第九章は、学位論文には含まれていないが、本書で新しく収録することにした。既発表論文に基づく章も全て多かれ少なかれ書き改めており、中には原形を留めていない箇所すらある。顧みて、己の論文執筆における無計画さに恥じ入らざるを得ない。また、『唐代の文学理論』と銘打ちながら、扱う対象はそのごくわずかに過ぎない。「「復古」と「創新」」という副題を附して、やや範囲を限定したつもりだが、これも恐らく単なる言い訳にしかなるまい。乏しい内容に比べて、遥かに壮大な書名は将来に向けた筆者の努力目標と受け取っていただければありがたい。共時的（同じ唐人による他の文学論）乃至は通時的（南北朝や宋代など前後の時代のそれ）いずれの方向に範囲を広げるにしても、本書が筆者にとって今後の研究の礎になることは疑い得ない。

このように能力の不足した筆者を見捨てること無く、本書が形を成すに際して、最も力を尽くして下さったのが、京都大学学術出版会の國方栄二氏である。筆者などには真似のできない忍耐力で、細切れの原稿が提出されるのを待ち続け、書物の全体や各章について的確な助言を与えて、編集作業を進めていただいたことには、相応しい感謝の言葉が見付からない。非専門家の國方氏に目を通してもらえなければ、本書はより

視野の狭い内容となっていたに相違ない。できる限り中国学の門外漢にとっても分かりやすいように、との示唆に従った結果、殊に序章や終章には、専門家に対しては言わずもがなの記述が確かに散見する。ただ、独りよがりの論述に終始することを少しく免れた点で、これはこれでよかったと考える。

また、本書の刊行は、京都大学の平成二十六年度総長裁量経費　若手研究者に係る出版助成事業からの助成による。学術書の出版が特に困難な近年に在って、物質的な側面を心配せずに済んだことは望外の幸運であった。関係各位のご高配に対して、心より感謝申し上げる。

つくづく運だけで生きてきたような気がする。

これは、いま言及した親身になってくれる編集者や出版への援助のみを指すのではない。文学を初めとした中国に関する書籍を少しばかり翻訳で既に読んでいたものの、大学での専攻に中国文学を選んだのは、実は深い考えがあってのことではなかった。そもそも、それより数年前は人より少しだけ本好きな高校生でしかなかった青年に、読書ならぬ所謂「文学」の「研究」など荷が重すぎた。研究者への道の第一歩となる卒業・修士論文にしてからが、筆者の場合、「論文」の名に値しないものだった。中国語学中国文学研究室の主任であった興膳宏先生（現京都大学名誉教授）から頂戴した「君の（卒業）論文はあまりいいものではないぞ」、「（修論なのに）卒論から何も進歩していないではないか。深く厳しく自己批判せよ」という試問の際のお言葉が、今も耳に残っている。それでも、なお続いていた大学院重点化で院生の定員が増していたことにより、博士後期課程に進学できることになった。

かくて博士課程二回生の秋には、人並みに中国での留学生活が始まった。導師（指導教員）と仰いだのは、南京大学中国語言文学系の張伯偉教授である。実は、まだ日本にいた頃、本書の後編で取り上げた「詩格」

に触れる機会があった。それというのは、こちらは前編で扱った陳子昂に対する唐人の批評を調べていた時、例外的に厳しい評価を下す皎然『詩式』の記述（本書第七章第二節）を目にしたことによる。古文家の説を中心として正統と目される文学理論とは違う何かがそこにあると思われた。もっとはっきりいうと、研究者の卵として読んでいた著名な古典詩文とはその時まで一向に共鳴しなかった頭の中に、「詩格」の叙述がすんなり入ってきた。言い換えれば、「読める、これならば分かる」と直観したのである。

「詩格」の難しさを知った今日では、これも本当は錯覚だったかと思う。だが、やや通俗的なこの種の詩論に興味を持った折も折、数多い研究対象の中に「詩格」をも含み、傑出した成果を上げ続けておられる張先生と出会ったことは、その後に筆者が進む道を決める結果となった。即ち、唐代の文学理論を専門とする道を選ぼうということである。張先生と夫人で同じ大学の同じ学系に勤務される曹虹教授のご指導の下で、このように意識しながら、筆者は二年間の留学生活を過ごした。

帰国後、復学してから約一年半、大学院の満期退学とほぼ同時期、思い掛けない僥倖が筆者を待っていた。二〇〇五年、京都大学人文科学研究所（人文研）の助手（在職中の二〇〇七年、学校教育法の改正で助教となる）に採用されたことである。折しも人文研は京都大学の他部局と共に二一世紀COEプログラム「漢字文化の全き継承と発展のために　東アジア世界の人文情報学研究教育拠点」形成事業を推進していた。その課題の一つに、唐代に関する文献の整理とナリッジベース化が含まれていた。筆者の採用は、この課題に従う唐代文学の専門家が必要とされていたことによる。ともかく、COEの業務で忙しいながらも、生計に窮せず勉強を続けられた上に、従来は全く無縁だった各種の学問領域に人文研では関わることになった。

COEの拠点リーダーで中国語史・敦煌学を主な専門とされる高田時雄先生（現京都大学名誉教授）には、実に多くの場で様々なご示教に与かってきた。筆者では会話に着いていくのさえ往々にして困難なほど博識な先生は、海外の学会にも度々帯同して下さった。敦煌学の国際学会で、ずぶの素人の筆者が発表を行うなど、それまでは思いもよらないことだった。

筆者の入所時に所長であった金文京教授は、中国古典小説・戯曲の専門家として著名だが、その他にも幅広い分野で業績を上げておられる。筆者も、折に触れて直接に金先生から啓発を受けてきた。

筆者にとっては直属の上司ともいうべき井波陵一教授には、日頃より温かいご配慮を賜ってきた。清代・中華民国期の文学・文化を専攻される井波先生は、後進の研究者が広い視野を持つようにと常々気遣っておられる。研究や日常業務に関して、先生からは多くの恩恵を被っている。

こう書くと、人文研において筆者が幾分かは成長したように思われるかもしれない。残念ながら、多くの優れたスタッフに囲まれていたにも関わらず、こちらの力不足でそこから学び取れたものは、誠に乏しい。この点は人文研を辞して、ドイツ・ハンブルク大学アジア・アフリカ研究所のカイ・フォゲルザンク（Kai Vogelsang）教授（中国史）によるご推挽で二〇一一年十月に得た同大学写本文化研究センターの研究員の職を務めた時期も同じことであった。欧州の地で各国の若手研究者に揉まれつつ人文科学の研究に従事するという日本人にとって希有な機会がどれほど筆者の視野を広げてくれたか、実のところ甚だ心許無い。

二〇一三年四月から、再び人文研に勤めることになった。今度は、助手（助教）以上に種々の義務が生じる准教授としての採用である。忙しない日々を過ごす中で、先送りにしていた仕事の一つが、博士論文の修訂であった。手法といい、水準といい、加えて実作にのめり込んだことの無い者が理論だけ扱うという研究の態度に自ら疑問を感じていたこともあって、なかなか作業に手を付ける気にならなかった。同じ職場に所属される冨谷至教授（中国古代史・法制史）の慫慂が無ければ、旧稿は日の目を見なかったに違いない。普段からお世話になっていることと併せて、出版のお膳立てまで整えて下さった同教授に謝意を表したい。

今にして思う。筆者の運の良さとは、詰まるところ人との出会いに恵まれたことに尽きる。言い換えると、微々たる力しか持たない筆者を打ち捨てずに、何とかその身が立つようにしてやろうという方が、とりわけこちらの人生の岐路に際して必ず現れたということである。幸運な出会いを通してご厚意を頂戴してきた方は、ここでは挙げ切れないほどの数に上る。

先にお名前を挙げた興膳、川合、平田の三先生や筆者の修士課程入学と同時に京都大学中国文学研究室に着任された木津祐子先生（現同教授）には、長年に渉ってご指導を受けてきた。興膳先生を含めて、古典文学理論の研究で顕著な業績を有する教員を輩出した同研究室で学んだことも、筆者が現在の専門領域を選んだこととあるいは関係するのかもしれない。次に感謝すべき組織は、一度ならず二度までも筆者を採用してくれた（拾ってくれたという方が適切かもしれない）今の職場の人文研である。恵まれた研究環境と共に、その伝統ある共同研究の場から与えられた知見は、実に多彩なものといえよう。それら以外にも、私的な研究会や読書会で知遇を得てきた方も数多いが、この場では全て省略に従わざるを得ない。

ただお一方だけ、荒井健先生（京都大学名誉教授）のお名前を記しておきたい。修士課程に進んだばかりの時期に、先輩のお誘いによって先生を中心とした銭鍾書『談芸録』の読書会に参加することになった。中国の詩学を初めとする多様な分野で研究を続けておられる先生の学問やお人柄より受けた薫陶は、筆者にとって一々忘れ難いものがある。その先生が嘗て勤務された人文研に筆者が奉職しているという事実には、不思議な縁を感じている。

少なからぬ有形無形のご支援を得て、現時点での力を出し尽くした成果として、本書を世に問いたい。各方面より博雅のご指教を賜れれば幸いである。その便宜も図って本編の後に附した英文要旨は藤田敏正氏

（翻訳家）、中文提要は楊維公氏（京都大学大学院文学研究科修士課程）の手に成る。本書の内容に問題が多いことを痛感しつつ、多数の学恩に深謝しながら、努めて励んでいきたい。

最後に、研究者の道に進むことを認めてくれた父壽雄《としお》と母都子《みやこ》に感謝を捧げることを許されたい。大学院への進学、中国への留学、ドイツへの赴任と全て事後承諾となったにも関わらず、両親は勝手極まりない筆者を応援し続けてくれる。この二人の息子として生まれたことが、実は最初にして、また最も得難い「幸運な出会い」だったと思われる。

二〇一五年三月　人文研北白川分館北窓の下で

永田知之

Literary Theories in the Tang Period: "Revival" and "Innovation"

This book intends to discuss literary theories and thoughts behind them in the Tang period. The term "literary theory" can have a broad range of meanings. So the book, taking special notice of two apparently opposite notions, *classical past* and *current*, deals with the Tang men of letters' interpretation of these, or the way how they viewed *classical past* and *current* as a pivotal role for their creation. In discussing these topics, this book takes up Chen Zi'ang 陳子昂 and others in the first-half four chapters and various issues on poetic theories during the Tang period in the second-half five chapters. Chen Zi'ang, active in the early Tang, has long been recognized as the pioneer of the revivalist literary thought of the Tang times. But the conventional studies have only vaguely drawn a conclusion about the reason for such recognition, maintaining that he was able to enjoy wide acceptance by the literati of the day of his works themselves and his literary theory. The situation is not so simple in fact. The process in which he came to be so highly valued involves much complicated factors. In the Tang period, there occured other literary theories as well, which insisted that authors did not necessarily have to be bound to *classical past*, but rather should create works in strong taste of *current*. Among related critical essays, particularly noteworthy is one by Jiaoran 皎然, a Buddhist monk during the mid-Tang times. His poetics strongly insists that when one writes a poem, one should attach the greatest importance to originality. The positions of these two authors, as viewed against the background of literary theories of their day, can be said to be at two opposite poles of literal thoughts. Hence the main objective of the present book is to consider various issues around literary theories in the Tang times, taking a close look into the two contrasting claims in parallel.

Chapter 1 traces the forming process of the personal image of Chen Zi'ang as dictated by the words of a friend of his, Lu Zangyong 盧藏用. The Tang literati in general, while praising Chen Zi'ang, would not touch upon his writings or literary claim. In contrast, Lu Zangyong's *Chen Boyu wenji xu* 陳伯玉文集序 (the preface to the collection of Chen Zi'ang's works) and *Chenshi biezhuan* 陳氏別傳 (the unofficial biography of Chen Zi'ang) are cited in a number of writings of the Tang period. We know that a collection of Chen's works compiled by Lu spread fast and far and wide. Hence it can be surmised that these two works of Lu, connected to the collection of Chen's works, were also accepted by the Tang literati to a certain extent. Of those two, *Chen Boyu wenji xu* divides literary history into three stages: the flourishing stage which lasted from the Han until the Wei and Jin; the declining stage from the Southern and Northern dynasties to the early Tang; and the renaissance stage thereafter. In this writing, Lu credited the meritorious achievements of revitalizing Tang literature to Chen Zi'ang alone. The lucidity of Lu's such theory and his stance which defined the Tang times as a literary renaissance were probably easy to accept for the Tang literati. *Chenshi biezhuan* provides descriptions about Chen's wreckage in the officialdom and his tragic end of life. Assisted by these, Lu's writing style which presents Chen's life as a series of misfortune may have jointly led to favorable appreciation of his character and works by the learned of later times. Lu Zangyong himself had been under the influence of both Confucianism and Taoism, and hence was a personality of a compromising blend of these two thoughts. The general image of Chen Zi'ang that people held in mind from the high Tang onwards includes a dense Confucian tint. In the course of time of the formation of such an image of Chen Zi'ang, Lu Zangyong played a huge role.

Chapter 2, continuing the story from the previous chapter, analyzes the evaluation of Chen Zi'ang until the mid-Tang. Han Yu 韓愈, Liu Zongyuan

柳宗元, Bai Juyi 白居易, and Yuan Shen 元稹 left favorable appraisal of Chen's literature. References to Chen's personal deeds by authors of a little earlier times, e.g., Du Fu 杜甫, are in the same line. Then the chapter takes a glimpse into the literary theories of those ancient prose writers who lived between the high and mid-Tang times. The discourse asserts that it was they who, accepting Lu Zangyong's view of literary history, defined Chen Zi'ang as the first reformer of Tang literature and themselves as his successors. The appraisal of Chen by Han Yu and others was the consequence of this trend of the day. These men of letters in the high and mid-Tang discovered in Chen's *Ganyu* 感遇 poetry and other works sociality and the stateliness of antiquity. Generally, famous men of letters in the early Tang are thought to lack in humaneness. But Chen Zi'ang exceptionally could keep himself detached from bad reputation about his character. This fact was one of the factors which helped his position in Chinese literary history magnify.

Chen Zi'ang kept argued in literary criticism then and thereafter alike. Chapter 3 overviews the course of events in this regard. Words and comments appraising him high, widespread toward the end of the Tang, did not fade even into the Northern Song. But a book cast a critical doubt into the still evaluation, namely *Xin Tangshu* 新唐書 (the new book of Tang). It harshly criticized Chen Zi'ang. *Xin Tangshu* attacked him for his loyal obedience to Empress Wu or *Wu Zetian* 武則天. Such strong criticism as developed in the book was only possible after the rule changed to the Song. Empress Wu was the ancestor of the Tang emperors from the high Tang onwards. So, during the Tang, whatever critical arguments about her were held back. Once the new dynasty dawned, however, any critical comments against her could be freely made. From this time on, virtually no argument the classical past. Tang men of letters required the authority of Chen Zi'ang, a character who tried to restore Tang literature from the

decline that had continued since before the Tang. The Song literati, in contrast, did not need such an image of Chen. The fact that the appreciation of Chen Zi'ang fell during the mid-Northern Song period is related to the fact that the Movement of Restoring the Ancient Prose had already ended.

Chapter 4 redirects the discourse to a survey of the view of literary history during the Tang from the angle of writing continuous history of China. In the Sui, Wang Tong 王通 compiled *Xushu* 續書 and *Yuanjing* 元經. His grandson Wang Bo 王勃 of the early Tang commended his grandfather's deeds to the world. Analyses based on reliable references only reveal that both Wang Tong and Wang Bo had a sense to grasp history by outline, not chopping it into dynastic histories. Chen Zi'ang of a little later times than Wang Bo planned to compile a continuous history called *Hou Shiji* 後史記. This fact, joined by the one that Chen frequently used the word "*dayun* 大運" in his literary works, suggests that he took great interest in relationship between the Heaven and humans and the major flow of history. Xiao Yingshi 蕭穎士 as well planned to write the history of the past and current dynasties under the title *Lidai Tongdian* 歷代通典. His writing history, however, was under the influence of his special family line and association with special people. It was not accidental, therefore, that all the three personalities, Wang Bo, Chen Zi'ang, and Xiao Yingshi involved themselves in writing continuous history of China. The view of history that is not bound to the framework of monarchy is closely related to the claim that whatever literature from the Southern and Northern dynasties that appears in those three authors' literary theories must be denied wholesale. This argument and respect for the Han, the unified stable empire before the Tang, are the two sides of the same coin. What is behind this relationship is a thought which recognizes the Tang to be a successor to the Han, both political and literary.

Chapter 5 is, in a sense, a prelude to the latter half of the book. This and the following chapters take up as the main subject the contents of publications categorized as *shige* 詩格 (criticism of poetical syntax) and the role it played in the literature of the day. *Shige* can be characterized to be a guidebook for writing poems and a critical review of poetry, and thus include many descriptions for beginner poets. The technical level of these documents are not necessarily high, and hence no great importance has been attached thereto to date. As a matter of fact, however, documents of this kind were compiled in a large number chiefly during the Tang, which was related to the growth and development of the *keju* 科擧 system (the imperial examinations for government employment) . The spread of *shige*, as a whole, suggests the wide spread of knowledge about poem writing in the Tang period.

Chapter 6 discusses the structure of *Shishi* 詩式, a writing by Jiaoran. *Shishi* consists of two sections, one containing old and new verses divided into five grades or *ge* 格 and one about Jiaoran's poetic theory. His criteria for good poetry concern the way of expressing sentiment and motives, the skill of referring to classics, and the refinement of stateliness. Peculiarly *Shishi* fractions a poem so as to be able to rank individual verses into grades *ge*, and rarely cites a whole poem. This indicates the peculiar attitude of Jiaoran's criticism toward poetry. He placed the greatest emphasis of all on not poets or their works but individual verses themselves. Studies on sources wherefrom verses were taken into *Shishi* have revealed that those which were frequently referred to include collections of witticisms from the Tang times and *Wenxuan* 文選 from older ages. This indicates that Jiaoran was not alien to poetic criticisms common in his day, and that he placed greater importance to the selection of verses than of poems themselves. Critical reviews based on graded evaluation had kept being written since the Southern dynasty in various fields of arts. Jiaoran, while

receiving various influences of the age, successfully set forth new methodology. It is he who initiated representing the designations of grades not in mere numeral, *shang* or *xia* 上下, *yi* 逸, or the like abstract idea, but in written details. He presented in his poetics reasons why he highlighted individual verses also. It should be noted here that, from the Tang to the Song, verse extraction and graded evaluation were losing their power as methods to criticize arts. Then, it can be that *Shishi* reversely proves the decline of these critical methods as it fused them together and added new elements thereto to give rise to a new method.

Based on the analysis in Chapter 6, Chapter 7 discusses Jiaoran's view of literary history. He took up not poets or poems intact but separated verses for graded evaluation, and hence *Shishi* could review contemporary poetry whose appraisal was not yet established and also could rank even famous poets piece by piece of their works. *Shishi* thus made it possible to segmentalize poetic criticism. Such an approach of Jiaoran's is closely associated with his attitude toward poetics, i.e., his enthusiasm to discover the possibility that poets of later age who were apt to be evaluated inferior to earlier ones can have an equal ability to make poems, if in part, to that of their predecessors in classical ages. It can easily be imagined, therefore, that poetic theories of this kind was contradictory to the literary trend of the day which idealized whatever past things. Then it was natural that Jiaoran criticized Chen Zi'ang or rather Lu Zangyong who developed a literary argument inclined toward the love of the past, making use of Chen as the subject of his argument. It should be noted here, however, that phrase selection and graded evaluation in *Shishi* were severe upon Tang poetry in some aspects. In the background of this was the dominance of mannerism that contemporary poets turned similar materials into poems in similar expressions. Just as was revivalism, mannerism of this kind was also a dislike for Jiaoran. Under these circumstances, Jiaoran, in his *Shishi* and *Shiyi*

詩議, sought ways for ideal poetry to be what it should be. His anti-revivalist poetic theory was thus so unique.

In Chapter 8, the discourse, taking notice of the fact that Jiaoran in *Shiyi* and *Shishi* denied the poetic theories of other authors, compares his literary theory with other ones of the Tang times. From a number of surviving sources, it can be verified that his poem and phrase selection and graded evaluation in *Shishi* were affected by evaluation current in his contemporary poetic circles. Behind that, however, we should not overlook a number of cases in which his literary theory was clearly distinct from the ones in vogue in his times. His taking up Du Fu as the subject of literary criticism is one of typical examples. Jiaoran did not give approval to mere novelty. In some cases he valued imitated poems more than their originals. He thus proclaimed a theory to approve the developmental change in literature. These points are noteworthy. What Jiaoran opposed were chiefly revivalist literary theories and the poetic theories prevailing in *shige* during the early and high Tang. The fact that he opposed these theories allows us to summarize this book that his poetics had a respect for artistic achievements, flexibility to reject dogmatism, and boldness that he would not hesitate fighting back those arguments which prevailed in the poetic circles of his day.

Many pieces of *shige* have survived as citations in *Bunkyo Hifuron* 文鏡秘府論 and *Yinchuang Zalu* 吟窗雜錄. Chapter 9 discusses the characterization of *Yinchuang Zalu* as a historical document. Chen Yingxing 陳應行 is its assumed compiler. He passed, with the highest score of all candidates, a special examination designed to qualify those who had failed *keju* many times as "passed." Analyzing his career as the one who lived in the first half of the Southern Song period and circumstances around book publication of the age, we can conjecture that *Yinchuang Zalu* itself was a docu-

ment full of errors but that fragmental remnants of *shige* were from old. It can be verified also that there was a considerable demand for guidebooks of *shige* during and even after the Song.

Ancient prose writers in the Tang proclaimed that literature should return to the classical past, and Jiaoran and others that poetry should change in a developmental way. The former relied on traditional literary theories, and the latter was based on the writing form known as *shige*. Differences between the two in their claim and methods are not small. In common to them, however, were their complaints about contemporary literature and their effort to delve into possible approaches to resolve their complaints. Before the Tang, there were no ages whatsoever wherein two literary theories, with *classical past* and *current* as the keynote, made appearance in the contemporary times in so sharply contrasting a way. These literary theories are considered significant not only as materials for us to understand what Tang literature really was, but also as evidence of the influence the conflict between the theories has given on the literary history of China.

唐代的文學理論
——“復古”與“創新”

本書以考察唐代的文學理論及其背景中所存在的思想爲目的。“文學理論”一詞的意義所包含的範圍很廣，而在此將主要探討如何將創作的重心置於“古”和“今”這兩個看似完全相反的觀念之中以及唐人如何理解這個問題。在思考這些問題時，本書前半部分的四章探討有關陳子昂等人的問題，而後半部分的五章探討有關唐代的詩論的問題。長期以來，初唐的陳子昂被認爲是唐代復古式文學思想的鼻祖。然而，以往的研究往往曖昧地將其理由歸結爲陳子昂自身的作品和文學理論廣泛地被唐人所接受。事實上，在陳子昂獲得高度評價之前的過程中，有一些更複雜的情況與之相關。另一方面，唐代也存在著提倡並不必拘泥於“古”而甚至是傾向於“今”的創作的文學理論。在這些言論中，特别是生活於唐代中期的僧侶皎然所留下的詩論，強烈主張作詩應當展現出獨特性。二者的主張，在唐代的文學思想中可以被認爲是處於兩個極端的。本書的主題則是通過同時審視具有對照性的兩種理論來思考與當時的文學理論相關的各種問題。

第一章中，探尋陳子昂的人物形象藉由他的朋友盧藏用而形成的過程。雖然唐人稱讚陳子昂，但他們卻一般又很少觸及陳子昂的某一篇文章或文學上的主張。與之相對，唐代有一些文章引用了盧藏用的〈陳伯玉文集序〉和〈陳氏别傳〉。盧藏用編纂的陳子昂的作品集在唐代迅速且廣泛地流傳開來，而這一事實同時也意味著附於該作品集中的這兩篇文章也在一定程度上流傳於世。其中，〈陳伯玉文集序〉將文學史劃分爲從漢代到魏晉的隆盛期，南北朝至初唐的衰退期以及之後的復興期三個部分。其中，文學復興的功績完全被歸結於陳子昂一人之身。可以認爲，對於唐人來說，這種簡單易懂的特點以及將唐代斷爲文學復興期的態度是非常容易接受的。另外，〈陳氏别傳〉中記錄了陳子昂在政界遭受挫折以及死於非命的事情。可以認爲，這種將他的人生視作不遇的連續體之描寫方法也與後世知識分子對他的善意評價有所關聯。盧藏用自身受到了儒教，道教兩方面的影響，有著極爲折衷的思想。盛唐以後，一般來說，陳子昂的形象中包含著濃厚的儒教性的一面。在這種形象形成的過程中，盧藏用起到了極大的作用。

第二章中承接前章，分析中唐以前對陳子昂的評價。韓愈，柳宗元，白居易，元稹基本上對陳子昂的文學留下了善意的評價。時代略早一點的人物，比如杜甫等人在談及陳子昂的事跡時，於這一點上也是一致的。接下來，審視生活於盛唐和中唐之間的古文家的文論。此處將闡明，正是這些古文家接受了盧藏用的文學史觀，將陳子昂推爲唐代文學最初的改革家，並自封爲陳子昂的繼承者。韓愈等人對陳子昂的讚揚，實際上是繼承了這個傳統。這些盛唐，中唐的文學家從〈感遇〉詩等陳子昂的作品中讀出了社會性和古代的風格。初唐的著名文學家往往被認爲抱有人格上的缺陷。而其中陳子昂是個例外，他與這種人格方面的壞名聲絲毫無緣。這一事實也是使陳子昂在文學史上所佔據的地位擴大化的一個原因。

在此以後，陳子昂也一直是文學批評中被議論的對象。第三章中將對此情況進行概觀。在唐代末期廣泛所見的對陳子昂的較高評價直到北宋初年也沒有衰退。而北宋中期成書的《新唐書》中對他的嚴厲批評則給這種穩定的評價帶來了變化。書中對陳子昂忠心侍奉武則天一事進行了攻擊。這是因爲武則天是盛唐以後唐代皇帝的祖先，對她的批判在唐代是被忌諱的，而到了宋代人們變得可以自由地對武則天進行批判了。自此以後，從前的那種對陳子昂特別讚揚的言論就幾乎消失了。唐代的文學家們爲了強化自己在文學上的主張，需要陳子昂這樣的第一個重振唐代以前一直延續的文學頽勢之人物的權威。與之相對，宋代的知識分子則不需要陳子昂的這種形象了。北宋中期對陳子昂的評價變低一事，也與將陳子昂視爲先驅的古文復興運動在當時已經趨於完成有所關聯。

與前面三章的方向有所不同，第四章將從撰述通史的方面對唐代的文學史觀進行考察。隋代的王通編纂了《續書》，《元經》，而王通的孫子—初唐的王勃對他的事蹟進行了宣揚。只分析可信賴的資料的話，可以瞭解王通，王勃二人並不是通過朝代細緻地劃分歷史，而是對歷史進行了一種扼要的把握。稍後的陳子昂試圖編纂一部名爲《後史記》的通史。通過這一事實以及他在自身的詩文中頻繁使用“大運”一詞，可以認爲他也對天人之間的關係以及歷史的大的進程有著深入的關心。盛唐的蕭穎士也試圖撰寫一部記錄歷代史事的《歷代通典》。他編纂史書的背後存在著來自於家系和人脈的影響。王勃，陳子昂和蕭穎士都與撰寫通史相關這一事實並不是一個偶然。不拘泥於朝代框架的歷史

觀，與三人的文學理論中所包含的對南北朝時期文學的全盤否定的主張有著密切的關係。這與對先於唐代的統一安定時期的漢代之尊重是表裏一致的。也就是說，從中可以窺見將唐代視作政治上，文學上對漢代之繼承的思想。

第五章可以說是本書後半部分的序言。之後的各章將以唐代盛行的一種叫做“詩格”的文獻的内容以及其在當時的文學中的作用爲主題。“詩格”有著作詩方法指南，詩歌批評的特點，其中多見面向初學者的敍述。由於其並不一定具備較高的水準，故而在詩學研究中至今都沒有受到很大重視。實際上，這類書籍以唐代爲中心得以廣泛編纂，並且與科擧制度的發展也有所關聯。總而言之，“詩格”的普及表明當時與作詩相關的知識得到了廣泛的普及。

第六章將考察皎然撰寫的《詩式》的結構。《詩式》由將古今詩句分爲五格的部分以及皎然的詩論組成。評價的基準在於情趣和詩興的表現，典故使用的巧拙以及風格的高下等方面。《詩式》中可以見到將同一首詩拆開，將不同的句分別置於不同的格中以及很少引用整首詩等特徵。這表明皎然的一種不以詩人或作品而以詩句作爲主體的批評態度。調查入選《詩式》的詩句之出處，可以瞭解其中多採用唐代的佳句集以及更早時期成書的《文選》中所收錄的作品。自六朝以來，採用品第的批評專著在藝術的各個領域都有所撰述。皎然從中受到了諸多影響，並在《詩式》中提出了一個新的方案。比如說，品級並不單以數字或者上下，“逸”等抽象的概念命名，而以具體的文章進行表示，而有時會以詩論闡明選錄某些詩句的理由。實際上，自唐至宋，摘句和品第作爲藝術批評的方法漸漸失去了力量。對於這種現象而言，《詩式》中採用的將二者進行融合並添加新元素的手法可以被理解爲一種反證。

在前面一章分析的基礎上，第七章將分析皎然的文學史觀。由於《詩式》不將詩人或詩篇而將詩句視作品第的對象，其可以對評價不確定的同時代的詩進行批評，也可以將著名的詩人通過作品進行優劣區分，能夠將批評進行細化。這與皎然的詩學認識也是密切相關的—時代較後的詩人往往被認爲不如以前的詩人，但是皎然認爲這類詩人在某些部分之中也可以找到與古人比肩的可能性。我們可以容易地想像，這種詩論與將復古視作理想的文學思潮是無法兼容的。在這個意義上，皎然當然會非難陳子昂，更進一步說當然會非難以陳子昂爲題材展開復古式文學理論的盧藏用。但是，《詩式》的選句和品第存在著對唐詩較爲嚴格的一面。其背景中則存在著同時代人就同樣的題材用類似的表

達方法作詩這種守舊主義的盛行。與毫無原則的復古主義一樣，這也是皎然所厭惡的內容。在這種狀況下，對於當時的詩如何能向他理想中的方向發展這一問題，皎然通過《詩式》和另一部亦由他所撰寫的《詩議》進行了探索。他的反「復古」式的詩論在當時大放異彩。

第八章著眼於《詩議》和《詩式》中皎然多次否定他人詩論的事實，對皎然和其他唐代的文學理論進行比較。通過現存的資料，可以確定《詩式》中對詩歌，詩句的選擇和品第受到了詩壇上普遍評價的影響。然而，另一方面，也不能忽視皎然的批評與當時流行的文學理論是有著明確區別的。比如，皎然把在他所生活的時代幾乎從來沒有被評價過的杜甫置於了文學批評的範疇當中。並且，他並不單純地將新鮮的事物視作好的事物，有時也會給予模擬詩比原詩更高的評價，同時提倡承認文學的發展式變化的理論，這一點也是值得注意的。皎然反對的則主要是復古式的文學理論和初唐，盛唐的“詩格”中所見的詩論。從這些反駁中可以概括出他的詩歌理論中同時具有對藝術性的尊重，對排除教條主義的靈活性以及不憚對詩壇佔據主流的言論進行大膽反抗的特點。

唐代的諸多“詩格”通過被《文鏡秘府論》和《吟窗雜錄》所引用的形式流傳至今。第九章將論及其中的《吟窗雜錄》作爲文獻的特點。被視作此書編者的陳應行是一個在給長期沒有通過科舉考試的考生一次通過機會的特別考試中以第一名過關的人物。《吟窗雜錄》雖然自身是一部粗糙的書，然而通過分析生活於南宋前半期的陳應行的經歷以及當時出版界的情況，可以推測出其中包含的“詩格”的逸文歷史比較古早。同時，也可以確定在宋代以後“詩格”這類指南也有著相當程度的需求。

唐代的古文家提倡文學上的復古，而皎然等人則提倡詩歌的發展式變化。建立於傳統的文學理論之上的前者與利用“詩格”這種著述形式的後者之間，在主張和手法方面存在著不小的差異。然而，在對當時的文學抱有不滿以及加深對此的解決方法之思考這一點上，二者則是沒有區別的。在此前的時代，從未出現過以“古”與“今”爲基調的文學理論在同一時期以如此明確的形式表現出來的情況。可以認爲，二者的互相克制在作爲瞭解唐代文學理論實際情況的材料上，甚至於在中國文學史上所具有的意義是十分巨大的。

人名索引

〈さ行〉

〈た行〉

〈な行〉

〈は行〉

〈ま行〉

〈や行〉

〈ら行〉

著者紹介

永田　知之（ながた　ともゆき）

京都大学人文科学研究所准教授
1975年　奈良県生まれ
1998年　京都大学文学部卒業（中国語学中国文学専攻）
2005年　京都大学大学院文学研究科博士後期課程満期退学（中国語学中国文学専修）
2008年　京都大学博士（文学）

主要論文

「目から入る中国古典詩―「練字」の系譜」（冨谷至編『漢字の中国文化』昭和堂、2009年）
「Дx《鄭虔残札》雑考―揚書“与”“真迹”之間」（高田時雄編『涅瓦河辺談敦煌』京都大学人文科学研究所、2012年
「敦煌書儀語言浅析―以与日本伝世書簡，詩序的比較為中心」（Irina Popova・劉屹主編『敦煌学：第二個百年的研究視角与問題』Institute of Oriental Manuscripts, Russian Academy of Sciences, 2012年）

（プリミエ・コレクション　57）
唐代の文学理論
――「復古」と「創新」

2015年3月31日　初版第一刷発行

著　者　永田知之
発行人　檜山爲次郎
発行所　京都大学学術出版会
京都市左京区吉田近衛町69番地
京都大学吉田南構内（〒606-8315）
電　話（075）761-6182
FAX（075）761-6190
URL http://www.kyoto-up.or.jp
振　替　01000-8-64677

ISBN978-4-87698-600-2
Printed in Japan

印刷・製本　亜細亜印刷株式会社
定価はカバーに表示してあります